U0528815

周大新文集

明宫女

周大新/著
MING GONG NÜ

人民文学出版社

图书在版编目(CIP)数据

明宫女/周大新著. —北京：人民文学出版社,2016
(周大新文集)
ISBN 978-7-02-011500-6

Ⅰ.①明… Ⅱ.①周… Ⅲ.①短篇小说—小说集—中国—当代 Ⅳ.①I247.7

中国版本图书馆 CIP 数据核字(2016)第 058298 号

选题统筹　付如初
责任编辑　付如初
装帧设计　陶　雷
责任印制　王重艺

出版发行　人民文学出版社
社　　址　北京市朝内大街 166 号
邮政编码　100705
网　　址　http://www.rw-cn.com

印　　刷　三河市鑫金马印装有限公司
经　　销　全国新华书店等

字　　数　406 千字
开　　本　640 毫米×960 毫米　1/16
印　　张　36.25　插页 2
印　　数　3001—5000
版　　次　2016 年 10 月北京第 1 版
印　　次　2017 年 6 月第 2 次印刷

书　　号　978-7-02-011500-6
定　　价　52.00 元

如有印装质量问题,请与本社图书销售中心调换。电话:010-65233595

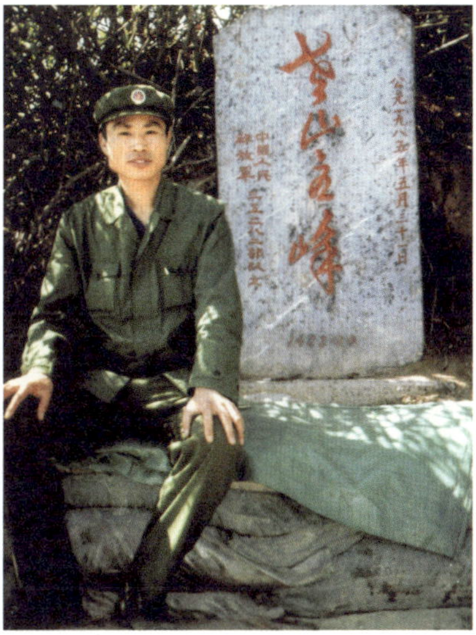

自 序

自 1979 年 3 月在《济南日报》发表第一篇小说《前方来信》至今,转眼已经 36 年了。

如今回眸看去,才知道 1979 年的自己是多么地不知天高地厚,以为自己的生活和创作会一帆风顺,以为自己可支配的时间多得无限,以为有无数的幸福就在前边不远处等着自己去取。嗨,到了 2015 年才知道,上天根本没准备给我发放幸福,他老人家送给我的礼物,除了连串的坎坷和成群的灾难之外,就是允许我写了一堆文字。

现在我把这堆文字中的大部分整理出来,放在这套文集里。

小说,在文集里占了一大部分。她是我的最爱。还在我很小的时候,就对她产生了爱意。上高小的时候,就开始读小说了;上初中时,读起小说来已经如痴如醉;上高中时,已试着把作文写出小说味;当兵之后,更对她爱得如胶似漆。到了我可以不必再为吃饭、穿衣发愁时,就开始正式学着写小说了。只可惜,几十年忙碌下来,由于雕功一直欠佳,我没能将自己的小说打扮得更美,没能使她在小说之林里显得娇艳动人。我因此对她充满歉意。

散文,是文集的重要组成部分。如果把小说比作我的情人的话,散文就是我的密友。每当我有话想说却又无法在小说里说出来时,我就将其写成散文。我写散文时,就像对着密友聊天,海阔天空,话无边际,自由自在,特别痛快。小说的内容是虚构的,里边的人和事很少是真的。而我的散文,其中所涉的人和事包括抒发的感情都是真的。因其真,就有了一份保存的价值。散文,是比小说还要古老的文体,在这种文体里创新很不容易,我该继续努力。

电影剧本,也在文集里保留了位置。如果再做一个比喻的话,电影剧本是我最喜欢的表弟。我很小就被电影所迷,在乡下有时为看一场电影,我会不辞辛苦地跑上十几里地。学写电影剧本,其实比我学写小说还早,1976年"文革"结束之后,我就开始疯狂地阅读电影剧本和学写电影剧本,只可惜,那年头电影剧本的成活率仅有五千分之一。我失败了。可我一向认为电影剧本的文学性并不低,我们可以把电影剧本当作正式的文学作品来读,我们从中可以收获东西。

我不知道上天允许我再活多长时间。对时间流逝的恐惧,是每个活到我这个年纪的人都可能在心里生出来的。好在美国麻省理工学院的布拉德福德·斯科博士最近提出了一种新理论:时间并不会像水一样流走,时间中的一切都是始终存在的;如果我们俯瞰宇宙,我们看到时间是向着所有方向延伸的,正如我们此刻看到的天空。这给了我安慰。但我真切感受到我的肉体正在日渐枯萎,我能动笔写东西的时间已经十分有限,我得抓紧,争取能再写出些像样的作品,以献给长久以来一直关爱我的众多读者朋友。

感谢人民文学出版社给了我出版这套文集的机会!

感谢为这套文集的编辑出版付出大量心血的付如初女士!

2015年春于北京

目 录

前方来信 …………………………………… 1
"黄埔"五期 ………………………………… 6
明宫女 ……………………………………… 33
水牌 ………………………………………… 51
婚礼 ………………………………………… 61
九百元 ……………………………………… 68
盛宴午时开 ………………………………… 93
第四等父亲 ………………………………… 109
传言 ………………………………………… 131
虚惊 ………………………………………… 147
早餐三碗饭 ………………………………… 161
呼啸的炮弹 ………………………………… 174
街路一里长 ………………………………… 186
命运 ………………………………………… 209
"大门"被拉开一道缝隙 …………………… 226
三脚架墓碑 ………………………………… 261
瞬间过后 …………………………………… 277
明天进入夏季 ……………………………… 290

初入营门	307
金橘,隐在夜色里	330
通过"冲击道路"	346
一个女军人的日记	362
相知	384
宁静的黄昏	401
小铺子	413
屠户	417
汉家女	442
偶遇	453
"战术演习"	460
情感曲线的图像	469
今夜星儿多	485
硝烟中的祝愿	492
武家祠堂	513
小诊所	528
小盆地	540
爱河第一坝	561

前方来信

我知道你在惦念着我,所以抓住战斗间隙给你写这封信。实话告诉你:我负伤了。这消息暂时不要告诉秀芳,免得她着急。其实,只是腿上伤了点皮肉,不重。要不了几天,我就可以返回阵地了。

说起这次负伤,还真有点戏剧性。你大概还记得,咱们分别后的第二年秋天,我曾经写信告诉你:"我要出发去执行一项重要任务。"那就是护送一批援越物资去越南。

那是我们进入越南境内的一天上午,运输车队在一个小山前停下休息。附近村里的越南乡亲给我们送来了开水。我们正边喝边谈,几架敌机突然临空。很快,山坡前的欢笑声被炸弹的爆炸声所代替。我刚隐蔽好,猛地发现山脚下有一个越南青年正背着一位老人向山坡上爬。我知道,凭他们的行进速度,是难躲过飞机投下的炸弹的,于是就飞快地向山下跑去。在离他们还有十几米的时候,就听到一架飞机从头顶上呼啸而过。我凭经验断定,炸弹就要在附近爆炸,于是不顾一切地扑了过去。刚把他们压倒在我的身下,炸弹就爆炸了!待飞机走后,那位青年扶起受伤的我,眼含热泪用中国话说:"哥哥,我叫阮松,你是为救我和我妈妈流的血,我要永远记住你,永远把你当亲哥哥看待……"

那次负伤痊愈后,我又连续几次去执行这样的任务。每次路过那个村庄,我总要带上点礼物去看看那位弟弟和阿妈。每次去,阮松总是亲热地用中文叫我"哥哥",我也总是深情地用越文称他"松弟"。最后一次去时,我把结婚时秀芳做的那件浅灰色衬衣送给小松留作纪念;小松也把一块绣有"友谊永存"字样的手帕送给我,那手帕上的字是他未婚妻阿娇亲手绣的。我们当时曾相约:待越南全国统一后,请他和阿娇到咱们山东老家做客,顺便登东岳泰山,领略一下齐鲁风光……可是,我满腔的热情换来的却是一瓢瓢的冷水。越南统一后,我几次给松弟写信,都无回音。随后,两国又发生了战争。我又一次来到中越边境参加战斗。在战斗打响之前,我还一直挂念着松弟,我不知多少次在心里说着:"小松,你可要离战区远点儿,莫让子弹误伤了你。"

这次战斗打响后,我们连奉命攻占一个小山头。战斗刚结束,我正部署全连抢修工事,突然一声枪响,只觉得右腿一麻,就倒在了地上。枪声来自一个尚未发现的敌人暗堡,我忍着剧痛,带领战士们向那个暗堡包抄过去,趁着一阵手榴弹爆炸的硝烟,我们冲了进去。整个暗堡只有一个被震昏的越南士兵。我身边的战士迅即朝他扬起了刺刀,我急忙制止道:"不要杀!"战士嘟囔着:"就是他打伤你的,干吗还留着他?"这时,那敌兵已经苏醒过来。他抬起头,绝望地看了我一眼。

就在这一瞬间,我看清了这张脸——一张我十分熟悉的脸。我简直不敢相信自己的眼睛,他会是阮松——我的"松弟"?当我从他敞开的领扣里看到那件浅灰色衬衣时,我的心颤抖了。你想不到我当时是什么样的心情,其实连我自己也弄不清楚,究竟是愤怒、气恨、还是痛心。很快,他也认出了我——他说过"要永远记住"的"哥哥"。他闭上眼睛,低下了头。

把他带到连指挥所以后,我刚说了句:"你的枪法不错嘛!"一排长来报告:"连长,那边山洞里发现几个受重伤的敌方士兵。"我命令:"立即告诉担架队,把伤俘抬回后方医院抢救!"

一排长刚走,五班长来报告:"山沟里发现几个越南边民,看样子几天没吃饭了。"我命令:"把战士们的熟干粮收一部分,迅速送给越南边民!"当我说完这些话后,无意中回头望了下阮松,只见他正聚精会神地听,我知道他能听懂中国话。

五班长走后,三排长又来报告:"山脚下的一块界碑被炮弹掀倒了。"我命令:"原地竖起,不能向越方挪动一寸!"

当我发布完这些命令后,再回头看阮松时,他脸上呈现的不再是刚才那种仇恨、绝望的表情,而是一副悔恨、内疚的神色。我正想继续刚才的谈话,敌人反击的枪声响了。我不得不暂时把一连串的责问关在嘴里,回头去指挥,打退敌人的反扑。

敌人的第一次反扑被我们打下去不久,五班长来我身边报告说:"刚才那几个越南边民中,有一个胳膊受伤的大娘要求见解放军干部,说有重要事情。"

当七班长搀着一位越南大娘站在我面前时,我心里一咯噔,你知道她是谁?这竟是阮松的、也是我的阿妈!

我正要开口喊阿妈,她倒先开口了。显然,她没有认出我来,只听她急促地用中国话说:"解放军,快!快去打那个山洞里的强盗。从这个山洞向西走,绕过前边那个小山包,就到了那个山洞的后门,那里很容易进去,他们没有放哨的。"说到这里,她喘了几口气。我刚想开口,她又急急地说:"你们不知道,这伙强盗多坏啊!他们把我们每家值钱的东西都拿跑了,说这是'军事需要';他们把我们的粮食都抢走了,说是要'先军后民';他们把我们的房子都烧毁了,说这是'斗争措施'。害得我们无吃无穿无处住。我只骂了他们两句,他们就向我胳膊上戳了一刀。他们这哪是保护我们,是在祸害我们啊!"大娘一口气说完这些,无力地坐在了地上。

直到这时,我才有机会开口问:"阿妈,你还认识我吗?""你?"阿妈惊疑地重又站起身来。她睁大两眼望了我一会儿,突然上前抓住了我的手,"啊!是你?"

"是啊,阿妈,没想到我们这样相遇了!"

"我们相遇了,可小松却让他们骗走了,说不定如今已经死在哪里了!"阿妈说着流下了眼泪。

我不愿对阿妈说出阮松的情况,正想把话头扯开,阿妈猛地发现了我腿上的血:"你受伤了?"

我轻轻地点了点头。阿妈边擦着我的伤口边骂道:"这是哪个强盗造的孽?!"

"是我!"听到这声回答,我和阿妈都惊异地转过头去。一个难堪的场面出现了:阮松在一个战士的押解下站在了面前。他声音颤抖地说:"阿妈,是我开枪打伤的他。"

"啊!你?"由惊愕转为气愤的阿妈,话没说完,就晕倒了!

我急忙叫卫生员背她下去急救,接着按阿妈说的布置去搜索敌人,然后转身想回连指挥所。

"哥哥!"这声熟悉的呼唤,使得我停下了脚步。转身一看,阮松正以无限内疚的目光望着我,朝我小心地走来,说:"哥哥,我受骗了!他们说中国人……想把越南变成中国的一个省……中国人见到越南人就杀就抢……开始我怎么也不信,他们就连吓带骗,还让我看伪造的'现场照片'……后来我信了,逐渐开始恨中国人……直到刚才,我听了你下的几个命令和阿妈的话以后,我才明白,我受骗了……哥哥,原谅我吧!当初你为救我负了伤,今天我却打伤了你,我恨自己,恨他们……"

我当时抚摸着他那瘦削的双肩,许久没有说话……

就写这些吧!护士快来了,她们发现我不休息会生气的。

别挂念我,从小算命的就说我命大,我会活着回去的……

"黄埔"五期

一

自习。阅读"步兵团对野战阵地防御之敌进攻的理论原则"。

宿舍里很静,只有间或响起的书页翻动声。

"哐啷",宿舍门被推开,去传达室接电话的范尚进走进了门。"新闻!"他声音挺高地开口说道,一下子把大家的目光都拉向了他。

"那个,那个,小范!抓紧时间看书吧。"我们这个学员班的班长冀成训,用他惯常使用的"那个,那个"口语开头,想要制止"新闻"的传播。

"重要新闻!"范尚进没有理会班长的制止,他习惯性地抻了抻他那叠缝笔挺的军服,在"新闻"二字前还加了个形容词。

"什么事?"我忍不住问道。但话一出口,又有些后悔,三十二岁的人了,好奇心还这么重。

"我刚才从校务部门前过时,见全校的团以上干部都在那里试穿将来实行军衔后的校官服。"范尚进那两道浓密的眉毛大概因为兴奋向上翘起了,"嘀!少校以上军官的衣服全是呢子的!"

我的那份好奇随着呼出的一口长气消失了——这消息与本人无关。

"式样也实在漂亮,既吸收了外军校官服的优点,也吸收了西方晨礼服的长处,还吸收了我国中山服……"

"我说'侍卫官',"旁边的单洪此时微笑着打断了小范的话,"你报告这则新闻对我等这些副营长们有什么意义?"——范尚进原本就长得十分英俊,加上他又特别地爱干净、会打扮,一身戎装总是收拾得十分整洁、笔挺,便更增添了几分漂亮,惹得学校里那些女兵的眼睛老往他身上溜。不少学员称他是石安陆军学校仪仗队的首席队员,单洪则说他有几分当年的俄皇叶卡捷琳娜身边侍从武官的派头,有时就干脆称他"侍卫官"。

"什么意义?"小范有些意外地望着单洪,样子显然是觉得他不该提出这个问题,"谁都知道我们学校素有'黄埔军校第二'的美名,连外电都评论我校是'未来中共军队校级军官的摇篮',我们将来毕业后,还不……"范尚进把下边的话省略了,但大家都能听出他省略的是什么。

范尚进属于那种对前途充满信心的雄心勃勃的少壮派人物。他今年才二十五岁,是我们第五期学员中最年轻的一个副营长。他从战士升至副营长只走了三个台阶：警卫员—军务参谋—副营长，在仕途上一直是阔步前进的。在他这种年龄，还不善于把自己的追求全藏在心里，他的踌躇满志几乎随时都从他那矜持的脸上和平时的言行中流露出来。刚入学讨论学习动机那天，他先是激昂慷慨地说了一通："……一定要树立为革命而学、为加强部队现代化建设而学的正确态度……"但这段话刚说完，他就又接着讲道，"听说去年第四期毕业生中，有一个副营职参谋，从这里拿到大学文凭后，一回部队就被提为副师长，不知我们这期学员将来的命运如何……"前天，他听说三大队一个学员有一本《将帅修养》，是一个欧洲人写的，马上特地跑去借了来……

"不管怎么说，反正我老单是穿不上呢子军服了，从这'摇篮'里出去，就差不多该告老还乡了！"今年刚好三十岁的单洪摇头晃脑地感叹道，"我说'侍卫官'，将来你要是发了校官呢子服，能不能借咱穿一穿？我们那口子老说她跟我结婚是鲜花插在牛粪上，我穿回去也好让她看看，我老单其实也是很帅的，归根到底是她沾了我的光！"

"哈哈哈……"班里的人都笑了。胖子景超的笑声最高。

单洪这小子最爱说笑话、开玩笑，班里人哪天都要让他逗笑几场。听他们同一单位考来的宋副营长说，他在自己的结婚仪式上也没有忘记开玩笑。他是在部队举行的婚礼，当婚礼结束、前来参加婚礼的首长和同志们要告辞时，他一本正经地站起来说道："由于本人初次结婚，没有经验，今晚的招待多有不周，请大家留下宝贵意见，以便下次改正！"逗得他那位新娘当着客人们的面在他肩上捶了一拳，愠怒道："你现在就想再结婚了？……"

"泄什么气呀，老单！"小范笑着解劝，语气中却带了一种居高临下的味道,"你毕业后有了大学文凭……"

"那个,那个,小范!先不要说了,现在是读书时间,抓紧读书吧!"冀成训这当儿打断了小范的话。

小范正在情绪高的时候被人打断话音,脸上露出了明显的不悦:"怎么,说几句话都不行了?"

范尚进平时对冀成训就很有些看不起。这除了冀成训长小范八岁却也还是个副营长这个原因之外,还有三个因素:一、小范立过一次三等功,而曾经参加过对越自卫还击战的冀成训,却连一次功也没立上。那次学校让学员填写"立功受奖情况登记表",当小范看到冀成训名下是一个"○"时,曾很有些自傲地说:"这么说,本人没参加过实战,立一个三等功也就可以了!"二、冀成训的军人风度远不如小范。冀成训说起话来总是以"那个,那个"开头,解放鞋常常一个月不刷一次,走路慢慢腾腾没一点精气神。小范最看不起没有军人风度的人,他曾几次在班里说:"倘若将来让冀成训当着上万将士讲话,开头先'那个,那个'一番,成何体统?"三、冀成训那点审美水平太可怜。刚入学那天,小范从提箱里掏出一个非常英武的军人石膏塑像摆在自己的床头桌上,大家围着称赞了好一会儿。当时,冀成训也从提包里掏出了一个五面木板一面玻璃的小匣子放在桌上,大家以为又是一件精美的工艺品,忙赶过去看,谁知里边装的竟是一块暗红色的、不规则的、粗糙的石块。我当时变了几个角度观察,也没看出这块石头的造型美来,小范当时连着"哟、哟、哟"了三声,便扭头走了……

"那个,那个,小范,我是说读书时间不多,我们要抓紧才是。"冀成训这当儿又解释了一句。

"放心!毕业时你能拿到文凭,我姓范的保险也能拿到文凭!"小范冷冷地说罢,"啪"的一声,把教程翻到了"步兵团对野战阵地防御之敌进攻的理论原则"一章……

二

　　个人预习:"集中兵力原则在战术部署上的运用和贯彻"。

　　预习照例在宿舍里进行。

　　看了一会儿教程之后,为了休息一下酸涩的眼睛,我抬起了头。立时,窗外校园中心大操场上,那用于反空降教学的高高的飞机模型牵引架,那用作战术教学的层层环绕的蛇形堑壕,那进行日常越障训练的各种障碍物,又一一映进了眼中。在这一刹那,我心中又一次涌起了那种终于成为这所军校学员的如愿以偿的欢欣。

　　当然,这不是那类欢欣——像高中生终于考进高等学府可以拿到大学文凭的那类欢欣。对于已经步入人生途程中段的我来说,那类欢欣已经体验不到了。尽管这所学校的毕业生也发大学文凭,但生活中还有比文凭更重要的事需要我去考虑。我的欢欣只是:我终于实现了返回石安市的第一步计划。

　　返回石安市是我几年来迫切希望实现的目标。母亲瘫痪在床,一双儿女尚在懵懂之中,伺候老人、照料孩子的重担全落在了有时还要上夜班的妻子身上。每次探家,都要听妻子的一番哭诉。让她随军,有些舍不得这座城市,我转业回来,无奈部队一是不批,二是脱军装回来,工资一下减去许多,也不是上策。最好的办法是我穿着军装调回本市工作。但我深知,像我这个父母都是一般工人的守岛部队的一个小小副营长,实现这个目标是不容易的。经过反复考虑,觉得要实现这个目标只有分两步走才有可能:第一步,争取考上设在石安市的这所军校;第二步,争取毕业后分到驻守市内的部队。我知道凭自己的水平,要留校当教员是不可能的。经过近一年的刻苦学习,我终于考进来了,第一步计划实现了。

我看了看手表,离下课还有三十五分钟,便开始轻手轻脚做着回家的准备。我很高兴学校把星期六下午这最后两节课安排成预习,这使我可以有时间做准备,以便下课号一响就往家奔——学校规定,凡家在本市又结过婚的学员,每星期六晚上可以回去。

当我把牙刷、牙缸往挎包里装时,没注意碰响了桌子,尽管这响声不大,还是惊动了旁边桌上的单洪。只见他立刻扭过头来大声大气地叫道:"老项,看你这每周末回家都要带牙刷、牙缸的样子,是不是晚上不刷牙,嫂子不让亲嘴?"

"哈哈……"宿舍里不少人都从书本上抬起头笑了。

"去你的!"我瞪了他一眼。

"看报刊资料了吗?西方现在把男女接吻的深度分为三个等级,"单洪这当儿又笑着朝我叫,"凡不接触嘴唇的,都只能称为三等,你应该争取和嫂子的接吻向一等迈进!"

"乖乖!亲嘴还分等级?"胖子景超发出了一声惊叹。他一激动就要叫声"乖乖"。

我笑了笑没再理会单洪。我知道倘要接一句,又会引出他十句笑话来。我只是忙着把要带回家的几件东西往挎包里装,不想就在这时,一直默坐在那边桌上看书的冀成训又缓缓开口说道:"那个,那个,老项,不要急着回家嘛,现在还没到下课时间,先预习教材吧!"

我觉得我的脸一下子红了。刚才单洪的那些大声说笑没使我觉得难堪,但这一句却使我感到耳热脸臊。一个成人被当众来这么一句,其实已等于一个中学生挨一顿"你为什么不守课堂纪律"的重斥了。

我重重地把挎包扔到床上,转身捧起了桌上的书。

"我说'侍卫官',你那本《将帅修养》中有没有关于将帅不准想老婆的条款?"单洪此时转向坐在他旁边的范尚进一本正经地问。我知道,单洪这是在变着法子反驳冀成训,为我说话,但我还是狠狠瞪了他一眼。

"没有。"小范大概没有听出单洪问话的意思,拍了拍他桌上的那本《将帅修养》,很认真地答道。

"这么说,将帅们尚且允许想老婆,那咱们老项,只是一个副营长,他在周末因有些想老婆打算早点回家,也完全是应该的了?!"单洪边说边用眼角瞥了一下冀成训。

"那个,那个,好了,不要说了!"冀成训此时站起身来,声调中很带了点威严,"大家还是抓紧时间预习教材吧。"

单洪撇嘴坐下了。

我扭头望了冀成训一眼,我估计自己的目光中一定带上了鄙夷。说实在的,刚入学时,他给我的印象不错。我从他那消瘦而黝黑的脸孔上,从他那骨节粗大、布满老茧的手上,从他脚上那打了两个补丁的布鞋上,判断出这是一个农村出身、老老实实凭自己的力气苦干而跻身军官之列的人,是可以信赖的。尤其他三十三岁了也才只是个副营长,这证明他和我一样,也属于那种"不得志"的人,所以在感情上更增加了几分对他的亲近。当学校宣布他当我们这个学员班的班长后,我第一个表示拥护。但慢慢地,我发现自己的看法错了。冀成训当了班长后——这本是一个临时性的、义务性的虚职——乖乖,立时摆出了一个当官的样子,一会儿督促大张读书,一会儿督促小韩做作业,一会儿要求老秦抓紧时间学习,俨然一副班主任的样子。他时不时地还要检查大家的课堂笔记,组织小型测验,搞什么学习讲评,都三十来岁的人了,用得着像管小学生那样管吗?更有甚者,当某个同志考试成绩不好时,他还要组织全班帮助这个同志分析考不好的原因,弄得那人更加狼狈、尴尬。为此,他很受了学校的几次表扬。我很怀疑,是否对名利的追求已经磨蚀掉了他那农村人的憨厚品性,教会他玩弄心计?他好像要通过当上优秀学员班长,进而踏上更高的官阶——学员毕业时,学校有提任职建议的权力,军校前几期有过先例,对优秀的学员班长,学校提任职建议时是可以优待的。……

下课号终于响了,但我仍一动不动地捧着书本,直到大家都收拾完书桌上的学习用具,我才慢慢起身去拿挎包。我要用这无言的行动向冀成训表明:我其实并不是急着回家!……

三

作业题:谈谈进攻部队在主攻方向选择上应注意的问题。
这节课做作业。
我注意到单洪没拿出作业本,只是在翻看着一沓写满了字的稿纸。我知道,那是他要撰写的专著《军界道德评价浅说》一书的写作提纲。别看单洪这人整天嘻嘻哈哈的,但也还有干一番事业的雄心。入学没多久,他就告诉我说,他打算写一部名叫《军界道德评价浅说》的专著,提纲已基本拟就。他当时还恳切地劝我道:"老项,像你我这些年过三十的军人,要想在军界扬名,单靠职务上的晋升已经不行了,必须另寻他路。记得克劳塞维茨吗？他不是以'元帅军衔'闻名于世，而是以他的《战争论》让全世界的军人知道了他的名字。我们应该吸取他的经验，走撰文著书的道路。在学校这两年，可是个写东西的好机会！"并告诉我，"学术研究最容易在两学科相接的边缘地带取得成就，撰文著书的题目最好选择那些与军事有些关联的！"我当时曾笑着对他说："算了，我虽只比你大两岁，两岁对一个中年人来说可不是一个小数字，我这一辈子已没这份雄心了……"

这当儿，只见单洪提笔在稿纸上写起来了，大概，他已经正式开始动笔写书了。反正这作业只是作为督促课后复习的一种手段，教员并不收去看的，做不做都一样。

我把作业做完之后，便仰靠在椅背上，预想着实现自己第二步计划的步骤——凡事预则立，不预则废。毕业分配的事，要早活动才是……

"老项，你看一下，给提提意见。"旁边的单洪轻轻摇了摇我的胳膊，打断了我的遐想。他向我递过来两张稿纸，我接过一看，原来是他写的《军界道德评价浅说》一书的前言，只见上边写着："道德评价，就是人们在社会生活中依据一定的道德标准，对自己和他人的行为所作的一种判断。军界道德评价，就是活动在军事领域的人们依据一定的道德标准对自己和他人的行为所作的一种道德判断。军界道德评价是军人道德活动的一个重要组成部分，是一种精神力量，能对军人的行为产生重大的影响。军人要进行道德评价，就要弄清进行道德评价的重要意义，明确评价的标准和根据，了解评价的方式等问题，本书正是打算从以下……"

"冀成训，下课后把班里作业收起来交到我那里看看。"教员这当儿在门口朝冀成训说了一句，走了。

"什么？要交作业？"单洪此时有些吃惊地叫道。我抬腕看了看表，还有十分钟下课。

"老项，你是从哪几个方面回答的？"单洪这当儿边低声问我边着急忙慌地从抽屉里拿出了作业本。

"我是从四个方面来……"我刚说到这儿，那边的冀成训猛地叫道："那个，那个，单洪！要独立思考！"

冀成训的这句话把全班同学的目光一下子都引到了单洪身上。

"那个，那个，我不是反对你写书，你毕竟还是一个负责指挥部队打仗的军官，要先把学业完成好！"冀成训这时又缓缓说道。看来，他也早已发现单洪没做作业。

单洪有些尴尬地抬起头来，但随即，他便又笑了："那是，那是！感谢冀班长的提醒，做作业要独立思考，学业要优先完成。冀班长常常不吝赐教，老单我这边深表谢意了！尚望冀班长以后继续多多指教！多多指教！"说罢，飞快地在作业本上写了"不会做！"三个字，跟着便把作业本旋转着扔到了冀成训的桌上。

胖子景超有些好奇地走过去翻开了单洪的作业本，立时吃惊地伸了下舌头："乖乖……"

四

课堂讲授：夜行军路线的选择及行军的组织实施。

讲课的郝教员大概有五十二三岁了吧，头发已经白了一半，额头上那些横纹和竖纹所构成的方格有些像地图上经纬线所构成的地理坐标网。他讲得很卖力，边讲边不时地掏出手绢去擦脸上的汗，殊不知这些内容对于我们这些营职干部来说已无讲解的必要,哪个营职干部还不懂得怎样选择夜行军路线?不懂得怎样组织夜间行军?

坐在我身子两边的单洪和小范,显然已无心听下去,单洪从挎包里掏出了他那本专著的"前言"修改起来,小范则又翻开了他那本《将帅修养》。

老教员那略显沙哑的声音也慢慢从我的耳畔消失,我又不由自主地想到了我的"第二步计划"……

"老项,你看!"正当我沉浸在"第二步计划"的思考中时,一旁的小范低低喊了我一声,把他手上的那本《将帅修养》向我移了过来,"这上边说,将帅的服饰一定要'透出庄重,显出威严,露出干练',达到十二个字的要求,我看这话颇有道理!"

我刚扭过头去看他手上的书,背上突然被人用指头戳了一下,回头一看,是坐在后面桌上的冀成训。小范和单洪显然也同时被捣了一下,两人都回头瞥了一眼冀成训。

"那个,那个,先不要看别的、干别的,注意听讲!"他低声说道。

一定是他的这句话被讲台上的郝教员听到了,只听郝教员蓦地停止讲授,喊道:"项西洲同志,关于'夜间行军路线的选择'我刚才一共讲了几个问题?"

我感觉到我在站起的同时身上的血涌到了脸上:"刚才没听清。"我只能这样答了。我听见有几个学员在讪笑。

"单洪同志替他答一答。"教员又喊起了单洪。

"一共讲了……一共……"单洪终究没有"一共"出来。

"范尚进同志替他答一答。"郝教员又喊道。

小范有些慌张地站起来:"大概讲了三个问题。"他匆忙中用上了"大概"这个词。

哄的一声,教室里的人都笑了。小范那因年轻有为而一贯矜持地高昂着的头第一次垂下了。"注意听讲!夜行军在我军未来作战中仍会经常遇到。坐下吧。"郝教员说罢又接着讲了……

下课后一回到宿舍,因丢了丑而升起的那股火气,差点让我把含在嘴里的几句讽刺话朝冀成训吐过去,但我终于还是忍住了,——毕竟,克制力是随着年龄的增长而增强了。不过,这当儿小范已冲着冀成训叫了起来:"班长同志,干吗存心让我们丢人?告诉你,用损害别人自尊心的办法来建立自己的权威,那是危险的!"

"那个,那个,我不是想让你们……"冀成训刚要解释,不想被单洪笑着打断了话音:"我说'侍卫官'同志,怎么能这样对冀班长说话呢?冀班长是本着对自己工作的负责态度,从保护我们脸面的目的出发,让我们在课堂上当众亮亮相,这不是对我们最大的关心嘛!"

"哈哈哈……乖乖……乖乖……"景胖子笑着连叫了两声"乖乖"。

单洪却没有笑,只是一本正经地脸朝着冀成训闭上了眼睛。

"你这是干什么?"景大胖子停住笑声有些奇怪地问。

"听人讲,闭眼是观望一个人灵魂的最好办法,我想看看班长的灵魂!"单洪微笑着说。

"你小子!哈哈……乖乖……"景大胖子的笑声又爆发了……

五

课间操。做广播体操第六套。

全校师生都在宿舍楼前列队,随着扩音喇叭中的口令做操。

单洪和小范站在冀成训身后,两人的目光都盯在冀成训身上。刚才下楼时我听见他俩笑着嘀咕了一句:"今儿个咱们也让班长尝尝当众亮相的味道。"我不知道他们要干什么,但我却期待着他们干点什么。

冀成训在前边很认真地做着体操。其实,他的动作很多不标准。我前些天特别注意到:他每逢做第七节腹背运动时,只是象征性地弯弯腰,严格说来,那简直不是弯腰,而应该叫弯脖。

又该做第七节了,冀成训仍像往常一样,只是简单地弯了弯腰,就在此时,只听单洪大声说道:"我说班长同志呀,做广播体操可要认真一点哩!腰要弯到规定的程度才能达到锻炼的目的哪!"

周围的学员听到单洪的话音,一齐扭过头来看着冀成训。

冀成训那张黑黑的脸立刻全红了。

"就是嘛!"小范这时也接了口,"要想当优秀学员班长,不论干什么都应该一丝不苟!"

冀成训没有吭声,只是在继续做动作时把腰慢慢地弯下去了。

"怎么样?咱们冀班长到底是老革命军人了,接受批评十分虚心,你们看,这不是把腰都弯下去了嘛!"单洪又大声地煞有介事地夸奖道。

周围的学员都哄然笑了,景超又哈哈笑着叫了声"乖乖!"

广播体操做完了。冀成训抬起他那涨得紫红的脸孔,一边抹了一把额头上的汗水——那一定是连羞带气急出来的,一边慢慢地向宿舍走去。

我感到心里升起了一股莫名的快意。

回到宿舍后,我发现冀成训默默地坐在他的书桌前,双眼直直地望着桌上摆着的那个装有石块的匣子。听人说,凡动不动就教训别人的人,最难容忍别人的教训,大概他也尝到了自尊心受伤的滋味了吧?

应该让每个人都有不适意的时候,否则,他会忘乎所以!

六

实地演练:带战术背景的夜间生疏地形上利用地图行进。

出发前,郝教员严肃地宣布:"今晚的演练四人一组,每个学员都要以步兵团团长的身份参加演练,当你选择行进路线和行进时,都要想到,我的身后有许多兵马……"

冀成训、单洪、范尚进和我四人一组。

帆篷卡车在黑夜中把我们拉到了远离石安市的一个陌生的山区。车厢在雨后初晴的沙土路上颠簸着,每隔三四公里就下一个小组。我们这组是最后下车的。

"集结地点:卧虎岭。到达时间,凌晨三点四十。注意管制灯火,不到万不得已,不准使用电筒!"郝教员简单地交代完毕,便坐汽车走了。

我们四人站在公路当中,周围一片漆黑,一阵夜风把雨后山间那股清新的味儿吹了过来。

"这地方适合谈恋爱,多静!"单洪小声说了一句。

"那个,那个,先确定站立点位置吧。"冀成训边说边把地图摊放在地上。——他是演练小组长。

我们用手绢包着电筒,很快在图上确定了站立点位置。教员今晚出的情况尽管复杂,但还是难不住我们这些营职干部的。不过,当我在图上数了数从站立点到集结点的直线距离,还是禁不住轻轻叫了一声:"嘀!二十二个方格,四十四里路!"

"郝教员挺舍得锻炼我们!"单洪感叹了一句。

接下来是确定行进路线。从地图上看,从站立点到集结点有四条路可走。

"两点之间直线最短,走这一条最短的!"小范首先指着地图发表意见。他给首长当了几年警卫员,坐惯了小车,最不愿多走路。

"嗯,可以。哪条近从哪条走!"单洪表示赞同。

"那个,那个,不行吧,"冀成训此时开了腔,"这条路是小路,我们身后还有大批兵马哩。"

"什么兵马?"我们三个同时一愣。

"那个,那个,郝教员出发前不是说过,每个人都要时刻想到自己身后跟着的是一个团吗?"

"嘀嘀嘀……"单洪的笑声在这空寂的山野里显得十分响亮,"冀副营长不愧是老军人了,执行命令到底坚决!"

"我们走吧!"小范此时不屑地瞥了一眼冀成训,站起身看着我说。

"好!"我也站了起来。

"那个,那个,不行!"冀成训这时又固执地叫道,"就是单我们四个也不该选择这条路走。你们看,这条路从四羚山与牤牛山之间穿过时,是与一条时令河并行的。现在是仲秋,又刚下过雨,万一时令河中水大,漫住了路面怎么办?郝教员讲过的,确定夜行军路线时,除了要考虑到敌情、我情和道路的原有状况外,还要注意到当时的季节和气候,我们不到万不得已是不该从这条路上走的。"

"行了,行了!"小范不耐烦地打断了冀成训的话,"刚好就那么巧?偏偏我们走这条路时路就断了?再说,即使路真断了又有什么了不起?'高明的将帅从不惊怯意外情况的出现,他们总是把其视为锻炼自己临机处置能力的最好机会',这在《将帅修养》上写得清清楚楚!"

"冀班长,我看咱们还是少数服从多数吧。"单洪又笑着开了口。

"走吧。"我也开口说道。

冀成训默默蹲在原地,直到我们三个向前走了几十步之后,他才起身跟了上来……

走了大约两个小时,小路进入了图上标示的四羚山与牤牛山之间。果然,与小路并行的时令河中的水增大了,夜色中只听河水发出哗哗的瘆人的响声。拧开电筒一照,路面已完全被水漫住。冀成训的判断被证实了。

我们四个人静静地站在那儿,足有一分钟,谁也没有发言。

"这没有什么了不起!走,从右侧这条山沟里过去,绕过这段鬼路!"小范指着旁边的一条山沟,最先打破了沉默。

是的,眼下只能这样办了,倘再返回去,三点四十分是根本赶不到集结点的。

"好吧。"冀成训表示了同意。

我们四个开始沿着右侧的山沟向前绕去。不料这里的山包一个接一个,山沟曲曲弯弯一条连一条。我们顺着山沟走了一个多小时,按说早该绕到原来的路上去,但打开电筒一照,前面依旧是曲曲弯弯的山沟。更为麻烦的是,走着走着,山沟突然被两个小山包一分为三,三条小山沟虽眼下是朝一个大方向,但可以想象出,它们绝不会一直通往一个方向,并且有的可能最后是一条绝路。究竟沿哪条山沟前进好?我们又不得不停下步子。

"先标定地图,确定一下现在我们到达的位置。"冀成训停步掏出了地图和指北针,小范拧亮了电筒。然而,当老冀打开指北针时,那针尖却没像惯常那样一下子指出北方,而是忽忽悠悠地动个不住,一会儿变换一个方向。

"怎么搞的,指北针坏了?"小范惊问。

单洪和我急忙抬腕去看表带上的指北针,然而,糟糕!两人表带上的指北针也摇摇晃晃地乱指一通。

"这山上有铁矿石!"冀成训此时低低地说了一句。

"哦?"我们三个同时一怔。军人夜晚在生疏地区无向导行进,最怕经过这种地段。在这里,各种指北针都会失去作用,而一旦判不清方位,就无法标定地图,明确自己的位置。

"找北极星!"单洪这时叫了一声,然而当我们抬头仰望天空时才发现,天早已不知不觉地阴了,一层乌云罩在当空,哪里还有北极星?

"那个,那个,上山坡,只要能发现平时常见的一颗星星就行!"冀成训紧接着说。

我们几个急忙向山坡上爬去,但在上边站了半天,也没见到一颗星星。附近也根本没有独立树、建筑物等可供概略判定方位的东西。

"报告军座,先头部队失去前进目标!"单洪这当儿学着电影《南征北战》中敌军参谋长的口气开了一句玩笑,但小范和我都已没心思去笑了。真没想到,四个营职干部竟会迷失方向。

"怎么办?"小范望着冀成训问,声音里露出了一点惊慌。

"那个,那个,现在退回去已没时间了,"他沉吟了一会儿,声音变得坚决起来,"就从中间这条最宽的山沟走吧!"

小范、单洪和我也没别的主意,便默默地下到沟底,随他向前走去。四个人以尽可能快的速度走着,但却始终没有找到卧虎岭。直到这个阴霾的清晨的曙光来到山间,我们辨清了方位、标定了地图之后才明白,我们已经东偏卧虎岭十公里了……

当我们终于赶到卧虎岭时,其他参加演练的学员早已回校了。山下的公路上,停着一辆等候我们的汽车;山头上,只站着郝教员一个人。

我们做好了挨剋的思想准备,然而,当冀成训敬礼报告:"第十一组到达集结地点"之后,郝教员却什么也没说,只是缓缓地抖开手中的一份大幅地图——这是一份"围歼卧虎岭以北地区敌摩步三团的战斗决心图",只见他挥起手中的蓝色铅笔,倏地从敌人的集结地画一个箭头向卧虎岭冲来,蓝色箭头直压过了设在卧虎岭南侧的我军一个野战医院。稍有标图知识的军人都能看懂,他这是在说:由于你们的迟到,被围的敌人从你们留下的空隙里溜走了,并趁势吃掉了我军一所野战医院!

"不要紧,下次标图时再把这个摩步三团围起来!"单洪小声笑着来了一句。

郝教员一边卷着地图一边冷冷说道:"上车,回校吧!"

我和单洪、小范同时长舒了一口气,而后相视一笑:看来,事情过去了。

"老项、小范,记得运动生理学家列尔夫人那句话吗?"单洪笑着转向我俩问道,"'多走路是文明社会所有成年人都要服的一剂良药!'我等无意中服了剂良药,感觉如何?哈哈……"

我们说笑着向山下走去,只有冀成训还木然地站在山顶,双眼呆呆地凝视着远处的什么地方……

七

自由活动。各人干各人喜欢干的。

由于昨晚演练,今天下午四点钟以前为补睡觉时间,四点钟到晚饭前,自由活动。

小范正用军用水壶盛满了开水细心地俯身在床上熨他那件军上衣。单洪伏在桌上继续写他那本《军界道德评价浅说》的专著。胖子景超正对着军棋棋盘苦苦地思索——前天中午,他连输单洪三盘,被单洪不屑地称为"臭棋篓子",此刻大概在做再次交战的准备。我在写信。其他的人也都在忙着个人的事,只有冀成训坐在自己的书桌前,双眼定定地望着桌上匣子里的那块石头,默无声息的如同一个雕像。

我望着他的背影无声地笑了一下。是的,我完全理解他此刻的心情。这次演练我们这个小组出了差错,这无疑是让他这个演练小组长丢了人,从而给他向"优秀学员班长"奋斗的路上罩了一点阴影。可想而知,他心里不会好受。

楼下传来一阵摩托车的引擎声,——听声音知道,这是收发室给学员送书报信件的摩托车。正潜心研究棋道的胖子景超听到这声音,倏地从座位上跳起来欢叫道:"乖乖,报纸来了!"他飞快地起身向门外跑去,撞到了小范拿水壶的胳膊,水壶掉在了床上,热水立刻从敞开的壶口流出来,泅湿了那件已基本熨好的军衣。

"眼瞎了?景大胖子!"小范气恼地叫道。

景超根本没理会小范的怒叫,早已飞步下楼了。

胖子景超这么积极地到楼下去,并不是因为他真的急切地想看到当天的报纸,而是要去看他的"家庭周报"——他妻子的来信到了没有。全班所有结过婚的人中,就数他盼老婆的信最心切。老婆每次来信,他都要捧读几遍,并且总是聚精会神,达到忘记一切的地步。单洪那次就是趁他聚精会神看信的当儿,悄步绕到他的身后,偷看了信的内容。当单洪在班里公布了那信上一共写了三句"夜里做梦总梦见我的'超'时",景超气急败坏地叫道:"你小子偷看别人信件,违反宪法!老子将来要转业到地方法院,第一个批准逮捕的就是你单洪!走着瞧!……"

"这怎么办?这怎么办?"小范此刻抖着他那件本已熨好又被热水浇湿了的军上衣连连叫道。

"我说'侍卫官',不要过于讲究了吧!"单洪这时放下手中的笔转过身对小范说道,"就你现在这样打扮,都已经把学校那帮女兵一个个弄得神魂颠倒,要再讲究下去,是不是存心要让她们得相思病?"

"别瞎扯!"小范白了单洪一眼,"要增加衣服的庄重感,方法之一就是要使其笔挺,懂吧?"他边说边悻悻地把衣服又重新晾在了铁丝上。

这当儿,景超胳膊下夹着报纸,手中拿着一封信和一个包裹走进了门——学员的包裹一律由收发室代领。

"夫人这封信中又梦见几次'我的超'了?"单洪含笑问

景超。

"去！根本没来信。喏,信和包裹都是班长那口子来的。"景胖子垂头丧气地把信和包裹放在了冀成训的桌上。

然而,冀成训根本没注意到那信和包裹,目光仍直直地盯着面前的木匣。

"我说班长,"单洪含笑上前拍拍冀成训的肩膀,"孩子他妈来信了,还不快看看？"

冀成训这时才如梦方醒地"哦"了一声,站起身来,拿过信撕开了信封。

"我说班长,能不能让咱参观参观嫂夫人寄来的是什么好东西？"单洪又顺手拿起了那个包裹,没待冀成训应允,已扯断了包裹皮上的线头。立时,一件上半部缀两条襻带、下半部系一个用毛线织的厚厚腰围的造型奇特的上衣,提在了单洪手上。"哟,这是什么新式服装？"

单洪的一声惊叹,把班里的同志都引了过来。

"给我,给我！这是她随便织的。"冀成训见状放下手中的信,急忙去夺那件上衣。

"他爸,天冷了,给你寄去……"景大胖子这时趁机念起了冀成训放在桌上的信中的句子。胖子这一念,慌得冀成训又赶忙来抓信。

"我说,咱帮班长穿上这件衣服怎么样？"单洪笑着发了声号召。我知道,这是恶作剧,想当众出冀成训的洋相。谁都能看得出,这件奇特的衣服穿到身上不会很雅观。

"同意！"一直站在一旁看热闹的小范首先响应,我猜得出他的用心和单洪一样。

"好！"景大胖子也表示赞同。于是,单洪、景大胖子、小范和班里另外两个人笑闹着上前,不由分说地硬脱了冀成训的外衣，要把那件衣服往他身上套，但就在这时，只听景大胖子惊叫了一声："哟?!"

坐在旁边看热闹的我听到这声惊叫，急忙好奇地趋前观看，我的眼睛在这一瞬间也吃惊地瞪大了——景大胖子一手掀着冀成训衬衣的后襟，在那下边，露出了一个长长的、显然因当初愈合不好而变得高低不平的紫色的伤疤。

那是枪伤！是子弹穿越炸裂后留下的！凡是军人都能辨得出。

屋里一下子静了下来，人们脸上的笑容倏地被惊愕所替代，从入学到现在，谁也不知道他竟负过伤。也许就在这一刻，大家明白了那件奇特衣服的功用。

"那个，那个，没什么，是让'他们'用机枪打中的。"冀成训边说边又急忙穿上了外衣。

我眼前突然晃过了那天冀成训在单洪、小范的笑逼下，弯腰做完广播体操第七节后满头是汗的情景。

我觉得心脏陡地一缩……

八

演练总结。晚饭后以班为单位总结实地演练的情况。

郝教员、学员大队的队长、政委，破天荒地一齐来我们班宿舍参加总结会，显然，他们是为我们这个小组来的。单洪、小范和我交换了一个不安的眼色。

总结会开始后，其他几个演习小组的成员都非常轻松地发了言，当然，主要是介绍经验。

只剩下我们小组的四个人没发言了，郝教员、大队队长、政委以及班里的同志，都把目光投向了我们。

怎么去讲演习出错的责任？我有些犹豫地垂下了头。

"关于我们小组的演练情况，我先谈点看法。"小范看了单洪和我一眼后，先开了口，"在这次带有战术背景的演练中，我们小组没有按时到达指定地点，致使'被围的敌人'得以逃脱，后果是严重的！这一过错虽然由担任组长的冀成训同志负主要责任，但我作为小组的一员，也应检讨！正如《将帅修养》一书中指出的，任何一场战争、战役、战斗的失败，都可以从将帅身上找到70%的责任，从下属和士兵身上找到30%的责任……"

我有些愕然地望着小范，他这样说，岂不等于把责任推向了冀成训？

"我说几句。"单洪清了一下嗓子，紧接着小范的话开了口，"我们小组演习出错的问题，虽然应由小组长冀成训同志负主要责任，但我认为，这是要做一点分析的。马克思主义要求我们不论分析什么问题，都要注意全面性，就是说，既要看到内部的原因，又要看到外部的原因，既要看主观因素又要看客观因素。昨晚，冀成训同志所以没有率领我们按时抵达指定地点，在客观上一是水把原来的道路漫住了，二是刚好那附近山上有铁矿石……"

单洪一本正经地说出的这番话，我听出了他的真实含义："过错的责任不在我！"

若在以往，我也许会毫不迟疑地对小范和单洪的话表示赞同，但在下午看了冀成训腰上的那道长长的伤疤之后，我却感到再那样做有些于心不忍了。究竟怎么发言？详细说出演练的全过程？那样一来，恐怕就要得罪单洪和小范了，并且大队长、政委在场，他们听了以后会对自己产生一种什么看法和印象？自己将来的毕业鉴定是要经过他们手的，会不会因这件小事而影响到自己将来的分配？

"那个,那个,我也讲一点。"冀成训这时缓缓地开了腔,"我们小组这次演练出错,主要责任,也应该说全部责任,在我!!"

我有些意外地望着冀成训那张黝黑而平静的脸孔。

"我们选定要走的那条路线固然不好走,但在战时,由于敌情和其他意外情况的限制,必须要走这条路的可能性是完全存在的。作为一个指挥员,在这种情况下,同样应该保证把部队按时带到指定地点。然而,我却因为中途辨不清方位,无法确定站立点位置,当三条山沟摆在面前时,下错了决心,致使错误发生。当时辨清方位是有点困难,但我回来查了书后才明白,其实还是有辨清方位的方法的。譬如,当地山上的石头风化比较严重,尤其是大石块,南北两面的风化程度是不同的,据此完全可以弄清方位。可当时,我却手足无措地下错了决心。可见,主要的教训是:我缺乏夜间复杂条件下组织行军的知识和本领!"

单洪、小范和我都有些吃惊地望着他,我们根本没料到他会说出这番话。

"那个,那个,类似这样下错决心的事,在我已经是第二次了。"冀成训又接着说道,同时,缓缓转身拿过他床头桌上那个五面木板、一面玻璃的木匣,"第一次下错决心是在那场战争中,这个石块就是我那次下错决心的见证。它上边这种暗红的颜色,是一个排长的血染的!"

屋里所有的人一齐把惊异的目光投向了他手中的那个木匣。

我一直以为那石块的颜色是天然的。

"那个,那个,在对越自卫反击战中,我是一个连长。"冀成训为了回答大家眼中的那股疑问，又低低地开口说道，"我们连奉命攻打347高地时，从图上分析和实地观察，攻击道路有三条：一条位于正面，坡度较缓，另外两条在左右两侧，坡度较陡。从望远镜里可以看出，正面敌人防御阵地上明显地修着不少地堡，地堡的射击孔甚至都看得清清楚楚，于是，我便不假思索地决定避开正面，从两侧迂回攻击，一侧助攻，一侧主攻。但一排长却极力反对，他坚持认为：敌人敢把正面的防御工事显露在外，恰恰表明他们没有把这个方向作为主要防御方向，他们知道我们一般不作正面强攻，习惯于用两侧迂回攻击的战术，主要兵力肯定会放在两侧，我们应从正面主攻，一侧助攻。我对一排长平时就有些看不惯，他因为读了不少书，常在一些问题上同我争论，让我下不了台。何况此刻我自以为自己的判断正确，更不会去考虑他的意见。我随即下了决心，命令一、二排随我从右侧主攻，三排在左侧助攻。结果一打起来，我们就遇到了顽强的抵抗，仗打得很残酷，等我们从右侧攻上山头时，两个排只剩下了二十一个人。一排长在刚刚攻上山头时，也中弹倒下了。我的腰部也中了一弹，就是你们下午看到的那个伤疤。站在山上我才看清，敌人的主要防御工事果然如一排长所说，是设在左右两侧的，正面只有那几个在山下可以看清的地堡和几个单人掩体。一排长趴在那儿声音微弱地对我说：'连长……敌人这是在利用我们的习惯性思维！……他们懂得军事心理学……我们至少多付出了两个班的代价……连长，你也得学点真本领啊……'说罢，他就牺牲了。我后悔莫及地哭叫着摇撼着他的躯体，但是，一切都晚了……就在那一刻我懂得了，别的行业使用庸才付出的代价是金钱，而军队使用庸才则必须付出鲜血和生命……为了永远记住自己的这桩过失，也为了永远记住一排长最后说的那句话,我把一排长牺牲时胸口下压着的这块被鲜血浸红了的石头收了起来……战后,因为连队攻下了347高地,部队给我记了一等功,我再三推辞没有推辞掉,其实,只有我知道,这个'功'是和'过'连着的!从那以后,我处处小心,唯恐下错决心的事再在自己身上发生,但不料,终究还是没有避免。所幸的是,这次是演练……哦,顺便说一句,到了这里后,我之所以总在学习上催你们,"他把目光移向了我、单洪和小范,"是因为我怕你们再像我一样……你们将来也要掌管着战士的生命啊……"

屋里寂然无声。

小范直直地盯着那个木匣,平时眼中的那种傲然、矜持之色彻底消失了。

单洪慢慢地伸出双手,从老冀手中拿过了那个木匣,目光凝定在匣中的石块上,手在微微地抖动。

"那个,那个,单洪,"老冀转向单洪轻轻地说道,"你不是在写书吗?我不懂得写书的要求,但我觉得,你那本书要真写出来,上边最好能有这句话:'那些没有实际才能而又企望当上军官或保持军官职位的人,是军界最不道德的人!'"

我觉得自己的呼吸蓦然变粗了……

九

就寝了。

校园的宁静和室内的宁静融为一体,显得越发地静谧。

老冀和班里的同志都已入睡,只有单洪、小范我们三个还拥被默坐在床上。

那个装有暗红色石块的木匣放在靠窗的桌子上,浸入室内的蒙蒙星光映出了它那不规则的轮廓。

远处的火车站内,传来一声长长的汽笛。大概,又一列夜行的火车要起程了。

汽笛声过后,一切又归于沉寂……

明宫女

之一：父亲

　　知府林清如大人批阅完一摞公文，正坐椅上闭目养神，忽有一阵焦慌的脚步声由堂外传来，睁开眼时，看见汪司马已忙不迭地迈进了大堂门槛，一脸惊色地叫：大人，快，快！

　　何事值当这样？慢慢说！林大人皱了皱眉头，不悦地用中指弹了一下书案。

　　朝廷后宫的韩志彤突来南阳！

　　啥？林大人霍地站了起来，他知道韩志彤是当今朝廷后宫的当红宦官，他怎么会来南阳？这儿离京城可是有两千里之遥！

　　他领的一干人乘坐的三辆马车已到了府前。

老天！还不赶快将他们迎进府衙？！他瞪了一眼汪司马，慌慌离座整衣向门口走去，脚迈门槛时又扭回头低声问汪司马：你揣度一下他突来南阳的缘由？

既然道台大人预先未得通报，想他可能只是路过，或许是为朝廷南下湖广办理有关事务路经咱府，顺道来府衙作一礼节性拜会？

再想一想！林大人拍了拍自己的额头。

也有可能是为了什么和咱南阳有关的事……汪司马沉吟着。

咱南阳和后宫能有啥？

要不先迎进来再说？

对对。林大人急步迈出大堂。但愿没有太大的麻烦，这些宦官咱可是惹不起呀！

接罢韩志彤带来的那道密旨之后，林大人才松了一口气，才将隐在眼里的惊慌一点一点抹去。

原来只是为了选拔五个宫女。

看来当今的圣上知道南阳盆地气候温润水土宜人，是出美女的地方。过去的皇上选美，大都把目光盯在吴越一带，在僻远的南阳地面选拔宫女，这还是第一次吧？

林大人生出一阵被赏识的兴奋。在这个偏远的地方任职，很少有直接为朝廷效力的机会，如今这机会总算来了。我理应做得让朝廷满意。

他安排韩志彤一行到馆舍休息后，便急召汪司马和秦通判到后堂商议如何办理此事。韩志彤说此事办理的期限是六天，六天后，他就要带上选好的五名十六岁的宫女向京都回返。六天选出五名长得好的姑娘应该没有问题。两位下属胸有成竹地表态。咱南阳地界美女如云，随便挑几个都能令韩大人满意。林大人警告两个下属道:选择宫女的标准一向严格,尔等一定要从细处考虑,万不可误了韩大人的行期。三个人最后商定,按百里挑一的办法办理,先令十个县在两天内务必选出五十名美女送到府里,而后再由汪司马会同韩大人从这五百名中选出五人。记住,年龄都在十六岁!林大人最后向二人叮嘱。

部署完这件事,林大人舒了一口气,开始向内院走去。中午要设宴款待韩志彤一行,这会儿离正午还有一段时间,他想回内院换换衣服稍作歇息,顺便把这个意外的为朝廷后宫选美的消息说给夫人。他想夫人听了这个消息一定和他一样高兴,毕竟这是一个为朝廷尽忠的机会。

走进内宅大门,林大人头一眼看见的是女儿舒韵。舒韵正翩然从暖阁上下来,手里拿着绣花绷子,想必头晌又在忙着什么绣品。父亲,今儿个下堂挺早哇。女儿向他打着招呼。他蔼然地应了一声,在几个女儿中,他最钟爱的是这个长得清秀又十分聪慧的舒韵。——你妈妈呢?——她在厨房里帮刘妈她们忙碌,妈说要给我蒸一个捏有十六朵花的豆糕。

十六朵花?为何偏要捏十六朵花?林大人笑望着女儿。

我今天十六岁了呀,你忘了今天是我的生日?

哦?噢。林大人拍了拍自己的额头,我忙公事忙得昏了头,把这事都忘了。十六岁,你可都十六岁了?他注意地看了一眼女儿,发现女儿果然已经长成了一个标致的大姑娘。十六岁就已经到了出嫁的年龄,这回朝廷选美的头一个标准,不就是十六岁吗?我怎么想到了这儿?他急忙摇头,把脑子里正想着的东西摇到角落里去。

他走进卧室时,夫人已经赶了过来。他于是向她说了韩大人来选美的事,他原以为她会像自己一样高兴,不料她听后竟叹了一句：天爷爷，造孽呀！他闻言惊喝道：你胡说什么？这样的事怎能说成是造孽？！——咋能不叫造孽？好端端的闺女，本该成家生儿育女的，却要去宫里头空熬着岁月……

住嘴！他拍了一下桌子，怒视着夫人，这话传出去要治罪的！你身为朝廷命官的夫人，怎敢信口……

父亲，你在说什么呢？舒韵这当儿走了进来，笑眼笑眉地问。

没、没说啥。他也努力地笑了一下。

为了感谢你和妈妈把我养到十六岁，我今天要各送你和妈妈一件礼物！

嗬，啥礼物？

你们两个都闭上眼睛！

对女儿的话他一向乐意顺从，于是笑着合上眼帘，他感觉到有一个轻飘而柔软的东西落到了手上，睁眼看时，才见女儿给自己的是一方洁白的揩汗的帕子，给妻子的是一条包头的绸巾。女儿给自己的帕子上绣着一座宫殿的图案，那图案绣得极其精致。

怎么想起绣宫殿了？他有些诧异。

你不是说过，做官要做到宰相，那才叫男人的成功吗？我绣这图案，就是祝愿你能走向皇宫……

哦，哦。他急忙摆手：不可乱说，不可乱说！但笑容却已经溢满了脸孔。看来知我者，舒韵也。都说知女莫如母，看来知父也莫如女呀！我是有在仕途上再作进取的信心，是有不当宰辅不罢休的雄心，但如今看，朝中无人提携，要登上那样的高位是不可能的。罢，罢，我还是安于这知府之位吧……

当天后响，选美的通知已派人飞马送往各县。晚饭后，林大人正在散步,下人通报说南阳县方知县求见,这让他一怔:这个时辰来见我是有急事?他走进内宅客厅时,那位姓方的知县急忙起身施礼道:林大人,这个时辰来打扰你很是抱歉,实在是因为……

坐下说吧。他朝方知县指了指椅子,他一向对属官们比较客气。

是这样,接到朝廷要在咱南阳地界选拔宫女的大函后,卑职十分高兴,除了保证完成府衙规定的选拔数字之外,为了表达下官的忠心,还特别愿意奉上小女芽芽以供挑选,倘大人能够开恩向上边鼎力举荐吾家小女使其入选,卑职愿肝脑涂地以报……

哦?林大人站了起来,有几分意外地看着对方,还真有人心甘情愿把自己的女儿送去当宫女?!而且还是一个知县?!对于在南阳地面选拔宫女,他是高兴,但那只是一种能为朝廷效力的高兴,在他的内心深处,他是知道这件事对于有适龄闺女的人家,未必是一种好事。他原来只估计到会有做父母的对这件事暗中抵触,没想到竟有做父亲的前来恳求。

万望大人开恩相助!方知县又起身施礼。

好吧,我会尽力。他缓缓点头……

送走方知县回到内室,夫人指给他看条案上摆着的一包银子,他才知道方知县还为此给他送了银子。唉,他倒是真心想把女儿送进宫哩!

这个姓方的心术不正!夫人突然开口。

嗯?他不高兴地瞪了一眼妻子。人家这是忠义之举,怎能……

啥子忠义之举?无非是想借此找一个攀附皇上的机会!

攀附皇上?林大人笑了,瞎说什么?这不是选拔皇后、皇妃,这只是选拔宫女,即使真让方知县的女儿去当了宫女,皇宫里宫女成千,哪有可能就与皇上扯上关系?

皇妃还不是皇上从宫女中挑的?姓方的就是在做这个梦,他梦想他的闺女当了宫女后能被皇上挑选为妃,然后他好借此飞黄腾达,他的闺女芽芽我见过,长得是很漂亮,保不准皇上看见了真能动心。

哦?林大人瞪大了眼睛,夫人的分析令他心中一沉,他过去显然没想这么深。

准备歇息吧,我叫丫鬟送热水来给你烫烫脚。

等等。他叫住妻子。你说方知县的闺女比咱舒韵长得还入眼?

那倒不见得,不过那芽芽姑娘长得是很媚人。烫烫脚睡吧?

林大人心不在焉地把头点点……

那天晚上林大人上床后睡意迟迟不来,一闭上眼睛,就看见了皇宫,看见了当今皇上朱瞻基乘着御辇向后宫走去,看见成群的宫女分站在御辇经过的甬道两边,突然,御辇停下,皇上手指着一位宫女问:你是……?回皇上,俺叫方芽芽,河南南阳人,刚入宫。——噢,我说怎么是头一回见你哩,真乃佳人一个。来人呀,让方芽芽去乾清宫,我要封她为妃。

林大人在枕上晃了晃头,把脑中的想象赶走。当那些幻想出的场景隐匿之后,他的思绪却仍在继续:倘若让方芽芽去当了宫女,保不准日后就真有可能出现刚才想象的那一幕;而一旦方芽芽真当上了妃子,那方知县势必会很快升迁,也许会挤走我当上知府,也许会当了道台成为我的上司,也许会成为一品大员权倾朝野,不是不可能,不是不可能啊!那么说这次选拔宫女倒真是一个重要机会了?应该紧紧抓住?不应该犹犹豫豫？怎么抓住？让自己亲戚中的一位姑娘也去应选当宫女？行倒是行，只是自己的三亲六戚中哪有符合选美条件的姑娘？真正符合选美条件而且有可能在日后被皇上注意的姑娘还只有舒韵了。一想到让舒韵去当宫女，他的身子就哆嗦了一下。不，不。可哪个姑娘最后不出嫁？舒韵最终是要当别人家的媳妇的，倘你的女儿因为当上宫女有了接近皇上的机会最后被皇上封为妃子，那可是你林家的荣耀啊！要比嫁一个普通官宦人家强多少倍？再说，你也年近五十，在仕途上发展的机会不会很多了，不应该丢掉这个机会！人家方知县都敢这样做，你为何下不了决心？那么就这样定了？定了吧……

第二天早上，约莫女儿起床洗漱梳妆完毕之后，他走到院中叫道：舒韵，陪我去花园散步吧。舒韵听见，应了一声，鸟一样地飞到了父亲身边。

这在他是一次艰难的谈话，他一时不知如何开口，父女俩在朝霞染红的后花园里走了两圈，他还没有寻找好出口的词句。

父亲，你今天早晨好像有什么心事？舒韵后来停了步说。

哦，不，没。林大人急忙掩饰地笑笑。

是不是为选拔宫女的事？我听说城中已把这事传得沸沸扬扬。

嗯，有一点。他没想到女儿先说上了这个话题。

说是城中有些人家害怕自己的女儿被选上，慌得要把女儿往乡下送，其实当宫女有啥害怕的？能住进皇宫，能看见朝廷，那是多荣耀的事情！

你真是这样想？

当然！

要是让你去当宫女,你愿意?

我当然愿意,只要你让我去。

真的?

我啥时候骗过你了?

那好,既然你有这个愿望,父亲愿意成全你,父亲希望你不仅能当上宫女,而且要进了宫后还能得到皇上的看重。

父亲,你此话可是……当真?

当真!他为如此顺利地说出自己的心里话而舒了一口气。舒韵意外地看着父亲……

之二:女儿

舒韵随着那几百名姑娘排成长队向府衙一侧的驿馆走去时,心里充溢着一股欢喜。她自小受父亲溺爱,在家里少受管束,养成了一种胆大开朗的脾性;长大后又读了各种书籍,对外部世界早生了一种向往,所以父亲这次允许她参加宫女选拔她十分兴奋。如果真能被选上,到京城,进皇宫,见皇帝,轰轰烈烈,也算不枉活了这一生。其实她刚一听下人们说到朝廷派人来选美的事,就生出来应选的心,只是怕父母不答应,她才没敢开口,没想到父亲倒开通,主动应允她来应选,还真有点出她意外。父亲到底不同于常人,眼界开,敢放我出来闯一闯这个世界。想想那么多姑娘都被父母关在闺房里,活着有什么意思?

——各位姑娘,请站好,听韩大人教诲。汪司马这当儿站在驿馆院里的一张椅子上喊。

舒韵的目光掠过汪司马,落在了站在一旁的韩志彤身上。原来宦官就是这个样子,白白胖胖不长胡子,举手投足有点女人模样。舒韵有些好奇地看着那个老人。父亲原来告诉舒韵，如果她真下了当宫女的决心，他出面去求韩志彤径直把她带走，她不必像一般民女那样去经过一道道的挑选程序，但舒韵不同意，她说她乐意去经过那一道道挑选程序，她认为那会非常有趣。她不让父亲去求韩志彤，也因为她对自己充满了自信，她相信凭自己的容貌完全可以被选上，她想借这个机会检验一下自己有没有引起外人注意的能力和魅力。——在她的内心深处，她也早生了一种隐秘的欲望，当了宫女之后，争取能吸引皇帝对自己的注意，从而被挑选为妃。那天武侯祠前的那个算卦先生不是说我的命里有大吉大贵?!

——尔等切记，本朝挑选宫女的头一条规矩，是出生于良家，所谓良家，即非医、非巫、非商贾和百工，尔等中若有不是良家出身的，请即退出馆门，不然日后查出，定当严办。韩志彤慢腾腾地开口，舒韵注意到，他说话的声音中带了点女腔。

没有人走出馆门。舒韵看了看门口，这么说各县在挑选这些姑娘时都注意了这条标准。

——请排成单列，慢慢从韩大人面前走过。汪司马在指挥着这一大群姑娘。凡经韩大人指点的，请即走出馆门；未被指点的，请到一侧稍候。

舒韵一边随着队伍向前移动，一边好奇地注视着韩志彤的那只不停指点的左手，他指点的标准是什么？到走近时她才听清，原来他边指点边在口中说道：太高!……太低!……太胖!……太瘦!噢，原来是依据身高和体重在作第一遍筛选。

轮到舒韵时他的指头没动。

我相信他也不会动指头，我要连这头一关都过不去那岂不成了笑话?

这一遍筛下去二百人。

接下来让留下来的三百人每二十人列成一排,每排间隔三步,然后由韩大人领着他带来的一班人逐排挨个谛视耳、目、口、鼻、发、项、肩、背,凡不合法相者令其出列。舒韵好奇地注视着韩大人的举动,为这筛选的细致感到惊异。当那一行人走到自己面前时,她注意到那姓韩的目光分明地一亮,盯视她足有一袋烟工夫,而后满意地点了点头。

舒韵松了口气,这一关又过了。

这一遍又筛下去二百二十人。

后响,留下的八十人又奉命排成一队,依次走到坐在一把靠椅上的韩志彤面前,自诵籍贯、姓氏、年岁。舒韵注意到,这是在检视姑娘们的声音是否好听,凡稍雄、稍粗、稍浊、稍吃者都被剔出。老天呐,选得竟如此细致! 不过舒韵依旧胸有成竹,自信自己的声音清脆、悦耳,轮到自己时,不慌不忙诵出规定的内容,果然那半闭了眼睛倾听的韩志彤闻声睁开眼,认真地看了她一阵,点点头说:好。

这一遍又筛去四十人。

第一天的挑选至此结束。舒韵回到后宅自己的卧室时,暮色都已经漫了上来。她刚在椅子上坐下歇息,妈妈就满脸愠色地走了进来,瞪了眼在她面前站下,却不语。舒韵笑了,说:妈,你还在生气? 我今天已顺利地过了三关,你该为我高兴才是。南阳地面上五百名经过挑选的姑娘中,只有四十名过了这三关,而我是其中之一,这表明你生的是一个漂亮闺女!

我不听你瞎扯! 当妈的依然一脸怒气,你知道当宫女是要离开家要吃苦的吗?

知道,妈。可我就是不当宫女,早晚也要出嫁离开家的呀?!我知道当宫女是要吃苦,可也有可能享福呀,一旦让皇上看中,被封了妃,啥样的荣华富贵不能享?到时候说不定你也要进宫去享福哩。

都是听你父亲瞎说,封妃能那样容易?

我相信,凭你和父亲传给我的这副相貌,加上我的智慧,只要我进了宫,我就会让皇上迷……

你还敢乱说?!母亲吓得急忙捂了女儿的嘴。

第二天头响,四十名候选姑娘在昨日的选场列队站好时,几个韩志彤带来的内监,各持一把尺子,开始为每人量手和脚的大小,凡手指太短、手形太大、脚趾太长、脚形太大的,再次被剔出去。

这一关又筛去十五人。

舒韵照样顺利被选。

接下来,舒韵和其余入选的二十四名女子,被领入驿馆内一间大房子,房子里已铺上红布,韩志彤让每个人都脱了鞋袜,轮流在室内走一圈,他站在一侧仔细观察,步态不稳、抬落脚急躁、双胯扭动难看的九名女子再被剔除。舒韵走得袅娜好看,自然仍在入选之列。

最后一关到了。十六名女子被韩志彤带来的两名老年宫娥领进一间窗门皆闭且蒙上了黑布的屋子,宫娥让每个人都脱光衣服,说要进行三摸两闻。舒韵听罢吓了一跳,忙低了声问啥叫三摸两闻,那其中一个宫娥说,"三摸"就是一摸两个奶子,奶头的大小和形状,奶子和奶头太小、形状古怪的,不选;二摸周身肌肤,皮肤上有疤痕和粗糙的,不选;三摸阴户和处女膜,阴户外形古怪、无阴毛和处女膜破开的,不选。"两闻"是闻口中呼吸的气味和腋下的汗味,有臭气的,不选。舒韵听罢,一种受辱感从心中陡然升起。长这么大,谁敢这样待我?今日竟要让这老宫娥摸遍全身了。当老宫娥的一双手在身上肆意游弋并在她的双腿间盘桓时,要不是有走进皇宫这个愿望在压迫着,她是真想挥掌朝老宫娥的脸上打去的。

一切顺利,舒韵和另外六名姑娘通过了这最后一关,方知县的女儿在这最后一关被挑剔出去了。

看来我真要走进皇宫了!自信的舒韵高兴地走出那间门窗紧闭的屋子。

韩大人等在外边。他让入选的舒韵和另外六名美女在他面前站成一排,不带任何表情地默然看了一遍,而后缓缓开口。祝贺你们顺利通过挑选,皇上也会为你们的忠心感到高兴的;遗憾的是,我这次来只能带五人回宫,而你们是七个人入选,这样,我还要再留下两位。说完,他的目光在其中一位姑娘身上停下,淡了声说:你,退下吧。那姑娘闻言,默然退下;随后,他把目光转向了舒韵,舒韵的心一紧,莫非……

林舒韵,你,也退下吧。

——不,舒韵意外地惊叫了一声。

说心里话,你长得很美,我也真心想把你带走,只是后宫选秀,一般不选现职官员的女儿,我也是刚刚知道你是林知府的千金,请多谅解。

不。舒韵捂上了脸孔……

烛光在从窗隙飘进来的夜风中左右摇动,舒韵就在这晃动的烛光里望着父亲的脊背。

——我原来只想到方知县的女儿可能成为你入宫后的竞争对手,就预先给宫娥作了打点让她们在最后一关卡下了她,未料到韩志彤也会来卡你。其实他这次来我真是倾全力来接待他了,礼也已经送了不少,我真有点摸不住他的心思。

——父亲,如果我当初没有应选,不去也就罢了,现在既是应了选,而且满城人都知道了,这阵儿要是再走不成,肯定会让别人误以为我是没被选上,算不得漂亮,惹人家笑话。

——放心吧,孩子,我会再去找韩志彤,无非是再破费点钱财,我不信我就办不成这件事……

好消息是第二天午后来到舒韵的闺房的。林大人派一个下人送来一包东西,她打开一看,原来是一身绣有后宫字样的衣裳,衣裳上放着父亲手写的一个纸条:换好衣裳速到韩大人下榻的馆舍。舒韵顿时眉开眼笑,总算如愿以偿了。她迅速换好衣裳,到镜前整了装,急急向韩大人的下榻处走去。

舒韵向韩志彤施了礼后,看见他挥手让身边的人都退出了屋子,这才低了声说:孩子,我这会儿不以公人的身份,而以一个五十八岁老人的身份同你说话,我想告诉你我的一桩家事。我有一个侄女,她和你一样漂亮,如今已出嫁且生下一个儿子,他们一家三口过着很舒心的日子。我觉着你该学我侄女的样子,去成家,去当妈妈,而不必跟我走,有时人的选择很紧要,人偶尔掐灭自己心里的一个希望不一定就是坏事。我不知道你听明白我的话了没有?

舒韵一怔,忙慌慌地说:大人开恩,我愿意去当宫女,愿意跟你走,请一定……

那么好吧。韩大人点了点头,随即从怀里掏出一个袋子递到舒韵手上:这是你父亲送我的银子,请你务必退还给他,我会把你带走的,既然你一定要去。

大人,这……舒韵捧着那袋银子不知如何是好。

退给你父亲!韩大人言毕唤外边的人进来,随后面对舒韵和其余四个入选的姑娘说:我们后天早晨出发回京,你们待会儿就可以回家和家人团聚话别,明日晚饭前务必到此聚齐,谁误了时间,要按宫规处置!从现在起,你们就已经是后宫中的人了。在和家人话别时,我提醒你们三条:第一,不要吃不洁净的东西,以免坏了肚子无法按时起程;第二,不要从家里带许多东西,宫中什么都有,日用的东西到时候都会发给你们;第三,不准再和亲族范围之外的男人接触,以防发生意外。待一会儿你们回家时,府里会派人送你们并有专人保护……

当晚,林大人在府中为女儿舒韵设宴送行,舒韵和叔叔、姑姑及舅舅等几个最亲的人也同桌话别。由于林大人和舒韵的真心欢喜,几个来客也都是欢声笑语。叔叔说:舒韵,我们在家就等着你封妃的好消息。姑姑说:待你在宫中站稳脚跟后,帮你姑父一把,让他也把那个驿丞的职务换换。舅舅说:日后你要有了身份,能让皇帝再赐我一些田地最好,我这个人最爱和土地打交道。独有舒韵的妈妈愁眉不展,最后竟呜咽出声。舒韵见状笑道:妈,这是个高兴的时刻,为啥要哭?我相信我在宫中会有出头之日,事在人为,总有一天你会为我笑的……

舒韵和其余四个女伴随韩志彤起程那个早晨天飘着细雨。林大人领着汪司马和秦通判一批属官直送到城外驿道上。在和女儿最后告别的时刻,林大人附在舒韵的耳朵上说了一句:我已给韩大人说好,进宫后由他多给你提供接触皇上的机会。舒韵把头点点,而后上了马车朝父亲挥手。同车的女伴们望着在细雨中越来越远的南阳城,都流了眼泪,独有舒韵双眼直望着车子前方且一脸希冀。

车到京城是个黄昏。尽管连日的坐车赶路舒韵已筋疲力尽,但看见威武的都城城墙和箭楼在夕阳中出现时,舒韵还是快活地轻叫了一声:到了!她新奇地望着宽阔的城门、石板砌就的街道和街两边鳞次栉比的店铺,望着在黄昏的街道上行走的人流。当车子驶近紫禁城,那一片金碧辉煌的宫殿出现在眼里时,舒韵因为激动而让泪水濡湿了眼睛。我到底见到你了,皇宫!从小就从书上读到过对你的描写,从画卷上看到过对你的描画,从父亲口里听到过对你的描述,今天,我终于要亲眼看到你的姿容了……

走进后宫时天已黑透,无数的灯盏把夜色推到远处。舒韵和四个女伴被领进一间亮灯的屋子,屋里有五张床,被告知每人一张,接着有人送来一点简单的饭食,大家吃了之后就相继睡下了。但舒韵却久久没有睡着,她侧耳倾听屋外的动静,整个后宫很静,只偶尔能听到一阵轻微的脚步声。皇帝大概已经睡下,我明天能见到他吗?见到他时他会注意到我吗?我明天该梳一个啥样的发式才算美丽别致,才能吸引皇帝的眼睛?……舒韵后来沉进一个梦中,在梦中她看见自己跪在一个金灿灿的大殿上,身穿龙袍的皇帝向她含笑走来,边走边叫:你就是舒韵?……

天亮后,舒韵第一个醒来,她穿好衣服后就走出屋门,她注意到这是一个小院,她刚想出院门四处走走看看,不妨院门外突然闪出一个太监拦住了她的去路,示意她的活动范围只在院内。她不高兴地退到院里,心想肯定是韩大人忘了给这个人交代,致使他敢限制她的行动。她盼着韩大人快来,快来领她们到宫中走走看看。

韩大人一连三天都没有出现。她们在这三天里只是吃饭、睡觉、聊天,再就是在小院里转转。

舒韵开始焦躁起来。这天后响,舒韵正百无聊赖、望眼欲穿地半倚在床上等待韩大人的到来,一阵哭声突然由远处传进屋里,那哭声越来越大,院外随即响起了人的奔跑声响。舒韵和几个女伴一齐侧耳倾听并交换着惊诧的眼色:出了什么事情?

傍晚时分,一个小太监来通知她们:皇帝驾崩,并给她们抱来了五套孝装。——啥叫驾崩?——就是死了。

舒韵惊直了眼睛。

老天呐,皇帝死了?他也会死?!他怎么在这个时候死?!谁当新的皇帝?

舒韵和四个姐妹在惊愕和不安中打发着日子。那些日子里每天都有哭声在院外远处响起,她们只能在院里屋里倾听着那时断时续的哭声,判断着那哭声出自什么人。

时间一天一天过去,舒韵已经有点记不清入宫有多少日子了。看来韩大人因为忙皇帝的丧事,把我们都给忘了。

有一天上午,舒韵和几个姐妹正坐在屋里闲说话,久违了的韩大人突然出现在她们的门口。她们几乎是同时起立叫了声:大人,你可来了!

韩大人面色冷峻默然无语地点了点头,而后朝身后的几个老年宫娥挥了挥手。她们这才看清,那几个老宫娥手里捧着几套色彩淡雅的服装和一些梳妆用品。——你们都立刻沐浴、更衣、梳妆,中午我请你们吃饭,饭后有大事!韩大人慢条斯理地开口。

大约是要带我们去见新皇帝吧?舒韵沐浴罢,一边在心里猜测一边去换衣服,新衣服换上后舒韵注意到,这些衣服不仅质地全为上等绸缎,而且式样特别美观入眼,八成是真要去见新皇帝了。

那天的午饭好丰盛,小太监们用托盘端来了一桌子菜,而且破例地给每个人倒了一小杯米酒。韩大人端起酒杯慢声慢气地说：你们进宫后，我因为各样杂事缠身，一直没来看望你们，今日特来敬你们一杯……席间，韩大人亲自用筷子给每个人夹菜，其殷勤与关爱之态，真像一位慈祥的父亲。舒韵望着韩大人的蔼然笑脸，心里生了一种感动。以后在宫中由韩大人照应，也真算自己有福气了。

吃罢饭，韩大人让舒韵她们五人漱了口，各人在口袋里装了一包喷香的香料，又最后帮她们每个人检查了一遍衣妆，这才说：走，咱们去办一件大事。

舒韵高兴地走在最前头。她越发相信了自己的判断：这是要去见新皇帝，要不，不会这样郑重。韩大人领她们出了院门，在宫中七拐八拐，最后走到了一座大殿前，舒韵注意到大殿四周站着佩刀的武士，殿门口有一些太监在匆匆进出，琉璃瓦的殿顶在午后的斜阳里闪着金光。一种威严的气势让她感到了一丝紧张。她在心里叮嘱自己，不要害怕，你不是很早就想见到皇帝吗？今天终于要如愿以偿了。

在殿门前，韩大人回头望了她们每个人一眼，舒韵感觉到他望自己的时间最长，心里一阵激动：是要把我先介绍给皇帝？

她们进了大殿，面前是一道屏风。韩大人让她们面朝屏风成一字排开，每个人相隔三步。她们刚一站好，十个小太监就从门后闪出来，也站在了她们身后，每两个太监靠近她们一个人。舒韵有些惊疑：这是干啥？她正想着，韩大人低低地开口说：我现在告诉你们一件事，希望你们能沉住气，平静地去面对。我把你们选来的目的，就是为了让你们去陪伴西去的皇上，现在他在等着你们，愿你们也即刻上路。

啥？陪伴西去的皇上？舒韵最先听出了问题，惊慌地抓住了韩大人的衣袖，其他人还在懵懂之中。

对,孩子,韩大人垂下眼,伸手拍了拍舒韵的手背,声极低地说:你本来是不该在这里的,记得我当时极力不让你入选吗?可你和你父亲执意要……而我那时又不能……

天呐——舒韵的一声惊叫还未落地,面前的屏风呼啦一下被几个太监撤去,舒韵这才看清,原来她们面对的是一排铺了白色绸缎的小床,总共五张,每人面对一张。她惊骇间,身子已被后边的两个小太监托起,放到了小床上,几乎与此同时,从高高的殿顶梁上,突然落下一排五个用麻绳结成的绳环,每人脸前吊着一个,如弯曲的蛇一样在空中晃动。

感谢你们自愿陪先皇西去!一个声音突然由对面响起。舒韵和女伴们还没有看清对面说话的是什么人,身后的太监们已抓住绳环套上了她们五个人的脖子,其余几个姑娘此时方明白要她们干的是什么,几乎和舒韵同时哭喊了一声:不——

她们脚下的小床迅疾被太监抽去,五个人的身子都陡然悬空,那哭喊声也戛然而止。

舒韵悬空的身子在空中转了一下,使她上仰的面孔看见了殿门外的天空。

有一只小鸟箭一样地蹿上天顶……

水 牌

渴死了,中午的水饺真咸。放学进屋后我第一个动作是倒水喝。倒霉!三个暖瓶都是空的。没办法,提上一个空瓶去水房。

这是我们家从地委机关搬来县委大院后我第一次去打水。以往打开水都是妈妈和姐姐的事,我和爸爸的责任只是喝。这两天妈妈出差,姐姐老在厂里画什么图,所以喝开水就成了问题。

问了几个人才找到水房。房门是开着的,我进门径直走到开水炉前,正要去拧水龙头时,背后猛地响起喑哑、浑重的喊声:"姑娘,先交、交水牌!"

闻声转过身,我这才发现,门后坐着一个老头儿,五十多岁的样子,穿着一身快被煤屑染成黑色的蓝裤褂,黑瘦的脸上横七竖八地满布着皱纹。尤其惹人注意的是,一道长伤疤横斜在他的额头,使他那本来就不宽的前额显得越发地狭小、难看;那只右眼也由于伤疤的牵拉,看起人来有点斜。望着他这副相貌,我突然在心里恶作剧地想:学校演出队要是再演节目,把他拉去当特务,不用化装,保准像。他见我怔怔地望着他,便抬手指指放在面前独凳上的方形木盒说:"交、交水牌。"

此时我才注意到,那木盒里已放了不少矩形小铁片,每个铁片上都用白漆写着一个"水"字。噢,明白了,这里打开水要先交这种水牌。于是便说:"我不知道要交水牌,没带。"

"那、那就回、回去拿吧!"他说。哈,原来是个结巴。我又差一点因自己的发现笑出声来。"多少钱一个牌?"我问。"一、一分。"

"那我就交钱好了。"我从兜里摸出了一个贰分的硬币,妈妈上星期给我的五块零用钱就只剩下它了。

"不、不行!我只、只收水牌!"他断然地说。

"我下次打水时把水牌一块带来,行吧?"要不是因为渴,我才不会对这个瘦老头使用商量的口气呢。要知道我在家对爸爸、妈妈、姐姐说话都从来不用这种口气。

"不、不行!"他倒干脆。并同时展开原来拿在手里的一张报纸——天哪!一张《中国少年报》——眯起眼去仔细地看。

一则因为嗓子干得冒烟,二则因为实在不想跑来跑去,所以我强咽下冲到喉咙口的赌气话,恳求着:"那我打了水回去就马上把水牌给你送来。"

"不、不行!"他一边低头看报一边又毫不费力地甩过来三个字。

好个不近情理的老头!我刚要把几句不中听的话向他扔

去,门外忽然响起一声亲热的招呼:"哟,韵韵,在这打水哪?"我扭头一看,县委办公室的胖林阿姨从门前过,正跟我说话,我便诉苦似的高声叫道:"林阿姨,这老头不让打水!"

"是吗?"林阿姨走进开水房朝着瘦老头叫道,"我说老姜,这是县委新来的章书记正在上高中的二闺女,你为什么不让她打水?"

"她没、没交水、水牌!"瘦老头话虽不顺畅却理直气壮。

"那就先打了水再送来。"林阿姨边说边从我手里拿过水瓶对准水炉上的龙头,并顺手拧开了龙头。天啊,真没估量出那瘦老头还这样利索,他猛地从座位上跳起,两步奔过来一下关死龙头,同时吼道:"不、不行!打水交、交、交水牌,这是党、党说的,谁也不能违、违反!"

嗬,瞧瘦老头那额头伤疤一跳一跳的凶神恶煞的样子,好像林阿姨再去拧那水龙头他就要拼命似的。"不打水了!"我一把夺过林阿姨手中的暖瓶转身跑出了门,同时恼怒地叫道,"死老头!"

林阿姨晃着胖身子追上了我,一边喘着气一边解释着:"韵韵,你可别跟这姜老头一般见识,这老头一辈子好认个死理。你没见他额头上那道疤,那就是他认死理落下的记号。在以前的一次运动中,几个造反派到开水房里用水桶接了开水掺上凉水冲身子,他嫌人家糟蹋开水,上去给他们讲党说了'要节约',几个造反派一听火了,上去一下子把他推翻在地,额头碰着门槛,流了好多血。"

"不亏!"我愤愤地叫道,"刚才他还在瞎编,说什么打水交水牌是党说的,党啥时候说过这话?"我边走边气鼓鼓地说。

"哈哈,"林阿姨笑了,"这哪是党的话,他指的是机关党总支提的要求。我那次去打水忘了带水牌,姜老头硬是不让打,气得我强打了两暖瓶,他事后跑到县委李副书记那儿告我的状。李副书记后来召开党总支开了会,说是端正党风要从一点一滴抓起,要求机关干部今后打水一律交水牌。从那以后,姜老头就像得了圣旨,动不动就拿出这句话压人。哼!好了,小韵,你先回去,待会儿让我家茵茵送两瓶开水去……"

当我回家喝着从自来水管里接来的冰凉的生水时,忍不住又在心里骂道:"死老头,咱们走着瞧,我章韵韵不是好惹的!"

也就是从那天起,我同姜老头结下了仇。以后每次去打水,我总是重重地把水牌砸到他面前的木盒里。每当听到这重重的一声水牌响,他总是有些吃惊地抬起那对浑黄的老眼看我一下,我很希望能听到他一声责怪,而后我便可以借故同他争吵一顿,以发泄心中对他的怨气。但很叫我失望,每次他总是只看我一眼,跟着便低头去看他的《中国少年报》。我注意到他那少年报是借开水房旁边一个邻居小孩的。他看报特别认真,一张报能看几天,有时还念念有声:"小——虎——子放、放——学——回、回——家,看——到——麦、麦——地——里——有——只——羊……"看他那认真样,又真觉得好笑。

也算碰巧,姜老头的一个把柄终于让我给抓住了。这几天打水,我总是见到一个农村打扮的十三四岁的男孩子也提着一把暖瓶去打水。他每次走到水牌盒前并不向盒里放水牌,姜老头抬头看他一眼却并不做声。我注意到他每次打完水后总是走进开水房旁边姜老头的宿舍,看来是姜老头的亲属。好啊,你也有徇私的时候。我心下暗暗决定:第二天中午再打水的时候,捉住那男孩子,当众出姜老头一次丑,出出心里的怨气。

当晚去林阿姨家找她女儿茵茵玩时,我把我的打算告诉了茵茵。谁知文静的茵茵一听立即表示反对,并柔声劝我道:"别去惹姜老头了,他怪可怜的。听说那个农村男孩是他弟弟身边的孩子,他弟弟早死了,留下一个瞎眼媳妇领着四五个孩子在农村生活。姜老头每月省吃俭用,把余下的工资寄给他瞎眼的弟媳妇。一定是他想省点钱,才肯让侄儿打水不交水牌。算了,分把钱一个水牌,就让他沾这点光吧。"

"不行!"我坚持道,"他当初为什么对别人那么苛刻?那天我快渴死了,好说歹说都不让打一瓶水。"我没有被茵茵说服,决计当众出他一次丑。

第二天中午,放学到家后我就提着暖瓶去开水房了。离水房还有十几步远的时候,果然又见姜老头的侄儿提着暖瓶进了水房门,没向木盒里扔水牌,径直走到水炉前打水。我急走几步,在水房门口拦住了灌满水向回走的那个男孩,厉声喝道:"站住,打水交水牌了吗?"

"我没、没有。"那男孩抬头看见我气势汹汹地站在他面前,涨红了脸怯怯地说。这当儿,坐在门后的姜老头也吃惊地站了起来。

"为什么不交水牌就打水,懂不懂这里的规矩?"我话虽是冲着小男孩的,但是目光却紧盯着姜老头。

"我大伯没、没说让我交水牌。"那男孩边讷讷地慌乱地回答,边求救似的回头望了一下姜老头。这时我看到,姜老头前额的伤疤一下子变得又红又亮。一种快意从我心上升起。我随即转向围在水房门口的十几个人大声叫道:"大家都来看呀,烧开水的也徇私舞弊,不让自己的侄儿交水牌!"

"哈哈……""这年头真是处处有后门,行行有方便呀!"人群中传出一阵嬉笑和戏谑声,听得出,林阿姨笑得最响。

"我、我替、替他交、交过了!"这当儿姜老头结结巴巴地叫了一声。

"替他交了?谁知道?我怎么没看见?"我嘲弄地一连用了三个问号。

"这、这就是我交、交的水牌。"姜老头边说边转身去盛水牌的木盒里拿出两个水牌递过来。

"这恐怕是别人交的吧?!"我望定他前额上那微微颤动的伤疤讥讽说。

"这、这种红字水牌只、只有我一、一个人有。"姜老头吃力地解释着。我这才发现,水牌上的"水"字是用红漆写的,与我们平常用的白字水牌不一样。"我侄儿早、早上打一瓶水,这会又、打一瓶,我交了两、两个水牌。"姜老头还在吃力地说着。糟糕,看来他真交了水牌。处于尴尬境地的我为了好下台,又强辩了一句:"你这水牌不一定是买的。"

像是猛地被人打了一拳,姜老头脸上所有的皱纹一下子全都痛苦地聚在了一块。"不是买、买的?"他瞪着混浊的双眸反问我,随之,就见他抖索着手去怀里拿出一个旧黑布包,从里边抽出一张纸条颤声叫道:"大伙都来看、看看,这是我、我这个月买水牌的单、单据。大伙要是不、不信,可去李、李会计那里查,要是查出我真、真没买,我保、保证把这几个月攒、攒下的八块五、五毛二全都交公!"说着,一下子全打开了那布包。噢,原来这是个钱包,里边除了三张两元的票子外,其余就是几张角票和镍币了。

我的身子不自主地颤抖了一下,天啊,那可怜的钱包里所有的钱,还不如我们家来一次客人妈妈给我买酒菜的钱多。望着姜老头急于辩清但又因说话不畅憋出来的一脸汗水,看着他侄儿那因慌张、羞怯淌在脸上的清泪,我无心再辩下去了,猛地转身跑出了门。

身后,传来了姜老头那倔强而结巴的声音:"打、打水交水牌,这是党、党说的,我老姜不能不照着办!"

自打那次拦住姜老头的侄儿打水以来,我心里总对姜老头怀着一丝歉意。以后每次去打水时不再把水牌使劲向木盒里砸了,总是轻轻地放进去。但姜老头对我好像并无什么恶感,每次见我去打水,仍是只望一眼便又低头去读他的《中国少年报》,并且还是那既不热情也不冷淡的目光。有一次我打完水往回走时,他还拦住我指着少年报上的一个"则"字问:"姑娘,这、这个字咋讲?"当我告诉他这是"原则""准则"的"则"后,他向我连连点头:"麻、麻烦你了。"

一个星期六的下午,我放学早一些,到家后便提着暖瓶去打水。远远地就见姜老头正坐在水房门外的一张椅子上看报纸。因为天热,他把凳子从屋里挪到了屋外树下,那盛水牌的木盒也就放在他的面前。快到他跟前时,我忽然发现好友茵茵那个长得十分漂亮的两岁小侄儿,正在路边堆着一堆小砖块。生性好同小孩玩的我,便立刻放下手中的两个暖瓶,蹲下身去同那孩子逗着乐。这当儿,我看到一个八九岁的男孩猛地跑到姜老头身边,一把夺过他手中的少年报:"姜爷爷,我要看着这张报纸写作文。"说完,便扭身跑了。本来正聚精会神看报的姜老头急忙起身追着那小孩,边追边可怜巴巴地说道:"小宁,爷爷还有半、半张没看完,看完立、立时就还你……"

我在这边看了刚要发笑,忽听开水房传出一声压低的、惊慌的呼唤:"韵韵——"我闻声向水房里看去,这才发现茵茵正站在开水炉旁向我慌乱地招着手,看来是出事了,我连暖瓶也没拿,便快步跑过去。进屋一看,在炉前的一个水龙头下,水瓶早已灌满,但滚烫的开水仍一个劲地向水瓶里喷吐着,开水溢出暖瓶向四下里横流,白色的水蒸气弥漫了半个屋子。

"韵韵,快!快帮我把这水龙头关上!我怎么也关不上了,让老头看见又该发火,快!"茵茵着急地拉着我的胳膊叫道。

"别慌!"我低声安慰着茵茵,但心里也确实有点慌。我伸出手想去关那水龙头,无奈那由下而上腾起的水蒸气又烫得我的手猛缩了回来。慌急之中,我忽然看见门后放着一把填煤的铁锹,便顺手拿过来向那个水龙头捣去,本想用这种办法把它关上,谁知,天哪!不晓得哪点捣出了毛病,本来向下喷吐开水的水龙头,忽然像公园喷水池里的龙头一样,直向上喷着滚烫的开水。"妈呀——"茵茵和我惊叫着跑出了水房,在跑出门槛的一刹那我觉得右小臂像被针猛地扎了似的疼了一下。

几乎就在我俩惊叫着的同时,姜老头拿着少年报从那边走过来,他在门口吃惊地瞪大了眼睛,额上的长疤分明地跳了一下,随即,就猛地脱掉了身上的褂子去门旁的凉水池里一蘸,猛地向头上一蒙,然后抓起凉水池边的一块湿抹布向右手腕上一缠,便钻进了水汽迷蒙、开水乱喷的水房里。

很快,水龙头喷吐开水的声音没有了,蒸汽开始消散。跟着姜老头踉踉跄跄地从屋里奔出来,一边喘着粗气一边向我和茵茵急急地叫道:"快、快去卫、卫生室,把你们身、身上烫着的地方抹、抹点药!"直到此时我才感受到胳膊上的疼痛,在茵茵的搀扶下快步向卫生室走去……

胳膊有两块地方被烫得发红,尽管医生一再说"不要紧",但我还是觉得世界上所有种类的损伤都没有烫伤疼,不时地呻吟着。晚饭我没吃几口,便上了床半躺在那里。妈妈和闻讯提着鸡蛋来慰问的林阿姨坐在我的身旁。正当林阿姨叹息着:"唉,幸亏没烫着脸。"一阵敲门声打断了她的话。妈妈去外间屋开门,门刚拉开,就听到了姜老头那浑重、结巴的声音:"你家闺女儿胳、胳膊还疼得厉、厉害吧?"

"当然疼得厉害了!"我身旁的林阿姨立时接了腔,跟着起身喊道,"姜老头你进来!我要问问你为什么要把我们韵韵烫成这样?!"

伴着一阵沉重的脚步声,姜老头左手提着两个暖瓶走进了我的房间。我这才看到,他的右手和右胳膊上也缠满了纱布,看来烫得比我还重。

他把暖瓶放到我床头桌子上,哎,这暖瓶不是我家的吗?噢——想起来了,我烫伤后一直让疼痛夺去了注意力,忘记拿我放在水房外边地上那两个暖瓶了。

"我、我有错。有、有大错。"他朝着我、妈妈和林阿姨低着头说,"不、不该去借报纸,让你、你烫成这样……"

"我看你是烧开水烧得不耐烦了吧?"林阿姨又讥讽地插了嘴。我急忙打断了她的话:"不,不怨你,姜大伯。"我不知不觉地变了称呼。

"还、还疼得厉害吧?"他弯腰问我。我第一次发现,他那沾了煤屑的、满布皱纹的脸其实是那样柔和。我忍住疼,尽力在脸上露出一个笑容:"不疼。你呢?"

"我的皮、皮粗,没啥。"他说着,左手去衣袋里掏出一个小小的纸包,抖索着打开来捧到我面前,"我、我给你买、买了点糖,你疼得厉害时吃、吃一块。"啊!那是二十来块本县糖果厂出的没有包装纸的、两分钱三块的劣等糖块。

"那糖不好吃,我们家有上海的大白兔奶糖。"妈妈在一旁看见后,急忙端过来家里那个大菱形的印有三朵牡丹花的糖果盒。

"妈,你懂什么?!"我狠狠地瞪了妈妈一眼,她被我喝愣在那里。这当儿,我接过姜大伯手里的糖,拿了一块填到嘴里。妈妈怎能懂得,买这些劣等糖块,在姜大伯来说已经是很大一笔支出了;她更不能懂得,这些糖块中已经浸满了老人心里的慈爱。

"真甜。"我边吮吸着糖块边向姜大伯现出一个欢喜的笑脸,尽管胳膊被烫伤的地方还在钻心地疼。

他额头上那原本绷紧的伤疤放松了,紧抿着的嘴唇咧开了,啊,他也会笑,虽然那笑纹连颊部也没波及。

"我、我回去了。"他转向妈妈告辞,跟着又指着他刚才送来的那两个暖瓶说,"暖瓶里、里边我已、已给灌满了水。"

"好,谢谢你。"妈妈礼节性地说。我忽然对妈妈有些恨,恨她说这种不热情的纯礼节性的话。我可一向是赞赏妈妈那种待人接物方式的。

姜大伯转身向外间屋走去,但走了两步又停下望了妈妈一眼,嘴唇嚅动了一下,似乎想说什么,不过跟着,就又转身移步向门外走去。我见状急忙喊道:"大伯,您还有事吗?"他转过身,指了一下那两个暖瓶,微笑着伸出了两个手指……

婚 礼

哥哥赵磊和嫂嫂林慧的婚礼决定今晚七点举行,五点半的时候,应邀参加婚礼的客人已经陆陆续续来到了。

妈妈在门外一边热情地招呼客人们进屋坐下,一边小声地埋怨哥嫂不懂礼貌:"唉!亏你们一个是军官,一个是医生,连这点规矩都不懂,客人来了总要出来迎迎啊!"

停了一会儿,仍不见哥、嫂出来,妈妈用胳膊碰了碰我,悄声说:"去喊你哥和你嫂出来招呼客人。"说完,她又觉自己的说法不妥,忙又嘱咐我,"对小慧先不要称'嫂子',要叫'姐'。"

"我懂!"我不满意妈妈总把我当小孩看待,使劲地白了她一眼,就进屋去了。

我们一家三口人住三间门朝南的房子,屋外边自家又搭了个小厨房。这三间房西边一间是哥嫂的新房;东边一间是妈妈和我的卧室;中间一间平时是接待客人的地方,今晚是举行婚礼的场所,里边摆了几张桌子,桌子上放满了糖块、香烟、花生、苹果、点心、酒瓶、水杯等。

我走到西房门口,先轻轻地敲了敲门,见没有动静,就用手推了推门,门是插着的。我想喊哥哥开门,但又觉不好,因为外间里已坐了不少客人。没办法,我只好走出院子,绕到屋后。哥嫂这间新房朝北也有一个门,正对着后边的一条大街。这道门除了夏天为通风凉快打开外,平时总是外边锁着,里边插着。因为现在刚过了春节不久,天还很冷,门当然锁着。我来到后门口,先是用手拨了拨门上的锁,想引起哥、嫂的注意,然后低声叫道:

"哥、慧姐,妈叫你们出去迎接客人。"

屋里没有回答。

我有些生气,正要扬起拳头擂门,不知怎的,一个猜想猛地跳入脑际:他们也许正像电影上的情人们那样,在拥抱、亲吻吧?想到这里,我急忙抽回自己的拳头,抑制住心跳,跑回到妈妈身边。

妈妈看见我,悄声问:"喊他们了吗?"

我轻轻地"哼"了一声,脸和脖子全红了,那是我为自己刚才的猜想羞红的。妈妈见我这副神态,只低声说了句:"这些孩子啊……"

院子里来了哥哥的几个好友。其中一个叫陈浩的调皮鬼,没进门就大声叫道:

"磊哥,怎么不带着夫人出来欢迎我啊?"

他一进屋,还没有接过我递给他的苹果,就伸手去敲新房的门,见没有动静,就想用力推。

我急忙把苹果往陈浩的胸前一扔,上前用身子挡住了门。

我害怕他真的把门使劲推开,那不就糟了?

陈浩一见我那副紧张劲儿,便狡黠地眨了眨眼珠大笑着说:"我明白了,明白了!"

"你明白了啥?"坐在一旁的一个小伙子明知故问。"明白啥?"陈浩开始了自己的讲演,"大家都知道,我磊哥是前天晚上才从云南回来的。因为路上几夜没睡好,昨天补睡了一天觉,今天上午忙着布置新房,下午一点钟才和我慧嫂去领结婚证,两个人还没有时间很好地谈一谈。现在他们一定正在抓紧这婚前的宝贵时光,互相倾吐着知心话,做着我们在电影上常看到的那些动作。"他的声音很高,意思是想叫我哥、嫂在屋里听到。但哥、嫂好像故意不理,屋里仍然没有一点声音。

"赵磊从云南回来,肯定知道中越边境冲突的详细情况,今晚得给咱介绍介绍。"戴眼镜的王萍姐说道。她是慧姐的好友,也是我们家的常客。

"对!对!对!"陈浩马上响应,"介绍中越边境冲突情况作为今晚婚礼的一项仪程。第一项仪程是居委会主任致贺词,第二项是新婚夫妇介绍恋爱经过,第三项是大娘讲话,第四项是自由发言,把吃糖、喝酒和介绍中越边境冲突情况作为第五项。"

"好!好!好!"一屋子人都表示赞同。

"谁当司仪呢?"王萍姐转脸问妈妈。妈妈原来可能没有想到这事,笑了笑说:"不论谁当都行。"

"要是大家不嫌弃,敝人愿干。"又是陈浩毛遂自荐。

众人哄一声都笑了,妈妈也含笑点头。

"李主任驾到!"随着陈浩的一声呼喊,居民委员会主任老李出现在门口,妈妈赶紧把他拉到桌子前。

客人到齐了。墙上挂钟的时针差十分就要指向七点,婚礼快该开始了。

"小磊,小慧,快出来吧!"妈妈不得不亲自喊了一声,口气里含着对他们不懂礼节的责怪。

"就去,妈妈。"屋子里终于传出了慧姐的声音。

"欢迎新郎、新娘走出洞房。"陈浩说完,伸手扭开了他随身带来的录音机的旋钮,顷刻,屋子里飘起了刘天华创作的二胡独奏曲《良宵》的优美旋律。

新房的门到底打开了,慧姐出现在门口。外间屋里所有的客人都把目光集中到她身上。

灯光下,只见她前额上沁满了细密的汗珠;两鬓的散发也被汗水浸透,紧贴在鬓旁;胸脯剧烈地起伏着,呼吸显得很急促,样子像是刚干了一阵重活或跑了一段长路。她发现众人的目光都射在自己的身上,羞怯地垂下了头。

"唉,新郎还没有新娘大方,新娘出来了,新郎还躲在屋里,别扭捏了,磊哥!"陈浩大声喊道,人们把目光集中到门口,等待着哥哥的出现。

足足有一分钟过去了,门口还没有见人。

我也真有些生气了,男子汉大丈夫,办事咋能这样?便大声喊道:"哥,大家都等你哪!"

屋里还是没有回答。我看见慧姐的嘴张了一下,像是想要说什么。不料陈浩的大嗓门又响了:"来,再来一个力气大的,咱们把新郎拉出来!"说完,便一个箭步从慧姐身边冲进了新房。

陈浩刚跨进新房,就听他惊叫:"哎!人呢?怎么没人?"

听到陈浩的这声惊叫,我和妈妈几乎同时跨进了新房门槛。啊,真的,房间里空无一人,哥哥不在。

屋里的客人纷纷离座,挤到新房门口往里看,大概有二十秒的时间,全屋的人没有一个说话,大家都有些呆了。

就在这一瞬间,几个判断迅速出现在我的脑际:是哥哥要办啥子急事,临时出去了?不会。再急的事也不能耽误婚礼啊!再说,即使真有急事出去,也会告诉我和妈妈一声。是哥哥对这门婚事不满意,他拒绝参加婚礼,逃跑了?更不会。他和慧姐是自由恋爱,家里又没有包办,结婚日期也是他自己定的。是林慧另有所爱,用巧妙的办法将我哥哥杀害了?想到这里,我浑身的汗毛立时竖了起来,传说的新房内的凶杀场面顷刻在脑海里浮现,我下意识地掀起耷拉在床帮下的床单,想看看床下有没有哥哥的"尸体"或"血迹"。

我在床底下没有发现什么,重又把目光射到林慧的脸上。听人说,初次作案的杀人犯,脸上总有一股掩饰不住的惊慌。我在她脸上虽然没有看到惊慌的表情,但却透过羞容看到了几丝忧虑。我的心发颤了,我真不愿相信这种忧虑的神色就是她作案的证明。

"小慧,小磊哪去了?"妈妈焦急地问。

可能是斟酌词句,林慧没有马上张口回答。

"快说啊,我哥哪去了?"我大声地催促道,口气里明显地含着不满和敌意。屋子里的人大概从我的口气里听出了一点什么,都向我看来,妈妈也瞪了我一眼。我才不管呢!倘若林慧再吞吞吐吐地不说话,我非冲上去抓住她的衣领,命令她交代不可。

林慧好像并没有生我的气,只见她慢慢地从上衣口袋里掏出两张折叠成方块的纸,然后用微微发颤的声音向妈妈说:

"妈妈,这是小磊给你的信。"

"给我的信?!"妈妈愣住了。

我急忙上前去拿那封信,但晚了一步,信被陈浩夺过去了。

"小浩,快念给我听。"妈妈急切地说。

"快念!"全屋的客人都在催促。

我控制住自己的心跳,倾听着陈浩那缓缓的低音:

妈妈:

你看到这封信时,一定在生我的气。可是没办法,我确实不能参加自己的婚礼了。

今天下午,我去接小慧来家的时候,半路上碰到了小慧在邮电局工作的妹妹小珊,她递给我一封部队来的特急电报,电文是:"火速归队"。妈妈,你知道我所在的部队驻防在中越交界处。这一段时间边境上很不安宁,我估计,部队来电催我回去,一定是发生了大事,因此,我和小慧商量了一下,就赶到火车站买了五点四十分往南去的车票。从家里走时,因怕你和妹妹一时想不通,也没有告诉你们,就悄悄地从后门出来了。

妈妈,我知道你很早就盼望我举行婚礼,也知道你为准备今晚的婚礼操了不少心,更知道你非常希望今晚看到我和小慧双双站在你的面前。可是不行啊,妈妈,错过了这趟车,就得等明天走了,军情似火,军令如山,我身为军人,哪敢耽误?

由于我的归队,今晚的婚礼按说是不能举行了,可是小慧不同意,她执意要照常举行婚礼。她说这样一可以安慰你,了却你的这桩心愿;二可以不使应邀前来的客人扫兴而归;三可以使她今后常住咱家,以儿媳妇的身份照顾你,也让我在前方安心。我考虑了一下,既然她这样坚决,也好,婚礼照常进行。只是婚礼中需要我说话的地方,可让我妹妹小洁代说。

　　妈妈,此次回去倘是因为战事,有句话要先给你说明,万一我在战斗中真的"光荣"了,你一定要告诉不知内情的邻居和亲友:小慧仍是个姑娘而不是个媳妇。这会方便她今后的生活。考虑到这一点,你告诉小洁,让她对小慧暂称"姐姐"而不要叫"嫂嫂"。

　　好了,不写了。车已经进站,妈妈,再见了……

人们都愣在了那儿。

寂静充满了房间的每个角落。

"开始吧,妈妈。"慧姐轻声催……

九百元

　　这是坐落在岳庄西头的一个小院。

　　初秋的朝霞越过不高的院墙,把大半个院子涂上一层淡淡的红色。在院子中间坐着一个二十来岁的姑娘。此刻,她正就着霞光挥动灵巧的双手绣一只枕套,白色的枕套上已显出了一对欢快戏水的鸳鸯的轮廓。她不时停下手端详一下手中的花绷,俊俏的脸上现出由衷的喜悦。

　　木质的院门响了一下,走进一个打扮得干净利索的老太太。姑娘抬头一看,慌忙起身招呼道:"七婶,你早。"

　　"哟,贞贞真勤快,一大早就坐在这里绣。"老太太边说边向姑娘身边走来。

　　"我害怕赶不上哥嫂他们用。"贞贞羞怯地笑着说。

　　"让我看看。"七婶边说边接过贞贞手中的花绷凑近眼睛看着,"啧啧,瞧,绣得多好,活灵活现,像要飞走似的。要让你那没过门的银花嫂见了,保险会喜得闭不拢嘴。"她从花绷上收起目光,望着贞贞那因被夸奖罩满红云的脸庞又笑着说,"就凭我们贞贞这双巧手,以后也要找个好女婿。"

"七婶——"贞贞嗔怪地瞪了老太太一眼。"噢,不说不说。"七婶递回花绷,"你妈在家吗?""在。"贞贞转身向堂屋里喊道,"妈,七婶来了"。

"唉,她七婶,快进来。"屋里传来贞贞妈苍老的应答。

七婶进屋去了,贞贞又坐下绣了起来,绣针上下翻飞,绣得那样仔细、那样认真,又那样高兴。是啊,再有七天就要娶新嫂嫂了,贞贞能不高兴吗?此刻,聪明的贞贞正是要把自己对哥嫂幸福生活的美好祝愿全部绣进那五彩丝线间啊!

贞贞绣了一会儿,又像刚才那样拿起花绷端详了一阵,这当儿,堂屋里飞来了七婶的声音:"银花家昨晚捎来信说,还得给九百元钱,不的话,就要推迟婚期。"

"啊?"贞贞几乎和屋里的妈妈同时发出了一声惊呼,两道细眉也立刻弯成了惊骇的弧度。

"聘礼不是已经送去了吗?"妈妈惊慌的声音。

"银花她爹说,那是那,这是这。"七婶的声音。

"天啊!"贞贞妈发出了一声痛楚的呻吟。

"九百元……"贞贞不安地重复着这几个字,停下了手中的绣活……

天傍黑的时候,贞贞右手里攥着一卷钱向家门走来。说是一卷,其实总数才三十七块。别看这卷钱数目不大,却是贞贞找了七个女伴才借来的。贞贞的女伴都还没有成家,没有掌管什么经济权力,经手的那点钱多是给家里买什么东西时剩下的一点零头,所以她跑了七家才借得了这个数目。

虽然借到的钱不多,但贞贞的心里还是高兴的。要知道,这也是替哥哥操了一点心啊。贞贞是很爱哥哥的。自从爸爸去世后,家庭生活的担子几乎全部压在了哥哥肩上。他没日没夜地干活,不仅维持着全家的生计,还供着贞贞和两个小妹妹上学。当初,贞贞刚考上高中时,妈妈曾因心疼儿子提出让贞贞停学干活,结果哥哥同妈妈大吵了一场,坚持送贞贞上完了高中。哥哥辛辛苦苦干到今天,已经到了农村青年成家的最后年龄——三十岁才结婚,贞贞能不替哥哥操心吗?所以,尽管妈妈没有委托她借钱,她还是在中午和傍晚收工时跑了七家,找遍了她可以张嘴借钱的所有朋友。

走着走着,贞贞忽然想起,前些日子哥哥给了自己三块钱让撕个花布衫,因为忙没有上街撕布,钱还在那件黑褂子的口袋里装着。对,加上那三块,不是够四十元了吗?想到这里,贞贞加快了脚步。

也许走得太急,到院门口时,贞贞已有些气喘吁吁了。她刚想站下脚擦擦脸上的汗,堂屋里忽然传来哥哥立柱那气极了的吼叫:"不给!一分钱都不给!她不跟算了,我打光棍!"

"你叫喊啥?出去!"妈妈气恼的声音。

"嗵"的一声,哥哥拉开了堂屋的门,跑进了厨房。

贞贞刚要迈步向堂屋走去,忽听屋里又飞出了七婶的声音:"今儿后响,我按你的意思,跑去跟大根他妈说了,刚好大根也在家,我问大根喜欢不喜欢贞贞,他一个劲地笑,看来他心里怪乐意⋯⋯"

"啥?"贞贞闻声身子猛一抖,一股凉气涌到了胸口。

七婶的声音继续在响:"⋯⋯大根他妈说,再有五天就可把那九百元钱送来,这样立柱和银花的婚期就不会推了⋯⋯"

"天啊!"贞贞轻轻发出一声痛楚的呼叫,身子无力地斜倚在了院门上。

七婶的声音还在朝贞贞的耳朵里钻:"……要说贞贞到大根家,那也真是到了福窝子里。老公公干活赛头牛,婆婆手巧会持家,大根又是三队出名的棒劳力,家里攒了不少钱,加上今年秋里人家三队又把地都分到了户下,遇上好收成,贞贞过去还不是要啥有啥?"

"小凯……"贞贞手捂胸口艰难地喊出了这两个字后,便转身跌跌撞撞地向院外黑暗中奔去……

越来越浓的夜色,把村外河沿上的一小片柳林遮盖得黑魆魆的。在这柳林的中间,站着贞贞。她两眼定定地望着小河对岸的两间草屋,悲苦的脸上又现出了几分焦急,样子像在等人。对,她在等人,她在等对岸草屋的主人——她心爱的小凯。她必须立刻把刚听到的那个可怕的消息告诉他,并把自己在惶急中想出的对策——让小凯尽快借到八百六十元钱(加上她手里的四十元够九百元)赶在大根家送钱之前由她交给妈妈,然后再向妈妈提出,非小凯不嫁——也告诉他。

一阵带着凉意的晚风把村中一个老年妇女的呼唤清楚地送进了贞贞的耳畔:"大根,吃饭了——"听到"大根"这个名字,贞贞的心又禁不住痛苦地一缩。不是因为大根不好才使贞贞痛苦,不,大根好。贞贞尽管和他不在一个生产队,但因住在一个村里且又和他同班读完了初中的全部课程,深知他的忠厚和正直。在学校时,每当班上选"遵守纪律、助人为乐"的好同学时,贞贞总是第一个提出大根的名字。如果现在让她在全队范围内选优秀青年的话,贞贞还会毫不犹豫地举手选他,但选择丈夫,贞贞却从来没有想到他,因为做丈夫的标准不仅仅是忠厚和正直。在贞贞的同学里边,还有一个比大根更适合做终身伴侣的人,他,就是小凯。贞贞早已把心交给了小凯,而现在却要让她来改变这个选择,她心里怎能不苦?换一个情人毕竟不像换一件衣服那样容易啊!村中已经响起刷锅洗碗的声音了,但对岸那两间草房里还没有灯光。贞贞知道,小凯每天收工后总要顺便打点猪草,所以常常回来得很晚。父母双亡、孤身一人过活的小凯也养了头猪,那是贞贞建议他养的,为的是好为他们将来的婚礼准备一点资金。他们当初商量好了,等到这头猪一长够秤,就由贞贞向妈妈提出同小凯结婚的要求。

"吱扭"一声,对岸那两间草房的木门被推开了。不久,一盏煤油灯的光亮从那门里透了出来,借着那昏黄的灯光,依稀可以看出一个小伙子的身影。

贞贞心里一阵紧张:"他会先看到那个会面的暗号吗?"别看那房子离得这么近,贞贞却只能约小凯出来会面而不敢走进去。在这个偏僻的村庄里,青年男女之间授受不亲的规矩还被严格地保存着,如果发现有哪个姑娘单独同一个小伙子在一起,那么要不了几天,舆论就会使她没有勇气走出屋门。所以贞贞和小凯的恋爱是在极端保密的情况下进行的,知道这件事的除了他们两个就只有贞贞妈了,就连贞贞妈也是在撞见女儿补一件没见过的男衬衣后,追问女儿才知道的。

听到猪圈的栅栏门响,贞贞放心了。因为那暗号就在栅栏门上,贞贞刚才从那猪圈前过时,假装着看圈里养的猪,在栅栏门上悄悄地加上了自己的一把小锁。

果然,盛碗饭的工夫,一个小伙子就站到了贞贞面前。借着淡淡的星光可见他中等身个,平头短发,衣袖挽至手臂,显得精干利索,一双眼睛在夜色中像星星般明亮地闪耀着。

"让你等久了。"小凯的声音柔和而略带歉意。

回答他的是一声压抑的呜咽。

"咋着了?"小凯惊慌地抓住贞贞的双手。

再也抑制不住了,贞贞把满肚的委屈全部化成泪水洒在小凯的肩头上。

在小凯连声追问下,贞贞才勉强止住哽咽,伸手从衣袋里掏出刚才借的那些钱放在小凯手里。

"这是什么?"

"三十七块钱。"

"钱?拿这么多的钱干啥?"小凯惊问。

"这是我攒的,你拿着。"贞贞颤声说。

小凯心头一热,以为这是贞贞为他们将来的婚礼准备的,忙说:"不用,我已经攒了一百零三块,等猪大了再卖个百儿八十的就够了。你攒的这些拿给家里用吧。"

"不,这些加上你攒的也不够。"贞贞凄然地低声说。

"是吗?"小凯又有些吃惊了,"咱们又不摆酒席,用得着那么多?"

"不是为了那,"贞贞的声音更加低了,"我哥哥的对象银花家又提出要九百块钱,妈妈没办法,就说让你帮俺家……如果四天之内送不到九百元,妈妈就……"

"就咋?"小凯的眼睛因吃惊而瞪圆了。

"妈妈就要把我说给别家。"贞贞垂下头去,两条长辫在她那微微隆起的胸脯上不安地摆动着。她隐瞒了事情的真相,没有像原来计划的那样,把妈妈已找七婶去大根家说亲的事讲出来,因为话到舌尖她陡然想起,那样做一来会刺伤小凯的心,二来小凯与大根也是朋友,弄不好会先伤了他两人的友情。

这消息来得太突然,也太可怕了,以至于小凯那对乌亮的眸子好长时间在眼眶里停止了转动,只是定定地望着贞贞。

贞贞看着小凯那呆怔的面孔,心疼而又有些害怕地:"你别急……"

几分钟后,只听小凯长长地叹了口气,然后缓缓地说:"我明天……就去宛城,找表姐借钱……"

"能行吗?"贞贞的声音像是一个危重病人在问医生的诊断结果。

"咱队里哪家都没几个钱,表姐厂里都是工人,总可以借到……"

"那……"贞贞望着小凯那在星光下愁云越积越浓的脸孔,又一次扑进了他的怀中,许久以后才抬起泪光莹然的脸颤声嘱咐,"路上小心身子……"

一天、两天、三天、第四天的黄昏来临了。这几天时间贞贞是在怎样的焦急中度过来的,只消看看她那透着苍白的双颊和布满血丝的双眼就可以猜出个大概。天还没有黑定,贞贞已经站在了那个小柳林里,双眼紧紧地盯着小河对岸那两间草屋的木门。

那天晚上,她和小凯分手回到家里后,没等妈妈来向她宣布那个消息,她就含泪告诉妈妈:第四天晚上小凯会送来九百元钱。妈妈听后只是呆呆地望着女儿那双红肿的眼睛,什么也没说。她明白女儿的心,还有谁能比母亲更了解自己女儿呢?最后,妈妈用两行混浊的老泪表示了对女儿行动的默许。但贞贞也知道,妈妈并没有让七婶转告大根家不要再准备钱了,妈妈显然在担心,担心小凯借不到钱。但贞贞是满怀信心的,她相信她的小凯一定会在今晚把九百元钱递到她的手上,然后她拿去交给妈妈,好让妈妈脸上那紧缩了几天的皱纹舒展开来。

时间在贞贞的焦急等待中悄悄地流走,不知是谁家的挂钟已经敲响了九点,然而河北岸那两扇木门却依旧没有打开。贞贞的心里有些慌:"咋还不回来?出了啥事?"

当挂钟报时声再次传来时,贞贞不得不向柳林边移动脚步了,她知道不能再在这里等下去,十点钟以后已经不是一个注重声誉的乡村姑娘在外边活动的时间了,万一别人瞧见会说闲话的。咋办?就这样回家吗?不,应该亲自去他屋里看看,也许他下午就回来了,因为劳累,先睡下了。想到这里,贞贞加快了脚步,绕过石桥,向小凯的房子走去。

她知道此时去敲一个青年男子的房门,被别人看到将是一件怎样可怕的事,所以边走边惊慌地四顾着。还好,村里的人经过一天的劳累,多已入了梦乡,她快走到小凯家门前时,并没有遇到一个人。正当她暗自感到侥幸,想疾步走近那扇木门时,突然从房子那边的路上走来了一个人。因为天空布满了乌云,夜色墨一般黑,她发现对方太晚了,躲是来不及了,贞贞的身子一颤,忍不住在心里叫起苦来:"妈呀……"

对方也显然已发现了她,在停下脚步的同时问道:"谁?"

听到这声问话,贞贞那本来就缩紧了的心脏又禁不住一缩,分明地感到浑身的血液停止了流动,天啊,竟是他——此刻最不应该见的人——大根。在这瞬间,她抬头望了一眼漆黑的夜空,那惊慌和羞愤的目光似乎在责问苍天为什么要这样安排?

也许真的是老天有意安排,因为恰恰就在这当儿,一阵风把乌云吹开了一个很大的窟窿,从窟窿里现出一块蓝天,那蓝天上刚好有几颗晶亮的星星,一下子把贞贞和大根彼此的身形、面影呈现给了对方。

"贞贞?"大根的声音里透着压抑的惊喜,疾走几步到了贞贞面前,不过他很快又退后了两步,似乎感到不应该离贞贞这么近。星光下可以看清,他属于农村那种老实巴交的青年,个头不算高,但身子很壮实,憨厚的脸上镶着一对和善的眼睛。

"哦,是大根哥,吓我一跳。"贞贞终于镇静了下来。

"这么晚了你咋在这里?"大根惊异的问话里含着深深的关切。

"我、我去慧叶家玩,她非缠住我教她绣枕套不可,一直到现在。"也算急中生智,贞贞想起一个女伴就住在近处,编出了这个理由,说完急忙问,"你咋还没歇息?"

从来不会说谎也绝不相信别人会说谎的大根,没有对贞贞的回答表示任何怀疑,只是赶忙答道:"小凯走这几天,我每晚都住在他这里,帮他喂猪看东西,今晚家里有点事,来晚了。"

"小凯上哪去了?"贞贞装着不在意地问,但话一出口,她就感到自己的脸红了。

"不知有啥急事,大前天去宛城了。走那天,他顺便借的板车替公社土产站往宛城捎货物,可能想多赚点钱,装得太多,快到宛城时车轴断了,车翻时他也被砸伤。刚才听从城里回来的二蛋说,他已被他表姐送进了医院。"

"啊?!"贞贞痛楚地低叫了一声。这声惊叫把她心里的感情泄露无余,如果换了别人,一定会从这声惊叫里听出贞贞对小凯的无限关切和疼爱,听出这两人之间有着不同寻常的亲密关系。然而忠厚老实的大根,从来不会揣摸别人心思的大根,从这里边却只听出了同学间的友爱和乡邻间的关切,于是急忙宽解对方:"不要紧,宛城有大医院,不会出事的,过两天我去看看他。"

"那……好,你……歇着吧!"说完,贞贞急忙抬脚,踉跄地向回家的路上走去。幸亏是晚上,要不,即使心直得一点弯也不拐的大根,也会从她那噙着泪花的眼睛和跌跌撞撞的脚步上看出一点眉目的。

……

煤油灯光在贞贞妈那张多皱的脸上晃动着,这是一张处事随和、与世无争的善良的脸孔,可是此刻,那上边却罩着一层厚厚的忧愁和凄苦。她望着坐在床沿无声流泪的贞贞哽咽着说:"……妈知道你的心……妈也想让你和小凯过日子,可是……你哥已经是三十岁的人了……说一个不成,说一个不成,再下去……咱家就要绝后了。"

妈妈最后的一句话使贞贞那颗悲伤的心禁不住一颤。是啊,假若哥哥真的因此失去结婚的机会,那么在自己和两个妹妹出嫁后,哥哥就只能伴着妈妈度日了。倘若妈妈再一去世,哥哥就要像五保户金槐爷爷那样过孤苦伶仃的生活了,有病时就要求人做饭,下雨时就要求人挑水,分粮食时就要求人扛回。想到这里,一个寒战滑下贞贞的脊背,不,不能啊,不能把这种可怕的结局留给辛劳多年的哥哥……

妈妈望着女儿那不断涌出的泪水,又抽泣着说:"都怨妈……怨妈没能耐去挣九百块钱……你恨妈吧!"

"妈,别说了……"贞贞一下子扑到妈妈怀里,把满是泪水的脸紧紧贴在妈妈那急剧起伏的瘦削的胸前。

妈妈双手搂紧了女儿。她已好久没有像这样把女儿搂在怀里了,大概自从贞贞上了小学以后就没有这样做过,一方面是因为有两个小妹妹夺走了贞贞在妈妈怀里的位置,另一方面也因为繁重的劳动使妈妈无暇来这样爱抚女儿。此刻,这突然的搂抱,尤其是女儿那紧贴胸口的含泪的脸孔,一下子唤醒了那深藏心底的对长女的爱。这爱来得那样强烈,以至于一分钟后已变成一股熊熊大火,迅速烧掉了她几天来要用贞贞换来银花的决心。不,宁可不要媳妇,也不能委屈了闺女,贞贞妈在心中无声地叫道。

恰在这时,院子里传来了七婶的声音:"老嫂子在家吗?"

听到这句问话,贞贞妈呆了好久才吃力地应道:"在……"随之,她松开了女儿,蹒跚着走出里间屋。"老嫂子,我给你送钱来了。"七婶一走进外间屋就高兴地叫道,"大根他爹刚送到我那里的,给,整整九百元,你数数。"

"她七婶……"贞贞妈没有伸手接钱,只是颤声说出了这三个字,跟着便垂下了头。

"咋着了,嫂子?人家大根家又没超过时间,今天刚好是第五天。"

"不…不……"贞贞妈慌忙摇头。

"你嫌少,是吧?我让他们再添点。"

"不,不能……"贞贞妈抬头急忙说,"我是想……这样做……是在坏良心……"

"哎哟,我的老嫂子,你说到哪里去了?这怎么能叫坏良心呢?现在哪家打发闺女不要几个钱?兴她银花家向你要,就不兴你向大根家要?我昨天还听我三闺女告诉我,说报纸上都讲了,嫁女儿要钱是因为农村穷,只要农村不富,这种现象就是不能免的。咱队这个穷样子,嫁女儿要钱当然不可避免,谁要说你要钱是坏良心了,你就问问他读没读过报纸。"七婶咽了一口吐沫又继续自己的开导,"依我看,你要的并不算多,九百来,九百去,一个也没赚。"

"她七婶……"贞贞妈用衣袖擦了擦眼泪后打断了七婶的话,"你……把钱退回给……大根家吧……"

"你说啥?"七婶额头上的皱纹因吃惊全部集合在一起了,"你不想要儿媳妇了?"

"我……不能害了……闺女……"贞贞妈又哽咽着垂下了头。

"害闺女?这咋能叫害闺女?"七婶诧异道。

"麻烦你……把钱……退了吧……"贞贞妈又颤声说。

"你不后悔?"七婶有些生气了。

"不……后悔……"贞贞妈说完便脚步踉跄地扑向放在外间的一张床,无力地倒在了床上。

"那我走了。"七婶脸带怒气,转身向门口走。

"七婶——"双眼红肿的贞贞出现在里间门口,声音嘶哑地喊道。

七婶闻声停脚转过脸:"贞贞?你也在屋?"

贞贞缓缓地点点头,使劲向肚里咽下了一口唾沫,这才颤声说:"把钱给我。"

这句话立刻使七婶转怒为喜:"看看,还是我们贞贞懂事,给,这是九百元。过两天我再让大根给你扯两套衣服……"不知是由于灯光黯淡还是老眼昏花,七婶没有发现站在面前听自己说话的贞贞正牙咬下唇,殷红的血顺着她那白嫩的下颌向下滴着。

"贞贞——"伏在床上的妈妈突然抬起头来痛楚地喊。

贞贞慢慢移步向妈妈身边走去。她双眼无泪,脸色似乎也很平静,但这骗不了妈妈,妈妈知道她的泪水在向心里倒流。走到床前,贞贞抬起颤抖的手把钱递向妈妈。

"我不要!"妈妈一把打掉了那沓钱,伸手把贞贞紧紧地搂在了怀里……

第六天的早晨,那九百元钱派人送到了银花家。

就在这天的傍晚,一台拖拉机在岳庄村西公路上停了一下,小凯下了车厢。他向司机说了句感谢的话,便匆匆忙忙地一跛一跛地向村子走来。

他边走边伸手摸了摸装得鼓鼓囊囊的上衣口袋,那里边是六百块钱。小凯因地板车翻车被砸伤由表姐送进医院的第三天,就不顾医生的劝阻,拖着伤腿奔回了表姐宿舍,恳求表姐为他借钱。刚当工人不久的表姐哪能一下子借到这么多钱?她整整跑了两天,才借得了六百元。小凯看看已经超过了贞贞说的期限,便不敢再等,慌忙搭上顺路的拖拉机回来了。他心想,先把这六百元加上自己有的一百多元交给贞贞妈,向她说明情况,然后再继续想法借够九百元,事情总是可以解决的。

离村子越近,小凯一跛一跛地走得越快,他相信贞贞一定又在小柳林里焦急地等待他。他想象着走进小柳林时贞贞该是怎样高兴地扑入他的怀中,他甚至想象着他该怎样将贞贞额前的散发理顺,然后轻轻地吻吻她那鲜润的双唇,再低低地向她说明他回来晚的原因……

"谁啊?眼瞎了吗?往人身上撞尸!"一个老太太的抱怨声猛地把小凯从甜蜜的想象中拉了回来,他抬头一看发现自己已走进了村子,手拎几个瓶子的七婶站在面前。

"哦,七婶,你老原谅。"小凯慌忙道歉。

"是小凯啊,我还以为是哪个愣小子哩,你这是从哪里回来?"

"我去表姐家有点事。"小凯不愿细答,为了变被动为主动,便急忙问对方,"天都黑了,七婶提着瓶子去哪里?"

"去贞贞家送酒。她哥明天结婚,托我给她家买了几瓶。"七婶答。

"结婚？不是说不给九百元，女的就不过门吗？"小凯有些惊异地问，但话一出口，他就后悔了，他怕快嘴七婶会因此追问起他怎会知道这消息的。

还好，七婶并没有追问，只是疑问地望了他一眼，说："要的九百元已经送去了，大根家给的。"

"大根？大根家咋会给钱？"小凯吃惊了。

"噢，你还不知道啊，大根和贞贞已经订了婚，他家这是送的聘礼钱。"

"啥？！"小凯惊吓似的向后退了一步，随即叫道，"贞贞怎会喜欢大根，和他？"

"贞贞当然喜欢大根了，聘礼钱是她亲手接的，倒是她妈想阻拦，但没拦住。"七婶语气肯定地说着。

"胡说！"小凯的理智终于失去了控制，狂暴地叫道。

"胡说？"七婶显然被小凯暴怒的声调弄得有点惊异了，她不知道他何故生这么大的气，但素来闲不住的舌头使她又继续说了下去，"不信你去问问贞贞她妈。我看贞贞做得对，大根家三口人两个棒劳力，家里有积蓄，所在的三队又富，她过门后还不是光享福……"

七婶后边说的什么话，小凯没听清，他只觉得头轰的一下炸裂开来，随之对周围的一切失去了感觉。当他从这种麻木状况中醒过来时，面前已不见了七婶。此时，从他那一片空白的脑海里泛出来的第一行字是：贞贞设计骗了自己。

一弯鹅黄色的新月已经升起来了，小凯还定定地站在原地。不知过了多久，他才慢慢移步向自己的房子走去，但此时，他跛得似乎越发厉害了，几步一歇，从他站的地方到他的屋子也不过几百米距离，他却直到午夜十二点时才走进屋门……

第七天,贞贞的哥哥立柱和银花如期举行了婚礼。

也就是从这天开始,贞贞病了。病得很厉害,在床上一连睡了半月。

就在贞贞病好的第二天,渴望能尽早当上婆婆的大根妈托七婶来商量大根和贞贞的喜期。贞贞妈本有心提出把婚期推迟到明年,后又想到贞贞与小凯在一个队干活经常见面,时间越长,女儿心里会越难受,便同意了七婶关于三个月后成婚的提议。善良的贞贞妈心想,结婚后,有温厚的大根的体贴,贞贞会慢慢忘掉过去的。

有期限的日子过得真快,转眼间三个月过去,贞贞和大根的喜期到了。

晚饭后,贞贞坐在自己的床前,呆呆地看着手中拿着的一个揉皱的信封——这是在哥哥结婚的当天晚上,小凯托贞贞在学校上学的小妹妹带回来的,里边装着贞贞当初给小凯的那三十七块钱,随钱带回来的,还有一件当初贞贞给小凯用白线织成的背心。

不知看了多久,贞贞脸上才现出一种下了决心的神色,慢慢地收起信封,起身走出了门外。

贞贞有些困难地移动着步子向村南边小凯的房子走去,这是她病好后第一次来村南。村里的人都还没睡,人来人往的,但她已一步步地走近了小凯的房子,似乎已经不再害怕人们的议论了。

去表示歉疚,这是贞贞此时的心愿,但说什么、怎么说,贞贞却没想过,她那纷乱的脑子已经不容许她进行有条理的思索了。

还好,门虚掩着,透出油灯的亮光,这说明小凯在家。贞贞没有敲门,而是慢慢地推开了门。

屋内,小凯穿着一件单布衫坐在灯下,正笨拙地挥针缝补着一件裤子上的裂口。他的注意力太集中了,以至于没有听到门响和贞贞的脚步声,直到贞贞伸手去拿他手里的针时,他才抬头发出了一声惊叫:"是你?!"随即呼地站起身来,把拿针的手向背后一藏,声音不带一点热气地说:"不用麻烦!"

听到这句话,贞贞的身子哆嗦了一下。

两人对望着,煤油灯光虽然不亮,但也可以看得清,贞贞的目光在痛苦中含着歉疚,小凯的目光则在愤恨中掺着讥讽。

"你的腿……好了吗?"贞贞终于用颤抖的声音打破了僵持。

"谢谢关心!"小凯还是冷冷的四个字。

贞贞的眉峰痛楚地耸动了一下:"我本该……早点来……可是……"

"旧话别提!"小凯依旧是冷冷的四个字。

"我……对不起你……"贞贞不愿让小凯看到此时自己眼里汪着的委屈的泪,垂下了头。

"哪能呢!"小凯语气里透着一种恶毒的轻松,"要不是你,我怎能知道世上的爱情原来这么甜蜜?"一个尖刻的嘲笑随着话音爬上了小凯的眉心。

"原谅我……"贞贞哽咽着说。

"何必来这一套?"小凯终于爆发了,"你大概以为我不知道,七婶替大根家送钱时,你不但没有借故拖延一下等我回来,反而在你妈赶七婶走时喊住七婶,心满意足地亲手要来了那九百元钱!"

"我……"贞贞想解释,但极大的委屈使她终于没说出话来。

"我现在才明白,你当初拿给我三十七块钱只不过是一个计策,目的是想借此使我相信,你的另嫁富家是出于无奈,而实际上你早就变了心……"

贞贞的脸孔立时变得煞白,一双泪眼里露出来的分明是"请别再说下去了"的哀求。

小凯心中的怨恨一旦有了倾倒的机会,就想全倒出来。他看到贞贞脸色变得煞白,非但没起任何怜悯和同情,反而又语气刻薄地开了口:"我现在才相信,书上写的'世上没有不爱财的女人'这句话是对的。"

贞贞抬手捂住了胸口,然后慢慢地转身向门口走去。不过,她不是在迈步,而是在挪步,一步几寸,几寸一步。

"哈哈,"望着就要迈出门槛的贞贞的背影,小凯又挖苦地喊出了一句,"女人的心,我现在才认识!"

贞贞的身子又很厉害地抖了一下,随之,便消失在了黑暗中……

明天就是贞贞和大根的婚期了。

岳庄这地方的姑娘出嫁前,不像城市姑娘那样坐不住、躺不下、话语多、笑声甜,对自己心中的喜悦不加任何掩饰。她们不,她们必须把心中的喜悦压在心底,尽量装出一副平静甚至略带点惆怅的样子,不然的话,就会被母亲视为早想离家的不孝之女,被邻人责为不懂闺训的轻佻丫头。贞贞这天的神情看来和这地方其他出嫁的姑娘的神情一样,不说、不笑,一直静静地坐在堂屋西间自己的床前,默默地打一件毛衣。

吃晚饭时,贞贞又像早晨和中午一样,推说身体不大好,只吃了一点就放下了碗。新过门的嫂嫂银花见贞贞从饭桌前站起向里间走去,便转脸轻声向婆婆说道:"妈,我去再给贞妹做点别的饭,她吃得太少了"。说完,不待老人回答,便起身向厨房走去。

银花看来是个善良、勤快的媳妇,进门第二天就接替了贞贞平时的工作,喂猪、做饭、洗衣、扫地。贞贞前段病时,也都是银花给她做饭、端饭。这几天,由于要给贞贞准备出嫁的东西,她忙得格外厉害,原来圆圆的苹果形的脸稍稍有些变长,闪着温顺光芒的双眼也显出有些红肿。

　　没用多长时间,银花就端着一碗热腾腾的鸡蛋面条走进了西间屋。已经和衣躺在床上的贞贞抬头看到,急忙坐起身来。

　　"吃点吧,贞妹,你一天都没吃什么东西。"银花把碗递到了贞贞面前。

　　"嫂子,你……又忙……我真不饿。"

　　"吃点吧,嫂子已经做了。"银花的声音发颤,语调听起来介乎在恳求和哀求之间。

　　贞贞望了嫂子一眼,不再说什么,伸手接过了碗。

　　银花没有离去,而是默默地坐在了床沿上。

　　贞贞端着碗,挑了两根面条到嘴里,慢慢地嚼,但接下去,似乎又忘了碗里的饭,双眼只是定定地望着煤油灯那跳动的火苗,许久没有动筷。不知过了多久,贞贞忽然听到"吧嗒、吧嗒"的声音,扭头一看,只见嫂嫂那端庄的脸庞上有两行泪水在滴落着,便慌忙放下碗问道:"咋了,嫂子?"

　　银花闻声先是咬着嘴唇摇了摇头,接着便一下子扑到了贞贞身上,哽咽着叫:"是我害了你……我昨天……才知道你和小凯……"

　　一阵战栗袭过贞贞的身子。

　　"你心里难受,就骂我吧……骂我吧!"银花痛切地说。

　　"嫂子……这不怨你……怨我命苦……"两行清泪伴着话音滚下贞贞的双颊。

姑嫂俩紧紧地互相搂抱着。

"嫂子,明天我就走了,妈身体不好,家里的事都托付给你了。"贞贞忍住泪在嫂嫂耳边说。

"放心吧,贞妹……我不会偷懒,也不能偷懒……我要赎回我的罪……"

"别胡说……"贞贞晃了一下嫂嫂的身子,"妈岁数大了,嘴好啰唆,你以后要多原谅她。"

"我会把她当亲妈妈看的……"银花还在呜咽着。

"两个妹妹还不懂事,你以后要多管教她们"。

"我知道……"

"我哥性子倔,脾气不大好,他有时要惹你生气了,你就忍忍,别跟他吵。"贞贞还在颤声嘱咐着。

"贞妹……放心吧。"银花擦了一下眼泪抬起了头,"你过去后,空闲时常来家坐坐……"

"嗯。"贞贞点了点头……

这真是一个适合结婚的日子,天蓝、日丽、风微。

大根家到处洋溢着一股喜气。

大根,这个从来不大笑的憨厚的小伙子,今天,脸上却一直露着笑,好像那笑容被雕刻在脸上,永远抹不掉似的。大根怎能不笑呢?贞贞,这个全村,不,全大队公认的漂亮姑娘,今天就要成为自己的妻子了,这是过去连做梦也不敢想的事啊!大根爹妈脸上的皱纹,也已被欢喜扯得舒展开来,似乎年轻了几岁。这两位老人半辈子的辛劳就要得到酬报,一个想望已久的儿媳妇今天就会走进屋来,他们怎能不高兴呢?

按照岳庄的规矩,迎亲时新郎是不必亲往的,所以当迎接新娘的两位姑娘走出院门后,大根就很快地跑到新房里,对新房里的一切布置作最后一遍检查。他把那床本已叠得很整齐的花被子打开来,然后再小心地叠起;他把自己昨天给贞贞买的一个塑料梳子、一瓶雪花膏和一块香皂从窗台上顺次拿起,接着又小心地一一放回原位;他把那个擦拭得纤尘不染的大圆镜拿过来,又轻轻地用衣襟擦了起来……

太阳升到九点钟的位置时,两个七八岁的小男孩欢笑着跑进了院门,一进门就向大根爹高声喊着:"四爹,四爹,贞贞姑出她家屋子了,贞贞姑就要来了!"大根爹一听,急忙停止与亲友们的笑谈,转身去小桌上拿起一挂鞭炮,乐颠颠地走到院子里用火柴点着了炮引。立时,小院里腾起了噼噼啪啪的鞭炮声。望着那飞舞的鞭炮纸屑,大根爹的双眼笑眯成了一条缝……

当这迎亲的鞭炮声传到岳庄北边的田野里时,正在地头挑粪的小凯浑身电击似的一抖,脸唰地白得没有一点血色。恰在这时,在近处吆牛耙地的二叔喊道:"小凯,来帮我耙会儿地,我回家有点事。"

小凯闻声慢慢地放下担子,走到二叔身边伸手接过了鞭子和牛缰绳。随之,便扬鞭赶牛拉着木耙向地中间走去。但没走多远,却见小凯忽然喝牛站住,接着便卸下它们身上的绳套,把缰绳向木耙上一拴,然后自己拉起木耙耙起地来。近处几个挑粪的社员见小凯拉耙而让牛在耙后跟着走,都有些惊奇地问小凯:"咋不用牛呢?"

满头大汗的小凯边走边答:"牛累了。"

一阵哄笑声立刻传了过来:"嚯,好心肠,可以当牛它妈了……"哄笑的人们哪里知道,这是小凯企图解除痛苦的一种方法——让体力的大量消耗带来精神的疲劳,从而不让贞贞出嫁那件事在自己脑子里有存在的机会。

汗珠,从小凯的前额、双颊、脖颈上争先恐后地涌出、滚下,但他没有停下步子。

汗水浸湿了小凯身上的那件黑褂,白色的热气从他身上腾起、飘散,但他,依然没有停下步子。

紧跟在耙后的两头犍牛大概为自己今天受到的这种待遇感到奇怪,相继发出了一声询问似的叫喊……

一轮满月拨开身边的云絮,缓缓地巡行在宝蓝色的天际。

借着明亮的月光可见,在村北田间的一条干涸水渠里,小凯正仰身酣睡着。

一个不大的旋风从渠岸上刮过,带来了一股很浓的凉意,小凯身子动了一下,随之睁开了眼:"啊?这是哪里?!"他惊叫了一声,旋即坐了起来。

他边揉眼边想着自己为什么会躺在这里,慢慢地,他记起了丢在梦乡那边的一切——晌午收工时,他把牛鞭递给二叔后,便挑着空粪担,拖着疲惫至极的身子向这条僻静的干涸水渠走来。他不想回村里吃饭,胀满的胃也确实不想吃什么,他只想赶快进入梦乡,好暂时忘掉这尘世上的一切。极度的疲劳和暖洋洋的中午的阳光,果然使他达到了目的,一躺到地上就进入了酣睡。但没想到,这一睡竟是这么长时间,从中午一直到晚上。

小凯活动了一下酸痛的四肢,然后起身挑起空粪担向村里走去。看来天是不早了,村里已没了人声,只有一两声孩子的哭叫从谁家的窗隙飘出来,打破了这月夜的静寂。

"睡了,都睡了。"小凯走到村头时自言自语地说,但就在话音出口的同时,一幅幻影突然跳进了他的脑海——贞贞静静地躺在大根的怀里,正甜甜地笑着。"天啊!"小凯痛苦地低叫了一声,一只手猛地抬起抓住了自己的头发。他就这样在原地定定地站着,不知过了多久,才慢慢地放下那只手,脚步踉跄地向村里走去。在他刚才站过的地方,一大绺黑色的头发在月色下闪着光……

总算走到了自家屋前,小凯放下担子,哆嗦着手去口袋里掏钥匙,但直到去开锁时他才发现,门原来是虚掩着的。他这才猛地记起,自己早晨离开家时,烦躁中忘了锁门。

他推开门走进去,在锅台上摸了盒火柴点亮了灯,然后顺手拿起锅台上的一个碗转身想去水桶里舀水喝,但他刚一转身,目光突然定了,灯光下可见不远处的墙角蹲着一个人。"啪"的一声,小凯手上的碗落在了地上,与此同时响起他惊慌的喝问:"谁?"

"我。"随着这个低沉的回答,蹲着的那个人慢慢地站了起来。

"你?大根?"小凯不由自主地后退了一步,不过他立刻就镇静了下来,并马上使自己的语气流露出仇恨和讥讽,"新郎先生,是来向我夸耀幸福的吗?"

"是的。"大根的声音在抖。

"你?"小凯没料到自己的讥讽得到这样的回答,一时怔住了。

"来,看看我的幸福!"大根边说边递过来一张纸。他的声音猛听上去似乎很平静,但细一品味却能发现这平静是装出来的。

也许是此情此景太使人惊异了,小凯忘记了仇恨,伸手接过了那张纸。立刻,他十分熟悉的贞贞的笔迹映入了他的眼帘——

小凯:

不管是谁把这封信送给你,当你接到它时,我已经用行动向你证明了,我并不是那类嫌贫爱富的女人。

　　我知道这样做会给大根一家带去怎样的痛苦,但又想不出别的办法。为了减轻大根家的痛苦,我曾经想在自己家里结束生命,但我害怕那样一来,我的妈妈和哥哥就有理由被要求立刻偿还大根家的九百元钱,而在目前那是他们所办不到的。没办法,我就只好选定了今天这个日子……你接到这封信后,请代我乞求大根和他父母的宽恕,并告诉他们,那九百元只算是我家暂借他们家的,我已给哥哥留了信,告诉他将来一有钱,就立刻归还给人家。要知道,这九百元是大根他爹妈半辈子的积蓄,那其中还有一部分是他们卖掉口粮换回来的啊!

　　你接到这封信后,可去我家找我嫂嫂要回一个白布小包。那里边包着一件毛衣和三十七元钱。毛衣是我拆掉自己的旧毛衣给你打的。我没钱买新毛线,只好用旧的了。那钱是我的女伴们作为结婚礼物送给我的,不多,但请你收下,你以后还要结婚,结婚时女方说不定还会向你要钱……

　　"贞贞——"小凯没有看完信的全文,便凄厉地大叫了一声,身子瘫软似的向地上倒去……

　　几乎就在小凯晕倒的同时,银花从甜蜜的梦境里醒了过来。如水的月光透过窗棂照着她那张恬静的脸孔。她微闭双眼,极力追忆着刚才梦中躺在自己怀里叫妈妈的那个胖娃娃的面影,但是模糊了、记不起来了。她又睁开了眼,与此同时双手不由自主地去摸了摸自己那已开始隆起的腹部,一个幸福、自豪的笑意随之浮上了她的眉梢。她伸手去身旁,想摇醒丈夫告诉他刚才做的那个喜梦,但她的手落空了,丈夫没有像往常那样睡在身旁。她一愣,随之记起,蒙眬中好像听到有人喊立柱和妈妈。这两天忙着贞贞出嫁过于疲劳,加上又有肚子里的那个小东西作怪,银花下午觉得浑身无力,天没黑就睡下了,一躺下就入了梦乡,所以不知道全家其余的人都已去了大根家。

"办啥事现在还不回来?"银花自言自语着点亮了油灯,然后伸手去床头边的桌上拿过暖水瓶,想倒杯水喝。但就在这时,一阵噔噔噔的沉重脚步声从院中传来,跟着便听到哐啷一声,外屋的门被推开了。

银花听脚步声知道是丈夫回来了,随即发出一句柔声的抱怨:"不会手脚放轻点,妈和妹妹她们都睡了。"银花的声音没落,丈夫立柱已经到了卧房,银花抬头一看,不由得"啊"的一声急忙放下了暖水瓶。天啊,只见立柱头发蓬乱,双拳紧攥,粗眉倒竖,二目喷火,胸脯一起一伏,急促地喘着气。

"这是咋了?"银花很吃惊。

"下来"立柱没有回答银花的问话,而是用手指了一下床前的地,命令似的低沉地说出了两个字。

"下去干啥?"银花惊问。

"下来!"立柱暴怒地喝道。

银花看到丈夫生这么大的气还是第一次,生性柔顺的她不敢再问,急忙掀被下床,慌急中没有披上外衣,上身只穿一件紧身衬衫,下身穿着一件白色衬裤。

"跪下!"银花的双脚刚一落地,丈夫就又跟着发出了命令。

"你?为啥?"银花震惊地抬起头,眼中立时含满了委屈的泪。

"跪下!"丈夫又是狂怒的两个字。

"我不,我又没犯罪。"从来对丈夫百依百顺的银花为了维护自己的尊严,第一次反抗了。

"你没罪?你害死了我的妹妹,你这个……"立柱嘶声吼叫着冲向了银花,银花的双眸一个惊跳,似乎突然明白了丈夫发火的原因,但她还没来得及张口,就感到胸部挨了重重一拳,随即便重重地倒在了床前的地上。

"说!你,你为什么要那九百元?说!说!"立柱一边愤怒至极地吼道,一边抬脚狠狠地踢着妻子的腹部。

"我……说……"银花忍着剧痛低声说道,"你朝这里踢……"她艰难地抬手指着自己的头,"别踢……那里……那里有……孩子……"

"说!快说!"被愤怒烧得双眼通红的立柱又狠劲向妻子腹部踢去。

"我说——"银花双手捂着自己的腹部痛楚地说,"那……九百元……是我弟弟的对象家要的……我爹妈……没办法……才向你家……"一阵剧痛打断了银花的话,跟着,就见一股鲜红穿透银花那白色的衬裤,涌流到了地上。

大概是血,是那鲜红的血,触动了立柱那因愤怒而变得麻木的神经,使他蓦然意识到了自己举动的后果,凄厉地喊了一声"银花——"一下子扑到了昏迷了的妻子身上……

盛宴午时开

最后一缕夜色刚刚从村中那棵古槐的树冠间散去,在贾石成家的灶屋里,两个专门从外村请来做席菜的师傅,已开始叮叮当当切肉拼盘了。

贾家庄的头号富翁贾石成,今天中午要大摆酒席,庆贺五间带院墙的瓦屋于昨日傍黑落成。

此刻,五十四岁的贾石成,精明的"申"字形脸上挂着悠然自得的笑意,一边用火柴棍剔牙,一边用另一只手拍拍崭新的裤褂,迈着稳稳的步子从新屋当间里走出,来到灶屋里。他掏出"白河桥"香烟含笑让两位师傅:"来,点着,过了瘾再干。今儿个一切仰仗两位了!"

"放心吧,石成表哥,今天这几桌席菜保险不会丢你的人!"一个正在揉猪肉丸子的四十多岁的胖胖的男子,把香烟接过夹到耳根后笑着说。他大概看出了,贾家庄这个以精干盘算出名的人物,今天是下决心要破费几个钱财,借机向全村人炫耀一番自己的富裕和身价了。

按照豫西南乡间的风俗,新屋盖好,同村的乡亲和自己的亲戚都要送礼贺喜,主人要举办酒席招待。酒席上,村里的乡亲到得越多,越能显示出主人家在村里的威信高、人缘好、受人敬重,越能增加喜庆的气氛。当然,这也同时表明,主人家在酒席上的收入也多,因为每个前来吃酒的人,都要多少拿点贺礼。

"爹,晌午摆几桌?"贾石成那老实巴交的、三十二岁的儿子银生走到父亲身边问。

"五桌!"贾石成一边剔着牙一边答。

"五桌?能来那么多人吗?"银生有些吃惊。

"这还用问?"贾石成抽出嘴中的火柴棍,白了儿子一眼,"全庄三十九户,少说也要来三十五六户,每户来一人,加上你姐夫、你和我,不摆五桌行吗?"

"我本城哥今晌午也要摆席面。"银生提醒道。

银生所说的本城哥,是指村西头三十八岁的光棍汉赵本城,赵本城盖的一间新瓦屋也是昨日傍黑完工,按习俗,今天中午也要摆酒席。

"放心吧,没人去他那个绝户头家的,光棍汉盖一间破瓦屋,有啥喜庆的?"贾石成不屑地说罢,又把火柴棍塞进牙缝。片刻后,他又转向儿子:"去,到镇上再买三瓶宝丰大曲、灌六斤七两咱县出的那种白干酒,屋里剩下的酒不够了。"

"六斤七两?"银生望着父亲,"干脆灌七斤吧。"

"叫你灌多少就灌多少!"贾石成向儿子瞪起了眼。在这个家里,贾石成是绝对的权威,任何人对他的话稍有违抗,招致的必然是一顿斥骂。

银生那两片厚嘴唇立时闭上了。他明白,这"六斤七两"的数字一定是父亲经过仔细计算后得出的结果。贾家庄谁都知道,要论会精明盘算发家致富过日子,贾石成是全村第一名。前两年人们背后就曾把他的名字后两个字"石成"改成"十成",意思是说他的智力确实够上十成。这两年人们背后干脆喊他"十二成",意思是说他比一般聪明人还精明两成。他那两只已经有些泛黄的眼珠,一天到晚都在狡黠、机灵地眨着,随时都在发现可以给自己增加财富的机会和途径。今年春节过后,村里各家各户都想给自己的责任田里上点尿素,好催麦苗长好些,但又苦于买不到。他看到这情况后眼珠一转,立时带上几斤香油,到城里找到在县化肥厂供销科工作的女婿,弄来了一吨半尿素,用比原价高出一倍的价钱在村里出售。社员们尽管知道买了吃亏,但为了多收点麦子,还是忍痛掏钱买了……

贾石成吩咐完儿子去灌酒后,便转身出了院门,一边剔着牙,一边悠然迈步欣赏着自己那砖砌的院墙……

此时,在村子最西头那一间新盖的瓦屋里,赵本城正用铁锨清理着盖房过程中留在地上的泥土、灰浆和砖块。这个年近四旬的光棍汉,猛看上去的确其貌不扬:身个很矮,顶多有一米五多一点;皮肤黝黑粗糙,且眉心间长有一个老百姓称作"猴子"的小肉疙瘩;双脸颊上都有几个明显的黑点——那是已经长入皮肤的几颗苍蝇屎。不过倘若仔细观察,也可以在他身上发现可爱的地方:两条胳膊上的肌肉一疙瘩一疙瘩的,证明着他是一个典型的农村棒劳力;一双眼睛里闪着绝不会伤害任何人的憨厚善良的光,脸上浮着一副干啥就要干到底的执拗神色。

赵本城直到今天还打光棍,基本的原因是他的貌相太丑,没有哪个女人愿跟一个被人戏称为"三尺汉"的男人做妻子。当然,他娶不上老婆,也与"穷"字有关系。前几年,他住一间烂草房加一间小灶屋,一天喝三顿稀粥,就是有女人不嫌他丑也不敢跟他。

"本城,你歇一会儿,也去打点酒吧,说起来咱也盖了新房子,这酒席也要摆的。"本城那四十多岁的姐姐——一个面色有些发黄,一望而知是那种田间、家中都要操劳的农村妇女,从外边旧有的那间小灶屋里走进来对弟弟说。她是前两天从婆家赶回来帮助弟弟给泥瓦匠做饭的。

本城听到姐姐的话,停下铁锨,去到小灶屋里,从一口显然是祖辈传下来的颇有年月的木箱子里,摸出一瓶宝丰大曲,转身递给姐姐,无声地笑了一下。那笑意分明是说:"姐,有酒。"本城本来就口笨舌拙、不善言辞,再加上人生得丑,常遭到一些人的奚落、笑骂,性格越发地内向,不论什么场合,能不说话就不说话。

"今儿个是盖房喜庆酒,去,再买几瓶。"姐姐催着弟弟。

本城摇了摇头。本城不是要节省,他不是那种小气人。去冬种小麦时,大明家缺十多斤麦种,正当大明蹲在地头着急时,本城把自己播种剩下的从外地换来的十几斤好麦种提到了大明面前。大明感激地立刻去怀里掏出十块钱向本城手里塞去,本城见状,二话没说,拿过麦种袋又回头就走。大明急忙上前说:"好,好,本城,老哥不给钱,不给钱!"本城这才重又把麦种袋递给他。要说节省、小气的话,那十块钱他是该收下的。本城此刻摇头,也不是因为没钱。上个月,他去离镇上不远的姐姐家,见上高中的大外甥女正在流眼泪,一问才明白,原来外甥女想买几本书,姐姐因为姐夫长期害病吃药,舍不得拿钱给她买。本城听后,转身去了镇上书店,一把掏出三十块钱递给服务员:"买书,各样书都要一本!"结果从果树栽培到微积分,从计划生育到珠算入门,买了高高两大摞。当他把这些书扛给外甥女时,正在流泪的外甥女先是一惊,继而一喜,然后扑到他怀里用拳头直捶他的胸脯。要知道,如今的本城,口袋中那个用来放钱的黑土布包里,五元、十元的票子是很有几张的。不过这些钱可全是本城用汗珠子换来的。他靠着自己的一身气力和勤快的手脚,把队里分给自己种的责任田收拾得人人羡慕,不论夏季还是秋季,他地里的庄稼亩产在全庄总是拔尖的,并且还养了猪、鸭和鸡。本城现在身边攒下的钱,完全够盖三间瓦屋。姐姐本来是劝他盖三间的,最少也要盖两间,老姐姐想要给这个早已过了婚龄的弟弟说个媳妇的愿望始终没有放弃。但本城不干,执意只盖一间,他不相信有哪个女人还会跟自己,单身汉一间房就够住了,盖那么多干啥?本城此刻所以摇头,是因为他知道今晌午贾石成家也要摆酒席待客。人家是全村第一大富户,又是新盖一溜五间瓦屋,女婿还在县化肥厂供销科工作,况且又是本地户,辈分也比自己高,既有钱又有面子,村里人送礼贺喜只会朝他家去,不会到自个儿家来。

"这一瓶够吗?"姐姐轻声问。

"够。我至多能喝一两,舅舅也最多喝半斤。"本城说着指了指门前树下正在用斧头砍木头的舅舅。本城舅舅是农村那种木工、泥瓦活样样能干的巧匠人,这次是专门来帮外甥盖房子的。此刻,他正在门前树下,用盖房子剩下的木料,凑合着给外甥做一个放东西的条几。

"村里人要是来几个贺喜的咋办?"姐姐还在担心。

本城摇了摇头,跟着指了一下村中贾石成那五间大瓦房。

望着贾石成那五间漂亮的大瓦房,听着那高墙大院里传过来的菜刀在案板上剁肉的嘭嘭声;姐姐明白了弟弟的心思,脸上的神色顿时也黯然下来。是啊,不管是论钱财、论脸面,还是论辈分,弟弟都是比不过贾石成的,况且自家又不是祖居贾家庄,属外姓人,两家同时摆酒席,村里人谁还会来这儿呢?她突然有些后悔,后悔弟弟的房子不该与贾石成家同日盖起,倘若错开两天,即使弟弟在村里的人缘再不好,也总会有一两个乡亲来贺喜,人虽然少,也总是个喜庆的场面啊!

"那、那我炒四个菜就行了。"姐姐语气中已没了刚才的那股欢喜。

本城点点头,走进屋里,又拿起铁锹清理起地面来……

贾石成围着院墙和新房后墙悠闲地踱着步。当转到新屋西山墙与西半边院墙相接的地方时,他停住了脚,剔牙的火柴棍也暂时停止了动作,两眼望定院墙上垒的砖头——那是一些旧的但烧制质量很好的砖头。他那原本就浮着得意的脸上,此时又分明地现出了惬意的笑纹。

是的,贾石成在笑,他怎能不笑呢?要知道,垒在墙上的这些虽旧但却质量很好的砖头,当初一分钱也没花呀……

那是刚收了麦子的时候,有一天贾石成坐在屋里计算着已备下的新屋的屋料,按照他的设计,算来算去,木料、瓦、石灰、沙、黄土都够,只有砖头缺两三百块。这使他颇伤脑筋,眼下农村盖房的人家很多,砖的价钱涨得很快,一块砖比当初他备料时又贵了四五分钱。花点钱倒也可以,关键是不好买,附近几个砖窑未烧的砖坯尚且已被人们订购下来,更不用说烧好的砖了。去远处买吧,两三百块砖又不值得。有一次,他正站在自家的责任田里边剔牙边思索着如何解决这两三百块砖的事情时,眼睛无意中瞥到了位于自己责任田头的那口水井——那是一口在豫西南乡间常见的、井壁用砖砌成的一丈多深的小口水井。立时,一丝喜色爬上了他的嘴角:那井台和井壁上砌的不都是砖头吗?揭下来岂不就解决了自己的困难?!这水井虽说当初是队上挖的,井台和井壁上的砖头也是队上的,但现在在我的责任田里,我就有权处理它。况且,这井壁上的砖头一揭,要不了多久四周的土就会塌到井水里,以后再拉点土把井口一填,把井台一平,不是还可以多种几十棵苞谷吗?贾石成这么一盘算,定下了决心。于是,在一个有月亮的夜晚,他叫上儿子银生,拉上架子车,来把井台和井壁水面以上的砖头全揭了去……

缺的砖头轻而易举地到手了,而且没花一分钱,这使得贾石成一连高兴了好多天。就是此刻,在那些砖头已无偿归他几个月后,他望见它们被整齐地砌在院墙上,脸上还是抑制不住地露出了笑容:人要想富,主要的还是靠脑子、靠精明……

屋里彻底收拾干净了。本城站在门口望着自己这间四壁雪白、地面平展的新屋,那张不招人喜欢的黑脸上顿时现出了几分陶醉。这当儿,来屋里点火吸烟的舅舅,边审视着收拾干净的屋子,边感叹地说:"要是屋子前墙也使上砖头的话,住个百八十年的不成问题。"

听到舅舅的这句话,本城禁不住扭头看了一下前墙上垒着的土坯,脸上原有的那几分陶醉慢慢消失了,眉心间的那个"猴子"开始轻微地颤动起来——熟悉他的人都明白,这是他心中生了气的表示。本城此时心里来气是有缘由的,村里人谁都知道,本城的房子前墙没有砖砌,是与贾石成揭井砖一事相连着的——

当贾石成和儿子银生在那个有月亮的晚上,拉着架子车去井上揭砖时,唯一的目睹者是本城。本城住在村子最西头,房子旁边就是分到户下的责任田,他准备盖新房的砖头,就堆在责任田边。那晚上本城刚入梦乡不久,忽然被一种磕打东西的声音惊醒。他以为是有人来偷他盖房用的东西,便急忙起床拿个木棍出了门,到门外就着月光一看,才发现那响声来自贾石成家责任田头,那里有两个人影在晃动。这么晚了,他们在干啥?本城轻手轻脚地走过去,待走近一看才明白,原来是贾家父子在揭井沿上的砖。

目睹这个场面,本城眉心间的那个"猴子"开始颤动起来。要知道,这口井虽说当初挖得不深,但井水却很旺,无论春夏秋冬,怎样用水车汲也汲不干,照村里青山爷的说法,这口井是正好挖到水脉上了。村边几十亩庄稼地,往年天旱时就全靠这口井浇灌。再者,由于本城的屋子离这口井不远,平时如果村中那口吃水井旁提水的人多了,他干脆就来这口井上提水吃。现在见到贾家父子揭井上的砖,本城自然很生气。

"咳!"本城使劲咳了一声。

贾家父子停下手一齐扭过头来。"噢,是本城。还没睡呀?"贾石成打了声招呼。

"这井是队上的!"本城没有回答对方的招呼,只是沉声说了这一句。

"爹!"银生停下手望着父亲,双眼里露出的目光分明在问:"还揭吗?"

"干你的!"贾石成朝儿子低吼了一句,随之鄙夷地瞥了一眼本城,冷冷地说,"现在这井在我的责任田里,就归我了,快睡你的觉去吧!"他一向就瞧不起这个连老婆都娶不上的丑光棍,平时见到本城都懒得搭话。

"队长当初分田时说过,这井还是队上所有。"本城又低低地说道。

贾石成显然不想和这个丑光棍辩论下去,于是不耐烦地说:"就算井是队上的,我盖房急需,先借几块砖头,也是可以的!"

"揭了井壁上的砖,井会塌坏的。"

"我晚点买到了砖自然会重新砌上,你把你那颗闲心放肚里吧!"贾石成声音不高但内中却含着极大的气恼。

"广播匣子里说,今年秋里有旱情。"

"嗬,你倒是在忧国忧民哩,有旱情,有旱情你不会把你那些砖头拿来先砌上?你一个光棍汉早盖几天晚盖几天房子有啥着急?我可是儿孙一大群,等着房子住呀!"贾石成指了指本城堆在地边的那堆新砖语气强硬地说。

老实巴交、不善言辞的本城无话可说了。他缓缓地蹲在了离井台一丈来远的地方,默默地望着揭砖的贾家父子。

贾家父子呼哧呼哧地揭着砖头,很快便把静静蹲在那里的本城给忘掉了。这井砖当初砌时是用沙子和石灰拌成的灰浆黏结的,日子久了,揭起来并不费事,没用多久,两人便把井台、井壁上的砖头揭掉了两三百块。大概是看看够用了,贾石成叫儿子住手,从井水中抽出了那架用来站立着揭砖头的木梯,而后开始向架子车上装砖。

本城仍定定地蹲在原处,默默地望着贾家父子,月亮在他那张黝黑的脸上镀了一层冷光,他眉心间的那个"猴子"仍在频频地颤动。

直到贾家父子拉车向村里走去时,本城还蹲在那里……

第二天早饭后上工时,村里的人们相继发现了贾家父子昨晚上的"功绩",但谁也没说什么,都只是在那即将塌陷的土井台上默默地站立一会儿便走开了。队长有病在县医院住院,保管员去他姑家帮忙盖房子了,队里干部只有一个树叶掉下来也怕打破头的老会计在家。老会计也来到井台上默默站了一会儿,而后无声地摇摇头,走了,走出好远好远,才含混地说了一声:"真是十二成呀……"

后响人们下坡干活时,一个意外的场面出现在大家面前:在贾石成田头的那口水井井口内,赵本城那五十多岁的舅舅正站在竖立在井水内的一架木梯上,挥着瓦刀用新砖砌井壁;本城站在井台上,正不时地向舅舅递着砖头和灰浆。井边放着一堆新砖、石灰和沙子,一望而知,这些东西是本城为盖新屋备下的料。

看到这场面,人们围上来了,先是静静地、无声地看,继而是几个老年人向本城他舅递上了旱烟袋,接着是寡妇青凌她们几个妇女撩起衣襟去揩眼角,之后是大明和四娃几个男子帮着本城递砖头和灰浆。正在这时,贾石成剔着牙走来了,望着这个他完全不曾料到的场面,先是把口中的火柴棍吐到了地上,继而两只泛黄的眼珠气恼地转了几下:妈的,存心想往老子脸上抹屎!他走上前去,声调不高不低地说道:"哟,是本城老侄在忙哩!这井我看没啥用处了,还修呀?"可能是他看到众人的脸色不好看,没敢说"这水井在我的田里,应该由我做主"的话。

"修了浇庄稼!"本城闷声说了一句。

"这天倘要旱了,眼看着四周的庄稼干死吗?"四娃气冲冲地朝贾石成叫道。

"好,好,修了好,我又没说不让修。"贾石成连忙点头,"现如今城里人都在学雷锋,咱本城老侄这也是在学嘛,该支持、支持。"贾石成边说边扭身走了……

广播匣子里的预报是准的,天,连续四十五日没下雨,旱得路旁的野草都耷拉下了头,但这口水井附近各家责任田里的苞谷,却因得益于井水浇灌照样绿油油的长势喜人,井上安放的那辆手摇小水车几乎彻夜都在响。当然,贾石成家也用那井水浇了自己的苞谷地。

可是,本城新屋的前墙却无砖可砌了……

"本城,屋里收拾干净了,把门口这张床搬进去吧。"姐姐的一声呼唤把本城从往事的回忆中拉了回来。

"噢。"本城低低地答道,缓缓地转过身去……

太阳就要移向正南,在地里干活的人们已三三两两地走进村子。按照惯例,此时是送礼贺喜、参加酒宴的乡亲陆续登门的时候了。

贾家大院里,临时用高粱秆箔搭成的凉棚下,贾石成正一只手剔着牙,另一只手指挥着儿子、儿媳把五张方桌和二十条高脚长凳摆好。桌凳摆好后,贾石成又立刻指使老伴用抹布把桌凳再擦一遍。这当儿,六岁的小孙子长有从院门外跑进来喊道:"爷爷,爷爷,村东头大明叔提着好大好大一条羊腿向咱家来了!"

"银生,快到院门外接客!"贾石成抽出嘴中的火柴棍向空中一弹,高声喊着儿子,脸上同时露出了满意的笑容。

银生在儿子小长有的带领下,急忙走出了院门,但不一会儿,又慢腾腾地进了院子。

贾石成有些诧异地望着儿子问:"咋,不是大明来了?"

"是他。不过不是来咱家的,去西头本城哥家了。"

"哦?"贾石成吃惊地瞪大了眼,这事显然出乎他的意料,"妈的,没有他大明,老子照样摆酒席,谁稀罕他那条羊腿!"

他愤愤地说罢,又从口袋里摸出了一根火柴棍向口中填去。

"爷爷,爷爷,青凌婶挎着一筐金针菜向咱家来了!"这时,小长有又一次跑进院门欢快地喊道。

"接客,银生!"贾石成立刻从嘴中取出了火柴棍,与此同时又自言自语地说,"哼,没有你大明那份礼,老子还能不摆酒席了?!"

银生在小长有的带领下向院门外走去,但很快,又空手慢腾腾地进了院子。

"咋着了?"贾石成的眼瞪圆了。

"不是来咱家,是去本城哥那里的。"银生的声音里透出了一股沮丧。

"妈的!"贾石成恨恨地骂了一句,把手中的火柴棍折断了,"不要!她一个寡妇的东西送给老子也不要!她想来坐我的酒席我还嫌有污门庭哩!"说着,又抖着手去口袋里掏出了一根火柴棍。

"爷爷,爷爷,青山老爷爷拎着一篮青菜来咱家了。"这时,小长有再一次跑进院门欢快地喊。

"银生,出去接一下。"贾石成向儿子说,声音已无刚才那样气派,但明显地含着一种希望。

银生又一次走出了院门,不过很快又像刚才那样空手回来了,只是步子迈得更加缓慢。

贾石成双眼直直地瞪着儿子,目光中满含着气恼和震惊。

"人家是去本城哥那里的!"银生低而无力地朝着父亲说。

"好哇!"贾石成两腮的咬肌颤动着叫道,手中的火柴棍被搓得粉碎,"连青山这个老东西也敢不把我放在眼里了,咱们走着瞧!"说完,又猛地转向小长有恶狠狠地骂道,"妈的!"

他大概看到了儿媳妇也正站在院中,又急忙改口,"奶奶的!都是你乱叫喊!叫喊什么?再瞎叫喊,看我不把你小鳖子的嘴撕叉!"

小长有先是惊恐地望着爷爷那铁青的脸和瑟瑟颤动的身子,继而委屈地扑到妈妈怀里,"哇——"的一声哭开了……

本城见姐姐已把菜炒好,天又晌午了,便喊舅舅喝酒、吃饭。饭桌就放在新屋里,本城把酒菜在桌上摆好,和舅舅、姐姐坐下刚要动筷,手拎着一条大羊腿的大明出现在了门外,只听他大声笑着说:"嘀,本城弟,已经喝开了?怎么也不等等老哥我?"

本城站起身,却没有立刻迎上前去接客人,只是呆望着对方,他实在没有料到今天还会有贺喜的客人来。

"哎哟,是大明哪,快、快进来。"本城姐此刻欢喜地迎上前去,这个贤良的农村妇女尽管只见到这一个贺喜的人,心中原有的烦恼就已消失得无影无踪了,村里总算有人看得起自己的弟弟。

大明被让到桌前坐下,本城姐添了一双筷子,本城又拿来一个酒杯斟上酒,几个人端起杯来刚要喝,三十三岁的寡妇青凌,一手拉着五六岁的闺女杏儿,一只胳膊挎着一筐晒干了的金针菜出现在门口。

"哟,青凌娘儿俩来了!"本城姐见状又慌忙迎上前去。

"大姐,我没别的东西拿,拿了这点薄礼,表个心意。"青凌脸红红地说。

"谁叫你拿礼了?只要来坐坐啥都有了!快、快,到桌前坐,杏儿,坐这个高椅子。"娘儿俩刚被姐姐安置坐下,本城就两手各拿了个白馍微微抖着送到了青凌和杏儿面前:"吃馍!"他知道这娘俩不会喝酒。也就在这时,提着一篮青菜的青山爷跨进了门槛。

"本城,爷老了,胳膊腿不好使,没有上街给你割肉,从自家菜园里给你拔了点青菜来,你不嫌弃吧?"青山爷呵呵笑着说。

"青山爷!"本城上前激动地喊了一声,忙接过菜篮把老人搀到了桌前。

青山爷刚落座,四娃拎着一块猪肉来了。四娃刚坐下,海勤叔又提着一篮子藕来了。来了,来了,全村除贾石成一家没来外,其余各家都来了……

望着这众多前来贺喜的乡亲,本城呆住了。他既没上前招呼来客,也没给大家递烟搬凳子,只是愣愣地站在那儿。

"本城,快给小安点钱,让他去大队代销店灌酒,去镇上买来不及了。"这时,姐姐走过来急急地交代。

"行,行。"本城边说边去怀中掏出四张十元的钱,递给了邻居一个十五六岁的男孩小安。

"灌这么多钱的酒?"小安吃惊了。

"对,对!"本城连连点着头。

经过一阵忙碌,总算把所有客人都安顿下来了。借桌子来不及,就摘下了新屋和灶屋的四扇门板放在门前树下当桌子,加上原来的那张桌子,每桌坐八个人。

在青凌和几个女客的帮助下,菜炒出来了,每桌五个菜,样数虽不多,但数量很多,每样菜都是一大瓦盆,八个人全吃菜也吃不完。

白馍不够吃,煮挂面。煮挂面的水已经烧开,单等大家酒一喝好,马上就可以把挂面煮熟端上来。

一切齐备,只等酒了。然而就在这时,去打酒的小安提着个空桶跑回来垂头丧气地说:"代销店的酒昨天卖完了,今天去镇上拉货还没回来。"

本城一听惊愣了,咋办?现在到别处去买跟不上了。"咋办?咋办?"本城不知所措地望着坐在桌前的乡亲们嗫嚅着。

"嗨,这还不好办!"大明呼地从桌前站起,转向乡亲们,"大伙稍等,我去灌酒!"说罢,拿过铁桶便向村里跑去。不一会儿,只见他提来满满一桶井水放在了众人面前,然后上前拿过本城原来买的那瓶宝丰大曲,咕嘟咕嘟全倒在了桶里,随之转向大家高声说:"乡亲们,让咱们用这薄酒,祝贺本城凭本事发家盖新房,中不中?"

"中!"人们一齐叫道。四娃的声音最高,于是,每个人面前的酒碗里都被斟上了水酒。

"喝酒!"四娃高喊一声,众人举碗仰脖,将这奇特的酒液喝了下去,连从不喝酒的寡妇青凌,也一气喝下了半碗……

"哥儿俩好呀!""五魁首呀!""八道后呀!"一阵欢乐的猜拳声从本城门前传出,向村庄的每个角落飘去。

望着这奇异的酒宴场面,本城眉心间的"猴子"又开始剧烈地颤动起来——不过这不是因为生气而是由于激动。渐渐地,有两滴眼泪从他那黑黑的、布着苍蝇屎的脸颊滚了下来……

冷寂的贾家大院里,贾石成木然地呆坐在一张酒桌前剔着牙。他的对面坐着今天来的唯一的一位贺喜的客人——他在城里化肥厂工作的女婿。

两个做菜的大师傅静静地站在灶屋门口,显然,酒席上的一切饭菜都已准备停当。

村西头赵本城家那热闹的猜拳行令声不时传过来,越发地显出了这院里的冷清。

一缕血丝顺着贾石成的嘴角向下流着,很明显,是那剔牙的火柴棍戳破了牙龈。"血,爷爷,血!"小长有指着爷爷嘴角上的血害怕地叫道。

"喊什么?小杂……"贾石成气恨恨地向孙子吼道,不过还是忍着没把那个"杂"后面的"种"字吐出来。随即只见他猛地向桌上捶了一拳,大声喝道:"上菜!拿酒!"

把丈夫每句话都视为圣旨的身材瘦小的石成妻,立时端起菜来:四个冷盘、四个热盘。

"来!"贾石成啪地磕去一瓶宝丰大曲的瓶盖,咕嘟咕嘟地向女婿和自己面前的大酒盅里倒起酒来。然后,看也不看别人一眼,便端起酒杯一饮而尽,跟着,又倒了一杯。

银生缓缓地蹲在了地上。全家其他人也都木然地站在那儿望着一家之主喝酒。贾石成一口气连喝了八杯,当他又去磕开另一瓶宝丰大曲的瓶盖时,他那胆小的妻子慌忙走过来,捂住他的手颤声说道:"你还喝?"

"还喝?为什么不喝?!奶奶的,为什么不喝?要钱有啥用?有啥用?"贾石成声嘶力竭地朝着妻子吼道。

当贾石成又把一杯酒灌进肚时,只听他几乎是呜咽着喊了一句:"要钱有啥用?唵?有啥用?"与此同时,两滴混浊的泪水从他的双眼里涌出,在他那多皱的脸颊上慢慢滚着……

第四等父亲

一

药也吃了,针也打了,果果的烧还不见退,莫不是误诊了?作训参谋秦三全,怀抱着沉沉睡去的三岁的儿子小果果拥被而坐,一边这样默想着,一边用酒精棉球轻轻地在儿子的胸口上擦拭——三全从一本书上看到,这个法子可以退烧。

台灯在淡蓝色的灯罩下发出柔和的光,与越窗而入的月光融为一体,照着三全那张典型的军人的脸——黧黑、粗犷且透着豪气、倔强,此刻,那脸孔全被一层深深的忧虑所笼罩。

几声秋虫的鸣叫传进屋内,越发显出夜的静寂,时辰该是午夜了吧?

身旁的妻子苑素翻了个身,又沉沉睡去。三全一边把拿棉球的手移到儿子的背后擦着,一边扭头看了妻子一眼。她累了,孩子前天开始发低烧,她一直忙着侍候。不,不是因为妻子累他才要自己抱着孩子。自从这次苑素带着果果来队休假,每天晚上,三全都要哄着儿子跟自己睡。每当果果枕着他的胳膊躺下,一边用两只小脚蹬着他的肚子、大腿,一边用两只小手摩挲着他那两个小奶头嘻嘻说着"爸爸的奶头没有妈妈的大"时,他是怎样的欢乐、舒服啊!工作一天的疲劳霎时间就消失得无影无踪,心里只留下像吃了蜜以后的那样一股甜味。

  三全爱儿子在师机关是出了名的。往年的情况不说,就讲这次果果来队后的事情。从来队的第二天起,果果早晨起床、穿衣、拉屎,晚上洗脚、脱衣、撒尿,一天三顿喂饭,三全一概不让妻子插手,通通自个儿包了。大概是果果来队两周后的一个中午吧,饭后苑素要去服务社买个顶针,三全便揽着儿子在床上玩。玩着玩着,搞了半天沙盘作业的三全因为劳累睡着了。坐在旁边玩耍的小果果无意中发现,爸爸两个鼻孔里都有几根鼻毛随着呼吸在动。他一定是记起平时每隔几天爸爸总要用剪子伸进鼻孔把这些鼻毛剪掉的情景了,便爬到桌子上拿了妈妈做针线用的剪子,企图做件好事,帮助爸爸把这些长鼻毛剪掉。不料他手上的剪子一伸进爸爸的鼻孔,就使得三全惊叫一声坐起身来,鲜血立时从鼻孔里流了出来。这时刚好推门进屋的苑素,第一眼看见丈夫捂着流血的鼻子在屋里打转转,第二眼望见儿子手拿着剪子呆坐在床上,便明白一定是儿子戳伤了丈夫。对丈夫的疼爱使她上前就重重打了儿子两巴掌,小果果立时哭了。本来疼得龇牙咧嘴的三全,见儿子被妻子打得那么狠,气恼地奔过来照妻子肩上就是一拳头。这一拳把苑素打愣了:"怎么?不是果果扎伤了你?"

"扎伤了我疼,又不要你疼,你打他干什么?"三全一边捂着鼻子一边恼怒地吼道,使得苑素哭笑不得……

小果果含混地哼了一声,咂了几下嘴唇,又昏昏睡去。三全一边换了个棉球在儿子的胳膊上继续擦拭,一边望着果果那潮红的脸蛋默默地想:"唉,后半夜该退烧了吧……"

别看三全爱儿子爱到这种程度,但当宣传科那个人称"家庭学家"的干事林恭给师首长和机关干部中所有当父亲的划分等级时,他仅仅排了个二等。林恭划分等级的标准是:自孩子出世后,一直和孩子生活在一起直至其走上社会,时刻关心孩子德、智、体三方面的成长,使孩子身体健壮、品德优良、智力发达的,为一等父亲;未能和孩子长期生活在一起,但又尽力对孩子德、智、体成长给予关心的,为二等父亲,既未和孩子长期生活在一起,又对孩子的德、智、体成长很少过问的,为三等父亲,对孩子的成长漠不关心,以致给孩子造成痛苦,使孩子身心健康受到影响的,为四等父亲。三全夫妻分居,父子天各一方,当然只能列为二等父亲。但三全却不买这个账,他曾揪住林恭的脖领喝问:"老子是二等父亲?你这是什么鸟划法?"待林恭再三说明这种划分仅只是为了写一篇《试论父子关系》的家庭学论文而并无他意时,三全才算默认……

疲劳和瞌睡终于使三全的眼皮渐渐向一起聚拢,拿棉球的手慢慢停了下来。就在这时,一阵紧急集合号声突然打破夜的寂静,在营区里急骤地响了起来。

"他爸!"苑素被号声惊醒,一下子扑到了丈夫身上。她虽然做了几年军人的妻子,但却没有听惯这军中的紧急集合号声。每次来队听见它,她总像当初新婚之夜第一次听到它一样,带着一种说不出的恐惧扑到丈夫身上。她害怕这号声给丈夫带来不测。

"别紧张,这是演习!"几乎就在那紧急集合号的第五个音符冲进门缝时,三全就用长期参谋生活练就的分析判断能力作出了判断:这是原定的师、团两级机关带通信分队的演习提前了。随即,就见他以军人特有的敏捷,把孩子递到妻子手上,飞快地着装、背枪、挂作业包、打背包,急步跑去开门。可就在他拉开门要跑出去时,小果果哇的一声哭了,边哭边瞪着两只因发烧而显得有些红的眼睛喊道:"爸爸,爸爸,我要爸爸!"

这哭喊声立时把三全又拉到了床前。"孩子还在发烧,你去演习得几天?"苑素那两只秀眼里满是失去依靠的惊慌。她在娘家是最小的女儿,缺乏独立生活的能力,何况这儿是她所不熟悉的军营。

三全焦急地搓了一下手,而后下了决心似的说:"我去请个假就马上回来。"

"能准假吗?"苑素显然在担心。

"会准的。这是演习,再说孩子发烧,你又是临时来队。"三全宽慰地说罢,便转身跑出了屋门。

二

秦三全判断对了,刚才的紧急集合号就是师、团两级机关带通信分队演习开始的信号。此刻,在师机关的预定紧急集合地域——营区南侧二百米外的一条山沟里,师长严务清正站在一棵古柏下,一会望望腕上的夜光表,一会看看陆续跑来集合的机关干部。被柏叶筛碎了的月光,在他那罩着冷色的脸孔上晃动着。

"他妈的,不知哪个缺德的小子在楼梯上扔了块西瓜皮,害得老子刚才下楼时啪地摔了一跤。"刚刚跑到集合场的"家庭学家"林恭一边喘着气一边轻声抱怨着。"摔破皮了吗?"文化科冯干事关切地低声问。"别的地方倒没破,就是屁股中间摔裂条缝。""咯咯咯……"林恭的话音刚落,响起一阵低低的笑声,女保密员叶萌的笑声稍高了一点。

"笑什么!"师长突然朝这边低沉地喝道。

像收音机的旋钮被陡地关上,人群中的低声说笑戛然而止。对这个调来本师不到一年的师长,机关中除了作训科参谋秦三全、炮兵科参谋杨令生等不多几个干部仗着自己业务技术精,有时敢在一些工作问题上同他争论一番外,大部分干部同他说话一般只使用一个字:"是",原因是对他有点怕。这种怕的产生首先是因为师长有一副令人望而生畏的相貌:他的颧骨凸现,没有一般师以上干部都有的那种富态相,并且上边从无笑容,永远是一副近乎冷漠的神色。他的两道粗眉似乎想向一起聚拢,使眉心间每时每刻都有两道竖纹,让人一望而觉得他好像即刻就要发脾气。他的眼不大,且眼珠已有些泛黄,但里边射出的光却锐利刺人而带挑剔,当谁发现师长在盯视自己的时候,都会有一种自己可能又办了什么错事的感觉。

其次,人们怕他,还因为他对下属的要求严得出奇,剋起人来毫不留情。不论是谁,只要见到师长在望自己的时候抬起右手摸了摸下巴,那就倒霉了,接下去准是要挨一顿可怕的批评。摸下巴,这是师长发火前的习惯动作。机关干部中流传着两句话:"千不怕,万不怕,就怕无情(务清二字的谐音)摸下巴。"今年夏初那次演习时,师长让一个参谋给驻在离师部三公里远的三团团长打电话,要他在一个小时内赶来师部参加演习会议。三团长在电话里立刻叫苦道:"我们团里的吉普车有点毛病正在修,恐怕不能按时到会。"站在电话机旁的师长一听,抬手摸了摸下巴,跟着就见他夺过参谋手中的话筒吼道:"三团长,听着!不准你乘坐任何车辆,立刻跑步前来参加会议,不得迟到一分钟!"说罢,放下话筒,立刻驱车前往三团,在三团团部门口下了车,他让司机在他后边开空车跟着,自己则紧跟在三团长身后又一直跑步到了师部,直把胖胖的三团长跑得血压升高上气不接下气,但总算按时坐到了会议桌前……

紧急集合号响后将近九分钟,队伍集合起来了。刘副参谋长向师长报告:"司、政、后应参加演习的干部除作训科秦三全请假外,全部到齐!"

"秦三全为什么请假,病了吗?"师长的话音冰冷。

"他家属临时来队,孩子又发烧。"作训科长在队列里代为回答。

"我问的是他本人病了没有?"师长的声音一下子提高了八度,月光下可见,他的右手动了一下,像是要去摸下巴。

作训科长一定是看到了师长的这个动作,慌了:"他……他本人没病。"

"立刻去叫他来!"师长的语气是命令,没有任何通融的余地。

"不用叫,我在这!"随着这声回答,秦三全跑到了师长面前站定。他刚才低声向科长和刘副参谋长请了假后,便向回走,听到师长那几声冷冷的询问后,又带着气跑了回来。

"入列!"师长低沉地命令。

秦三全却并没有动,只听他缓缓地说:"师长,我向你请假,我的独生儿子有病!"谁都听得出,他在"独生"二字下边加了着重号。三全平时对自己的要求是严格的,要不是因为他最心爱的儿子有病,他不会张口向科长和副参谋长请假。当听到师长那句"立刻去叫他来"的话时,他那颗心被深深地刺疼了:我因儿子有病请假,科长、副参谋长都同意了,你竟当众要人去把我叫回来,也罢,当面向你请假!

"不准假,入列!"五个不带任何感情色彩的字从师长口里甩了过来。

三全怔在了那里,他万没料到师长竟能这样无情地当众拒绝他请假的要求,一股强烈的气恼顿时从心中直向全身扩展,使得他那高大的身躯微微颤抖起来。

师长似乎没注意到秦三全还站在旁边,只是面向队列严肃地说道:"我提醒大家记住,师机关紧急集合的规定时间是七分钟,而今晚,却用了八分四十秒。我们是军人,军人应该懂得,一分钟的丢失有时可以造成无可挽回的损失!"说罢,转向刘副参谋长简短地发出命令:"登车出发!"

"是!"随着这声回答,停在近处盘山公路上的各种军车的马达骤然轰鸣起来。定定站在那里的秦三全此时恨恨地从鼻腔里挤出一个"哼"字,随即向宿舍区那边望了一眼,便也抬脚向司令部人员乘坐的汽车跑去。

三

演习是紧张的。

到达演习地域的第三天下午,在一间稍大一些的民房里(整个师机关都分散住在这个村的老百姓家里),作训科的几个参谋正根据"战术想定",各自按照分工紧张地工作着。

秦三全的任务是标一份"敌我态势图",但他的心思却怎么也集中不到地图上。图上他用红铅笔画出的那些个标号,分明地变成了儿子果果那潮红的脸蛋。果果的烧退了没有？苑素一个人能不能把药灌到果果嘴里？那晚上苑素见自己没回去会急成什么样？果果爱吃的那种山楂糕快吃完了吧？蓦地，他面前的地图上伸过来一只血管凸现的瘦瘦的手，用一个指头敲着他标的炮团位置，三全抬头一看，是师长。

"我的炮团里什么时候装备了坦克？"师长低沉地问，眼里射出刺人的光。

三全低头朝图上一看，原来是刚才走神的当儿，把榴弹炮的标号标成了坦克的标号。"我不小心标错了。"三全冷冷地说罢，便又低头去干自己的了。

"记住，一个军人在做直接与战争有关的事情时，是必须拿出全副精力的！"师长又沉沉地说道，眉心间的竖纹分明地加深了。

"我不过是标错了一个符号！"三全不屑地顶了一句。他对师长憋着的那股怨气至今尚未发泄哩。

师长猛地抬手摸了摸他那刚刮过胡子的铁青的下巴，随之高声吼道："不！这个很明显的错误说明，你的心思有相当一部分没用到标图上！"

"那你说我在想什么？"秦三全慢慢地站起身来反问师长，他是决心要顶下去了。三全的倔脾气一上来，是谁也不怕的。那次军长带着工作组来师里检查工作，晚饭后同师机关干部赛篮球。尽管上场前副师长一再嘱咐众队员："你们主要是陪着军长休息一会儿，比赛中要让着军长，别惹他生气。"但上场后三全却为军长投进的一个球究竟算不算数，面红耳赤地同军长和他的队员们争起来，副师长进场劝阻也不行。直到军长承认那个球是自己违反规则投进的不该算数时，三全才罢休。

"儿子！你在想儿子！"师长的手指在桌子上重重地敲着。

"是的,我在想儿子,我在想我那有病的儿子！怎么？不准在家照看,连想想也不允许吗？"三全的脸涨得通红,两只眼直瞪着师长。

"三全！"人称"机关老黄牛"的作训科长见状慌了,怕事情闹大,忙过来制止,被三全推开了。

"你是一个军人,当你在履行军人职责的时候,是不允许想那些的！"师长的吼声里夹着愤怒,铲形的下颔在抖动。

"我同时是一个父亲,我应该而且必须去尽我做父亲的责任！"三全的声音也高了。

"三全,少说一句。"科长劝说的声音几乎是恳求了。

"我为什么要少说一句？"三全把发红的双眼转向了科长。

"说吧,让他说吧,"师长望了一眼科长后又转向秦三全,"你把你的道理都讲出来！"

"说吧,你把你的道理都讲出来！"三全针锋相对。

"我说,'军人'和'牺牲'这两个词本来就是连在一起的。"

"牺牲！牺牲！我们的牺牲还少吗？我们结婚五年,和妻子在一块的时间才总共十个月;我们的孩子长到三岁,父子一块相处的时间才有一百八十天。你知道吗,首长同志？机要科齐参谋的妻子提出同他离婚的理由是'我不愿守活寡',组织科姜干事去年探家回去,晚上睡觉时,他那四岁的儿子不认识他是谁,竟哭着不让他上床。这些你知道吗？"秦三全的声调也已变成吼了,并且掺杂着一点哭音。

"我……知道,"师长的声音一下子低了,"可你为什么要参军呢？既然当了军人，就……"

"就应该像你那样去当第四等父亲？"秦三全讥讽地打断了师长的话，气恼之中，他使用了"家庭学家"林恭私下给师长起的这个外号。

师长那黑瘦的脸唰地白了，显然，他知道这外号的含义。那次林恭给师首长和机关干部中所有当父亲的划分等级时，只有两人被划为四等。一个是后勤部的助理员江某，此人提为助理员后，嫌在农村的原配夫人无才无貌无风度，不顾膝下已有二子，硬是寻找多种借口同妻子离了婚，重新在驻地附近找了一位时髦小姐，使两个儿子小小年纪便尝失去父爱之苦，心灵上受到很大伤害。再一个就是师长严务清，身边只有一子一女，儿子宝山还是个傻子，而且据说宝山的傻是因为他对儿子的病漠不关心不抓紧治疗而造成的。

师长直直地望着秦三全的脸，但那目光却慢慢失去焦点，变得散乱了，并且那泛黄的眸子里分明地露出了一丝悲哀。但是，他马上意识到目前不是流露儿女情的时刻，睁圆眼冲着秦三全，说："不准再谈这些！记住，你是军人！"

虽然如此，秦三全仍然觉着出了心中的一口气，重又坐下，若无其事地拿起橡皮，去擦那个标错了的坦克符号。

"大秦，有种！对严无情是该顶他一顶！""家庭学家"林恭鼓励着抱头坐在炕上的三全。吃饭时，林恭听说三全和师长干了一仗，便在饭后急忙拉了炮兵科的杨参谋和文化科的冯干事前来看望。平时，四个人在一块是很合得来的。

"就是，让严老头明白，我们既是他手下的一个军人，还是一个当了父亲的男人！"脾性和三全有些相同的杨参谋也接腔道。

"唉，要说道理当然是在咱这边的，"文弱的冯干事扶了扶眼镜说,"亲子之爱,这本是人的天性,连鲁迅先生都说过:'无情未必真豪杰,怜子如何不丈夫。'严老头这次不准三全的假实是不该,不过还是忍一忍好,俗话说,能忍者自安。我们这会儿在他手下做事,惹火了他会报复的,他想整治你一个小参谋还不容易?"

"报复吧,让他报复吧!"三全猛地站起来低声吼道,"顶多是叫我复员回家,哼,这二等父亲我也当够了!让我回去更好,回去老子可要地地道道地当个一等父亲,将来到晚年也不会像他那样,欠儿子一笔良心债!"

"胆小鬼!"林恭瞪了冯干事一眼。

屋里出现了短暂的沉默,房东的煤油灯在窗台上毕毕剥剥地响。

"哎,'家庭学家',你说说为什么同是男人,同为人父,严老头这种人就不具有那种父性的感情,就不懂得亲子之爱、天伦之乐呢?"杨参谋又拾起了话头。

"这个问题正是敝人的研究课题之一。"林恭莫测高深地眨了眨眼睛,而后清了清嗓子,摆出一副正式解答问题的架势,"要弄清这个问题,首先得回顾一下人类父子关系的演化史。诸位可能不知,人类父子关系演化至今,大体经历了五个阶段:《吕氏春秋》上说的'太古尝无君矣,其民众而群处,知母而不知父',这是第一阶段。这时,子不知父是谁,父不知子是谁,当然也就无所谓什么父爱感情了。随着社会由群婚制母系社会进入到对偶婚母系社会,父子关系也演进至第二阶段。这时婚姻关系较前稳定,做母亲的有时能知道孩子的父亲是谁,父亲有时也能知道哪个孩子是自己的,可是由于父亲毕竟不是家庭成员,父对子虽然认识,却并无感情。到了第三阶段,随着男子在生产中作用的突出,家长非男莫属,父子关系也就日益强化起来,父亲与子女间开始建立相亲相爱的感情,但这时在一些地方,父亲为了巩固家庭私有,维护特权,则把子女当私有物,要打就打,要杀就杀。古希伯来社会,父亲有权卖女为娼;古埃及,父亲可杀子祭神。第四阶段,社会进入资本主义社会,父子关系逐渐为金钱关系所支配,有些父亲甚至把子女当作商品。当一些国家进入社会主义社会后,父子关系也演进至第五阶段。照说,生活在今天的严老头是应该和我们一般做父亲的人一样,懂天伦之乐,有爱子之心的。但你们可能知道,人体的某些器官可以返祖,如咱们师管理科老陈的小女儿耳朵会转动。和人体器官的这种返祖一样,人的心理也有返祖现象。我想严老头大概在心理上就返了祖,返回到父子关系史上第二阶段做父亲的那种心理状态了。"

"哎哟,天哪!还真有点道理哩。"杨参谋拍手叫道。三全此时也抬起头来,脸上现出颇觉有趣的笑纹。独有冯干事有些不相信地询问林恭:"心理学书上怎么没有关于心理返祖的说法呢?"

"怎么,书上没有写的就不是科学结论了?""家庭学家"轻蔑地扫了冯干事一眼,"关于心理返祖的结论是我自己在研究中得出的,我论文写出后书上不就有了吗?"他的话音刚落,只听有人在敲外间屋门,冯干事起身去开门,随之传来一声吃惊的招呼:"师长来了!"

一脸得意的林恭一听这话,脸孔顿时白了,低声叫道:"不好!师长可能听到了。"

"怕什么?胆小鬼!"杨参谋白了他一眼。这时,师长已迈步进了里间,当在灯光下看到师长脸上依旧是那副冷漠的表情而并无怒色时,林恭提起的心才又放了下来。"师长,你坐,我们走了。"林恭说着,拉了杨参谋和冯干事的手走出了里间。

三全静静地站在师长面前,他早已估计到,对于下午的顶撞,师长是不会善罢甘休的。他已做好了应付师长报复的思想准备,反正豁出去了。

"秦参谋,"师长缓慢低沉地开了口,"你下午标的这张态势图上,还有两个地方出了错误。"边说边从衣袋里掏出了三全下午标的那张图,摊开在炕前的木桌子上。

挑剔吧,严老头!你现在至多能抓住这点把柄。三全一边在心里默想,一边把目光移到地图上。

"看,这里!"师长戴上眼镜指着图上的一个无名高地,"按敌情通报敌人在这里部署的是一个连,你却注成了一个排。还有,这里,按敌情通报敌人阵地前沿有一混合雷场,你没标上。"三全一眼就看出了下午无意中标错的这两个地方,但他此刻注意的是师长那只指着地图的瘦手,那只手哆嗦得非常厉害,以致指头久久指不到想指的那无名高地的山头上。凭以往同师长打交道的经验,三全知道这是他内心极度激动的表示。聪明的三全眼珠一转,立时作出了判断:师长刚才一定是在门外听到了林恭的那番议论。好!让你这个心理返祖的人受点刺激真是太好了!

"把这两个错处改过来。"师长指着地图低低地命令道。

一丝嘲弄的微笑从三全的嘴角浮现出来,啊,多么可怜的报复措施!他一边想着一边回身去作业包里抽出红蓝铅笔,只用两分多钟的时间就把两个错处都改了过来。

"记住!一个军人,他所做的许多事情,是与流血、死亡这些东西连着的!就说这个你未标上的雷场,战时,我们也许要对这个小小的错误付出十个战士的生命。"师长边说边折起地图向门口走去。

危言耸听！三全一边在心里叫道一边望着师长走出屋门，嘴角上那丝嘲弄的笑纹在慢慢向整个脸部扩展，与此同时低低地说道："严老头，我等着你的第二次报复！"

四

八天的演习终于结束了。

汽车驶进营区刚刚停下，三全就从车上跳了下来。他扛起自己的背包就向宿舍区跑，边跑边在心里默叫道："果果，爸爸回来了，你病好了吗？"但没跑多远，只听背后传来一声低沉、威严的喊叫："秦三全，回来！"

三全闻声停步扭过头来一看，又是严务清！立即一股怒火从心中升起，只见他几步奔回到师长面前嘶声问道："演习结束了为什么还不让回家？"

"我没说不让你回家，"师长依旧是那副冷冷的声调，"可你为什么要背着作业包回家？我在今天早上返回营房前是怎么规定的？"

三全这才记起，今天早上从演习场起程返回时，师长在队前讲道："我们这次演习是在预定战场、按照我师的作战预案进行的，因此所有演习资料都要保密。回到营区后，任何人不得将装有演习资料的作业包带回宿舍，一律拿到办公室保存，待演习总结搞完后，统一收缴销毁……"

"我不会把作业包放到家里的！"三全压着心中的怒气说，"我回去一下就马上去办公室。"

"先去办公室放下作业包！"师长的口气不容分辩。

"三全，把作业包给我，我给你捎到办公室去。"这当儿，科长急忙走过来息事宁人地说。

"不行!"师长抬手摸了摸下巴,直接地叫道,"让他自己去!一个军人,应该懂得保密如保命!"

报复!又是报复!三全鄙夷地瞥了师长一眼,一边在心里恨恨骂道,一边向办公区走去。

三全从办公室跑回自家宿舍门前正要推门,却猛地缩回了手,门是锁着的。正当他愣在门前时,邻居一个八岁的女孩跑过来告诉他:"秦叔叔,果果去师里医院住院了,苑阿姨也去了。我和妈妈前些天去看果果时,护士阿姨正用好长好长的橡皮管给他打针哪,果果哭得可厉害了……"女孩的话未说完,三全已扔下背包,飞步跑走了。

此刻,三全边跑边在心里发着狠:"严老头,倘若我的果果有个三长两短,这笔账是要找你算清的!"

终于跑进了师医院。当三全气喘吁吁地问明了儿子所住的病房,走去推开门时,第一眼看到的却是果果正坐在椅子上,一边举着"手枪"叭叭地叫,一边让妈妈给他穿鞋。"爸爸!"果果首先发现了站在门口的三全,欢叫一声,推开妈妈,光着一只脚向门口跑来。

三全先是一下子把儿子举到空中,继而揽在了怀里,再俯首在儿子那鲜嫩的脸蛋上长久地亲吻着。啊!那八天来一直悬着的心放下了。

"爸爸,你这儿有灰。"果果指着三全的右脸颊叫道,"别动,爸,我……"说着,把一个手指伸进自己的小嘴里蘸了点唾沫,轻轻去润湿着爸爸脸上沾的那点黑灰,而后,抬起袖头去擦。

"果果,下来!跟他亲热什么?"拿着一只鞋站在那儿的苑素赌气地喝叫着儿子。温柔贤良的她第一次对着丈夫发脾气。

因儿子的小手在脸上摩挲而沉浸在愉悦中的三全,听到妻子的这句话愣了一下,刚想张嘴说什么,身旁突然响起一个慈祥的声音:"小苑哪,怎么又说气话了?"三全扭头一看,这才发现师长的爱人——驻地附近一所小学的校长,一个五十来岁的慈眉善目的妇女站在屋里。

苑素生气地往床沿上一坐,望着师长爱人诉说:"那晚他说好去请假的,可一去就不回来了,把俺娘儿俩撇在屋里,要不是你来照顾,果果的病还不定怎么着哩。"

"你呀,这就值得生气?"师长爱人慈爱地望着苑素说道,同时上前从苑素手里拿过果果的那只鞋,走过来给果果穿着,"这不能怪小秦,他是军人,军人做了父亲,妻子可不能用一般当父亲的标准去要求他。对这个理,当初我也不懂,俺宝山变傻以后那次去部队,我才算明白了。"

凡是心地善良的人,对别人的不幸总是非常同情的。苑素听到师长爱人的最后一句话,一时忘了生气,急忙轻轻地问:"你家宝山是咋变傻的?"

"唉——"师长爱人长长地叹了口气,"说来话长。俺宝山七岁的那年春天,老严休假回河南老家看我们娘儿俩。他那时在当副团长,我那时在俺老家的一所小学里教书,没随队。他到家的第四天早晨,宝山突然发起高烧来,有流行性脑炎的症状。我俩正在商议要把孩子送往医院时,接到了他们团长拍来的一封电报,那封电报的电文我至今还记得,上边说:'部队外出执行任务,见电后若能回即回,假期将再行安排,若不能回,即复电告知。'我当时望着有病的儿子,求他去复电说明不能归队,但他执意不肯,并分析说:'既然来电报,一定是急事,电文所以措辞委婉,是因为团长原是我的下级,不好下命令.'说罢,便要立即动身。我哭劝无效,想到他归队反正要经过镇上,就要他顺路把孩子抱到镇上医院,安排我们娘儿俩住下院了再走,因为我实在无力气把七岁的宝山抱到二十里外的镇上。不料他却说,抱个孩子走路,到镇上肯定赶不上那辆一天一趟去县里的公共汽车。说完,便独个儿提着提包快步走了。我当时那个气恨劲儿,真想马上就跟他离婚。他走后,我只得到附近农村去找人帮我抱孩子去医院,因为我所在的那所小学只有四名教师,当天其他三位又都回家了。待我找来两个村民把孩子抱到二十里外的镇上医院时,孩子的急性脑膜炎已很严重了,虽经抢救保住了性命,但却留下了严重的后遗症,说哭就哭,说笑就笑,一直到现在,还是一天三餐要人喂,大便小便不避人。孩子变傻以后,你不知我那个伤心、气恨劲哟,老严休假回来看我们,我天天骂他,不准他吃我做的饭、睡我的床,整整跟他哭闹了一个月。后来他们团长把我接到部队上,我才知道,他那次确实应该赶回部队,他们团当时是去抢修一条铁路隧道,团领导中只有他过去组织过这种施工。就在他赶回部队的当天,工地上发生一次大塌方事故,七十名战士被堵在隧道内。他扔下提包就赶到现场指挥,由于他指挥得当,经过一天一夜的抢救,七十名战士全部脱险。我到了部队后,这七十名战士排成队去看我,每人都给俺宝山买了玩具,光玩具就堆了半间屋。我们娘儿俩临离队时,这七十名战士还自动列队到火车站给我们送行。这时我才明白,俺宝山的变傻,换来了七十个战士的生命,值得呀……"

此时,一直抱着果果站在那里静听的三全,身子先是摇晃了一下,继而软软地倚在了墙壁上。

"好了,不说这些了,咱们快收拾收拾出院吧。给,小苑,这是出院证。"师长爱人边说边把出院证递到了苑素手里。

"奶奶,你也去我家吧,我给你拿山楂糕吃。"果果从爸爸怀里扭过头来向师长爱人喊道。

"好,我去吃果果的山楂糕。"师长爱人笑着点头。

"他爸,这些天可把赵校长给累坏了。"已经消了气的苑素这时走过来轻轻地说,"那晚上你刚走有半小时,赵校长就去了咱家,帮我给果果灌了药,后来看看果果的体温继续上升,就打电话要了车把我们送来医院住下了。开头几天,赵校长每晚和我轮流着看护果果,果果病见轻后,赵校长也是每天下班后都往这里跑,还给果果做这样那样好吃的用饭盒端了来……"

"小苑哪,说这些干啥?告诉你,这些也不是我想来干的,是奉了他们师长的命令,不干不行呀!走吧,快走吧,天快黑了,你回去还得给秦参谋做饭吃哩。"师长爱人含笑说着。

"谢……谢谢。"三全的嘴唇抖动了许久,才颤声这样说道。

"嗨,一个军人,在使用'谢'字的时候,要注意看看对象和场合嘛。"师长爱人开着玩笑。三全听出,她在说"一个军人"四个字时,和师长的口气竟那样相像。

屋里的人谁也没注意到,就在此刻,师长严务清无声地站在门外。他脸上依旧是那副冷漠的表情,不过仔细观察可以发现,当他的目光触到果果那红润的笑脸时,他那两个眼角的扇形纹络明显地舒展了。

"走吧,走吧。"赵校长催着三全夫妇。三人转身向门口走时,才看到默默站在门外的师长。

"我现在回机关,你们如果也回去的话,可以搭我的车。"没有任何别的问候和招呼,师长开口就是这句冷冷的不带任何感情的话。

"那刚好,快走!"赵校长喜眉笑眼地推着三全和苑素向外走。到了院中,两人又被赵校长推上了师长的吉普车。

"开车!"三全和苑素刚坐定,坐在前座上的师长就向司机下了命令。

"别慌呀,赵校长还没上车哩。"苑素急忙向师长说,同时朝车下的赵校长喊,"快上来!"

师长回头扫了妻子一眼,正想抬脚上车的赵校长一定从那目光中看到了什么,只见她边关上车门边说:"开车吧。"

车子开动了,苑素有些生气地向师长埋怨道:"慌什么哩,这里明明有个空位,为什么不让赵校长也上来?"

"这车是给我用来工作的!"师长头也没回地说了一句。

吉普车飞快地向营区驶去。

苑素不解地呆望着师长的背影。旁边的三全紧抱着儿子果果,头低垂着,双眼微闭,似乎睡着了,只有那双手在剧烈地抖……

五

暮霭笼罩着整个军营。

秦三全拿着一个铝制饭盒定定地站在师长院中。晚饭后,苑素从手提包里拿出几天来师长爱人给果果送吃的东西时用的饭盒,让三全来送还。其实,即使不送这个饭盒,三全也要来的,悔愧在噬咬着他的心,他要来见师长,向他表示自己的一点心意。然而,到了院中,他又失去了进屋的勇气,进去怎么开口说呢?

师长的外间屋门是开着的,只有纱门关着。透过纱门望去,外屋里没人,里边陈设很简陋,只有一对简易沙发、一张方桌和几把木椅。正对着屋门的墙上,挂着一张巨大的条幅,条幅上写着克劳塞维茨的一句话:"在任何一项专门活动中,要想达到相当高的造诣,就需要在智力和感情方面有特殊的禀赋。"三全默然地望着条幅上的字,不知师长何以独把这句话写了挂在墙上。

正当三全在院中犹豫的时候,师长拉着他的傻儿子宝山从里屋走到外屋坐在方桌前。这傻宝山四个月前有一天在父母上班后,曾自己弄开院门跑到办公区胡闹了一阵,三全见过一次,几个月不见,他似乎又长高了一些,也胖了许多,只有那两只眼珠依旧转动得十分迟缓,显示出他仍是个丧失思维能力的傻子。父子俩坐在方桌前一比,师长的身子竟显得那样单薄、瘦削。这时,只见师长爱人端着一碗米饭和两盘菜来到了饭桌前说:"我来喂他,你去吃吧。"

"还是我来。"师长从妻子手上接过饭碗,把盘里的菜夹几筷到碗里,便把碗送到儿子的嘴边。看得出,傻宝山只是凭着本能张嘴去让爸爸喂饭,痴呆的脸上不带任何表情。吃着吃着,那傻宝山突然"嗨"地叫了一声,一下子把嘴里的饭吐了出来,同时伸手去父亲的右脸颊上狠狠抓了一下,灯光下可见,师长那黑瘦的脸颊上立时出现了几道带血的指痕。

"你要干什么,宝山?"师长爱人闻声从厨房里跑出来,向儿子扬起了巴掌。此时,只见师长推开了妻子的手,一边掏出手帕去擦脸上的血丝,一边向儿子低声问:"这菜不好吃,是吧?你想吃什么?"

"嗯,嗯,嗯!"傻宝山边叫边用手比了一个圆圈。"噢,他想吃鸡蛋,还有吗?"师长扭向妻子问。

妻子从厨房里拿来了两个鸡蛋,师长接过一个剥去壳后,用羹匙挖一块递到儿子嘴里,傻宝山立刻有滋有味地嚼着。而在这时,又有血丝从师长脸颊上的指痕中渗出来。

门外,三全不由自主地抬手捂住了自己的右颊,跟前候地闪过下午小果果用手指替他擦灰的情景,啊,同是儿子!三全心中原有的愧悔被一种巨大的怜悯所替代,他感到有一层水雾从眼中腾起。

"哎,这不是秦参谋吗?"开纱门来院中收衣服的赵校长发现了站在院中的三全,"快进屋去啊!"

三全默默地进了屋。"坐吧。"师长一边把喂宝山的饭碗递给妻子,一边让三全坐。

三全无言地把手中的饭盒放在桌子上,他不敢马上开口,他担心自己此时说话声音一定是颤抖的。

赵校长把宝山领到了里屋,沉默在三全和师长之间持续。"我……"三全终于吃力地说了一个字。

"你来得正好,本来我想在晚饭后派人去找你的。"师长的声调依旧是冷冷的,"你们科长调任军作训处处长,副科长又要去南京学习,两人最近几天就要分别去报到,从明天起,你主持科里的工作,并负责起草这次演习的总结。你的副科长任职命令已经到了。"

"什么?"三全倒退了一步,眼也瞪到了最大程度,他万没想到会听到这样的消息。不过这惊疑仅仅是一刹那的事情,随即就听他执拗地、吵架似的叫道:"我不够格!"

"是的,你不够格!你不仅不够一个副科长的格,而且也不够一个军人的格!"师长那冷峻、锐利的目光在三全脸上扫了一下,随即声音缓慢了下来,"不过,一个知道自己不是合格军人的人,也许将来能够合格。是啊,"师长转过身子踱着步,声音低下去了,低得几乎成了喃喃自语,"做一个合格的军人,很难,尤其在和平年代里,更难……"

"师长,你另换别人吧!"

师长猛地扭过头来,眼睛里射出那种骇人的盛怒的光,抬手去摸了摸下巴,跟着就听他一字一顿地说:"再说一遍!"

三全直直地望着师长,他知道,此刻自己再说一句推辞的话,就会招致一顿可怕的斥责。他倒不是怕那斥责,他是担心师长的身体,因为他分明地看到,师长那两只垂在腰间的血管暴突的手又开始轻轻地抖动起来,并且脸上被宝山抓破的血痕中又渗出了血丝。

"师……师长,你脸上的血。"在经过一阵沉默后,三全声音抖颤地说。

师长眼中的怒气慢慢消失了,他一边掏出手绢去擦脸上的血丝,一边低低地说:"哦,让院里的树枝挂破了……"

不知怎的,听到这句解释,从不流泪的钢铁汉子三全,竟分明地感到有两滴泪水溢出了眼角……

传 言

一

鲁冬听到一个有关他的知心朋友豪力的可怕消息。他那张老实、憨厚的脸上现出了明显的苦恼和焦急,下班铃一响,便急步冲出排字车间,向印刷车间跑去。

人们都下班了,喧闹、忙碌了一天的印刷机安静地躺在那里休息,整个印刷车间显得很静,只有车间一角的一个小屋里偶尔传出几下铁器的撞击声。

鲁冬快步走到那间小屋门口,手扶门框喊道:"豪力。"

屋里正在摆弄铁制机件的三个人闻声转过身来,其中一个身材高大健壮、粗眉大眼的三十来岁的男子应道:"哦,是鲁冬,快进来给我们当当参谋。"

鲁冬并没有进屋,而是用焦急的语调对那男子说:"豪力,你出来一下。"

豪力放下手中的钳子和扳子,拿过一团棉纱擦着手走出了小屋:"有事?"

鲁冬没有马上回答,拉住豪力的胳膊向车间的一个角落走去。两人在角落里站定后,鲁冬才有些激动地说:"你晚上不应该住在车间里!"

"噢,我以为有什么大事。"豪力笑了笑,眉心上那两道脾气暴躁的人特有的竖纹也随之舒展开来,"我们对那台老式印刷机的改造快有眉目了,晚上住在这里可以争取点时间。"

"不管怎么说,今后你必须晚上回去睡觉!"鲁冬的语气显得很武断。

"为啥?"豪力并没有为朋友使用这种语调生气,仍是笑着问。

鲁冬的嘴唇动了动,却没有发出声来,怎样回答他呢?他一时有点张口结舌。下午听到那消息后,他只顾为豪力的遭遇感到难过和痛苦,却并未考虑向豪力述说这个消息时的措辞。尽管他们是一对说话从来不用客套的知己,但这毕竟不是一个一般的问题啊。

"家里需要你回去。"鲁冬终于想起了这一句他自认为还算得体的话。

"家里需要?哈哈,告诉你,我把这个月的粮、油和煤球都已买齐,青凌下班后,只需把明明从托儿所接回去做点饭吃就行。"

"明明会想爸爸的。"鲁冬立刻又说出了一条理由。

"噢,那有什么?等这台印刷机改造成功后,我会多抱他几天,把这段日子缺的都补上。"豪力依旧不紧不慢地含笑说。

"家里没有男的总不行。"在连续两条理由被驳倒以后,鲁冬显然有些着急,顺口说出了这句。

"啥?"豪力脸上的笑容陡地消失了,他从鲁冬的话里听出了一点什么。

"呃,噢,我是说……我是说,"鲁冬明显地慌乱了,"我是说你应该回去住。"

豪力猛地抓住鲁冬的胳膊,眼瞪着他:"你有话瞒着我,快,说出来!"

"没,没有,我不过是随便说一下,其实,其实……"鲁冬结巴了。

"鲁冬!"豪力晃了一下鲁冬的胳膊,因用力过猛使得鲁冬的身子趔趄了一下,"你还记得我们两个当初发过的誓吗?"

"记、记得,'有话直说,永不相欺'。"

"你今天对我说话为什么藏藏掖掖?"

"我、我……"

"按照我们俩的规定,一方欺骗他方时,他方有使用拳头的权利,你,看着我的拳头。"豪力边说边举起了拳头。

"好,好,我说。"鲁冬似乎终于下定了决心,但他立刻又提出了条件,"我说出后,你不能发火!"

"行。"豪力点头。

"今天下午上班时,"鲁冬望了一眼豪力眉心间那两道开始缓缓聚拢的竖纹,不安地低声说,"看见我们排字车间的几个人聚在一起议论什么问题,有说有笑的,我以为是谈啥趣闻,便也凑了过去。谁知他们一见我便住了口,跟着就四散了。我拉住青工许龙问有啥新鲜事,他先是支吾着,后来才告诉我,说青凌……"

"说她怎样?"豪力显得迫不及待,两鬓和脖子上的青筋在向外暴突。

"说青凌和高松良俩人很好。"

血,似乎是全身的血,一下子涌到了豪力的脸上。他两眼直瞪着鲁冬,身子开始轻微地颤动。

"九月二十四日晚上十一点钟时,有人亲眼看见他俩在一起胡……"

"嗵"的一声,豪力一拳砸在了身旁印刷机的铁架上,使得那印刷机发出好长一阵委屈的呻吟。

"高松良就是咱们厂五车间那个小青年,住在你们那栋宿舍的西头。"鲁冬低声说明着。

"好啊!!"豪力咬着牙低沉地吐出了这两个字后,便猛地转身急步走进了改造印刷机的小屋,从床上拿过自己的手提包就向门外走去。旁边的两个青年工人见状急问:"组长,今晚还干吗?"

"不干了!"豪力暴怒地答,声音震得整个车间都嗡嗡响。

两个青工伸了一下舌头,住了嘴。

望着就要走出厂门的豪力,鲁冬有些不放心地赶上去叮嘱:"回去后不要大吵大闹,那样丢人,悄悄地批评批评青凌就算了。"

豪力什么话也没说,只是跨上了自行车,飞快地骑出了厂门……

二

"妈妈,爸爸怎么还不回来?"三岁的明明在饭桌前坐下时仰脸问妈妈。

"爸爸在厂里造新机器,造好了就回来看明明。"青凌一边安慰着儿子,一边端着儿子的小碗吹着盛在里边的热粥。

"新机器啥时候能造好?"

"快了。"青凌喝了一口碗里的粥,见已不烫嘴,便递给儿子,"给,你先吃吧!我去给你爸烙点油饼,一会儿东边你张伯伯去厂里时捎给你爸。"

"我也吃饼。"明明叫道。

"好,好,烙好了先给俺明明吃。"青凌说着走进厨房忙碌了起来。灯光下可见,青凌可以称得上是一位漂亮的少妇。她稍稍有些胖,不过却不是那种臃肿的胖,而是生过孩子、当了母亲的那种恰到好处的胖,这种胖使青凌那颀长的身形透着一种匀称、庄重美;她丰盈的脸庞呈瓜子形,不过却没有瓜子形脸惯常给人的那种狐媚感,而只是一种万事容人的善良、温顺态;她有一双波光闪闪的大眼睛,不过从眼里闪出的光中却没有一点可称为轻佻和卖弄的东西,有的只是贤惠和聪颖。青凌刚要把和好的面团拿到面板上去擀时,"哐啷"一声,外屋的门被撞开了,跟着,就听见儿子明明的一声欢叫:"爸爸回来了!"

青凌闻声急忙放下擀面杖迎出来,但走到厨房门口却吃惊地站住,她第一眼看到的是丈夫那身没有换下来的沾满油腻的工装,他平时是从不穿工装回家的;接着,看到了丈夫那被愤怒扭曲了的脸和喷射着仇恨的眼。她不安地轻声招呼:"你回来了?"

"咋?我的家还不让我回来?"豪力瞪着眼怒声反问。

"你?"青凌的双眸一个惊跳,她不明白丈夫何以发这么大的火。

青凌不会料到,豪力还有一肚子怒火立刻就要喷发。刚才走出厂门时,在最初的愤怒和痛苦过去以后,豪力也曾对那消息的真实性发生过怀疑。怪啊,人说女人变心是有迹象的,我怎么一点迹象也没发现呢?吃饭,青凌总是把好东西留给明明和我吃;穿衣,青凌总是用好衣料来给明明和我做衣服;家务活,她自己忙死忙活但从来不让我插手,这怎么像是变了心呢?不过很快,另一种想法使他打消了这种怀疑。既然没有此事,消息何以传到厂里,而且连日期、时间都说得那么肯定?无风怎会起浪?在这同时,豪力又猛地记起了一本什么书上写过的"女子就如花朵,艳香者赏闻人自然会多"的话。青凌是漂亮的,这一点豪力过去一直引为自豪和骄傲,但是此刻,他却据此进一步推定,消息是真实的。在打消怀疑之后,豪力又陷入了更深的痛苦和更大的愤怒之中,他想先找那个高松良算账,后又意识到手无实据,对方可能不会承认。他想回家就痛揍青凌一顿,后又觉得那样做青凌必会哭闹,外人听到将更丢人。想来想去,只有一法:宣布离婚,赶她出门。豪力就是抱着这样的决心踏进屋门的。

这当儿,明明高兴地奔了过来,他像往常那样扑上去掏爸爸手中的提包,想寻找给自己带回来的吃的东西,但他的小手刚刚伸进包里,不想爸爸突然吼道:"滚开!"在这同时,明明已被仰面推倒在了地上。

"哇——"明明哭开了。

"你怎能打……"青凌本想抱怨丈夫"你怎能打不懂事的孩子?"但向来体贴丈夫的她,猛地意识到丈夫在厂里可能遇到了什么不顺心的事,不应该再给他加气,在快步走到儿子身边时,便把那句话变成了"你怎能打扰你爸爸?"

青凌把明明抱放在饭桌前的椅子上,一边给他擦眼泪一边哄着:"明明乖,明明听话,爸爸累了,让他歇歇。"见明明不哭了,这才去里间屋端来一盆温水放在丈夫面前柔声说,"先洗洗,把工作服换下来,我去烙饼。"

"站住!"豪力低沉地、命令似的叫了一声。

移步向厨房走去的青凌闻声惊异地停步转过脸来。

豪力压抑着怒气讥讽道:"过去一直没发现,你演贤妻良母这个角色演得还真不错!"

"你说啥?"青凌眼里闪出一个惶惑、吃惊的问号。

"我说你从今天晚上起就自由了,不必再在这里苦心演戏!"

"啥?"青凌的两道细眉在向眉心聚拢。

"我说你今后可以毫无顾虑地去找你那位亲爱的!"

"你……"可能由于过于震惊,青凌竟一时说不出话来。

"我说你必须立刻滚出我的家!"豪力吼道。

"你?!"青凌的眼中有泪珠在颤动。

豪力望着青凌那罩满惊异、迷惘、屈辱、痛苦的脸孔又咬牙切齿地:"我成全你们……"

"你说清楚!"青凌终于气愤地喊出了一句。

"不用说你心里也清楚!现在需要说清楚的是:当初我娶你真是瞎了眼!"豪力狂怒地叫道。

"你……"青凌的话又被极度的气愤和委屈噎灭在了喉咙里。

"滚,快滚!我不愿再多看你一眼!"豪力又望着青凌吼道。

愤怒至极的青凌牙咬下唇,猛地弯腰拉起呆坐在身边的明明的手,向门口走去。

"站住!不许动我的儿子!"豪力吼道,与此同时,上前一下把明明夺了过来。

"你?!"青凌眼里汪着的泪珠滚了下来。

豪力瞪着青凌那苍白的脸,咬着牙一字一顿地:"记住!明天上午八点,我在市中区机关门口等你,办理离婚手续!"

青凌猛地转身迈出了门槛。

"妈妈——"明明哭喊着向门口追去。青凌闻声停了步。

"啪!啪!"豪力抡掌狠狠向儿子脸上打了两下,与此同时嘶声吼道:"不许叫妈妈!你没有妈妈!"

青凌双手捂脸,跌跌撞撞地向黑暗中奔去……

三

鲁冬的家位于妻子叶苋所在的纺织厂宿舍区里,离印刷厂比较远,到家的时候,妻子已在桌子上摆好了饭菜。

接过妻子递来的饭碗时,鲁冬还在脑子里思索着豪力的事。他怎么也想不通,平时那么娴静庄重的青凌,怎么会办出这等丢人的事。想着想着,禁不住用筷子敲了一下碗,发出了一声长叹:"唉,女人……"

"你嘟囔什么?还不快吃饭!"坐在对面给女儿莹莹喂饭的叶苋瞪了丈夫一眼。这是一个中等身个儿的妇女,年龄看样子要比青凌稍大一点,她身上的打扮、脸上的表情和眼中的光芒,都透着一种敢说敢为、豪爽泼辣的丈夫气。她从桌上端起饭碗递到丈夫手里的动作、和丈夫说话时使用的严厉语气,都表明这是一个冷面热心肠的女人。

"嗨,豪力家出事了,我怎能吃得下!"鲁冬的声音里带着苦恼。

"豪力家出事了?出了啥事?"叶苋瞪大那双既有女性美

丽又有男性威严的眼睛问。

"唉,青凌她……"话及此地突然噤了口,他猛地意识到不该让妻子知道这事,"失贞之病在彼此熟悉的女人中是有传染性的",他记不起是从哪个人那里听到过这句话。

"青凌咋了?"叶苋的圆脸上露出了惊异、焦急之色。要知道,叶苋和青凌是那种有一块糖也要分着吃的好朋友。两人一块上完了高中,一起进了纺织厂,一同在细纱车间做工。尽管不是同时开始谈恋爱,但一当叶苋发现自己恋人的朋友——豪力是个好人,就立刻把他介绍给了青凌。因此,两人基本上是同时结婚、同时做了妈妈。眼下,两人虽不像当初当姑娘时那样吃同一个盘里的菜、住同一间宿舍、穿同样颜色的衣服,但每逢见面,各人总还是把攒在自己心里的体己话向对方倒个干净。现在听说青凌出了事,一向把青凌视为妹妹的叶苋怎能不吃惊、着急?

"呃,没、没什么。"鲁冬支吾着。

"瞧你说话吞吞吐吐,哪像个男子汉!"叶苋望着丈夫撇了撇那娇小的嘴,做出一副不屑的样子。这是一种激将法,她知道丈夫最怕自己说他"哪像个男子汉"。

"我说话咋吞吞吐吐?"鲁冬果然急了,"告诉你,青凌作风不好,和邻居高松良胡来,九月二十四日晚十一点钟时有人亲眼看见的。"

要在平时,见丈夫被激得说出真话,叶苋是忍不住要笑上一阵的,不过此刻她已无心笑了,鲁冬的话音刚落,就听她恼怒地站起来叫道:"你胡说!"

"胡说?我亲耳听我们车间许龙讲的。"鲁冬辩解道。

"许龙听谁说的?"叶苋眼中的那种男性的威严增多了。

"我没问。不过厂里都在传!"鲁冬很有点理直气壮。

"都在传就证明是真的?"叶苋怒声问。

"真不真豪力今晚就可以弄个明白,我已经给他说了。"鲁冬颇有些夸耀地讲出了这句话。

"啥?你已经给豪力说了?"叶苋的眼中露出了惊骇。

看到妻子眼中有了惊骇,鲁冬的心里也有些发慌:"咋,不该给他说?"他此时已是商量的语调了。

"没弄清咋能给豪力说?要是出事咋办?"叶苋猛地站了起来。

"能出啥事?"鲁冬的声音低了,内中还透出一点害怕。

"不管出了啥事,都要找你算账!"

"找我?"鲁冬嗫嚅道。

"笨,真笨!三十来岁的人了,办事从来不用脑子!"叶苋狠狠地数落着。

鲁冬嘴唇动了动,但没敢说话。是的,鲁冬是有点怕妻子的。他记得谈恋爱时叶苋好像是怕自己的,不知什么时候彼此的地位被颠倒了。不过,鲁冬对这种颠倒也并不在意,有时甚至还颇觉得意。这一方面是因为每次挨过妻子的批评之后,鲁冬细一琢磨,总发现妻子的批评是对的;另一方面也因为,妻子批评归批评,对自己关怀还照旧,有时批评之后反会对自己照顾得更加周到。不过有一条,鲁冬是很忌讳妻子说他"哪像个男子汉"的,每当妻子说起这句话,他总会急得脸红脖子粗,开朗的叶苋抓住丈夫的弱点,常拿这句话开玩笑,就如刚才那样。

"给,你来给莹莹喂饭,我去看看青凌。"叶苋说着把饭碗塞到了鲁冬的手里。

"妈妈我要你喂!"三岁的莹莹喊道。

"叫你死爸爸喂!"叶苋大声说着向门口走去,她刚要伸手去拉开门,门却忽地从外被撞开了,气喘吁吁、头发披散、满面泪痕的青凌站在门口。

叶苋刚要张口招呼,青凌已经委屈、悲切地喊了一声"苋姐——",一下子扑到了她的怀里。

叶苋扶着呜咽着的青凌走进了卧室。她让青凌伏在自己怀里把心中哽着的委屈和痛苦发泄出来后,才语调低沉地说:"凌妹,家里的事我已经知道了,我现在问你一句话,你要凭着我们姐妹之情实话回答我。"

青凌闻声忍住哽咽抬起了泪眼,望着叶苋点了点头。

叶苋脸上带着少有的严肃问:"你做没做对不住豪力的事?"

青凌闻言身子痛苦地一颤,眼中的泪水又立刻涌了出来,不过,跟着她猛地把右手中指伸进口中,使劲用牙一咬,然后抽出手指用鲜血在桌子上放着的一张报纸上写了个大字:"没"。

叶苋见状急忙心疼地拉过青凌的手进行包扎,一边语气坚决地说:"凌妹,倘若你相信姐姐,从现在起就不哭、不闹,晚上住在我家,白天照样上班,我保证在十天之内为你昭雪冤枉。"……

四

青凌当晚和叶苋睡在一起,在叶苋的反复劝说下,她总算勉强止住了哭泣,但快天亮时却开始发烧。人们常说"悲能致病",看来这是真的。

早饭时叶苋服侍青凌吃了药,给厂里打了电话为青凌和自己请假,接着便骑车来到豪力家。她知道在无凭无据的情况下来说服脾气倔强的豪力是办不到的,所以一见豪力便开门见山地说:"青凌同意离婚,只是因为今天有病住院了,得等病好后才能同你一起去办理离婚手续。"

豪力听后一怔,继而咬着牙狠狠地说:"麻烦你先到医院告诉她:我在等着!"

叶苋从豪力家出来,便骑车向印刷厂奔去……

此后几天,叶苋每天下班后都要骑车去印刷厂和印刷厂职工宿舍区跑一趟,有时回来得很晚。

对妻子的行动,鲁冬几次想问但终于没敢启齿,因为妻子每天从外边回来时,总要生气地瞪他一眼。

大概是在莹莹生日的前一天,也就是豪力家出事的第九天晚饭时,叶苋把一张写有九个人名的白纸递给鲁冬说:"明天莹莹过生日,咱们庆贺一下,明天你把纸上写的那些人都请来吃晚饭。"

鲁冬接过一看,见纸上写的人名除豪力外都是本厂和自己关系一般化的男女工人,便有些吃惊地问:"庆贺莹莹生日,干吗请这么多人吃饭?"

"记住!一个人不能少!"叶苋没有回答丈夫的问话,而是用命令的口气说出了这几个字。

"那……好。"一向习惯于服从妻子命令的鲁冬点了点头。

第二天夜幕降临时,除豪力外其他八名男女客人已经坐到鲁冬家的那张八仙桌前。虽然他们都对被邀参加莹莹的生日庆祝酒席感到有点突然,但也知道鲁冬和叶苋平日是一对热情好客的夫妇,以为这两口子不过是借此欢乐欢乐、图个吉利,便也没想更多的。酒菜上来前,大家轮流逗着莹莹玩,说一些在这种场合应该说的吉庆话;酒菜上来后便在主人的劝让下毫无拘束地吃喝起来。众客人谁也没有料到,当他们举杯欢饮的时候,在这套宿舍的另外两个房间里,却有两个人在暗暗地吞咽着眼泪。

在对面那间小贮藏室里,豪力垂首默默地坐在一张椅子上。他头发蓬乱、双颊下陷、目光呆滞,比十天前显得瘦多了。他是在客人到达前由鲁冬从家里硬拉来的。豪力一直以为青凌在住院,并不知道她就住在鲁冬家里。鲁冬也因为妻子嘱咐过而一直没有告诉豪力。豪力来后听说应邀来的人都是印刷厂的熟人,便坚决不肯入席,先想躲进鲁冬他们的卧室,后见门锁着便躲进这间贮藏室。自从青凌出事后,他一直觉得没脸见人。叶苋见他如此,便让丈夫别再催他入席。其他的客人并不知道豪力就坐在那间贮藏室里。此刻的豪力,听着外面小莹莹的欢笑,不禁想起儿子明明。后天就是明明的生日,假若不是因为他妈妈那可耻的堕落,他也会像莹莹一样过一个欢乐的生日,可是现在……

在房间隔壁的卧室里,坐着一脸病容的青凌。她一边不时地抬手擦去涌出眼睛的泪水,一边按照叶苋的嘱咐,用心听着隔壁的谈话。

当酒过数巡、众人都喝得面红耳热时,叶苋站了起来,用不紧不慢的声音说:"今天请诸位来,除了庆贺我们莹莹的生日外,还有另外一件小事。"

来客听到这话,都一齐停止了吃喝,略感诧异地望着叶苋。

叶苋的脸色慢慢变得冷峻起来,语调也随之低沉了:"我通过各种方法了解到,关于豪力家的青凌同邻居高松良不清白的消息,是从诸位口中传出的,今天想烦请大家把当初各自听到、传出的话再一五一十地说一遍。我的目的是想弄清真相,因此,望各位都凭着良心不讲瞎话。"

话音落后,有一分多钟的时间,屋里的人谁也没有吭声,每个客人的眼里都露出了一点吃惊和不安,大家显然都没有料到会有这样一个严肃的问题出现在生日庆祝酒席上。鲁冬怔怔地望着妻子,显然他也没想到妻子会有这么一招。

"许龙,听鲁冬说,是你告诉他的?"叶苋打破了沉寂,向一个二十六七岁的青年工人问。

"我是听任大斌说的。"许龙讷讷地答,"他告诉我说,'豪力家的青凌和高松良两人很好,九月二十四日晚上十一点钟时,有人亲眼看见他俩在胡搞'。我听后就原原本本地给鲁冬说了。"

"大斌,你是听谁说的?"叶苋转对一个三十来岁的男子问。

"我是听谭成说的。"那个叫大斌的男子垂下了头,"我在传给许龙时只加了'晚上十一点钟时'几个字,我当时主要是想让许龙相信我说的话,随便加上的。"

"我是听郑忠吉说的。"大斌的声音刚落,二十七八岁的谭成就急忙接口,"我当时感到这个消息怪有意思,便急忙告诉了大斌,为了向他证明这个消息的准确性,我加了'九月二十四日'几个字,因为我想豪力是在九月二十四日开始住到厂里的。"

叶苋询问的目光转向一个三十二三岁的男子。

"我听姜芸嫂说的。"那个叫郑忠吉的男子望了坐在他对面的一个中年妇女一眼,不好意思地说,"我当时听后觉得这是一条新闻,下班时就给谭成讲了,给他讲时就加了'有人亲眼看见'几个字,主要是想让谭成相信这事的可靠性。"

"姜芸嫂,你是听谁说的?"叶苋转而望着那位中年妇女问。

"我是听杨芳姐说的。"姜芸嫂的脸有些发红,"那天上班时,杨芳姐在印刷机前告诉我说,'豪力家的青凌和高松良两人很好,他们在搞……',后边的话让刚启动的印刷机的响声给压下去了,我没听清,过后我想,一个女人和一个男人在一起搞什么?还不是'胡搞'!所以下班路上我在给忠吉说时,就加了一个'胡'字。"

"哎哟,他姜芸嫂,你想到哪里去了!"姜芸的话刚落,四十来岁的杨芳就着急地叫了起来,"那天刘静姑娘告诉我说,'豪力家的青凌和高松良两人很好,他俩简直是在搞领奖比赛',我给你说时,也就去掉了'简直是'几个字,你怎么把话变成了那样?"

"小静,你是听谁说的?"叶苋转向一个二十三四岁的姑娘问。

"我是听秦师傅说的。"刘静有些羞怯地答,"那天在车间秦师傅告诉我说'豪力家的青凌和高松良两人真不错,他俩简直是在搞领奖比赛',我在告诉杨大姐时,无意中把'真不错'三个字换成了'很好'。"

"天哪,没想到我的话会传成这样!"一直没有发言的秦师傅此时吃惊地叫了起来,"那天,我去高松良宿舍借打气筒时,只见墙上贴着不少奖状;当晚去豪力家闲坐时,见青凌也得了很多奖状贴在墙上,所以第二天来到厂里,见到我的学徒小刘静时,我就告诉她:'豪力家的青凌和高松良两人真不错,他俩简直是在搞领奖状比赛。'意思是鼓励刘静向青凌和高松良学习,谁想这句话最后竟被传成这样,嗨!"

秦师傅的话音刚落,只听"哐"的一声,对面那个贮藏室的门猛地被拉开了,脸色苍白的豪力出现在门口,众人闻声一惊,一齐转过脸来。

"原来……是这样!"豪力望着众人艰难地说完这几个字,身子便软软地向地上倒去。

"豪力——"此时愣愣地坐在桌旁的鲁冬一个急跳上前扶住了他。

"就是因为这一句传得走了样的话,"叶苋站起身来,低沉而又惋惜地说,"豪力改造旧式印刷机的工作停了十天;青凌大病一场至今没能上班;他们的孩子明明离开了妈妈又住不惯奶奶家,体重减了四斤。你们已经见了身体垮了的豪力,你们再看看病中的青凌。"说着她起身打开卧室的门,搀出了苍白瘦弱、泪流满面的青凌。

八位客人几乎是同时无声地从座位上站了起来……

虚 惊

一

拎着一个黑色手提包的尹参谋刚刚踏上车厢门口的阶梯,列车就长啸一声,启动了。望着渐被抛在身后的曲县车站,他禁不住伸了伸舌头:"好悬!"

今天的旅客不是很多,尹参谋很快就在车厢里找到了一个座位,他刚要坐下,旁边不远处忽然传来了一声亲热的呼唤:"尹参谋。"

尹参谋闻声抬头,跟着也发出了一声欢快的叫喊:"是你?江连长。"随之,便疾步向一个青年军官身边走去。

"上哪去,老江?"尹参谋边与对方握手边问。

"前边辛县,去军教导队学习。来,就坐这里吧!"江连长指着身边的一个空位说。"好。"尹参谋把手中的黑提包往怀里一揽,坐下了。

"调到机关才几天就发福了,瞧你身上这肉!"江连长捶了一下尹参谋的肩头笑道。

"没办法,机关食堂里总炒肥肉。"尹参谋摇了摇头。

"今天去哪里?"江连长止住笑问。

"安平市,到军司令部。"

"噢。"江连长点了点头又转脸问,"前天我听政治部的老齐说,你最近在调家属,调来了吗?"

"唉!"尹参谋闻言长叹一声,"谈何容易!县人事局说必须经过安平地区人事局,咱在那里又没有熟人。"

"是啊,这年头办事难着哩!"

两人的交谈引来了坐在对面的一个农村妇女和一个男青年的目光。后者的目光在尹参谋身上停留得似乎稍长一些。

列车在一个小站停一会儿后又继续行进,两位军官的闲谈也在继续进行。

"听说你们军务科林参谋要到我们营当营长,消息可靠?"

"基本可靠。"尹参谋点头,"可能等这一段忙过之后就到职。"

"你们科这一段还挺忙吗?"

"嗯。林参谋他们几个下部队抓军容风纪整顿,我搞实力统计,赵科长、老袁他们去炮团处理事故,是够紧张的。"

"噢,这么说,你今天是去军里报实力呀?"

尹参谋点了点头。

此时,靠窗坐的那个男青年的目光分明地又在尹参谋身上闪了一下。

"按规定,报实力不是可以派专车吗?"江连长略有些诧异地问,声音稍稍有些压低。

尹参谋的声音也低了下来:"车是派了,我和吴干事、任助理员吃了早饭坐上刚要出营门,刘副师长的家属拦住了车,说是她和儿子、儿媳也去安平市,问能不能搭搭车。你知道,刘副师长家属在县委办公室工作,前一段为我家属的工作调动问题也跑了不少腿,搭搭车这点面子咱还能不给?不过吉普车又坐不下那么多人,没办法,我就让他们坐上,自己跑来坐了火车。"

"原来是这样。"

正在这时,乘务员拎着水壶走过来热情地问:"喝水吗,同志们?"

江连长闻声急忙起身去行李架上的提包里取水杯。尹参谋也拉开了怀中黑色手提包的拉锁,从里边取出了一个旅行杯。他打开杯盖刚要把水杯递给乘务员倒水,江连长一把夺了过来:"我这里还有点龙井。"边说边把茶叶向杯里倒。

"不用,不用。"尹参谋急忙推让。这当儿,他把那个没有拉上拉锁的黑色手提包放在了茶几上,一个写有"绝密"两字的蓝色文件夹从包里边露了出来。立刻,对面那个男青年的目光又在那文件夹上飞快地闪了一下。

茶,沏上了。尹参谋又把那个黑色手提包抱放在怀里坐在了座位上,紧接着,又开始了与江连长的闲谈。

二

列车到辛县站以后,江连长下了车,尹参谋坐在了他原来坐的靠车窗的那个位置。直到此时,尹参谋才有时间仔细观察一下对面坐的两个旅伴。和自己正对面坐着的那位小伙子,有二十一二岁的样子,中等个儿,长得挺帅,尤其是那两只大眼睛,叫人一望而知他的机灵与聪明。他上穿一件蓝色夹克,下着一条灰涤纶裤子,脚穿一双尖头皮鞋,一副城市青年的打扮。另一位是个长相颇为不错的农村妇女,看打扮有三十多岁的样子。穿着黑布大襟褂子,蓝布大腿裤子,脚上穿一双自己做的圆口布鞋,带着一个鼓鼓囊囊的旧花布包袱。像一般初坐火车的农村妇女一样,她没有把包袱放在行李架上,而是紧紧地抱在怀里,唯恐别人拿走。

火车行进时发出的单调的"哐哟"声,把默然观察旅伴的尹参谋慢慢送进了一个似睡非睡的蒙眬境地中……

列车经过一个小站又重新启动后,对面的那位妇女转脸问身旁的青年:"同志,到安平市还需要多长时间?"

"大约两个半小时。"青年答。

"安平市火车站离地区人事局不远吧?"那妇女又问。

"人事局?"这三个字立刻触动了尹参谋的神经,他忽地睁开了眼。

"你去人事局干什么?"青年略有些诧异地反问妇女。

"人事局的陈淑芳副局长去年在我们曲县丁家大队当工作组组长,我去找他办点事。"

"哦?你认识我妈妈?"青年更加惊奇地问。

"怎么?陈副局长是你妈妈?你就是她常说的那个强强吗?"妇女惊异地一连用了三个问号。

"对对。"青年含笑点头,"那你就不用担心了,下车后你跟着我走就行。"

"哎呀,这可真巧!我原来只怕到安平市会迷路,找不到人事局,这下好了。"妇女一边高兴地说着,一边伸手去怀中的包袱里摸出了两个大苹果,"给,强强,快尝尝你李大婶家自己种的红香蕉。"这同时,另一只手又掏出两个递向尹参谋,"解放军同志,你也尝尝。"

尹参谋婉言谢绝了。强强推让不过,只得拿起一个苹果削着吃了起来。这当儿,尹参谋的脑子飞快地闪过了一个设想:如果有这个强强的母亲——地区人事局副局长帮忙,解决自己家属工作调动的问题岂不易如反掌?想到这里,他便热情地搭话:"小强同志,在哪里工作呀?"

"安平市。"强强抬头答,"我这是从曲县姥姥家回来。"

"噢,你姥姥家在曲县啥地方住?"尹参谋随口问。

"就在县城桂园路部队营房旁边的那个工人新村里住。"

"哦?"尹参谋高兴地叫道,"那我和你姥姥家还是邻居呢!我就住在桂园路营房。"

"是吗?"强强也满脸欢喜。

"下次再去你姥姥家,顺便到我那里去玩玩,我姓尹,进了营区找尹参谋就行。"尹参谋热情地说。

"好,好,一定去。哎,你这次不是去安平市吗?顺便到我家玩玩吧!"强强也发出邀请。

"去,去,不光去,恐怕还有事要麻烦你哩。"尹参谋笑着说。

"不管什么事,只要我能办到的,保险尽力!"强强豪爽地拍了拍胸膛。

"也没有什么大事,"尹参谋伏身到茶几上稍稍压低了声音,"我家属在固县工作,我想把她调到曲县,不知你妈妈能不能帮帮忙?"

"噢,就这么点事,放心吧,你到我家后不要开口,由我来向我妈妈说,保险办成!"

"那太谢谢了。"

恰在这时,餐车工作人员来卖餐证,没等强强掏出钱包,尹参谋已买了三张,递给强强和农村妇女一人一张:"走,强强、李大嫂,咱一块去吃。"

经过一番推让,强强和尹参谋先去餐车用饭,李大嫂留下看守座位。当尹参谋拎着黑色手提包同强强一起向餐车走去时,那位李大嫂定定地望着尹参谋的背影,幽幽的目光中似乎杂有一点不安……

三

尹参谋和强强从餐车回来时,两人之间的关系已是十分亲密了。如果有哪个外人看到他们亲密交谈的样子,一定会以为这是一对久有交往的朋友。谈至兴处,尹参谋干脆把怀中的提包放到了身旁的那个空位上。

两人又谈了一会儿,强强起身从行李架上取下了一个黑色手提包。这个手提包和尹参谋拎的那个大概是一个厂出的,几乎一模一样。只见他拉开拉锁,从里边拿出一点手纸装到口袋里,然后把提包顺手放到尹参谋的那个手提包的旁边,便向车厢头部的厕所走去。

强强从厕所回来坐下不久,尹参谋也站了起来,他望着自己的那个手提包似乎踌躇了一下,然后才拍拍强强的肩膀:"请代我看一会儿提包,我去一下厕所马上就来。"

强强点了点头。

尹参谋大概刚进厕所,列车便缓缓驶进了一个小站。此时,只见强强忽地站起,边去行李架上拿一个大提包边对身旁的那个农村妇女急切地说:"哎呀,差点忘了,我姑姑叫我在这下车到她家有点事。"边说边一手提着大提包,另一只手顺势拎起尹参谋的那个手提包,急急地向车厢另一头走去,走出几步后才回头对那妇女说,"下了火车坐四路汽车,第四站就是人事局。"

那位妇女刚答应一声"好",强强已转身走了。看样子她没有发现强强拎错了提包,人行道那边座位上的几位旅客,更没有觉察。

列车在小站上停了两分钟,便又开动了。

不久,尹参谋从厕所走回了座位,他一见靠窗的座位上坐着农村妇女,便有些诧异地问:"哎,强强哪去了?"

"他慌里慌张地从刚才那个站下了车,说是去他姑家办点事。"妇女答道。

"哦?"尹参谋稍稍有些吃惊地应了一声,接着便坐在了老位置上,顺手拿起强强的那个手提包向怀里放去。但刚一放到怀里,就见他像被火烧着那样猛地跳了起来:"啊?!这不是我的!"

尹参谋的这声惊呼实在太大,加上又有些变调,立刻引来了全车厢旅客的目光。

"怎么,他拿错包了?"对面的那个农村妇女也有些吃惊地问,声音微微有些发抖。

尹参谋边拉开提包的拉锁察看边说:"对。糟糕,我的那个提包里有绝……"他想说出"绝密文件",但又猛地意识到不该说出,便急忙省略了后边的字。

汗,大概是冷汗,立刻从尹参谋的两鬓渗了出来。他急忙把头伸出车窗向后看着,但那个小站,早已不见了踪影。

他猛捶一下自己的前额,焦躁地踱起步来。

旁边的那位李大嫂见尹参谋焦急、慌乱的样子,也抬起一只手,轻轻地揉搓着自己的胸口,似乎要用这样的动作来为这个军人分担一点焦虑。

正在这时,列车长从前边的车厢里走了过来,尹参谋抬头看见后急忙迎上去恳求:"列车长同志,我有一个装有重要东西的手提包被一个青年错拿走了,他在上一站下的车,你现在能否让车停一下,我下车返回去找他换回来。"

列车长笑了笑:"不行啊,同志,停一下车就会打乱铁路的运输计划,给国家造成损失。再说,现在列车已驶离上一站很远,你即使下了车,再步行回到上一站也不一定能找到他。"

一席话说得尹参谋怔怔地站在那里,半天没动。

这时,一个头部和脸部缠满脏绷带、穿一身旧粗布衣服的农村老大爷,提着一个破帆布大提包走到了尹参谋身边,他大概见座位上没人坐,连问也没问一声,便在尹参谋刚才坐的那个靠窗的位置上坐了下来。

尹参谋望了那老大爷一眼,但他已无心思告诉对方:那座位是他的。

列车长见尹参谋一直怔在那里,便同情地问:"你知不知道那位旅客家住什么地方,叫什么名字?"

尹参谋低声地:"知道他妈妈在安平市地区人事局工作,他本人叫强强。"

"那就好办,下一站就是安平市,你一下车就到他家里去等他。"

"那——好吧。"尹参谋艰难地说出了这几个字后,便无力地在那位老大爷身边坐下了……

四

列车在安平站尚未停稳,尹参谋就拿起强强留下的那个黑色手提包飞步跨出了车门,他甚至没有来得及向那位李大嫂说句告别的话。

尹参谋对安平市区并不生疏,没有用多少时间就找到了地区人事局所在地。他快步跨进一间坐满工作人员的办公室,气喘吁吁地问:"陈淑芳副局长在家吗?"

"在。"一个四十多岁的妇女应声站起,"你找我吗?"

"你是陈副局长?"尹参谋急切地问。

"嗯,有事?"

"强强回来了吗?"

"什么强强?"妇女吃惊地反问。

"就是你的儿子强强呀?"

"儿子?"妇女迷惘地眨了眨眼,"我没有儿子,只有两个女儿呀!"

"什么?!"尹参谋的眼睛里露出了惊骇,在这瞬间,一种"受骗了"的判断猛地蹿上心头,但他立刻又张嘴问,"你去年在曲县丁家大队当工作组组长时,认识一个姓李的妇女吗?"

"丁家大队?没有,去年我根本没去过丁家大队,更不认识那里的人。"

一阵寒战陡地传遍了尹参谋的全身,两个可怕的字眼——"特务",倏地在他那本已变成一片空白的脑海里闪现了出来,"天啊,现在真的还有特务……"他发出了一声痛苦呻吟后,便跌跌撞撞地向一张放有电话机的桌子奔去,没经屋里的人同意,就拿起话筒,抖颤着声音喊道,"请快要……三九二〇七部队保卫处……我有急事……"

五

荧光灯管把雪白的光线洒在一张宽大的会议桌上,十几个身着军服、警服的人围坐在桌子四周。

紧急侦破会议正在进行,一个身穿军服的中年男子正轻声讲着:"……这份实力统计表,属绝密文件,它的被窃,将使目前我所有陆军师的编制、装备情况泄露无余。军区保卫部指示务必迅速破案,追回原件和所有复制件。因此,特请各县、市公安机关的同志协助我们一同侦破此案……"

一个身着警服的人在发言:"……根据刚才介绍的情况看,作案人的身份既可能是潜藏的特务,也可能是行窃的小偷……"

一阵急迫的叩门声打断了警官的话。

一个军官上前拉开了会议室的门。门口出现了一位年轻战士,只见他急急地望着刚才讲话的那个军官报告道:"戚处长,省公安学校的苏副校长说有要事求见。"他的话音未落,一个五十多岁、身体高大魁伟的警官就出现在他身后了。

"苏老师!"几个军官、警官立刻起身迎向前去。

苏副校长迈步进屋,没有任何寒暄,他握住戚处长的手后从紧绷着的嘴里说出的第一句话是:

"丢失绝密文件的那位尹参谋在吗?"

"在。"戚处长有些诧异地点头,随即朝会议室里间大声喊道:"小尹!"

立刻,神情沮丧、目光呆滞的尹参谋出现在会议室里间门口。

"小尹,"苏副校长疾步趋前握住小尹那机械地伸出的一只手,"我是来向你道歉的。"

"道歉?!"尹参谋闻言后退了一步,屋里所有人的眼中也都闪出了问号。

苏副校长没有回答尹参谋的惊问,而是转向办公室门外高声喊道:"苏素、小沈!"

随着这声呼唤,一个拎黑色手提包的年轻姑娘和一个男青年缓步进了会议室。戚处长一见,急忙迎向姑娘,高兴地叫道:"哎,这不是素素吗?你怎么会有时间跟你爸爸一块来我们这里?"说着回头望了一眼苏副校长。

"戚叔叔,你好!"姑娘轻轻地说完这句话后便低下了头,正在这时,只见尹参谋快步走到姑娘身边,惊喜地叫道:"这是我的提包!"边说边"唰"地一下夺过了姑娘手中的提包,"哧"的一声拉开了拉锁,跟着,就见他从包里拿出了那个印有"绝密"两字的蓝色文件夹,很快地拉开夹上的拉锁,翻开了夹子,接着,就听到他发出了一声欢叫:"绝密统计表还在。"

屋里所有人的脸上都闪出了一丝惊喜,戚处长疾步走到尹参谋身边说道:"快,检查一下有没有拍照的痕迹。"

尹参谋闻言急忙低头查看,很快便听到他信心十足的回答:"没有。我在表册上贴着的封条尚未破损,证明无人拆阅。"

"这就好。"戚处长舒了一口气,急忙转向苏副校长激动地说,"苏老师,谢谢你,你总是在我们最需要你的时候出现。告诉我们,案犯是怎样抓到的?现押何处?"

"案犯已经押来,就是他俩!"苏副校长指着苏素和那个男青年愠怒地说。

"什么？"屋里的人发出了一个压抑的集体的惊呼。尹参谋这才开始把目光落在那俩人的脸上，跟着，就见他猛地冲到那两人身边叫道："强强？李大嫂？对！就是他俩！"

两人闻声把已经垂下的头垂得更低了。

"这是怎么回事？素素——你的闺女怎么会……？"戚处长转向苏副校长惶惑地问。

"让他俩交代吧！"苏副校长带着怒气坐到了一张沙发上……

六

"……我叫沈深，"那个男青年低低地开了腔，"和苏素我们两个都是公安学校的学生。前不久，学校在七峰县组织了一次带有实际工作性质的考核，在'化装'和'密取'两个科目的考核中，我俩都没有及格。我们本应由此找出学习上的薄弱环节，去刻苦钻研，迎头赶上别的同志，但由于虚荣心作怪，反倒认为主考的苏副校长评分不公正，故意压低我们的成绩。因此，我俩发誓要以实际行动，给苏副校长做出个样子看看，好让他知道我俩并非无能之辈……

"在从七峰县返回学校时，我俩借故晚走了一天。今天天亮前上车时，苏素化装成了一个农村中年妇女。沿途有小孩向她喊婶婶的，有青年向她喊大嫂的，有老人向她喊媳妇的，没有一个人看出她的伪装。苏素已暗暗地将这些喊声、谈话声录了音，准备拿到学校放给苏副校长听。我没有化装，我总想找一个机会做一点更出人意料的事。车到曲县站后，江连长和尹参谋坐在了我们的对面。我从他们两人无拘束的谈话中弄清了有关尹参谋的三个问题：一是他的身份。他是驻曲县那个师的司令部军务科参谋。二是他此行的任务。他是要去安平市军司令部报实力。三是他思想防线上容易被打开的缺口。他急于要在地区人事局找个熟人好调动家属。并且我在他掏水杯的时候，亲眼看到了那个夹实力统计表的绝密文件夹。因此，我便暗暗决定窃取这份密件。决心下定后，我就趁尹参谋闭目养神时，同苏素商定了行动计划。之后，我便利用我对安平市和曲县情况的熟悉，假冒身份取得了他的好感，打消了他的戒心，骗取了他的信任，顺利地窃得了密件。窃得之后，我迅速地跑到后边的一个车厢厕所里，把自己化装成了一个农村老大爷，然后又走到尹参谋的身边坐了下来，窃得的东西就装在一个旧提包里放在他的身边，但他一直没有发现。下车之后，我便高兴地和苏素一起到她家找苏副校长夸耀我们的本领，这以后……

"这次犯错误，主要责任在我，不怨苏素。她起初并不同意我这样做，并在我窃得之后几次忍不住想向尹参谋说明，但都被我用目光制止住了……全怨我，如果处分的话，请处分我一个人……"

"说得倒好！两人都要处分！"苏副校长恼怒地拍着桌子打断了沈深的话。

"我请求给我处分！"苏素颤声说，"我们拿着军队的绝密文件当儿戏，错误是严……"

"这简直是胡闹！"一直呆站在那里的尹参谋此时突然激愤地打断了苏素的话，"你俩懂不懂得窃取绝密文件是要触犯法律的？知不知道这样做差点把我吓死？明不明白……"

"好了，小尹，"一个军官急忙打断了尹参谋的责问，一边把他向会议室里间推一边和解地，"一场虚惊嘛，事情过去就算了。"

"虚惊?"戚处长扬起眉毛,冷冷看定尹参谋……

早餐三碗饭

入秋后,陈家堤人的习惯是:只要太阳一爬上村东的高河堤,就吃早饭。

陈二浑左手端起一碗苞谷糁红薯稀饭,右手接过女儿小叶递过来的一个花卷馍向左手心里一塞,再接住妻子递来的一盘炒豆角,便转身出了大门,向设在五驹子家门前的饭场走去。

说到饭场,得先来点说明。在我们豫西南农村,有一种不知何代兴起的规矩,就是一年中春、夏、秋三季的早晨、中午吃饭时,只要不刮风、下雨、来客,一般都不在自己家里围着桌子吃,而是端着饭碗和菜盘到饭场里去吃。饭场一般设在村中间住家门前的空场上,饭场里的设备不复杂,只有几棵遮阴的树,有几块供大伙坐的半截砖或土坯,有几块供放菜盘的石板。到饭场吃饭的人,最多的是男子,他们大都是每人端个菜盘,七八个人凑在一起吃;其次是孩子和一部分中年妇女,他们多是把菜夹放到饭碗里,不端菜盘;再就是那些身子比较好的老头、老太太,他们让儿孙搬个凳子放在饭场里,自个儿坐在那儿吃。姑娘们和新媳妇们虽说不到饭场里去,一般是坐在自己院门前吃饭,但也大都把脸朝向村中的饭场,边吃边看着饭场里的一切。有个顺口溜说,"豫西南有三怪:老母猪身上扎腰带(指腰里拴绳子),男女都穿方口鞋,吃饭跑在大门外",其中最末一句就是讲的这种风俗。这种吃饭法好处很多,人们可以边吃饭边谈天说地,了解一点诸如东庄的王七娶个瘸子老婆,西村的刘六家昨天失了火之类的四乡新闻;也可以你尝一筷我的凉拌豆芽,我来一筷你的生调萝卜丝,彼此换换口味,尝尝新鲜;男人们可以在饭场里扯扯下一步对农活的安排;妇女们也可以边吃饭边交流一下像红薯面掺绿豆面可以擀面条之类的经验;孩子们还可以彼此比赛着看谁吃得快……

  陈家堤的饭场就设在五驹子家门前的空地上。陈二浑今天来早了,饭场里还没有一个人。他走到饭场中间的那块大石板前——这是饭场里的最佳位置,把饭碗和菜盘往石板上一放,并没有立刻蹲下来吃,而是直起身来高声挨家喊着名字催大伙来饭场吃饭:"大宽,快来呀,别人都吃罢了,你还磨蹭啥?""五驹子,你舅子是不是又做什么好吃的菜,怕别人尝了?""灵贵哥,来晚了可就没半截砖坐了!""年有,听说你外甥从城里给你拿了香肠,能不能端出来让咱尝尝?"……

  最先被二浑催出来的是一个二十五六岁的小伙子,他端着饭碗边向饭场里走边大声叫道:"二浑哥,瞧你这高兴劲,嫂子昨夜里肯定又同意让你亲热了一会儿!"

  "那是自然!"二浑大声笑道,随即又煞有介事地低声向走近来的小伙子说,"不过亲热这一会儿可不是容易的,你嫂子硬是叫我跪了两回,看,这膝盖都跪红了!"

"哈哈哈……"小伙子被二浑逗得放声大笑了。

二浑是一个乐观的人。虽说今年已经四十有二,但仍保持着两大特点:其一是爱说笑话,好开玩笑。平时哪里有他,哪里就笑声不断。按陈家堤一带的乡俗,一个男子可以随便开玩笑的对象有七种人,即非至亲的爷爷、奶奶、哥哥、嫂嫂、弟弟、孙子、外孙。但二浑有时开起玩笑来可就不大管这个了。那次五驹子接媳妇,过了新婚之夜的第二天早晨,二浑一见驹子媳妇就笑着问:"枣花,昨夜里俺驹子弟规矩不规矩?"一句话把新媳妇枣花问了个大红脸,她一时愣在那儿,不知该如何回答这个只在昨天婚宴上见过一面的叔伯哥。好在这时小叶妈走过来,朝男人肩上拍了一掌数落道:"又没正经了?当个老大伯哥,说话也不掂量掂量,脸也不发红?!"这才算为枣花解了围。其二是爱唱豫剧。二浑只要一有空闲,总爱反复用豫剧慢板唱几遍:"老夫本是大宋国里一平民……"这是他多年来看古装豫剧的唯一收获。虽说他只会唱这一句,接下去便是一律的"哼",但有一次东庄那个在公社豫剧团干过的林老三听到后,还是立刻评价说:"够味,是个唱老生的材料!"……

人们陆陆续续地来到了饭场,可是奇怪,今天饭场的气氛有点反常:灵贵、五驹子、大宽、年有他们几个热闹分子,都没有到饭场中间这块大石板跟前吃饭,并且都是闷着头吃,很少说话。往常,这块石板可是整个饭场的最佳位置,五驹子他们几个一进饭场总是先往这里挤,放下菜盘就开始争着说起自己昨儿个的所见所闻。二浑觉得有点诧异,他是耐不住这份寂寞的,于是朝着五驹子说道:"驹子,听说范庄范广亭两口子昨儿个晌午打架,他老婆把新买的一个花壳暖瓶摔了,你知道吗?"

"不知道。"一向在饭场最爱说话,平时也好同二浑说个笑话的五驹子冷冷地回答。

"他两口子吵架的底细我倒听说一点。"二浑边说边端起菜盘离开中间那块大石板,向五驹子他们几个人围着的小石板走去。但他刚蹲下,长得彪彪实实的五驹子,就端起自己的菜盘向另一个小石板走去。五驹子在那边蹲下不一会儿,又立刻朝这边喊道:"大宽、年有,来呀,来尝尝灵贵哥的油炸辣椒!"很快,大宽、年有也端着碗盘上那边去了,小石板前又剩下了二浑一个。看到这种情况,二浑先是一怔,继而脸上又慢慢露出了笑意:"哦,明白了,你们是在生我的气!是为昨天的那件事,一定是为那件事。"

昨天中午吃饭时,大伙议论起了到公社棉花收购站交售棉花的事。前天下午灵贵他们六家已经去交售过了,六家中五家的棉花都验了个四级,唯独灵贵的棉花验了二级。一块种、一块摘、一同轧的棉花,为啥级别却不同?要知道,二级棉和四级棉,一斤之间就差几毛钱哩,每家都要卖几百斤皮棉,这差下来就是几十块钱哪。所以在饭场上,尚未去交售棉花的五驹子、二浑、大宽、年有几个人,便连声问着灵贵:"灵贵哥,你家的棉花是咋收拾的,竟能验二级棉?"

灵贵脸露得意地只管吃自己的饭,并不回答众人的询问。这灵贵今年刚五十岁,识几个字,曾读过村中老私塾先生临死时留下的几本书,待人处事颇为精明,是一个见一分钱能赚决不只赚五厘的人。他见大伙实在问得急了,这才停下筷子,压低声音向众人说:"今年咱们种的棉花,因为几次摘前都淋了小雨,加上那台轧花机轧的质量不高,皮棉验级一般只能验个四级,要想验二级,得另想办法。"

"啥办法?"五驹子急问。

"这办法嘛,说出来可以,咱们都是抬头不见低头见的邻居,应该互相关照,不过,我说出后,可只限咱们这几个人知道,千万别再说出去!"

"中,中。"二浑抢先做出保证,"谁他妈的说出去,叫他屁股眼里生蛆!"

"要是这样,那我就说。"灵贵放下碗,再一次压了压嗓门,"实话告诉大伙,今年棉花收购站的两个验级员,都是小年轻的。我在前几天,专门跑到收购站门口看他们验收。这两个年轻人在扦样验级时,不是去每个花包里扦一点(各家农民在交棉花时,都是用包袱皮、床单或拆下来的被单把棉花包成包),而是只从你压在地排车厢最下边的花包里扦样检验。所以这样办,大概是他们以为不论谁卖棉花,都要把好棉花放在车子的最上边,把坏棉花放在车子的最下边。我昨后晌去交售棉花时,就特意把专门挑出的最好的棉花放在车子下边,到收购站时两个验级员果然上了当,把一车棉花全当二级收下了。"

"噢,是这样——"五驹子如梦方醒地叫了一句。

"这办法有点太那个。"二浑笑着说了一句。

"太什么?"五驹子瞪了一眼二浑,"嫌不好就别用!"

"不光老哥我不用,你们用了老子也要揭发!"二浑依旧笑着说。

由于二浑平日爱开玩笑,所以谁也没有把他笑着说出的这句话当真。

下午,五驹子、大宽、年有他们几个都照灵贵说的法子办,各自用地排车拉着自己的棉花,向四里外的公社棉花收购站走去。二浑也拉着一车棉花跟在后边。快到收购站门口时,二浑说家里有点事,想先交上棉花回去,拉车走到了这个小车队的最前边。

在收购站门口验级时,两个年轻验级员果如灵贵所说,硬是去二浑车厢最下边的棉花包里扦样检验。"二级。"两个验级员经过测水、检验以后说道。这时,跟在后边的五驹子他们也都轻轻呼出了口气,互相交换了一个高兴的眼色。此时,二浑只需把车子拉到大磅前一磅,而后按指定的仓库,把棉花包依次扛进去倒下,出来领了钱就算完事。可他却望着两个验级员笑嘻嘻地说:"二位小老弟,刚才忘了告诉你们,我这车厢下边的这包棉花是专门挑出来的好棉花,可上边这些棉花就差劲了,你们最好每包都看看。"

"哦?"两个验级员吃惊了,立刻又动手打开放在车上边的几包棉花,一检验,果然是四级。

二浑这么一办的后果可想而知,两个验级员开始搞每包必验了。五驹子他们几个人的棉花谁也没全当二级卖……

二浑边回想着昨天的事边吃着饭,不知不觉地把一碗饭吃完了。他看着空碗,轻轻摇了摇头,无声地笑了笑,而后起身回家去盛第二碗饭……

二浑端着第二碗饭来到饭场时,饭场气氛有了新的变化——灵贵面前围着的五驹子、大宽、年有他们几个人开始大声说笑了。

"大宽,听说你家养的那条狗昨儿个咬了你一口,真的吗?"五驹子转向大宽说。

"狗?咬我?"脑子迟钝,向来只会重复别人说话的大宽,一时没理解这话意。

"我家养的那条狗昨儿个咬我一口!"聪明的年有此时接

上了口,同时向二浑这边瞥了一眼,"我好心给他点东西吃,他倒不认人了!"

"贱畜生!"五驹子边骂边向二浑这边扫了一眼。

大宽已经从五驹子和年有的眼神上弄明白了那话意,于是立刻重复道:"我家养的那条狗昨儿个也咬了我一口,我好心给他点东西吃,他倒不认人了!"

此刻,蹲在那边吃饭的二浑微笑了一下,在心里说道:"好小子们,在变着法子骂我哩,行,老子不还嘴,让你们出出气。"

"这狗是不能叫他吃饱了,吃饱了他就容易不认人。"五驹子又愤愤地说。

"就是!这狗是不能叫他吃饱了!"大宽又立刻重复道。

蹲在那边吃饭的二浑此时心里笑道:"骂吧,反正老子不是狗。"

"有些人也不晓得他有多富,放着票子他不要,多贱!"年有此时又开口。

"富,有多富?"灵贵此刻也斜着眼向二浑这边看了一下,"有人也不就是这两年口袋里才开始装两个钱,早先那会儿,哼!盘里泡豆芽,谁还不知道谁的根底!"

听到这话,原本一直挂在二浑脸上的笑容倏地消失了。根底?!根底!这两个字像竹签一样,一下子把二浑心上那原已结了疤的伤口又戳出了血。根底,二浑前几年的根底全庄人谁不知道⋯⋯

在一个工日只值八分钱的那些年月里,二浑家因为有四个孩子和一个老母亲拖累,加上妻子又常年病病恹恹,成了全村最穷的一户。穷得二浑那个饭量很大的肚子几乎经常处于半饱状态,使他不得不经常厚着脸皮在饭场里混吃别人的菜和别人剩下的一点饭和馍。使二浑永远记住这些屈辱岁月的是那个早晨,那个仲秋的早晨。

二浑在地里干了一早晨的活回到家里,妻子递给他的是一碗稀饭、一个窝头和一盘菜。稀饭是红薯稀饭,里边除了几块红薯疙瘩外,就全是红薯面汤了。窝头是黑色的红薯面窝头。菜是凉拌的红薯丝,这是他那巧手的妻子在不准自家种菜又无钱买菜的情况下想出来的法子——先把红薯切成细丝,然后放到开水锅里稍煮一会儿,捞出来用凉水一冲,再用盐拌一下,吃起来有点像土豆丝。为了照顾这一家之主,贤惠的妻子还特别地在丈夫的菜盘里倒了点沸过的棉籽油。二浑望着这清一色的红薯制品,叹了一口气,便端着碗盘,摇晃着高大而瘦削的身躯向饭场走去。

到了饭场,二浑把自己的菜盘也放到了饭场中心那已放满七八个盘子的石板上,而后瞄了一眼另外几个盘子里的菜。嘀,都比自己的强。大宽的盘子里凉拌豆角,哪来的?哦,对了,他姑父在镇上菜店里卖菜。五驹子的盘里是炒豆芽,是哩,他爹是大队副支书,分的豆子多。哎,灵贵哥的盘子里这是啥东西?没见过。"灵贵哥,这是啥菜?"二浑用竹筷指着灵贵的盘子问。

"四川榨菜。一个朋友送的,尝尝吧。"向来以家庭富足自傲的灵贵不太热情地让道。二浑见让,便伸出了筷子。"不错,不错,辣酥酥的。"二浑边咀嚼边评价着那榨菜,忍不住又来了一筷。

尽管妻子给那红薯丝里浇了一点棉籽油,但吃红薯面窝头就红薯丝的确没有味道。所以,当五驹子指着自己的盘子让道"浑哥,尝尝我的炒豆芽"时,二浑又马上伸出了筷子。

"来,来,尝尝咱的红薯丝!"这当儿,二浑用筷子指着自己的菜盘说道,"脆生得很。棉油是沸过的,怪香的。"

大家都客气地点了点头,却没有一个人动筷。一丝尴尬掠过二浑的额头。这当儿,年有笑着说:"二浑哥,快把你的红薯丝放下,那东西怎么做也是红薯,吃到肚里也要作酸,来,尝尝我的雪里蕻!"

"中,中。尝尝俺老弟的雪里蕻。"二浑脸上的尴尬消失了,一边应着,一边去年有盘里夹了一筷。

"二浑哥端这盘红薯只是当摆设,实际上是来混菜吃的。"五驹子此时开玩笑地说了一句。

"你说混咱就算混吧,"二浑依旧笑着说,"等老哥我将来有了,一定请你们吃好菜。"

"唉——"灵贵这时感叹了一声,"咱啥时候有二浑这张脸皮,走到哪里就都可以让肚子圆了。"他话中的挖苦意味是明显的。

这句话太尖刻了,只见一丝红晕出现在二浑的双颊上,不过因为他那面颊黑而且粗糙,人们并没有看出来。很快,那红晕消失了,代之而现的仍是一个满不在乎的嬉笑:"就是,这年头脸皮厚点才能吃饱。"他边说边喝下了碗里的最后一口稀饭,然后向坐在自家院门前吃饭的十三岁的大女儿小叶喊道:"叶子,来,给我盛碗饭,再拿个黑馍。"

小叶闻唤走来接过爹爹的碗,粗心的二浑当时没有发现,女儿的脸上是一副屈辱的神色,双眼里有泪珠在盈盈晃动。

女儿把空碗端走后,二浑坐在半截砖上,身子倚着树干,一边用两根筷子悠闲地敲打着"一二三、三二一、一二三四五六七"的鼓点,一边等着饭来。但一等二等,眼看别人都要吃完了,还不见女儿把饭送来,他有些着急,便起身向家里走去。进了厨房,见妻子和女儿都静立在锅台边,自己的碗盛了饭放在锅台上,便一边埋怨"怎么不把饭给我送去",一边伸手去端碗,但当他的手刚触到自己的碗时,却见妻子猛地伸手把碗夺走了。

"咋了?"二浑吃了一惊,妻子一向对他是关怀体贴的。

"咋了?!"从不高声说话的妻子几乎是喊叫了,那本来发黄的脸此刻涨得通红,"你没听见饭场里的人们说的那些话?你不觉得丢人?"

"噢,"二浑明白了,妻子是因为刚才在门口听到了饭场里的那些话才生气的,便不经意地笑了笑,"弟兄伙里在一块说几句玩笑话,有啥?"说着伸手端起碗又向门口走去。这时节,只见站在一旁的女儿小叶突然上前拦住了厨房的门,并随之"嗵"的一声双膝跪到了地上,用带着呜咽、乞求的声调说:"爹,别去饭场了,咱们穷,就在家里吃,别去听那些难听的话!爹,你想想,再这样,我们以后可咋往人前头站哪……"

二浑脸上的肌肉明显地抽搐了一下。人人都有自尊心,他的自尊心上不过落了一层厚土而已,此刻女儿的这番话像一把镢头,一下子刨透了那层厚土。大概有一分钟的时间,他只是怔怔地望着女儿,随后,就听"啪"的一声,他手上的饭碗掉在了地上,红薯稀饭撒了一地,与此同时响起他喃喃的低音:"我给你们丢人了……"

……

这就是根底!这就是二浑当年的根底!二浑在这段辛酸的回忆中没滋没味地把第二碗饭咽到了肚里,他缓缓地站起身,迈着沉重的步子回去盛第三碗饭……

二浑端着第三碗饭走进饭场,又在自己的老位置蹲了下来。他望着碗里的饭,突然有些后悔:不该盛这么满满一碗。他觉得肚里有些堵,不想吃。而平时,他早饭不吃五碗是不行的。

那边,灵贵、五驹子他们指桑骂槐的挖苦、讥讽还在继续。大概看到二浑不吭一声,以为他自知理亏,那讥讽、挖苦便越发地尖刻起来——

"我说驹子哥,听说咱这农村人谁要是积极了,可以评劳动模范,由国务院接进京城里喝宝丰大曲,这话是真的吧?"年有又眨巴着那双聪明的眼睛说,同时向二浑这边溜了一眼。

"到北京喝宝丰大曲?想尿里倒好!谁再积极,国务院也不知道他是老几!"五驹子瓮声瓮气地叫道。

"就是!谁再积极,国务院也不知道他是老几!"大宽立刻重复着。

"不知道他是老几?这你们就说差板了!"灵贵声音阴沉地接过了口,"昨黑里我就听大队刘大队长说,下次北京再开人代会,就叫咱们村选一个代表,并且说要选一个四十来岁的积极分子!"

"是吗?"年有笑着问,"没有说要选一个交售棉花自愿少要钱的?"

"尿!"五驹子愤愤地叫道,"想当人大代表?做梦!也不撒泡尿照照自己那副貌相,是那块料吗……"

"砰!"一种细瓷碗摔破在地的声音猛地打断了五驹子的话,众人吃惊地扭头看时,只见二浑面前洒着一摊稀饭和细瓷碗的碎片,他正缓缓地站起身来,那张敦厚的脸上第一次没有了笑纹。

"骂吧,敞开骂吧,最好提着我二浑的名骂,别那样藏藏掖掖地骂,那叫人听起来不顺当!"二浑望着灵贵他们几个声音沉沉地说。

寂静,饭场里一下子静得没有一点别的声音。人们的目光都集中到了二浑身上。

"你们刚才骂我不就是因为昨儿个卖棉花少得几个钱吗？来！我给你们补上！"二浑说着从怀里掏出一卷十元的人民币。扔在了面前的小石板上，这是昨晚村东头陈大疤归还的前些日子借去的那两百元钱。"来！你们每人算一下自己少卖多少钱，我一分不差地给你们补上，不用开发票，很省事。五驹子，你先来领！"

"你、你这是干啥？大伙刚、刚才是说着玩的！"灵贵尴尬地、结结巴巴地说。

"就是，大伙刚才是说着玩的。"大宽立刻跟着重复。

"说着玩的？都说到我的根底上了还是说着玩的？大伙都知道，"二浑转向整个饭场叫道，"我二浑过去的根底是不咋样，穷得到饭场里向你们大伙要剩饭、剩馍吃！正是这个穷根底，使我觉着办事不能对不起国家，不是国家的政策顺了咱的心，我陈二浑今天照样得受穷！自然，你们的日子也不会好到哪里去！我二浑虽不懂得大道理，但我知道这国家是咱大伙的，把国家糊弄穷了对咱们谁也没有好处！来，既然你们觉着少拿那几个钱心里憋气，就把钱拿去！"

"你看，你看，发这么大的火干啥？几句玩笑话嘛！"灵贵边自我解嘲地说着，边端起碗盘转身向自己的院门走去。五驹子、大宽、年有见状也都端起碗盘闷头走向自家的院门。

"怎么，你们不领钱了？"二浑朝着几个人的背影大声叫。

"你看把你能的！还没有把人得罪完？"这当儿，闻声从门前赶来的小叶妈生气地朝着丈夫说。

"能？能还在后头哩！北京下回再开什么代表大会，要叫我去，我就去！你以为我不敢？"二浑转向妻子瞪着眼说，那模样像是在同她吵架。

"能死你了！回去!"小叶妈使劲地推了丈夫一把。

二浑在妻子的推搡下向自己的院门走去,没走出几步,猛听他又高声唱道:"老夫本是大宋国里一平民……"调子还是原来的调子,只是那声音有些发颤。

东方,太阳升高了许多……

呼啸的炮弹

下午上班不久,代理股长冯承站在办公室中间的绘图案子前说道:"我说,顾参谋、毕参谋、小储,你们三个来一下。参谋长让我们股绘一张'炮连夜间射击考核计划图',我绘出来了,你们看看有什么毛病没有。"

"那还看什么,报上去就是!代理股长绘的嘛,还用参谋审查?"挖苦人是顾乐的一大特长,他平时说话带刺,并且又总是在嬉笑中说出来,令对方无法发作。今天他说这话不仅是出于习惯,还因为是他对这位代理股长不满、不服,且有那么一点忌恨。他和冯承是同年入伍的,论参谋业务要高于冯承;作训股长调走之后,大家包括顾乐本人都估计该由他来主持股里工作,不料上级却让冯承代理股长,这使顾乐非常生气。决定公布的当天,顾乐就向我和小储讲他最近读世界近代史的一条发现:"许多人本是庸常之辈,由于偶然的空缺却能一下子把他们推上前台……"昨天,当冯承颇为高兴地把自己的办公用品往老股长的那张办公桌上搬时,顾乐又大声地对我和小储讲他最近读中国古代史的一条发现:"历史上所有的利禄之徒,他们在仕途上迈步时都有一个共同的特点:迫不及待……"

冯承听到顾乐刚才那句着重突出"代理"二字的讽刺话,脸红了,手也不由自主地抖了一下那张计划图。当顾乐转身往他的办公桌前走时,冯承朝着他的背影狠狠瞪了一眼。我知道,冯承对于顾乐,心里也有一股怨恨。这怨恨不只是由于顾乐最近对他的冷嘲热讽,而是有着历史渊源的。冯承这个人有一个最大的特点:爱面子。不论是工作还是日常生活,谁要当众伤了他的脸面,他一着恼,白净的面孔便会气得发紫,浑身直打哆嗦。顾乐知道他有这个特点,就想方设法经常刺他。那回机关干部开大会,休息时,大家在一起议论如何处理夫妻关系的问题,顾乐见冯承在场,当即插科打诨:"根据冯承同志的经验,处理好夫妻关系要注意'三头':早晨要给妻子梳梳头,晚上要给妻子洗脚指头,平时出门要走在妻子后头。"直惹得在场的人哄堂大笑,冯承给气得脸孔紫得可怕,身子一个劲地哆嗦。顾乐挖苦冯承怕老婆的话倒不假,冯承的妻子是一个退了休的师长的女儿,本人漂亮、家庭富有,冯承一直怕她七分,在家里一切听从她指挥。也许就是因为他在家里丢了面子,所以才要在社会上竭力保全面子,人需要心理平衡嘛!由于这些历史原因,冯承早对顾乐在心里存有一股怨恨。

"我说,毕参谋,你来看看!"冯承把计划图递到了我的面前。以"我说"开头,是冯承的说话习惯。

我急忙接过图。虽然我比冯承和顾乐晚入伍一年,但年龄比他俩大,加上平时抱着"与人无争"的宗旨,诸事让着他们,并且当他俩发生口角时上前调解一下,所以他俩对我都比较客气。

我知道冯承常标图,不会有什么问题的,便草草看了几眼,开口赞道:"不错！各方面考虑得都挺周到,队标队号绘注得也很漂亮。"

"别夸了,我这标绘技术你还不知道,差远了。"爱面子的冯承听了高兴地笑着说。

"毕老到底卖过几天烤红薯,口才练得不错呀！"这当儿,顾乐朝我扔过来一句刺话。他平时对我一不高兴,便"尊称"我为"毕老",揭我在农村干活时曾去小镇上卖过烤红薯的老底。

我知道他的脾气,便朝他笑笑。

"我说,小储,你也看看！"这时,冯承又手拿着计划图朝几个月前才从炮校毕业分来的储识源参谋递过去。

小储接过图,趴在桌上默默地看起来。这小伙子虽然才二十三岁,但身上却总显出一种反常的"老态"。他眉心间的竖纹深度比一般中年人的还要厉害,并且内中总藏有一种叫人看后感到沉重的东西。平时寡言少语、不喜笑闹,即使说话,也是一秒钟两个字的慢频率。不论讨论什么问题,他总爱提出诸如"万一办不成呢?""万一出错了呢?"等问号。那模样很像是一个饱经风霜的老人,因此顾乐叫他"储万一"。

"看完了吧?"冯承催着小储,声音里露出了一点不耐烦。我明白,这是因为小储在看那张图时是用一种审查的目光,而且还用一张纸头计算着图上的数据。一个新参谋对代理股长标绘的图,一般是不敢这么做的。此时,小储突然抬头说道:"冯参谋,这个地方你标绘得不对！"

听到这话,冯承的脸唰地红了个透;顾乐嘴角立刻露出一个讥讽的笑;我则吃了一惊,有错?我怎么没看出来?

"哪一点错了?"冯承的话音极其不自然,脸上现出了愠色。

"你把二连的阵地选在这个小项山的后边,它的高程仅比弹道高小一点五米,这样火炮打实弹是很危险的!"小储指着纸上计算出的遮蔽角公式,不紧不慢地说着。

这当儿,我和顾乐都走到了绘图案前,果然,二连的阵地选择得有些不恰当。刚才顾乐对计划图是不屑看,我是没有仔细看,更不要说计算了。

"危险什么?小项山的高程既然比弹道高小一点五米,炮弹就完全可以打出去!"冯承脸上的愠色越来越明显了。

"万一山上有树呢?万一山顶上有高出一点五米的大石头呢?"小储一连用了两个"万一"。

"哪有那么多的万一?!"冯承火了,他大概受不了站在旁边的顾乐嘴角那带着讥讽的笑意。

"二连的阵地选得是有些不大恰当。"我轻声说了一句。

"有些'万一'还是应该想到的!"小储又跟着说道。

冯承刚要再说什么,不想顾乐此时开了腔:"我说'储万一',咱就别讲了,既然人家不让讲,还讲它干啥?当下级的要懂得尊重、服从上级嘛!"

这句话噎得冯承半天说不出话来。只见他先是愣了一会儿,随后拿起铅笔和指挥尺,唰唰几下把图上二连的阵地移了一个地方。

"好!"当冯承拿着修改后的计划图出门给参谋长送去时,顾乐高兴地拍了一下小储的肩膀,"真不愧是'储万一'!"

小储的日子开始不好过起来——冯承常常为一点小事便

狠批他一通。今天早上,上班整理办公室时,小储不小心碰碎了一个公用茶杯,冯承立刻批评道:"我说,对公物怎么这样不爱惜?那不是国家的钱吗?"

小储默默地站在那里接受着批评。

"咋,又在给小鞋穿?"顾乐这时走进门,"几码的?我替'储万一'穿穿!"

冯承不吭声了。前几次类似的批评,也是被顾乐这样制止住的。

这时,门后桌上的电话铃响了,顾乐顺手拿起话筒。立刻,二营长那洪钟般的嗓音从听筒里传出来:"谁呀?顾参谋!我是二营老吕,我们营今晚去穆临山训练,去穆临山不是两条路吗?我们想请示一下走南路好还是走北路好?"

"哦,你要请示问题的话还是找代理股长!"顾乐说着转向冯承喊道,"代理股长,二营长找你请示问题。"

"我说,《兵要地志册》就在电话机旁,你不会查一下告诉他?!"冯承气恼地说道。显然,他对顾乐那明显的挖苦受不了。

"好,好,遵令。"顾乐大概看到挖苦对方的目的已经达到,便伸手拿过《兵要地志册》简单翻查了一下,对着话筒说道,"两条路都可以走。呃,好,再见。"

不想顾乐刚一放下话筒,小储突然站起来说道:"顾参谋,你刚才不该这样回答二营长。"

顾乐、冯承和我听到这话都一怔。"该怎么回答?"顾乐在一愣之后含笑问。

"《兵要地志册》上说的是'南北路均可通一般炮车',"小储边说边打开自己桌上的那本《兵要地志册》,"而二营的炮车较之一、三、四营的炮车要重半吨,已不是'一般炮车'。

南路上的三号桥,其负重量仅比二营炮车的重量大四十公斤,炮车不在非常情况下是不该从上边过的。"

"只要大四十公斤就没事!"顾乐不以为然。

"这本《兵要地志册》是四年前调查编写的,万一那石桥经过这些年的风化和其他作用,负重量再减轻了呢?"小储用他固有的吐字频率说着。

"就算你这个'万一'成立,可我刚才给二营长说的是两条路都能走,并没有告诉他一定要走南路呀?!"顾乐虽然仍在笑,但那笑的意思已在向嘲弄过渡了。

"我看还是给二营长去个电话吧,告诉他南路不能走。"小储的声音里带点恳求。

"对,应该打个电话!"冯承这时开腔了,声音里有点幸灾乐祸的意味。

一定是这话激怒了顾乐,只见他往椅子上一坐:"我没那闲工夫,谁愿打谁打。"

小储无言地走到电话机前,给二营长拨了电话,但他刚一放下话筒,顾乐就走到他跟前:"嗯,我又发现一个人才!一个能当代理股长的人才!我老顾祝您老兄早日平步青云!必要时,可以踩在我的肩膀上!"

小储立在原地一动不动,只是眉心间的竖纹变得越加地深了……

储识源这几顿饭都只吃了半个馒头,而以往,他每顿不吃两个到三个是不行的。我知道,他心里难受。

早饭后上班时,冯承分配工作:"今天我们分头到各营检查一下训练进度,我去一营,顾参谋去二营,小储去三营,毕参谋留家值班,顺便把这份材料交给文印室打印一下。"说着,递给我一份材料。我接过一看,是冯承前几天负责起草的一份夜训经验材料,参谋长已经审过了,在上边批着"打印上报"几个字。

"我是不是和小储换一下,我去三营顺便办点别的事。"我说,其实我是担心小储没有力气蹬自行车。

"可以。"冯承点了点头。

我正要把手上的材料交给小储,忽然想起,在军炮团当连长的表弟前些天来信,要我给他寄一点指导夜训的经验材料。刚巧,如果这份材料写得好,打印后就给他寄一份,于是,便坐下看起来。

材料写得不错,就是中间讲到夜间行车车距的几句话没把意思表达清楚,且不合语法。我摇了摇头,类似的句子在以往冯承起草的材料中是常有的。他对军事方面的书看了不少,但对语法、修辞、写作知识一类的书却基本不看。参谋长文化程度不高,看来在审稿时也没有发现。我有心把这几句话改过来,后想到参谋长已经审过了,再改也不好,便把材料交给小储,出发了。

半下午的时候,冯承、顾乐和我相继从三个营回来,一前一后地走进了办公室。

"材料打印好了吗?"冯承问小储。

"好了。"小储指了一下桌上已经装订好的一摞材料。

"进度不慢!"我满意地夸了小储一句。

冯承拿过一份装订好的材料,坐下看起来。但不一会儿,就听他带着怒气问道:"这是谁又修改的?"

"修改什么?"我有些意外地走过去问。我知道,机关干部都烦别人胡乱修改自己起草的材料,把这看作是一种有失脸面的事,是对自己能力的轻视,爱面子的冯承更讲究这点。当然,上级审改是另一回事。

"你看看!"冯承用手指重重捣着材料上的几行字。我俯身一看,果然,讲到车距的那几句不合语法的话被改动了,不过,改后的话倒是既合语法又把意思表达清楚了。

"我改的!"储识源站了起来。

"我就估计是你改的!"冯承声音中的气恼成分增加了。

"改了就改了吧。"我帮小储说了句话。

"就是错了也由我和参谋长负责,你乱改什么?"冯承仍望着小储高声叫道,"究竟这材料是由你审定还是由参谋长来审定?"

顾乐坐在他的办公桌前,嘴角照样漾着一丝讥笑,不过,他没有像上次那样来帮小储说话。

"那几句话没有表达清楚要说的意思,并且不合语法,假若不改,别的单位用它去指导夜训时万一作了错误的理解,就会造成损失!"小储声音低而坚决,吐字还是老频率。

"恐怕不是这个原因吧!"冯承的声音突然低了下来,但嘲讽的味儿浓了,"你是担心你的才能不能被别人尽早发现!"

储识源的嘴唇张了张,但没有声音,他只是吃力地咽下了一口唾沫。

"告诉你,你身上这股傲气不改,我们作训股这个小庙里就放不下你这尊神!"冯承说罢,嗵地坐到了他办公桌前的椅子上。

储识源仍静静地立在他的桌前,只是那双手,在轻轻地抖动……

中秋节过后,部队由驻地拉到了平坦空旷的潍北海滩上,准备进行炮兵群实弹射击。

上午八点来钟的时候,各项准备工作基本完毕。射击分白天和晚上两次进行,为了防止观察所里人多杂乱,团长指示各业务股只去一人到观察所,余下人员一律待在观察所左侧两千五百米外的帐篷里休息,准备晚上工作。我们股就冯承带着测地成果表去了观察所。

我因为这两天闹肚子,身上老觉没劲,便仰躺在行军床上休息。储识源坐在我床旁边的椅子上,默默地翻看着留下当作资料的那份测地成果表。

正当我昏昏欲睡的时候,小储突然摇醒我,"毕参谋,这份誊写后的测地成果表与测地排送来的原始成果表核对过了吗?"

"大概核对过了吧。"我顺口答道。按往常的习惯,测地排送来一式三份成果表后,作训股长审阅、检查一下,就可以留一份作资料,另两份交观察所的计算兵作业了。但今天早晨测地排长交来成果表时,冯承却嫌表上的字太小、不清楚,让顾乐重新在空白成果表上复写了一式三份,他拿走两份去观察所,留下了一份。

"怎么?是不是又怀疑我老顾在誊写过程中弄错了?"顾乐在那边听到了小储的话,走过来鄙夷地瞥了小储一眼,"那就请改好了,万一发现了我誊写中的错误,不是还可以立一功吗?"

小储不吭声了,又默默地坐回椅子上,双手慢慢抱住了头。

我看了看手表,还有十几分钟就要射击,便说道:"不会出错的,小储。"说罢,又闭上了眼睛。

大概过去五六分钟的样子,我又要蒙眬入睡的时候,小储又摇醒了我说:"毕参谋,我总觉得誊写后的成果表上四号目标的纵坐标有问题。我记得测地排送来的成果表上是

'43910.8',誊写后的这张成果表上却是'42910.8',错了1000米。而且,四号目标还是个试射点。"

"错1000米?"我一下子坐起了身,"冯股长刚才不是把一个个目标都定在地图上进行概略检验了吗?"我不相信地摇了摇头。不过,我记得小储的确看过测地排送来的那份成果表,而他的记性又是那样好。

"顾参谋,你过来。"我朝顾乐喊道,想找他核对一下。要知道,这次是抵近观察,观察所离目标近,倘若目标点的纵坐标减少1000米,实际上等于把目标点定到观察所附近,一旦实施射击,就很容易伤到观察所的人。

"有什么指示,毕老?"顾乐含笑走过来。

"测地排交来的那张成果表还在你身边吗?"

"没有。"他摇了摇头,"不知是撕了还是装进了'代理股长'的作业包。怎么,有用?"

"小储说他记得原始成果表上四号目标的纵坐标是'43910.8',而誊写后的成果表上却是'42910.8',错了1000米。"

"哦?"顾乐吃惊地扬起了眉毛,"真的吗?真的吗?"他有些慌张地重复着。

我看了看手表,还有不到十分钟时间就要开始试射,忙跑向放电话机的桌子,想打电话让观察所的冯承核对一下。然而,糟糕!电话占线。

这时,只见储识源猛地转身冲出帐篷叫道:"摩托员,去观察所!"

我又等了一会儿,电话仍没接通,我晓得此刻通往观察所的电话线路是很难有空的,便拿起望远镜疾步走出帐篷向观察所看去。

高倍数的望远镜一下子把两千多米外的观察所拉到了眼前：所里人员已各就各位，可能只等着时针指向预定时刻了。

储识源坐的摩托车正急速地向观察所驶去，我从望远镜里看到，小储正在脱自己的军上衣，这是要干什么？

就在小储乘坐的摩托车离观察所还有两三百米的时候，我从望远镜里清楚地看到，观察所里的团长接过参谋长递给他的电话话筒张大口说着话。凭以往的经验我知道，他这是在向各营阵地下达射击开始的口令："预备——放！"但几乎在这同时，只见储识源从飞驰的摩托车斗里站起身连连挥着手中的一件红背心。团长发现了这边挥动红背心的储识源，急忙转对话筒喊了一句话，我猜想，那一定是："射击暂停！"

就在此时，从阵地方向传来了火炮发射声，很快，一幅我不曾料到的情景出现在望远镜里，炮弹就在观察所左前方不远处轰然爆炸，正向观察所高速接近的小储乘坐的摩托在硝烟中一下子翻倒在地。

"啊！"站在帐篷门口的顾乐骇然地叫了一声。

"小储——"我大叫一声，扔下望远镜，疾步向停在帐篷附近的一辆卡车跑去……

经过短时间的检查证明，储识源的判断正确，顾乐刚才在誊写成果表时，把四号目标的纵坐标抄错了一个数字。当时冯承往地图上进行定点检验时，来送成果表的测地排长还没走，冯承便让测地排长念着坐标，他往地图上定。而测地排长念的却是原始成果表上的坐标，致使这个错误未被发现。

一场可怕的事故得以避免，群射击顺利结束了。但储识源却被转送到了野战医院。

一股令人心惊的后怕使我此后一连几夜睡不着觉，倘我当初真的劝止小储不说出他发现的这个错误,那会出现一种什么后果?我不敢想了……

顾乐和冯承一下子都变得沉默了。有时整整一天,竟听不到他们说一句话。

几天后,我们去医院看小储。小储的腿刚刚做完手术。他躺在病床上,脸色苍白,见到我们,他勉强笑笑,一边握住冯承伸过去的手,一边轻声说:"冯参谋、顾参谋、毕参谋,谢谢你们来看我,我伤势不重,很快就可以出院了。别为我难过。"

"那天靶场上发生的事故,假如我从一开始发现坐标有问题就坚决地去观察所通知检查,本来是可以避免的。结果,我当时考虑个人的利害得失,犹豫了几分钟,致使事故发生……"

我听不下去了,我陡然觉得自己的脊骨在向下萎缩。

冯承握着小储的手在轻轻地抖动。

顾乐双眼直直地盯着窗外,身子雕塑一般地站在那儿。

病房里,显得那样静……

街路一里长

四品走这条街路的经验是：
挪步时脚要抬高一点

太阳刚刚滑下街西边房子屋脊——离正常收工做晚饭至少还有一个半钟点的时候，四品就又双臂抱在胸前，一边用豫剧慢板哼着不知从哪出戏里学来的唱词："有本官出城来巡视察看……"一边一步三晃地走进了镇街南头。

"嗬！四品，这么早就收工了？日子过得真松闲呀！"在街南头摆摊收破烂的陈半瞎向四品招呼道。

"那当然！这松闲日子我桑四品不过谁过？"四品白了一眼陈半瞎，又继续哼着"见民女拦轿前连声喊冤……"向街里走去。

桑四品的日子确实过得很松闲。他父母早死,上无哥、姐,下无弟、妹,独身一人过日子,队上分给他那二亩二分责任田的活,根本不够他这个二十五岁、生得膀大腰圆的棒劳力干的。今年春节前从腊月初一一直到年三十,他几乎天天都在街上闲逛。眼下已是暮春,麦田里又基本没什么活干了,他的日子自是松闲。

"我有心落下轿细问端详,却又恐……"四品刚哼唱到这里,"哇——!"一个女孩的哭声传进耳朵。他抬眼看去,见一个五岁的女孩摔倒在前边的街路当中,正哇哇地哭叫着,一个妇女慌里慌张地从街边向女孩跑去。

"我说三嫂,怎么让孩子摔倒了?"四品走上前开玩笑地问,"这要让三哥看见不又要熊你?!"

"怎么摔倒了?还不都怨这路!坑坑洼洼的,孩子从街上过一趟摔一次,奶奶的!"三嫂一边用手揉着女儿的额头,一边向地上狠狠跺了一脚骂道。

路,桑镇这条据会步测距离的陈半瞎说是长667步、计499.5米的街路,的确不好走,它是宛襄沙土公路上的一段,往南可通襄县,往北可达宛城,过去本来是挺平挺好走的。不想去年秋季的一场大雨和一股从街上漫过的洪水,使路面出现了许多大大小小的坑。这些坑随着时间的延长越来越多。晴天,坑里是一些浮灰;雨天,坑里是一汪泥水。老人、小孩在路上走,一不小心就可能绊倒;骑自行车从街上过,倘不下车步行就可能闪断车条;拉地排车从街上走,装同样多的东西要比在别的路上多使一半的气力;汽车、拖拉机从街上过,随时都可能因颠簸太厉害使发动机熄火。公路段的人曾来看过这截街路,答应派人来修,不料后来又来人说,因公路段的修路人员根据上级指示要全力以赴赶修宛唐公路,这截路需拖一段时间才能来修。桑镇人也曾动议自己动手修修,不想由于镇子分街东街西两个生产队,在出钱、派工多少的问题上,两个生产队长发生了争执,争来争去,把那点修路的热情争没了,于是,只好等养路队来修。

"路不好不要紧,"四品又笑着说,"学会走路的办法就行!在这路上走,挪步时脚要抬高一点。我说三嫂,你只要让孩子向我喊一声爹,我保证教会她在这街路上走着不摔跤!"

"呸!狗嘴里吐不出象牙!"三嫂向四品啐了一口,抱着孩子进屋了。

"听民女细述了心中冤情,不由得使本官怒气填胸……"四品又接着哼唱刚才被打断了的戏文向前走去,没走几步,眼睛蓦地一亮,目光随之停在了街边一个卖糖人的担子上,跟着听他喊道:"老七爷,今儿个生意怎么样?"边说边向糖人担子走过去。

"还凑合。"头发几乎全落光了的老七爷慢声应了一句。这当儿,四品已走到担子前,顺手拿起上边挂着的一个糖人填到了嘴里。

"吃吧,反正这些也卖不出去。"老七爷语气非常痛快。不过倘细一琢磨又可以辨出,七爷那痛快的语气是强装出来的。在桑镇做生意的人谁都知道:四品有个爱在生意人面前耍赖占小便宜的习惯。他平时走到卖可吃的东西的摊子前,总要顺手拿一点填到嘴里。卖主倘若制止,他或是一笑:"尝尝,先尝后买嘛!"或是不高兴地一斜眼:"瞧你这个小气劲,没有一点生意人的气魄!"再不就是胡扯歪理,弄得人家做不成生意,也就因为他有这个毛病,人们才把他的名字改了一个字,叫"次品"。不过,这外号只能在背后叫,倘让他听到,他会恼怒地给你一拳。别看他常跟别人耍赖,但自尊心还颇强,最恨伤他面子的人。那次卖胡辣汤的汪家财当面喊他一声"次品",他听到后脸孔倏地涨得紫红,伸手拿过汤锅前挑东西用的一根扁担,咔嚓一声一折两截,而后拎着两截扁担怒目向着汪家财说:"再喊一句老子叫你屁股开花!"吓得四十来岁的汪家财连忙点头赔礼:"老哥不对,老哥不对……"

当然,话要说公正一点,四品也有不赖,甚至慷慨大方的时候。那次一个拉地排车来镇上卖甜瓜的外乡姑娘,瓜全部卖完了,不巧,卖的三十多块钱竟让小偷全部给偷走了。急得那姑娘在街中间放声大哭,很多人围着看热闹。最后是四品走上前,伸手把三张十元的票子递到姑娘面前说:"拿住!全当是我丢了三十块!快回家吧!……"自然,事后也有人怀疑四品的动机,说他是想借此讨好那姑娘,要让她给自己当老婆,还有的甚至说四品在送那姑娘出街时,用手在人家胸口上摸了一把。四品听到这话后,脸红脖子粗地走到街中心当众发誓:"谁要是用手指碰了一下那姑娘的胸口,叫他屁股眼里生蛆!死后喂老鳖!"……

"不错!糖人的味道不错!"四品站在七爷的货担子前一边嚼着糖人一边夸道。"砰——!"突然一声瓷器摔碎的暴响打断了四品对糖人的称赞。他扭头一看,只见卖茶水的草叶婶十岁的儿子小凡摔倒在街路当中,头前是一堆白瓷茶碗的碎片。

"我的小祖宗哟!告诉你要眼看着路走,你硬是当耳旁风!天哪,十二个茶碗呀!"草叶婶一连声地叫着跑到刚刚从街路上爬起来的儿子跟前,照儿子屁股上就是一巴掌。

小凡呜呜地哭了。

"快去拉开小凡嘛,四品!"老七爷此时朝四品说道。当然,这也有催他离开的意思。

当四品跑去拉住草叶婶时,小凡屁股上又早已挨了一脚一巴掌。

"算了,算了,这也不全怨小凡,"四品劝解着草叶婶,"关键是你没教会他在这街路上的走法。"

"街路?这是什么街路?这是人走的路吗?"草叶婶一下子把怒气转到了路上。

"只要挪步时把脚抬高一点就行——"四品刚要介绍自己的经验,不想话头又被草叶婶那一声心疼的呼喊打断:"天呀,十二个细瓷茶碗哪!"

经验没有管用,四品自己也在街路上摔了一跤

四品终于走到了桑镇最繁华的地方——这条一里长的街道中间部位。

这是他今天游逛的最终目的地。他近来不断把每天上街游逛的时间提前,除了手上确没活干和养成了逛街习惯等原因外,还有一个最重要的原因,——他想寻找机会来和在这儿卖胡辣汤的青椒姑娘搭话。

青椒是街东队姜厨子的大闺女。姜厨子是桑镇有名的擅做胡辣汤的民间厨师。"文革"前兴在街上摆饭摊时,他的饭摊前总是围满了人。后来"文革"一起,他的手艺也跟着闲置了起来,直到前年他才又重操旧业。这本是他发家的好机会,不料时运不济,去冬有一天,他拉着满满一地排车烧汤锅的煤从煤场回来,走到街上时,因为路面坑坑洼洼,加上载重量又大,在过一个小坑时,一下子闪断了地排车一侧轮子的轴头,轮子滚向一边,倾倒的车子猛地砸在了姜厨子身上,当时把他

砸得口吐鲜血，送到医院两个小时后就死了。他的死使多数小镇人感到悲哀，也使多年来厨艺屈居老二的汪家财小舒了一口气——从此后镇上再没人能夺他的生意了。姜厨子掩埋后的第三天，汪家财就把自己的汤锅搬到了姜厨子原来垒的锅灶上，正当他高高兴兴地忙活生火时，耳畔忽然响起一声女人的低沉断喝："慢着！"汪家财抬头一看，是姜厨子的泼辣闺女青椒站在面前。"你爹他……"汪家财话未说完，就被青椒张口打断："我爹死了，我们姜家的汤锅没死！"几天后，双眼红肿的青椒，为了替体弱多病的母亲挑起家庭生活的重担，毅然承起父业，站在了汤锅台前。青椒学上到初中，心灵手巧，加上平日常帮父亲烧锅，早把父亲的案上功夫和锅上手艺暗暗学了过来。她操业没多久，就把胡辣汤烧到了父亲在时的水平。此外，由于青椒今年二十一岁，进入了一个女人一生中最美好的岁月，微黑泛红的俏脸和丰满壮实的身上总是散出一种撩人的气息，人们尤其是过往的男人们都愿喝她烧的胡辣汤，所以生意做得很不错。

　　青椒在街中部汤锅台边的出现，慢慢吸住了常在街上游逛的四品的目光。四品早已到了见了姑娘心会动的年龄。这两年虽说他手里也攒了点钱，但因为有耍赖不稳重的名声，很少有媒人上门给提亲。他表面上虽也常哈哈笑着说："老子这一辈子不要老婆！"但心里却也不免有些焦急。青椒很快使他陷入了单相思，他一有空闲，便来这街上转，总想同青椒搭讪着说话，但青椒每次不是狠狠瞪他一眼，就是不理不睬地干自己的活。不想青椒的这种态度不但没有伤四品的心，反而把他胸中的那股相思火扇得愈加炽热。

　　"有本官出城来巡视察看……"四品只记住了那几句唱词，只好再倒回去从头唱，边唱边走到了汪家财的胡辣汤锅前,街那边便是青椒家的汤锅。

干干瘦瘦的汪家财一见四品来到了汤锅前,两道一字眉禁不住皱了起来。

"你皱眉头干什么?不欢迎?"四品一边含笑问着,一边弯腰从案板上拣了一片熟牛肉扔进了嘴里。

汪家财的一字眉又是心疼地一抖,但他还是努力笑着说道:"哪能,欢迎,欢迎!"他知道,倘若惹恼了四品,他会抓一把肉的。

四品一边嚼着嘴中的肉,一边把目光盯向了街那边正在挥刀切牛肉的青椒。只见青椒两臂衣袖高挽,唰唰唰地飞快地切着熟牛肉,丰满的胸脯上的两个高耸的乳房,在褂子下像活鸽子样地随着胳膊的挥动上下跳着。

精明的汪家财立刻注意到了四品的目光,于是含笑低声开口道:"怎么?不去那边尝尝?青椒煮的牛肉可是比我煮的香!"

四品听出来汪家财的话音是要赶他走,但他此时也的确想去青椒身边站站,于是便顺着话茬:"好,去尝尝。"说着,扯了扯衣襟,便向青椒的汤锅跟前走去。

"嘿嘿,青椒,家财哥说你煮的牛肉比他煮的香,来,我尝尝。"四品走到青椒的汤锅前搭讪着说。

正在切肉的青椒抬眼斜睨了他一下,没吭一声,又照样低头去切肉。四品移步到菜案前,又像在汪家财的案前一样,伸出右手去拿切好的牛肉片,但就在他的手要触到牛肉的一瞬间,只见青椒猛地扬起手中锃亮锋利的菜刀唰的一下砍在了四品右手前的木案上。这猛然砍过来的一刀,把从来不知什么叫怕的四品吓得连连倒退着脚步。他因为只顾惊望着青椒那圆睁的杏眼倒退,没有注意躲闪街路上那遍布的坑坑洼洼,只听扑通一声,他一脚绊倒,一下跌坐在了街路当心。

"哈哈哈……"街两边几个摆摊和买东西的人都哄然笑了起来,汪家财笑得最响。原本拎着菜刀瞪圆杏眼站在那里的青椒,也忍不住咯咯咯地笑弯了腰。

四品尴尬地爬起身。倘使别人这样对待他,他早就发火了。但对青椒,他不愿。他爬起身后,只是发泄地狠跺了一下脚,大声地骂道:"这是什么鬼路!"

听到这句话,正在咯咯咯笑着的青椒猛地止住了笑声,脸上的笑纹也倏然消退,只见她怔怔地望着那凹凸不平的路面,身子半晌没动。

几句大话说过,竟招来了
要修路的麻烦

四品虽说刚才碰了那个钉子,却并没有从街中部走开。这一是因为离做晚饭的时辰还早,二是因为他还想离远处看看青椒。

他又慢慢走到了修鞋匠瘸九叔的小铺门前。

"九叔,忙哪?"四品靠在门框上打着招呼。

"哦。"九叔扭脸从眼镜片后看了他一眼,就又低头去缝鞋了。

"九叔,给咱把这只鞋补补吧,保险照价付款!"四品抬起右脚,指了指脚上那只鞋帮上有个破洞的解放鞋说。

"没空。"九叔头也没抬地说。

"什么时候有空?"四品又问。

"后年!"九叔冷冷地答。

"后年?"四品叫了起来。

"嗯。"九叔仍在低头做活。显然,他压根儿就没打算认真跟四品说话。

"你不给补也就算了。"四品无可奈何地说了一句。要是别的老头给四品这个钉子碰,四品说不定早上前把他的摊子掀了,但在瘸九叔面前,他不敢。这一则是因为他曾经领教过瘸九叔的那根拐杖,——瘸九叔早年学过棍术,手中的那根拐杖至今打起人来还总是点着穴位,十分厉害。二则是因为瘸九叔曾为全镇人雪过一次耻,是全镇男女老少都尊敬的人物。——那是民国三十五年的秋天,一个名叫杜大牙的土匪头子,带着一伙土匪在一个晚上血洗了桑镇,全镇几乎家家都有被打死的人。当时正值盛年的九叔望着街上东一个西一个的尸体,在街当中发下誓言:"三个月后,用杜大牙的头祭奠死去的乡亲!"说罢,就带着一把菜刀出发了。在血洗日过后第八十九天的早晨,浑身是血的九叔拄着一根木棍一瘸一瘸地走到小镇街中部,弯腰从提着的一个纸盒里取出了一颗人头。众人先是一惊,继而认出是杜大牙的头,于是发出了一阵冤仇得报的欢呼……就因为这,镇上人至今都还对他保持着深深的敬意,所以四品也不敢在他面前胡闹。

不过一连两个钉子碰过后,四品也确实有些生气。正在这时,两个推自行车的男子从街上过,两人的车架上都载满了东西。他们一边小心翼翼地推着重车在坑坑洼洼的街上走,一边小声地骂着:"娘的,桑镇这路是什么路?""这是人走的路吗?"听到这些话,四品找到了发泄心中火气的对象,只见他怒气冲冲地赶上去问:"你们两个骂谁?"

那两个外地人闻声一怔,停步转过头来:"我们是骂这路。"

"骂路?嫌路不好就别走!骂什么?"四品气势汹汹地

责问。

"我们又不是骂人!"两人中的那个矮个子嘟囔道。

"不是骂人?"四品瞪眼反问,"骂桑镇的路就是骂桑镇的人!"

"对!骂路就是骂人!"街边几个本镇人帮腔道。每个人都不愿听人说自己家乡的坏话。

"告诉你们,以后走到桑镇的路上再嘴里不干不净的,小心四爷这拳头!"四品边说边扬了扬他的两个大拳头。

"好,好。"两个外地人自知势孤力单,在这里继续嘴硬下去要吃亏,便嗫嚅着推起车子走了。

"好样的,四品!为咱桑镇人保了面子。"一个本镇人在街那边夸了一句。

郁积在心中的那股气恼得以发泄,四品脸上也露出了一丝得意。

就在这时,他蓦地觉得腿上被棍子重重敲了一下,扭头一看,瘸九叔拎着拐杖站在身后。

"用拳头吓得人家不骂,就算本领了?"瘸九叔冷冷地问。

四品一边用手揉着被打疼了的腿肚一边赔着笑脸问:"怎么,你说就让他们骂?"

"有本事就把这路修修!"瘸九叔用拐杖重重地捣着路面。

"修路?"四品倒退了一步,"我一不是公路段的领导,二不是生产队的干部,为啥去修路?"

"你只要是桑镇的人,就有义务修!"瘸九叔的拐杖在地上使劲地跺着。

"好,好,就说我有这个义务,可是钱呢?没有钱咋买东西去修?"四品向瘸九叔摊着双手问,随即又拍了拍胸脯,"不是吹牛,只要有钱买沙和石子,我四品保证负责把路修好,不就是一里长吗?出两身汗就是了!"

"给,拿去修路!"四品的话音刚落,瘸九叔已从衣袋中掏出一卷东西扔到了四品的身上,四品急忙接住一看,是两张十元的票子。

"哈哈,二十块钱够干啥?够买一地排车石子?"四品抖着那两张钱票说。

"哪!"四品的笑声没落,小腿肚上又挨了瘸九叔一拐杖。"我一人出二十元,你呢?他们呢?"他用拐杖指了一下街两边的人,"还有全镇的住户!"

"你是说,让我去挨户向全镇的人要捐献?"

"修桑镇的路,是桑镇人都有份!"瘸九叔蹾了蹾拐杖,转身进了自己的鞋铺。

四品刚要跟进去把那钱还给九叔,但走了一步又猛地停住了,随即只听他自言自语地说:"这会儿给他,保险还得挨他一拐杖,嗨,还真找下麻烦了!"

暮霭,开始在街面上流动……

男子汉大丈夫岂能受此辱?
四品愤而要修路

第二天早晨一起床,镇街上出现的一张白纸告示引起了大家的注意,只见上边赫然用毛笔写着几行潦草的大字:"为改变桑镇的交通状况,我们打算筹款维修从街北头到街南头一里长的街路,请镇上各家住户踊跃捐款。捐款请直接送交街西队桑四品。"署名为"青年修路委员会"。

这是木框为四品出的两全其美之计:只要告示贴出一天

后无人捐款（这是有绝对把握的，这年头都在想法捞钱，谁舍得把钱花到这上边），就可把瘸九叔的钱理直气壮地退回去，这样做既保全了自己的面子，又推辞了九叔强加给他的修路差使。

木框真不愧是四品的"军师"。

木框也是桑镇一个颇有名气的人物。别看他身个儿只有一米五七，左脸上还有一块疤，但脑子却非常好使，在诸如怎样去偷镇北头姜老八种的甜瓜、如何把周七哥在洞房花烛夜使用的尿罐底上钻个小洞、怎样让好揍小孩的金一掌在上厕所时掉进茅坑等问题上，他都能拿出很高明的主意。当然，有时他也能献出正经办法：比如如何废物利用，用玉米皮编提篮，怎样用西岗上的黏土同煤混合做煤球等。他的脑子所以好使，与他被继父硬逼着从初中退学回来后，仍贪婪地看着能搜罗到手的一切书报有关。

木框所以同四品要好并且自愿充当他的"军师"，除了两人在气质、爱好上有些相似之外，还有一个重要因素，就是三年前四品曾狠狠惩罚过一次木框的继父，替他出了一口恶气。那次木框喝醉了酒的继父又把他按倒在地狠打时——这是几乎每天都要出现的事——恰被四品看见，路见不平拔刀相助的四品，上前一把把个子不高的木框的继父提溜了起来，而后一下子扔到了地上，跟着又上前一脚踏在他的后背上叫道："今后再见你打木框，老子非让你肚里的屎从嘴里流出来不可！……"自那以后，木框的境况有了根本的好转，两人也就是从那时起越加要好起来。

昨晚上，四品找到木框求教如何把那二十元钱还给瘸九叔而又不挨拐杖打时，木框笑了一下说道："依老臣之见……"这是他从所看的古戏中学来的语言，"此事完全不必忧虑,来,看我写一则告示……"

告示贴出一天,果然并无一人前来捐款。晚饭时,四品把那二十元钱送还给了瘸九叔。瘸九叔当时虽然气哼哼的,倒也没法发火抢拐杖。晚饭后,木框躺在四品的床上,一边晃动着又短又瘦的腿一边说道:"怎么样,老臣我出的主意不错吧?"

木框的话音刚落,门被哐啷一声推开,一个十来岁的男孩出现在门口。

"有事吗,小凡?"四品认出这是草叶婶的儿子。

"四品哥,我,捐钱。"小凡抹了一下额头上的汗说。

"捐什么钱?"四品一时没明白是怎么回事。

"你们不是要修街上的那条路吗?给,这是我捐的钱,三毛整。"小凡边说边把两张一角的纸币和两个五分的硬币递到了四品的手上。

"哈哈,小子,你还真相信了!"四品望着一脸认真样子的小凡笑了起来。

"咋?不是真的?"小凡瞪大了眼睛。

"给你吧,把钱拿回去买糖吃!"四品啪一下把三毛钱又放回到小凡手里,"老哥们贴告示是开个玩笑,真修路,有那么容易吗?"

昏黄的电灯光下,可见小凡那两只大眼里的喜色消失了,换上的是一层失望和鄙夷。他慢慢地向门口移着步,就在要迈出门槛的时候,只听他猛地叫了一声:"次品!"

"小东西!"四品被这句话激火了,几步追到了门外,但小凡早已跑远了。

四品悻悻地走回屋里,哐啷一声关上门。

"跟小孩子生什么气?"一直躺在床上的木框晃了一下

瘦腿。

"这小子,骂人。"四品嘟囔着坐到椅子上。

这时,门外又响起了敲门声。

"进来!"四品没好气地说道。

几乎就在门被推开的同时,四品忽地站起身,两眼吃惊而欣喜地望着门外。

门外站着青椒。

"哟,青椒姐驾到,稀客!真使这茅屋生辉了。"躺在床上的木框坐起身来。

"少嚼舌头!"青椒瞪了一眼木框。

"你,进来,坐。"四品这时急忙把自己刚才坐的凳子向门口拉了拉。

"不坐!"青椒干脆地拒绝了这礼让,"我是捐钱来了。"

"捐钱?"四品一怔。

"给,五块。不多,怨我爹把钱花光了。"青椒边说边把一张五元的票子往四品手上递。

"不,不。"四品往后退了一步。

"咋,嫌少?"青椒脸上显出了一层愧色。

"不,不是,我们那是开玩笑,并不是真修路,我们两个人哪能修好路?"四品慌忙含笑解释着。

"什么?"青椒的两道柳眉一下竖了起来。

"嘿嘿。"四品尴尬地笑着。

"呸!"青椒猛地向地上吐了一口唾沫,而后两眼瞪着四品几乎是一字一顿地,"你真是枉披了一张男人皮!"

一股血猛地涌到了四品的脸上。

青椒转身向门外走去,临迈出门槛时,又撇着嘴轻蔑地扔下了一句:"你真是男人中的次品!"

四品的两手倏地攥成了拳头,身子剧烈地抖动了起来。

噔噔噔。青椒的脚步声远了。

"咚!"四品一拳狠狠砸在了门板上,与此同时发出一声怒极的嘶喊:"我要修路!"

四品的自尊心淌血了。刺伤一个人自尊心的最厉害的东西,莫过于自己所爱的人的轻蔑和鄙视。

"犯不着为一个女人的话生气。"木框劝着。

"你听见她说什么了吗?"四品朝木框怒声吼道,"她说老子枉披了一张男人皮,男人皮,懂吗?"四品边说边疾步冲到自己床前,猛地掀开褥子,从下边拿出了一个布包向桌上狠狠地一摔,"老子不娶老婆,也要修路!修路!!"

布包被摔开了,里边露出了一沓五元和十元的人民币。

木框吃惊地望着四品……

世界上原来确无难事,
事情一干也就真干起来了

几天后的一个下午,青椒正忙活着给几个顾客盛汤,忽见一长溜十二辆满装着料礓的地排车,由街南头走过来,拉头辆车的是四品。车队走到街北头时,只听四品高呼一声:"停下,卸车!每隔五尺卸一车。"他的话音刚落,呼啦啦,拉车的小伙子们一个个弯腰扛起车把,车上的料礓立时卸到了地上。

车卸完后,这些地排车连停都没停,又一齐出了街向南走去。

街上摆摊和过往的人都有些惊异地望着这十几个青年。汪家财大声小气地叫道:"咦,这是干什么?修路?四品领头修路,乖乖,这可是太阳从西边出来了。"

青椒怔怔地望着那一堆堆料礓,好看的鼻翼轻轻地抽动了一下。

瘸九叔拄着拐杖从鞋铺里出来,走上前用拐杖头敲敲那些料礓,满是皱纹的脸上现出一个微笑:"哼,这法子不错!"

这法子是木框想出的。

那晚青椒走后,木框见四品那发狠的样子,知道四品是决心要修路了。几年的交往使他深知四品的脾性,凡是四品下决心要干的事,那是任谁也拦不住的。他明白自己作为他的朋友,现在的任务就是出谋划策,帮他把这件事办成。

经过半个来小时的琢磨,木框向四品说出了一个既把路修成又节省钱的法子:"铺路用料礓,料礓南岗子上有的是,拉上地排车去拣来就行,沙子东大沟里多得无数,拉来就是;灌缝用水泥。到西山水泥厂找我姑父,拉他们当作废品、垃圾处理掉的无标号水泥和散落在地上的水泥用。"

"行!"四品又在桌上捶了一拳。

"现在关键的是人力。"木框又继续说道,"依老臣之见,咱拿出点钱,明天晚上在你这里办一桌阔阔绰绰的酒席,把东、西两队咱们那些朋友请来,喝罢、吃罢了提出让他们帮帮忙,我估计问题不大。"

"中!"四品边说边把钱包扔给木框,"你看着办!"

第二天晚上,十个男青年被请进了四品的屋子。酒足饭饱之后,木框站起来说道:"今天请诸位弟兄到寒舍来,除了叙叙友情外,还有一点小事相求。"

众人仰起脸来齐问:"啥事?"

"大哥,你说!"木框向四品点头。

四品此时站起来说道:"事也不是什么大事,就是请大伙帮老哥我把街上那一里长的路修修。我为什么要修这条路?

是为了争口气。争什么气？我求大伙别问。反正是凡能看得起老哥的,就帮帮忙,时间也就是三五天。全当是老哥我盖房子请各位来帮工,怎么样？"

"那还用问？大哥的事就是我们的事！"

"这几天刚好地里也没活干,闲着也是闲着。"

"别的咱不敢吹,出把力气流点汗,小菜一碟！"

青年人到底是青年人,只用了四天时间,料礓、沙、水泥就拉齐了。

第五天,开始铲平路面,摆料礓、灌砂浆。这天刚好是一个风清气爽的好天,十几个青年在四品的指挥下分段干着。中午时分,从田里收工回来的人们被这热闹的修路场面吸引住了,都好奇地围在街两边看。

"看什么？快下去干！路修好了你们不从上边走了？"瘸九叔提起拐杖指着人群呵斥着,同时用拐杖敲着几个小伙子的腿。

在瘸九叔的催促下,一些男子和青年妇女也都帮着干起来。放学回来的十几个小学生,也在小凡的带领下向大人手里递补着料礓。人们不时问着四品这应该怎么办,那应该怎么办？四品俨然成了工程的总指挥。

正在忙碌着的四品、木框他们谁也没有注意到,此刻,一个推自行车的干部打扮的青年男子正站在街边,一会儿望望墙上当初木框贴的那张告示,一会儿看看正在低头干活的十几个青年,脸上露出了一丝明显的惊喜。

半下午的时候,四品他们一伙正在干着,只见青椒提着一铁桶胡辣汤、抱着一摞碗向这边走来。木框看见后立刻朝青椒叫起来:"嘀,你可真会做生意,送汤上门来了。"

青椒没理木框的话茬,只是放下桶,用铁勺敲着桶沿叫道:"谁喝?"

"都喝,每人两碗,我一总算账!"四品从那边直起身来瓮声瓮气地说,话音分明是带着几分赌气。

大概大伙的肚子都有点饿了,谁也没客气,端起碗来呼呼噜噜地就把两碗胡辣汤喝进了肚里。

"二十四碗,每碗一毛五,总共三块六,给!"四品从自己的布钱包里拿出钱点好,呼的一下递到了青椒面前。

青椒一句话没说,接过那些钱,哗地向空中一撒,那些纸币立刻被风吹散了。

"哎哟!"几个小伙子叫了一声,急忙去追那些被风刮走的钱。

青椒头也没回地提着桶向自己的汤锅前走去。

四品紧抿着嘴唇,定定地望着青椒的背影,脸上的表情说不清是气恼还是别的什么……

本想让青椒在事实面前道歉、认错,不料她竟说道:"可怜!"

路面,三天时间就铺好了。

经过几天的洒水养护,明天就可以通车。

晚饭后,四品一边哼着"有本官出城来巡视察看……"一边和木框一起对街路做最后一次检查。

"大哥,依老臣之见,明天正式通车,咱们得举行个仪式,弄得气派点!"木框边走边说。

"仪式怎么举行?"四品觉得有点新奇,他只上过小学,平时又很少看书,对怎么举行仪式不懂。

"明天早饭时,让咱们参加修路的这些弟兄各自拉上自己的地排车,在街北口排成队,而后放挂鞭炮,接着你发出命令:'现在正式开始通车!'这时车队便缓缓地从街上走过。让青椒和全镇人看看,我们不是等闲之辈,不仅能办事,而且能把事办得排排场场!"

"中!"四品捶了一下大腿,"让青椒和大伙知道,爷们儿不是次品!"

"又在吹什么牛? 四品!"四品的话音刚落,街边蓦地传来瘸九叔的一声喝问。两人这才发现,已经走到了九叔的鞋铺门前。

"我们是在说笑话。"四品扭头朝九叔含笑说。

"你进来!"九叔的口气是命令式的。

"有事,九叔?"四品朝铺里探进头去,脸上有些不安。

"没事喊你干啥?"瘸九叔瞪了一眼四品。

四品回头望了一眼木框,示意他在门口稍等,自己走进了铺里。

"啪。"四品刚进铺门,一双钉了皮掌的新布鞋扔在了他的面前。

"穿上!"九叔的口气依旧是命令式的。

"九叔,我……"四品嗫嚅着,九叔这突然的馈赠使他惶恐了,两只穿着破解放鞋的脚不断地相互蹭着。才十来天时间,他那两只鞋已经破得这样厉害了。

"穿上!"九叔的声音高了,与此同时用拐杖狠狠地在他的小腿弯里敲了一下,四品随即不由自主地坐在了身后的一把椅子上。他刚把自己的两只破解放鞋脱下来,九叔就用拐杖把它们挑到了墙角的旧鞋堆里。

鞋很可脚,四品穿上后在地上跺跺,而后抬起头来刚要说什么,不想九叔又用拐杖敲了敲他的膝盖:"快走! 我要睡觉！"

四品无可奈何地走出小铺门。

"你什么时候给瘸老头说让他给你做双布鞋？"四品和木框又一同在街上走时，木框问道。

四品摇了摇头，刚要张口说什么，不想此时木框猛地用拳头捣了一下他的腰，压低声音对他说："你看！"

四品抬头看去，淡淡的月光下可见，十来步之外的街路当中站着青椒。

四品先是一怔，接着大声地咳了一下，那用意显然是告诉青椒：走过来的是四品！

"前边那是谁呀？"木框故意发出了一声询问。

"狗眼睁大点！"前边传来青椒一声不客气的回答。

"哟，是青椒姐呀！"木框故作惊异地叫了一声，"是来检查我们修路的质量吧？"

"是又怎么样？"青椒的嘴真是刀子。不过就着月光可以看清，她脸上并无一丝生气的神色，两只大眼里还溢出少有的温和。

"我说木框，脚下的这条路能不能证明我四品是说话算话的？"四品这时转向木框声音响亮而傲慢地问。那用意是明显的。

"那当然！"木框自然明了话意，立时接口道，随即转向青椒，"青椒姐，你说我四品哥算不算一个说话算话的大丈夫？"

"哼！"青椒从鼻子里送出这个字，"一个男人干这点事就要自称大丈夫？可怜！"

"算小丈夫也行！只要是丈夫！"木框立刻接口。

"呸！叫你坏！"随着这句话，两个白纸团同时向木框和四品扔去。没料到对方会动手的四品和木框慌忙伸手接住。

青椒转身噔噔噔地跑了。

"干吗打人?"木框朝着青椒的背影喊道。

"这是什么?还有点热乎!"四品此刻望着手里的东西低声惊叫道。

木框很快地打开了包着的纸:"嗬?五香牛肉!"

"牛肉?"四品呆住了。

冲出一片轻云包围的弯月,把四品那呆立着的身影更加清晰地投在路面上……

通车仪式举行得隆重欢快,流下的泪水却有些苦涩

第二天吃早饭的时辰,四品和木框走到街北口,把那个写有"街上修路,暂不通车,请绕左边"的纸牌拿掉,把用以拦挡车辆通过的木杆挪开。听说要举行通车仪式,正在吃饭和刚吃了饭的人们纷纷拥到街两边看新鲜,陈半瞎、三嫂、草叶婶、汪家财都在其中。只见十来个青年各拉着一辆地排车在街北口排成整齐的一队,木框举着一根垂挂着鞭炮的竹竿站在街边,四品穿着瘸九叔给他的那双新鞋,第一次把褂子上的所有纽扣都扣了起来,很是威风地站在街边的一个方凳上。

四品正要向木框发出"点燃鞭炮"的命令,路边人群中忽然有一个小伙子叫道:"应该再搞一下剪彩!"

正打算擦燃火柴点响鞭炮的木框一听,懊悔地猛拍了一下自己的额头:"对!应该像电影上举行通车典礼那样,剪彩,我怎么把这事忘了!"

"现在再搞也来得及。"那小伙子又叫道。

"剪子好找,哪来的红布?"木框跺了一下脚说道。

"这儿有!"木框的话音刚落,一直默站在路边人群中的青椒突然叫了一声。

人们一齐把目光转向了她。

这时,只见青椒很快地解着自己褂子上的衣扣。

她这是干什么?人们吃惊了。四品也惊诧地瞪大了眼望着她。

青椒把外边的褂子脱去以后,身上露出了一件鲜红的新衬衣。

"哧——!"青椒脱下红衬衣,一下撕成了两半,跟着,又一下下撕成了四五指宽的布带,随后,她又用灵巧的手把这些布带联结起来。转眼间,一根鲜红色的彩带做成了。

人群一下子惊住了,紧跟着,便爆发出一阵惊天动地的欢呼。

"来,拉住,小凡!"青椒一边往身上穿褂子一边向站在旁边的小凡喊道。

小凡扯住这独特的彩带的一头,跑到了街那边,立时,彩带拦住了路面。

这当儿,木框也早已去街边住户家里借来了一把剪子,塞到了四品手上。

这时,四五辆南行的汽车恰也驶到了街北口。司机们见这里拥挤着人群,纷纷停车跑过来看。

"新街路通车典礼现在开始!"木框此时高声叫道,"请四品同志剪彩!"

木框的话音刚落,街两边人群中发出一阵热烈的掌声,三嫂、草叶婶的巴掌拍得特别响。

四品被这热烈的掌声震愣了。他原以为搞个仪式不过是开玩笑,没料到人们会这样正儿八经地看待,真诚而热烈地向

207

他鼓掌。

"还不快去剪彩?!"默站一旁的瘸九叔见四品愣在那里,上前用拐杖敲了一下他的小腿肚。

四品身子一震,这才急忙走到彩带前,把剪子伸向了彩带。

彩带断了。鞭炮响了。十个拉着地排车的青年在鞭炮声和人们的欢声笑语中缓缓拉车前进。那几个汽车司机此时也急忙反身跳上驾驶室,发动车辆在地排车后缓缓跟行。他们并没有超车,那样子像是专程前来参加这个庄严的典礼。

街两边的人们静穆地望着这新加入的汽车队。

每个汽车司机在开车经过四品、木框面前时,都按了一声喇叭,那样子分明是在向他俩致意。

走在最后边的是一辆军车,开车的是一个年轻战士,当他驾车从四品和木框面前经过时,只见他左手握方向盘,右手举向帽檐向他俩行了一个标准的军礼。

从不流泪的四品,分明地觉得有两滴泪水溢出了眼角。

静了,周围一下子静了。人们都随着车队向街南头走去,只有四品和木框还定定地站在原地……

命 运

一

杨旭给伤员身上的刀口缝完最后一针,摘掉手术手套,连工作服也没脱,就无力地跌坐到一张椅子上。从午夜开始的这台连续七个小时的手术,几乎耗尽了这个年轻军医身上的全部精力。瞧他那白色的工作帽檐,此时已全被汗水浸湿,缕缕白色的热气正向四外飘散;那双乌亮的眼珠在眼眶里缓缓滚动,闪射出疲劳已极的光芒;那棱角分明的嘴巴正微微张着,急促地喘着气。人们常说外科医生既是脑力劳动者,又是体力劳动者,看来这话不假。

杨旭坐下不久,抬手从上衣口袋里掏出一个不大的塑料皮本,在其中一页上工工整整地用笔写道:"1979 年 4 月 30

日第三十七台手术,伤员王磊,训练时手榴弹不幸爆炸……"随着那笔尖的移动,一个舒心的微笑在杨旭脸上慢慢荡开。是啊,这是从军医大学毕业分配到这个医院后接的第三十七台手术,三十七次全部成功了,杨旭怎能不高兴呢?军医,最大的快乐莫过于看到自己为伤员解除了痛苦,再说,"三十七"这个数字还意味着那个幸福的日子——婚期的临近,他和未婚妻柳茵曾经商定,不完成"五十"台手术不结婚。

又一阵困倦袭来,他打了个哈欠,头不由自主地向身后的墙上靠去,眼皮慢慢地合上了。随之,一丝轻微的鼾声从他的鼻孔里飘了出来。

正在收拾手术室的两个年轻女护士,听到杨旭发出的鼾声,禁不住停下了手中的工作。其中一个长着双调皮眼睛的护士刚想张嘴喊叫,被另一个护士急忙用手势制止住了:"他这两天连续接手术,太累了,让他睡会儿。"调皮护士咽下就要冲出喉咙的喊声,伸了伸舌头,带着钦佩地说:"别看他刚来咱科,技术上可称'第三把刀了'。"她们收拾完手术室,踮着脚尖走到门口,轻轻地带上了门。

从窗帘缝隙里射进来的一束阳光,本来照在杨旭的脸上,此刻也好像是怕干扰他的睡眠,慢慢地移向了别处……

"杨军医,杨军医!"

一阵急切的喊声把刚入梦乡的杨旭又拉了回来,他努力睁开干涩的眼皮,看到护士小张站在面前,忙问:"有事吗,小张?"

"科里刘教导员让你到他办公室一趟。"

"啥事?"

"好像有什么急事。"小张说出了自己的猜测。

"噢。"杨旭慌忙站起,取掉至今还挂在胸前的口罩,脱下工作服,急急向门外走去。

"急事,什么急事呢?"杨旭边走边思量着,显示着他那倔强性格的两道刷子眉在慢慢向一起聚拢。猛地,他想起,科里李主任外出开会了,号称"第二把刀"的老军医最近因病住院了,今天是不是又有新的手术任务?想到这里,他的精神不禁为之一振,失去的精力似乎又一下子回到了身上。

四月里最后一天的太阳虽然升起不久,但已使人明显地感到了它的温暖。杨旭漫步在洒满阳光的石砌甬道上,心里顿觉有一股说不出的舒服。这温暖的阳光提醒杨旭记起,毕业后来到这里已经五个月了。此刻,他禁不住停下脚步环顾了一下自己工作的环境——这是一所坐落在省城近郊一个风景区里的医院,绕山而建的门诊楼、病房、宿舍层层叠叠,错落有致;几个山泉流水汇成的小湖镶嵌院内,湖水倒映着蓝天、白云;明、清两代留下来的几处亭阁散布山坡,上边的琉璃瓦在阳光下泛着金光;院内花圃相连,芳草铺地,松苍柏翠,竹影婆娑。真是一个好地方啊!杨旭在心里发出了一声感叹。早在他就读军医大学时,就听说这所医院是军区条件最好的医院。毕业时,好多毕业生要求分配到这个医院来,他却没开口,他觉得自己从一个农村孩子成长为一名军医,军队给自己的东西已经够多了,以后应该是自己向部队献出什么而不是再向部队要求什么了。可是没想到,最后竟被分配到这里了。事后他才听说,是因为他的毕业考试成绩居全校第一,被这所医院的外科主任专门挑来的。

"杨军医,你的信。"一个胖乎乎的小个子战士手拿一封信欢快地跳到杨旭面前。

"哦?给我。"杨旭伸出了手。

"慢着。"小个子战士退后一步,举起手中的信,指着信封上"柳缄"那两个娟秀的字,狡黠地眨着眼睛问,"这个姓柳的是谁?告诉我!"

一丝红晕倏地飞上了杨旭的双颊,他抢前一步一把夺过信来,并随即扬起了拳头:"小鬼头!"

小个子战士大笑着跑了。

杨旭急切地撕开信封,边走边读着信笺上那几行熟悉的字迹:

旭:

自卫反击战结束后,我们医院返回驻地进行了战斗总结。昨天,领导通知我可以探家,我打算明天动身,三十日到省城。你若有空,可在当日十二时去火车站接我。过去,你常来信埋怨我不告诉你家住省城什么地方,这次回去,我一定答应你的要求,领你到我家去,介绍你认识我爸爸、妈妈。不过有一个条件,就是你也要宣布你那个"誓言"作废。

茵 匆就

"三十日?啊,就是今天。"杨旭高兴地一拍大腿。就在这时,一块不大的圆石头跟他开了个小小的玩笑,在他脚下滚了几滚,这使得他脚步踉跄了几下,身子险些跌倒。待他身体恢复平衡抬头看时,发现自己已经走到了教导员办公室的门口。他来不及仔细琢磨柳茵信中的那些话,急忙把信向口袋里一放,迈步踏上了办公室门前的几级石阶。

杨旭刚在门口站定,门忽然疾速地从里边拉开了,杨旭本能地向门旁一闪,随即只见一个面孔白皙的青年军官冲出门来。要不是杨旭闪得快,两人准要撞个满怀。那人在跨出门槛的同时,似乎为了表示自己心里的兴奋,嘴里吹起了一声尖厉的口哨,这把毫无思想准备的杨旭吓了一跳。杨旭认出,这是科里前几天刚从下边部队一个营的卫生所里调来的一名医助,因医疗技术太差,昨天值班时发生了一次不大也不小的医疗事故——给病人吃错了药,造成病人休克。杨旭不明白在科里人员已经超编的情况下,这个医术一般的人为什么竟会从一个营卫生所一下子调到医院里来,更不明白这个刚刚造成医疗事故的人为什么此时这样高兴。

杨旭见他已奔下台阶,刚要转身进屋,不料那医助又猛地跑回门前,手扶门框向屋里喊道:"教导员,记住,在军区小礼堂,今晚八点开演,七点半我爸爸的车来接你。"说完,得意地瞥了杨旭一眼,然后转身跑了。望着他那渐渐远去的背影,杨旭慢慢地皱起了眉头。

"报告!"杨旭推开了教导员办公室的门。

"进来。哦?是小杨,快坐。"教导员刘正君客气地指着一把椅子。这是一个三十六七岁年纪的中年军人,个子不太高;下腹微微向外凸出,身体已开始向横的方向发展;胖胖的圆脸上镶嵌着一双看上去十分精明的眼睛。

杨旭刚在椅子上坐定,耳边就响起了教导员那听来有点过分亲切的声音:"小杨,入党五年了吧?"

"是的。"杨旭点了点头,他有点奇怪教导员为什么忽然问这个。

"从医大给你写的鉴定看,你入党后一直表现不错。"教导员含笑称赞着。

"我做得很不够。"杨旭腼腆地说。

"是啊,我们每个党员都要严格要求自己。最近中央反复指出要整顿党风,强调党员要遵守党纪,你大概也知道了吧?"

"知道了。"杨旭答道。他的眼睛渐渐地瞪大了,凭过去听教导员上政治课的经验,他知道这些话是说出一个重要问题的导语,但那个问题是什么呢?

"对我们科支委会作出的决定,我想你一定会坚决服从的。"

"一定!"杨旭望着教导员坚决地点了点头。

"那好,"教导员显然很高兴,"我今天找你,就是为了向你宣布支委会昨天所作的关系到你的一项决定。"

"关系到我?是有新的手术任务?"杨旭以为自己原来的判断正确,惊喜地站起来问。

"不。"教导员轻轻地摇了摇头。

"那是什么?"

"由于工作需要,组织上决定让你——转业。"

"啥?转业?"杨旭简直不相信自己的耳朵,向前跨了一步问。

"对,转业。"教导员又平心静气地重复了一遍。

杨旭惊呆了,在足有半分钟的时间里,他既没有吸气也没有呼气,只是木然站在那里。

"当然,脱军装对我们每个军人来说,都是一桩痛苦的事,可是有什么办法呢?这是工作需要!你知道,咱科里的军医、医助已大大超出了编制,上级一再要求我们处理超编人员,总得有人走啊。好在你是医生,到地方医院和部队医院一样干。"教导员在进一步做着说服工作。

沉默。屋里只有杨旭那沉重的喘息。

"你还有什么意见也可以谈谈。"教导员的口气显得十分宽宏。

意见?杨旭只觉得腹腔、胸腔里都满塞着意见。他想说,我耗费了国家那么多军费学成一名军医,应该在部队为官兵们服务一段时间,哪怕是一年;他想说,我业余时间主要钻研的是"战伤处理",这方面的知识在部队用得上;他想说,既然科里人员已经超编,前几天就不应该再从下边部队一个营卫生所里调一位医术很差的医助……但是,他终于什么也没说出,只是艰难地吐出了几个意思不太连贯的字:

"没想到……需要……"

二

杨旭怔怔地站在火车站出站口前。短短的两三个小时,已在他的身上造成了某些改变,平常十分红润的双颊,此时显得那样苍白;眉宇之间惯常挂着的欢欣,已被一片愁云替代。他的双眼不安地注视着出站口,他是来接她的,但此刻却有点怕她在出站口出现。是啊,见面后怎么向她说呢?

她的身影终于出现了。杨旭还没有来得及挪步,她已经站在他跟前了。这是一个长得异常秀丽的姑娘,有一副修长、丰满的身材,有一张瓜子形的俊秀的脸,有一双水汪汪的温柔的眼睛,一顶军帽和一身半旧的军衣,使她在妩媚之中又添了几分英武。

两人相对而立,都没有说一句话,准确地说,都没有说一个字,只是默默地对视了几秒钟,不过任何一个有过恋爱经历的人,都会从杨旭和柳茵那相视的眼神中读出这样一句话:"总算见到你了。"

"你怎么了,不舒服?"当杨旭伸手去接柳茵手中的提包时柳茵不安地轻声问。情人的眼睛是最敏锐的,尽管此时的杨旭满脸是笑,但她还是从他那嘴角、额头上看出了几缕尚未退尽的愁云。

"没啥,昨天受点凉,有点感冒。"杨旭掩饰着。他不想把自己心里的痛苦立刻拿出来让她分担。

"既然病了,就不该再来车站接我,这个地方我又不是不熟,我会走去的。"柳茵依偎着杨旭边走边柔声地抱怨。

一股温暖注入杨旭的心里,使他暂时忘记了苦恼。他边走边含笑征求着柳茵的意见:"下午先在我那里休息休息,晚饭后再送你回家可以吗?"

"随你安排,反正我预先也没告诉爸、妈要回来。"柳茵甜甜地笑了笑。

"你家究竟住在市区啥地方?为什么一直对我保密?早告诉我,医院离市区这么近,我也可以经常照顾一下爸妈。"临上公共汽车前,杨旭低声抱怨道。

"等到了宿舍里再告诉你。"柳茵神秘地眨了眨眼。

走进杨旭的宿舍,已是下午一点多钟了。柳茵喊住要去食堂买饭的杨旭,急切地打开了自己带来的提包:"给,这是给你打的毛背心,你一会儿穿上试试合身不合身;这是你爱吃的五香咸菜,尝尝看比我们在军医大吃的那种强不强;这是我们医院外科在这次对越自卫反击战中积累的战伤处理资料,供你钻研这个问题时参考。"

杨旭欣喜地一一接过这些东西。最后,他翻着那本资料,忍不住连声称赞道:"太好了,太好了!"但翻着翻着,脸上的笑容慢慢消失了。末了,他合上资料本,惋惜地说:"这些资料好是好,可惜对我已经用处不大了。"

"为什么?"柳茵诧异地站起来,"你不是说要在业余钻研钻研这个问题吗?"

"因为已经没有钻研这个问题的必要了。"

"怎么了?"

"因为……"杨旭想使这欢乐的气氛再延长一些,不愿现在就说出缘由,便笑道,"吃了饭再告诉你。"

"不!不告诉我我就不吃饭。"柳茵赌气地一下子坐在了椅子上。这是她的经验,自从两人认识以后,每当杨旭不答应她什么事时,她就装出不爱惜自己身体的样子,那样,他就会因心疼她而答应。

果然,这一招应验了。只见杨旭点头说:"好,好,我告诉你。"

柳茵胜利地笑了,睁着那双美丽的大眼睛,等待着杨旭的回答。

"事情是这样的,"杨旭叹了口气,"今天上午……"

柳茵静静地听着,随着杨旭那语调低沉的叙述,她脸上的表情在逐渐地变化——始而微笑,继而惊讶,再而气恼,最后,两颗晶莹的泪珠顺着长长的睫毛滚落下来。

看到柳茵这样,杨旭慌了:"看看,我就说不告诉你,你非要……"猛地,他想起了一个改变这种气氛的话题:"茵,你刚才不是在车站说,到宿舍后要向我说明你不告诉我你家具体住址的原因吗?"

柳茵没吭声,显然,她的感情还不能适应这个突然的转变。杨旭见状,便又继续开玩笑说:"是不是还没有下决心跟我这个乡下佬,为将来散伙留个余地?如果那样的话,当前倒是有个好借口。"

"你胡说什么?"柳茵气恼地扬起拳头,使劲向杨旭胸脯砸去,杨旭并没有躲闪,他知道她舍不得打。果然,那拳头落到杨旭身上时,已经和搔痒差不多了。

"哎哟,真疼。"杨旭假装着叫道。

217

"装得倒像,鬼东西……"柳茵笑了,尽管泪珠还挂在脸上。

"哎,说啊,为什么不把家庭住址告诉我?"

"因为我怕……子"柳茵轻轻说出了这几个字。

"怕什么?"杨旭听到这几个字就激愤地叫了起来,"怕我嫌你家穷?怕我嫌你父母工作不好?你把我看成什么人了!我们在一起读书几年,你难道还没有考验够吗?"

"你啊……我怕的是你那句誓言。"柳茵柔声说。

"誓言?什么誓言?"杨旭莫名其妙地站起来问。

"你想想。"

杨旭刚要低头去回忆那淡忘了的往事,门外走廊上突然传来一个人疾速奔跑的脚步声。

出了啥事?杨旭以军人特有的敏捷跳到门口,很快地拉开了门。

"杨军医,快,军区江司令他们遭了车祸,只有林军医一个人值班,忙不过来,其他的医生都去礼堂开会了……"门外传来一个年轻战士气喘吁吁的声音。

"江司令?"听到这三个字,柳茵呼一下站了起来。

"小茵,你先休息,我去看看伤员。"杨旭在门口匆匆地说完这句话,拔腿就跑。

"等等,我也去!"柳茵慌忙抓起军帽,疾步向门外冲去。

……

三

在门诊部的一间治疗室里,杨旭正小心翼翼地为江司令——一个年近六十、双鬓染霜的老军人,清除右小臂上嵌进肉里的车窗玻璃碎屑。杨旭的身后,站着刚从礼堂赶来的教导员和几个医生、护士,大家都静静地注视着杨旭的动作。柳茵夹在人群中间,神情紧张地望着江司令那条伤臂,每当杨旭手里的手术器械触到江司令的伤臂时,柳茵的额头就跟着一皱,好像那伤口就在她身上。

清创工作正在进行时,门无声地开了,一个五十来岁的慈眉善目的女军人走进屋里。教导员扭头一看,急忙迎了上去,低低地叫了一声:"柳副部长,司令员的伤不重,你放心。"来人摆了摆手,示意教导员不要说话,然后站在一边静静地看着。

全神贯注地看着杨旭工作的柳茵,并没注意到柳副部长的到来。

伤口终于包扎完毕,柳副部长急忙趋前,和杨旭一起扶江司令从床上坐起。江司令望了望柳副部长,诙谐地说:"你怎么也来了?怕我和你永别啊,还不到时候。"说完,他又含笑望着屋里站着的人,"你们不是在开会吗?快去接着开吧,这里没什么事了。"

屋里的人们并没有向外走。柳茵面露喜色地向江司令和柳副部长身边挤去。

"谢谢你,你的手艺不错,叫什么名字?"江司令转身握住杨旭的手亲切地问。

"他叫杨旭。"柳茵挤到江司令身边大声地代杨旭回答,声音里透出极大的兴奋。

听到这声过于响亮的回答,人们都愣了一下。站在屋里的教导员和其他医护人员有点奇怪地望着这个陌生的姑娘。但几秒钟之后,只听柳副部长惊喜地叫道:"哎,这不是茵茵吗?你怎么到这里来了?"

"妈妈——"柳茵高兴地扑到了柳副部长的怀里,"我刚从外边回来。"

"茵茵?"江司令也欣喜地看着柳茵,"真是你吗?"

"是我,爸爸,怎么连我也认不出了?"柳茵转身摇着江司令那只没有受伤的胳膊,抒发着女儿见到爸爸时的全部喜悦。

屋里的人都面呈喜色,分享着这父女、母女见面的欢乐,独有站在一旁的杨旭,吃惊地瞪大了眼,呆呆地望着这个意想不到的场面。

"回来怎么也不早告诉一声,谁去车站接你的?"江司令慈爱地望着女儿问。

柳茵不好意思地用手朝杨旭指了指:"他。"

"你们怎么认识的?"江司令有些惊奇。

"我不是在信里跟你说过,有个叫小旭的……"柳茵娇嗔地白了爸爸一眼。

"噢,你就是小旭啊!"江司令转身高兴地拍了拍杨旭的肩膀。柳副部长也含笑望着杨旭,一双慈祥的眼睛里射出了满意的光。

屋里的人都有些吃惊,但吃惊最厉害的要数教导员了,只见他大张着嘴,徐徐地吸进了一口冷气。

……

四

柔和的电灯光映照着柳茵那绯红的脸颊。她坐在床边,不无淘气地望着坐在桌前的杨旭说:"怎么样?我可向爸爸、妈妈介绍了你,现在该你来宣布那个誓言作废了吧?"

"该死,竟瞒了我几年。"杨旭假装恼怒地望着柳茵说。

随即,他又轻声问,"什么誓言,我怎么想不起来了?"

"自己的誓言还能想不起来?"柳茵娇笑着说,"去年夏天的那个晚上,在校园的湖边上……"她含笑提示着。

"湖——边——上,噢!"杨旭拍了拍额头,一年前那个夜晚的情景倏然出现在他的脑海里——

那是一个月明风清的夜晚,杨旭和柳茵漫步在校园湖边的林荫道上。

"茵,我家住在农村,爸、妈是农民,家里又有弟妹,你要慎重考虑啊!"杨旭轻轻地对依偎在自己身上的柳茵说。

"那怕什么?将来我家还可以在经济上支援你家。"柳茵柔声地安慰着杨旭。

"不。从你平时过的那种朴素生活看,你家也不会富裕;再说,你爸妈当工人,辛辛苦苦挣几个钱,我们怎么能去用?"

"你怎么知道我爸妈是工人?"柳茵抬起头问。

"猜测的。从儿女身上是可以看出爸妈身份的。"杨旭含笑说。

"如果我爸妈是高干呢?"柳茵笑着。

"开玩笑。但假若真的是高干,我们就得一刀两断。"

"为什么?"柳茵瞪大了眼睛。

"因为不敢高攀,你看咱系里的那几个高干女儿,整天讲究吃穿,荒废学业,一个农民的儿子敢要这样的老婆?"

"假若现在有一个高干女儿爱你呢?"

"我发誓:一辈子不结婚也不要这样的人做老婆!"杨旭斩钉截铁地说。

"真的?"柳茵停下了步。

"当然!"……

"咚咚,咚咚"一阵叩门声打断了杨旭的回忆。柳茵站起身去开门,在门拉开的同时,只听她欢快地叫了一声:"爸爸——妈——"

"别人家是女儿回家看爸、妈,我们家是爸、妈出来看女儿。"江司令朗声说笑着走进杨旭这十二平方米的宿舍。

杨旭见状,慌忙起身让座,但因屋子里只有一把椅子,只好让岳母和柳茵坐在床边,自己站在那儿。

"我和杨旭马上就要去家里看你们的,你们怎么跑来了?"柳茵依在妈妈怀里娇声说。

柳妈妈抚摸着女儿的头发,轻声说:"你爸爸今晚八点要坐车去北京开会,时间得半月,他怕你们回去晚了见不到,所以先来看看。"

"你胳膊上有伤,怎么好去开会?"柳茵忽闪着大眼望着爸爸。

"哟,俺闺女可知道疼爸爸了!放心吧,这伤妨碍不了开会。"江司令慈爱地望着女儿。说完,他转向杨旭:"小旭,你的情况小茵在信中已经向我们讲清了,我和小茵她妈同意你们的事。不过有一个要求,就是你们要牢牢记住自己是个军医,努力争取把工作……"

"他马上就不是军医了。"柳茵张嘴打断了爸爸的话。

"为什么?"司令员脸上微微露出了惊疑的神色。

"他转业了,最近几天就要到地方报到。"柳茵口气里不无委屈的成分。

"你不是刚从军医大学毕业吗?怎么刚花钱把你培养成一名军医,马上就要走呢?"司令员脸上的神情渐渐严肃起来。

"不是他要走,是医院决定让他走的,是因为……"柳茵下边的话被杨旭投来的目光制止了。

"主要是因为工作需要，"杨旭压抑着心里的愤懑，用尽量平静的声调向司令员解释着，"在科里我技术差，工作不适应，应该走。"他所以这样说，是因为他心里明白，现在只要这位未来的岳父说一句话，他就会被留下来。而那样一来，不但会有另一位不该转业的人要走，而且自己也因此要落上"仗势驸马"的称号，就会被人斥之为"靠女人当上军医的"。这是他的自尊心所忍受不了的。此时，杨旭对待转业这件事的态度一下子变了。就在这前几分钟，他的心里还一直在为就要脱下心爱的军衣这件事感到痛苦，尽管有柳茵在身边的欢乐来中和，那痛苦还是不时地从心底泛起。而现在，他倒真怕这个未来的岳父干涉这件事，使自己不转业了。在实利和名誉相悖时，世间有人为了获得实利，可以不顾名誉，也有人为了保全名誉甘愿抛弃实利，杨旭正属于后一种。他宁可脱下不愿脱的军衣，也绝不使自己的名誉有一点损害。

"爸爸，杨旭应该……"柳茵的一句话没说完，门外忽然传来教导员的声音："杨旭在家吗？"

"在家，请进。"杨旭拉开了门。

"哦，江司令在这儿。"教导员恭恭敬敬地向司令员行了军礼。

"是小刘啊，坐吧。"江司令用手朝床沿指了指。

"不了，不坐了，我是来通知杨旭一件事的。"教导员谦恭地答道，随即，他转向杨旭，"小杨，我是来告诉你，由于工作需要，组织上决定你不转业了。"

"哦?!"杨旭和柳茵几乎同时轻叫了一声，不过在这叫声之后，柳茵眉梢上迅速挂起的是喜悦，杨旭嘴角上即刻浮起的是讥诮。

江司令脸上的笑意在慢慢消失。

柳妈妈的双眼紧紧盯着丈夫,目光里流露出明显的不安。

"你的意见呢?"江司令转向杨旭缓声问。

"这是工作需要,他当然是服从组织决定了,还用问?"柳茵不满地白了爸爸一眼。

"我不是问你!"江司令向柳茵投去严肃的一瞥。

教导员的目光始终停留在江司令的脸上,希望从那上边找出对自己刚才宣布的决定的赞许表情。凭过去给别的首长办这类事的经验,他知道那表情是必定会出现的。当听到江司令问杨旭的意见时,他心里乐了,他断定这是江司令满意的表示,只不过是不好直接说出来罢了。他非常高兴地期待着杨旭的回答,认定杨旭的答话只会是"同意组织决定",而不会是其他。

"我的意见,"杨旭开了腔,声调因激动而有些微微发颤,"服从上午那个'工作需要',谢绝晚上这个'工作需要'。"

"你……"柳茵着急地叫了一声。

刘教导员那双不大的眼睛睁大了,但他立刻又恢复了平静,他判定杨旭这是仗着"驸马"的身价,在逼自己当着江司令的面向他道歉。于是便急忙转向杨旭:"小杨,昨天,主要是我们考虑不周,你不要……"

"好了,"江司令打断了刘教导员的话,"正君同志,我同意杨旭的意见,他必须转业!"司令员这句话口气坚决,听来没有任何商量的余地。

刘教导员张大了嘴巴,这次是真的吃惊了。

柳茵惊讶地望着爸爸那严肃的面孔。

杨旭长长地舒了一口气。

柳妈妈平静地望着丈夫,嘴角露出了一丝理解的笑意。

江司令转向杨旭,用温和亲切的语调说:"小旭,你刚才的回答假若我是昨天听到的话,我是不会同意的,但是今天,我必须同意,我想这其中的缘由你会明白。"

"我明白!"柳茵激愤地叫道,"可是古人还能做到内举不避亲哩,你连这点都做不到!"

江司令抬腕看了看手表,转向柳茵:"好了,不要再向我说别的,我的时间不多了。你在假期之间帮小旭整理一下东西,送他尽快到工作单位报到。将来你转业后,直接转到他那里去。"说完,站起了身。

"江司令还有什么指示吗?"刘正君边向司令员敬礼边小心地问,一层细密的汗珠已从他那白白的前额上沁了出来。

"没什么指示,只有一句劝告,就是今后在使用'工作需要'这个词时要慎重一些。如果我再发现你今天这样的使用法,就会撤你的职。"

"是!是!"刘正君诺诺答应着,看到司令员走出门口,他急忙掏出手帕擦去额头上的汗珠……

"大门"被拉开一道缝隙

一

秋阳循着弧形的轨迹向西天移动,发出的光线快要与地面平行了。

陆七师机关参加"八三九"战役预演的十几辆披上伪装网的卡车,已在营区中间的大操场上列成一队,所有参演的干部战士登车完毕,正等着出发的号令。

按开进命令,机关车队十八时三十分在营区前的横向公路上加入全师的行军序列,在十九团的行军纵队后跟进。眼下,离起程还有十来分钟时间,车上要出发的人和车下送行的人在作最后的话别。

这次机关留守的人很少,所以送行的人群中多是家属、孩子,只有十几个当兵的,其中那三个女兵尤其显眼:两名是保密室的保密员,一个叫温青惠,一个叫纪藜;另外一名是前不久才从通信营调到机关收发室帮助工作的新战士田小蓿。

"我说诸位,"二号车上那个因爱开玩笑而得外号"双舌头"的侦察参谋方舍途,这时对车厢里的人大声小气地叫道,"以鄙人之见,做人哪,还是做女人,舒服!你看咱们温夫人、纪女士、田小姐,"他用手指了一下车下的三个女兵,"都留守在家,不像我等男士,去风餐露宿,尝野战生活之苦!"

站在车下不远处的温青惠,本来正用柔柔的目光同坐在三号车上的丈夫告别,这时听见方舍途的玩笑话,文静的脸上立时泛出了两片红晕,只见她急忙转身,迈着孕妇特有的小心的步子,向营区中间保密室所在的那个小院走去。

田小蓿站在人群里,一边不时地掏出口袋中妈妈前些天寄来的兰花豆往嘴里扔,一边兴致勃勃地看着车上车下的人。她完全是在看热闹。入伍将近一年,她这是第一次看到部队行动。蓦地,营房大门口那边响起了摩托车声,听声音她知道是邮局来送下午的报纸了,忙转身要去收发室,就在这时,只听方舍途向她叫道:"我说小田,出发期间,有大叔我的来信,你可记住保管好呀!"

听到这话,小蓿的两个嘴角立时生气地噘了起来。车上,方舍途身旁的那个参谋捶了他一下:"真应该把你的舌头割去一个!你才二十五岁,怎么这样对一个战士讲话?"

"是她自己愿意喊我大叔的嘛!"方舍途笑着辩解。那天他坐摩托车外出勘察地形回机关,在收发室门口停下车进去看有没有自己的来信。他因为穿着大衣,戴着墨镜和口罩,从外表上很难看出年龄,加上他又故意开玩笑,操着粗重的嗓音朝刚到任的田小蓿问道:"小鬼,今天的信来了没有?"对机关干部一概不熟的小蓓一听他的口气,慌急之中用上了在家时的常用语:"大叔,今天的信来了……"话刚说到这儿,方舍途就摘下墨镜和口罩捧着肚子笑起来,直把小蓓笑得双手捂住了脸。

此刻,小蓓一听方舍途又自称"大叔",气得一跺脚,歪着头狠狠地说了一句:"死你方参谋!"这是她生气时的习惯做法:先跺一下脚,而后在对方的称呼前加上"死你"两个字。她说罢,便转身向收发室那边跑去了。

"哈哈……"方舍途放声笑了。

纪藜站在人群中,尽量不往二号车上看,尽管她非常想多看几眼也坐在二号车上的他——那是她的他。他是一个通信参谋,她和他原本定下这个星期日就举行婚礼的,因为他要参加"八三九"战役演练,婚期只好推迟半月了。纪藜此刻所以不往二号车上看,是因为她知道"双舌头"的舌头闲不住,怕他当着这么多人再开玩笑。不料,方舍途的舌头此刻还是转向了她:"我说,纪保密,未婚夫出征远行,不来吻别吗?"

纪藜装作没听见,把头扭向了那边的几辆车。

"纪保密,看过西赫洛夫的《出征》吗?那书上说,出征的将士与情人吻别,会增加他在战场上的安全系数。怎么样?"

纪藜一声不响,不动声色地向二号车走去。

"就是嘛,纪保密到底思想解放!"见纪藜朝车跟前走来,方舍途兴高采烈地叫道。

纪藜走到车旁,冷不防猛地挥拳朝方舍途那扶在车后挡板上的手狠砸了一拳。曾当过三年有线兵的纪藜,拳头是颇有力量的,这一拳直砸得方舍途缩回手接连"哎哟"了几声。

这当儿,出发的哨音响了,列队的军车相继鸣了一声长笛,起行了。

"蒺藜！真是个蒺藜！"方舍途一边揉着手背，一边无可奈何地叫。

车队急速驶出了营区大门。

二

温青惠打开保密室那扇铁门，走进屋，轻喘了一会儿气，便从保险柜里拿出刚才出发前首长和机关各部、科退回来的文件进行整理。她最先拿起了师长出发前交来的那份47号绝密件，俯身开始办理退文手续。

这份绝密件是军保密室上午送来的。文件前边附着一则通知："此件只送参演的师党委常委阅，阅后即退送军保密室，不得带往演习地域。"青惠知道，这是军区司令部关于"八三九"战役演习的全部计划，属于军队和国家的核心机密。军务科长临走前交代青惠，明天早晨让纪藜带一名警卫战士，坐车送回军保密室。

青惠在退文簿上填好应填的栏目后，把文件装进信封封好，放进了六号保险柜。

就在青惠把六号保险柜那沉重的铁门关上时，一阵痛楚的神情突然出现在她那白皙的脸上，她双手轻轻按在了那明显隆起的腹部上——大概是那铁门的震动通过传导，惊动了腹中的小生命。但那痛楚的神色只在她脸颊上停了一瞬，随之就又被一抹微笑所代替——那是一个要做母亲的女人常露出的那种甜笑。

甜笑，每个第一次怀胎的女人都应该甜笑，因为她们即将完成人生的一桩神圣使命。温青惠此刻更应该甜笑，要知道，她为了能做母亲，曾经付出过多少眼泪。

把时序倒转六年,二十三岁的温青惠那时是师机关引人注目的姑娘。人们常说,一个姑娘很难兼具聪明、善良、美貌三种特质,但青惠却在这三项之外还兼具另一种特质:文静。她平时很少说话,偶然开口,也总是面带微笑,语音轻柔,从没人见过她高声说话,更不用说同人争执了。她文静得犹如一池温水,也因此引来了不少想在那温水中沐浴的人。

她的选择是慎重的。她当然知道选择丈夫是女人一生中最大的事件之一,所以,被人追求所引起的那种陶醉大部分被审慎所代替了。可是,她还是没有避免一般姑娘常犯的错误:把男人的相貌同男人的心地画了等号,以为漂亮男人的心地会像他们的相貌一样好。结果,她选择了一个长相十分英俊的司令部参谋,却没有先对他进行一番良心上的鉴定。

温青惠出生在半文半农的家庭,父亲是一个中学教员,母亲是一个农村妇女。从父亲那里,她除继承了他的那份聪明之外,还继承了一个知识分子那份正直的品性;从母亲那里,她除继承了那份漂亮之外,还继承了中国农村妇女那种温顺、贤淑的美德。这种家庭出身的青惠,一旦选中了一个人,她就要全身心地去爱他,结婚后,她在家里的全部努力,都是使丈夫高兴。她给他建起了一座爱的宫殿,使他享用不尽。婚后第一年,她倾注在丈夫身上的那种浓烈的爱,是得到了相应的回报的。但从第二年起,丈夫回报她的爱开始见少了,细心的她从丈夫的言行中终于弄明白了缘由:他想要个孩子。青惠明白了这个缘由之后,先是一阵羞涩,继是一阵惶愧,再是暗暗下了决心:第二年一定要给丈夫生个孩子。

然而,第二年过去之后,那个愿望却并没有实现。丈夫的脸色更不好看了。青惠也有些着慌:莫不是自己有病?她在征得丈夫的同意之后开始暗暗求医吃药。从小怕吃药的她,此时却不论多苦的药也咬牙吞下。可是第三年过去,仍无半点怀孕的征兆。丈夫经常无端地对她发脾气了,但每逢丈夫发脾气,她都只能赔上一个歉疚的小心的笑,她认为这一切全是因为自己不能生育造成的。

在第四个年头,丈夫下到炮团当了参谋长。同刚结婚时相比,丈夫已经完全变成了另外一个人,对她动不动就动怒发火,并且时不时地在语句中夹几个脏字。她都默默地听着忍着。终于,有一天,当那个小市民出身的婆婆同丈夫说话时影射地骂她是"不会下蛋的母鸡"时,青惠的忍耐到了最后限度,她第一次声音很低地顶撞了他们母子一句:"我是人!"没料到丈夫当即铁青着脸说:"嘴硬什么?嫌我们说话不好听,离婚!"

离婚?青惠从没想到"离婚"这两个字这辈子还会同自己发生联系。她从妈妈那里得到的关于夫妻关系的全部教诲就是,"体贴丈夫,白头偕老"。她愣愣地盯了丈夫有一分钟时间,终于,自尊心受重伤后常有的那种反抗心理使她决然地吐出了两个字:"同意!"

他们当即去办了离婚手续。那个年轻的涉世未深的办理离婚手续的民政助理员,只从青惠的回答中听出了同意离婚的决绝口气,却没有看出她那水雾迷蒙的双眼里露出的痛苦、犹豫和恐惧。

青惠的恐惧是有道理的。离了婚的她在师机关的声望一落千丈。离了婚的女人身价本来就低,因不能生育而离婚的女人更被人看不起。男军人们的那种鄙夷的目光还好忍受,飘进耳朵中的家属们那些刻薄的挖苦和品评,简直使她浑身战栗。而加深她内心痛苦的是:她只能把痛苦全部闷在心里。

离婚的打击加上这种无形的压力,使她的身体开始坏下来,她一下子消瘦得那样厉害。有一天,她去给师长送文件时,不知内情的师长看见她的模样大吃一惊,忙关切地问:"怎么,病了?"自离婚后一直强忍着不流泪水的青惠,在这慈父一般的询问下,积在心中的委屈一下子爆发了,她伏在师长的办公桌上放声哭了。师长叫来军务科长问明了情况后,当即铁青着脸给炮团司令部那个参谋长打电话,命令他:"立即跑步来我的办公室!"当那个参谋长气喘吁吁刚一进门,师长就兜头骂了起来:"你这个混蛋!还有没有良心?我告诉你,我不允许我的部下有丧失良心的军人!"

怒骂也只是怒骂而已,并没有改变青惠的处境。年底的时候,她提出转业,她想回到爸爸教书的那个小镇书店去卖书,她知道自己没有干其他工作的本领。但没有想到,有一天晚上,师长和师长的爱人突然领着一个面孔敦厚而平常、一望而知是农村出身的青年军官走进了她的宿舍。师长张口就说:"你还年轻,不能老一个人过日子,我们帮你找了一个,你看他怎么样……"她惊愕地望着师长,她从来没有说过要再结婚啊。

痛苦的教训已使她从婚姻的盲目期进入理智期了,她很长时间没有做出决定。但最后,也许是她确实感受到了孤单生活的可怕,也许是她不忍拂师长夫妇的好意,也许是她确实看清了这个军人的心地善良(她已懂得了无数已婚妇女重复千遍的道理:对于男人,外貌并不具有决定意义),反正她答应了这桩婚事,只是在答应的同时,她满脸羞愧地向对方说明:"我不会生……"

她根本没有料到她会从这个丈夫身上得到这么多真挚的爱——经过生活的那次挫折,她已变成了不敢奢望爱抚的女人。她更没料到的是,结婚几个月后她竟会怀孕。那天,当她因觉身体不适去医院求医,医生告诉她这是怀孕的反应时,她震惊地望了医生好半天,并且一走出诊室就哭了,流出了无限惊喜的泪。

倘若那种关于"人生是由啜泣、抽噎和微笑所组成"的理论能成立,那么青惠是已步入人生的"微笑期"了。

到现在,她已经怀孕近六个月。这近六个月的时间,她是那么小心地保护着腹中的小生命。尽管妊娠反应使她吃了不少苦头,但喜悦的光辉却一直照亮她那白嫩的额头。她已经悄悄地嘱咐丈夫:万一将来因难产上手术台,一定要告诉医生,保孩子不保大人!她决心把孩子生下来。要知道别的女人生孩子,其意义只是完成了人生的一桩使命,而青惠生孩子,意义却远不止于此。她要让那个绝情的人明白:当初不生育的责任不在她!她也要让周围的人知道:她是一个毫无缺陷的女人!她要用此来报答第二个丈夫对她的挚爱!更重要的是,她要体验一下她从未体验过的做母亲的自豪。

青惠幸福地静静地站在保险柜前遐想着,眼神变得恍惚迷离,直到营房科的姜助理员和财务科的辛助理员推开保密室的门时,才把她从遐想中拉了回来。她朝他俩不好意思地一笑,忙转身打开七号保险柜,把一个锁着的黑提包递给了他俩。这包里装的是五千块钱现金。师机关在营区东侧盖一栋楼房,需购买驻地附近一个生产队的一点地皮,当初商定好由师里付给生产队五千块现金即可,但当上午营房科的姜助理员把钱送去后,生产队又派人退了回来,显然是嫌钱少。师首长也觉得按目前的地价,付这点钱确有点少,正准备开会商量再增加一笔钱时,军里来电报要全师参加"八三九"预演,这事就暂时放了下来。恰巧上午财务科无人在家,营房科又无保险柜,陈副师长便指示把生产队退回的这笔钱先放到保密室的保险柜里。青惠觉得在保密室存放现金不合规定,下午特地找陈副师长询问怎么办,副师长说让财务科把钱先存进银行,待演习结束后再处理此事。姜、辛两位助理员此刻就是来办理这件事的。

送走两位助理员后,青惠抻了抻那有些显短的上衣,又坐在案前开始整理文件……

三

田小蓿坐在收发室里,饶有兴味地翻看着那些新到的《解放军画报》,一只手仍不时地伸进衣袋里掏出兰花豆向嘴里填,一副悠然自得、无忧无虑的样儿。家庭生活条件的不同,可以延长或缩短一个姑娘走向成熟的时间。小蓿的爸爸是宛城水利局的工程师,妈妈是水利局的行政干部,哥哥早已参加工作,这种小康生活,这种溢满父爱、母爱、兄长爱的家庭环境,延长了她走向成熟的时间。她今年虽然已经十七岁,但一举一动还带着小姑娘的稚气。

当口袋里的那包兰花豆吃剩下最后一颗时,画报也翻看到了最后一页,恰在这时,门外又响起了摩托车声,小蓿凭经验知道:这是邮局的摩托,大概是有了电报。

果然,邮递员手拿着一封电报在向她晃着。她上前接过电报往口袋里一装,便习惯性地掏出钢笔去邮递员的投递本上签了字。

送走邮递员转身回到收发室之后,她这才掏出报封去看,当她的目光一触到收报人的姓名,一双秀目倏地瞪大,那上边清楚地写着三个字:田小蓿。

"我的电报?"她急切地撕开报封,展开了电报纸:"因公出差三日坐107次车去你处妈"。她迅速地把这句话连看了三遍,当确认没有看错之后,只见她猛一拍手发出了一声欢呼:"我妈妈明天要来了!"

在不远处的大门口站岗的大个子卫兵,听到她的喊叫,诧异地拖着重重的脚步走过来问:"你喊什么?"

"我妈妈明儿个要来了!"田小蓿扬了扬手中的电报纸欢笑着说。

"这就值得又喊又叫?"大个子卫兵不满地嘟囔了一句,转身回到了自己的哨位上。

小蓿不高兴地噘起嘴,望着他的背影跺了一下脚,小嘴发狠地说了一句:"死你黑大个儿!"随之,很快地锁好收发室的门,快步向保密室所在的那个小院跑去,边跑边情不自禁地欢叫着:"妈妈明天要来了!"

小蓿经常向女伴们夸耀她有一个"世界上最好的妈妈",并能向女伴们讲出一连串的事例。譬如,她上小学二年级时,有一次跟妈妈上街,在百货商店里她发现了一个很大很漂亮的铅笔盒,她要妈妈给她买,恰巧那天妈妈身边没带多的钱,买不成,小蓿就伏在柜台上哭着不走,妈妈先是跟她商量下次再买,她也执意不允。妈妈说一起回家拿了钱再来买,她也不干。没办法,妈妈只好把小蓿先交给售货阿姨看管,自己冒雨跑回几里外的家里拿了钱来,给她买了那个铅笔盒。

再比如,小蓿爱吃那种绿豆面摊的煎饼,不论什么时候,只要小蓿对妈妈说一句:"妈,我想吃煎饼!"妈妈总是先微微一笑,说声:"馋猫!"接着就围上围裙进了厨房。不一会儿,就把一个滚热流油的煎饼端到了她面前,然后便坐到一旁去,边打毛线衣边看着小蓿吃。

只是在去年年底参军时,她惹妈妈大生了一场气,小蓿至今想起来还觉得有些愧。

小蕾去年年底参军一开始是瞒着妈妈的,当然更是瞒着爸爸。她本人原来也根本没想到要参军。那是一个星期日,她同几个在家复习功课准备高考的女伴去公园里玩,瞧见几个女兵在照相。嗬,无檐帽,绿军装,真漂亮!好多个男青年围在那里看。"当女兵倒挺威风的!"同游的女伴羡慕地说了一句。"那有什么了不得的?想当咱们也可以当,这会儿不正在招兵嘛!"第二个女伴提了倡议。"对,当女兵!"小蕾和另外几个被数学公式弄烦了的姑娘立即响应。于是,一不做,二不休,当即跑到接兵站报了名,并很快做了体检。结果唯独小蕾验上了,妈妈知道这个消息的时候,已快要发通知书了。妈妈第一次气极地向小蕾扬起了巴掌:"你、你好大的胆子!竟敢不告诉我一声就去参军,还得了啊!"爸爸把妈妈的巴掌推开了,慢腾腾地说:"我看她去部队里锻炼锻炼也好,老跟着我们怎么行?"

"妈,我去两年看看新鲜就回来,到那时也给你带身军装回来穿穿,那衣服可漂亮了。"小蕾在一旁怯怯地想安慰妈妈。

母女之间向来就容易互相谅解。当小蕾要离开家时,妈妈虽然不断地擦着眼泪,但还是摊了三张绿豆面煎饼,看着小蕾吃完。

到了部队后,小蕾才知道她确实离不开妈妈,一周过去之后,她就开始想妈妈了。想得那样厉害,尤其是睡觉前,有时竟止不住地流出好多眼泪。随着时间的增长,沉入心底的对妈妈的思念也越来越多,而明天,就可以见到妈妈了,小蕾能不高兴吗?

小蕾几乎是连蹦带跳地跑进了保密室小院,一边喊着:

"温保密员!"一边冲进了保密室。她在收发室帮助工作,经常收发机密文件,和保密室打交道很多,可以随时进出保密室。

温青惠从正在整理的文件上抬起头,温和地看着小蓿,她很喜欢这个满身孩子气的小兵。

"我妈妈明儿个要来了!"小蓿挥着手中的电报,跑过去双手搂着温青惠的脖子转了半个圈。

青惠慌忙伸手抓住桌沿叫道:"哎哟,疯了,放开!"

小蓿看到青惠惊慌的样子,突然意识到了自己的冒失,她小心地望望青惠的腹部,伸了伸舌头。

"给我看看。"青惠向小蓿伸手说道。

小蓿忙把电报递到了青惠手中。

四

营门外已经没有人了。只有纪藜还静静地站在那儿。

暮色已把远处的七峰山变得模模糊糊,参加演练的车队早消失在了山那边。

看不见他了。纪藜收回目光,抬手揉揉酸湿的眼睛,缓缓转过身子,向办公大院走去。

情人离别,感情上都要经历一个难受的时候,更何况像纪藜这种经过很多曲折才终于找到情人的姑娘。

纪藜在爱情方面遇到的最大困难,并不是由于她长得丑。在相貌上纪藜可以说同温青惠不相上下,只是她属另一种形式的美,用方舍途私下给她下的评语来说,就是"让人感到一种胆怯的美"。她很泼辣,尤其发起火来那种杏眼圆睁的样子,很有些吓人。那次营房科的姜助理员去保密室借文件,这人平时说话就好带个"他妈的",那天纪藜给他办理借阅文件手续时,他大概嫌麻烦,无意中来了一句:"他妈的,太烦琐!"不料纪藜一听,当即瞪起杏眼怒问道:"你骂谁?"说着猛地伸手抓住了他的一个手腕把他向保密室门外拉。姜助理员慌忙红着脸想挣脱,无奈纪黎死死地攥着他的手腕,硬是当着很多人的面把他拖进了师长的办公室。

厉害,是她难找对象的一个原因,但不是最重要的原因,最重要的是:她有母亲,但无父亲。

她是妈妈在闺房里生的。

她的妈妈在经历那个危险时期时(也就是女性少人指点、全凭自己一时的冲动行事的时期),轻信了一个男子的许诺,放纵了自己的感情,把自己一生的幸福轻率地让那个男子带走了。待她妈妈知道名声对一个女人来说是多么重要时,已经晚了。妈妈以后一直没有再嫁,忍辱把纪藜抚养长大。

几乎在纪藜来到这个世界上的同时,对她妈妈的骂声就转移到了她的身上。从她懂事起一直到参军前,不论走到家乡那个小县城的哪一条街道,都会听到大声的、小声的、窃窃的骂语:"闺女养的!""婊子的女儿!""野姑娘!"……对于这骂声,少小时纪藜是回骂,待稍大有了气力后,她就开始像男孩子那样使用自己的拳头,尽管她时常被别的孩子打得鼻青脸肿。这种骂声和这种处境,使她养成了一种对骂声特别敏感和特别不能容忍的心理,使她养成了一种泼辣得近乎暴烈的脾性。妈妈最初给她起的名字叫"纪丽",但她上中学以后自己把它改成了"纪藜"。她的年龄在一天天增长,要求名誉和尊严的心愿也一天天强烈。人和动物的区别之一,恐怕就在于有无荣辱之感吧。然而,社会习惯势力却一定要把妈妈因当年一时不慎而酿成的痛苦固执地加在她的身上。

直到有一天,小县城里出现了几个招收女兵的女军官,纪蓼才突然想起解脱自己痛苦的途径,参军去!于是,她悄悄跑到接兵站,苦苦恳求那几个女军官把她带走,并发誓到部队哪怕是让她天天扫厕所都行。

当妈妈知道她要参军的消息后,哭着问她"为什么舍得把妈妈一个人留下"时,她只说了一句:"部队里没人骂我!"妈妈听了这句话后,先是一怔,接着缓缓地朝女儿跪下双膝放声大哭了。

所有存心离开家庭的人,不是为了去承担什么,就是为了要摆脱什么。纪蓼离家的目的是摆脱,摆脱那种可怕的环境。

纪蓼到部队当了有线兵后,果然再也听不到骂声了,她开始过着心情畅快的生活。加上她从小泼辣,什么苦都能吃,什么活都能干,什么艰巨的任务都能完成,很快在连里崭露头角,入了团,当了预备党员,倘不是那次她打了排长,她入伍的第三年年底就可能被提为干部。那次,她们排架设线路爬杆时,男排长嘱咐女兵们一般不要爬杆,如果需要爬杆也一定要穿上脚扣。但纪蓼却偏偏不穿脚扣就爬了上去,排长生气地在下边叫道:"真是个野姑娘!野姑娘!"他万没料到自己的声音刚落,只见纪蓼"嗖"地从杆上滑落地面,抡起线盘照他腰上就是一下,一家伙把他打倒在地了。排长震惊地望着手下这个横蛮的女兵,他根本没想到自己无意中说出的话戳中了对方最痛楚、最敏感的伤疤。纪蓼为这事受到了批评,不过,她很快又用自己的工作成绩赎了错。第二年,她到底还是被提升成了干部。不久,又把她调到了保密室。

纪蓼也到了要考虑婚事的年龄。热心的人们开始为她介绍对象。男方自然要了解她的为人,她的历史,她的家庭。中国的男人尤其是男军人找对象,绝大部分是想找那种对自己唯命是从的、温柔型的、能当贤妻良母的女人。纪藜那种脾性就使一些男人望而却步，何况听说她还有那样一个母亲。很多男人相信"有其母必有其女"的说法，由母亲的不贞推出女儿也会不贞的结论。所以，一连介绍了六个，都没有成功。这大大刺伤了纪藜那颗自尊的心。当第七个被介绍的男子又用审问似的口气问起她母亲的往事时，她再也忍不住满腔的怒气，气愤至极地吼道："告诉你，我妈妈是破鞋，老子也是破鞋，我跟好多男人睡过觉！就这，你想要，老子还不跟你哩，滚！"

纪藜下决心不再找对象。

又是两年过去，纪藜的年龄渐渐到达青春期的边缘，快向老姑娘的队伍靠拢了。

今年年初的一天，她正在保密室低头清理文件，刚调到通信科的一个参谋（就是当年被纪藜打倒在地的那个排长）来还文件，纪藜接过文件后习惯地去办注销手续，但当她翻开文件的第一页时，一个纸条蓦然出现在眼前，上边清楚地写着："一个曾经刺伤过您自尊心的人，殷切盼望您能给他在您身边补赎过错的机会和权利。"

纪藜定定地望着那两行字，头一直没有抬起来，两滴泪水慢慢地在眼眶里凝聚，这就是说，世界上还有一个人理解自己。

世上每个人都会有人钟爱！

两颗心很快连在了一起。她长这么大，与一般姑娘相比，获得的爱是太少了，没有父爱，没有兄弟姐妹间的爱，但现在，他的爱已把这些都补偿了。他们原来已经商定这个星期日就结婚，因为上级突然来命令要全师参加战役预演，他要出发，婚期只好推迟到演习结束后。在这种情况下同他离别，尽管只是半月,但那心中的滋味儿是不难理解的。

"咯咯咯……"小蓿的一阵笑声把纪藜从遐想中惊醒过来,她抬头一看,已经不知不觉地走到了保密室所在的小院门口。她抬手揉了下脸,把颊上的红晕驱去,这才向院里走去。

五

她们决定让小蓿妈妈明天来后住在青惠的家里,青惠则搬到纪藜的值班室来睡。而小蓿也嘻嘻哈哈地把铺盖从自己的收发室搬了来,同她俩住在一起。

一切安排就绪,纪藜用力关上了保密室那扇沉重的铁门。三人回到保密室隔壁的值班室休息的时候,天已经彻底黑下来了。

往日热热闹闹的营区,这会儿一下子显得那样空旷、静寂,只偶尔听到几声树上栖鸟的"扑腾"。

保密室所在的这个小院总共有八间房子,其中六间是保密室,两间是值班室。

三个人各坐各的床头,静静地干各自的事:青惠在聚精会神地看那本《婴儿喂养》;纪藜在织一件黑色的男式毛背心;小蓿在翻看那本保密室公用的《列车时刻表》,大概怕弄错了明晨去车站接妈妈的时间。

桌上的闹钟指向九点的时候,小蓿站起身伸了个懒腰说道:"睡吧,反正今晚不吹熄灯号了。"

"睡吧。"青惠应了一句。

纪藜也把手中的织衣针、线团和那件未织好的毛背心放在桌子上,开始铺床。

"咱们去水管接点水回来洗脚吧。"小蓿拿起脸盆说道。

保密室这个小院里没有自来水龙头,平时用水都是去小院门外十来米处的一个水管上接水。

"你先去吧。"青惠边收拾床铺边随口应道。

"咱们一块儿去嘛。"小蓓的声音带点央求。

"我俩今晚都不洗脚!"纪藜这时故意一本正经地说道,她知道小蓓胆子小,天一黑就不敢单独出门走路,晚上上厕所没人陪也不敢去。

"你们不洗俺也不洗。"小蓓有点无可奈何。

青惠明白了小蓓是一个人不敢出门,忍不住笑道:"走吧,我跟你一块去。憨丫头,都当兵了,还这样胆小。"说罢,拿起自己的脸盆,上前拉起小蓓向门口走去。

"小蓓你敢去!"纪藜这时故意露出大惊小怪的神色喊住就要出门的小蓓,"水管旁边有个'鬼',青面獠牙,舌头伸出来二尺长,专吃十七岁的小姑娘!"

"你胡说!"小蓓嘴上虽这样叫,但身子却一下缩到了青惠身后,好像那"鬼"马上就要从门口进来似的。

"咯咯咯……"纪藜放声笑了。

"死你纪藜姐!"小蓓为自己被捉弄而发狠。

小蓓的胆子的确太小了。她从小就没有练胆子的机会。

妈妈、爸爸、哥哥一直把她当小孩看,很少让她单独活动过。她平时的活动场所主要是学校和家庭,全家谁也没想到要有意识地去培养她的胆量。到了部队后,她胆小的弱点立刻显露了出来,在连队站夜间岗,每次轮到她时,她总是从下午起就提起心来。后来,她想出了一个主意:每次上岗前都悄悄地带一把小锁,一进岗亭就从里边把岗亭的门反锁住,自己端着枪紧张地从瞭望孔里向外看。有天晚上她上第一班岗时,刚巧连队的一头猪从圈里蹿出,向门口跑来。连长发现后急忙喊:"哨兵,拦住门口!"小蓿在岗亭里,一听急忙去开锁,无奈一急,把钥匙别断到了锁孔里,结果眼看着猪跑出了门。连长气冲冲地来到岗亭前训她:"你怎么不出来拦一下?""我、我出不去。"她怯怯地说。连长按亮电筒隔着瞭望孔往里一照,哭笑不得地叫道:"唉!你想了个多好的保护自己的主意呀!"

她的胆小除了表现在站岗上,还特别表现在打枪上。通信连的轻武器射击每年次数很少,小蓿当兵来也就赶上了一次。那次射击的前一天,她心里就在打鼓,当连长命令她向射击位置前进时,她的脸色通红,整个身子都因紧张、害怕而哆嗦起来。她趴在射击位置上只用步枪打了一枪,就倏地手捂耳朵爬了起来,连长问她怎么停止射击了,她红着脸说:"这枪的声音太响,我不打了。"连长无可奈何地摇摇头说:"那好,等一会儿让你打手枪。"连长本想用这个办法来锻炼一下她的胆量,不料她手拎起手枪哆嗦着,只打了一枪,就吓得把枪扔在了地上。也许就是因为这儿,当收发室那位女收发员因为身体不好需要一个帮手、通信科向有线连要一个女兵时,连长毫不犹豫地让她来了。

从水管上端水回来,三人洗了洗,便相继脱衣上了床。灯拉熄了,蒙蒙的星光透过窗帘的缝隙,同营区的寂静一起渗进了室内。

青惠没有马上躺下,而是端着一大杯早已放凉了的开水拥被坐在那里一口一口地喝。她从一张小报上看到,孕妇每晚临睡前喝一杯凉白开水,可以增强胎儿出生后的抗病力。尽管她此刻一点也不渴,并且那凉开水也实在不好喝,但她喝得多么甜呀!

"妈……"躺下没多久,小蓿就发出了含混的呓语,看来,她已在梦中同妈妈相见了。

"要在他回来之前多买点鸡蛋,让他吃好……"纪藜在心里默默地说道。幻想中未来的种种欢乐和幸福都已在眼前,慢慢地,她也含笑合上了眼。

夜,这样静谧。

六

一种持续的低微的声响把青惠从睡乡中拖了出来,她摇了摇头,把最后一点睡意驱赶走,注意倾听那声音。

那是一种低微的、铁质东西相触的声音。

青惠有些奇怪地在枕上侧耳倾听那声音的来源。哦,来自隔壁保密室!

几乎在这个判断做出的同时,她一下子坐起身来。也许是床"咯吱"了一声,那边的纪藜也猛地坐起了身问:"有事?"这就是女军人同一般女人的不同之处:她们的神经总有一个部位随时处于警觉的状态。

"你听!"青惠压低声音说道。

那种持续的低微的声响不断传过来。青惠仍在细心地听着。

"大概是老鼠在啃什么东西。"纪藜小声说。

"不像。"

"我去看看是什么在响。"纪藜轻声说罢,对青惠使了个眼色,翻身下床,没来得及穿外衣,提上鞋便向门口轻步走去。

青惠也急忙下床趿鞋。

那边的小蓿还在发出轻微匀称的鼻息。

纪藜轻手轻脚地拉开了门,但几乎在门拉开的同时,只听她低低地惊叫了一声:"啊!"一下子退后了几步。蒙蒙的星光下,门口立着一个男子。

几乎没有片刻的犹豫,青惠猛地转身,一手去拉保密室的警报,一手去拉电灯的开关。她已明白她们遇到了什么。

电灯亮了,警报器却没响。看来,警报器已被破坏了。

就在电灯闪亮的一刹那,门口的男子一步跨进屋里,飞快地去门后墙上摘去了那支挂在铁钉上的平时保密室值班用的手枪,门在他背后又一下子关死了。直到此时青惠和纪藜才意识到刚才应该先去拿手枪,长久的和平生活使她们没有养成事先去拿枪的习惯。

电灯光照出来者的那副令人可怖的样子,他双手各握一把匕首,肩膀上挎着保密室的那支手枪,粗壮的身上穿着一套深蓝色的衣服,一副宽大的墨镜遮去了他半个脸孔,脸上没有被墨镜遮住的部分浮着残忍好斗和冷酷的神色。

电灯的光芒终于刺激了小蔷的眼部神经,使她从酣睡中醒了过来,她一边侧起身一边睁开蒙眬的睡眼问道,"拉灯干啥?"但当她的目光一触到门后的那个人时,便低叫了一声,"妈!"急忙把身子向床里边的墙上靠。

紧张的沉默。

隔壁保密室里那种低微的声音还在响。

"让你们受惊了。""墨镜"语气颇为温和地低声开了口,听声音,他的年龄最多三十岁,"本来不想惊动你们的,还是惊动了。"他那沙哑的声音十分镇静,像是在对自己的友人说话,"既然惊动了,那我就顺便告诉一声,凡是跟我们打交道而又违抗我们的人,都得去另一个世界报到了!"

"你们要干什么?"青惠开了口,在这句话冲出喉咙之前,她本来是想把它变成喊的,但她随即又意识到那是白费力气;

平时住在保密室院旁的警侦连都已出去演练,留下的那个警卫班在大院门口住着;这边的机关办公室也都已空掉,只有司令部值班室里有人,但离这儿远,再高的喊声也根本传不到那边去。

"墨镜"的声音依旧十分平静:"想找点钱花花。"

"哈哈哈……"一直惊站在那儿的纪藜此时突然高声笑了。

"墨镜"把手中的匕首指向纪藜。

"你们的消息太不灵通了!是不是就为那购买地皮的五千块钱?晚了,财务科已经拿走了。"纪藜笑着说,语调很轻松,像是朋友间一下消除了误会。

"墨镜"脸上闪过一丝难以察觉的意外:"据我调查,那笔钱还在保密室。"

"信不信由你,你们自己找找就会明白的。"纪藜说罢,很随便地转身走回自己的床前坐在了床沿上。

"是要找的。要是钱确实不在,我们会顺便拿一点换钱的东西。""墨镜"缓缓地说道,"市里友谊宾馆住的那些外国游客中,有人愿用五十元买一张你们军区出的报纸和一份县经委的材料,我想,他们也一定愿买你们保密室里的有些东西。"

"那你们就一个一个地把保险柜检查一遍,看我说的是真的还是假的。"纪藜很轻松地坐在那里说,好像她一点也不懂那人的话,脸上完全是一副耐心等他们找不到钱后走掉的神情。

"好你个没脑筋的纪藜!"青惠在心里埋怨道,"保险柜是能随便开的吗?开柜就等于泄密呀!"青惠下意识地瞥了一眼旁边墙上挂着的一个条幅,条幅上用墨笔写着十三个大字:

"这里是祖国安全的第二道大门!"这是每个进入保密室工作的人都要懂得并牢牢记着的一句话。"我告诉你!"青惠一改平时说话那种柔和的语调,面向"墨镜"威严地说道,"保密室里的东西都关系到国家的安全,你是国家的公民,应该懂得维护国家的安全,快叫你的同伙停止犯罪活动!"

"嘀嘀!""墨镜"低而冷地笑了一声,"政治说教?我向来是第一不听,第二不信!什么'国家'呀、'维护'呀,其实都不过是一种鼓惑,鼓惑人们把自己的精力献给一个看不见摸不着的东西。世界上的空话太多,应该统统去掉!本人只信奉一条真理:人生应该毫无遗憾地度过,就是说,作为一个人,对于人世间的一切幸福都应该体验一下,譬如,掌握大量金钱的幸福!"

隔壁保密室那种轻微的声响又传了出来。显然,那是在撬保险柜。

"我对你们没有更高的要求,""墨镜"又低沉地开口道,"你们给我安静地坐着,上床休息也行,我保证不伤害你们。我历来认为:同女人动拳脚的男人不是好汉子!不要以为干我们这行的都是莽汉,一点也不懂同情、怜悯和尊重,我们也有妻儿老小,我们一般是不同女人交手的。"

隔壁保密室那种轻微的声响又传了过来。

纪藜仍是一脸轻松地坐在床沿上。

汗水顺着青惠的脸颊向下流淌。这不是因为惊惧,而是因为焦虑。她清楚,保险柜里放的文件,绝不能让外人接触,尤其是六号柜里的那份绝密47号文件,那是绝不能有一分钟的失控的。一旦失控,让敌人得到,涉及的就不仅是一个师、一个军的安全,而是整个国家的安全,由此而付出的代价绝不仅仅是几个人几十个人的牺牲,而将是未来反侵略战争中一个重要防御方向的失败,一大片国土的失守,成千上万人民的受难。怎么办?拼?没有武器。青惠的目光在屋里掠了一下,没有更得手的武器了,只有那个自行车打气筒还可以当武器用,然而它放在门后的桌子上,离"墨镜"很近,根本无法靠近。

青惠的目光最后落在了屋中间桌上的那部电话机上,心里突然一动:对,打电话报警!这部电话机是供电机,只要拿起话筒,即使来不及说话,总机值班员也会知道这里出了事。歹徒会动刀吗?不管他!青惠不容自己想下去,猛地以一个孕妇能有的最快的速度冲到放电话机的桌前,一下子伸手拿起了话筒。

然而,话筒拿起后,耳机却没有发出惯常的电流声响,电话线显然被切断了。

"嘀嘀!""墨镜"望着青惠又发出两声阴冷的笑,"你违反了我的要求,本来可以制裁你,"说罢,把手中的一把匕首"嗖"地甩出,匕首深深扎进了青惠面前的桌子上,"但我有些不忍心,我不能一刀伤二命,连一点起码的人道都不讲。我提醒你,即将做母亲的人,要为孩子想想。"

"青惠姐,坐下来吧,反正咱那柜里没钱,就让他们找一遍。"纪藜用轻松的声调说。

青惠狠狠瞪了一眼纪藜,那目光分明是在怒斥:"你的脑袋叫狗吃了?难道忘了保险柜里装的是什么?"

隔壁传来"吱哩"一声闷响,青惠的身子轻轻抖动了一下,她听出那是2号保险柜铁门被打开时的声响。多年的保密员生活,使她对保密室每一个保险柜门拉开时的声响都清清楚楚。尽管她只穿了薄薄一层内衣,但汗水还是从她的额头上不断渗出来。

"就是,假若钱真不在,我们马上就走。""墨镜"接着纪藜的话低声说,"我不希望同你们发生冲突,这实在是为你们着想。你看你,"他把脸转向青惠,"看样子很快就要做母亲了,一个女人,一生中不让自己的奶头上留几个婴儿的牙印,那太遗憾了!再说,你,"他把目光扭向纪藜,"据我了解,你找到了一个心上人,准备等他回来结婚。不体验一下这样的爱就离开人世,那是太不幸了!再说,她,"他把下巴朝惊恐地坐在那儿的小蓿点了一下,"是个新兵吧?看样子还是个孩子,还有多少幸福在等待着你呀!"

"说得是,"纪藜这时感叹地表示赞同对方的意见,"她妈妈明天来看她。"那语气完全是在同对方闲聊。

"是吗?那可要好好接待一下,母女久别,相见时的情景一定非常动人。因此,我主张咱们和平共处。喏,我把刀装起来,表示我的诚意。"墨镜边说边把手中的匕首装进了上衣口袋,与此同时,一丝得意的微笑浮现在他的嘴角。

青惠知道,他得意是因为他拖延时间的心愿实现了。隔壁撬柜的声音还在不断传来,可纪藜糊涂,小蓿害怕,怎么办?等巡逻的警卫战士来?不行。警卫战士夜间一般是绕大院围墙内侧巡逻的,他们根本不会料到位于大院中间的保密室小院出了问题。硬拼!看来只有这一条路了,可怎么个拼法?

"我说,既然叫我们等,我可不可以把外衣穿上?"坐在床沿上的纪藜,这时指了指门后衣架上挂着的军衣向"墨镜"问道,"你看,穿这点衣服还真冷哩!"她边说边把上身那件薄衬衫抖了抖,衬衫上边的第一颗纽扣被抖开了,纪藜那丰满雪白的胸口裸露了出来。

"墨镜"的一双眼角倏地一动,眼睛贪婪地瞪大了:"可以,穿衣服当然可以。"他很痛快地答道,眼睛却紧盯着纪藜的胸口。

纪藜慢慢站起身,款款地向门后的衣架走去,那轻松的步态,像是平时和小蓿去市里的公园闲逛。

"墨镜"的眼睛一直盯着越走越近的纪藜的胸部。

纪藜走到门后的衣架前,缓缓伸手去取架上的衣服。但就在这时,只见她倏地缩回手,闪电般地扭身向站在一米外的"墨镜"扑去,一下子把他的双手连腰部死死抱住了。

在这一刹那,站在那边的青惠明白了纪藜刚才那些言行的全部含义。没有任何犹豫,只见她飞快地奔到门后,拿起了早就看好的那件武器——自行车打气筒。

然而,"墨镜"毕竟有着应付突然情况的经验,他在片刻的惊慌之后立刻进行了反扑,也许他认为他完全可以制服这两个女人,所以没有呼唤他的同伴。他只是拼命想挣脱被抱着的双手,无奈纪藜那双经过三年有线兵生活锻炼的手臂抱得那样紧,使他的双手挣脱不出来。但当青惠拿起打气筒赶到他俩身边时,"墨镜"已经挣出左手,从腰后抽出另一把匕首猛地扎进了纪藜的后心。而几乎在这同时,青惠已使出全身力气抡起打气筒朝"墨镜"的后脑砸去,"嗵"的一声,"墨镜"与纪藜同时倒在了地上。青惠这一下砸得这样重,"墨镜"几乎连哼都没来得及哼一声,血,立时从他的后脑涌了出来。

有几秒钟的时间,青惠怔怔地站在那里一动不动,她被这从来未见过的场面弄呆了。直到她的目光触到纪藜背上涌出的鲜血,她才猛地从呆愣中清醒过来,急忙俯身去扶纪藜。纪藜吃力地用胳膊挡住了她的手,微弱而急切地说:"快叫……警卫班!"

纪藜的这句话提醒了青惠,她知道现在不是包扎纪藜伤口的时候,急忙向一直吓呆在床上的小蓿招了招手,小蓿这才不知所措地跳下床,连鞋也没穿便跑了过来。

"快,去营房大门口叫警卫班!"青惠边低声说着边轻轻拉开门,扯着小蓿的手走了出去。青惠知道,自己的身子跑不快,完成这个任务只有靠小蓿了。

"枪……"纪藜微弱地叫了一声,但慌急中的青惠没有听到纪藜的这句提醒,仍是只拎着一个打气筒走出了门。青惠大概怕惊动那边的歹徒,还随手关上了门。

躺在地上的纪藜吃力地伸过手去想拿过挎在"墨镜"肩膀上的保密室的那支手枪,但流出的鲜血带走了她身上剩下的那点力气,她终于没能取下那支手枪,手臂软软地垂下了。

倒在那里的"墨镜"由于纪藜的触动,又最后一次睁开了眼,墨镜被打掉了,他那交织着后悔、不甘和无可奈何的眼神分明是在说:我低估了你这个女人!

纪藜望定"墨镜"那双正在暗淡下去的眼睛,脸上现出了一丝讥诮。

一阵剧痛使纪藜的手按向了伤口,就在这时,她的目光触到了在她脸旁晃动的一根毛线,那是她给未婚夫织的毛背心上的线头,刚才的搏斗使线团滚到了地上。她吃力地抬手抓住那根毛线往下扯,放在桌上的那件打了一半的毛背心落在了她的脸旁。

一个半带歉疚的微笑浮现在她的脸上。"是该让他吻一次,我多傻……"恍惚迷离之中她想起了他临出发前的事……

午饭后,纪藜去他屋里看看他的背包行装收拾好了没有,一进屋,他正拿着一对新枕头在床上比试。见她进来,他忙高兴地问:"哎,你看我们晚上头朝哪头好?"

一向泼辣的纪藜此时也羞得扭身面对墙壁说道:"我不管。"

"我说小藜,要不是演习,我们后天就结婚了,你还这么害羞?"他边笑着边向她身边走来。

她没想到他这时突然一下子把她搂在了怀里。她有些吃惊地抬头望了他一眼,只见他正向她俯下脸来,她从他炽热的眼神中看出了他的心思。此刻,她多愿迎上去也吻吻他那带着短髭的嘴唇,体验一下她从未体验过的甜蜜感受。然而,她还是猛地把脸颊向他的怀里一扭,避开了那火热的嘴唇。即使在这个时候,她也没忘记妈妈那痛苦的教训,没忘记她由妈妈的教训而私下给自己定的戒律:只有当一个男人成了自己的丈夫之后才可接触自己的身子。任何的人生苦难都不能没有意义,妈妈所遭遇的苦难使女儿懂得了:人必须以理驭情。

她猛地把他推开了。

他有些尴尬地可怜地在那里搓着手。

望着他那副样子,她的心软了,她柔声地语无伦次地低声安慰着他:"别,演习回来,结婚后……你怎么着都行,反正是你的……"

然而,现在,她知道自己等不到他回来了,早知这样,不如……晚了! 亲爱的! 她从心里呼喊了一声,将毛背心捂在嘴唇上,仿佛给了他一个最后的长长的吻。

七

保密室所在的小院的院门离她们这间宿舍有十四五米的距离。当青惠松开小蓿的手并推了她一下之后,小蓿便赤着脚紧张地向小院门口跑去。

青惠手提着那个打气筒轻步向保密室门口摸去,她清楚,现在还不能惊动保密室的歹徒。

那边的院门轻响了一下,显然小蓿跑到了门口拉开了院门。快了,只要小蓿出了院门,要不了多久,警卫班就会包围这所小院。"呀!"就在这时,只听院门那边响起小蓿一声低而短促的惊叫。

这声惊叫使靠墙站着的青惠突然意识到,院门外还有一个歹徒。没有任何迟延,她以尽可能快的步子向院门跑去。

一心想着小蓿安危的青惠此时没有注意到,由于她的脚步声,引出了在保密室撬保险柜的高个子歹徒,只见他冲出保密室的门,飞快地朝青惠追来。

青惠在黑暗中看到一个矮个子歹徒正一手挥拳向被逼到院门后墙的小蓿头部砸去,一手挥匕首向小蓿的胸口刺去。说时迟那时快,青惠猛地抡起打气筒向那歹徒的头部砸去,矮个歹徒大概听到了背后的脚步声和那打气筒抡起时所带的风声,吃惊地回头看了一下,但是晚了,打气筒已经落在了他的头上,青惠清楚地听到了骨头碎裂的声音,然而歹徒的匕首也已扎进了小蓿的胸部。

小蓿和歹徒同时倒下了。

被刚才的奔跑和两次搏斗耗尽了气力的青惠,刚要俯身去看倒地的小蓿,忽听背后有声音,她正要转过身来,刚才从保密室跳出尾追在后的那个高个子歹徒,已把匕首插进了她的后胸。在这一刹那,青惠有些后悔刚才的做法,她应该先站在这里呼喊几声警卫班的人,然而现在已经晚了。她忍痛转过身来想同身后的歹徒作最后的一次拼搏,就在这时,高个子歹徒又猛地向她的腹部戳了一刀。

剧痛使得她把手中的打气筒松开了,她双手猛地捂住腹部,她觉得腹中的胎儿剧烈地蠕动了一下。她踉跄地向凶手跟前走了两步,随之蓦然向地上倒去,在倒地的一刹那,她那最后一丝清醒的意识使得她发出含混的两个字:"孩子……"昏蒙之中,想起自己前天同丈夫坐在一起,翻着一本大大的字典,给他们即将来到人世的孩子取名字。丈夫已经在白纸上写下了两行字:一行是"汶、沂、泮、浡……"另一行是"岱、峻、峭、崎……"最后他们决定:生女叫"小浡",愿她在生活之路上挥去浡浡汗水迈步前进;生男叫"小崎",愿他在生活之路上不畏崎岖奋勇攀登。

恍惚之中,她看见外出演练的丈夫回来了,走进了小院的大门。她惊喜地抱着孩子向自己的丈夫奔去,向丈夫高喊:"生了,我生了,我是个没有缺陷的女人……"

她是头垂着倒地的,一双失去了视力的眸子似乎在凝望着自己的腹部。

高个子歹徒把头伸出院门外听了听动静,而后轻轻关上院门,走到刚才被青惠打倒的矮个子歹徒身前,弯腰摸了摸他的额头,便直起身迅速跑进青惠她们的宿舍。当他最初看到倒在地上的"墨镜"时,身子曾哆嗦了一下,随即,便见他拉灭了屋里的电灯,又反身潜进了保密室。

夜,依旧那样静谧。

院内的什么地方,响起了几声不知名的秋虫的低鸣。

八

溜着院墙根刮过来的清凉的夜风,不断地吹着仰躺在墙根的小蓿的脸孔。终于,她的身子动了一下。刚才那个矮个子歹徒由于惊慌回顾身后奔来的青惠,而使刺向小蓿胸口的匕首偏离了心脏。

意识又开始一点一点地回到小蕾那原已一片空白的脑子。最初一点意识恢复之后,小蕾首先感到的是头疼,疼得很像那次她撞倒了爸爸的"试验大坝",被"大坝"砸了脑袋以后的感觉。

那是前年冬天的事了。有一天中午,她放学回家后,见身为水利工程师的爸爸正在宿舍里搞什么试验,便凑上前蹲在那里看热闹。爸爸嫌她碍事,瞪她一眼并叫她走开,她向爸爸耸了耸鼻子,不予理睬地继续蹲在原地。在厨房做饭的妈妈立刻数落丈夫:"你做你的试验,让孩子看看有什么不好?"小蕾看到,爸爸在写字台上放了一截圆木,圆木那边放了一脸盆水,地面上放一个空脸盆,三根直径不同的橡皮管越过圆木连接着两个脸盆,爸爸捣弄了一下,桌上脸盆的水便哗哗地向下边脸盆流了起来。小蕾觉得挺好玩,便上前扯了扯那几根橡皮管,这一扯不要紧,那截在写字台上没放稳的圆木立时滚了下来,砸在了小蕾头上。小蕾被砸得"妈呀"一声,双手急忙捂住头,她觉得头裂了似的疼。爸爸吓得急忙过来扶住了她。在厨房做饭的妈妈听到她的喊声,三步并作两步地赶了过来,一边扶着她一边朝爸爸怒声喝问:"你怎么打着她的头了?""'大坝','大坝'滚下来了。"爸爸有些慌乱地指了指那截圆木。"你在屋里垒什么鬼大坝?"妈妈一边揉着小蕾头上被砸疼的地方,一边向爸爸跟前逼了一步。爸爸边后退边嗫嚅着说道:"我想试验……"看到爸爸被妈妈一连串的逼问弄得可怜巴巴的样子,小蕾在妈妈怀里忍痛"咯咯咯"地笑了。就是此刻,她想到爸爸的那副样子,还是在那张没有血色的脸上浮出于一丝隐隐的笑意。

随着意识的不断恢复,她感到了右胸上也疼得厉害,她觉得她趴得很不舒服,想翻一下身,没想到刚一动身子,胸口又是一阵剧痛。剧痛使她一下子记起了刚才的那幕情景,她的头脑彻底清醒了。

一种急于想知道刚才打她的那个歹徒跑了没有的心愿使她一下子翻过身来。就着蒙蒙的星光,她看清了,那个矮个子歹徒一动不动地躺在自己身边,显然是死了。奇怪,她离这个死人这么近,却第一次没有感到害怕,她只觉得心里一阵高兴,她甚至特意凑近看了看他那张血污满面的丑陋的脸孔。她的胆怯已经在刚才歹徒刺中她的一刹那消失了,非常事件就是这样在极短时间内完成了对一个人心理状况的改造。她知道打死这个歹徒的是青惠姐,她急切地抬头用目光寻找青惠姐,看见了,在几步之外,青惠姐那件白色的内衣被夜风吹得一动一动。她一时忘记了身上的疼痛,疾速地向青惠身边爬去,待她扳过青惠那俯卧在地的身体后,看到的是一张僵硬的苍白的脸孔。一阵巨大的悲痛使小蓿猛地张开嘴唇想呼喊一声,但她张开的嘴唇又陡地僵在那里,因为一阵铁质东西相触的声音又分明地从保密室那边传来。歹徒们还没有走,杀害青惠姐的歹徒们还在!

明白了这点以后,一股紧张骤然涌上了她的心头——这不是因恐惧而带来的紧张,而是人们决心要去办一件重要事情时必然带来的一种心理紧张。小蓿虽不是保密员,不知道保密室里究竟有没有钱,但她知道歹徒进了保密室就会威胁到机密文件的安全。

怎么去阻止歹徒?去拼?不行!她现在连站也很难站起来,更别说去格斗。悄悄从院门爬出去到大门口叫警卫班?自己爬得很慢,万一待警卫班赶来时歹徒跑了怎么办?小蓿把额头抵在地上,第一次开始独立地、紧张地思索。蓦然,她想起了那个戴墨镜的歹徒挂在肩上的那支保密室的手枪。对！只要有了那支手枪,她就可以同歹徒拼了。同时,只要枪一响,就等于给警卫班报了信。她急切地向保密室那边爬去,尽管平时她是那么怕打枪,但此刻却多么希望尽快拿到那支枪啊。

然而没有爬多远,她就感到了胸口撕裂似的疼,伤口的血还在流,她感觉到黄色圆领衫的前襟已全被血浸透了。但是,不能停,她在心里向自己说。

十五米,从小院门口到宿舍门口这十五米,她平时蹦蹦跳跳地来回走了多少趟,她从来没有想到这段距离竟是这么远。终于,她爬到了宿舍门口。

门半开着,屋里黑洞洞的。小蓿压抑着急促的喘息,轻轻地爬进去,唯恐惊动了那边的歹徒。她悄无声息地爬到"墨镜"的尸体前,去摸那支手枪。翻动这个歹徒尸体一点也没有使她感到害怕,她只是急切地想摸到那支枪。终于,摸到了。她从枪套里抽出那支枪。幸亏那次连长为了锻炼她的胆量,让她打了一枪,并在射击前简单给她讲了这种五四式手枪的构造,此刻她拿起枪后,小心地退出弹夹用手一摸,有子弹。现在的问题是子弹要上膛,她怕拉动枪机时惊动那边的歹徒,便把枪伸到了自己的身体下拉动枪机。

子弹上膛之后,她又伸手摸了摸旁边纪藜那正在变凉的躯体。一股巨大的负疚感涌上她的心头,刚才纪藜姐同歹徒搏斗时,因为胆怯,自己竟没有上来帮一把力。小蓿刚才目睹歹徒的匕首戳进纪藜的胸口时,她想哭喊,但当时的恐惧不仅把声音堵到了口中,也把泪水堵到了眼中。"原谅我,纪藜姐……"小蓿在心里默默地说,便一手握枪,吃力地爬出宿舍门,向那边的保密室门口爬去。

经过刚才的那阵折腾,小蓿那本来就不多的体力已消耗殆尽,每爬一步都要停下喘口气,为了不让自己那粗重的喘息传过去,她把嘴紧紧地对着地。

从宿舍门口到保密室门口大概有十一二米的距离,小蓿感到这段距离是那样的遥远,弄不清自己究竟爬了多长时间才终于爬到。衡量距离和时间的尺度在她那里已失去了原来的意义,每一米距离,每一秒钟时间,都被她的伤痛拉长了,伤痛造成了对它们的错觉。她知道自己的枪法不行,只有到最近的地方才有打中歹徒的希望,她紧紧俯在保密室门外一侧的墙根,双眼紧紧盯着门口。她知道,保密室后边的窗口早已用砖砌死,进出保密室只有通过这道门和门那边的一扇窗户,趴在这里,两个通道都可看守住。

保密室里那种翻找东西的声音更加清楚地传了出来。

小蓿屏住呼吸趴在那里等着,但渐渐地,她感到握枪的手指在不由自主地松开,浑身的骨头像散了架一样。不能等了,再等下去恐怕这枪就握不住了,她那聪明的脑子里突然闪出一个主意:催歹徒出来!

她左手在地上摸起一个小石块向不远处扔去。

果然小石块落地的声响使屋里翻弄东西的声音骤然停了,随即,只听轻微的脚步声向门口传来。

小蓿右手紧握枪,屏息瞪大眼睛望着门口。

停了大概有几分钟,才见一个人的头部慢慢地从门口探了出来向外观察,这人正是刚才袭击青惠的那个高个子歹徒。但他万万没有想到,在他观察的视界死角内,在离他仅一米的距离内卧着一个人。

可能是终于放心了,高个子歹徒手握匕首轻步出了屋门,但当他的后脚刚刚从屋里提出来,小蓿已猛地扣动了扳机。

距离太近了,根本不需要瞄准,随着这"啪"的一声枪响,高个子歹徒只来得及发出一声短促的惊叫,就扑倒在离小蓓几十厘米的地方。

因为担心没有打中要害,也因为要替牺牲了的青惠姐和纪藜姐报仇,小蓓又对着歹徒胸膛连开两枪。

枪声划破夜的寂静,在营区上空发出长长的回响。

小蓓又急忙扭头把枪口指向了保密室门口,她担心室内还有歹徒。两分钟过去了,室内仍无丝毫响动。没有了,这就是说,今晚一共来了三个歹徒。

这当儿,营区大门口那儿隐隐传来一阵急骤的哨音,与此同时,营区内所有的路灯一下子亮了。小蓓心里一阵高兴:警卫班的同志马上就要来了。

院外的路灯灯光透过院墙映进了院内,把小蓓面前躺着的歹徒那张惊恐、丑恶而又遗憾的面孔清楚地照了出来。

小蓓吃力地向歹徒身边爬了两下,她要检查清楚歹徒究竟带走了什么。她用灯光下显得毫无血色的不住哆嗦的手翻查着歹徒的衣袋,终于在歹徒上衣的右边衣袋里找出了一个牛皮纸信封,小蓓展开凑着灯光看到信封左上角写着"绝密"两个字。这正是青惠傍黑封好的那份绝密件,信封已被撕破,小蓓用抖颤的手指抽出文件看了看,它的编号是47。

小蓓不清楚这份文件的内容,但她知道凡是绝密文件,任何时候都不能失控。"青惠姐、纪藜姐,他们没有找到钱,也没拿走文件!"小蓓一边在心里这样默念着,一边吃力地把信封折起,压在了自己的胸口下。

直到这时小蓓才感觉到,可怕的干渴在炙烤着她的内脏,这是失血过度的人都会出现的那种干渴。她多想喝水,哪怕是一杯冷水也行。她记得小时候有一次因中午吃了咸水饺,傍晚放学到屋后急不可待地去自来水管上喝生水,被妈妈从后边"啪"地打了一下后脑勺。不过,当时妈妈马上就又心疼地把一杯放了冰糖的凉开水递到了她的手上。

"一点冷水也行,妈妈……"她含混地说了一句,但又迅速地摇了摇头,勉强地把那要攫住她的昏迷赶走。她突然记起妈妈明晨要来的事,"妈妈……我恐怕不能去车站接你了……"

一阵从未体验过的寒冷开始袭击小蓿的身子,她觉得有一个什么东西在把她身上的热气一点一点拿走,手枪掉在了地上。

"警卫战士怎么还不来……文件不能失控……"她头脑中尚在清醒的部分还在着急。就在这时,她听到保密室的院门砰的一响,接着是沉重而急促的脚步声。"黑大个儿来了!"小蓿在心里做出这个判断后,便缓慢而又放心地闭上了眼睛……

三脚架墓碑

他的目光慢慢从信纸上移开,两道粗硬眉毛一拢,笑了——但这笑里掺着对自己的气恼,是那类在回首往事中对自己愚蠢行为表示嘲弄的笑。

晨雾已渐渐散开,周围的山峰开始显露出来。他目无所瞩地望着远处,定定地站在房东院子旁的空地上。

姐姐的这封信是他临出发前收到的——他已随全排来这个山区进行炮兵控制点测量作业两天了。两天来,信已看了几遍,但记住的却只有一句话:"林谦翻译的《脾脏破裂之挽救》一书出版了。"

他明白,这句话的全部意义就在于告诉他:他在高中时三个最要好的伙伴都已出了成果。换成爸爸的惯用语就是:都"对社会做出了贡献"!在仓库当工人的肖康,研制出了仓库温湿度检测仪;在北大历史系就读的杨宜冬,在学报上发表了

《石达开天京出走的原因再考》;还有这在图书馆当管理员的林谦……

自己呢?自己的成果是什么?贡献有哪些?三年多来为炮兵训练观测了几千个数据,计算了几千道测量习题,爬了四十九个高地,竖过四十一根测杆,用卷尺量过几十公里长的距离,谁会把这看作贡献?社会上谁承认这是贡献?

那丝自嘲的笑容又在他那光洁的额头浮现。

看来,自己当初做出那个决定是太草率了!

"嗵!"一根竹竿放在了面前的地上。他抬头一看,是副班长魏仁安——一个中等身个儿、面孔黝黑的老兵。

"嘿嘿。"魏仁安习惯性地先笑了两声,这才说道,"邵潭,26号炮控点的测杆我从车场那边领来了。"

"哦。"他应了一声,折起信纸,装进了口袋,而后瞥了一眼那根笔直的八米长的竹竿。

今天上午,他的任务是和副班长一起把这根测杆竖在724高地上,那是26号炮控点的位置。唉,又要爬一个高地了。

"嘿嘿,邵潭,你看咱俩什么时候出发?"魏仁安用商量的口吻问道,同时揉了一下双眼。他的两个眼泡好像有些肿。

"听你的,你是副班长。"邵潭冷冷地回答。

"嘿嘿,排长说九点二十观测开始,观测人员都已出发了,724高地离这儿挺远,咱们现在回房里准备一下就走。怎么样?嘿嘿。"

邵潭烦躁地瞥了副班长一眼。今天他的心境使他特别烦听这种"嘿嘿"的笑声。邵潭平时就不理解,究竟有什么事使这个从豫西山村来的二十四岁的老兵能整天"嘿嘿"地发出笑声。更使邵潭不解的是,那次助民劳动时,班里一个新兵不小心用铁锹把魏仁安的左脚撞了一个很长的口子,明明是血流如注,他竟还能不住地"嘿嘿"笑着。真难想象是怎么一回事。

"嘿嘿,我先回屋了。"副班长说罢,向院里走去。

那个决定是太草率了!邵潭在转身移步的同时,又恢复了刚才被打断的思绪。

做出那个决定完全是一时冲动!

那天,他和林谦、杨宜冬、肖康听完高考复习辅导课,路过街道办事处的院门口时,见办事处的老王主任正朝着几个待业男青年一连声地问道:"你们究竟报不报名?"邵潭他们四人不知这是干什么,便怀着好奇心进了院子。

"你们在家也是待业,去参军有什么不好?"老王主任又向那几个青年问道。

噢,原来是动员他们当兵。

"参军保卫祖国,这还用动员?"邵潭信口插了一句。

"充什么能？唱什么高调?"一个待业青年突然爆发似的转过身子朝邵潭吼道,"你有种为什么不去当兵？难道就你们这些教授、讲师的儿子应该去考大学?"这些待业青年知道邵潭他们四人的父母都是教授、讲师,"告诉你,老子也要复习功课考大学!"

"你说谁'充能''唱高调'？你对谁称'老子'?"自尊心极强、脾气暴烈的邵潭猛地冲到那待业青年跟前吼道。

"你不充能,不唱高调,为什么你不报名?"对方也毫不示弱。

"你怎么知道老子不报？老子今天就是特意来报名的!"邵潭特意报复地连用了两个"老子",说罢,疾步走到主任的报名桌前,拿起笔在报名簿上飞快地写下了自己的名字。

做出这个决定前后不到一分钟的工夫,仅仅为了不向那个待业青年示弱。

太草率了!

他走进房东的西厢房——他们班借宿的地方时,屋里静悄悄的,班里的其他人都出发去执行任务了。副班长已披挂整齐,正聚精会神地站在炕头看着手中的一张照片。邵潭瞥了一眼,照片上是一个含笑的青年妇女抱着一个女孩。邵潭知道,那是副班长在农村的妻子苇叶和女儿蓉蓉。平时,副班长每逢家里来信,都要在读完信后把这张照片拿出来看几次,班里的战士把他的这种举动戏称为"文字信息和影像信息并储活动"。临出发来这儿的那天下午,副班长和邵潭一块收到了一封家信,此刻大概又在进行"并储"活动了。

"走不走?"邵潭把水壶、挎包背在身上后冷声问。

"嗯,嘿嘿。"凝神望着照片的副班长闻声抬起头,不自然地揉了一下眼泡,"嘿嘿,走,走。"慌忙把照片向上衣口袋里塞去。

两人抬起测杆向724高地走去。邵潭扛的是测杆的细头,走在前边。他本来是要扛粗头的,但副班长边说着"你骨头嫩,我来",边夺了过去。邵潭没有再争。你愿扛你就扛吧,我已经扛够了。

今天是邵潭入伍以来第四十二次扛杆。

"不知你入伍后能干什么兵种……"在入伍通知书发给邵潭的那天晚上,妈妈坐在餐桌前曾忧心忡忡地说。

"听说是炮兵部队,不是开汽车就是打大炮。"哥哥做着判断。他以为炮兵就这两门专业。

"不论干什么兵种也不如上大学好。"从婆家专门回来看他的姐姐再一次发表她的意见,"现在社会重视的是文而不是武,人们喜欢的是文才而不是武人,我真不懂你为什么偏要去当兵。"

"不论干什么兵种,都要记住,"爸爸打断了姐姐的话,"要做出自己的贡献!"

贡献?

那种自嘲的笑容又浮上了嘴角,他的手下意识地又从裤袋里摸出了姐姐的那封来信。

"嘿嘿,小邵,你总看那封家信,是不是家里人在信上说要给你介绍对象了?"走在后边的副班长突然这样开口问道。

邵潭差点气得喊出声来,真没想到他竟会这样猜测!

"嘿嘿,要真是介绍对象的话,你就先在信上跟女方联系联系,这事早点办好。"副班长又接着说道。

邵潭厌恶地向后看了一眼,禁不住在心里气恼地叫道:"见鬼去吧,你的'早点办好'!""早点办好"是副班长的一句名言。

前年春季的一天,邵潭他们几个新兵忽然听到魏仁安和排长在宿舍里争执起来,便悄悄地围到门口听。只听排长大声说道:"你才二十二岁就要求回家找对象,这合适吗?"跟着响起魏仁安的声音:"嘿嘿,这有啥不合适的?这事早点办好。我家里来信说,新婚姻法一公布,农村的姑娘找对象时间提前了,再晚下去,恐怕就不好找了。我妈就我一个儿子,我找不着对象,她不急坏……"

这是邵潭第一次听他说"早点办好"。

前年年底的一天,一个面孔黑红、身子健壮的长辫子农村姑娘拎着一个提包径直摸到了连部,指导员一问,才知道她就是魏仁安的未婚妻苇叶,是魏仁安叫她来部队结婚的。指导员一听急忙跑到训练场上叫魏仁安,同时有些生气地问他:"小魏,你要结婚,为什么不早给连里说一声?""嘿嘿,我怕麻烦连里领导。我琢磨着,这事早点办好。我家缺劳力,她到我家,可以帮帮忙。所以,就让她带着'手续'来了。"指导员当时哭笑不得,用指头在他头上连连敲了几下。

这是邵潭又一次听他说"早点办好"。

连里谁也没想到,魏仁安结婚后仅仅十二个半月,他的妻子苇叶就抱着一个白白胖胖的女孩又来到连队。一年前还那么羞涩的新娘子,如今可以当着全班同志的面解开怀把她那玫瑰色的乳头塞到女儿嘴里。班长吃惊地说:"我的天!你怎么这样积极,第一年就要孩子?""嘿嘿,我想,这事早点办好。反正只让生一个,晚生不如早生,孩子早长大了可以帮她妈干活。再说,咱在外边,有了孩子绊着,女人家也不易变心⋯⋯"

班里同志为此笑了好长时间。"嘿嘿,小邵,家里要真给你介绍对象,你就抓紧和女方联系,先要她一张照片,这事早点办好。你说我讲得在理不在理?"魏仁安大概看不到邵潭脸上气恼的神色,仍在说着。

"在理!在理!"邵潭大声吼道。

副班长不吭声了。

只有两人的脚步在响:"扑嗒""扑嗒"⋯⋯

"嘿嘿,小邵,你是不是有烦心的事?"后边,又传来了副班长的一声颇带关切的问话。他也许从邵潭刚才的那声吼叫里听出了一点什么。

"没有。"邵潭冷冷地回答。他不愿也不屑对副班长说出心里想的那些,说出来副班长也不会理解。邵潭从入伍起,内心里就瞧不起这个整天只会"嘿嘿"笑的初中毕业生。

"嘿嘿,要是有啥烦心的事,就笑笑。一笑百事了,笑能止烦、止疼、止累,笑笑就会好受些。"副班长又在后边说起来,只是声音忽然低了下去。

邵潭没有吭声。别人在三年多的时间里做出了人们为之喝彩的"贡献",我却把三年多的时间白掷了。笑?能笑得出来吗?

到山脚了。

"歇歇吧,邵潭。"

邵潭放下测杆,重重地坐在了一块石头上,是有点累。

"这里有块墓碑。"副班长突然指着旁边的草丛说。

邵潭扭过头去,果然荒草丛中立着一块不大的石碑,石碑上刻着:"胡志东先生安息。清福村众人立。一九四六年八月。"碑后的坟包快平了。

"嘿嘿,这大概是一个曾经做出过什么贡献的人,要不,村里人不会为他立碑。"副班长做着判断。

邵潭没有应声。

"嘿嘿,咱将来要是死了,恐怕连这么大的墓碑都不会有。"副班长又感叹了一句。

"哪能呢?你也是做出了'贡献'的人!"邵潭突然抑制不住地想要刺他一下。

"我?贡献?"副班长一愣,但随即就又笑了,"嘿嘿……"只是笑得有点奇怪,两颊的肌肉像在抽搐。

副班长做出过"贡献",并且这"贡献"是他自己"表白"的。

那是上次他妻子抱着孩子来队的时候,得了一个白白胖胖的女儿的欢乐,简直使他有点忘乎所以。每天晚饭后,他都要抱着他的女儿到其他班排的宿舍里转,到一个屋,当大伙围上来看孩子时,他总要笑着问:"嘿嘿,怎么样?还可以吧?"那模样俨然是向人们夸耀他手中的一件宝物。有天晚上,四班长同他开玩笑说:"老魏,行呀,你这辈子岳父算是当定了。"他听后笑着说:"嘿嘿,俗话说,生儿育女是对民族和国家的贡献,蓉蓉尽管是个女的,也是我的贡献,嘿嘿……"

这大概就是他对"贡献"这两个字的理解吧。

干吗要同他说到"贡献"?邵潭在心里恨自己。他不会懂"贡献"这两个字的,更不会听懂自己刚才话里的那股揶揄味。

这个高地真难上!

它的南半部是绝壁,根本不能上,北半部也陡得出奇,但只好从这里上了。

汗水把衬衣衬裤弄得透湿,还得咬着牙往上爬。

总算到了山顶。邵潭放下测杆大口喘着气。

九点二十分观测,现在才八点四十,还有四十分钟,可以歇歇再架测杆。

这种讨厌的空耗时光的生活,年底一定要结束!"你什么时候能复员回来?"去年秋天他回家时,姐姐问他。

"说不准。"他闷声答道。

"争取早点回来!当初你的学习成绩不错,回来后再努一把力,同时让爸妈再辅导一下,你会出成果的。用爸爸的话来说,你会'做出贡献'的!"

他虽然当时没应声,但去年年底退伍工作开始时,他交上了一份退伍申请书。不过没批准——排里需要老兵。

今年年底一定要走!

不晚!每个人一生都有走弯路的时候,现在还可以挽救。

只要回到家,我发誓一定要干出点名堂,要让人们知道,让社会知道,我邵潭不是庸碌之辈!

测杆在山顶的最高部位立起来了。底部用石块堆砌加以固定,周围用三根铁丝牵拉住。

离规定的观测时间还有二十五分钟。站在这儿可以隐约看到,南、西、北三个方向上的四个测站的观测人员都快到达观测位置了。

"那是什么?"四下里闲看的邵潭突然指着东北方向的一个山梁叫道。

副班长闻声扭头看去,那山梁上呈现出一副奇异的景象:一条灰色的"长龙"在那山梁上翻滚,而它旁边的山头上却十分平静。那灰色的"长龙"正飞快地向这边移动。

"不好!山旋风!"副班长突然大声叫道,第一次没有在说话之前先"嘿嘿"两声。

"哦?"邵潭的身子一震。这次出发来这里之前,侦察科的同志介绍情况时说过,由于山区气压分布得不均匀,这里时常出现一种奇特的成线状移动的旋风,其破坏作用仅次于窜入陆地的台风,碰到时要小心。

"快卧倒!"还没容邵潭反应过来,副班长已扯住他的胳膊,把他按倒在一个不大的天然石坑里。

两人刚刚趴下,一股尖厉的冷风就吹过来了——但这只是山旋风的前奏,因为一阵"呼呼"的怪叫分明还在后边。

"嘿嘿,这家伙来得可真快……"副班长一句话还没说完,一股更强烈的冷风就扑了过来,噎得他把话又吞回了肚里。很快,一阵暴雨似的碎石块、土块和树叶、草屑就落在了他们身上,这时邵潭才弄明白,刚才看到的那条"灰龙"就是旋风卷起的碎石块、土块和树叶、草屑。还好,旋风移动的道路在东坡半腰,他们这里只是旋风的边缘,邵潭正暗暗庆幸,忽听"啪啪"两声,测杆一下子被风刮倒,骨碌骨碌地向南边的悬崖滚去,跟着便听"哗啦"一声,测杆滚下了悬崖。

糟糕!

旋风怪叫着远去了。

副班长最先起身向悬崖跑去。"嘿嘿,还算留点情面。"他望着崖下说道。

邵潭向下望去,测杆并没有落入崖底,在离崖顶一丈多深的地方,崖壁上斜长着几棵小树,测杆就被那几棵小树横拦在那里。

怎么办?

"老天也找麻烦!"邵潭恨恨地叫了一句。

"嘿嘿,小邵,还有多长时间?"副班长转身问,邵潭戴着姐姐送给他的一块"英纳格"表。

"十九分钟。"该死的风,仅仅六分钟时间就把一个难题摆了出来。生活,确是偶然事件的堆积。三年前那天,倘听完高考辅导课不从街道办事处门口经过,今天怎么会站在这儿?

光秃的山顶上没有什么东西可代替测杆,而没有测杆,观测站就不能工作。下山去宿营地重新拿测杆?来不及了。师里要求测地排中午十二时交出"炮兵控制网"的"成果表",而这个点倘不能在九点二十分准时观测,整个计算作业就要推后,"成果表"就不能按时交出。这样一来,全师四个炮兵团十二时四十分进入"作战地域"时就不能得到各炮控点的坐标、方位和高程,军里组织的这次步炮协同演练就不能按时开始。仅仅一根测杆,竟要迟滞千军万马的行动了。

"嘿嘿,有了,你看!"副班长颇为轻松地用手指了指崖下,邵潭探头顺他的手指看去,原来在离那几棵小树一臂远的地方,有一块不大的稍向外突出的石块。

"嘿嘿,来,解下腰带,扯断挎包带,接起来!"

"怎么,下去?"邵潭一惊,又下意识地望了望崖壁上那个突出的不大的石块。

"嘿嘿,没事,我这臂力干这点事绰绰有余。来,解下腰带。"

带子接好了,有一丈多长,伸下悬崖试了试,还行,人抓住它能够到达那个突出的石块。

两人抓住带子的两头用力扯了扯,试了试它的承受力,可以。

副班长脱下军上衣,扔在了地上。

"我下,副班长。"邵潭说道。但连他自己也听出,这声音不坚决,他知道自己的臂力不如副班长。

"嘿嘿,有我这个从小爬山的山里人在这儿,能让你这个城里人下吗?来,你抓紧带子趴在这里,把带子在这块石头上绕一圈,增加点摩擦力,用力系住我。"

邵潭顺从地趴在那儿,抓紧带子。

"嘿嘿,我开始下了。"副班长说罢,便慢慢地双手攀着带子往悬崖下滑去。邵潭用力扯紧带子,他第一次感觉到自己的力气不大够用。但,还算好,悬崖下很快传来了副班长的声音:"嘿嘿,我已经站稳了。"

邵潭探头一看,果然副班长已经站在了那个突出的石块上。

"嘿嘿,怎么样?没事吧!"副班长边说边把带子在左手腕上缠了两下,打了个活结,而后慢慢地弯腰伸出右手去抓测杆。

"小心点!"邵潭叫道。他觉得自己趴在崖顶往下看都有些头晕。

副班长的手快要抓住测杆了。但就在这时,他脚下踩着的那块石头突然晃动了。"不好!"邵潭急忙抓紧了原已稍稍放松的带子,几乎在这同时,那块石头轰然向崖下滚去,副班长的身子又彻底悬空了。

"嘿嘿。"副班长仰脸朝崖上的邵潭笑了笑,但听得出,他笑得很吃力。

身子完全悬空的副班长左手抓住带子,右手又向测杆伸去,终于抓住了测杆,但由于杆上的铁丝缠住了树枝,他又用了一分多钟的时间去扯开。最后,当他缓缓地用右臂抱住测杆把它竖起来时,邵潭发现副班长的脸色变得十分苍白,汗水从脸上成串地滚下。

"你……腾出……一只手,把杆子……拉上去。"副班长说话已上气不接下气。

邵潭咬紧牙关,把系住副班长的带子完全交给左手去拉,然后伸出右手扯住测杆上的一根铁丝,把它拉上了崖顶。

由于这番折腾,邵潭的力气几乎耗完了,他的脸憋得通红,拼力拉住带子。在这一瞬间,他脑子里倏地闪过了林谦安静地坐在图书馆翻译书稿的情景,一股莫名的气恨又涌上了他的心头:我为什么要来自找苦吃?

副班长这时开始慢慢地攀着带子向崖顶爬,显然由于这么长时间的悬空动作,他的臂力也已消耗殆尽,他攀得那样缓慢,几乎是一寸一寸地向上升着。

邵潭觉得自己的牙快要咬碎了,身上所有的力气已全部用上。现在他只能保证把带子拉住,已完全没有力气来向上拉带子了。

还好！副班长终于一点一点地攀上来了。但就在接近崖顶的一刹那，他又"哧溜"一下滑了下去。很清楚，他没气力了。

"嘿……嘿……"副班长仰脸低声地笑了一下。跟着，又开始一点一点地向上攀来。邵潭满怀希望地望着，但这次他刚攀到带子的一半，就又滑下去了。

邵潭绝望地闭了一下眼睛，他觉得自己也坚持不了多长时间了。

副班长又开始了第三次攀登，但这次只往上攀了一截，就又滑下去了。血，从他的手掌中流下，把带子浸红了。

"嘿……嘿……我上……不去了……"副班长向上无力地说道，"松开……带子吧……"

"胡说！"邵潭从牙缝里挤出了两个字，但他心里也清楚地意识到，两人就要一块坠落下去了。真没想到，竟把生命送到了这个测杆上，可怜！一丝自嘲又浮上了他那紧闭着的嘴角。

副班长又使出最后的力气向上攀了一下，而后伸嘴咬开了缠在左手腕上的带子的活扣。

邵潭的眼里闪出了惊恐，他突然明白了副班长这个举动的目的。

"记着……到我……家里……看看……"副班长说罢，松开了手中的带子。

"副班长！"邵潭只来得及发出一声撕心裂肺的喊叫。他顺东坡跟跟跄跄地向山下跑去，但没跑多远又站住了，对面山坡上几个采石的农村青年已先跑到了副班长坠落的地方，他们向邵潭做出了人已没救的手势。是的，一百多米高的悬崖，人摔下去后果是可想而知的。

还有两三分钟就到观测时间了,邵潭跑回山顶,把测杆竖在原来副班长选定的点上,并挥拳向测杆狠狠砸了几下。

当四个测站准时向这里检视之后,依次向邵潭发出了观测结束的旗语时,邵潭含泪嘶声向崖下喊道:"副班长,任务完成了!"

他慢慢地弯下腰,拿起副班长的军上衣和扯去了背带的挎包,挪步向山下副班长坠落的地方走去。他的举动是那样的迟缓。

一张照片从副班长的军上衣口袋里滑出,飘落在地上。他捡起一看,正是副班长临上山前看的那张他妻子和女儿的合影。望着照片,邵潭的身子不由自主地颤抖了一下。

他估计这照片是夹在"通信录"一类的小本里,便哆嗦着手伸进副班长的军上衣口袋去掏,但掏出的却只有两张折叠好的纸。他打开那两张折叠了的纸,小心翼翼地把照片放进去,就在这时,那纸上的一行钢笔字蓦然跳入他的眼帘:

哥哥,你快回来吧,家里出大事了!

邵潭的眉头一抖,展开了那两张纸——现在副班长家里的事就是他的事了。

昨天午饭后,妈妈身子不舒服,我去地里送粪,嫂子带着蓉蓉去洗衣服。她把蓉蓉放在离塘边几丈远的那棵皂荚树下。没想到蓉蓉自己慢慢地向塘边爬去,从塘埂上一下子翻滚到了塘中。待我嫂子发现时已经晚了。嫂嫂哭得死去活来,到现在还是一口饭不吃。我本要去给你拍电报,可妈不让,怕你心里受不住。妈想先安慰嫂子平静下来以后再让你回来。可我担心嫂嫂这样哭下去不得了,便给你写了信。你要想得开,要尽快请假回来一趟,安慰嫂嫂。要快一点回来!

小妹

一副震惊的神色出现在邵潭的脸上。这么说,临出发前副班长收到的就是这封信?他明白了这两天副班长的眼泡为什么总有些浮肿。他手抖着拿开这页信纸,向下一页看去——

苇叶:

还在哭吗?蓉蓉的事小妹来信告诉了我。看了信后真像是被人当头砸了一镢头,我差一点当着别人的面哭出声来。不过,我担心的还是你。事情已经这样了,要想开点,不要哭坏了自己的身子。我俩都还年轻,以后还可以有孩子,也许还会有一个男孩子,你不是一直想要个儿子吗?

接到小妹的来信,我恨不得立刻回到你的身边。这样的事只要咱一张口,排长、连长就会准假的。可是恰巧今晚全排要去风凌山区执行作业任务。排里最近有几个人住院,排长刚才还向连长吵着要人,我真难张嘴请假。你知道,我今年就要复员,参加这样的作业机会不多了,咱们对国家做不出大贡献,这小贡献的机会就别再错过了。待演习一结束,我就请假回去。

我不在家,没人替你擦眼泪,你要自己擦掉,要让村里人知道,军人的老婆……

信没写完。也许写到这儿出发的哨音响了。邵潭记起了刚才在来的路上副班长那些反常的笑声和举动,想起了自己一路上朝他扔过去的那些讥讽的话语,他扬手狠狠打了自己一个嘴巴……

邵潭又移着沉重的步子爬上了724高地。

仅仅几天时间,他那原本光洁的额头上就出现了两道颇为清晰的横纹。时间在改变人们的相貌方面,速度有时是惊人的。

昨天演习结束后,就在这个高地上,师里为魏仁安烈士举行了安葬仪式。

在原来竖立测杆的地方,现在立着一个铁制三脚架——为了纪念魏仁安烈士,师里破例决定在这个炮控点上安放永久性的观测标志。三脚架的北边,就是魏仁安那石砌的坟墓。三脚架,成为魏仁安烈士独特的墓碑。

他脱帽肃立在三脚架前,双目凝望着三脚架一只架腿上刻着的一行字:"史册上查不到名字的贡献者同样是伟大的!"这是他特意去负责制作三脚架的师野战修理所要求技师们刻上去的,是他为副班长撰写的墓志铭。

他的耳畔又响起了师里范参谋长昨天站在这儿说出的话:"魏仁安烈士在向祖国献上一个炮兵控制点之后就离去了,他把做出更大贡献的机会留给了别人。"

留给了别人!当然也包括我!

"副班长……部队今天要走了……"邵潭望着坟墓喃喃地说,"我会永远记住,是你领我又登上了人生路上的一个高地。使我站在那儿才看清我过去所理解的'贡献',其实只是一种'等价交换',只不过我的要价是'名声'而已……"

远处的山梁上,一个灰龙似的东西翻滚着,大概,又是一股旋风在移动。

瞬间过后

——信札一束

一

姐姐：

　　八日的信收到了。从信上知道你要去西双版纳考察，不能参加我们的婚礼了。我心里真不好受！爸妈去世了，我就你一个亲人，可你却不能来了。不过，我知道你们的考察不能耽误，你别挂念我，安心去吧。

　　我和安坤把结婚时要准备的东西都准备好了，厂里分给我们一间房，也布置好了。姐，你别看安坤平时不爱说话，脸上总见不到一个笑模样，其实他的心可好了，办事也想得细。你知道他昨天去商店给我买了什么？嗬！一提包卫生巾，回来时给我说:"我估计你们女的要常用这个,就先买了这一点。"今天上午,他又去买了个好大的痰盂,回来说:"夜里你就别去厕所了。防止感冒。"你说他心细不细?

不过,姐姐,我也有点生他的气,他直到昨天还对我说那句他常挂在嘴边的话:"我怕你看不起我!"我当时赌气地推了他一把:"怎么总说这话?看不起你,我还跟你结婚?"看来,要不是当初我大胆地找他,他说不定根本不敢来碰我一下。这个人,战场上能立二等功,怎么在这事上就这么软了吧唧的?

姐姐,姐夫去哥伦比亚大学进修,要到明年秋天才能结束吧?

你出发后,小翔翔还送到他奶奶家吗?代我亲亲他。要不是结婚,我真想让翔翔到我这儿住。

你有低血糖病,出门时记着多带点奶糖在身上。

姐姐,想起即将开始新婚生活,我真是又高兴又担心,大概每个即将出嫁的姑娘都是这样吧?要是有你在我身边就好了。不过,我相信我会幸福的。

祝考察顺利!

小妹 4.17

二

姐姐:

上封信你在出发前看到了吗?考虑到研究所有转信的规定,在你出发期间,我仍继续给你写信,你就不必回信了,我只是想让你了解我的生活情况,你不是总担心我不会独立生活吗?

我和安坤的结婚宴会是在中州路栖凤楼上办的,一共摆了三桌酒席。安坤的爸、妈、哥哥,我在厂里的女伴,安坤在厂

"业大"的同学,还有我们两个的车间主任,都参加了。桌上的菜好丰盛,可我不敢多吃,听人家说,新娘子在婚宴上食量要少,张口要小,吃相要好!我怕别人看我的笑话。

婚宴进行得还算顺利,中间只出了一点小纰漏,就是在安坤向客人们敬酒的过程中,餐厅墙上的扩音喇叭里响起了报时笛声,当播音员报告说"刚才最后一响是北京时间十点整"时,安坤不知怎么的手一抖,酒杯啪地掉在地上摔碎了。当时大家都笑着说他喝多了,我赶快又给他拿了个杯子,让他接着给大家敬酒。

晚上闹房的时候,嗨,那个死冬冬——就是咱们原来邻居家的那个老二,想了个歪点子,逼着我和安坤用嘴噙住一根香烟的两头,他用火柴在中间点燃,说这叫"吸过桥烟"。天哪,我一下子把一口烟吸到了嗓子里,呛得我咳嗽了半天。后来,他们又让我俩唱歌,又逼着安坤把我抱起来,折腾得我实在累了,就连打了三个很响的哈欠。没想到,这三个哈欠一打,他们倒都站起身告辞要走。我送他们到门外时,我的好友萌萌附耳责怪我:"你为啥要打哈欠?新娘子在别人闹房时打哈欠,等于告诉客人,'你们快走,我要入洞房了!'"天啊,羞死我了!我真没有赶他们走的意思,我确实不知道规矩,姐,你为啥不早写信告诉我呢?!

还有,姐姐,我现在才知道,安坤小腹上有一道很长很长的伤疤,是越南兵用枪打的。过去,厂里人同安坤开玩笑时,总说他福大命大,在战场上没伤一块皮就立了个二等功,现在我才明白,他那个二等功是用那个长长的伤疤换来的!

姐姐,我发誓以后不让他干重活!

你们考察工作紧张吗?注意身体。

小妹 4.22

三

姐姐:

　　告诉你一件气人的事!

　　昨天上午,安坤去书店买书,我在家收拾房间。我兴致勃勃地把他的二等功军功章摆在屋子正中的五斗橱上,又把他的立功喜报贴到了冲门的墙上。

　　把屋子收拾好之后,我想他回来准会夸奖我想得周到。谁知他一进门,看到那喜报和军功章,脸上的笑容一下子消失了,随即恼怒地转向我说道:"谁叫你把这些摆出来的?"

　　"怎么了?"我当时愣在了那里。

　　"胡闹!"他边叫边把那两样东西又放进了抽屉。

　　我当时气得伏在床上哭了。天哪,我做错什么了,值得他这样恶声恶气地训我?结婚才几天,他就这样,要是再过几年,还不把我吃了?当初萌萌曾告诉我说,男人们结婚前把女人当上帝,结婚后把女人当奴隶,这话总不能是真的吧?

　　姐姐,昨天中午,我气得没吃饭,安坤把饭端到我面前求我,我也没吃。晚上,他一再道歉,并且帮我脱鞋洗脚,我才消了气,坐在床上吃了他端给我的鸡蛋面条。

小妹 4.27

四

姐姐:

　　听说西双版纳气候恶劣,你最近身体好吗?低血糖病没犯吧?

我和安坤生活得挺好，你放心。早晨，他总是把饭做好后，才让我起床洗漱，还帮我穿衣服。晚上，他在那里做"业大"的作业，我坐在一旁给他打毛衣，屋里很安静。平时吃饭，他把好东西留给我，菜盘里有肉，先往我碗里挑，他可知道心疼人了。只是，昨天有件事挺怪的，我给你说说：

　　昨天是五一节，我和安坤一块去中山公园里玩，我俩看到好多成对的男女青年在那里坐"登月火箭"玩，便也买了票，准备坐上"火箭""上天"。在排队等候的过程中，安坤的兴致一直很高，一会儿给我讲新书《第三次浪潮》的内容；一会儿给我说他在厂业余大学听到的笑话；一会儿抓起我的手要给我看手相。当着那么多人的面，捧起我的掌心看得那么仔细，羞得我推开了他。我们俩就这样说说笑笑地在那里排队等着。终于，轮到我们了，他拉着我的手刚要上"火箭"，公园的播音喇叭里传出了报时笛声，当播音员报告"刚才最后一响是北京时间十点整"时，安坤陡然停住脚步，脸上的笑容突然消失。我问他："怎么了？"他一声不吭，只是定定地立在那里。我拉他上了"火箭"后，他依然神情郁悒。从"火箭"上下来，我见他没了游园的兴致，只好同他一块回家。

　　姐姐，我真奇怪，男人的情绪怎么会这样不稳定？书上不是说"男人胸中有条河，千帆可从河中过"吗？胸怀宽，情绪应该稳定的呀！我姐夫当初同你结婚后，他的情绪也这样不稳定吗？

小妹 5.2

五

姐姐：

我的前几封去信你都看到了吧？

今天要告诉你一件有趣的事。

今天上午，我和安坤都歇班，我要他陪我去百货大楼，买件连衣裙。经过玩具柜台时，有个六七岁的男孩子抱着一个玩具冲锋枪突然冲我俩喊道："不准动！哒哒哒！"还没容我明白是怎么回事，安坤已猛地把我拖拉到了他的身后，让他自己的胸口对准了那支"枪口"。天哪，当时他这个动作把我吓了一跳，也把周围好多顾客逗得大笑起来。然而他自己却没笑，只是脸色苍白地朝吓愣在那儿的小男孩歉意地点点头，拉起我的手走了。

我当时嗔怪他："神经过敏！"但内心里却很高兴，这个动作表明：他对我是爱得很深的。姐姐，你说是吗？

祝你顺利结束考察！

小妹 5.13

六

姐姐：

我最近准备跟安坤闹一场！

我把原因给你说说：

在我们结婚的第二天早上起床时，我衣服还没穿好，安坤就笑着把一串钥匙递到我面前说："给，这个家以后由你来管。"我当时含笑接过了钥匙，心想，我应该把家务揽过来，好让他安心地在厂"业大"学习,将来可干番事业。后来我发现,没有一把钥匙能打开三屉桌左边那个抽屉上的锁,不过当时我没在意,以为可能是他把这个锁上的钥匙掉了。反正家里放东西的地方多着哩,那个抽屉不用也就算了。

昨天,安坤歇班在家。早晨我上班忘了拿工作服,便又慌慌张张地跑回宿舍,结果推开门一看,嚯,他正用一把钥匙开三屉桌左边抽屉上的锁。他一见我突然回来,脸上的神色立时变得十分不自然,并且停住手不开锁了。他的动作引起了我的怀疑:那抽屉里装的什么东西,还值得对我保密?钱?不会!他从来没把钱看得多重,发了工资,总是往我手里一塞了事;他们车间的痞子小韩,常去他的衣袋里掏食堂里的菜金买肉菜吃。贵重物品?不可能!他从部队上复员才一年多,一个班长不可能带回什么贵重物品;来厂里后也没听说他得到过什么贵重物品。看来,一定是别的女人给他的什么东西放在抽屉里。是照片?是情书?他的相貌不错,又是二等功臣,共产党员,会有女人找他的!好呀,这个负心汉!他竟这样欺负我!结婚以后,我把我原来的一切秘密全告诉他了,包括哪个男工过去给我写过求爱信了,哪个男工曾想偷偷捏我的手了,等等。我一直记着书上的那句话:"从结婚的第一天晚上起,男女双方就应该把彼此的秘密锁进同一间仓库!"可是,这个安坤,竟能这样对待我!当时,我真想立刻跟他吵一场,但我强压住了怒火,装着无事似的拿起工作服向厂里去了。

我要找机会把那个抽屉弄开,先把"证据"拿到手,而后再跟他闹!

姐姐,你说,男人为什么这样难以看透?你对我姐夫看透了吗?

我心里一烦就想你,你快该回来了吧?

小妹 5.22

七

姐姐:

前天写去的那封信你已经看到了吧?

告诉你,我把安坤的那个"证据"拿到手了!

今天上午我歇班。我待安坤上班之后,找了把钳子,费了好大的劲,才把三屉桌左边抽屉上的锁扣弄开了。撬锁的时候,把我右小拇指都碰流血了,我气愤地拉开抽屉,你猜里边装的是什么?一条干净的手绢包着一块坏了的上海手表。手表的表带坏了,表蒙子也破了,表上的针已经不走了,时针指着"10",分针指着"12"。我猜,这块表肯定是当初哪个女人送给他的,那女人听说我将同他结婚,气极地找他要回那块表,把表带一下扯断,而后摔到地上,以发泄她的气愤。而安坤大概因为不想忘记旧情,仍把这块破手表捡回来保存起来,平时想念那女人时拿出来看看,肯定是这样的!

我气得浑身发抖。好一个安坤,他多会骗人呀,当初他同我谈恋爱吻我时,说什么:"你是我吻过的第一个姑娘,真不知怎样吻你才好!"新婚之夜,他把我揽在他怀里说:"我从未体验过这种幸福!"假的!这些话全是假的!在我之前,他说不定已经同那个女人说过这些话了。姐姐,为什么要让我遇上这个男人啊?

我打算中午跟他闹的,可是他在厂食堂吃饭没回来。不过,跑不了他!我今晚要给他闹个样看看!

小妹 5.24 午后

八

姐姐：

我昨天真不该给你写那封信。

事情原来不是像我想象的那样,你别再替我操心了。

昨天下午天快黑时,我没有像往常那样去做晚饭,而是怒气冲冲地坐在那里等安坤回来。

他下班回来,走进屋含笑对我说:"吃饭吧。"

"吃天!"我恨恨地叫了一句。

"怎么,生什么气了?"他依旧笑着走到我身边,要亲我的脸颊。平时,我一生气,他就好这样亲我,使我的心不得不软下来。但这次,我使劲地把他推了个趔趄,而后用手一指三屉桌左边的那个抽屉厉声叫道:"说!那里边装的是谁的东西?"

他脸上的笑容一下子消失了,神情慌乱地问道:"你为什么打开抽屉?"

"我为什么不能打开?"我朝他逼了一步。

他没理会我,转身走到桌前,拉开抽屉,拿起那块坏手表一看,又马上朝我怒喝道:"你怎能把表上的时间拨动了?"

我上午拿起手表时,是顺手把表针胡乱转了几圈。此刻一听他这话,我突然记起那表上的指针原来是指向十点的,同时也猛地记起在那次结婚宴会上和在中山公园坐"火箭"时,中央台一报十点的时间,他的神色就一变的情景。我突然明白了,上午"十点"对他来说是一个重要的时间,说不定就是在这个时间里,他同那个女人发生了见不得人的事。于是,我便高声叫道:"我就是要拨动!你这个骗子!你既然同那个女人那么好,为什么还要骗我跟你结婚?"

"什么女人?"他愣了。

"装得倒像!你一定是在某一天的上午十点同哪个女人办了丢人的事,现在还念念不忘,始终要记住那个时间!"我朝他吼道。

他听我说出这话,先是怔了一下,而后颓然长吁了一口气,一下子坐在椅子上说:"你这个女人呀!"

"我这个女人不好,你还去找那个女人吧!"我气急地朝他叫。

"你呀!"他望着那块表缓缓地说,"这块表不是哪个女人的,而是一位烈士的,是我死去的排长的遗物,懂吗?"

"什么?"这次,轮到我吃惊了。

"我本来不想让你看到它,不想让你分尝我的痛苦,既然你一定要了解,我就给你说说吧。"他的声音低沉,脸上现出十分痛苦的神色。

我一见他这样子,心软了,轻声问:"究竟怎么回事?"

"1979年2月25日上午,我当时所在的连队攻占了'70'高地,我们排奉命搜剿高地上的残敌,排长带我这个新兵在左边。搜到一个灌木丛前,突然从我身子左侧的岩石后边,站起一个端冲锋枪的越南兵。我最先发现他,甚至看清了他的手扣在扳机上,这时,掉转枪口射击已是不可能的了,死亡在瞬间就要临到我和排长的身上。在这一刹那,我本应猛地扑到排长身上,让敌人的子弹都射向我,但我却并未这样做,而是倏的一下先伏在了地上。几乎在我伏地的同时,敌人的冲锋枪响了。排长在中弹的瞬间,还转而猛地扑在了我的身上,当敌兵迅疾地把枪口转向我时,子弹又都钻进了掩护我的排长的体内。听到枪响,班长他们奔过来将那个敌兵击毙,排长却已经血肉模糊了。他连一句话也没来得及说,就永远地去了。我看着排长的遗体,痛悔地捶着自己的脑袋,我本来是完全可以救排长的,可是,因为自己在那一瞬间怕死,才导致了排长的牺牲。而排长,在临牺牲的一刹那,想到的还是保护我。两相比较,我是多么可恶、可憎、可悲啊!我不配做一个军人!也不配做一个男人!虽然此后我拼命杀敌,但排长是永远活不过来了,我的耻辱是抹不掉了!排长牺牲的时间是上午十点,这是我一生中最耻辱的时刻。为了记下我对排长欠下的这笔债,经组织批准,我把他腕上这块坏了的手表保存了下来。我要时时让自己记住:安坤,你的灵魂和良心上曾经落过灰,你要记着揩干净它!揩干净它!……"他边说边捶起了自己的头。

我见状赶忙抓住了他的手。现在我才明白他为什么一听十点的报时声神情就异样;才明白在百货大楼玩具柜台前他为何猛地把我拉在了他的身后;才明白他为什么不让我把立功喜报和军功章摆出来;才明白他同我谈恋爱时为什么总说那句"我怕你看不起我";才明白他心里原来隐藏着这么巨大的痛苦!姐姐,明白了这些后,我并未后悔同他结了婚,相反地,我更爱他了。一个把灵魂和良心的干净看得如此重要的人,是值得爱的!我当时含泪心疼地劝他:"你后来在战场上很勇敢,也负了伤,立了功,那个错也赎过来了,排长九泉之下是会原谅的!"

"不是别人原谅不原谅的问题……不是……"他仍要捶他的脑袋。

姐姐,昨天晚上,我让他躺在我怀里,安慰了他好长时间,但他的情绪一直没有好起来。

我真恨我自己,为什么要那样小心眼地去胡乱猜想,去碰他那个可怕的伤口呢?

小妹 5.25 晚

九

姐姐:

　　快该回来了吧? 真想你!

　　前天是个星期日,安坤和我都歇班。吃过早饭,我便泡了点虾仁,又上街买了韭菜和肉,我知道安坤最喜欢吃三鲜水饺。馅子收拾好了,我擀面皮,他包,我俩边说笑边干着。看到他的情绪好起来,我心里也很欢喜。谁知,就在这时,隔壁邻居家的那个大收音机拉起了报时笛,广播员那句"刚才最后一响是北京时间十点整"的声音刚落,安坤脸上的笑容也一下子消失了。此后,无论我怎样引他高兴,他也只是默默无语。饺子煮好后,他闷闷吃了半碗,就不吃了。姐姐,我真担心这样下去,他的身体会垮的呀!

小妹 6.1

十

姐姐:

　　最近这一周我吃饭总恶心,这个月的"例假"已超过十几天没来,总不会是由于"那个原因"吧? 我们是按《新婚必读》那本书上的要求,采取过"措施"的呀,怎么回事呢? 姐,这件事我倒不怕,我现在最担心的还是安坤。这些天,我想尽了一切办法来避免他回忆起那件事,我把家里那个闹钟收起来了;上午不开收音机;同他一块出门不去有喇叭的地方;在家从不引他谈部队里的事;我把排长遗下的那块手表也换了地方锁起来;我甚至连给女朋友的小孩买个玩具枪,也是瞒住他悄悄送去的。可是就这样还不行,昨天上午我俩歇班在家,他读书,我熨衣服,这时,厂里一个叫秦嫂的女工从门前过,大声地开玩笑说:"哟,瞧你们这小两口,都十点钟了,还不出去逛逛?"她这句话一说,安坤脸上立时掠过一道阴影,双手抱头在那里呆坐了许久。

　　姐姐,这样下去,总有一天,他的神经和身体会受不了的,我真害怕,你说怎么办?有什么法子吗?

　　你快回来吧!

小妹 6.2

明天进入夏季

一

天,该亮了吧?

萱萱一手轻捂着腹部,一手抓起头下的枕巾,擦了擦脸上的汗。

明儿个立夏,天是有些热。但萱萱此刻脸上直冒汗,却不是因为热的。

是因为疼!从昨晚躺下开始,腹部的疼痛就基本上没停,萱萱已记不清夜里疼醒过几次了。有两次,她真想拉开灯坐起身,把桌上的那包止痛片全吃下去,但她终于还是忍住了。医生说,现在一般不能吃药,对孩子不好。啊,孩子!萱萱的手又在自己那隆起的腹部轻轻摸了摸。

她自己感觉到,自从那天去三楼霍嫂家燃蜂窝煤时不小心摔倒之后,腹中的疼痛好像与过去不大一样了,莫不是那一下真惊着了孩子?那天早上起床后,萱萱见蜂窝煤炉灭了,便费力地弯腰夹起一块蜂窝煤,去三楼霍嫂家燃。燃着后下楼时,只顾盯着火钳上的蜂窝煤,怕它掉下,结果踩空了一级台阶,"扑通"一下摔倒在楼梯上,当时只觉得腹中一阵剧痛,疼得无力再爬起来。恰好,在她倒下的那一刻,二楼厂长那也怀了孕的儿媳妇在丈夫搀扶下出门进行早晨例行的散步,萱萱一触到那女人吃惊中夹几分怜悯的目光,也不知从哪儿来的劲,没用搀扶就一下爬起身来。萱萱忍痛下楼,进屋后便扑在床上哭了。同是怀孕的女人,人家散步都有男人扶着,而自己还要亲自燃蜂窝煤做饭。温顺的萱萱第一次在心里抱怨了一句那远在黔北山区做稀有矿源勘探的丈夫陈督:"嫁你这样的男人有啥用!"

就是从那时起,疼痛变得与往常不大一样了。

因陈督父母已去世,家里无人来照料萱萱,摔倒的第二天,她曾想给住在另一个城市的妈妈写封信,让妈妈来一趟,但萱萱旋即又打消了这个念头。妈妈当初认为搞勘探工作在知识分子中是最没出息的,曾坚决反对她和陈督结婚,她估计妈妈一来准要说:"现在知道我的话有道理了吧?"萱萱不想听这句话。自从陈督第一次请她设计《话说稀土》那本书的封面,她认识了他,她就不愿听任何有关陈督的坏话。

总不会出啥事吧?萱萱此刻躺在那里有些害怕地想。离算定的产期还有十七天哩。

"呃——"萱萱突然觉得一阵恶心,急忙把头伸向床边。还好,没吐出什么。其实,已吐不出什么了,萱萱昨晚上只是勉强吃了一碗霍嫂送来的鸡蛋面条,夜里已吐过两次了。

唉,早饭后得去问问霍嫂,会不会早产呢?

一缕晨曦悄无声息地从门缝挤进了屋里,今年最后一个春日开始了。

"呃——"萱萱又是一阵干呕。

二

闹钟的铃声刚刚响了一下,霍嫂就迅疾地从被窝里伸出浑圆的胳膊止住了它——怕它惊醒孩子。她一骨碌爬起身,给大武、小武两个儿子掖好被角,而后很快地穿上衣服,拿起昨晚叠好的两个布袋夹在胳膊下,一边扣着褂子上的扣子,一边拉开门向楼下走去。

她是要去农贸市场买粮食。

霍嫂家粮本上的那点口粮不够吃。这倒不单是因为霍嫂饭量大,还因为婆婆和小叔子住在她这里。

霍嫂当初一胎生下两个胖小子时,是十分自豪和高兴的。她从产院回家的当天,就从抽屉里翻出厂里那个管计划生育的胖大嫂早在她怀孕时就交给她的那张独生子女登记表,一条一条地撕了。边撕边笑道:"想叫老子要一个儿子,没门!"但当在部队当连长的丈夫假期结束要归队时,这份高兴突然变成了恐慌,"天哪,你一拍屁股走了,把这两个小东西都扔给我一个人,可叫我咋上班呀?"但她知道丈夫终归是要走的,所以又无可奈何地对丈夫说,"把孩子在乡下的奶奶接来吧。"接来婆婆容易,但丈夫还有个十二岁的小弟跟着婆婆,乡下老家里就这母子两人,把婆婆接来,小弟咋办?最后,还是霍嫂下了决心:两人都来,把分的地退给队里。小弟到城里继续读书,婆婆来照看孩子。

这样一来,口粮就不够吃了,所以霍嫂常到农贸市场去买粮食。好在如今市场上粮食很多并且不贵,买着很容易。今天霍嫂要买一百多斤麦子,还要买几十斤苞谷。这么多粮食不好拿,霍嫂决定早晨借厂食堂的三轮车把粮食拉来,若时间再晚,食堂的炊事员就要用三轮车去买菜了。

事情办得很顺利,天大亮的时候,霍嫂已满头大汗地蹬着满载粮食的三轮车来到楼前。因为蹬车太热的缘故,她的褂子已脱去,只穿了一件薄薄的衬衫,衬衫的第二颗扣子不知啥时挣开了,两只高耸的乳房一晃一晃地隐隐可见。

离上班时间还早,楼上这会儿起床的人还不多。霍嫂停下车子,也没喊别人帮忙,只是抹了一把额头上的汗,便伸手去抱那装了一百二十斤麦子的长布袋。许是刚才蹬车太累的缘故,平日在印刷厂包装车间被称为大力士的霍嫂,此刻竟一下没能抱起那袋麦子,最后虽勉强抱起了,又不得不放到地上喘起粗气来。在这一刹那,霍嫂心里忽地涌起一股对男人的怨气,口中跟着便骂了起来:"别的女人要男人都有用,我要的男人屁用没有,下辈子要再托生成女人,说啥也不会再跟当兵的结婚!我当初算是眼睛瞎了!"

正当霍嫂在那里怨骂时,住在一楼的光棍汉"七指头"开了门,睡眼惺忪地走了出来。这"七指头"是因大前年在装订车间工作时不按操作规程办事,被裁切机切去三个右手指之后而得名的。此人本来就滑、馋、懒占全,加上又少三个指头,所以年已三十有五了仍无"红娘"登门,结婚似已无望。正由于此,他对女人总是十分愿意接近。在厂里,他最爱同女工们开玩笑,有时还要顺便在人家身上摸一把,尽管这要挨许多骂,他心里仍是很高兴的。他刚才在屋里听到霍嫂在骂自己的男人,立时情不自禁地起了床。出门后,眼向霍嫂这边一

293

望,目光立刻变直了。站在那儿歇气的霍嫂注意到"七指头"那双眼直勾勾地盯着自己,有些奇怪,低头一看,才发现自己胸口的衣扣开了,于是气恼地骂道:"看啥?想吃奶?"

"嘻嘻。""七指头"见楼下无其他人,便嬉皮笑脸地向霍嫂走来,"我来帮帮忙。"但走到跟前时,他却朝霍嫂胸口伸出手,"来,我帮你扣上,别感冒了。"霍嫂一拳打开了他伸来的手,同时猛地抬脚照"七指头"的一条大脚上踢去,"七指头"立时"哎哟"一声,弯腰抱住了腿。

"滚你娘的!想欺负人,胆大的你!"霍嫂高声骂了起来,"告诉你,我是军婚,你在我面前再敢动手动脚,非扭你送公安局不可!"

"你看你看,我也是好心要帮你忙。""七指头"揉着腿辩解着。

"你少充好人!下次再不规矩,非照你要命处踢不可,一脚把你踹到阴间去!"霍嫂一边骂一边系上衣扣,用力把麦袋往肩上一抢,往楼上走去。

"怎么了,他妈?"霍嫂的婆婆闻声拄着一根拐杖从屋里来到走廊上,向刚爬上三楼的儿媳妇问道。

"没啥,我刚才上楼时脚不小心碰着了台阶。"霍嫂头一低进了屋子。

楼下的"七指头"这时也慌忙跑进了自己的屋门。

三

萱萱吃力地穿上衣服,下了床。

她觉得浑身无一点力,她真想躺在床上不起来,不去做饭,也不去吃饭——她也实在不想吃饭。但她还是起来了,要做点饭吃,不是为了自己,而是为了腹中的孩子。还有,萱萱上周接到丈夫陈督从勘探队驻地来的信,说他们领导考虑到她生产时无人照料,同意他二号从驻地回来。按六天的路程算,今天该是他到家的日子,萱萱想上街买点菜给他做点好吃的。她知道,他每次回来,人都变得黑瘦黑瘦,要给他补补身子。

萱萱小心地弯腰拉开了炉门,而后端起钢精锅出门去水管上接水——这是一栋旧式宿舍楼,只有一个水管安在楼前空地上。接了水后,萱萱刚要向回走,腹中突然起了一阵剧痛,疼得她双手一抖,盛满了水的钢精锅又落在了水槽里,随之,她便一手捂腹,一手支着身子俯在水槽上。

"哎呀,阿姨,你怎么了?"邻家一个要去晨跑的小姑娘吃惊地叫道。

钢精锅落进水槽的声响和小姑娘的惊叫声,最先惊动了正要出门刷牙的"七指头",他一见萱萱伏在水槽上,忙满眼是笑地走过来问道:"萱萱,咋着了?"嘴上问着,眼睛却盯着萱萱那衣袖挽起后露出的丰腴小臂。

"没……没啥,七指哥。"萱萱勉强笑了一下。别看萱萱是中专毕业生,并且靠自学又拿到了大学文凭,但她对厂里工人包括像"七指头"这样的工人都很尊敬。

"可能是早晨起来饿得有些头晕,我有时也这样。""七指头"边说边走近萱萱,"来,我扶你进屋。"

"不,不,"萱萱摇了摇头,"我稍待会儿就会好的。"

"嗨,客气啥,都是革命同志。""七指头"一本正经地伸手要去扶萱萱的胳膊。就在这刻,要去食堂送三轮车的霍嫂从三楼下来了,她在楼梯口一见"七指头"那副样子,立时喝道:"七指头,你想干啥?滚一边去!"边说边疾步上前扶起萱萱关切地问,"又疼开了? 是咋个疼法?"

"往下……坠着疼。"萱萱不好意思地答,身子软软地依在了霍嫂的身上。

"你看你看,谁扶不一样,我也是好心嘛!""七指头"悻悻地站在那儿表白。

"我记得离你的产期还有十七八天,对吗?"霍嫂没再理会"七指头",搀着萱萱往她的宿舍走。可能是由于两人的丈夫都在外边工作的缘故,当工人的霍嫂和当技术员的萱萱建立了非同一般的友谊,每人都把自己一些很重要的秘密告诉了对方。

"可是……前些天摔了一下后,疼法就不一样了。"萱萱的身子因为疼痛在抖动。

"呀! 你怎么不早说? 这事可马虎不得。走,我送你去医院检查检查。"霍嫂立时做出了决定,"来,你先坐一会儿,我拿床被子往三轮车上铺好,再找岳玖姑娘去给厂里说一声调我今天休息,就来送你去医院。"

霍嫂很快就把两件事办完,疾步走回来搀扶萱萱,同时问道:"陈督那小子啥时候能回来?"

"可能……今天到……"又一阵疼痛打断了萱萱的话。

"我说萱萱,下辈子咱要再当女人,可不能找当兵的和这号搞勘探的。咱们在家里受罪时,连他们一句心疼的话都听不到!"

"嫂子……我害怕……"萱萱颤动的身子几乎全依在了霍嫂身上。

"别怕!"霍嫂安慰道,"咬咬牙就过去了。你这还只是一个,我那会儿可是两个哩,两个小东西在肚里蹬得我魂都上了天,可后来我一咬牙,一使劲就把他俩都生下来了。"

住在底层楼的几个女工,闻声跑过来帮着扶萱萱上三轮车。她们一听霍嫂这话,哄的一下笑了。萱萱羞得苍白的双颊掠过一抹红晕。

"疼一点怕什么?干啥都要付出代价,这一会儿疼过去可就有人叫妈妈了。"霍嫂蹬着车,继续安慰着萱萱,"那些不会生的,想疼还不得疼哩!"

四

医生给萱萱检查后,说是要提前生产,让萱萱立即住进待产房观察。

"霍嫂。"萱萱一听这话慌了,急忙抓住霍嫂的胳膊。

"没啥,别怕,早产早安生。"霍嫂边安慰着边扶萱萱进了待产房。直到萱萱在床上躺下之后,霍嫂才疲乏地坐在床沿喘起了粗气。从早晨起床后一直忙到现在,霍嫂真有些累了。

"嫂子!嫂子!"霍嫂刚坐下不久,待产房的门忽然被推开一条缝,霍嫂丈夫那十二岁的弟弟小二隔着门缝朝她急切地喊道。

"有事?"霍嫂闻声站起身来。

"咱妈刚才送大武、小武到楼下去玩,绊住了脚,摔倒了。这会儿被岳玖姐送到了厂医务室,大武小武还在屋里关着哪。"小二急急地报告。

"哦!"霍嫂刚要抬脚出去,躺在床上的萱萱忙伸手抓住霍嫂的裤腿说道:"我怕。"

"不用怕,我去去就来。"霍嫂朝萱萱宽慰地一笑,"我给护士交代一下,让她照顾你一会儿,我很快就回来。"

当霍嫂又汗流浃背地蹬着三轮车和小二赶到厂医务室

时,婆婆已被医生包扎好了。万幸,没摔坏骨头,只是右腿和右胳膊碰破了,流了血。霍嫂怕婆婆坐三轮车颠簸着疼,便让岳玖姑娘把三轮车推去食堂还给了管理员,自己背着婆婆往家里走去。

一个早上的奔波,加上又是空腹,霍嫂背着婆婆走到宿舍楼前时,双腿都发颤了。她那粗重的呼吸使得婆婆实在不忍心再让她背下去,连声叫道:"他嫂子,把我放下,把我放下!"但霍嫂一声没吭,硬是咬着牙把婆婆背上了三楼。离自家的宿舍门还有十来步远,霍嫂就听到门缝里传出了大武、小武的哭声。小二跑上前开了门,霍嫂急走几步到门口一看,大武、小武正爬在门口"嗷嗷"哭叫着,脸盆里的水被他们扒洒了,两人身上都滚满了泥水。

"我的小祖宗!"霍嫂赶忙把婆婆放到床上躺下,转身抱起了两个儿子,解开自己上衣的纽扣,把两只奶头相继塞到两个儿子的嘴里,两个小家伙这才停止哭叫,使劲地吮吸起来。这时候,霍嫂才有工夫微闭起双眼,长长地舒一口气。

"咦,咦。"大武吃了一会儿奶头后,扬起一只手向妈妈含义不明地叫着。

疲惫的霍嫂睁开眼,这才发现儿子手里攥的是一张丈夫穿军装的半身照片,可能是儿子从桌子抽屉里翻出来拿着玩的。从早晨到现在的劳累,使得霍嫂此刻一见这照片心里骤然来了一股怨气,她把照片抓过来叫道:"看这个死东西干啥?扔了!"说着,抬手把照片扔到了地上。大武的嘴撇了撇,马上要哭出声的样子,霍嫂只好又把照片捡起塞到他的手里。

"小二,把锅里热着的饭给你嫂子端来。"斜躺在床上的婆婆喊着正用拖把擦门口地板的小儿子。

小二闻唤急忙放下拖把,把锅里热着的馒头、稀饭和菜盘端放到了嫂子身旁的小桌上。

饿极了的霍嫂抓起一个馒头就咬了一口,但发现盘子里盛的是切成了小块的咸鸡蛋时,她转向婆婆说道:"咋又给我煮咸鸡蛋了?我不是说过把那些咸鸡蛋留给大武他爸下个月探家回来时吃吗?"

"你快吃吧,心疼他干啥?他一个人在外过日子,饿不着他。你要喂两个娃子的奶,不吃好咋行?"

"我吃啥都行。他在外边整天忙活,上次回来没见他人都瘦成啥了?妈,那些鸡蛋就别动了。"霍嫂边说边瞥了一眼大武手中拿着的那张照片,目光中露出了明显的心疼。

"唉!"婆婆无可奈何地叹了口气。

霍嫂大口地嚼着馒头。大武、小武仍一左一右地偎在妈妈怀里,甜甜地吮着奶水。

五

萱萱又从一阵疼痛中清醒过来,满脸都是汗。她略略松开刚才紧抓住的霍嫂的手,苍白的脸上浮出一丝歉意的笑。

"不要紧,我在这儿……"

"喝点鸡汤吧,待会儿进产房有力气……"

"来,把脸上的汗擦擦……"

旁边的几张床前,几位做丈夫的都在小声安慰着待产的妻子。萱萱扭过脸看了他们一眼,眸子中闪过了一丝羡慕。

正在给萱萱擦汗的霍嫂看到了萱萱眼中那一闪而过的羡慕之色,立时说道:"放心,你的陈督也快回来了。他今天从南边回来,只有坐十一点半的那趟147次快车,我刚才从家来时已给歇班的岳玖姑娘说好了,让她去车站接接陈督,直接领他到这里来。"霍嫂是过来人,知道女人在这种时候最需要自己的男人在身边,别人一百句安慰话顶不住自己男人的无言一望。

萱萱感激地笑了一下,但那丝微笑立即又被痛苦的神色所代替——阵痛又开始了。

萱萱、霍嫂所住的那栋宿舍楼里今天歇班的几个女工,这会儿都来看望萱萱。"七指头"不知怎么地竟也大模大样地随在几个女工身后,出现在待产房门口。霍嫂一看见"七指头"便有些恼怒,低声喝道:"你来干啥?"

"来看看萱萱。住一个楼的邻居,这么大的事,我不来看看不像话。""七指头"嬉皮笑脸地说着,目光却好奇地停在萱萱的脸上。

"滚!"霍嫂低吼了一声。

"你看你看,咱是好心。""七指头"一见霍嫂那竖起来的眉毛,只得慢慢地转身退到了走廊上。

萱萱腹中阵痛的间隔时间越来越短了,疼痛终于超越了萱萱的忍耐限度,一向文静、从不高声说话的萱萱开始大声叫唤起来:"妈呀……霍嫂……陈督……小督……"

正当萱萱一声连一声地喊着陈督的名字时,一直站在走廊上的"七指头"推开门叫了一声:"陈督回来了!"

"噢!"霍嫂一喜,急忙出门去看,果见住院处大门口,岳玖姑娘正拎着提包快步向这边走来,身后跟着一个男子。霍嫂脸上浮出了宽慰的笑,然而随着距离越来越近,终于看清跟在岳玖身后的不是她熟悉的陈督,而是一个陌生的二十来岁的青年。

霍嫂怔在了那里。

"霍嫂,陈督哥没回来。"岳玖气喘吁吁地上前说道,"这是勘探队的小韩同志,他是来市里办公事的,陈督哥托他捎来了东西。"

"这个提包里的东西都是陈督同志让捎回来的。"那个小韩大概以为霍嫂就是陈督家的人,忙上前说道,"陈督同志原来说好同我一块回来,车票都买好了。可临走那天上午,当地山民突然向我们提供了一个新情况,说在深山区发现我们找了好久也没有找到的那种矿石,也情愿立时领我们去那里看看。当时,其他人都已外出作业了,驻地里除了司机、炊事员,再就是我和陈督。我是管理员,对勘探不懂。陈督为难了好一会儿,最后把提包交给了我,随那位山民出发勘探去了。喏,这包里有好多滋补品,还有,这二百元钱……"

"啪!"不待小韩说完,霍嫂猛地把他递到脸前的一卷钱打落在地上,同时用脚狠狠地朝那提包踢了一下,气极地叫道:"我要的是人,是人!不是东西!"

小韩愣在了那里。

病房里又传出了萱萱嘶哑的喊声:"……陈督……小督……"

六

萱萱似乎已经昏迷了。然而医生仍说未到可进产房的程度。

听着萱萱那不断的呻吟,霍嫂和几个来看望的女工都急得脸红上直冒汗。蓦地,霍嫂一拍脑袋,快步走到病房外,一把抓住愣愣站在那里的小韩,把他拉进了待产房。

"萱萱,萱萱,你看谁回来了!是陈督!小督回来了!瞧他给你带回多少东西呀!"霍嫂边说边把小韩按坐在床沿上。

"这……这……"面红耳赤的小韩还没有"这"出个所以然,霍嫂便用眼光制止了他的声音。

泪眼蒙蒙的萱萱听到这话吃力地睁了一下眼,这当儿霍嫂把小韩的一只手硬拉过来,默令他抓住萱萱的手腕。萱萱立时不叫了,只是牙咬下唇,闭着双眼,在床上痛苦地来回晃着身子。

从未见过这种情景的小韩,仍然有些不知所措,继而又被萱萱那种痛苦样子吓得惶恐不已,不时求助地看着正对他使眼色的霍嫂。

时间,在这种压抑、紧张的气氛中过去。

直到医生又一次来检查时说了"马上进产房"这句话后,萱萱才松开已被她抓得紫红的小韩的手腕。

七

多么漫长的等待。

霍嫂、小韩和来看望的女工们都静静地站在产房外的走廊上,大家期待着听到一阵婴儿的啼哭,然而一直没有。

终于,产房门缓缓打开了,脸白得没有一丝血色的萱萱静静地躺在床上被推了出来。两个女工马上上前帮助往病房推去。

可是,依旧没有听到这个时刻本应有的婴儿的哭声。

霍嫂有些诧异地拉住一个从产房里走出的女医生问道:"生的是个男孩还是女孩?"

医生没有回答霍嫂的问话,问道:"谁是产妇的丈夫?"

"她丈夫在外还没回来,有事给我说吧。"霍嫂紧张地看着医生。

女医生默默地望了望霍嫂,把声音压得很低地说:"是个男孩,但产妇的羊水沁入了婴儿的肺部,造成窒息,抢救无效……"

"啊!"霍嫂惊骇地低叫了一声。

"先不要让产妇知道,她需要安静休息。"医生轻声说罢,转身又进了产房。

霍嫂呆然立在那里。小韩和几个女工震惊地围在她身旁。走廊上静得出奇。

偏偏在这时候,"七指头"又大摇大摆地从外边走进来,嬉皮笑脸地问道:"萱萱生出来了吧?是男孩还是女孩?我在家吃了午饭,觉得还是应该来祝贺祝贺。"

人们都紧抿着嘴唇,谁也没接他的话茬。"七指头"愣了一下,胆怯地看了一眼木然站在那儿的霍嫂。

"先不要告诉萱萱。"霍嫂终于打破了沉默,低声说了一句,便慢慢地向萱萱所在的那间产科病房走去。

虚弱至极的萱萱正由岳玖扶住,喝着厂里管计划生育的胖大嫂送来的红糖蛋汤。

"霍嫂。"萱萱见霍嫂进来,无力地抬起头,"麻烦你们都……"

"快吃吧,"霍嫂打断她的话,"赶紧把身子补补。"

萱萱喝完汤后,闭上眼睛躺了下去。几个女工都默默地围在床边。"七指头"也悄悄地走了进来,好奇地看着仰躺在那儿的萱萱。

"哇——"一阵陡然而来的婴儿的哭声,使大家一齐扭过脸去,原来是护士抱着一个包裹好的婴儿,来让邻床的产妇和她的丈夫看。那位丈夫小心地从护士手中接过婴儿放到妻子枕前,妻子脸上立时绽出了幸福的微笑。萱萱闻声也睁眼扭过头去,长久地望着那位母亲与婴儿。

霍嫂心里暗暗着急:该怎么去隐瞒那个消息?她知道,按照医院的惯例,孩子出生的第二天,护士是要把婴儿抱来让母亲看一眼的。

"霍嫂,"萱萱转过脸来低低地说道,"有几件事……麻烦你再帮助办办好吗?"

"说吧。"霍嫂俯下了身子。

"一件是陈督他……"

霍嫂身子一震,这才想起刚才拉小韩装陈督的事,慌忙之中张口说道:"陈督回家去给你做饭了。"说后又有些后悔,下步再怎么瞒?

不料,萱萱听后却缓缓地摇了摇头:"嫂子……我明白,陈督没回来……我……刚才其实没有昏迷,我是怕你们为我焦心,才……"

霍嫂吃惊地瞪大了眼。

"麻烦你把陈督那位队友领到你家吃顿饭……替我招待一下,人家辛辛苦苦地跑来……"

"你放心,我替你招待他。"霍嫂声音发颤。

"再一件事,就是把孩子……"

"孩子你放心!"霍嫂急忙打断萱萱的话,"护士已经给他洗好了,就是腿上有点小毛病,医生们正在给他治。"

"别……别说了……"萱萱的双目腾起一层水雾,"在产房里,医生们的话我都听到了……麻烦你把孩子送到公墓里……交给别人……我……不放心……"

一直站在那儿的"七指头"听到这话身子一抖,脸上的那股笑意倏地消失了。

霍嫂先是身子一晃,继而哽咽着点了点头。

萱萱的目光在床边的人群中慢慢移动着,最后停在了唯一的男子"七指头"身上,低微地说道:"七指哥,麻烦您帮帮霍嫂的忙……她一个人去公墓……"

"放心吧,萱萱妹妹!""七指头"说道,话音里有一种从未有过的庄重。

"还有……"萱萱又把目光转向霍嫂,"烦你……给陈督写封信……告诉他暂时别回来,安心工作……让他别伤心,以后……我再给他生一个……"

"萱萱——"霍嫂猛地扑下身去,把泪脸紧紧贴到了萱萱那苍白的颊上。

不知怎的,"七指头"也突然抬起双手捂住了脸孔。

八

夜月升起来了。

霍嫂拖着疲乏至极的身子走出了医院大门。

萱萱由岳玖照护着——女工们商量好了,在萱萱住院这几天,大家轮流来医院护理。霍嫂此刻要回去给孩子喂奶,同时也要去给萱萱做点鸡蛋油合面,产妇睡前是该再吃点东西的。

刚刚登上宿舍楼的三楼楼梯,她就听到自家屋里传出了大武的哼叫声。她快步趋前推开了门,只见小二正抱着大武在屋里来回转悠,小武则躺在奶奶的身边睡着了。

"嫂子,妈腿疼不能下床,我做的饭,大武、小武只吃一口就不吃了,真闹人。"小二一见嫂子回来,急忙诉苦。

"他把饭做煳了。"斜躺在床上的婆婆叹息道。

霍嫂揭开锅盖一看,是半锅糨糊一样的粥,粥里腾起一股刺鼻的焦煳味。她苦笑了一下,忙把粥倒出来,刷洗干净锅,重又添上水,拉开炉门,这才把大武从小二手里接过来抱到了怀里。

霍嫂一边让孩子吃奶,一边抓过案板下的几棵大葱剥起来。她想先给自家做饭,安顿婆婆、小弟和孩子吃了睡下之后,再给萱萱做了饭送去。

"他嫂子,看我这样子,饭也没法做,是不是给大武他爸去封电报,让他提前回来休假?"婆婆说道。

"那咋行?妈,部队上的事能和家里比吗?再说,我还干得了。"

"唉——"婆婆又发出一声长长的叹息。

霍嫂又接着剥葱。炉火映红了她那张极度疲惫的脸孔。蓦地,她的目光停在了大武的手上,孩子手里竟还攥着丈夫的那张照片。她伸手从儿子手中拿过已经揉皱了的照片,无言地看着,小心地用手指把照片展平,随后把照片紧贴在脸上。

"唔——"大武嚼着奶头边叫边把手伸过来。

儿子的这声喊叫,竟使霍嫂身子一震,脸孔倏地涨得通红。她一边把照片塞到儿子手里,一边无话找话地说:"哦,这天真热,小二,去把窗户打开。"

今年最后一个春夜的月光,从窗户里强挤进来,混进了室内十五瓦灯泡发出来的晕黄的光里。

哦,天亮就是夏季了……

初入营门

一

哑嗓子连长鼓着腮帮威严地宣读着新兵分配名单："……赵河、武玖、卢啼夏去测地二班……"

我们三人相视一笑：如愿以偿，分到了一个班。管它是测地还是量天，反正我们三个在一起。

"……下边，各班长把新同志领回宿舍。"连长说罢，十几个班长向队列走来。走到我们三人面前的是一个瘦瘦的高个儿。

"认识一下。我，测地二班班长景树桩。"

什么景树桩！瞧你这个瘦样，应该换换名字，叫景树枝！

他眯着眼睛，盯着我们三个人的脸细细审视着，似乎在检查我们早晨洗了脸没有。而后又转到我们背后看了一会儿，接着抬起右手，屈着中指，在我们三人头上"梆梆"各敲了两下，这才自言自语地咕哝道："嗯，还可以。"

这是什么毛病？

武玖忍不住，尖嗓子响了："哎，我说，你这是买西瓜呀？"

"就是！凭啥敲俺的头？"卢啼夏瞪眼问，两只硕大的手攥成了拳头。

我急忙向他俩使眼色：不可造次。这里是军营，我们初来乍到，不摸底细，乱来吃亏。

景树桩有几分惊异地扭头望着武玖和卢啼夏，粗大的喉结滚动了一下，大概是咽了一口唾沫，这才低沉地说："跟我走。"

我们跟着他向一排平房走去。望着他那单薄的身架，我忍不住在心里说："你敢敲我们三个人的头，胆子不小！你知道我们是谁？豫西南古城南阳有名的'梁山三兄弟'！鄙人赵河是长兄，人称'晁天王'；老二武玖，外号'吴学究'；老三卢啼夏，绰号'鲁提辖'。我们三人歃血为盟，立誓仿照当年梁山好汉，甘苦与共，安危相仗。今日倘在别处，只要我喊一个'上'字，你景树桩即刻就得倒在我们三人的拳脚之下。罢，初次相见，饶了你。"

"这就是我们班的宿舍。"景树桩领我们走进两间平房后说，"班里同志都去执行任务了，你们放下背包先坐，我去打洗脸水。"说罢，提了一个铁桶走出去。

我们开始打量这两间房子：干净的地坪，铺有褥子床单的木板床，叠得整整齐齐的被子，洁白的墙壁，正面墙上贴着"军人誓词"。我们的目光最后落在另一面墙上的一个白纸条幅上，那上边写着两行很不咋样的毛笔字：

> 人生各个阶段的主题是变化着的。
>
> ——车尔尼雪夫斯基

"车尔尼,雪夫斯,基。""提辖"低低地读着那第二行字,自言自语说,"这肯定是两个人的名字,只是不晓得最后多个'基'字是啥意思。"

"这还不明白?""学究"立刻接口,"基就是基本,这意思是说,上边那句话是车尔尼和雪夫斯最基本的话。"

"是吗,大哥?""提辖"转向了我。

"大概是吧。管这闲事干啥!"刚才走那几里路,腿有些酸,我一屁股坐在了床上。

"梆梆!"我刚坐下,头顶突然又被人敲了两下,我站起来扭头一看,景树桩提着一桶温水站在旁边。"不要破坏别人的内务;要坐,就坐凳子。"他指了一下木凳。

"哼,又敲我一次。"我压了压心里涌上来的火气,暗暗叫道,"一共两次!"

二

晚饭后,班里开欢迎会。

全班八个人围坐在两张条桌前:班长,副班长,三个老战士加上我们三个新兵。

白净面孔的副班长在说了几句欢迎的话后,开始介绍班里的情况:"……我们测地分队是炮兵的射击保障分队。我们的主要任务是为火炮射击准备测地诸元,保证火炮打得准;我们的主要武器是经纬仪、对数表、标杆、卷尺;我们作业的基本程序是先通过仪器观测得到已知数据,接着计算出需要的未知数据……"

啰唆！哪用得着这么多的"我们"。

我无心听这些,目光落在了桌上那几盘熟花生米上。山东的花生米个儿真大。

"为了互相了解,今后更好地相处,请你们三个新同志自我介绍一下自己的特长。"班长依旧声音低沉地说。

特长？特长是有。"学究"的最大特长是嘴会说。他要说明什么事情,常常是旁征博引,论据充分,令人不得不服。不过外人很少知道,他所使用的那些论据,只有极少数可信,大多数并无出处,是他根据自己看书时记下的只言片语进行加工而成,或者干脆是杜撰的。那次我们胡同那个有名的"铁公鸡"胖三姨,从街上买来了一网兜刚上市的红皮水萝卜,被我们瞧见,馋得我和"提辖"直流口水。我们知道直接上前要着吃准碰壁,便推"学究"去说。只见他走上前惊叫一声:"哎呀,三姨,你怎么还买这东西？你没看前天报纸上说水萝卜内含有大量的维生素 C,这种东西和人的胃液一接触就会起化学反应,变成一种毒素,人吃后当时不觉得,慢慢就会脱头发。"他知道三姨最爱惜自己已经所剩不多的头发,趁三姨惊疑未定,他又摇头晃脑地说,"其实这事史书上早有记载,一八一三年,咱南阳府就有一百多个妇女因为吃红皮水萝卜而变成了秃头。""哎哟!"三姨像见了蛇一样,赶忙把水萝卜从网兜里掏出来扔在了地上。待三姨一转过街角,我们便赶紧抱上那些水萝卜跑到僻静处大嚼大啃起来。

"提辖"的特长是拳头厉害。去年秋天有一个傍晚,我们弟兄三人正在街上闲逛,突然旁边胡同里疾步奔出一个青年汉子,那汉子在同我们擦身而过时胳膊撞了一下"提辖",使"提辖"手中拎着的一斤鸡蛋落地摔得粉碎。此时,只要这个人说一句"对不起"便可无事,不料那汉子却连看也没看"提辖"一眼,仍照直跑去。"提辖"火气来了,飞步追了上去,照那人后背上一拳把他打趴在地,待那人刚翻过身,他又照对方脑门上一拳打去,那人立时鼻孔出血,不能动弹。我和"学究"一见慌了,刚要拉上"提辖"逃走,不想此时跑来两个持手枪的警察,他们一见昏倒在地的那个青年汉子,其中一个上前"啪"的一声把一副手铐戴在了那人的手上,另一个过来握住"提辖"的手连说:"谢谢,谢谢,你协助我们捉到了凶犯;他刚才打伤了我们两个公安民警……"《水浒传》上的鲁智深三拳打死镇关西,如今"鲁提辖"两拳打昏凶犯,其拳头的厉害可想而知。

鄙人的特长和当年梁山泊的晁盖基本上一样:仗义疏财团结人。在家时,"提辖"肚子大,饿得快,我就常从家里拿点吃的给他充饥,"学究"爱看书但又无钱买,我就常把我哥哥的书拿出来让他看。那次我大姐的对象要来,我妈去街上买了一只大烧鸡要招待他。恰恰这天上午"提辖"来找我玩时说肚子饿,我当即毫不犹豫地把那个烧鸡偷偷从厨房里拿出来让他吃了。我妈直到中午喝酒上菜时才发现烧鸡丢了,急得她边跺脚边叫骂,而我在一旁却佯装不知。直到吃过饭后我才安慰她:"妈,别生气。现在有些卖烧鸡的图省力,鸡没烧死就卖,你可能没看清,结果买到家它又跑了……"

不过,这些东西还是不说出来的好。我朝"学究"和"提辖"使了个眼色,转向班长:"没啥,我们三个干啥都基本上是一般化,特长的没有。"

"噢,"班长的两只眼睛又眯起来,"那,讲讲你们为什么要来当兵吧。"

为什么要来当兵?因为来当两年兵,回去就可以优先在国营单位就业,且军龄算工龄。当然,这些更不能说出来。我转向"学究",示意他开口。

"诸位老同志,""学究"明白了我的意思,清了清嗓子说,"我们三人,是按照中华人民共和国宪法关于公民有保卫祖国的义务的规定,发扬花木兰从军保国的精神,以英雄黄继光、董存瑞为榜样,自愿报名来服役的。诸位都知道,现今两霸争夺日趋激烈,战争危险严重存在,我等五尺汉子不来参军卫国,谁来?古人顾炎武还说过'天下兴亡,匹夫有责'嘛!"

好,讲话效果很好!副班长和几个老兵都瞪大了眼望着"学究",老兵小魏的脸上分明地露出了敬佩之意。

"我喜欢听的是心里话。"景树桩低沉地说。

纯属挑刺!心里话,心里话能说给你听吗?

"武玖同志刚才说的就是我们的心里话。"我急忙强调。

"嘭!""提辖"挥拳朝自己的大腿上使劲捶了一下。他平时凡赞同什么意见时,都用这独特的动作表示。

"嗯,是心里话就行。"班长又眯着两眼望着我们三个,"欢迎的话我就不再重复了,在此我只说一句,"他望了一下墙上的那个条幅,"请你们记下那个条幅上的话。"

扯淡!有话就直说,别借什么条幅做文章。

欢迎会结束后,我贴在"学究"和"提辖"的耳边低声嘱咐:"小心,景树桩这小子阴阳怪气,好像有意要找我们的别扭。"

"嗯,""学究"点点头,"眯眼看人的人,心术不正的多!"

三

专业训练开始了。

今天又是在室内讲解三角函数。

当初在学校上学时我就烦这些 sin、cos、tg、ctg，没想到来部队还会遇到它们。

"……下边,大家根据今天和前几次讲授的内容,自己再看看教程,领会一下。下课前每个同志都要背诵一遍这些函数公式。我们测地兵经常要用到它们,必须记熟。"讲完课后排长说。

背吧,让别人背吧,鄙人此生不打算靠三角函数吃饭。我用书挡住脸,一只手伸进裤子口袋掏出星期日上街买的熟花生米,往嘴里放了一颗,以尽量轻的声音嚼起来。

正当我品尝起花生米的香味时,"眯眼景"——这是我们送给班长的外号——站在我的桌前:"你在干什么?"

我狠狠瞥了他一眼:"没干啥。"

"给我!"他向我伸出了手。

"给你啥?"我佯装不知。

"花生米!"他一字一顿。

全排的同志都在看我。我愤愤地把口袋中的花生米掏出来放在他的手里。

"哗!"他把花生米全撒向了窗外。

这时,排长说:"下边背公式,从第一排的同志开始,谁背完谁下课。"

"sin 等于对边比斜边……"一班的"大胡子"背完走了。

"ctg 等于邻边比对边……"三班的"瘦猴"背完走了。

我、"学究"、"提辖"都被叫起来背了一遍,但都没能背过来。教室里只剩下了我们三人。

"排长,你去忙吧,我在这儿听他们背,背完就下课。""眯眼景"向排长说。排长点点头走了。

我鄙夷地望了一下"眯眼景"。哼,你坐在这里,我偏

313

不背!

下课哨响了,我们三个同时起身把教程向作业包里装。

"不要慌,谁背完谁下课。""眯眼景"沉声说。

"马上要吃晚饭了。""学究"提醒道。

"放心,饭有得吃。"他转向教室门外我们班的老兵小魏喊道,"小魏,告诉炊事班留四个人的饭。"

"死记硬背这些东西究竟有啥用?"我终于忍不住了。

"外国军队现在早学六角函数了,我们现在还学三角函数,落后!背得再熟有啥用?""学究"也帮腔。

"嘭!""提辖"在自己的大腿上重重捶了一拳。

"别人学不学我不管,只要我们炮团用,你们就得学!""眯眼景"不紧不慢地说。教室外边,已经有人敲着空碗从饭堂吃完回来了。我突然感到肚里饿得厉害。

"学究"不说话了,只管低头看书,半个小时后,他站起来说:"我背一遍。"他居然全背下来了。小子,投降派!

看到"学究"走出教室去吃饭,"提辖"慌了,也低下头一个劲地看书。终于,他也提出要背一遍,竟也背下来了。

教室里只剩下了"眯眼景"和我。然而我却怎么也背不出。当初不知是哪个小子闲着没事,去发明这折磨人的公式!

"学究"和"提辖"也吃了饭,站在门口看我,同时做了个无力相助的手势。看来真得动动脑子了,我又翻开书认真看起来。

我终于把那些讨厌的公式全部背了一遍,而此时,已是二十点三十分了。

"你现在可以去吃饭。"班长低沉地说,"我提醒你,应该记住咱们宿舍墙上那个条幅上的话!"他加上一句。

我斜睨了他一眼,在心里暗暗叫道:"姓景的,我不管你啥条幅不条幅,反正,仇,咱们是结下了!"

四

全排今天到野外上经纬仪操作课。痛快!我们三人都不喜欢在室内听讲,过那种乏味的学生生活。

班长刚把经纬仪架好,三班长喊他过去商量什么事情。副班长患流感没来,其他几个老兵到远处去插标杆,仪器前只剩下了一个老兵小魏。

"来,我看看这玩意儿。""提辖"说着就要去摸那经纬仪。

"别动!"年龄比"提辖"还小的小魏奶声奶气地阻止,同时用舌头舔了舔上嘴唇,"你们还没学会操作,弄不好会弄坏的,这仪器值几万块钱呢!"

"我说老魏,""学究"开了口,"都是弟兄们,不要打官腔。你真要跟我们过不去,可小心我中午在饭场公布你每天舔嘴唇的次数。"

小魏立时不吭声了,他怕我们当众出他的丑。

"嚄,这东西不错,瞧那个人的身子有多大!哎,这人怎么是倒着走路?""提辖"边看边叫。

"一切物体在经纬仪镜头里都是倒像。"小魏在旁边低低地解释。

"我看看。""学究"拉过"提辖",把眼睛对准了镜头,叫了起来:"嚄,那是个女人。看,辫子上扎的橡皮筋都清清楚楚!"

我急忙拉过了"学究",把眼睛凑了上去。"是个姑娘!她在朝咱们笑呢,乖乖,那牙可真白!"

"梆梆",我的头上猛地被敲了两下。"眯眼景"站在我面前。你又敲我的头,这是第四次了。不行,老子的忍耐是有限度的。"你干什么打人?"我朝他吼道。

"你刚才在用仪器看什么?"他的两眼又眯得只能见到眼睫毛了。

"他是出于好奇,随便看看。""学究"急忙接口。

"好奇?""眯眼景"把眼睛转向"学究"。

"好奇是人类一种常见的心理现象。""学究"辩解道,"有好奇心并不是一件坏事,它是一个人进行创新活动必须具备的心理因素。"

"嘭!""提辖"挥拳向自己的大腿上砸了一下。

"眯眼景"的喉结动了一下,似乎要说什么。我没容他张口,便又质问道:"你刚才为啥打人?"

"就是。你为啥打人?真想打吗?""提辖"的拳头在"眯眼景"脸前晃着。

"古代的军事家孙子说过:带兵者应'视卒如婴儿'。《经武要略》这本书上也写道:带兵者'抚士卒,必如父兄与子弟'。三大纪律八项注意中明明规定:不准打人骂人。你为什么还打人?""学究"拿出了他的论据。

"吵什么?"连长从五班那边走过来厉声问。

"他打人!"我们三个一齐指着"眯眼景"叫道。

连长把询问的目光转向了"眯眼景"。

"让他们说说刚才在用经纬仪看什么。""眯眼景"冷了声说。

"没看什么。""学究"边说边把眼睛又对准了镜头,立刻叫起来,"连长,你来看,我们刚才看的就是这东西。"

连长把眼睛凑向镜头。"哦,一棵树。"

谢天谢地,那姑娘已走出了镜头。

"我看一眼树他就敲我的头,这对吗?"我又发动攻击。

连长把眼睛又转向了"眯眼景":"以后注意不要对新兵动手动脚。"说罢又转向我们,"好了,班长不对,快训练吧。"说完走了。

"眯眼景"望着连长的背影,粗大的喉结蠕动了几下,但没发出什么声音。

"哈哈哈!"待连长走远,我们放声笑了。

"眯眼景"听到笑声倏地转过头来,两眼盯着我们,一字一顿地说:"我提醒你们,要记住那个条幅上的话!"说罢,伸手去裤子口袋里掏出一把小刀,打开刀片后,猛地在右手中指指背上戳了一下。一直呆站在旁边的小魏哎哟了一声。我们三个则几乎同时撇了撇嘴:"哼,吓唬谁!"

五

这个胜利得庆贺庆贺。

晚饭后,我拿出一包葵花子,喊上"学究"和"提辖",来到营房院北边的一个干涸的小水渠里躺下吃起来。

"经验证明,不论在什么情况下,只要我们弟兄三个人一齐上,胜利就是我们的。""学究"边吃边总结。

"团结就是力量!"我说。

"嘭!""提辖"使劲拍了一下大腿。他双眼直直地望着小渠边上生产队的杏树园,成熟的杏子在夕阳映照下红得像玛瑙。

"咋,又馋了?"我笑着问。

"嗨,那杏子!""提辖"一边咂着嘴一边搓着两只大手。

"一本书上写道:人的欲望是人的生理需要的反映,过分的抑制会给自己的身体带来伤害。""学究"从理论上予以支持。

"去吧,我看着人。"我说。

"嗵"的一下,"提辖"跳过了果园篱笆墙。

一个、两个……他扔我俩接。"二十一,中了。""提辖"又跳出了果园。

我们一人拿起一个杏子去衣襟上擦。我把杏子擦净刚要张口去咬,背后蓦地响起一声低沉的吼叫:"放下!""眯眼景"脸铁青着站在我们身后。"吧嗒!""学究"手上的杏子滚到了地上。

"杏子熟了,反正得有人先吃,何必大惊小怪!"我很快平静了下来。

"嘭!""提辖"向自己的腿上捶了一下。

"放下!""眯眼景"的声音提高了。

"现在国家讲究按劳分配,我们助农劳动时也给这果园拉过粪。""学究"也已从惊慌状态中醒了过来。

"嘭!""提辖"又捶了一下大腿。

"放下!""眯眼景"的声音更高了。

绝不能被他吓住!我把杏子向口中塞去。"眯眼景"一步迈到我面前,劈手夺下了杏子,差一点把我身子拉倒了。强烈的气愤使我挥起了拳头,喊道:"上!"

"学究"应声从地上跃起冲向"眯眼景"。就在我的拳头要落在"眯眼景"身上时,我的腿突然被他一扫,一下子摔倒了。我刚倒下,"学究"也"啊"的一声扑倒在地。我看到"提辖"挥起双拳直捣"眯眼景"心窝——这是他的绝招,黑虎拳中的掏心招。在这一刹那,我脑中突然闪过一丝恐惧:这种拳是可以一下使人窒息的。没容我想下去,只听"提辖"闷叫一声:"呀!"便像面袋似的一头栽倒在地上,而"眯眼景"还稳稳地站在原处。

我们三人倒在地上,恨恨地望着他。不好,我的手腕在摔倒时碰破了。只见"眯眼景"伸手去口袋里掏出手帕,一撕两半,一半丢到我面前,一半去裹他手指上的伤——那大概是刚才被谁抓破的。

他裹好伤后,默默地扯下帽子,弯腰把我们摘的那二十一个杏子一一放了进去,然后捧着帽子向村子走去。没走几步,又陡地停步转回头来低沉地说:"我提醒你们,应该记住宿舍墙上那个条幅上的话!"

又来提醒,老子本来就在醒着!

"他懂拳术。""学究"倒在地上低低地说。

"是'通臂拳'。""提辖"喘息着肯定。

六

我们做好了挨批评甚至受处分的思想准备,然而那批评和处分却始终没来。"眯眼景"大概没敢向连里报告,他也打了我们。

今天又来了个苦差事:为炮兵群实弹射击准备测地诸元。我们班的任务是测出四个炮营阵地的坐标、方位和高程,午后一时前交出成果。

"眯眼景"负责仪器观测,我负责记录和扛三脚架,"学究"和"提辖"负责插标杆和拉卷尺,副班长和几个老兵到排计算所负责计算。

当踩着雨后的泥路,同"眯眼景"连爬六个山头观测完所需的全部数据来到计算所时,我已经筋疲力尽了。

"赵河,快把测量数据报给大家计算。""眯眼景"边把经纬仪箱放在地上边催我。

小子,催这么紧,连口气也不让喘。我强打精神打开记录夹,向副班长、小魏他们几个计算手依次报着在各测站测得的数据,报着报着,我发现记录五号山头观测数据的那张纸不见了。

哪儿去了?我翻遍记录夹也没找到。蓦地,我回忆起临离开五号山头向作业包里装记录夹时,好像掉出来一张纸,当时因为腰酸腿疼,不想弯腰,就没拾它,随即被风刮走了。莫非就是那张?我的心像被揪了一样。几个月的测地兵生活已使我懂得:丢掉一个测站的观测数据,就会使全部计算作业都不能进行,交成果的时间就要拖延。

"究竟放哪里了,想一想。""眯眼景"的声音很低,但我听得出话中含着极大的焦躁。

"好像……"我第一次嗫嚅着说话。

"眯眼景"猛地扬起他那右手屈起的中指向我的头上敲来,我正咬牙准备承受那一击时,却见他的中指落在经纬仪的三脚架上。

"跑步跟我去五号山头,重新测量!"班长低声说罢,弯腰从经纬仪箱内拿出经纬仪抱在手上,便向五号山头的方向跑去;他大概是想轻装跑快一点,没有按要求背经纬仪箱。我只得拖着疲惫的身子,背上作业包,扛上三脚架,喊"学究"和"提辖"拿上标杆、卷尺,也向五号山头跑去。

我们拼着全力跑了五百多米,一口气爬上五号山头,迅速展开了作业。五号山头坐落在一个山梁的尽头,拔地七十来米,山坡上尽是石头,只有山脚下长些树。当测完应测的数据,我在纸上记下最后一个数字之后,我连站起身来的力气也没有了。

"下山!""眯眼景"从三脚架上取下经纬仪后下着命令。

"为什么连口气也不让喘?"我忍不住抗议了。

"再急也不能不顾小兵的死活吧!"从山梁上收了标杆回来的"学究"立刻接口。

"嘭!""提辖"捶了一下他的大腿。

"眯眼景"眯紧双眼盯着我们厉声说:"听着,立刻下山!谁再磨蹭,小心处分!"说罢向山下走去。

我们三个只好随他下山。我边走边想象着这乱石突起的山坡倘能变成滑梯,让我坐上一下子滑到山脚那该多好。正当我进入这种想象的时候,突然一脚踩在碎石上,脚下一滑,身子歪倒,直向下边滚去。走在我前边的"学究"和"提辖"还没明白是怎么回事,就被我的身体冲倒,并随着我向下边滚去。走在前边十几步远的"眯眼景"吃惊地回过头来,这时,他只要闪身躲过我们三个那滚动的躯体,就可平安无事,但他却双手抱住经纬仪,斜蹲下身体把肩膀迎向了我们。我们三个滚动的身体在他肩膀的扛堵下停了一瞬,就相继用手抱住了突起的石头。但就在我们抱住那石头的同时,他的身子却在那巨大冲力的作用下向山坡下滚去。

我们爬起来,以尽可能快的速度向被山脚下两棵树挡在那里的班长跑去。及至跑到跟前,我的双眼瞪大了:班长满脸是血,身子缩成一团,那部价值几万元的经纬仪仍紧抱在他的怀里。

"耳朵!耳朵!""提辖"叫着。我定睛看去,才发现班长的左耳朵没有了,耳根处正涌流着鲜血。

"班长!"我们同声发出惊恐至极的喊叫……

七

班长整整住了一个半月的医院，今天要出院了。半下午的时候，我们全班八个人都到营门外公路旁的公共汽车站去接他。

公共汽车缓缓停住，班长拎着挎包走了下来。我们八个人的目光都投向他的左脸颊，那原来的左耳朵处，只剩下一道凸凹不平的暗红色的伤疤。

"班长！"我和"学究""提辖"同时扑到他的身边，"你为救我们……"

"大家好！"他微笑着打断我们的话——这是我们第一次看见他笑，一边同大家握手，一边用轻松的语调说，"我现在可以告诉你们，以后我不会再犯听人讲话一个耳朵进一个耳朵跑的毛病了。"

大家都艰难地咧嘴笑了一下。"提辖"拿过班长手上的挎包，我们默默地跟在班长身后走向宿舍。

刚在宿舍坐下，连长来了。他急步走到班长面前，长久地握着班长的手摇晃着，随后默默地在班长的床沿上坐下，点燃香烟吸起来。我们都没说话，也都没话说，屋里的空气显得凝重。

连长吸完了那根烟，站起身来向着班长说道："二班长，今晚我要宣布那个决定，就是我去医院告诉你的那个决定。"

"知道了。"班长的两脚跟习惯地一并。

决定？一定是给班长记功的决定。他为完成测地任务和救我们三人，失去了一只耳朵，宣布这样一个决定对他是一个安慰。我忽然对连长产生了一点感激之情。

晚饭后,全连集合。连长走到队前缓声说道:"我现在宣布连队党支部的一项决定。"紧接着,全连一个整齐的立正。我觉得我今晚的立正动作是入伍以来最标准的一个。连长的声音有些发颤,是的,他一定也很激动,我看得出他是很喜欢景班长的。

连长宣读:"关于给景树桩同志行政严重警告处分的决定。"

什么?我觉得像被人当头砸了一棒,身子摇晃起来。

"景树桩同志,在八月七日带领全班完成炮群射击测地任务时,拖延交成果时间五十八分钟,并违反经纬仪要装箱携行的规定,手抱经纬仪前往测站,致使在身子滑倒时造成仪器中度损伤。为严明军纪,杜绝此类现象发生,经研究决定……"

我不知道我是怎么随班里同志回到宿舍的,直至听到"学究"和"提辖"叫道"这太不公平"时,我才意识到自己已回到了班里。我把心中的震惊与气恼化成了一阵怒喊:"人家耳朵都掉了一只,还要给处分,这是哪里的道理!要处分就处分我!走,'学究','提辖',咱们去问问'哑嗓子',他还有没有良心……"

班长铁青着脸站在我面前。"你咋呼什么?"他低沉地喝问,紧眯的双眼射出骇人的光,"一个战士,延误了军机,摔坏了武器,难道不该受处分倒该受表扬?你……至今还没记住那句话!"他指了一下墙上的条幅。

我茫然地望着那个条幅……

班长出院一周后的一天下午,我们从文书那里获悉,班长的女朋友要来,她是去看望舅父时顺路来队看看。我们三人比班长还高兴。她的到来,对班长将是一个安慰,这些天,他的心太苦了——失去耳朵加上受处分。

今天是星期日,我、"学究"和"提辖"执意要同班长一块去火车站接她,班长同意了。临出门时,"提辖"突然叫道:"都戴棉帽。"自己首先从床头柜里抽出了棉帽戴在头上,并放下了帽耳朵。天哪,他这是发什么憨劲?刚进十月,戴棉帽还放下帽耳朵,岂不把人热死!

班长低声说:"小卢,不用,她早晚会看到的。"

啊!原来"提辖"是在想法遮掩班长那个失去的耳朵。

"不,要戴。""学究"也把棉帽戴在头上,"对于妇女,凡是痛苦、恐怖的场景,在她们没有心理准备时最好不要让她们看到。这是一个医学家说的。"

"戴上!"我在戴好自己的棉帽以后,上前把班长的棉帽戴在他头上。

班长无言地望了我们一会儿,不再说什么,随我们走出了宿舍门。刚出门口,迎面走来了连长,他看到我们戴着棉帽,脸上显出愠色。不好!他对军容风纪的要求极严,一定会干涉。我正这样担心,不想连长脸上的愠色突然消失,只听他哑声说:"这天气……其实,戴棉帽也不热。去吧。"

我们四个人走到小火车站时,一列客车刚好进站。班长领着我们在下车的人群中穿行,后来他停在了一个身材修长的姑娘面前。

"这是我们班的赵河、武玖、卢啼夏。这是韩文竹。"班长给我们做着介绍。

"路上辛苦了,嫂子。""提辖"抢先问候。

她的脸立刻涨得通红。"鲁提辖",笨猪!怎能这样喊!

"咱们走吧,文竹姐。营房离这儿不远。"我上前去接她手中的提包,把她从尴尬中解救了出来。

"文竹姐,你在学校里教什么课?""学究"边走边问。班长在来的路上告诉我们,她和班长都是烟台市人,她在一个小学里当教师。

"语文。"她大方地回答。

"我最尊敬语文教师。""学究"一本正经地说,"语文教师是本民族文化最直接的传播者,所教的知识又是学习各科知识的基础。"

"教什么都一样。不过,你们干什么都把棉帽耳朵放下来?天这么暖和。"她终于发现了这个疑点。

"训练!""提辖"似乎早就有了准备,立刻回答。

"对,训练。""学究"急忙接上,"我们这叫耐热训练,古代兵书上说,受不住酷热非真军人也。"

班长默默地跟在我们身后。

"哦,"她认真地点点头,"来,你们边走边吃苹果,真正的烟台苹果。"她要过我替她拎的提包,从中掏出苹果递到了我们手里。

我们高兴地啃着苹果,最初的拘谨、担心慢慢消失了。前边就是营房,我们开始随便地说笑,"提辖"最先摘下了头上的棉帽去擦头上的汗,接着是我、"学究"和班长,我们谁也没有意识到这一举动的后果,直到她发出一声短促的惊叫:"啊!"我们才陡地止住了欢笑。她双眼直直地盯着班长的左脸颊。她脸白得可怕,嘴唇开始哆嗦,显然想说什么而没有张开口。

"在一次事故中摔掉的,走吧。"班长轻描淡写地说,如同说"昨天掉了一支铅笔"一样。

我们又重新向营房走去,但她已不是迈步,而是挪步了。

"咚!""提辖"挥拳向自己的头上狠狠捶了一下。

八

吃过晚饭,我们三人向文竹姐住的那间房子走去,要去向她说明班长失去耳朵的前前后后,恳求她不要因此而断绝同班长的关系。这些天,班长受到的打击已经够大,倘若再失恋,那给他精神上将会带来多大的痛苦,同时我们三个人在良心上也将永远得不到安宁。

"学究"轻轻敲了敲门。"请进。"屋里在静了片刻之后传来文竹姐柔和的声音。我们推开门,只见班长平时严肃的面孔上现出几片红云。

"景班长,连长让你去参加连务会。"连部通信员在门外喊。"好,你们坐。"班长向我们点点头出去了。

"文竹姐,"我在接过她递来的糖块后低低地说,"我们来,是想向您说明班长的那只耳朵……"

"小赵,"她打断我的话,"不用讲了,我全知道了。我不需要安慰。你们也许想不到,他这次失去一只耳朵,使我感到的只是高兴。"

我们吃惊地抬起了头。

"这件事,使我最终相信,他已与他那个阶段的生活彻底告别了。"她的声音带着激动。

我们茫然地望着她。

她注意到我们的这种目光,说:"我把我和他相识的经过告诉你们,你们就会明白我为什么这样说。"

我们瞪起了眼。

"三年前一个秋天的下午,我去一家菜店买菠菜,买菜的人很多,不过大伙自动排成一队,秩序还挺好。不料没过多久,来了一伙男青年,他们一声呼哨,一下子全挤到了最前边。站在队中的我气不过,便说了一句:'大家都自觉点。'不料这句话引来了祸,那伙青年立时骂我:'狗咬耗子多管闲事!''吃饱撑的你!'其中一个看人眯起眼睛的青年,还趁乱把我手中的菜篮夺掉,把篮里我在别的菜店买的十几根胡萝卜倒在地上。当时气得我浑身哆嗦,我是流着眼泪离开菜店的。半年之后,我又一次到那个菜店买菜时,竟又遇上了和上次类似的情况,几个小伙子插队硬挤,把一个老大娘挤倒在地。大娘摔得很重,已不能独立行走,我便搀扶着把她送到了家。到她家后才知道,她是孤身一人过日子,唯一的儿子前不久参了军。我照料她躺在床上,望着连声呻吟的老人不忍离去,便留下给她做饭,后来又怕她晚上起来不便,我跑回家给父母说了一声,抱了一床被子过来睡在老人身边。第二天大娘连喊腹疼,我和她的一个邻居把她送到了医院检查,才知道是内脏出血,需要住院。在这种情况下,我只好给大娘的儿子拍电报,让他回来。但没等她儿子回来,老人的病情已经加剧,医院要提前做手术,我只好代替她儿子在手术单上签了字。手术还算顺利,但手术后的大娘很需要有一个人在身边照料,我又向学校请了假,就守在大娘身边。手术后的第三天下午,一个当兵的推开病房门,直扑到大娘床前连叫'妈妈',我知道这就是大娘的儿子,心里一阵高兴。'快谢谢那位姐姐,是她救了我。'大娘指着我对她儿子说。她儿子向我转过身来,我认出他原来就是半年前在菜店辱骂我并把我的菜篮子夺下的那个眯起眼睛看人的青年,尽管他穿了一身军衣,我也仍然认识他。他,就是你们的班长景树桩。"

"哦!"我们惊叫了一声。

"他也认出了我,我们两个对视着。他的神情先是吃惊后是尴尬;我的目光先是愤恨后是鄙夷。'快叫姐姐!'他妈妈催他。但我却疾步跑出病房,回了学校。我为帮助过一个军属大娘感到高兴,又为这个大娘是景树桩的妈妈感到遗憾。几天后的一个下午,我刚下班走出校门,景树桩来到了我的面前,轻轻地朝我喊了一声'大姐'。我冷冷地说:'谁是你的大姐?你没资格当我的弟弟。'他的脸色一下子变得煞白,嘴唇抖动着说:'那好,我不叫您姐姐。我现在来,是想以一个解放军战士的名义感谢您为我妈妈所做的一切。除这之外还有一个请求,我妈妈今天早晨从医院转到家里后,不住地说她想吃您前几天给她做的那种甜粥,我不知那甜粥怎么个做法,为了满足一个病中老人的请求,我求您再去我家一趟。'为了满足老人的愿望,我到了他家。原来大娘并不是要吃甜粥,而是用这个借口让儿子把我找来。她拉着我的手含泪说:'我都知道了,俺这个坏小子欺负过你,大娘我向你道歉。'说罢,怒声喊着站在床头旁边的儿子:'树桩,过来,你要是还听我的话,就马上给你这位姐姐跪下认错!'我一惊,急忙摇头。景树桩倔强地说:'妈,我是军人。''我不管你是什么人,只要你在家,就是我的儿子,跪下!'老人气恼地叫道。景树桩抬头望了我一眼,而后猛地抬手向我行了一个军礼,便转身跑出了屋子。一个月后,景树桩从部队给我寄来了一封信,一张白纸上只写着四个暗红色的字:'向您道歉!'我看出那字是用血写的。激动之余,给他回了一封信,告诉他过去的事不必再挂在心上,我早已原谅了。我赞同有些社会学者的这种理论:人生按人对社会所负责任的轻重程度,可分成五个阶段,即无责任阶段、开始负责任阶段、负重要责任阶段、责任逐渐减轻阶段、全部减去责任阶段。人在人生第一阶段的主要任务是全面发展自己,对社会一般地说无责任可负,所以人在这个阶段所做的事情,其中包括错误的事情,应该得到社会的原谅。我并且把车尔尼雪夫斯基一句话写在一张纸条上,随信给他寄去。这以后,我们经常通信了。我知道他在进步,但究竟进步得怎样,不很清楚。我这次去看舅父,顺路来这里住两天,就是想看个究竟的。当上午我猛见到他失去了左耳时,感到痛苦,而在知道了他失去耳朵的原因时,我感到由衷的高兴。"

啊,原来是这样!

我们告别了文竹姐,默默地向宿舍走去。连里的同志除了班长们在连部开会,都去营部灯光球场看篮球赛了,营区里一片寂静。当走进空无人影的宿舍,我们三个人几乎同时把目光投向墙上的那个条幅。啊! 只是在此刻,我们才第一次明白了它的来历,明白了它的含义。

我望着那两位说:"记住,从明天起,我们三个人的名字是:赵河、武玖、卢啼夏。"

"学究"深深地点了点头。

"嘭!""提辖"捶了一下大腿……

金橘,隐在夜色里

聚集在院墙根部的夜色,缓缓地漫向整个庭院,终于,也罩向窗台上的那盘金橘,金橘枝间垂挂着那几枚小小的果实,最后闪了一下橙黄的光,没入了暗夜中。

室内,离休的军参谋长郑奉律,俯身写字台前,睁大昏花的双眼,在稿纸上点下了最后一个省略号。

总算写完了。这篇不长的回忆录,竟整整耗去了十天时间。

远处喧嚣的声音,随着夜的来临,慢慢地变小,加上经过院墙外边那些梧桐树叶的过滤,传到室内时,已几近于无了。

他伸手拉上窗帘,扭亮台灯,而后重重地将上身仰靠在藤椅背上,微闭上眼睛休息。淡淡的台灯光映着他那张苍老而略显憔悴的脸。那张脸上,既有着一般职业军人都有的冷峻和威严,又有几分知识分子所有的文雅和矜持——这个军里很少有人知道,他们这位运筹帷幄的参谋长,早年是就读南开大学历史系的学生。此刻,他边揉着额头两侧的太阳穴边长长地舒了一口气:一桩心愿了却了。

"老郑,饭好了。"老伴惠贞在外间喊他。因没听见他应声,走过来推开了这屋的门。

"吃饭了。"她拉亮了房间里的电灯。五十多岁的惠贞穿着没有领章的军装,显然也是刚刚离休的军人。不过,她自己身上已很少有女军人的那股英武了。人们从她的外貌上只能判断出这是一个贤妻良母,而不会相信她竟是在朝鲜战场上负伤两处仍坚持救护伤员的"战地救护女英雄"。

"你来给我念一遍!"郑奉律没理会老伴要他吃饭的话,指了指写字台上的那沓稿纸,慢声说道。随之,起身走到一旁的沙发前坐下。

"唷,写完了?"惠贞闻言高兴地走到写字台前拿起了那沓稿纸,"听说了没有?离休的刘副主任写的那篇回忆录发表了,因为回忆录中讲的是陈副司令指挥的千福山战役,副司令今天下午特地来看望他,给他拿来了好多滋补品,说不定以后他还能再当顾问哩。"

"你呀!"郑奉律瞪了妻子一眼,"你念我听,看哪些地方还需要修改。"长期的军事机关生活使他养成了这个习惯,自己起草的东西,完稿后,让别人念一遍,听了以后再去改。

"吃过饭再念吧。"惠贞的语调是商量。

"念了再吃!"郑奉律的口气不容置疑。他办事喜欢一气呵成。

她顺从地在藤椅上坐下了。他既是丈夫又是首长,她已经习惯于服从他的命令。

"郑楠!"郑奉律这时突然想起似的又向外间喊休假在家

的儿子。

"有事?"儿子冷冷的声音从外间传来。他是一支坦克部队修理连的连长,二十多天前休假回的家。像多数家庭一样,儿子同父亲的关系远不如同母亲的关系融洽。

"你爸爸喊你有事,快来。"惠贞小心地望了一眼丈夫,她随时注意在父子间做点调和。

同父亲的身架一样高大但却显得更魁梧的儿子,慢腾腾地进了这间屋。

"你爸写了篇回忆录,你听听看怎么样。"妈妈对儿子解释。

一丝几乎看不见的烦躁出现在儿子的眉心间,但只是一闪而过,随即,他在一把椅子上坐下了。

"念吧!"郑奉律向妻子颔首。

惠贞的眼睛保护得很好,不用戴眼镜,就能读出丈夫那熟悉的"瘦长体"字——

> 破絮似的云块越聚越多,有几块快要擦着那边的峤莲山尖了。
>
> 天,看样子又要下雪。
>
> 从日本海吹过来的冷风,不时卷起三师掩蔽部地上的薄薄一层积雪,向远处滚着。
>
> 掩蔽部里一片寂静,人们的眼睛都紧盯着自己腕上的手表——离战斗打响只有四分钟了。为了赶到大雪之前拿下面前的峤莲山,我们三师入朝以来第一次奉命在白天作战。
>
> 掩蔽部面敌一方中间的那个瞭望孔前,师长方承岳正微闭着双眼,在手中悠闲地玩弄着他那支一刻也不离身的勃朗宁手枪,这是他的习惯,每到战斗打响前最紧张

的时刻,他都要用这个办法来消磨这段最难熬的时间。

"还有两分钟!"身为师参谋长的我望着腕上的手表预告道。在我预告声响起的同时,两个作战参谋伸手抓起了通往两个炮营的电话话筒。这次战斗上级没有加强更多的火力,师炮团的两个炮营只好分在两个方向上分别支援步兵七团、九团作战。

"时间到。打!"我看着手表喊道。喊声刚落,只见师长猛地睁圆眼睛,飞快地插枪入套,急切地拿起了望远镜。

"这一段似乎写得有些拉杂,不吸引人。"惠贞望着丈夫说。她参军前虽然是北平医学院的学生,但也颇爱文学,入伍后又经常给军里的《战地快报》写稿,懂得写这类文章的要求。

"嗯。"郑奉律含混地应了一声,目光却停在儿子的脸上,他要看看儿子的反应,他希望儿子能从这篇回忆录中明白点什么。这篇回忆录,虽说他早就打算写出来,但真正下决心动笔还是在儿子这次探家之后。儿子这次是提前探家的,他原定下月底回来。到家后,一反往常那种四处访友的习惯,一直闭门在家,且脸上总挂着一副冷色。长于分析、判断的郑奉律,断定儿子在部队出了事。在几次询问不得要领之后,他向部队发信询问。从部队的来信中才知道,郑楠那个连的一排,不久前奉命修理一辆重型坦克,由于一排长责任心不强,组织修理时在一个要害部位留下了隐患,结果使这辆坦克在训练中出了重大事故,给国家造成了很大损失。上级在追究一排长责任时,郑楠为了保护连队荣誉,为了对得起当初同他一块插队、私人感情很好的一排长,竟一再寻找客观理由为一排长辩护。最后,部队党委也给了郑楠一个严重警告处分,他是在这种情况下提前休假的。

郑楠一动不动地坐在椅子上,脸上依旧是那副冷色。

"接着往下念吗?"惠贞注意到丈夫总望儿子,急忙轻声问,她知道两人随时都有发生口角的可能。

"念!"

五分钟的炮火急袭。

炮一营打出的成群的炮弹正在左侧敌人前沿阵地爆炸。透过团团腾起的硝烟可以看清,美军那些火力点、铁丝网、鹿砦、堑壕正在被掀开、撕断、炸翻、填平。

一丝满意浮现在师长的嘴角上。

但当师长把望远镜刚刚移向右侧的敌人前沿时,瘦削的双颊就一哆嗦,双鬓上那两根原本深匿在皱纹里的青色血管也一下子凸显了出来。炮二营营打出的炮弹大部分不是远了,就是近了,再不就是偏了,我步兵预定冲锋道路上的敌火力点和障碍物,只有很少一部分被摧毁。

"小楚,怎么搞的?"早已看出右侧火力急袭这种糟糕情景的我,禁不住在心里默默地报怨起炮二营营长楚志长来。楚志长入朝前曾给师长当过一段时间警卫员,而且在杏山剿匪战斗中还救过师长的命,同我也很熟。

"炮二营这是怎么打的?!"师长恼怒地转向我吼道。

"可能因为他们营的侦察兵、计算兵和瞄准手在上次战斗中伤亡过多。"我急忙答道。

"我不想听解释!"师长的话音刚落,步兵发起冲锋的号声响了,火力急袭已告结束。

"嘭!"师长挥拳向掩蔽部墙上狠狠地砸了一下,两鬓上凸现的血管在频频跳动。

他又举起望远镜向左侧进攻方向看去。炮一营的炮火正逐渐向敌人阵地纵深延伸,我步兵七团在炮火掩护下正顺利向敌人纵深冲去。但在右侧,我步兵九团刚一发起冲锋就遭到敌前沿火力点的阻击,镜内清楚地现出,战士们在接二连三地倒下。

"还不快告诉炮二营压制敌人?!"师长又转向我嘶声叫道,两眼瞪得吓人。

炮二营企图压制敌人的炮弹又飞了过去,但不少却仍是远弹和近弹,有几发炮弹甚至在我们步兵的冲锋队形里爆炸。

"我们不要炮火支援!不要炮火支援!!"报话机里传来步兵团团长气恼的叫声,"楚志长竟然迟滞我的行动,他小子是怎么打的?!"

"啪!"师长扔下手中的望远镜,急步奔过去抓起了直通炮二营的电话:"立刻停止射击!叫你们营长接电话!"营长楚志长刚报了一下姓名,师长就对着话筒恼怒至极地吼起来:"楚志长,你这个混蛋!你怎么打的炮?!你等着,我会找你算账的!!"师长从牙缝里讲出最后一句话,啪的一声摔下了话筒。

步兵九团在无炮火支援的情况下顽强地发展着进攻……

师长又走回到瞭望孔前拿起了望远镜,但托镜的两只手却哆嗦得使他几乎观察不成……

"吱呀"一声,外屋的门突然被推开。听这动静,就知道是女儿小舒回来了。她在驻守市内的军部通信营当兵,有时可以在星期六晚上回来玩一会儿。

"妈,你们吃饭了吗?"女儿那尖尖的嗓门在外间响了。

"还没哪。"惠贞这时把稿子放到桌上,起身去了外间。

郑奉律把目光又移向了儿子。

郑楠仍保持着原来的坐姿,脸上神色依旧。与刚才不同的只是他点起了香烟,缓缓地向外吐着吸进口中的烟雾。

"你们都在家里闲着,怎么到这会儿还不吃饭?"女儿在外间不客气地抱怨妈妈。

"给,扫扫身上的灰!"惠贞大概把一个刷子递给了女儿。

"妈,我今天跟我们连长干了一架。"小舒的声音里带着一股亢奋,"下午我在总机室值班时,出门同陶兰说了一分钟话,只耽误了军区司令部来的两个电话,连长就气势汹汹地走到我跟前,先是说我'渎职',接着又骂我'熊兵',最后又说因耽误战备要处分我,我同他大吵了一顿。他当众伤我的面子,而且身为一个男人竟骂我'熊兵',气得我真想当场上去给他两个耳光,他以为我姓郑的是好欺负的……"

"好了,好了。"惠贞在拦阻女儿的话。

"你们两个都进来!"郑奉律此时向外间喊道。

"爸,干啥?"女儿在外间问,她像是在换拖鞋。

"你爸爸写了篇回忆录,让你去听听!"惠贞代为回答。

"那有什么急的?"女儿明显不高兴了,"我还没有洗头哩!"

"算了,让她洗洗吧。"惠贞走进里间为女儿求情。

郑奉律皱了下眉头:"念!"

惠贞的低音又响了起来——

峤莲山终于被我步兵踩到了脚下。

三发绿色信号弹拖曳的弹迹还没有在空中消失,军党委发来的贺电还没有译完,师长就转对我和身边的警卫员挥了一下手:"去炮团掩蔽部!"

炮团团长和政委显然知道二营犯下的过错的严重

性,在跑出掩蔽部向师长敬礼时,两人的脸上都分明地带着一丝怯意。

师长没有理会团长、政委的敬礼,甚至连看也没看他们一眼就走进了掩蔽部。

半地下式的掩蔽部里寂然无声,所有的人都肃立在那里,只有冷风掠过几个瞭望孔时,发出一点轻微的声响。

在掩蔽部中间放着的木案的一头,站着二营长楚志长——一个二十七八岁的中等身个的男子。一种不知是愧、是悔、是羞还是怯的复杂表情,呈现在他那颇为清秀的脸上。

师长那骇人的、带火的目光直射到了楚志长的脸上,楚志长急忙举手向师长敬礼。

"你的炮打得很漂亮!"师长在掩蔽部中间的木案前停住脚步,眼望着楚志长声音异常平静地说道,但谁都能从那平静的声调里听出一种不可抑制的愤恨,"能用炮弹打自己人,了不起呀!"

楚志长艰难地嚅动着嘴唇,低低地解释道:

"射击诸元计算得不准……"但话及此处突然噤了口。

原来,师长此时慢慢地抬起了右手,伸向了腰间的枪套。

楚志长脖子上的喉结蠕动了一下,他似乎要说什么,但唇间终于没发出声音。

一丝惊骇几乎同时出现在掩蔽部每个人的脸上,谁都知道师长此时掏枪的用意。

"我不希望我的师里,留你这样了不起的军人!"

师长那缓慢而冷厉的话音刚落,那支勃朗宁已经握在了手中。

我的双脚挪动了一下,但很快又停在了原处。我知道师长的脾气,此时上前劝阻,只会促使他更快开枪。

掩蔽部里静得无一丝声息,连瞭望孔外掠过的冷风似乎也被惊住,停止了轻微的响动。

师长拉动枪机,推弹上膛。

一动不动地站在那儿的楚志长,此时只是默默地扯下了军帽。

师长握枪的右手抬高,枪口指向了楚志长的胸口。

楚志长突然想起什么似的撕下了胸前的志愿军胸章。

师长的右眉轻轻地跳动了一下。

"吧嗒。"一滴凝在掩蔽部顶盖受潮圆木上的水珠落在了地上,响声那样清晰。

有几个参谋、干事闭上了眼睛。

"叭!"枪响了!掩蔽部里这些听惯枪炮声的军人,几乎都被这一枪震得身子剧烈地一动。

然而,楚志长却没有倒下。子弹擦过楚志长的身子,钻进了掩蔽部的墙壁里。

一团土粒从墙上滚了下来。

师长把手中的枪重重地捣在木案上,枪口逸出一缕淡蓝色的发射烟。

楚志长木然地望着师长。意外、惊愕在人们的脸上交互出现。

"我忘了……"师长垂下头,声音低沉而显颤抖,"这里是志——愿——军……"

寂静在延续。人们定定地望着师长。

"楚志长,听着!"师长慢慢地抬起头来咬着牙说,"从今天起,你是步兵九团的一名士兵!我提醒你记住:你对祖国是欠了债的!"

楚志长雕塑一般地站在那里。

"去!天黑之前去九团团部报到!"师长朝楚志长恨恨地喝道。

"是!"楚志长哑声答罢,戴上帽子,缓缓举手向师长敬礼,然后一步一步地向门口走去。

掩蔽部里只听得见人们轻微的呼吸……

郑奉律的眼睛又转向了儿子。

郑楠脸上仍旧是那副冷冷的神色。只有仔细观察才能发现,他的眼里隐约浮出了一点不屑。

"妈,我那瓶'冷烫精'放哪儿了?"小舒此刻在洗漱间高声问。

"在——小橱的抽屉里。"惠贞这才从稿纸上抬起头来,刚才那一段读完之后,她的目光却怔怔地停在稿纸上。

"女兵不许烫发!"郑奉律向外间用力喝道。

"我只烫个辫梢!"女儿不满地甩进来一句。

"她们连里不反对女兵烫辫梢。"惠贞这时向丈夫轻声解释。

"都是你惯的!"郑奉律声调中的冷峻成分增加了。

惠贞立时不吭声了。她在女儿的工作问题上有短处在丈夫手里。小舒当初入伍本来是分到三师炮团卫生队的,那个团卫生队也确实很需要女卫生员,但惠贞怕女儿离家太远,没人照顾,悄悄找人活动,最后把女儿留在了市内军部通信营。为这,丈夫不知发了多少次火。

"接着念!"

惠贞的声音与刚才相比,显得低多了——

战线,在向南推进;战斗,在频繁进行。

今天,我们三师奉命拿下安道山。

冲锋号一吹响,我和师长的望远镜就同时对准了主攻方向上的尖刀连——九团九连。

高倍数的望远镜把尖刀连前锋同敌人厮杀的情景,清楚地拉到了我们的眼前:一个中等身个儿的战士,连续三次巧妙地炸毁敌人的火力点,四次刺倒反扑过来的敌人,始终冲在队伍的最前头。

"那个冲在最前面的战士就是楚志长。"我扭头对师长说。

"知道。"师长眼睛没有离开望远镜。

"他连续在七次战斗中都始终冲在最前边!"我又跟着补充,语气中忍不住带出了夸耀。

"哦。"师长含混地应了一声。

镜内可以看到:楚志长已经接近了安道山顶,他的身后紧跟着一个扛着红旗的战士。突然,大概是一颗手雷在两人的身边炸响,那个扛旗的战士猝然倒下了,身子跟跄了一下的楚志长扭身拿过红旗,倾力爬上了山顶,但他刚刚把红旗竖起,一团硝烟就又蓦然在他身边出现,他和红旗同时倒下了。

我在一惊的同时也瞥见,师长双鬓那两根青色的血管又一下凸显了出来。

望远镜内清楚地现出:三个美军士兵向那倒下的红旗扑去,而我们后边的战士离山顶还有一段距离。就在那三个敌兵将要扑到山顶时,倒在地上的楚志长突然直起上身半跪在那里,向他们射出了一梭子子弹。

企图夺回山顶的敌兵跟着倒地,楚志长半跪在那儿,一只手举起了那被打断一旗杆的红旗。

后边的战士冲上了山顶……

我扭头注目师长,只见他两鬓凸现的血管在慢慢隐去……

"妈,你们还不吃饭?我可是在连队吃过了。"长得比妈妈年轻时还要漂亮的小舒,披着一头湿漉漉的头发推门走了进来。

"快读完了。"惠贞的声音不知怎么竟有些发颤。

"爸,要我说,你有空就歇一会儿,干吗要去赶时髦写回忆录?你以为写出来就有人看?哼,我们连的兵,只要一看见报纸上的回忆录,呼啦一声就翻过去……"

"坐下!"郑奉律朝女儿低声喝道。

小舒望了一眼爸爸那阴沉的脸色,嘟起嘴坐到了沙发上。

郑奉律看了一眼儿子那神情依旧的脸孔,转向妻子说道:"继续念!"

枪声中度过了一个严冬。

炮声中又送走了一个盛夏。

这场历时三年的战争,终于使它的挑起者觉得必须停止了。

师里最先一批回国的人,大都是确定要转业的。楚志长也在其中。

今天,是这批同志登车起程的日子。

早饭后,要走的同志和送行的同志在停车场上作最后的话别。我和师长去给这批同志送行。

在车场一侧的木栅栏旁边,站着挂着一根拐杖的楚志长——他的右腿瘸了,一块不大的、注有"US"两个字母的弹片穿过了他小腿上的骨头。此刻,他正垂首站在那里吃力地用双手卷着一根烟卷——他过去就吸烟,烟瘾大得一天可以吸两盒。

师长缓步走过去,无言地站到了楚志长面前。楚志长卷好一支烟抬起头时才发现师长站在脸前,急忙举手敬礼。

师长没有还礼,只是凝望着楚志长的脸——那是一张消瘦、黝黑的脸,当初那几分清秀已消失得无影无踪,左颊上的一道长疤斜插入鬓边的头发里,右眉中间烧掉了一块。继而,又望着他胸前佩戴的八枚军功章,那其中一枚,是金光闪闪的志愿军一级军功章。最后,把目光停在了他那条瘸了的腿上。

师长缓缓地弯腰撩起楚志长右腿上的裤子,默默地用手摸了摸他小腿上那紫色的伤痕。

楚志长的腿在微微地颤动。

当师长重又直起身来时,楚志长低哑而微抖地开口说道:"师长,那笔债,我没有机会……去偿清……"

"啪!"师长突然挥起右拳向楚志长肩上捶了一下,这一拳这样重,不仅使楚志长把要说的话吞回了肚里,而且也使他的身子猛地趔趄了一下。

周围的同志都有些诧异地望着师长的这一举动,只有我和楚志长从师长的目光里看出了一种恳求,一种"别再说下去了"的恳求。

一阵吃力的嚅动,师长的嘴唇终于分开了,发出了滞重的声音:"原谅我方承岳……当初打的那一枪……

我……"

"师长!"楚志长猛地打断了师长的话,"我当时……真希望你能一枪打在这儿。"他指了一下自己的胸脯。

师长直直地望着楚志长,浑黄的双眸慢慢地罩上了一层水雾。

登车出发的哨音响了,楚志长艰难地举手向师长最后一次敬礼。

师长慢慢地伸手去两个衣袋中掏出了显然是预先准备好的八盒香烟,颤颤地递到了楚志长面前:"路上吸……"

楚志长无言地望了师长一眼,然后微抖着手接过那些香烟,一瘸一瘸地向他要乘坐的卡车走去……

"那天,是我扶楚营长上车的……"惠贞读完最后一句话,低低地说道。与此同时,有两滴水珠出现在她的眼角上。显然,回忆录也勾起了她的回忆。

"你觉得稿子有哪些毛病?"郑奉律向妻子问道,他看到了她眼角的那两粒水珠。

"就是……该用叙述的地方用了描写……"惠贞的话未说完,那两粒泪珠滚下了双颊。

"妈妈的眼泪真不值钱!"小舒撇了一下嘴,"不就是师长给了他属下几盒香烟嘛,也值得这样?"

"你?!"惠贞吃惊地望着女儿。

郑奉律异样地看了小舒一眼,起身走到妻子跟前,从她手中拿过那沓稿纸转身递向女儿:"把它看一遍!"

"你们不吃饭了?"小舒见爸爸阴沉着脸没应声,无可奈何地接过了那沓稿纸。

"你的看法?"郑奉律转向了儿子。

原本浮在郑楠眼中的不屑明显地换成了讥讽:"动不动就去历史上为当代人寻找榜样,这好像已经成了一种习惯!"他不高不低声调冷冷地说出了这一句。

惠贞惶惑地望着儿子。

"什么意思?"郑奉律的双眼瞪大了。

"我是说,社会在发展,今天再去宣传历史上军队中的那类莽汉,意义恐怕不大!"

血猛地聚到了郑奉律的脸上,他那原本泛黄的脸孔一下子涨红了,"你……好像还没有资格跟我谈论历史!"他的声音在抖。

这当儿,小舒已很快翻完了那十几页稿纸,在最后一页翻过之后,只听她不屑地说了一句:"噢,写了一对武夫!"

"啪!"郑奉律一拳砸在茶几上,几个茶杯被震滚到了地上。

小舒吃惊地望着爸爸,她刚才并没注意到爸爸神情的变化。

郑奉律两腿哆嗦着站起身子,手指着女儿一字一顿地:"再说一遍!"

小舒从未见过爸爸这么凶地发火,一时惊呆了。但她很快就又记起了自己的武器——哭。她边呜呜哭着边把身子向爸爸身边倾着:"给,你打吧!我说错什么了?我说错什么了?"在这同时,她向妈妈望了一眼,她期望着妈妈来拉开她,她断定妈妈会这样做的。

然而,妈妈没动,她只是定定地坐在原处,望着郑楠和小舒缓慢而清晰地开口说道:"有时候,要理解他人的感情,需要自己在感情的倾注方向上也和他人相同!"妈妈的语气中第一次没了惯常的那种柔和和亲切,"你们倾注爱和恨的方向同方承岳、楚志长的不同,自然不会理解他们了……当然,我没有资格说你们,我……也是刚刚才意识到……"

儿子、女儿都有些异样地望着妈妈,他们大概第一次听妈妈用这种语气说话。小舒停止了抽泣。

郑奉律慢慢地放下了那只指着女儿的手,在一阵沉重的喘息之后,缓缓弯腰拿起女儿扔在沙发上的那沓稿纸,先是捧在手上默默地看了一霎,然后从衣袋中掏出了一盒火柴,抖颤着手擦燃了一根,点着了那沓稿纸,扔在了地上。

默坐在那儿的郑楠,被父亲的这一举动惊得情不自禁地站起身来。一旁的小舒也蓦地睁大了眼。

惠贞在短暂的惊怔之后,急跑过去抓起了稿纸,但,只抓起了一半,剩下的已快烧尽了。

"我……害怕……"郑奉律望着妻子声音微弱地说道,"别人看了之后,真的再给我那两个死去的战友……加上'莽汉''武夫'的称号……"

地板上,最后一股火苗熄灭了。

夜风扑进屋来,把拉好的窗帘刮开了一道缝隙,在那帘缝消失的瞬间,窗台上那盆沐在灯光下的金橘,枝间垂挂着的那几颗小小的果实又闪现了一下身子……

通过"冲击道路"

一

天阴,加上停电,室内的光线暗得厉害。

这种光线已不适宜伏案写东西。封一涵、盛凌、曹富义三个教员都已停止了编写教案。曹富义凑到窗前读刚收到的一封信;封一涵在翻那本厚厚的用三号字排印的《地面炮兵》;盛凌则仰靠在椅子上闭目养神,一只脚脚尖在地板上轻敲着鼓点。只有瘦瘦的楚迈依旧伏在桌上继续写着什么,眼睛与稿纸的距离近得只有几寸了。

"战术教研室"三组的办公室,像陆军学校这座教研楼里的其他办公室一样,摆放着四张办公桌、四个小书架,四个教员在这里办公。

"小子!"在窗前看信的矮胖子曹富义,朝着信纸叫了一句,随即噔噔地向楚迈身边走来。

"谈谈通过'冲击道路'的速度。"曹富义站在楚迈身后,低下头念着,"从我步兵的冲击出发位置到敌第一道堑壕,我们习惯称之为'冲击道路',它是伤亡率最高的——写什么呢?论文?"曹富义的嗓门很高。

"嘿嘿,胡划拉。"楚迈抬起头,朝曹富义一笑。

"你看看窦逢山的来信!"曹富义把手中的信递到楚迈脸前,"这小子多顺,已升任团座,每月工资一百三了!"

"噢。"楚迈接过了信。

"操!同期毕业,人家回去当了团长,我等还在这儿当副营职教员,说起来是'军事教官',名称倒怪好听!"富义又发起了牢骚——学校人员流动慢,教员们的职务本来就比野战部队低,加上前次定职时,富义和楚迈又刚毕业留校任教,职务都没动。他虽然步入了中国第三代知识分子的行列,但在习惯、举止上都还保持着当初任步兵副营长时的那个样子。

楚迈看完信,笑笑,把信递还给富义,又俯身拿起笔来。

"写吧,发表了有稿费可以补偿,我老曹也跟着沾点光!"曹富义边说边走回到自己的办公桌前。

"这么说,"一旁的盛凌接了腔,"不久我们似乎就可以在《战术新论》上读到楚同志的论文了?老封,你说是吧?"

"嗯。"正翻着《地面炮兵》的封一涵,平时沉默寡言,对一般非必须回答的话题,统统用这一个字应付。

楚迈闻言抬头朝盛凌和封一涵含笑说道:"我恐怕写不好!"

"哪能呢?"盛凌轻轻撇了一下嘴角,又开始了脚尖对地板的敲击。

办公室又恢复了刚才的那种气氛,只是因暮色从窗口的渗入,光线愈加暗了……

二

楚迈提着讲义包夹在上班的人流中,慢慢向教研楼走去,脑子里仍不时浮现出《战术新论》编辑部那封退改信上的句子:"……论题选得很好,是目前进攻战斗中亟待解决的问题……但第一部分层次不太清楚,二、三部分论据尚不充分……望根据下述意见修改一遍,于十一月三十号之前用挂号信寄来,争取能在明年一月号发……"

楚迈怎能不高兴呢?要知道,他的研究文章即将被全军性的刊物发表,这意味着将得到整个战术理论界的承认,这可是天大的喜事。

两个月前,教研室安排楚迈同封一涵、盛凌一起去参观步炮协同实兵实弹演练时,楚迈发现该团的主攻营通过"冲击道路"的速度出奇地快,这引起了他极大的兴趣——他知道部队平时训练中提高通过"冲击道路"的速度,一直是个老大难问题,不少营、连干部,一直把提高速度的希望只寄于战士的快速奔跑上,结果训来训去效果不大。他当连长时,每当望着战士们因高速奔跑而变得十分苍白的脸,心里就觉得难受;回校后,结合自己平时对这个问题的研究,终于写出了这篇论文,没料到还真引起了重视。

楚迈第一个走进办公室。决定今天先改第一部分:"目前我进攻部队通过'冲击道路'的速度现状"。

这一部分层次不清。但究竟怎样分层好?是按冲击道路开辟的数量、质量来分,还是按进攻出发地距敌第一道堑壕的距离远近分,抑或按山岳丛林、水网稻田、平原、丘陵等不同地形上的进攻战斗分？楚迈边从讲义包里向外掏着书刊资料边思考着。蓦地,他记起了盛凌教员去年曾为学员五队开过一次讲座,其中有一个题目涉及了这个问题,请教他会加快这部分的修改速度。

楚迈急忙向隔壁挂有"整容镜"的值班室走去。盛凌正站在宽大的整容镜前,用自带的小梳子梳着打了发蜡的头发。学校要求教员在军容风纪上为学员做典范,盛凌每次走上讲台脱下军帽之后,他那打了发蜡的头发总是一丝不乱。此刻,镜中映出的盛凌那张丰腴白净的脸孔上,漾着诸事顺遂的人常有的那种矜持、自负和满足。用曹富义的话来说,盛凌属于"三有干部",即"有文凭"——他入中级指挥学校学习毕业后又入军事学院进修,持有大学本科文凭；"有靠山"——他岳父是本校的副政委；"有干头"——他是战术教研室青年教员中常受表扬的一个,有首先步入团职教员行列的可能。

"盛教员。"楚迈进屋喊道。

"哦？"盛凌扭过头来,见是楚迈,"有事？"

"嘿嘿,我想向你请教一个问题,是关于……"

"开玩笑！"盛凌冷冷打断了楚迈的话,"你的论文一发表,马上就是全军知名的青年战术理论家了,我一个区区小教员,值得你来请教？"盛凌的话里带着明显的妒意。在战术教研室,盛凌是出类拔萃的。他相貌堂堂、仪容端庄,往讲台上一站,一副标准的军事教官派头。由于他基础知识扎实,授课水平高,再加上他普通话说得极好,口语表达能力很强,所以他讲课很受学员欢迎。教研室每次教学讲评时,受表扬的青年教员中,他总是第一名。但自从楚迈毕业留校任教以来,这种情况开始改变了,学员们在评教活动中,总是反映楚迈在讲授中有新东西,值得听。去年学期终了,评先进教员时,盛凌在光荣榜上的名字竟被楚迈顶替了。这使盛凌心中很不是滋味,他几次在教研室拿着载有楚迈一篇战术短论的那期校刊说道:"咱们校刊上的这些文章有什么看头?不过是东拼西凑的杂烩罢了!"前不久,教研室讨论今年从临毕业学员中选留教员问题时,盛凌有意看了看楚迈说道:"选教员不应只限于我校的毕业生。俗话说,近亲繁殖出畸形儿,这样的血缘代代相传,教学质量势必下降……"

"嘿嘿,"楚迈没在意对方的态度,依旧笑着说,"是关于目前进攻部队通过'冲击道路'的速度现状问题,我记得你去年给五队讲座时曾谈到过……"

"对不起。"盛凌冷淡而不失礼貌地说道,"我这人记性不好,讲过的东西过后就忘,且没有保存讲稿的习惯,实在是爱莫能助。"说罢,把梳子往讲义包里一装,朝楚迈点了下头,便昂首提包出了门。

三

楚迈得不到外援,只好凭自己掌握的资料和自己的看法来改了。

他刚写了个开头,封一涵从外边走进来:"有件事讲一下。"

三组的组长外出参加学术会议了,封一涵在三组年龄最大、军龄最长,教研室郑主任指定他代理组长。"郑主任要我们组出一人,随阎副校长去野战部队调查毕业学员回部队后的工作情况,时间二十天,大家看谁去好?"

任务来得突然,谁也没吭声。这不是一件坏差事,但也不是一件好差事,整天就是坐车、奔波,从一个部队到另一个部队,开座谈会、听汇报、写调查报告,烦人。

"大家看谁去好?"封一涵又低声重复了一句。

"下个月谁没有课谁就去吧。"盛凌冷冷地开口。

楚迈不安地望了一眼曹富义。十一月虽然楚迈、封一涵和曹富义三人都没课,但楚迈知道自己不能出发,编辑部要求十一月中旬交稿,一出发就完了。而封一涵也不能去——他离婚后身边留下了一个四岁的女儿,再加上他那病弱的母亲,根本走不开。三人中只有曹富义可以去,然而他却一声不吭。

"大家看谁去好?"封一涵又重复了一遍,声音越加低了。盛凌曾把封一涵的这种变化称为"自尊心受伤后所引起的语言故障"。封一涵的妻子原是一个工厂工人,靠自学拿到了大专文凭,改行教中学后连续被评为优秀教师。相比之下,封一涵在学识上落在了后边。他是在当连长时因组织一次连进攻战术示范表演成功而被学校看中调来当教员的,没有学历,缺少基础理论知识,因此慢慢地在教学上成为一个十分平庸的教员,立功、受奖年年无份。他妻子不知是意在激他努力学习还是真有别的考虑,几次在他面前说:"我不想同一个庸人生活一辈子!"当妻子有一天又在重复这句话时,封一涵当即咆哮道:"离婚!"随之,便在街道办事处办了手续……

"楚教员似乎最近没课了吧?"一旁突然响起了盛凌不冷不热的一句话。

"我、我最近有点事,富义能不能去一下?"楚迈一听这话,慌了,急忙望着曹富义说道。

"为什么叫我去?"曹富义一听这话顿时瞪起了眼睛。要在往常,像这样的事他早报名要去了,但这两天他正在闹情绪——前天,郑主任让他给程副校长送材料时,他把给婷婷的约会信放在材料夹里一并送给了程副校长。向来以治校严格闻名的程副校长,当即把郑主任和曹富义叫去狠训了一顿。曹富义为此心里憋着一股怨气,楚迈此刻点他的名,那股怨气立时便朝他泄了过来:"为什么叫我去你不去?你不是也没课吗?"

"我那篇文章,编辑部要求十一月二十日以前寄去,我要一去就改不出来了。"楚迈知道曹富义的火暴脾气,赔着笑脸解释。

"嚄,这么说,《战术新论》离了你这篇文章就办不成了?!"曹富义的火气一上来,话就尖刻了。

"要我说呀,"一旁的盛凌此时开了腔,"咱们这里毕竟不是专门的军事学术研究机构,当工作和个人的副业发生矛盾的时候,似乎应该是先工作、后副业!"

楚迈听到这话,有些惊愕地回头望了一眼盛凌,随即用牙咬了咬下唇,低声说道:"那好,我去。"

四

星期天,神色疲惫的楚迈急急地迈着步子向教研楼走去。

他是昨晚熄灯时分才刚从野战部队调查回来的。调查原订二十天,后因途中下雨又延长了六天,编辑部规定的交稿日期早过了,可稿子仅仅改出了第一部分,他怎能不急?就这第一部分还是他途中利用一切可以利用的时间改出来的,随首长出发,归自己支配的时间实在有限呀!

他已在调查途中向编辑部去信说了不能按时交稿的原因,他决心回来后抓紧把二、三部分改出来,今天上午要找到《外军战术详述》之三这本书,查清敌人在我炮火急袭转为炮火支援后火力恢复的有关数据,下午动笔改第二部分。所以他一吃过早饭,便急急地来到教研楼——昨晚回来时,他已同管资料的曹富义说好,请他今天上午来开一下资料室的门。

他上了三楼,见战术教研室的资料室仍锁着门,知道富义还没来,便在走廊上踱起步来。

长长的走廊上空无一人,只有楚迈那皮鞋底磕击地板发出的单调的噗嗒噗嗒声。

八点半了,楼梯口还不见富义的影子,楚迈焦躁起来。怎么搞的?一个小时过去了!楚迈无奈只好跑到办公室往宿舍区传达室拨电话,请传达去喊一下曹富义。不料老传达慢腾腾地说道:"八点钟时有一个姑娘来找他,他同她一块出去了。"

"嗵!"楚迈猛向桌上砸了一拳。

然而,没有别的办法,还得等。《外军战术详述》是内部限量发行的多卷本书,全校就这一套,保存在战术教研室的资料室里,要想看到,只有等富义回来。

直到初冬的太阳快要走完它全天的路程时,富义才推着自行车出现在宿舍楼的下边。当他哼着轻快的歌儿上楼看到楚迈站在自己门口时,颇觉意外地问道:"怎么,有事?"他早把楚迈昨晚给他说过的事忘在了脑后。

"想查个资料。"楚迈淡淡地回答。他原本有几句气话要冲口而出的,但望着富义脸上幸福的笑容,他又强把那几句话咽回了肚里,他不想破坏富义的情绪。富义今年三十岁了,现在不谈恋爱,还要推到何时?

"咦!"富义猛拍了一下自己的脑袋,想起了昨晚他应允的话,"忘了,全忘了,走,走,现在就去查!"

然而,进资料室找了半天,也没找到那本《外军战术详述》之三。书架上没有,《借阅登记》上也没见谁借走。楚迈强忍住气说道:"你慢慢想想,看是谁没有登记借去了。"

富义拍拍脑袋:"记不起了。管资料真没意思,整天把脑袋搞得晕晕乎乎的。哎,我说,不查这本书不行吗?能不能找别的资料代替一下?"

"你怎么管的资料?!"楚迈气极地高声叫道。他遇事很少发火,今天,因为从早晨到现在这段宝贵时间的丧失,使他终于失去了克制。

向来吃软不吃硬的富义一听这话,眼睛也立时瞪圆了:"咋着?我挨了副校长的训还不够,你也要来训我?有什么了不起?出去!今天是星期日,不是资料室开门时间,我要回家休息!"

楚迈咚咚冲出了资料室。

"嘭!"富义重重关上了门……

五

楚迈没有别的办法,只好在第二天骑自行车去建在郊区县城的炮兵学校借来了他们那本《外军战术详述》之三,总算查到了要找的资料。

编辑部又来信催稿,说稿子最好在十二月二十号之前寄去,以便争取上第二期。今天已经十二月十一号了,还有一部分没有改,恰从明天起又有自己的课,看来,只有晚上干了。

"啪。"正当楚迈伏案沉思的时候,一本书扔在了他面前的桌上。他扭头一看,是富义站在桌旁,桌上扔着的是一本《外军战术详述》之三。

"操!总算找着了。被压在一摞报纸下,耽误你用了。"

富义笑着说。他的气来得快消得也快,早忘了当初同楚迈的争吵。

楚迈苦笑了一下。

"我说,你的牙怎么还不镶?"站在桌旁的富义这时又望着楚迈问,"告诉你,我让婷婷给你找的那个姑娘,下星期日跟你见面!"说罢,便转身向资料室那边走去。

楚迈摇了一下头,又忙拿过了待改的稿子的第三部分:"提高通过'冲击道路'速度的途径和方法"……

六

昨晚干到了一点半。

楚迈揉着发红的眼睛走进办公室,今天上午后两节课是自己的室内讲授,可以抓紧前两节课的时间改稿。

"……提高通过'冲击道路'速度的方法之二,就是缩小冲击的安全界。目前我军使用线膛炮时,安全界一般为二百到四百米,按最近的二百米……"

"咔嗒咔嗒。"正伏案书写的楚迈被两下很响的上锁声惊得抬起了头,原来是坐在前边的封一涵又在锁他的两个抽屉。封一涵抽屉上的两把锁都大得出奇,且每次出门,哪怕是上一会儿厕所,也要咔嗒上锁,真不知他那抽屉里装有什么宝贵东西。富义曾判断说,那抽屉里不是装有存折就是装有封一涵准备将来报复老婆的材料——教研室的不少教员都认为,自尊心上的伤疤不会不留痕迹的,封一涵对离了婚的妻子一定会记恨在心。

楚迈把思绪收回来,又继续写着:"……如果将安全界缩小成七十五米,则只需半分钟时间,我冲击分队便可突入敌第一道堑壕。在这段时间里,敌人最多只有三分之一的火力向我射击。"上一稿中,这一段就是以这句话结束的,但现在看来,仅写到这种程度还不够。战术理论研究归根结底,是为了给部队的战术训练以指导,还要把演习中炮兵怎样部署射击才能保证使安全界缩小成七十五米的有关情况写清楚。可惜上次去24团参观演习时,楚迈只顾在前沿观察、测量步兵缩小安全界的情况和数字,没有去炮兵阵地。猛地,楚迈记起,参观演习时封一涵三次都是去的炮兵阵地。

"有件事想问你一下。"楚迈走过去说。

"嗯。"封一涵眼睛望着窗外,又低低嗯了一声。

这一刻,楚迈才第一次注意到,刚刚三十六岁的封一涵,脸上的皱纹是那样多和深,两鬓也已出现了一些白发,头顶的头发也分明地变稀疏了。平时虽同室办公,但楚迈还从没在这么近的距离上仔细观察过对方。看来,家庭的不幸确实能催人老啊!

"当初咱们去24团参观时,你每次不是都去的炮兵阵地吗?关于他们改革炮兵部署和射击方法的情况和数字你记了吧?"楚迈满怀希望地问。

"没记。"封一涵低声而干脆地说了两个字。

"没记?"楚迈一下子从希望的顶峰跌下来。

"嗯。"封一涵边答边用手拨了下他办公桌抽屉上的一把铁锁,铁锁立时左右摆动发出"呼嗒、呼嗒"的声响。

"当初主任不是要求参观时要把有关的情况和数字都记下来吗?"楚迈的声音里带了点怨艾。但他随即又意识到不该对封教员用这种语气说话,人家当时又不知道你日后要用这些情况和数字。

"嗯。"封一涵又用手拨了一下那停止摆动的锁,立时,锁又发出"呼嗒、呼嗒"的声响。

"唉——"楚迈长叹了一口气。

七

星期天早晨,他赶到 24 团时,巧得很,掌握情况的作训股长、参谋长和团长都去师部开训练会议了。时间两天,师、团相距又很远,没办法,他只得往学校挂了个电话续假两天,留在团里等。

他是半夜时分坐火车赶回来的,回到宿舍后他真想倒在床上睡个痛快,但他强使自己迷糊一会儿就起来,已经续了假,不能再不上班了。再说,稿子已经推迟两次,不能再推了。

在办公室门口,楚迈与正要出门的封一涵险些撞了个满怀。楚迈含笑先说了一声"对不起",封一涵也破例地没有只"嗯"一声,而是客气地招呼了一句:"回来了!"

"操!眼红成这样,不在宿舍睡觉,还来办公室干啥?"富义一见面,就先高声叫道,不过话里却含着一种关切,"文章即使发出来,过一年后也变成了废纸,命可是自己的,要注意!"

"这你就说错了,富义!"盛凌在一旁不高不低地接上了腔,"俗话说,不吃苦中苦,难尝甜上甜。楚教员现在吃点苦,将来成了青年战术理论家后,每年都可到高级疗养院休养几个月哩……"

楚迈勉强朝盛凌笑了笑,然后坐在办公桌前,拿出这次的调查记录,开始接着写下去:

"……缩小安全距离,除提高火炮的射击精度外,在炮火准备的最后一次急袭射击时,还要改变对支撑点的射击方法……"

"哎,我说老韩,"一旁的盛凌这时高声向来借教材的二组韩教员说道,"你有没有出去逛逛山水、散散心的兴趣?若有,下次咱们也以写论文查资料为借口请几天假,出去转悠一圈如何?反正现在请假似乎也不难……"

楚迈听出了这话里的味道,不想去解释。"在使用引信和使用炮弹上,也要注意……"楚迈勉强坚持写到这儿,一片黑暗罩在了眼前,他不由自主地趴在了桌上。

八

稿子终于发出去了。

刊在了《战术新论》四月号上。

稿费是昨天——六月三十号才收到的。此刻,楚迈已委托富义拿着其中的三十元去服务社买吃的东西了。当初稿费没到的时候,研究室的好几个同志已开玩笑地要求:"稿酬来了要请客!"

脸颊有些青黄的楚迈静静地伏在桌上备课。稿子寄出后他病了一场,住了二十来天医院,体力还没有完全恢复过来。

"来呀,诸位,会餐!"富义提着提包欢叫着跑了进来,把买到的奶油巧克力、茯苓夹饼、龙虾酥糖等食品摆放到桌上,教研室一、二组的教员们也被富义喊了来,大家热热闹闹地围在桌子前。

"吃呀,吃呀!"楚迈真诚地让着大伙。

"楚迈,以后你可要继续写呀!"富义这时边嚼着茯苓夹饼边笑着说,"隔那么几个月上一篇,起码我富义也可以跟着解解馋!"

盛凌接腔道:"楚教员以后就是军事学术界的名人了,有你沾的光!老封,你说是吧?"

"嗯。"封一涵坐在自己桌前慢慢嚼着一块糖,心不在焉地点了下头。

楚迈吃力地笑了一下,他不想让自己破坏这个气氛。

"你的信,楚教员!"去收发室寄信的韩教员这当儿进屋,把一封信递到了楚迈手上。

"北京《战术新论》编辑部转楚迈同志收",楚迈有些奇怪地望着信封上的字,他走到自己桌前,慢慢拆开了信封。

那边,富义、盛凌和其他教员们仍在边说笑边吃着。

直到桌上的东西快要吃完,一、二组的教员都走了后,富义才注意到,楚迈仍手捧着那封信坐在座位上,双眼死盯着信纸。

"什么宝贝信,一直看到现在?"富义有些诧异地走过去,从楚迈手中扯过了信,但他只看了一眼,就高兴地叫道:"嗬,是读者反映,称赞楚迈那篇论文的!老封、老盛,我给你们念念如何?"

"我非常喜欢从各种各样的颂词中感受到一种快乐,念吧。"盛凌边嚼着巧克力边用他那不高不低的声调说道。

"楚迈同志,您好!"富义大声地念。

"我是云南边防四团二营营长夏南,今天之所以冒昧给您写信,是您发表在《战术新论》上的《谈谈通过"冲击道路"的速度》一文,给我们最近一次战斗以很大帮助。

"我觉得您文中所说的通过缩小安全界从而提高通过'冲击道路'速度的办法可行性很大,便报请团里批准,进行了两次实验,实验结果进一步证明您的理论可行。于是,在六月十二日我营夺回六笋山的战斗中,我把安全界缩小成七十五米,把配属我营的团属炮兵和师属炮兵的部署方案和射击方法按您文中的要求作了改革。战斗打响后,效果十分理想,当我营主攻连通过'冲击道路'扑入敌第一道堑壕时,敌人被压下的火力才刚要恢复。只有八名战士倒在这段路上,与往常的进攻战斗相比伤亡数大大减少,从而使随后的战斗进展十分顺利。战斗胜利结束后,上级给我记了功并授予我们营一面'攻如闪电'的锦旗。其实,只有我知道,这功劳主要应该归于您。我所以写这些,只是想告诉您,你们专业战术理论研究人员的工作速度,与我们一线部队战斗的胜败、与战士们的生死是连着的。"

富义读信的声音越来越低,吐字越来越慢了。

"经济理论研究的速度慢一点,损失的是金钱;而战略战术理论研究的速度慢,是要损失国土和生命的啊!我们一线部队的干部战士多么希望你们能想尽一切办法使获得研究成果的速度快一点、再快一点……"

这最后一段话,富义几乎是用自语的声调读出来的。

随着这段话而来的,是一阵长久的沉默。

不知过了多久,一直静坐在那里的封一涵,开始掏出钥匙去开自己办公桌抽屉上的两把锁,"咔嗒",锁被打开时的声响,在这静寂的气氛中竟显得有些震人。

封一涵慢慢地从一个抽屉里拿出了一摞厚厚的写了字的稿纸,然后起身缓缓地走到楚迈的桌前,无言地把它们摊放到楚迈的桌上。眼睛直望着窗外的楚迈,有些意外地低头看去。他第一眼看到的是那摞稿纸——那是一部书稿,书名是《现代进攻战斗中的地面炮兵运用——步兵24团三次实验性演习中炮兵部署和射击的有关情况及数据》。楚迈猛地抬头望着封一涵,震惊的目光分明在说:"原来你记下了这些?!"

封一涵的嘴角抽搐了一下,一种嘶哑的声音随之从他的喉咙里传出:"我想让这些资料首次出现在我的书稿上!"

楚迈怔怔地望着封一涵那张过早衰老的脸孔。

"看来,"封一涵缓缓地转过身去望着窗外,喉结上下跳了几次,才又发出低哑的声音,"当初那个和我离婚的女人给我下的鉴定是正确的:'庸人!'"

盛凌和富义吃惊地看了封一涵一眼,随之,便把目光移向了窗外。

楚迈的眼瞳轻轻跳了一下,也慢慢从封一涵身上移开目光,向窗外望去。

窗外,仲夏的天空一片湛蓝……

一个女军人的日记

小女儿的婚事我一定要管!

尽管她一再来信表示不满:"妈,你少管!妈,我是军校的毕业生,我有分辨力!"但我还是固执地一再让她详细说明她选中的那个男人的情况,我要把关!

我不能让小女儿走大女儿的路,婚后再让她选中的男人遗弃。

今天,终于收到了小女儿寄来的这个厚厚的邮件。这么重,看样子,她把那男人的情况详细写清了。

然而拆开一看,却是一封短信和一本日记。

妈:

你不是非要了解他不可吗?好!今寄上这本日记,其中凡折了角的,都写有他的情况,你看看他适不适合当

你的

女婿！

小蓳 85.1.3

这个死丫头,用这种办法来抗议我的干预。也罢,就看看这日记上写了些什么!

1982 年 9 月 26 日　星期日　晴

入学已快一个月了。

早晨起床后仍坚持长跑。姐姐来信警告我:"你的身体在变胖!"我心里的确有些紧张,一个二十七岁的老姑娘,本来已无多少魅力了,如果再向横的方向发展,将来给谁当"老婆"？没办法,只有吃点苦,坚持跑步了!

跑了两公里回来,天还未大亮。经过操场时,忽听扑通一声,只见有人从单杠上摔到了沙坑里。跑近一看,原来是同班的男同学傅沉,他正咧着嘴趴在沙坑里喘粗气。"怎么样？爬不起来了吧？"我边说边伸手去拉他,他却突然挥拳把我的手砸开,恶声恶气地喝道:"走开！"

"不识好歹！"我气得身子有些哆嗦。

他慢慢爬了起来。不过,大概由于摔得太狠,刚刚站起就又摔倒在地了。

"呸！"我恨恨地朝地上吐了一口唾沫,走开了。

见鬼！一清早就碰见这个不通情理的家伙！

下午收到妈妈寄来的包裹,内装"五香花生米"1500 克。又可以解解馋了。学校伙食太差！

1982年10月22日　星期五　小雨

　　今天是第四个雨天。

　　这个鬼地方，下雨下得人心烦！

　　全天观看"当代世界局部战争"教学录像片。下午课间休息时，听他们男生宿舍里说说笑笑的挺热闹，便走了进去。原来邱亢在讲他从法制报上看到的一个女人闹离婚的消息。结了婚的邱亢最爱讲这类新闻，我没有兴趣听这些，转身要退出时，突然发现门边靠床的一方墙上，用图钉钉着一张写着不少"正"字的白纸，于是我好奇地问："哟，这是干什么？计什么数呀？"

　　我的话音一落，傅沉霍地站起身来，冷冷地说道："这没必要问！"

　　我觉得我的脸蓦然红了。

　　"对不起，我不知道是你傅沉的，否则，请我问我也不会问！"我"砰"地摔上门，气咻咻地出来了。

　　小葽，你的嘴真贱！

　　姓傅的，你不就是个副教导员吗？有什么了不起？不要欺人太甚！

1982年11月7日　星期日　晴

　　今天上午，金苹让我和她一块去收男生们的脏衣服来洗，我真不愿去！说实在的，我连自己的衣服还不愿洗哩。不过，最后我还是去了。班里的四个女生中，就我没结婚，人家三个都是少妇了，还那么勤快，咱再不勤快点，那帮男生又该背后咒我是"没人要的懒姑娘"了!那天,我已经听见邱亢在轻声嘀咕:"刘小甚这丫头太懒!"以后再听见他这样说,非教训他几句不可!

衣服收来了,还真不少。我把一件男衬裤扔给金苹。讨厌,我才不给人洗这东西。我抓过两件男上衣放进盆里,打了肥皂搓起来。哎哟,什么东西硌了手?我伸手一掏,天!是两颗手枪子弹,其中一颗弹壳上还涂了点黑漆。"这是哪个家伙的?"我顺手把子弹扔到旁边的肥皂盒里。

没料到,过了一会儿,傅沉阴着脸出现在洗漱室门口,问道:"谁拿我的衣服了?"

"都在这儿。帮你们洗洗,太脏了。"金苹笑着解释。我心里却来了气:"老子辛辛苦苦给你们洗衣服,你那黑脸阴沉着给谁看?"

傅沉挨个盆子找他的衣服,最后竟在我的脸盆里拎起了他的上衣。倒霉!我怎么刚好洗的是他的衣服?

他拎起湿衣服摸了摸口袋,随后又气冲冲地问道:"我口袋里有两颗子弹,哪去了?"

"扔了!"我故意恨声答道。

"扔了?!"他的眉心间倏地凸起了个疙瘩。乖乖,那样儿像要把人吃了。就在这时,他瞥见了肥皂盒,忙把衣服丢下,跑过去拣起那两颗子弹。

我"噗"的一下,把他那件衣服扔到地上。

金苹瞪我一眼,把湿衣服捡过去了。

我注意到傅沉那张粗黑的脸孔红了一下,我心里顿时涌上了一丝快意。

他不配叫我给他洗衣服!

1983年1月15日　星期六　晴

　　今天,"军事辩证法"一科的考核成绩公布了,我得六十八分,不错。这种非主课在毕业成绩登记表里并不显示分数,只写明合格不合格,六十分以上即为合格,咱合格了!

　　吃过午饭去俱乐部,路过七教室时,忽听室内传出傅沉一声低沉的咆哮:"你这个混蛋、笨蛋!"我一怔:这家伙又在骂谁?轻轻推开虚掩的门一看,才发现教室里原来就他一人。只见他一会儿望望黑板上公布的"军事辩证法"考题的正确答案,一会儿看看手中自己的那份考卷,一会儿又挥拳捶捶额头。他不是已得了86分吗,又在发什么神经?

　　晚饭后听金苹说,学校服务社下午进了一种"贵妃美容霜",连续使用可以减少面部细纹。这话不可全信也不可不信,明天去买一瓶试试。

1983年4月12日　星期二　晴(早上有大雾)

　　上午课间休息,邱亢忽然拿着一盒装饰漂亮的蓼花糖走进我的寝室,他边散糖边眉开眼笑地叫道:"来,来,庆贺一下!"

　　"什么喜事啊,邱亢?"我把糖往嘴里填,笑着问他。

　　"他老婆已经让他这辈子能当岳父了!"班里的大个彭在走廊上笑着接了口。

　　"真的吗?生个女儿?"金苹我们几个都笑了——班里谁都知道,邱亢常常在合掌祷告,企盼妻子给他生个儿子。

　　"别听他瞎咧咧!"邱亢摇了摇头,"这蓼花糖是傅沉的,他在《军事学术》杂志上发表了一篇论文,我用他的稿费买的,代他请请客!"

我当时一愣:嘀,这家伙还能发表论文?

金苹她们立时到男生宿舍去向傅沉表示祝贺,我悻悻地坐着,突然意识到不该吃他的东西,可是已经晚了,蓼花糖已经化掉。也罢,吃他的蓼花糖,不见得就是尊敬他!

1983年4月24日　星期日　晴转阴

今天倒霉!

上午从百货大楼回来经过曲苑旱冰场时,一时兴起,便租了一双旱冰鞋滑了起来。正当我微闭双目,沉浸在飞滑所带来的快感中时,一个显然是刚学滑冰的小伙子摇摇晃晃地向我冲来,还没容我惊叫一声,便和他一起摔倒了。这一下摔得真重,好半天我都没爬起来,左胳膊上擦掉了一大块皮,更糟糕的是,左脚脖扭伤了,挪步时疼得要命。从旱冰场到学校这段街路恰恰没有公共汽车。没办法,我只得拄着一位工作人员递来的木棍往学校走。刚走出几十米,脚脖疼得钻心,我只好倚着棍子站在那里喘气。就在这时,忽见傅沉背着挎包迎面走来。他吃惊地朝我看了一眼,嘴角咧了一下,但什么也没说,只是把挎包往我脚边一放,便向远处跑去。不一会儿,他领来了一辆三轮车。走到我跟前,他对车夫说:"喏,就是这位女同志。"说罢,便扶我上车。

我心中对他起了几分感激,便顺口说道:"刚才摔倒那一刻,真像你上次那样,有点爬不起来了。"不料他听后,脸上的肌肉一抖,颊上原来就有的冷色霎时加浓了。我心里嘀咕:这句话难道又刺激他了?

他扶我在车上坐好后,说了一句:"我去省图书馆查个资料,不能送你!"便匆匆走了。

由这件事看,这人的心肠还算不错!

1983年7月8日　星期五　晴

今天差点出了丑。

上午以队为单位开展学术讨论,题目是"关于防御战斗中的'添油战术'问题"。

我根本就没准备在讨论会上发言。我对这问题不感兴趣!本人既不想在部队长期干下去,部队也不会让我长期干下去,全军有几个团以上干部是女的?咱当不了女指挥员,也不操那份心。万没料到,主持讨论的战术教研室秦主任点名叫我谈谈看法。我慌里慌张地站起来,匆忙之中讲了句:"'添油战术'不一定就好。"话音一落地,大教室里的人哄的一下都笑了。一旁的金苹急忙低声提醒我:"现在讨论的是如何运用'添油战术'而不是讨论'添油战术'好不好。"糟糕!我刚才没注意听别人的发言,现在可怎么办?没想到秦主任竟然郑重地说:"接着谈,把你的看法全谈出来!"天哪,我有什么看法!我刚才不过是顺口说一句,上哪里找理由来阐述?

正在我脸红耳热作难时,坐在前排的傅沉突然举手说:"我也同意刘小甚同学的观点,我来谈谈自己的看法。"

在得到秦主任的允许之后,他便站起来,侃侃而谈:"第一,从敌军炮兵火力的强度看,'添油战术'很难实行。战时敌一个摩步营编的压制火炮可达68—80门,我一个连的支撑点阵地最少要遭五万发以上炮弹的打击,在敌如此强大的火力压制下,要找'添油'的时机很难。第二,……"

当傅沉把他的四条理由讲完之后,整个教室里鸦雀无声。秦主任开口说道:"刘小萁和傅沉同志提出的观点应该受到重视,我个人也倾向这个观点。我们在探讨学术问题时,要敢于像他俩那样不让已有的结论束缚住……"

我很不自在地坐着,不少学员向我投来佩服的目光。天哪,他们哪里知道真实情况!

课间休息时,我找到傅沉想向他道谢,谁知刚说了一句:"谢谢你替我辩……"他便扭身走了。我没有计较他的态度,不管怎么说,今天是他使我避免了出丑,我应该感谢他!

1983年10月28日　星期五　晴

我躺在校医院里。晚饭后,金苹把我的日记本给送来了,我本不愿拿笔的,想想还是应该把今天的事记下来。

今早一起床,就觉得头晕、腿软,我知道是这次例假反常所致——这次例假量大,拖的时间也长。按计划,今天要去眉山参观步兵97团的进攻演习。我真不想去,可学校要求参观后每个学员写一篇观后感上交,作为进攻战术考核的试卷之一,占三十分。我不敢马虎。这张试卷不交,三十分就没了,万一因此而导致这门主课不及格,岂不要留级?

早饭后,我强撑着爬上汽车。傅沉也在车上。我知道他因为重感冒,已躺了两天,今天早上还在发烧。他大概也和我一样,因害怕不及格才硬坚持要去。

在眉山北侧无名高地,我勉强坚持着看完"炮火准备""通路开辟""突入敌前沿"三个演习课目。向第二个参观点转移时,我已无力挪步了。同时我感到,内裤又湿了,真是糟糕!我倚着一棵树喘气,一来希望力气能再回到身上,二来想待人都走后换换卫生巾。可是偏偏不称心,大家都走了,傅沉却还在刚才97团主攻营"开辟"的"通路"上用步子测量着什么。没办法,我稍站了一会儿,只好咬牙去赶队伍。我想实在不行的话,就给金苹说一声,让她扶我先上汽车,不参观了。

没料到,我刚走了一段,眼前突然一黑……我依稀记得自己好像叫了一声,底下的事就都不知道了……

醒来时,已是傍晚了。我发现自己躺在学校医院的病床上,床边坐着金苹。金苹告诉我:我晕倒后,是傅沉发现并把我背到停车处的。他因为还在发烧,身子弱,把我背到时,衣服全被汗水湿透了。大概因为出汗太多又着了凉,他体温更高了,现已住在医院里。我的心颤了一下。我知道,我摔倒的地方距离停车处至少有一千多米,中间都是高高低低的山路。把我这个一百一十多斤重的人背到那里,对于一个病了两天的人来说,可不是一件轻松的事。啊,傅沉!

手抖得厉害,不写了。明天一定去看看他!

1983年10月29日　星期六　晴

下午吃了药后,觉得精神好些了,便起床去男病房看傅沉。在走廊上遇到叶护士,她说傅沉的烧还没全退,这会儿睡着了。我悄悄推开他的房门,见他脸色潮红地睡在那儿,心里不禁难受起来,要不是因为我,他的病不会加重到要住院的程度。我站了一会儿,刚要转身出门,忽见他床头桌上放着几张写满了字的稿纸,走近一看,原来是一篇文章,标题是:"由97团主攻营的通路开辟情况谈破障手段的综合运用"。哦,他的观后感竟已写出来了,是上午写的?天哪,他还在发烧呀!

回到自己的病房后,不知为什么,我也忽然来了劲,伏在枕上，一鼓作气地写了篇演习观后感。

刚才，我让叶护士把金苹给我买的一瓶枣花蜂蜜给傅沉送了去，但愿他能早点康复。

1983年11月20日　星期日　晴

西北五省秋冬运动会今天下午举行田径项目的决赛，学校给学员买了团体票，大家都去饱了眼福。我最爱看这类比赛，观看过程中不断地拍着巴掌。唯一使我遗憾的是，我一向佩服的那位本省男子短跑冠军，今天竟只得了个第五名。

运动会结束，走出体育场好远了，我才发现，刚才只顾拍巴掌高兴，把从图书馆借来的苏联小说《选择》掉在体育场。我急忙转身回去寻找。进了体育场，我吃惊地发现，傅沉竟还孤零零地端坐在空旷的看台上，双目直望着场地中一男一女两个运动员。嘀，这个怪人，这会儿还看什么？我找到那本书后，便轻步走到他身边问道："你怎么还不走？"

他扭头看了我一眼，似乎有些意外，但立刻又转过脸去，就在这一瞬间，我注意到他的双眼中有泪珠在晃动。啊，入校以来，我这还是第一次在他眼里看到泪珠。他这是怎么啦？他看到了什么？

我顺着他的目光看去。场中的男运动员原来就是只得第五名的那个本省短跑冠军。此刻，他正在女运动员的指点下练起跑动作。看那两人边练边不时亲昵地互推一下的样子，显然是一对恋人。

"你到底在看什么？"我禁不住又发问了。

他默然不答，只是定定地望着场中，好久之后，才听他含糊地自语了一句："他们已经见惯了淘汰……"

我不知道这句话是什么意思,但我从他那茫然若失的神情里看得出,他有心事!

我真想弄清他在想些什么!

1983年12月27日　星期二　小雪

上午,有一个穿军装的老头来找傅沉,大概是他们单位的什么干部吧。他们两人在队部接待室谈话时,我刚巧去接个电话。进门时,我看见傅沉正拿着上次我见过的那两颗手枪子弹,对那老头低声说着什么。那老头笑着大声说:"还给我吧!"傅沉摇了摇头,又把那两颗子弹郑重地装进了衣袋。我感到奇怪,待那老头走后,我问傅沉:"那两颗子弹是怎么回事?"不想他一听,脸色立刻阴沉下来,冷冷地说道:"没必要问!"

要在往常,我也许会回他两句,但现在,不知怎的,我不想再惹他生气了。

那两颗子弹也许有什么秘密!

又:熄灯前听邱亢说,上午来找傅沉的那个老头是傅沉所在军的军长。奇怪,军长向傅沉要那两颗子弹干啥?

1984年4月12日　星期四　小雨

第四学期的日子似乎过得特别快,转眼又是一个多月了。

昨晚做了一个梦,竟梦见我和傅沉手拉着手在逛公园。天哪!我这是怎么了,怎会做这样的梦?!

1984年5月8日　星期二　晴转多云

上午接到姐姐来信,信上说她托人为我物色了一个"朋友"。中午我回信告诉她:"'朋友'还是让我自己来找!"

下午,校长陪着一个满头白发的老军人来找傅沉。邱亢立刻打听到那白发军人的身份和来意:北京军事科学院营团战术方面的老研究员,是顺道来看看傅沉的。他很重视傅沉前不久在《军事学术》上发表的第五篇论文《再议"攻坚中的韧劲"》。

他们谈了很长时间,临走时他握着傅沉的手一再说:"不错,不错,应该给你提供更好的研究条件!……"我注意到此时校长脸上浮着自豪的微笑。而我莫名其妙地,心里也突然涌起了一阵自豪。呸,刘小萁,你自豪什么?

不过,傅沉脸上依旧是那副冷漠的神色。他倒真能沉住气。人在该得意的时候不露得意出来,也不是容易办到的!

1984年6月20日　星期三　晴

今晚市歌舞团来学校礼堂演出,傅沉的座位刚巧和我的挨着。开演前,我几次有意找话同他搭讪,他却总是"嗯""哦""呀"地支应过去,一个劲地同坐在他那边的大个彭讨论今天下午上的电脑课。莫非他还在因第一学期的那些事生我的气?记得当初姐夫提出同姐姐离婚的第二条理由就是"她不温柔",傅沉会不会也因为嫌我不温柔而不理我?男人们是不是都喜欢温柔的女人?

该死!这两晚总失眠,失眠时偏又总是傅沉的面孔在眼前晃!

1984年7月2日　星期一　大雨

　　最后一门课考完了。
　　这种可怕的"考试折磨"终告结束,再有九天,就可以拿到那个红封面的大学毕业证,当知识分子了!
　　在校时间已经不多,要不要找傅沉"摊牌",姐姐昨天来信,告诫我在这种事上不要太傲气。好,不傲气,去找他!可怎么找?万一他拒绝了怎么办?一个堂堂的正连职军官找上门,人家都不要,岂不丢死人了?
　　嗨,不管这些了,明天找他!

1984年7月3日　星期二　多云转晴

　　今天搞毕业鉴定,先自己写。
　　晚饭后,我发现其他男生都去散步了,只有傅沉进了宿舍,便也轻步跟了进去。
　　他显然没有发现我,只见他径直走到自己的床前,望着钉在墙上的那张密密麻麻画满了"正"字的白纸出神,随后,他掏出钢笔开始数那些"正"字。数完,自言自语地说道:"1480,还有八天。"这时,我忍不住问道:"还有八天干什么?"
　　他闻声倏地转过身来,瓮声说道:"不干什么!"
　　我这才记起我曾经碰过一次钉子了,这是他的忌讳。
　　"你有什么事?"他这一声冷冷的问话,使我有些慌了,怎么说?说"我爱你"?出不了口!
　　"没什么事。"我终于开口了,"快毕业了,毕业后有什么打算?"

"打算?"他眉心间的疙瘩正慢慢凸起,脖子上的喉结动了动。可就在这时,邱亢风风火火地闯进来,扯住傅沉便往外拉:"快,我和小段打了玩双杠的赌,你来当裁判!"走到门口时他才发现我站在屋里,立刻大惊小怪地叫道:"哟,你们是不是在谈——爱?"

"滚!"我朝邱亢跺了一下脚。

天哪!可别八字没一撇,先让邱亢嚷得满城风雨。

1984年7月4日　星期三　晴

今天开始以班为单位通过个人鉴定。

休息的时候,邱亢连蹦带跳地带回来一则消息:"北京军事科学院来了公函,要求把傅沉分配到他们那里。校长在公函上批示:'我意请他留校任教,但究竟去哪里,应征求本人意愿'。"

"是吗?"同学们立时围住了邱亢。我们这批毕业生的分配原则是哪儿来回哪儿去,所以这消息使大家感到意外。

"真的吗?""哪儿听到的?"大伙七嘴八舌地问邱亢,只有我一动不动地坐着,我在听到这消息的那一瞬间就相信了。傅沉的各科成绩平均在九十分以上,两年间又发表了六篇有质量的战术方面的论文,是我们这一届的两个特优生之一,当然会受到研究机关的重视。但我的心不知怎的却突然一沉。

"还有假?我亲眼在队长桌上看到那份公函!"邱亢进一步证实道,随即转向傅沉,"我说,队长要征求你意见的话,当然是去北京!"

"是呀,傅沉兄,以后咱到北京出差,也有个落脚点了。

到时去你门下讨口饭吃,可别不认人呀!""眼镜黄"开着玩笑。

"可惜咱不是个姑娘,是的话,一定嫁给傅沉,好到都城里去当研究员的娘子!"邱亢拿腔拿调地叹息着。

全班同学哄然大笑。我感到我的脸红了。暂时不能去找他!我立时在心里做出了决定。我不能让别人认为我是在攀高。

不过,当大家的说笑告一段落时,傅沉冷冷地说了一句:"我回原部队!"

没有人把他的这句话当真,我却真愿他这句话是真的!

1984年7月5日　星期四　晴

下午,班里正讨论队长的总结时,队部文书进来叫道:"傅沉,楼下有个女的找你!"

"女的?!"我的心紧了一下。

"文书,那女的多大年纪?哪儿来的?"邱亢喊住文书嬉笑着问。

"挺年轻的,哪儿来的没问。"文书红着脸答道。

"快去呀,傅沉,艳福来了!"邱亢转身朝傅沉叫道。

我注意到傅沉眉心间的那个疙瘩又凸了出来,只见他慢腾腾地起身向门外走去。

什么样的女人找他?中间休息的号声一响,我便急切地向楼下走去,我要去看看那个女人。

傅沉和那女的就站在队部门前的走廊上。我虽然只看了那女人一眼,一股莫名的妒意就升了起来:她比我漂亮!那白白的肤色,秀气的脸庞,匀称的体形,那长波浪的发型,统统比我强!

当讨论重新开始时,我的脸色一定很苍白,以至于金苹问我"是不是病了"？我摇了摇头,强使自己平静下来。

"傅沉这小子真是三喜临门呀！评上了特优生,两处争着要,又有一个漂亮女人找上门。"邱亢打断讨论大声评价着。这当儿,傅沉走了进来。我注意地看了他一眼,他脸上似乎没有喜色。

"哎,怎么回来了？"班长有些奇怪地问傅沉,"去吧,不用参加讨论了,你去陪人家说说话,安排她在招待所住下来。"

"没话说！"傅沉边点烟边冷冷吐出了三个字。

"怎么能没话说？"邱亢接上了口,"'爱你啦''想你啦'一类的话多说一点,加深感情嘛！"

"你少插嘴！"傅沉突然转身朝邱亢叫道,眉心间的疙瘩凸高了。

邱亢伸了伸舌头,闭了嘴。

不知为什么,我心里一阵高兴。可恰在这刻,文书又进屋叫道:"傅沉,找你的那位女同志在队部哭了,队长让你下去。"

"哦？"班里的同志都把意外的目光投向了傅沉。

傅沉照样抽他的烟。

"你们两个究竟是什么关系？"班长严肃地问傅沉。

"没关系。"傅沉吸了一口烟,慢腾腾地答道。

后来听邱亢说,晚饭后,是队长领那女的去招待所住下了。

1984年7月6日　星期五　晴

上午照毕业相。

照完相回到宿舍,听到班长在男宿舍里气恼地吼叫着,我和金苹闻声过去,只见班长正对着傅沉叫:"……好哇,你现在大学毕业要进北京了,连恋人都不认了!你想想,你良心上过得去吗?你这种行为像不像陈世……"

"行了!"坐在那儿闷头抽烟的傅沉突然挥拳擂了一下桌子,"我的事你少管!"

"少管?!"班长瞪起眼睛,"告诉你,这样不道德的事我偏要管!"

"算了。算了!"邱亢嬉笑着推开了班长,"随着第三次文明浪潮的到来,家庭意识淡化和婚姻不稳定现象将越来越普遍,这种情况就不要往不道德一类里归了。"

我怔怔地望着傅沉那张冷冷的脸。难道他竟是一个地位一变就喜新厌旧的人?他今天可以抛弃这个女人,难道以后不会再抛弃第二个女人?

我的心悸动了好久。我开始对那个女人产生了同情。

1984年7月7日　星期六　小雨

两年了,直到今天,我才算了解了傅沉!

早饭后,大伙正在忙着收拾行李,那个女人又到宿舍找傅沉了。望着她那红肿的眼泡和明显憔悴了的脸庞,我心里忽然涌上了一阵对傅沉的怨恨:人,怎能这么绝情?

那女的刚一进男生宿舍,就听傅沉冷冷地问:"怎么还没走?"

"你怎能这样说话?!"班长瞪了一眼傅沉。

"走吧。"傅沉没理会班长的指责,依旧对那女人冷冷地说。

那女的终于捂着脸转身跑下了楼。

我感到我望着傅沉的目光中多了几分气愤。我注意到宿舍里的同志都愠怒地望着傅沉。

"记住!一个人在学本领的同时,还应该学做人!"班长几乎是在吼叫了。

傅沉双手抱头,缓缓蹲了下去。沉默充塞了室内,只有雨点在单调地敲着窗玻璃。过了许久,傅沉低哑地说道:"我本来不愿提起过去的,看来,不提是不行的……"

"……大家和我虽然在一起生活了几年,但你们还不知道,我,曾经当过团长!"

"哦?"大家都有些吃惊。

"刚走的这个女人,"傅沉的嗓音显得更加嘶哑,"曾经做过我的妻子,当过团长夫人。"

"啊?!"我差点叫出声来。他曾经结过婚?

"……在我二十九岁的那年春天,我因写了一篇训练经验材料被总参转发而在师里出名,遂由一名副教导员直接晋升为团长,当时,我是我们军里最年轻的三个团长之一。在我正沉浸在晋升所带来的喜悦中时,新任军长——就是上次来过这里的那个老头,突然对全军副团以上干部进行了一次全面考核。我根本没料到考试的科目是那样多,评分标准是那样细,要求又是那样严。结果,我的成绩不仅低于其他团长,而且也低于本团的副团长和参谋长。更糟糕的是,在紧接着进行的一场演习中,我又没能带领全团完成任务,而且出了事故。立刻,军长亲自来团里召开了干部大会,我估计会有一顿严厉的批评,做好了挨剋的思想准备,但万没料到,军长在会上宣布的却是一项决定:撤去我的团长职务,降职改任三营副教导员……你们可以想见我的震骇程度,我直直地立在会场,从下午直站到晚上……

"随后,军区报纸就此事发表了头条新闻,'某军大胆改变只能升不能降的用人制度,将不称职的一名团长连降三级'。这猝然而至的变故使我陷入了极端痛苦之中。就在这时,我的妻子——就是刚走的那个女人,在几天的哭泣抱怨之后,以不能忍受人们的议论为理由,突然向我提出离婚,并很快去医院流掉了她怀上的孩子……

"离婚手续办完的那天,我对生活已彻底绝望,我想到了最后一条路,自杀!……"

傅沉的声音愈加低哑了,他把双拳抵到额前,痛楚地摩擦着额头。我觉得自己望着他的双眼里腾起了一层水雾。

宿舍里的每个人都屏息听着。

"那天上午,我插上宿舍门,拿出自己的手枪,往弹匣里压进了这颗子弹。"他边说边慢慢地从衣袋里摸出一颗手枪子弹,我认出那是我见过的两颗子弹中涂有黑漆的那颗,"当我把枪口对准自己的脑袋时,我忽然想起,应该给父母留下几句话,于是,便铺开信纸写起了遗言。我刚在信纸上写了'爸爸、妈妈'几个字,一直在暗中关心我的营长猛然把门撞开,抢去了我的手枪。就在我求他把枪还给我时,十分意外地,军长带着警卫员出现在门口。

"'我去五师有事,顺道来看看你,给你捎了点礼物。'军长边说边接过警卫员提着的一个挎包进了屋。我慌张地望了一眼提着我的手枪的营长,很怕他向军长说出刚才的情况。

军长把手上的挎包往桌上一放,扯开挎包的拉链说道:'给你带来了几本书,你看看。'他带来的都是与上次考核内容有关的专业书籍。但很快,他注意到了营长提着的手枪,看到了我写有'爸爸、妈妈'四个字的那张信纸,发现了营长和我的不正常的神情。只见他的眉毛扬了一下,伸手从营长手里拿过手枪,缓缓地拉动枪机,于是,我压进去的这颗子弹跳了出来。

"'只装了一粒?'军长慢吞吞地问,我不知所措地点了点头。

"'根据我的经验,自杀时只用一粒子弹不够。'军长望着我,用平静得像是拉家常的话音说,'因为在扣扳机时,枪口总要不自觉地做一些移动,因此,有两粒子弹要保险一些,人在那一瞬间是完全可以再扣一下扳机的。你看我,'他用手指了一下自己的左耳根,我看到那上边有一个圆形的疤,'我也自杀过,自杀时因为只有一颗子弹,结果打偏了,没成功。不过,我自杀时不是坐在办公桌前,而是躺在战壕里,原因是不愿当敌人的俘房!'"

我僵了似的站在那儿,一动也不动。

"'看来我今天还应该再带一样礼物来,警卫员!'他边说边从应声走近的警卫员的枪匣里又抠出这粒子弹。"傅沉说着从衣袋里掏出了另一颗手枪子弹。

"军长把两颗子弹放在一起,很轻松地说道:'有两颗子弹自杀时会保险一些。我当兵这么多年,还一直没有参加过懦夫的葬礼,如果你弥补了我这个缺憾,那我真是太荣幸了!我会叫人在你墓前立一块石碑,上边刻上:这里趴着一个软蛋!'说到这里,他声音突然提高,带着一股不可遏止的怒气吼道,'要死就快死!'吼罢,便猛地大步走了出去……

"在那一瞬间,自尊心受到强烈刺伤所引起的疼痛,使得我身子剧烈地哆嗦起来,我在心里大叫:我不死!我决不死!!

"……我活下来了,我发誓要'爬起来'!也就是从那天起,我挂起了这个独特的日历。"他指了一下墙上钉着的那张写满了"正"字的白纸,"我想算算我得需要多长时间才能'爬起来'……

"我心里明白,对抛弃我的妻子,不应该一味责怪,她毕竟和我一样,也是第一次经历这种淘汰,不可能像运动员那样冷静地看待它……但是……但是……唉!"

傅沉紧紧地抱住脑袋,不再说话了。

屋里一片沉寂。

好久好久之后,班长才缓缓地把手放在傅沉的肩上,那么缓缓地、一下一下地拍着……

1984年7月8日　星期日　晴

昨晚失眠了。

天亮时分睡了一会儿,竟还做了一个梦。现在还依稀记得梦中的一个情景:我们军长在我的毕业证上用红笔批了五个字:"末流大学生!"

我不知怎的忽然有了一种预感,凭我现在的这点本领,社会对我的第一次淘汰也不会太远了!

如果淘汰真的降临到身上,我多想躺在一个男人怀里歇歇,听听他的安慰和鼓励啊!

这个男人只能是傅沉!只有他才会给我力量!

我要得到他!

谨请那位"前妻"原谅我刘小茝的狠心了!

总算看完了。

该怎么表态?

唉,又是一道难题。

相 知

虽说时令已是晚秋,但上午十点来钟的阳光还挺有劲,加上这一阵忙活,老臧头那件缀有两块蓝布补丁、前襟上沾有不少饭嘎的褂子后背上,几乎全被汗水湿透了。他站在清扫后的男厕所里,查看着那三十个冲得干干净净的大便坑,那两个刷得清清爽爽的小便槽,那光亮可见人影的水泥地坪,那无一点脏物沾抹其上的四壁。当确认已彻底干净之后,他撩起衣襟擦了一下脸上的汗,把笤帚、粪锨、尿勺、水桶、拖把向粪车上一放,便推起车准备去隔壁的女厕所清扫。

这男、女厕所都是没有自来水冲洗,且厕外没有粪池与大便坑和小便槽相通的旧式半露天厕所,每天需要打扫一次。类似这样的厕所原来在宿舍大院里还有几个,两栋室内带有厕所的新宿舍楼盖起后,拆得只剩下了这两个。别看这厕所是旧式的,但老臧头平日却把它收拾打扫得跟大城市那些装有抽水马桶的高级厕所一样干净。尤其在厕内气味上,可以说比大城市那些厕所还要好闻。因为每天清扫完,老臧头都要点燃起自己采集晒干的艾草和薄荷叶在厕所里熏一阵,所以人们走进厕所后,总是闻到一种薄荷香和艾香混在一起的淡淡的香味。上次省里阎副省长来行署检查工作,有一天从这个厕所里出来后对冯专员开玩笑地说:"真应该在这里开个厕所卫生现场会……"

这厕所自打一九五二年盖起后,就一直是由老臧头负责打扫的。不过那时他不叫老臧头,叫臧柱子。臧柱子本是城外五里桥村的农民,因不时来地直机关的厕所里出大粪往村里拉,一来二去地和机关行管科的人熟了。以后机关的人越来越多,行管科感到确实要有个专人来负责出厕所和垃圾,便收臧柱子为正式职工,把宿舍院东北角原来一间堆放杂物的小房子给他做了宿舍。一晃近三十年过去,臧柱子宿舍没变,工种没变,只是人变了,变得老多了,常年弯腰拉粪车,腰伛偻了,且得了个咽炎病,几乎每说完一句话都要"咳咳"两声。随着人的改变,人们对他的称呼也就变了,由原来的"柱子""小臧"变成了"老臧头"。

"里边有人吗?"老臧头拉着粪车来到女厕所的影壁墙外问,然后把耳朵贴在墙壁上听。"吭!"里边传出了一声咳嗽,哦,有人。他每天进女厕所前都要这么问一句。那次他问一声后因没听见里边有回话,就拿着笤帚走了进去,谁知刚进门,那双昏花的老眼还没往里看,一句女人的怒骂就兜头砸了过来:"出去,老东西!"骇得老臧头慌忙捂上眼睛转身跑了出来……

老臧头放下粪车,捶捶腰部,便走到了厕所前用砖头垒成的垃圾箱旁。他要抽这个空看看垃圾箱里有没有可捡的东西。院里住的都是机关干部,垃圾箱里经常可以见到一些糨糊瓶子、破布头、旧鞋、牙膏皮等物品,这些东西捡出来拿到废品收购店,是可以卖几个钱的。要知道,老臧头最近急需一笔钱。他那十九岁的侄儿二坯——他弟弟的二儿子,最近说了个对象,女方要先收八百块定钱。一个农村小户人家一时上哪去弄这么多现钱?没办法,侄儿便只好来找拿工资的大伯帮忙,让他给凑四百元。老臧头一辈子没结过婚,一直把家族兴旺的希望寄托在几个侄儿身上,自然是要尽力相帮的。不过因为平时常接济弟弟一家的生活,身边只攒有二百来块钱。没办法,先向别人借了点。为了还借来的这部分钱,老臧头新找了两条挣钱的路子,一个是在空闲时用地排车替机关干部由煤店往家里拉蜂窝煤,拉三百公斤收三毛钱,比煤店送煤的少收一半钱;再一个就是捡废品、破烂去收购店卖。嗬,今天的运气不错!老臧头在垃圾箱里翻腾了一会儿,就捡出了十来件可卖的东西。

"老脏头,又发大财了!"一个姑娘的声音从背后传来。老臧头闻声扭过脸,见三个姑娘站在近处,其中一个胖胖的姑娘正望着自己咪咪地笑。他也蔼然地笑了一下作为回答。因为干出厕所、垃圾这个脏活,加上平时又没有人帮助洗衣、刷鞋,他的衣着显得脏些,所以院里的青年人都把他那个"臧"字改成了"脏"字,习惯喊他"老脏头"。他脾气随和,不管别人咋样喊他"老脏头",他总是宽厚地笑笑,从不发火。

"给,老脏头,这里有一颗铁钉。"胖姑娘用脚把地上的一颗旧铁钉向老臧头身边踢了踢。

"嗬,老脏头又要增加一大笔收入了!"另一个脸上有雀斑的姑娘笑着叫。

"就是,老脏头的存折上又该添个数字了!"胖姑娘又嘻嘻哈哈地说。

"小胖、小芸,闲话不少!"第三个面孔漂亮、身材匀称、衣着讲究的姑娘嗔怪地瞪了两个女伴一眼,同时向老臧头投去冷冷的一瞥。

三个姑娘相互簇拥着走进了女厕所。这当儿,老臧头边弯腰拾起胖姑娘刚才踢过来的那个旧铁钉,边在口中感叹似的说道:"日子过得真快呀!"

当年,这几个女孩子小时候来厕所,老臧头怕她们掉进大便坑,总是亲手把她们抱到大便坑上蹲好,谁身上不小心沾了屎,老臧头发现后总要仔细地替她擦干净。当初的小丫头,转眼就变成了大姑娘,成了大学生。就说刚才那个衣着讲究的漂亮姑娘小钰吧,出生的那天,还是老臧头送她妈去医院产房的。那是一九六一年秋天的一个上午吧,当时的臧柱子拉着粪车来到女厕所影壁墙外问:"有人吗?"里边传出的是一声轻微的呻吟。他一愣,停在了厕所外。待了很长时间,仍没见人出来,便又问了一句:"有人吗?"片刻后传出的又是一声低微的、痛楚的呻吟。臧柱子心里一惊,大着胆子进了厕所,这才发现身怀重孕的水利局的助理工程师丁璐琪晕倒在厕所里。他慌忙奔上前,脱掉自己的外衣,擦去孕妇身上沾着的粪便,然后抱起她便急步向医院跑去,直至听到小钰呱呱坠地的哭声,臧柱子才长舒一口气离开了医院。多快呀,现在的小钰已经出落成一个漂亮的姑娘,听说已经医学院毕业,分到地区医院当医生两个月了……

老臧头边想边翻着垃圾,当又翻出一个牙膏皮直起腰来喘气时,他忽然觉得头有些晕,口中渴得厉害。许是刚才打扫男厕所时出汗多了,走,去找点水喝。老臧头一边这样想着,一边拍拍手上的灰,向离厕所最近的那排平房走去……

正是上班的时间,一连找了两家,门都上着锁。第三家的院门开着,老臧头知道这是丁璐琪工程师的家,便走到砖砌的矮院门前问:"丁工程师在家吧?咳、咳。"

"谁呀?快进屋来。"随着这声应答,屋子里走出了一个五十来岁的妇女。她那微露病态的脸上,既有着知识妇女特有的文雅和矜持,又有着一般家庭妇女都有的和顺和善良。

"丁工程师,我找点水喝,咳、咳。"老臧头忙弯了弯腰说。

"好,好,快进屋来,臧师傅。"丁工程师热情地让道。

听到"臧师傅"这个称呼,老臧头那多皱的脸上分明地露出了一点感激。这几年很少有人这样称呼他了,年轻人多喊他"老脏头",一般成年人多叫他"老臧头",所以每当听到有人称他臧师傅时,他脸上都要现出一种隐隐的感激之色。

"臧师傅,就用小钰这个保温杯喝吧,别的杯子泡在厨房的碱水盆里还没刷出来。"丁工程师边说边双手捧着一个精致的保温杯递了过来。

老臧头伸出双手去接,在快触到杯子时又慌忙缩回双手在衣服上擦了擦手掌,这才又重新伸手去接过杯。啊,这杯子太好看了,那别致的多边形杯盖,那绘有青山绿水图案的光滑的外壳,那外壳上镶嵌着的一对翩翩欲飞的蝴蝶,都显示出这茶具其实是一件艺术品。老臧头从来没使用过这样漂亮的杯子喝开水,禁不住边在手里转着圈看着边咂着嘴:"嗨,这杯子,真那个!咳、咳。"当他终于揭开杯盖伸嘴去喝水时才又发现,杯里还放了透着香气的茶叶,于是便立刻不安地说:"丁工程师,放茶叶干啥,我喝开水就行了。"

"坐下喝吧,臧师傅,茶叶不太好。"丁工程师又温和地笑道。

"不了,不了,我身上脏。"老臧头望着那靠背和扶手上铺有白色纱巾的沙发,急忙谢绝着,同时吹吹杯里水面上浮着的茶叶,便喝了起来。他确实渴了,不一会儿就把杯里的水喝去了一多半。这时门外响起了脚步声,随之,刚才在垃圾箱前见过面的漂亮姑娘小钰出现在了门口。她看到屋里端杯喝水的老臧头,两道柳眉倏地一耸,目光随之停在老臧头手中的杯上,杏眼中跟着闪过一股气恼。要知道,小钰讲干净卫生在这宿舍院里是数得着的。今年夏天,小钰有一次在街上行走,一个拉一板车水泥的搬运工不小心胳膊肘撞了她一下,在她那件刚上身的连衣裙上留下了一小片和着水泥的汗渍。小钰当晚回家就连洗了三遍,就这过后穿上也总觉得有一股汗味,最后终于把这件连衣裙打入箱底,再没穿过。上星期二早晨,她赶火车去省城,想在车站饭店买点油条吃,当卖油条的用纸把油条包好向她手上递时,她没接好,油条包在桌上滚了一下向地上掉去。这当儿,排在她身后的一个农民打扮的中年汉子急忙代她伸手接住了。当那人把已快散开的油条包朝她手上递时,她瞥见了对方没剪的手指甲淤满了黑灰,便皱了一下眉头,接过油条出了饭店后,尽管肚里饿得咕咕叫,但她却终于没吃那油条,趁着没人时把它扔进了垃圾箱……

老臧头尽管眼有些花,但还是看明白了小钰那目光中露着明显的气恼和厌恶。"我……我渴得慌,就来找……咳、咳。"他慌忙向小钰弯了弯腰说。这时节,小钰已收回目光,快步进了屋子,向里间自己的闺房走去。

"这丫头,真不懂事,伯伯来了连句话也不知道说。"丁工程师也早已看出了女儿眼中那种不礼貌的目光,冲着女儿的背影说了一句,然后转向老臧头满含歉意地说,"喝呀,臧师傅。"边说边提起暖瓶上前要给杯中添水。

"不、不用,我……我喝好了。"老臧头边说边慌忙用手掌在杯口上抹了一下,那用心原是要擦干净自己嘴唇刚才同杯沿接触的地方,不想这一抹因为手上刚才翻垃圾时沾了灰,在锃亮的杯沿上留下了一道明显的灰渍。他小心地把杯子放在茶几上:"丁工程师,你忙,我走了,咳、咳。"老臧头边说边向门外走去。

"慢走,臧师傅!"丁工程师把老臧头送出院门后,转身急步进屋,去茶几上拿了那个保温杯便气冲冲地向女儿房中走去。

"给你的宝贝杯子!"丁工程师重重地把杯子放在了女儿面前的桌子上,边转身向外间走边愠怒地,"你看你那副冷冰冰的样子,好像谁欠了你的……"

"啪!"一种东西落地的声音打断了丁工程师的话,她回头一看,只见保温杯子落在地上,里边的保温层摔得粉碎。

"咋了?"丁工程师惊问。

"没咋,不小心碰掉了。"小钰淡漠地说道,同时用脚踢了一下那个保温杯壳。

丁工程师定定地望着女儿,随后声音微抖地说:"你以为我没看出来,你嫌弄脏了你的杯子!"

屋外,没走出几步远的老臧头闻声先是一怔,继而身子一阵哆嗦,跟着扬起手狠劲拍了一下自己的额头,蹒跚着向厕所走去。

"妈,见我那个杏黄钱包了吗?"小钰这当儿忽然开口叫。
"什么钱包?我没见。"母亲的话音中仍透着明显的气恼。

"就是我前几天买的那个杏黄菱形钱包,和弟弟的这个一样。"小钰拿着弟弟小镍的杏黄菱形钱包走到母亲面前摇晃着,声音中透着一股惊慌。

"我没见!"母亲冷冷地答。

"那一定是刚才丢到厕所里了,我记得我是装在裤子口袋里的,饭后我就去了一趟厕所,别的地方都没去。"小钰边自言自语地说着,边急步走出了门外……

小钰确实有些慌。要知道,那钱包里装着八十一块钱哪!这笔钱虽然在这个家庭里不算啥,但却是小钰除了买化妆品外两个月工资的全部。因为平时母亲老干涉她的穿着,总说她在做衣服上花钱太多、用的脑筋太多,她赌气地决定以后要坚决自立,不用家里的钱做衣服。她正准备利用今天休班的机会,拿自己攒下的这笔钱去商店买那件早已看好的黑呢女大衣,不料突然丢了,岂能不急?

小钰快步跑进女厕所,向正在清扫厕所的老臧头叫道:"喂,见到一个钱包没有?"每次小钰在不得不同老臧头说话时,总是用"喂"字开头。十分清高的她既不像一般中年人那样称呼他为"老臧头",也不像一般青年人那样喊他"老脏头"。

"钱包?"老臧头闻唤停下手中的粪锨,扭过头来,面孔上露着几分惊色。

"和这个一样的杏黄钱包。"小钰晃着手中弟弟的那个钱包,"见到了吗?"

"见、见、见到了。咳、咳。"老臧头的话音吞吐且有些慌张。

"给我!"小钰原来紧皱的眉心舒展了些,随即向老臧头伸出了手,"那是我刚才来厕所时丢的,里边装着我要买大衣的八十一元钱,六张十元的,四张五元的,一张一元的。"因为是新买的钱包,没装别的东西,加之这笔钱又是自己刻意攒起来的,所以她记得非常清。

"让、让一个姑娘给拿、拿去了,咳、咳。"老臧头语调中的慌张是越发明显了。

"哦?"小钰的两叶柳眉轻轻跳了一下,"哪个姑娘拿走的?"

"我刚才进厕所看到那个钱包后,就拿到外边去问是谁丢的,一个姑娘说是她方才来厕所时丢的,我也没数里边的钱,就给她拿走了,咳、咳。"

"我问的是哪个姑娘拿走了?"小钰的声音稍稍有些提高。

"我、我不认识,不像是咱院里的姑娘。咳、咳。"

"不认识?"小钰光洁的前额上蹙起了一个问号,冷峻的目光在老臧头的身上晃动着,最后停在了他那油脂麻花的衣服上,"你编了一个多巧的故事!"

"不、不、不是编的,"老臧头着急地辩解道,多皱的脸孔上一时也充盈了血,"我说的全是真的,咳、咳。"

"真的?"小钰脸上掠过一个笑纹,"真的就那么巧?你拿着钱包走到厕所外一问,刚好有一个不在咱院住的姑娘认领了?"

"真、真的,不信你掏掏俺的口袋,咳、咳!"老臧头边说边解开腰中缠着的布带,抖着他那缀在衣襟里层的口袋,他那胸口上折在一起的老皮也同时在颤动着。

"庸俗!"小钰轻蔑地瞪了一眼老臧头,随即转身快步向厕所外走去……

吃了晚饭,小钰在自己的房间匆匆对镜抿了一下鬓发,便移步走向外间屋门。正在上高中二年级的弟弟小镍此刻也急忙把碗筷往厨房的水盆里一扔,边抹着嘴角的大米饭粒边向门口走着。姐弟俩一前一后刚要迈出门口,只听妈妈冷声喊道:"站住!今晚都别出去,有事!"

"啥事?"小钰很不高兴,她今晚要去赴男友小陈的约会。

"《佐罗》的票都买好了!"小镍也不满意地嘟囔。

"坐下!"妈妈指着凳子沉声说。姐弟俩无可奈何地回身坐到了椅子上。这当儿,丁工程师转身去桌子抽屉里拿出小钰上午摔碎的保温杯壳,咚的一下放在了桌上。

看到妈妈的这个举动,小钰立刻明白了她的用意,嘴角不由得轻轻撇了一下。

"小钰,你说说你上午对臧伯伯借杯喝水的态度对不对?"

"我上午的态度没有什么不对,一没说不让他喝水,二没有去夺他手中的杯子!"小钰说得很平静。

"可你当时脸上是什么神色?"

"神色是一个人内心情绪的外现,谁有什么样的心绪,谁就应有什么样的神色,别人无权过问!"

"你……"妈妈显然想发火,不过可能想起了今晚的目的是讲道理,又把火气压下去了,只见她转向儿子,"小镍,你说,当别人来家向你找开水喝时,你该怎么对待?"

"家里有开水,就给他倒一杯呗。"小镍不解地望了一眼妈妈,显然不知妈妈何以问这个。

"用你自己的杯子行吗?"

"行,用谁的杯子都一样。"小镍依旧嬉笑着答。

"如果是出厕所的臧伯伯来向你找水喝呢?"

"谁? 老脏头?"小镍的双眼一下子睁大,"咦,他那个脏样,敢来找水喝?"他没有注意到妈妈望着他的目光在变,照旧说着,"你们没见他身上那个窝囊劲,手上、脚上和衣服上到处都溅有屎尿星子,浑身一股臭味。我敢说,如果用显微镜望一下,他两只手上至少有十亿个细菌……"

"住口!"妈妈气恼地打断了儿子的话。

一种找到同盟军后的喜色出现在小钰脸上,她转向妈妈恳切而微带挖苦地:"妈,我知道你又要给我们讲大道理,其实你心里十分清楚,老脏头的嘴上、手上带的细菌可以说比院里哪个人都多,是一个最危险的疾病传播者。我不明白你为什么心口不一……"

"胡说!"母亲被女儿的话激怒了,以至她忘记了今晚的预定计划,脸色煞白地捶着沙发扶手,把预先准备说的那些道理统统化成了一个字:"滚!"

早就盼望着出去的小镍此刻立即站起,向姐姐使了个眼色,几步跑出了屋门……

也就是从这天起,小钰每逢遇到老臧头,总是轻蔑地扭过脸去,看也不看他一眼。但不管小钰的态度如何,老臧头每次看见她,总要轻轻地说一句:"我正在给你找那个错拿钱包的姑娘。"

此后,也确有人发现,老臧头每天干完活后总要到街上去溜达几趟,那模样真像是在找人。

大概是一周后的一个中午吧,小镍放学回来,在宿舍院大门口碰上了拉着空粪车往里走的老臧头。小镍早已知道姐姐丢失钱包老臧头拾了昧下的事。他平时就常学着几个男同学的样子,遇到老臧头时总要上前用长辈见小辈的礼法拍拍对方的肩膀,喊一声"老脏头",说几句要笑对方的话,此刻当然更不放过这个机会。只见他上前重重拍了两下老臧头的肩膀,颇为威严地问:"老脏头,厕所才出完吗?"

"嗳。今天小便多,拉了三车,所以晚了点。咳、咳。"老臧头扭脸边答边走着。不论是谁用什么样的口气询问他的工作,他都要一本正经地回答。

"怎么样？老脏头,我姐姐那八十一块钱用着还顺手吧?"小镍又拍了拍老臧头的肩膀,语气中含着明显的轻蔑和嘲讽。

老臧头脸上的皱纹倏地一缩,随即低下头,默然无声地拉着粪车向前走。

"老脏头,拿别人的钱可是要折寿限的,你不怕早进火葬场吗?"小镍还在挖苦着。

老脏头依然无言地低头走着。跟在粪车后边的一个农村打扮、长得粗犷慓悍的小伙子却气恼地瞪了小镍一眼,将手中提着的一个蓝布小包袱使劲往腿上砸了一下。他就是老臧头乡下那个要找对象的侄儿二坯。他刚从乡下来,方才在街上碰到大伯后,他本要替大伯拉车的,无奈大伯怕他弄脏了衣服,不让,他只好跟在车后走。

小镍显然没有注意到车后二坯对他生气的表示,依旧用嘲弄、挖苦的口吻说着:"老脏头,八十一块钱可以买一个很漂亮的骨灰盒,你死时有这个骨灰盒就行了。"

"嘴里干净点!"车后的二坯突然吼叫一声。惊得前边的小镍猛地停步转过脸来。老臧头闻声也急忙停下了车子。

"你是干什么的?"小镍瞪着二坯问。

"我是他侄儿臧二坯!"二坯指着老臧头大声叫道。

"噢——明白了,你是淘大粪的侄儿淘牛粪的!"小镍轻蔑地撇了撇嘴。

"嘴里再不干净,小心老子揍你!"二坯大声吼道。走在近处的几个下班的机关干部闻声围了来。

"坯子!"老臧头瞪了侄儿一眼。

"你来！淘牛粪的!"小镍边叫边双腿微屈,身子下蹲,摆出了一副打拳的架势。

二坯嗵地扔掉手中的包袱,呼一下向小镍冲去,站在那儿的老臧头此时一惊,慌忙急步上前死死拖住了二坯的胳膊。

"你来呀,淘牛粪的!"小镍还在那里叫阵。

"放开我!放开我!"暴怒的二坯为了挣脱大伯的拖拉,狠劲地砸着、掐着大伯那两只扯住他胳膊的手。小镍那几句辱骂显然狠狠地戳痛了这个脾性暴躁的农村小伙的自尊心,只见他浑身都在剧烈地哆嗦着。

几个机关干部把小镍拉走了。他边走还边轻蔑地叫:"哼,想打架? 告诉你,让你爷俩都上也可以! 不过老子还真不想打,一个淘大粪,一个淘牛粪,打你们还怕脏了我的拳头!"

暴怒的二坯始终没有挣脱大伯的手掌。当小镍走远、大伯终于松开手时,这个刚烈的小伙子先是狠劲地踩了一下脚,继而猛地双手抱头蹲在地上呜呜地哭了起来。

老臧头一边去裤子上擦着手腕上那被侄儿掐伤流出的血,一边声音低而微颤地说:"坯子,快走吧……"

谁也没有想到,两周以后的一个傍晚,老臧头走到小钰家院门前,边晃着手中的一个杏黄钱包边叫住正要进屋的小钰:"姑娘,给你的钱包,我找到那个错认钱包的闺女了,咳、咳。"

"哦?"小钰始而一愣,继而急步走到老臧头面前接过钱包:啊,对! 就是自己丢失的那个崭新的杏黄菱形钱包! 她急忙掏出里边装的钱一数,也对! 六张十元的,四张五元的,一张一元的,正好八十一元钱。

"那姑娘现在在哪里?"小钰问。

"她、她走了。"老臧头脸上露出了一点慌张。

"噢——"小钰点了点头,脸上现出了一副一切都明白的笑意。

"你看看钱包里边还少了什么东西。咳、咳。"老臧头又轻声说。

小钰淡然地:"没少什么。"当初钱包刚买来,确实没装别的东西。噢,对了,小钰突然想起,里边还装有一个纸条,那是男朋友小陈在丢钱包的前一天下午写来的简短的约会信,上边只写着几个铅笔字,"晚八点十五分"。一张已失去价值的纸条,丢了就丢了。

"那,我走了。咳、咳。"老臧头说着转身走去。

"对不起,我前几天错怪你了。"小钰冲着老臧头的背影说道,声调中并没显出一点感激。

"没、没啥。咳、咳。"老臧头回头摆了一下手,伛偻的身子很快地被已经浓起来的暮色所遮住。

一丝鄙夷的微笑浮上了小钰的嘴角,她转身向屋里走去,她这会儿才发现,妈妈站在屋门口,正定定地望着自己。

"妈,钱包找到了。"小钰晃着手中的钱包,声音里透着一股抑制不住的高兴。

"你就这样对待帮你找到钱包的人?"妈妈脸上没有一点欢喜,只是这样沉了声问。她知道女儿当初判断钱包是老臧头拾了昧下的。

"怎么?还要怎样对待?我已经说了'对不起'!"小钰的声音也冷厉了起来。

"对、不、起。"妈妈缓缓地重复着这句话,"说这三个字不费力吧?"

"不费力?他本来连这三个字也不该承受的!你以为他真找着了那个错领钱包的姑娘?假的,全是假的!当初根本就没有那个姑娘,是他自己存心昧下的。只不过是因为小镍前几天那么一闹,他怕众人背后骂他,才又送来的!"小钰瞪眼望着妈妈说,"我不明白,这些天你怎么老找我的岔子?"说罢一跺脚,迈着重重的步子,从妈妈身边跨进了屋门……

秋去冬来,转眼间几个月过去,杏黄钱包引起的风波在小钰头脑中划上的印痕已经淡然消失了。

这是一个雪后初霁的星期天,小钰穿着用那失而复得的八十一元钱买来的黑呢大衣,同男友小陈兴致勃勃地到公园赏雪。叠缝笔挺的黑呢大衣,恰到好处地裹着小钰那丰满匀称的身子,加上白雪的映衬,使她越发显得婀娜娉婷、光彩照人。不用照镜子,只从小陈那双明眸注视自己时闪出的幸福和自豪就可以明白,她今天是怎样的漂亮。啊,衣着打扮也有科学,在这一片皆白的雪景中,黑衣素裹,对比鲜明,显得多么典雅、庄重。小钰虽然是学医的,但也颇爱文学,读过李白"天然去雕饰,清水出芙蓉"的诗句,知道中国人在衣着上讲究朴素、庄重美。

两人尽兴游园出来,忽见公园对面街上一间店铺里人们进进出出,煞是热闹。小陈便拉了小钰的手:"走,咱们也去看看卖什么好东西。"两人进店一看才明白,这里原来是公安局新办的"失物招领处"。两人刚要转身出来,小钰的目光突然凝定在柜台里边的一个警察手上,那警察正手拿着一个杏黄菱形钱包向玻璃柜里放。呀,那钱包和自己的一模一样!许是出于好奇,她向玻璃柜台走去。

那警察在把钱包放到玻璃柜中的同时,将一张写有钢笔字的信纸也放到了钱包旁。小钰把目光移向那张信纸,立时,一串歪歪扭扭的钢笔字跳入了她的眼中:

敬爱的警察同志:

我是丰城县一个正在接受劳动教养的姑娘。四个月前,我和另外一个"姐妹"跑到南阳去作案。在一个大院里(记不清这个大院在哪条街上了,南阳我就去这一次),我没有找到行窃的机会,恰好遇见一个老大爷从厕所里拾到一个钱包,正在问是谁丢的,我便上前说谎骗了来。

拿到钱包后,当时心里很高兴,过后却非常不安:一个老人拾到钱包找失主,我却说了谎话再骗来,这太有点说不过去。钱包里的东西我回来后没动,但我又一直没有勇气退回。经过入教养所这一段时间的学习,我明白了改错要下狠心……

"四个月前""一个大院""老大爷""厕所里",这一连串的字眼猛地触动了小钰的心,只见她那对星眸陡地一闪,似乎突然意识到了什么。她没有再往下看,只是转对那个警察急促地:"同志,我可以看一下这钱包里装的东西吗?"

警察笑着摇了摇头:"不行。那样岂不容易错领了?你如果真丢了钱包,可以先说说钱包里装的什么东西,说对了,凭着你的工作证件可以把它领走。"

小钰脸上顿时罩上了一层肃穆的神色,只听她轻声说:"钱包里装着八十一元钱,六张十元的,四张五元的,一张一元的。"

"还装有什么东西?"警察也严肃了起来。

"还有,"小钰沉吟了一下,"还有一张纸条。"

"纸条上有什么?"

"有一行铅笔写的字:'晚八点十五分'。"

"哦,"警察笑了笑,"请拿出你的工作证件。"

当警察看过她的工作证,把钱包递给她时,她哆嗦着手拉开拉链,去掏钱包里装着的东西。当她的目光一触到那张写有"晚八点十五分"的纸条时,继而脸孔一下子变得煞白。她既没听见小陈的一连串惊问,也没听见警察要她在失物招领簿上签字的声音,只是蓦地抬手抓住胸前的大衣纽扣,随即又陡地转身向门外跑去……

老臧头正坐在自己的小屋里整理着显然是从垃圾堆上捡来的东西:把一厚沓废纸理整齐,把一堆旧鞋捆成捆,把一些旧铁钉、旧铁丝、牙膏皮放在一个纸盒里,把一些旧瓶子用抹布擦干净。他干得那样认真,又那样仔细。

冷风从门缝里挤进来,拂弄着墙上那些贴得不牢的大小不一、颜色各异的装饰纸片,发出一种轻微的呜呜的响声,使屋里越发显得有些冷。但沉浸在业余劳动中的老臧头对此却全无感觉,皱纹密布的额头上还沁着一层汗珠。

门无声地开了,脸色苍白的小钰出现在了门口。她双眼直直地望着老臧头那深深弯下去的伛偻的背,鼻翼在急剧地翕动。

老臧头显然没有发现小钰的到来,依旧埋头在对废品的整理中。大概这些天咽炎又有些加重,他不时地"咳、咳"着。

小钰缓缓地移步走到老臧头身边,无声地在他对面的一个小凳上坐下,然后微颤地伸出双手,从地上拿起一个沾满灰尘的糨糊瓶子和一块抹布,轻轻地擦起那糨糊瓶子来。直到此时,老臧头才发现小钰的到来,只见他先是一怔,随之慌忙起身说道:"姑娘,你来了?咳、咳,那东西脏,别摸它,咳、咳。"

小钰没有理会老臧头的劝阻,甚至连头也没抬一下,仍然默默地垂首擦着糨糊瓶,只是那双眼上的长睫毛一抖,让两串泪水挂在了她那白皙的双颊上……

宁静的黄昏

发了一天威风的太阳,终于沉入了村西高河堤的那一边,又一个仲夏的傍晚来到了姜家塘。

一股清凉的晚风由村南的玉米地里飘过来,在村中大水塘的水面上荡起了轻轻的涟漪。啊,好凉快。

刚刚从坡里收工回来的人们,三三两两地坐在这椭圆形大水塘的四周,享受着晚风带来的凉爽。屋里有人手、晚饭做得早的人家,此时已将小饭桌搬到这水塘边,把做熟的饭舀在大瓦盆里端到小桌上,预备就在这塘边边吃晚饭边纳凉了。

就在这时,村西头忽然响起一个老太太高腔大嗓的骂声:

"哎,是哪个挨刀的偷了我的葱,你听见没有,老娘我要骂你了!"

听到这骂声,水塘边乘凉的人群中相继响起男子们催促女儿回屋的声音:"我说,小芳,回屋里去!""菱花,回屋帮你妈做饭!""枝儿,去屋里看看你妈把饭做好了没有!"……

这一阵叫喊所引起的骚动,破坏了原来洋溢在塘边的那种安闲舒适的气氛,那股清凉的风似乎霎时也变得燥热了。

外村人可能不明白这些男子何以都在此时催女儿回屋去,其实姜家塘的人都知道,这是因为那些当父亲的不想让女儿听到村西头传来的骂声。

果然,那叫骂声开始难听起来了:

"哎,偷葱的,我那葱可不是好吃的呀,大围女吃了要怀双胞胎,坐月子女人吃了会断奶,新媳妇吃了想找野汉子,老太太吃了要往土里埋!哎,偷葱的,你听见了没有……"

村西头姜二婶又开始了无休无止的骂街。

姜二婶今年六十岁,耳不聋、眼不花、背不驼、牙不落,说话照样高腔大嗓,走路依旧风风火火,在姜家塘她的同龄人中间,是最健康的一个。她刚才本来是想到菜园薅几棵葱做晚饭的,可一走进菜园,两只原本眯在一起的眼蓦地瞪大了:不好,有人偷葱!那不,葱畦里她上次薅葱时放上的记号——两根高粱秆,被人挪动了。并且,有两棵拔掉的葱掉在畦里,正对着葱畦的篱笆墙上也露出了一个大洞。于是,没有任何犹豫,只见她猛一跺右脚,骂语便出口了。

在姜家塘,要论骂街的水平,姜二婶是无可争辩的第一名。她骂街的水平主要高在四个地方:一是骂得勤。丢了菜园里的菜她骂,养的猪被人打了她骂,别家的鸡啄了她晒在门前的粮食她骂,责任田里的庄稼被别家的羊啃了她骂,老伴古槐酒喝多了她骂,儿子青桐惹她生气了她骂,孙子小茅根被人惹哭了她骂。有时火气大了,为一件事能骂上三遍。总之,三天两头骂。对姜二婶骂街,姜家塘的人都已习以为常,唯一的反应就是当父亲的每当听到姜二婶开骂时,赶紧催促自己的女儿进屋不听那骂声。二是骂得尖刻。姜二婶骂街,除了使用"不要脸的""日你先人""不得好死""断子绝孙""卖屁股的"这些豫西南乡间通用的骂词以外,还独创了许多用语,比如她要暗骂一个小伙子的话,就常常使用"叫你屁股眼里生蛆!""鼻子尖上长疮!""一辈子找不上老婆!找上了老婆也不会领娃!领了娃也是个双眼瞎"等词语,使人听起来格外觉得尖刻。三是骂得顺口、有韵律。姜二婶骂街,词语常常搭配得很顺口,骂起来还要拉腔拉调、抑扬顿挫,听上去颇有韵律。有一天,县豫剧团有两个女演员从姜家塘村头过,碰巧听见姜二婶在骂街,只听她骂道:"我那猪不是你儿不是你女,你打它干啥哩?你打它一砖头,叫你死了尸骨没人收。"两位女演员停步静听后立即评论道:"不错,这老太太骂的腔调刚好可以用到《大闹构林镇》这出戏中。"当然,事后姜二婶听人讲了那两个女演员的话,免不了又大骂了两个女演员一通。四是骂街的历史长。听老年人说,姜二婶骂人从十七岁就开始了。那时她还是个惹人注目的俊俏姑娘,住在姜家塘附近的李营村。有一天,她一个人到地里剜野菜,本村里一个胆大的小伙子跟到地里向她撒野。她虽然用镰刀砍伤了对方的手,但脸蛋还是被对方亲了两下。她为此气得站在村头连骂了两天,直把对方骂得狗血淋头,最后对方父母双双前来赔情才算罢休。就是从这天起,生性本来就倔强、泼辣、带点野性的她,开了骂戒。此后,凡事稍不如意,她就口出骂语。久之,竟养成了习惯,两天不开口骂几句,就像有件事没办似的,说话不带几个骂人的词语,就觉得不通顺似的。弄得四乡里都知道她有一张令人害怕的嘴,就因为这,影响了她的出嫁。那年月,富人家不会去娶一个贫苦的农家闺女,小家小户又怕要这样一个媳妇引祸入门,所以直到一九四八年这里解放时,二十七岁的她还"待字闺中"。这时节姜家庄的姜古槐三十来岁,因弟兄们多,说媳妇难,便大着胆子托人上门求亲。身强力壮的姜古槐心想:"只要你进了我姜家门,我就要用拳头管住你这张嘴。"谁知妻子过门后,两人经过多年的反复较量,尽管这期间古槐也动过拳头,但最终他还是失败者,他非但没有管住妻子的嘴,反而被妻子的嘴管住了。妻子想在什么时候骂就在什么时候骂,想骂多长时间就骂多长时间,想怎么骂就怎么骂。他们的儿子青桐长大后,也曾劝过妈妈别骂人,但每次总是不等他把道理讲完,妈妈的一串怒骂就兜头砸了过来,直砸得他晕头转向。一连几次碰壁,他就再也不敢去劝止妈妈了。所以,在姜家塘,要选骂街冠军的话,姜二婶是第一个人选。

此刻,姜二婶还在双手叉腰、高腔大嗓地骂着:"哎,偷葱的,你听见了没有,我那葱小孩吃了要长成矮桩子,大人吃了要得暴病死……"

当姜二婶第十五次地重复"哎,偷葱的,你听见了没有"时,耳畔忽然响起了儿媳妇榆叶怯生生的声音,"妈,别骂了吧。"

姜二婶闻声一怔,有几分惊异地扭脸望着儿媳。要知道,还很少有人敢中途打断她的骂声哩,平时骂街都是她自感劳累后主动罢休的。

"咋啦?我骂不骂还要你来管?"姜二婶恼怒地叫道,"去!站一边去,想管得等到下一辈子。偷葱的,你听见了没有?!"

站在一旁的榆叶被婆婆的这几句话饶了个倒噎气,微黑泛红的脸庞顿时变得煞白。这是榆叶进了婆家门六年来第一次大着胆子劝止婆婆骂街,得到的结果竟是这样的。当初,姜二婶托人去榆叶家替儿子青桐求亲时,榆叶就有些犹豫,她生性柔顺、待人宽厚,真不愿有这样一个骂名远扬的婆婆。但这种犹豫终被对青桐的喜爱打消了。要知道,青桐除了有一副能扛得动碌碡的壮实身架,还有一副令姑娘们心动的英俊眉眼。进了青桐家以后,耿直的青桐为了不让贤良的爱妻受委屈,曾把家里的详细情况其中包括爹爹怕妈妈这样的内情都告诉了她,并再三向妻子说明:"妈妈骂街是多年养成的习惯,这辈子是改不了了,你尽量别去惹她,免得生闲气。"别说有了这番嘱咐,就是没有这番嘱咐,从来不和别人红脸斗嘴的榆叶,也不会去招惹婆婆。几年来,婆媳俩倒也相安无事。特别是榆叶生了儿子茅根后,在姜二婶的动议下分开了家,老两口住西院,小两口住东院,婆媳之间发生摩擦的机会更少。只是每当听到婆婆骂街时,榆叶那秀气的脸上总要罩上一种难为情的神色,不是匆匆下地干活,就是急忙进屋做针线,总之,取耳不听为净的态度。

榆叶今天所以一反常态,大着胆子前来劝止婆婆骂街,那要先从昨天队里开的妇女会说起。

昨儿个晌午饭后,全队四十来个妇女集合开会,要推选出一个好媳妇去公社参加"好媳妇"会,平时在生人面前说句话就脸红的榆叶,在这种场合更不敢开口,所以便悄无声息地坐在一边。万没想到,七枝嫂突然说:"俺看榆叶去参加会怪合适,她一连几年替老五保秦四爷缝缝洗洗,这可是一般女人办不到的事!"榆叶一听,脸唰地全红了,心里暗暗抱怨起七枝嫂来:哎哟,这点事也值得提?不想经七枝嫂这么一说,其余的妇女立即附和。乡下办啥事都是这样,只要有一个人开口,其余的人就要附和,何况眼下实行责任制,不少人也不希望去公社开会耽误干活。眼看这事就要定下来,谁知新媳妇丽萍突然冷言说道："公社这回开的可是好媳妇会,咱们选的代表要是家里有人常骂街,别的队保不准会笑话吧?""轰"的一下,榆叶像是被人当头打了一拳,眼前冒起了金星。下边的会是怎么开的,别人说了些什么话,她一概不知道,她只记得临出会场的时候,她的头被门框狠狠地碰了一下。榆叶心里难受,倒并不是因为没被选为好媳妇,她从小就不喜欢抛头露面。她难受,主要是感到羞辱。是啊,家里有一个动不动就骂街的婆婆,丢人哪!唉,俺为啥会摊上这样一个婆婆呢?思前想后,榆叶终于下了帮助婆婆改掉旧习的决心。所以,当婆婆刚才开口骂街时,她虽然犹豫了好大一会儿,可还是大着胆子来劝了。

促使榆叶前来劝止婆婆骂街还有另一个原因,这就是榆叶刚才拉着茅根从地里收工回来时,碰巧看见村东头辣椒嫂七岁的儿子高高,拿着一把葱从婆婆菜园的篱笆缝里钻出来,显然是这个贪吃不懂事的孩子偷薅了葱。当小高高边吃着葱边跑到家门口时,榆叶看到辣椒嫂从屋里赶出来给了儿子一巴掌,并且向这边望了望,大概发现了这边正在注视她们的榆叶,便又在儿子屁股上连踢了两脚。榆叶知道,辣椒嫂也是个嘴不饶人的泼辣媳妇,在村子里被称为"红辣椒",论起骂人的功夫,也仅仅是比自己婆婆稍差一点。万一婆婆骂得辣椒嫂发了火,两下对骂起来,那就更丢人。所以,榆叶终于下了出面劝阻的决心。

不善言辞更不会高声与人争论的榆叶,被婆婆几句话骂愣在那里,心中原本想好的劝说词竟不知跑到了哪里,一句话也说不出来。她的脸先是由红转白,渐渐地又由白转红了,当婆婆又扭过头去自顾自地叫骂"偷葱的,你听见了没有"时,榆叶双手捂脸快步向自己的院门跑去……

果然不出榆叶所料,辣椒嫂被姜二婶骂急了,骂火了。只见她站在自家门口,也高声地骂起自家那一大一小两头猪来:"好你个老东西,吃饱了没事干,光会乱叫唤,把人叫得心动弹。养你这个老东西有啥用?哼,还不如你趁早死了好!你这个小东西也真该挨刀,明知道这饲料盆子是我端进屋的,偏让你妈一个劲地叫,看我不把你宰了!"辣椒嫂这是在采用指桑骂槐的办法进行回击。那前半部分是针对姜二婶的,后半部分则是针对榆叶的。

辣椒嫂最初看到儿子偷薅的葱时,不仅打了儿子,而且准备做完晚饭后就来向姜二婶道歉。别看她人称红辣椒,嘴厉害,但为人很正直,只要是自己错了的事,敢于当面认错。不料没等她做完饭,姜二婶就骂开了,而且骂得那样难听。这一下触怒了她,那本要前来道歉的心思也就没了。而且她认定准是榆叶告诉婆婆葱是高高偷的,姜二婶才不断地骂着"孩子吃了要长矮矬子"这句话,辣椒嫂最忌讳别人说她儿子会像她丈夫一样长个矮矬子,她把儿子起名为高高的良苦用心,也就在于盼望儿子长得超过父亲,成个大个子。

姜二婶听到辣椒嫂的骂声停了一下口,凭着多年骂人的经验,她立刻听出这不是在骂猪。好,原来葱是你偷的,你看老子怎么骂你吧!姜二婶一边在心里想,一边就要张嘴把原来无目的的叫骂变成指名道姓的叫骂。一场大吵大骂眼看就要发生,就在这时,只见五岁的茅根由院里向奶奶身边跑来,边跑边喊:"奶奶,奶奶,葱是我薅了吃的,葱是我薅了吃的!"

姜二婶闻声吃惊地叫道:"啥?葱是你薅的?"

"嗯,嗯,是我薅的。"茅根气喘吁吁地站在奶奶面前点着小脑袋。

"好你个小东西!为啥不早说?"姜二婶向孙子扬起了巴

掌,但那巴掌却从茅根的耳朵旁滑走了。要知道,姜二婶膝下只有这一个孙子,对他是非常喜爱的。平时生气时虽然也骂几句,但却从未动手打过他一下,不但她不打,也不准别人打。有一次,小茅根把爷爷的旱烟锅用砖块砸烂了,老头子一气之下,照孙子的屁股上就是一巴掌,这一下心疼得姜二婶夺过孙子手中的烟袋杆,照老伴头上就是"梆"的一下,疼得老头子龇牙咧嘴,惹得正在哭的小茅根破涕为笑。此刻姜二婶听孙子说葱是他薅的,心中的气一下子跑了个精光,酝酿在心中的诸多骂语霎时变成了一句:"娘那个腿,老子骂了半天你才来说,早干啥哩!"骂罢,便拉起小孙子的手收兵回营了。

姜二婶这边的骂声一停,那边本来就是被动还击的辣椒嫂也跟着停止了对猪的叫骂,豫西南丘陵地带上的这个小村,又恢复了它黄昏时该有的宁静。

村中水塘边的风,此刻似乎又变得清凉了。

这时,站在自己厨房锅台边做饭的榆叶,轻轻地舒了一口气,喃喃地说道:"唉,总算过去了……"

然而,事情还远没有过去。

在坡里干活的青桐最后一个收工回家来了。

他是带着一肚子气回来的。责任田离村子不远,家门前发生的事他听得一清二楚。妈妈那尖刻的骂声本来就使他脸红耳热,及至听到小茅根前去认错,原来是一家人自己骂自己时,心里更火了。可惜他无胆量立刻来家当面批评自己的妈妈,只是把火气憋在心里。

青桐铁青着脸走进院子,"嗵"的一声扔下了手中的粪筐。恰在这时,儿子小茅根手拿着一个煮熟的鸡蛋从堂屋里蹿出来,边向爹爹身边跑边欢叫道:"爹、爹,你看,我在吃鸡蛋!"

"啪!"小茅根刚跑到爹爹身边,欢叫声还没落地,手中的鸡蛋就被爹爹一巴掌打落在地上,摔烂了。

"哇——"小茅根立时跺着双脚哭了。几乎就在这同时,他的屁股上又重重挨了几巴掌。"叫你馋嘴!叫你还馋嘴!"青桐边打边吼着。

小茅根摔倒了。他一边趴在地上哭着,一边瞪着惊恐的双眼望着爹爹,他不明白爹爹为什么今天无缘无故地打他。平时爹爹收工回来,总是在院子里亲亲他的脸蛋才回屋里。是啊,五岁的小茅根怎能懂得,他此刻是当了爹爹发泄怨气的对象。青桐哪里晓得,小茅根是无辜的,他根本没有去偷薅奶奶的葱。茅根之所以去向奶奶承认葱是自己薅的,那是榆叶为了防止事态扩大而在慌乱中想出的主意。小茅根见妈妈答应给他煮三个鸡蛋,便高高兴兴地去向奶奶招了假供,万没想到吃三个鸡蛋还要付出这么大的代价。

听到儿子的哭声和丈夫的喝叫声,榆叶慌忙从厨房里跑了出来。正在气头上的青桐不准妻子拉开儿子,当榆叶把儿子紧抱在怀中的时候,暴怒的青桐那可怕的拳头便落在了妻子身上。榆叶显然没有料到丈夫会向自己动起拳头,一个趔趄倒在了地上,额头正好撞在堆放院中的一捆干树枝上,立即,几滴鲜血滚了下来。

榆叶吃惊而又伤心的抬头望着丈夫,可能是妻子额头上那殷红的血珠震动了青桐那暴怒的神经,他气喘吁吁地住了手。大概是听到这边院子里的哭声,姜二婶此时推开院门走了进来。她一见在榆叶怀里哭成一团的孙子和倒在地上的榆叶,立时气冲脑门,向儿子高声骂了起来:"好你个龟儿子,你逞啥子英雄?二三十的人了,在老婆、孩子面前动拳头算啥本领?你跟你爹一样,都是挨枪子的脾气,动不动都要动拳头,算啥东西！……"

青桐被二婶骂得跑出了院门。榆叶则抱着孩子艰难地起身向屋里走去，立刻，屋里传来了榆叶那压抑、委屈、伤心的啜泣声。

此时，二婶又踏着堂屋门槛对榆叶叫道："别给青桐这个龟儿子做饭，饿他三天，看他还有力气打人？"说归说，二婶站了一会儿，见媳妇还是坐在那里低声哭，便自己转身进了儿子的厨房，一边小声说着，"日你妈，二三十的人了还动拳头打人，欠饿死你"，一边动手替儿子、儿媳擀起了面条……

第二天是个好天气，到苞谷地锄草的女人们虽然各在各的责任田里锄地，但因为分的地都紧挨着，所以半晌歇息的时候，大家还像过去地没分那样，聚到一块说笑。这当儿，只听胖姑娘兰英吃惊地叫道："哎呀，榆叶嫂，你脑门上咋会划破那么长一道口子？"榆叶淡淡一笑，轻声说："昨黑里做饭前去柴垛上抱柴，不小心让干树枝给剐破的。"当榆叶说罢去地头招呼儿子小茅根时，榆叶的邻居——快嘴子五月婶立刻压低了声音叫道："嘻，兰英，告诉你，榆叶脸上那道口子可不是抱柴时让树枝剐破的，是叫青桐打的。"

"打的？"周围的妇女把脸转向了五月婶，坐在一旁的辣椒嫂也急忙扭过头来。打探别人的隐私是女人们最感兴趣的事情。

"为啥？"兰英惊问道。姜家塘谁都知道，青桐和榆叶结婚几年来还从未吵过架哩，更不用说动拳头了。

"为一把葱呗。昨后响天快黑时，青桐妈大骂谁偷了她的葱，骂了半天，小茅根才去说葱是他偷薅的。青桐可能在村边干活时听见他妈骂得太难听，气得回家就打起茅根来。榆叶去护儿子，青桐连她也打倒在地，这是我隔着院墙亲眼看到的……"

辣椒嫂最初听到五月婶说榆叶挨了丈夫的打,心里是带了几分快意的。她从昨天傍晚开始,就把榆叶和姜二婶一同视为仇人。仇人遭殃,心上自然高兴。但听着听着,倒愣住了,两眼直直地望着五月婶。这当儿,只听五月婶又颇带同情地叹道:"唉,要说榆叶也怪可怜的,在家里又遭婆婆骂,又挨男人打,外人还说她管不好婆婆……"

辣椒嫂一反往常那种休息时大声同人说笑的习惯,一直默默地坐在那里揉搓着手中的一块坷垃,直把那块坷垃全揉成了粉末……

按照豫西南乡间的习惯,午饭照例是在院门外吃的。青桐、榆叶坐在东院门口吃,姜二婶和老伴蹲在西院门口吃,两下相隔几十步,小茅根一会儿在妈妈碗边喝几口,一会儿又跑到奶奶碗边喝几口。院前不时响起小茅根的欢笑和奶奶几声喜爱的叫骂:"娘那个腿,不正经吃饭,饿死你小鳖子!"

这时辰,只见辣椒嫂左手拿着一大把葱,右手拉着儿子小高高,匆匆向这边走来。辣椒嫂没有回答青桐和榆叶的招呼,径直扯着儿子走到了姜二婶面前。二婶见状吃了一惊,以为对方是因为自己昨后晌错骂了前来算账的,一时愣在那里不知如何说话。辣椒嫂此时已向自己的儿子低沉、威严地喝道:"给你二奶跪下!"

"嗵"的一声,双眼红肿的小高高双膝着地跪在了姜二婶面前。

"你、你这是干啥?"姜二婶慌忙地把饭碗递给老伴,不知所措地叫了一声。

"高高是来向你认错的!"辣椒嫂庄重地说,"昨后晌偷你葱的就是他!好汉做事好汉当,俺们绝不能让榆叶和茅根受冤枉。这葱,赔给你!你昨儿个的骂,我全收下!"辣椒嫂边说边把葱塞到了姜二婶手上。

姜二婶呆了、蒙了,那满布皱纹的脸也盈了血,变红了。几十年来,除去她十七岁时骂那个亲她脸蛋的小伙子外,这还是第一次在她大骂一通之后别人前来道歉,她不知该怎么办,木木地站在原地。

这时节,辣椒嫂又一把抓住前来搀扶高高的榆叶的胳膊,一字一顿地说:"榆叶,嫂子虽说不懂得大道理,但明白你昨儿后响的心思,你是怕我和二婶吵起来丢人,才把偷葱的事往茅根头上拉。来,嫂子这会儿给你道歉了!"说着,就要向榆叶鞠躬。榆叶见状慌忙扶着辣椒嫂,脸通红地喊道:"嫂子……"

几乎就在榆叶喊声落地的同时,只听"啪"的一声,一直呆站在旁边的姜二婶猛地扬手打了自己一个嘴巴……

两天过去了,又是一个黄昏来临了。姜二婶站在院中查看着正在进圈的十几只鸡。当那只下蛋最多、最受她偏爱的花母鸡进圈时,她突然发现,鸡的左腿瘸了。她上前抓住一看:啊?腿断了!一定是谁用砖头打断了鸡腿。姜二婶的两只老眼霎时瞪圆了。随之,就见她急步冲出院门,立时高腔大嗓地冲着村中喊了起来:"哎,是哪个狗杂……"后边分明是个"种"字,但姜二婶喊及此处却突然住了口,之后,又蹒跚着进了院门……

坐在村中大水塘边乘凉的人群中,听到姜二婶最初那句骂声时,立刻响起了几个父亲催促女儿回屋去的声音,但当姜二婶的骂声骤停以后,这边催促女儿回去的声音也跟着停止了。塘边又恢复了它原有的安静,只有清清的晚风徐徐飘来,轻轻拂去人们身上的热气……

小铺子

我心绪不佳地推着新买的自行车向街上走。

"干什么去啊,园园?"同科工作的小宋迎面走来问。

"嗨,别提了。今早出门就让一个小伙子给撞了一家伙,这不,前轮撞断了五根条,车圈也弯了。"

"噢,修车呀。告诉你,最好到前进路自行车修理铺。"

"干吗跑那么远?幸福路不是有一个修车铺吗?"我问。

小宋扮了个鬼脸:"老朋友不会害你,你只管去就是。"说完,就跑走了。

我放慢了行走的速度,在心里思量着究竟应不应该听小宋的话。

"嗬,园园真会过日子,只疼车子不疼腿。"身后忽然传来邻居大张的声音。

我扭头向他苦笑了笑:"车坏了。"

"噢,是去修车呀。告诉你,最好到前进路自行车修理铺去。"

"为什么要到那里去修理?"对他和小宋的意见如此一致我很感诧异。

"你一去就知道了。"大张诡秘地笑了笑,使劲地蹬起自行车向前跑了。

我转弯向前进路走去。

"园园,是不是又在边走边等女朋友呀?"管理科职工老李头从马路那边开着玩笑走过来。

"胡扯啥,我的车坏了,不能骑。"

"噢,是去修车呀。告诉你,最好到前进路自行车修理铺去。"

"到那里修有啥好处?"我简直有些吃惊了,他的意见何以同小宋、大张的这样一致?

"去了自然会明白。"老李头眨了眨眼睛,转身向另一条街走去。

"可能是他们服务态度好,修理质量棒。"我这样想着,不知不觉中加快了脚步。……

前进路自行车修理铺果然生意十分兴隆,铺子里摆满了待修的自行车。我刚推车走到门口,立即就有一位四十来岁的长一双精明眼睛的中年男子走出门来热情地问:"要修车吗?"

我点点头问:"我这车修修需要多长时间?"

中年男子没有马上回答我的问话,而是看了几眼我的车子,然后抬头语气亲切地问:"在哪个单位工作?"

"军分区机关。"

"机关里公用车子多吧?"

"挺多。"

"这辆车是你自己的吗？"

"对。"我有些不耐烦了。

"那好,请稍等,马上就修好。"他说着转身喊道："小程,来,先修这辆车。"

立刻,有一个青年修理工应声走来接过了我手中的车子。

真快,半个小时后,我的车子就恢复了健康。我望着刚换上的五根明晃晃的新条和恢复了原样的车圈,很高兴地到那个中年男子处算账："同志,多少钱？"

"算了吧,这点活还要什么钱。"中年男子很豪爽。

"不,那怎么行。"我说着把一张两元的钞票塞到他手里。

"那——好,"说着,他又把一把零钱递了过来,"用不了这么多。"

我接过他找回的零钱一数,见他实际上只收了一毛钱,便有些吃惊："怎么只收这点钱？"我知道,一根新车条在市场上的价钱是七分五,五根条就是三毛多,别说手工费了。

"这有啥？以后咱们还要常来常往嘛!"中年男子边说边替我把自行车搬到了门外。

我很有些感激地和他握手告别。在向回走的路上,我禁不住在心里说："这真是一个热心服务的好修理铺,以后自行车坏了一定还要到这里修。"……

几天后的一个上午,我真的又推着一辆自行车来到了前进路修理铺,不过这次不是我自己的那辆车,而是一辆公用车,车子的支架让我给搞坏了。

还是那位中年男子热情地迎了出来,看到是我,脸上分明地又添上了几个笑纹。

"是公用车吧？"他含笑问。

我点了点头。

"急不急用?"

"急用。""那好,请稍等。"他转过身去喊,"小程,来,先修这辆车。"

立刻,上次给我修车的那个青年修理工又走了过来。

半小时后,车子康复了。我又很高兴地到那个中年男子处算账。因没零钱,我递过去了一张五元的钞票。

我边看他写报销单据边在心里估计着修理费:"顶多一元钱"。

但当他递过来单据时,我吃惊了,天啊,竟是四元钱。买个支架也不过三元零一分,而他们仅是修一修。

我禁不住惊问:"咋这么贵?"

中年男子又努力调动了脸上的笑肌,语调温和地说:"反正是公家报销嘛。我们是私人办的铺子,你们这些老主顾不照顾谁照顾?"

"我回去怕不好交代,修个支架竟用四块钱。"

"那不要紧,你没看我在单据上没有写明车子修理的具体部位,只写了'修理自行车'五个字吗?"

"啊?!"

他满脸都是笑容。

屠　户

那只蛾儿还在飞,不落、不停,就那样绕了肉案扇着翅,声不大,嘤嘤的。

风极小,树叶一下一下地摇。挂在肉钩上的半片猪,在轻轻地晃。案上的两个猪头,不动,眼瞪着街路。日头在向西天坠,砍肉刀被照得有些黄。一辆牛车从街路上过,牛蹄缓缓地移。空气中含着金家肉锅的香,却也掺了曹家鱼摊的腥。十字街口,又飘过来瞎老四讨钱讨吃的梆子响:梆、梆、梆……

珠儿站在肉案后,把眼睛又扭向了南街口,没有,还是没有。可是,该到了,两个老人该到了!

"珠儿,来二斤肉!"一声响响的喊,使珠儿一惊,扭过了脸。

"不会小点声!死喊啥?"珠儿瞪了来人一眼,"瘦的?肥的?剔骨的?没剔骨的?"

"嘿嘿,半肥半瘦的,我二姨来了,剁馅。"小伙子咧了嘴,笑笑,目光却聚在珠儿高高的胸上,不动。

珠儿拎起刀,利索地去挂着的那片猪上咔一下,扔上秤:"看见了没?秤高一点,让你捡便宜,拿走!"说罢,扔了刀,刀尖扎在肉案上,刀把颤三下,才停住。

"算了吧,谁不知你珠儿的手,准少半两!"小伙子笑着去掏钱。

"放屁!老子是八路军,买卖公平,不信,去那边公平秤上称!"珠儿把找的零钱扔过去。

"中,算我占便宜。"小伙子点头去接肉,却趁势把珠儿那白白的腕子捏住。

"滚!"珠儿啪地打掉对方的手。小伙子就笑笑地转了身,边唱边往远处走:"小珠儿,胖嘟嘟,拎了刀,去杀猪,浑身弄得血糊糊……"

在榆林街,谁都知道珠儿会杀猪。一头猪被拉进院,不管是个大的,还是个小的,只要爹的身子不适,杀不成,珠儿便挽了袖,走上去,给猪拴了腿,绑在一扇门板上,拎了锃亮的杀猪刀,哧一声扎进猪脖子,而后用脚踢过猪血盆,血就一股一股地往盆里注。那猪自然要没命地叫,珠儿却笑笑,端过娘烧好的烫猪水,往猪的身上泼。接下去,就是刮毛、开膛、掏内脏。不一时,珠儿便把猪砍成两大半,扛到门前的肉案上,吸一口气,闭住嘴,用力把肉挂在肉钩上。

珠儿小时胆子也小,每回见爹杀猪,一听猪叫,就吓得捂起耳朵向娘的怀里钻,一边还扯了嗓子叫:"娘,娘,让爹放了它!放了它!"娘就笑,就拍了她的头说:"俺女子不怕,俺女子不怕,它是猪!"珠儿因为怕,猪肉便也不吃。日子在过,珠儿在长,加上整日地见,珠儿的胆子也就一点一点地大,先是看见爹杀猪,不再往娘的怀里钻,只站在远处看。后来,看见爹给出过血的猪用气筒打足气,猪身子变得圆圆的,她觉得怪,就走上前仔细地瞧。再后来,爹把猪开了膛,要用竹筐盛内脏,而娘正在做饭,就喊:"珠儿,拿筐!"珠儿就把筐拉过来,爹把猪的肝扔进筐:啪,一滴血溅上珠儿的手,珠儿身子一抖,慌慌地去衣服上擦。珠儿的胆子一天一天地大,爹杀的猪却一日一日地少,有时杀猪刀挂在墙上,竟有了些锈。珠儿于是就问:"爹,为啥不杀猪?""不让杀。"爹总闷闷地答。渐渐地,娘做的饭珠儿就有些吃够了,总是苞谷糁、红薯面、炒萝卜,没有一点肉。一日,爹坐下吸烟,拉珠儿到膝前,含了笑问:"珠儿,长大想干啥?""杀猪!"珠儿答得好脆。爹一怔:"为啥?""想吃肉!"珠儿说罢,看到爹脸上的笑一点一点地少,蓦地爹把她搂到怀里,声有些抖:"珠儿,别杀猪,去读书!"接着,一滴水啪地落到她脸上,流进了她的嘴,她伸舌尖儿一舔,咸咸的。

珠儿读了六年书。那天,十三岁的珠儿从学校回来就哭,娘慌慌地问:"咋了?"珠儿不答,只是哭。问急了,珠儿就抹一把泪,连声叫:"我不去读书,不去读书!""为啥?"爹也有些慌。"他们说我是杀猪家的女子,谁也不和我一桌坐,说我脏!"老两口听罢,无了话,有些怔。从那以后,珠儿就真的不去上学。老两口就这一个女儿,视为掌上明珠,见劝了几次无用,便也不好太委屈她,就默允她退了学。娘对爹说:"算了,就这一个丫头,读多了书,跟个识字人一走,咱老了靠谁?还不如就让她在家给你当个帮手,晚点招个女婿,把咱这个户头撑起来。"爹就磕了几下烟锅,说:"也中,就让她学学杀猪和卖肉!"

珠儿心灵,日子没过多少,就把爹的手艺学了过来。但只要爹身子好,并不用她操刀杀猪,只要她在门口的肉案前卖肉。太阳在走,月亮在来,珠儿就在肉案前走向她的黄金时代,身子高多了,脸蛋丰腴了,胸脯子把衣服撑起来,肤色在遮肉案的篷布下渐渐地白,一双眼珠儿极亮、极黑、极水灵,让人看了有些呆。加上她的刀法好,买肉人说了斤两,她一刀下去,扔到秤盘里,也就只差个高低,所以小镇上去她案前买肉的人就多,她家的生意就红火。这就惹得街上另外几个卖肉的有些气,那些人就小声骂:"日他妈,都是贱种!为了看一眼人家的脸,就去买人家的肉,贱!……"珠儿听不见这骂,自然也不去管它,依旧响响地喊:"哎——,新鲜猪肉,才杀刚卖,大量供应,要肥给肥,要瘦给瘦……"照样地叫:"哎——,不坑不哄,八路军的政策,公平买卖……"

常常是半条街都能听到珠儿那脆脆的喊。

但已有好长时间,人们再没听珠儿喊、珠儿叫,只见她如今日这样,默默地割肉,默默地收钱,案前无了人,就扔下刀,站那里,不动,眸子向街,散漫地看。

那只蛾儿还在飞,不落、不停,就那样绕了肉案扇着翅,声不大,嘤嘤的。

风更小,树叶已停了摇。对面二婶胡辣汤锅的烟,袅袅地飘。

珠儿站在肉案后,把眼睛又扭向了南街口,没有,还是没人。可五百多里路,坐汽车这时该到了!

"同志,割肉。"一声礼貌的叫,使珠儿回了头,"二斤半,要瘦的!"

珠儿拎刀、砍肉、过秤、收钱,然后目送着对方走。

眸子一跳、一闪,转瞬间又暗。

"同志,割肉!"董一宝头一次来时也这样叫。珠儿当时正在弯腰砍排骨,听到叫,抬了头,见一个当兵的推个车子停在案前,车后绑了两个筐,于是就明白:是个上士。西山下住了一营兵,珠儿晓得,每个连都有一个上士,上士和班长一样大,任务就是买肉、买菜、记账目。这是大主顾,珠儿很快地直起腰,笑一笑:"割多少?""四十二。""好哩——"珠儿欢欢的一声叫,手起刀落,就砍下了一块肉:"看好了吧?秤砣放在四十二斤上,哟,多一点!算了,你们当兵的辛苦,一两半两不切了,拿走吧!"对方就说一声"谢谢",把肉放进筐里,骑上车子走。

人家还没走出南街口,珠儿就开始笑,咯咯咯地竟笑弯了腰,直到娘出来拍一下她的头:"疯笑啥?"她才直起身,附在娘的耳边说:"刚才来的那个兵是个憨瓜,我把秤砣摆在三十八上,说是四十二,他竟没有看出来,少给了他四斤肉,走时他还说'谢谢!'"娘听了,眉就有些皱:"一回少给人家这么多?""咋,怕啥?他们是公家的人,钱多!"珠儿声音硬硬的。她平日就是这么做,逢着公家伙食单位的人来买肉,她总能变着法儿少给些。

这事儿办过,珠儿自然就忘了。却不料,半后响,珠儿正收拾一堆猪蹄,一辆自行车咔地支在她的案前,跟着就响起一句喊:"同志,有事!"声音瓮瓮的。珠儿一怔,回了头:嘀!又是那个兵!"咋了,还买肉?"眉眼间就露了一种心计得逞的笑。"不买!"话音中夹了气,怒冲冲的,"你上午少给了俺四斤肉!""胡说!"珠儿的柳叶眉立时就凶凶地竖起来:"凭啥坏俺个体户的名声?为啥当时不去公平秤上称?你前晌看没看秤?你算什么兵?"这一连串的反问把上士弄得有些蒙,声音顿时就降下来:"我上午把肉买回去,厨房值班员一称,少四斤,人家就怀疑我在中途把肉送给了熟人,我刚当上士,你说这糟不糟?"听上去火气已无,就只剩下一些委屈,有那么一霎,珠儿的心就被这话弄得有些软,眼也就不敢再去看那张憨厚的脸,但她到底还是心一硬:"你糟不糟我管不着!"说罢,就转了身,挺响地去摔那些猪蹄。这时,就听那上士突然说:"来,再割四斤!"珠儿就回过头,咔一刀,挂到秤上,声硬硬地:"看清!别又说俺坑你!"那上士交了钱,拎了肉转身就去推车子,珠儿就赌气地叫:"要不要报销的条?""不要!自己的钱!"上士的话音挺冲。珠儿一听,先一愣,随即就抓过对方刚交来的钱,啪一下扔出去:"拿走!""不要!"上士说着推了车子要走。"站住!"珠儿的心火升起来,呼地拎起一把刀,跑出肉案把车拦住。"你,干啥?"上士被珠儿的凶劲吓住。"把你的钱拿走!""为什么?""拿走!"珠儿并不多说,只拿杏眼吓人似的瞪了他。他于是只好转回身,捡了钱。"珠儿——"娘在屋里看见珠儿拎刀的凶样,慌慌地跑出来:"你咋这样拿刀吓人家?""少管!"珠儿叫一句,不回头,只用眼看上士慢慢地走。当晚,娘做了珠儿平日最爱吃的芝麻叶面条,珠儿吃两口,却一推碗说:"难吃!"便去屋里睡。娘跟进来,去摸她的额,担了心问:"是不是有病?"珠儿一拍床,连叫几声:"瞌睡!瞌睡!瞌睡!"娘不敢再问,就悄悄退出来,对老伴使个别出声的眼色。

第二天,珠儿立在肉案前,又看见那上士骑车驮了两只筐,显然是要买肉,但却并不往她的肉案走,于是就喊:"当兵的,过来!"那上士就尴尴尬尬地走过来。"咋了?怕俺坑你?去别处割?来,要多少,俺割了你自己称!"上士脸就有些红。就说出自己要割的斤数,珠儿就一刀下去,称好后,再让他亲自过秤。上士却把肉往筐中一放，说声"谢谢"，付钱，推走。

这以后，上士就天天来买肉，或买多，或买少，或买肝，或买肺，一天一回。回数多了，珠儿和他自然就熟。一熟，当然就说、就笑，就扯些家常。于是，珠儿就知道他叫董一宝，家住信阳北边的董家堤，离这儿有五百多里，就晓得他家还有老父和老母，他是三年前入伍的。

有了这个老主顾，每天都能卖出几十斤肉，珠儿当然欢喜。于是，便稍稍地给些照顾。比如，猪肝、猪蹄一向买家多，但珠儿总是先尽一宝要。有一阵，小镇上猪肉供应紧张，珠儿便把一宝要买的肉预先留下。

得了这些照顾，一宝自然也就感激。没法用东西回报，一宝就用力气。每次装完肉之后，他或是拿过扫帚，帮珠儿扫一下案前案后，或帮助把肉案上的什物摆整齐，往肉钩上挂挂肉，收拾一下猪杂碎。珠儿娘看见了，就悄悄地在珠儿面前夸几句："看看人家这当兵的，心眼多好！"珠儿听了就笑笑。但笑着笑着，就把心里的一种什么东西笑出来了。有一回，当娘又这么夸那个勤快的一宝时，珠儿心里就忽然觉着了一丝儿甜、一阵儿颤，颊上还现出两片儿红。这以后，娘再酱猪肝、猪肚、猪耳时，珠儿就悄悄在盘里留一块，一宝来后，珠儿就将娘支走，自己把一宝叫到紧挨肉案的屋里说："俺娘酱了点肉，我觉着挺难吃，你帮着尝一下，看有没有点味。"一宝诚诚地说："行，拿来我尝。"珠儿于是就端出盘，一宝吃几口，品一品后，憨厚的脸上就浮了笑："好好！这味道好着哩！"珠儿就说："味道好，你就把它吃下去，反正你手已经捏了，也不好放。"一宝便全吃下去。看着一宝香香吞吃的样子，珠儿心里就甜，眼珠儿就亮，身子就软。

接下来，珠儿夜里就多梦、失眠、睡不好。往常珠儿累了一天,总是一上床就呼呼入睡,有时娘来掖被她都不晓,而且也很少梦见什么,而这时却常常睡不着,一宝的脸总在她眼前晃,想赶也赶不开,好不容易入睡了,又总是梦见他。白天,只要一见一宝来,她就觉着想说、想笑,一宝一走,她干啥都觉得心绪全无。一宝哪天要是有事让别人来代买肉,她心里就有一股无名火,不好朝着别人发,她就全倾给了娘,为一点点事就能把娘吵得晕头转向。娘便只好悄悄也向珠儿爹诉怨:"这憨女子是吃了枪药还是咋的?"爹就反过来又抱怨娘:"都是你给她惯的脾气!"于是老两口就都住嘴,各忙各的。

事情发展下去,就到了那个上午。那天,珠儿爹一大早就到镇东的村庄里去收买活猪,家里因前一天收的活猪少,只杀了一头。珠儿娘看看家里没了别的事,就对珠儿说:"我去看看你姨,今日是个空。"珠儿便说:"去吧。"那日的天有些怪,早上挺蓝,只有几块云在游,但饭后不久,几块云就膨胀、变大,慢慢地竟把天遮住。这时候珠儿还没怎么在意,只一心盯着街口,盼一宝快来。不想很快就从街筒里滚过一阵风,极凉,且风转瞬间变大,呼一下,就把珠儿肉案上的篷布刮走。近处几个摆货摊的人,也都一声惊呼,慌慌地去捡被刮掉的遮阳布,不能来帮珠儿的忙。很快,雨点就也赶来,啪啪地打在肉案上。珠儿有些慌,门前的东西要收拾,后院也晒了一些衣、被要往屋里拿,然而一个人,顾这顾不了那。也巧,一宝这时骑了车赶到,不用说,他支了车就跑过来帮忙,待两人把该往屋里拿的东西都拿完之后,衣服都已经湿透。雨点此时变得更大,砸着屋瓦,响声竟有些震耳。珠儿一边捋着湿发一边说:"今天亏了有你!"一宝就笑笑:"没啥,这点事!"话说完,两人就都打了个冷战,一身湿衣,当然凉。于是珠儿就说,"来!你把我爹的干衣服先换上暖和暖和。"说着,就去柜里找了爹的一件蓝褂和一条黑裤,扔到了一宝手上。一宝脸有些红,说:"换啥,我的身子壮!"珠儿就凶凶地把杏眼瞪起:"你是不是想得病?换上!"一宝大约也确实耐不了那冷,就说,"也中,待俺换下把湿衣拧拧,走时再换了军装回去。"

珠儿便走进里屋换衣,几下把衣服换好,就出了里屋门。这时,一宝按说是该换好衣了,却不想他因怕把珠儿爹的衣服弄湿,先很过细地擦了一通身子,结果珠儿出现在里屋门口时,一宝上身还在赤裸着。珠儿一眼看见一宝那隆着肌肉的结实的胸脯,乌眸儿顿时有些发直,呼吸也转瞬开始变急,接下去,一股火倏然间在珠儿眼里烧,随之,就见珠儿猛地向一宝怀里扑去,双手一下子抱住了他的腰。一宝被这突然的变故吓呆,一边挣着身子,一边讷讷地叫:"你干啥?干啥?"但很快,珠儿的唇就堵了他的嘴,他的低叫声一停,挣着的手也蓦然间无了力。珠儿死死地抱住他,他的心在狂跳,眼恐惧地隔门缝向大雨滂沱的街上看,腿却不由自主地随珠儿向里屋移。终于,他迈进了里屋门槛,听到了里屋门咣一下关住,跟着,风雨声就一下子变得极小、极远了……

当风雨又可以把它们的声音送进两人的耳朵时,一宝突然间捂脸哭了。珠儿慌慌地掰开他的手,心疼地问:"咋了?身子不好受?""我要受处分了。"一宝竟有些哽咽。"谁敢处分?"珠儿的眉又凶凶地竖起来,"我们是自愿!咋了?婚姻法上写了,自由恋爱,自由结婚,我们马上结婚,谁敢处分我去找他!""你不懂,不懂!部队有规定,战士不准在驻地附近找对象,这事要让人知道了,非处分我不可!"一宝说着就去穿衣。"别怕!大不了让你复员。你一复员,就留俺家,你管账,我卖肉,爹杀猪,娘做饭,日子过得肯定好!""嗨,哪能那么简单!"一宝叹口气,呆立一会儿,就要留下车子,换上湿衣背了肉走。珠儿说:"不能等等?我去给你做碗荷包蛋!"一宝摇摇头:"不敢再耽搁,这时候要再晚回去,更让人怀疑。"珠儿拗不过,上前亲亲他,帮他把肉筐放肩上,便倚了门框,心疼地看他冒了雨走。

一宝第二日来时,两眼布满了血丝,脸也苍白得厉害。他刚在案前站下,珠儿就扭头向屋里喊:"娘,你来照看一会儿案子,我进屋去跟这个当兵的结算账目,他两天的肉钱没给。"娘应一声,就出来。珠儿立时便使眼色,让一宝跟她进屋。珠儿爹在后院杀猪,屋里没别人,一进里屋,珠儿便又扑到他怀里,疼爱地抚他的脸:"眼咋这么红?"珠儿温热的身子和暖心的话,也立刻使一宝动了情,他把珠儿紧揽在怀里,声音哑着说:"我想了一夜,觉着咱俩这事瞒下去不行,没有不透风的墙,早晚领导会知道,那时,怕会处分得更重。所以,我想先向领导汇报,当然,不说别的,只说我俩已悄悄订婚,任领导处分。我估计,可能会给我一个严重警告,宣布我填的入党志愿书作废,让我中途退役。如果这样,你和你爹娘要是愿意,我退役后就留下……""愿意!愿意!"一宝话还没说完,珠儿已欢喜地低叫了两声,又用唇堵了他的嘴。直到听了娘在外边催:"珠儿,账还没结完?"珠儿才松开了他,应一声:"快了!"又转过身急急地向一宝交代:"你今儿回去就向领导说,看他们咋处分。明儿我等你的话!"……

珠儿第二日含了笑在肉案后等待。她只要一听到确实消息,就要向爹娘摊牌:我找了个撑门户的人!

却不料,一宝一天没来!

第三天,一宝照旧没到。

珠儿的心躁极、焦极、怕极:总不会被当官的关起来?

第四日早饭后,珠儿牙一咬,下了狠心:去营房里找!倘真是当官的把他关起来,就跟他们吵,跟他们闹,跟他们拼了!不想她刚找了借口要出门,一宝却突然骑车子来了。

珠儿望定他,双眸中有惊,有喜,有气。

那只蛾儿还在飞,不落,不停,就那样绕了肉案扇着翅,声不大,嘤嘤的。

日头在挺快地坠,已近了金保伯的屋脊。斜对门老山叔养的鸡,在街边聚一堆,正准备着上宿。菱嫂的货摊已开始收,她那六岁的儿子趁她不注意,拿了一包瓜子跑开去,菱嫂于是就高声骂:"日你妈,光知道吃,败家子!"十字街口的瞎老四,大约钱讨得不多,所以就很响地敲着梆子唱:"……人本是从土里长,土长粮,粮养人,人爱土,土是娘,可俺因为看不见,不能弯腰侍奉娘,娘就让俺饿得慌,众位发个善心肠,给个钱,买碗汤……"

珠儿站在肉案后,把眼睛又扭向南街口。没有,还是没有。可是,该到了,两个老人该到了!

"小珠子,给爷称个猪头!"一声苍老嘶哑的喊,使珠儿扭过了脸。

"九埂爷,又要自己酱猪头?"珠儿边说边拿秤。

"自己酱的吃着好。你爹呢? 又在杀?"老人颤颤地掏着钱。

"嗯,后晌杀一头。九埂爷,你慢走!"

珠儿又把眼睛移向南街口。

"你咋才来?!"珠儿当时的声音极高,把一宝吓得一跳。于是两人一齐慌慌地四顾,还好,人们都在忙,还没人注意到。只有娘听见走出来,嗔怪地说:"珠儿,做生意人,咋这样高腔大嗓的?"珠儿一听,抿嘴一笑,便装了气恼叫:"娘,你不知道。这人两天前买个猪头,钱拖到这会儿没交,走! 进屋跟我结账! 娘,你照看肉案!"

一宝随珠儿一走进里屋,珠儿就转身挥拳向他胸脯砸起来,边砸边含了委屈叫:"你为啥才来? 为啥才来? 看把我惊的、吓的、焦的!"捶一阵之后,又扑到他胸上,抚着、亲着,心疼地问:"打疼了吗?"一宝轻轻地摇头,手抖抖地抚着她的头发。"领导咋说? 给啥处分?"珠儿仰了脸问。一宝不语,只是抚着珠儿的黑发。"究竟咋说?"珠儿又在他胸脯上捶一下。"部队要去打仗了!"一宝突然说出了一句。"啥?"珠儿的眼蓦地瞪大。"打仗! 去南方。大前天我从这里回去时,部队刚接到了命令,我这几天没来,就是因为部队正做出发准备。""哦?"珠儿的身子一颤,"那你快把咱们的事说出去,让领导处分你,让你中途退役!"一宝头极缓地摇着:"这事现在不能说了,现在说出去,别人以为我是在找借口,不想去前线,临战怯逃。""不管咋着,打仗要死人的,我不准你去! 不准你去!"珠儿伸手紧紧抓住一宝的领扣,眼中,涌出了泪。"傻珠儿,"他抬手,手抖抖地为她擦着泪,"如果我真的为这事被留下来,不去打仗,怕别人晚点就会指着你说:珠儿的男人是个逃兵,打仗时生着法子不去,胆小鬼! 那时你会受不了的。我日后也无脸去人前,还咋帮你在街前站着卖肉? 再说,打仗并不一定就死,一九七九年那仗,不是那么多人都回来了? 还有,战场上立功、提干比平日容易,只要能打仗不怕死就行,我已经要求不当上士,去一排当班长,我要是在战场上立了功,当了排长,回来时就可以正大光明地娶你。部队有规定,排以上干部可以在驻地附近找对象,珠儿,你说,这多好!"

"呜……"珠儿突然低声哭起来。一宝见状,发慌,一边用手给她擦泪,一边说:"别哭,小心娘听见!"珠儿把哭声压低。一宝于是就又交代:"我走了后,不能直接给你写信,怕信一到,街坊邻居就会猜测、议论,坏你的名声,你也不要直接给我写信,免得战友们发现。我有一个老乡叫罗同,领导已确定让他在营房留守,我给你的信让他转给你,你给我的信也让他寄给我。好了,我该走了。今天我是最后一次来买肉,以后换成了另外一个战士。"珠儿猛地抓紧他的手:"走前啥时再来看我?"声音中带了哀求。一宝的身子抖一下,低低地答:"我找个晚上悄悄来。"说罢,两人紧紧搂抱一霎,分开,珠儿用湿手巾擦擦眼,假装着大声说一句:"以后欠账,记着按时还!"接着,出门,给一宝割肉,而后倚了肉案,恋恋地看一宝走远……

　　四天之后的那个夜,天无月,星也不多,在镇外的枯河道里,他告诉她:部队明天中午会餐,可能在晚上走。珠儿不语,只紧紧地抱着他。身下铺着他的衣,河道里土的硬和草的茸,透过那薄薄的衣,能让他们感觉着。风一股一股地在河道里过,镇子里有狗在一声一声地吠,女人喊娃睡觉声在不时地响。但两人什么也没听见,只听到对方的心跳、呼吸。渐渐地,风开始凉,镇子里的声音在平息,该分开了。他先松开了手,无言地拿过身后的挂包,从中掏出一个塑料袋,说:"这是一身衣服,给你买的,不知道尺寸是不是合适。拿住,做个纪念。"她无言地接过,停一霎,便去脱自己刚穿好的上衣,直把最贴身的背心脱下来,说:"我这几天心乱,忘了给你买个东西带上,这个背心可能小,来,你看能不能穿上,能穿上,就穿去,不能穿,就带上,想我了,摸摸它。"他顺从地脱去上衣,穿上她的背心,背心小,有些勒人,但他说:"挺好!"两人拉手上了河堤,他送她到街边,两人又在黑暗中抱。他感到他的脸上沾了她的泪,就抬手去擦她的脸,擦不干,停一下,就松开手,转了身要走。走几步,又被珠儿从背后抱住,脚停下,一霎,他用力掰开她的手急步向远远的暗处走。珠儿瞪了眼望,直到看不见才突然蹲下,发出一阵抑低了的泣。泣声惊动了一条狗;狗挺响地叫,珠儿这才惊起,慌慌地向街里走……

第二天早晨一起身,珠儿就穿上了一宝给买的衣。他显然不是会买衣服的人,衣服又宽又长,颜色也是深蓝的,但珠儿照样极珍爱地穿上。娘看见,就诧异:"啥时买的衣?""前几天。""咋买这么大的?""大了穿上美气,咋了?我喜欢!"娘于是不敢再问,只好笑笑摇头:"倔丫头,穿衣也不跟人家一个样!"

早饭后不久,接替一宝的新上士就来买肉。珠儿问:"要多少?""七十五。""会餐?""你怎么知道?""猜的。"珠儿边说边挥起刀,肉割好,过秤,收钱,开票。新上士刚上任显然也小心,就把珠儿秤好的肉又搬到那边的公平秤上称,称罢却吃惊地叫:"九十斤!给多了?""少啰唆!那公平秤坏了,俺家的秤准,快拿走!"那新上士点点头,就放上车子,说声"谢谢",骑了走。

珠儿定定站在肉案前,神情有些呆,两滴晶亮的水,在她的眼角晃、晃、晃,终于,极快地滚下来……

那只蛾儿累了,落在肉案上,不哼,不动。不过,只一霎,就又扇了翅,飞起来,围了肉案转,声不大,嘤嘤的。

对门的风箱开始响,炊烟升起来,燃过的麦秸灰便又在天上极慢地飘。西街的秋子嫂又跟男人在吵架,骂声很响地传过来:"……日你个先人哟,老子当你的老婆有啥好?坐月子吃的都是煮萝卜,红糖你都舍不得买三斤!娃子给你生了一个又一个,你啥时夸过我一句话?日你八辈祖宗!……"

珠儿把眼睛又扭向南街口。没有,还是没有。可是,该到了!两个老人该到了!总不会是车在路上出了事?

"珠儿孙女哟,给奶奶割点肉。"一声亲亲的呼唤,使珠儿扭过了脸。

"四奶,割多少?"珠儿恭敬地问。

"三两。牙不好,又是一个人,多了吃不了。"四奶蔼然地说,眼却看着手中的一张纸。

"手里拿的啥,四奶?"

"信。孙子来的,"四奶的脸上全是笑,"一封信!"

"一封信!"那日珠儿正在肉案前呆站,一宝的老乡罗同突然在肉案外边低低地说。

珠儿闻声扭头,一惊,一喜,慌慌地接过信,急急地进屋去读,刚读完信末"想你、想你、想你"那六个字,心中的甜蜜正在弥漫,却突然觉着胃里一阵难受,不好,要吐,几步跑到后院墙根,哇一下吐了。

"珠儿,咋了?"爹和娘看见,极心疼地问。

珠儿摇头:"不知道,这几天总恶心。"喝一口娘递过来的水,嗽着嘴。

"快跟你娘一块去刘家诊所看看。"爹催,娘就扶了珠儿去。在诊所要了止呕的药,回来吃了几天,效果却近于无。珠儿总是觉着想呕、想吐。爹和娘于是就越加地慌,要不是那天早上的那盘藕,不知老两口还会怎样地慌下去。

那日早上,娘凉拌了一盘藕,放了姜,放了蒜,放了香油,当然也放了醋。珠儿娘拌好后特意先尝尝:咸酸适度。不想珠儿坐在饭桌前,只吃了一口藕,就叫"咋不放醋",边说边就站起身,拿过醋瓶便往盘里倒。结果,珠儿爹和娘再去叨藕吃时,却几乎同时一伸舌头,叫:"嚛,酸成这了!"但珠儿当时却说:"我吃着正好!"珠儿爹当然没从这话里听出什么,只是慈爱地一笑:"胡吃!"但娘却身子一抖,从珠儿的爱吃酸一下子想到她这些天总吐,想到她这个月"红的"还一直没来。珠儿娘就这一个女儿,平日对女儿照顾得也就极细,她知道珠儿"来红"的日期,一逢那几天,她啥活都不让珠儿干,就连珠儿的内衣裤也不让她洗。这个月"红的"本在前十几天就该来的,但珠儿娘在替女儿整理床铺和衣物时,却一点也没有发现"来红"的痕迹。往常,粗心的珠儿"来红"时,总要在换下的衣裤和床单上留下一点一滴,这次却一直没见。珠儿娘原以为是因为珠儿卖肉累着了,推迟了来的日期,但把珠儿的想吃酸和呕吐连在一起想,一个可怕的推测把珠儿娘的心都吓抖了。她立时就觉着一股冷气从脚底升起,直向背爬去。她并没立刻向珠儿爹说出自己的猜测,她还要再证实。饭后,她把女儿叫到里屋,不由分说地掀了女儿的上衣,把手放到了珠儿的腹部,她的手立时哆嗦一下。

"娘,你干啥?想吐又不是因为肚子疼,是胃里难受。"珠儿那乌黑的眸子诧异地闪。

"说!"娘的声音第一次变得这样严厉,"这是谁的孩子?"

"啥孩子?"珠儿震惊地瞪大眼,但转瞬之后,她就一下子明白,双手慌慌地去护她的腹,她蓦然间懂得了自己身体变化的含义,脸也一下子没了血色。

"啪!"娘猛地扬手打了她一掌,她跌坐在床沿,怔怔地望着娘,从小到现在,这是娘打她的第一掌。

"你为啥要办这丢人的事?为啥?为啥?"娘摇着她的身子,但突然间,娘停住手,双掌捂了自己的脸,开始呜呜地哭,边哭边诉,"天啊!这事一出,你憨女子日后还咋活?我和你爹的脸往哪里搁?咱家的清白名声还要不要?天啊,我为啥要养你这个闺女……"

珠儿眼呆呆地望着娘,她什么也没说,什么也没讲,她只是觉得脑子木。她双手护着腹,紧紧地……

整整一天,珠儿娘都没敢把这事向丈夫说,她怕、她怯,但她不能不说。这件事在家里太大、太大。吃晚饭前,她关了屋门,吞吞吐吐地、结结巴巴地开始向丈夫说,但只说了一半,珠儿爹的脸就被气得发紫,只听他吼叫一声:"贱女子噢!"就握起拳没命地向里屋的珠儿冲去,珠儿娘急急地去扯丈夫,但没扯住,就在丈夫的拳头抡起时,珠儿娘凄厉地低叫一声:"她身子重,打不得哟!"珠儿爹的身子一抖,拳头在快触到女儿的身子时骤然停住。

珠儿紧缩在床角,双手捂着腹,眼如受惊的鹿一样瞪大,身子在瑟瑟地抖。

"你这个当娘的是咋当的?咋当的?!"珠儿爹猛地转过身朝妻子吼,紧跟着,就扬起巴掌朝妻子的脸上打,啪!啪!啪!一缕血丝从珠儿娘的嘴角极快地渗出,但她却一下没躲、一声没吭,一任丈夫打、打。珠儿爹突然住手,几步跑到外屋拿一把杀猪刀在手,又跑进来朝女儿低吼,"说!男的是谁?老子非去拼了他不可!说!"

"不怨他!"珠儿极低地答。

"说!他是谁?"爹手上的刀在颤,脖子上的筋在跳。

"是个当兵的。"

"住哪?是不是在镇西那个营房里?叫啥名?"爹的眼红极。

"去云南打仗了!"

珠儿爹一愣,切齿地:"这个狗东西!"手中的刀随之落地,无处发泄的气恼转向了自己,只见他猛地扬手打起自己的嘴巴,啪、啪。珠儿娘慌慌地上前拉住丈夫的手,抽噎着说:"光生气没用,得想个主意。"

珠儿爹蓦然双手抱头缩下身,呜咽着叫一声:"想啥主意?啥主意呀?!"……

珠儿被这猝然而至的事情吓得有些呆。她从没想到,爱上一宝,原来还会带来这么可怕的后果。她十九岁生日过完不久,还根本没有要做妈妈的心理准备。她尝到了"怕"的滋味,在这之前,爹娘的宠爱,使她从来不知道"怕"对于人竟是这样厉害。她曾想立刻给一宝写信,告诉他她怀了孩子的事,让他知道她现在有多怕、多苦!但她最终还是把这念头打消,他在前边已经够险,不能再给他添一分"害怕",不,不。

十几天之后的一个下午,娘低声告诉珠儿:你爹在八十里外的一个小镇医院找到一个熟人,答应悄悄给你做手术,咱娘俩明儿个坐车去。珠儿当时木木地点头,她已经晓得,这个孩子无论如何不能生下来,西街的疯玉兰,就是因为没结婚生了孩子,受不了人们的冷眼,疯了的。娘说完进屋不久,肉案外突然响起一声低低的呼唤:"珠儿。"珠儿抬头,呆滞的眸突然一亮:案外站着一宝的老乡罗同。"有信?"珠儿蹙紧的眉一下展开。"有……一封。""快给我!"珠儿迫不及待地伸手抓过,根本没去注意罗同那颤颤的声、噙泪的眼、抖抖的手,甚至连罗同那声"多保重"也没听见,就把信装进了衣兜,转身喊:"娘,你来!我进屋喝点水。"娘刚出门,她就进了屋,急切地撕信,贪婪地去读——

我亲爱的珠儿:

天亮之后,我就要带突击队去夺敌人占领我们的一枚山头了。这样的进攻战斗,突击队员能活下来的一向很少,因此,我必须做好死的准备,把有些话给你说说。

我走了之后,你要记着把我给你的信都烧掉,不留任何痕迹。你在外人眼里还是个姑娘,你还要生活。我曾想过把我不久前得到的一枚军功章寄给你,做个纪念。后来想想,不能寄,你以后还要成家,万一这东西叫你以后的丈夫看到,会引起一些猜疑。

我现在十分后悔,后悔认识你太晚,后悔当初胆太小,和你在一起的时间太少。我在想,假若早认识你,假若和你在一起的时间多些,说不定我们会有一个孩子,孩子!这样,我虽死了,但我们董家还有一个后代。你晓得,我爹妈就我一个儿子,我一死,我们董家就彻底绝了。一想到两个老人会孤独无望地生活在那三间老屋里,我心里就怕,就抖。我真后悔!几十年之后,人们可能就会忘记,世上曾经有过董一宝这家人。当然,我这话有些自私,只想到了自家,没想到你,你会原谅我的这些瞎想吧?

天亮出发前,我要把你的那件背心穿上,那样,就是中弹倒下,我也是和你在一起的。只是不知以后整理我遗体的那些战友,会对我穿女式背心做些啥样的猜测。不多写了,珠儿,这算做一份遗书,先存我一个好友手里,我若能回来,他自然不会寄出,如果你真看到了这封信,那就证明我真走了。你不要哭,不要让爹和娘看见你哭……

"一宝——"珠儿只痛楚地嘶叫一声,就软软地倒在了地……

她醒来时,已经躺在了床上。娘默默地坐在床沿:"是不是总觉得晕?"娘恨爱交织地问。她以为女儿的倒地是因为头晕。

珠儿不答,只默默地看着屋顶。脸,平静得很。

第二天早饭做好,珠儿一反这段时间总等娘喊吃饭的习惯,先坐到桌前,并且不是皱了眉只吃几口,而是咬牙吃了两大碗。娘见了就说:"今儿要坐车去医院,多吃点好。"然而,待娘把随身带的竹篮挎好,说:"珠儿,咱去坐车吧。"珠儿却突然开口:"不去!"声音硬硬的。

"为啥不去?"娘吃惊了,"昨日你不是答应了去?""昨日是昨日,今日不去了!"珠儿的声音冷静至极。"为啥不去?"一直蹲在一边抽烟的珠儿爹,猛地站起,低吼道。"就是不去!"珠儿的声音冷极、硬极。"你⋯⋯"气极的珠儿爹向珠儿冲去,但就在这时,珠儿闪电般地伸手抓过一把锃亮的杀猪刀,一下子把刀刃放在了自己脖子里。

珠儿爹骇然地止了步。

"你们要再逼一句,我就扎进去!"珠儿的声音极冷厉。

"你!你?你?"两个老人被吓呆,一时竟都瞪大眼、屏住气,站定在那里。

屋里静极。

锃亮的刀刃在珠儿的脖子上晃晃的。

"珠儿,娘求你了,你能不能说说你为啥又不去了?"娘的话带了哭音⋯⋯

"他死了!"珠儿平静地说。

"谁?"两个老人都没明白。

"在云南打仗的人!"

"哦?"娘一声轻叫。

"是立功之后又战死的!"

"哦?"爹的嘴角一颤。

"他家里只有年老的爹和妈,日后要绝了!"

娘的眼瞪大。

"这样的人应该留个根!"

静寂填满屋里。

远处的十字街口,瞎老四的梆子又在敲。

"叫留不叫?"珠儿的刀尖又挨到了脖子上那莹白的皮肤。

两个老人站那里,不动,不吭。

"再问一句,叫留不叫?"珠儿的刀尖刺破了皮肤,一股血立时把她那洁白的脖子染红。

"叫留!叫留!我的珠儿!"娘惊慌至极地喊道,同时转了身没命地摇着丈夫的胳膊。

珠儿爹双手捂着脸,呻吟似的说道:"留吧……"

那只蛾儿还在飞,不落、不停,就那样绕了肉案扇着翅,声不大,嘤嘤的。

日头已经沉下去,暮色开始浓,街上一点一点地暗下来。珠儿紧盯着南街口,可是,没有,两个老人还没到!莫非是出事了?

"珠儿呐,还有猪蹄没?"一声响响的叫,使珠儿扭过了头。

"有,七婶,要几个?做汤喝?"

"嗨,你七婶有那福气?!给儿媳妇买的!人家坐月子,有功劳,想吃啥都得给人家买到!"七婶絮絮地说着,话中就露出了几分气,"要四个。"

"七婶得的是孙子还是孙女?"

"是个带把的!"……

"是个带把的!"那晚,当珠儿终于从疼痛的苦海中一下一下挣出来时,爹从远处请来的那个接生婆,望了她笑笑地说。珠儿原本是想在脸上浮个笑的,却不料先出现在脸上的,竟是两串泪。几百天的痛苦反应,几百天的隐居生活,几百天的提心吊胆,现在总算有了结果,有了结果!

当珠儿第一次抱着自己的孩子喂奶时,心在痛楚地叫:一宝,这就是你的儿子!你的后代!你们董家不会绝了!不会绝了!……

这个孩子的出世,使笼罩在这个家庭的气氛有些变。珠儿会笑了,尽管她有时还会对着孩子流泪;珠儿娘笑了,看着这个胖胖的外孙,她抑不住心中的欢喜。只有珠儿爹仍然不笑,而且在珠儿娘几次把外孙抱给他看时,他都扭过了脸。但有一天,当珠儿和娘都去后院晾晒尿布时,那老人慢慢地踱进里屋,俯下身仔细地看着躺在床上的外孙。那小家伙见有人来,便瞪了乌亮的眼,挥着白胖的手,噢噢地轻叫着,于是,珠儿爹那满是皱纹的脸,就极快地俯下去,在外孙的脸上贴一下。待他抬起头时,皱纹里夹着的就全是笑了。珠儿刚好这时进了后门,默默地看着这一幕。老人发现女儿,有些尴尬地止了笑,咳一声,说一句:"我怕他滚下床。"便慌慌地走了。

一日,晚饭后,珠儿娘对珠儿说:"该给娃子起个名了,不能老'小胖、小胖'地叫。"珠儿就说:"中。"豫西南地区的风俗,孩子的名一向是由爷或外爷起的,但珠儿怕爹不愿起,就说:"娘。你看起个啥名好?"珠儿娘想想,就说:"这娃子身子结实,就叫他董大柱吧。"不想珠儿爹却突然生气地打断老伴的话:"女人家见识!啥柱不柱的?人家爹是当兵的,死在战场上,是卫国的人,叫他'继卫'多好!"珠儿娘就撇撇嘴,说:"哟,就你起的名字好!"珠儿就笑笑:"按爹起的叫!"

小继卫在长,珠儿的身子也在恢复。月子里,猪蹄汤、猪肝汤珠儿是常喝的,除此之外,爹还常用猪耳朵、猪肚去街上给她换鸡、换鱼吃。满月之后,珠儿更显得白而丰满。由于珠儿身子好,奶水当然就足。小继卫一噙住奶头,就是喝水似的尽情把肚儿喝圆。尽管小继卫挺能吃,但奶水却还喝不完。时常地,珠儿要把奶水挤下地。而且就因为这奶水,还差一点暴露了小继卫存在的秘密。

那是小继卫满月的二十天之后,这时,因为珠儿的身形已大致恢复到了做姑娘时的样子,爹和娘便改了当初遮人耳目的种种借口,准许她到门外的肉案前卖肉,自然,是在孩子睡了之后。那一日也巧,天稍稍有些热,珠儿卖了一阵子肉,便脱去了外衣。这一脱不打紧,她那两个圆圆的奶子就从衣下露出来,而且每个奶头上边的衣服都被奶水浸湿了一块。珠儿当时没在意,是一个来割肉的姑娘发现的,那姑娘诧异地叫:"珠儿姐,你胸脯子上的衣服咋了?"珠儿一惊,竟一时说不出话。幸而珠儿娘这时出来,急忙朝珠儿喝道:"看你那个邋遢样,喝水把衣服都弄湿了,还不快回去换换!"珠儿便慌慌地向屋里走去。所幸的是,发现这个情况的也是个姑娘,她还不会去做过多的联想。待那姑娘走后,娘吓出一脸汗,进屋对珠儿低叫:"天爷呀!你咋这么大意?!"

这之后,又有一次,因为小继卫的哭声,差点把他存在的秘密泄露。过去,为了防止别人听到他的哭声,珠儿爹把窗户用土坯堵了,在里屋门上挂了棉门帘。加之左邻是钉鞋的九叔,双耳全聋,右邻是个人来人往的马车店,还没有谁留意到小继卫的哭声。但随了小继卫哭声的响亮,右邻到底留意到了。那日,马车店主来珠儿家割肉,就用颇带几分奇怪的口气向珠儿爹说:"我这两天咋总恍惚听到你们家有小孩的哭声。"珠儿爹当时吓得差点把手中拎的一个猪头扔地上,还好,他到底想出了一个搪塞的主意:"是呀,我那个外甥女前几天抱着孩子来这里,说要给孩子看看病。"那店主知道珠儿爹是本分人,倒也没想别的,只是随口"哦"一声,就提了肉,转身走。珠儿爹这才带了一脸的恐慌进屋,摸着外孙的脸蛋说:"老天!你为啥要哭那么响?"停一霎,老人转向珠儿,脸浮了歉疚,讷讷地说:"不敢让他再在这里住了。"

珠儿咬了牙,点点头,极轻地。几乎在这同时,泪涌出眼,在脸上流。是的,小继卫已经五个月,该回他的老家了!

小继卫那远在信阳的爷爷、奶奶,在他刚生下不久曾在罗同的引领下,在一个夜里来悄悄看过一回孙子,以后多次托罗同来问:啥时候来抱?珠儿一直没有说个准话。就在珠儿爹说了那话的当天,珠儿向继卫的爷、奶发了信。

两位老人回信说,今日来抱。

那只蛾儿还在飞,不落、不停,就那样绕了肉案扇着翅,声不大,嘤嘤的。

街灯开始亮,光微微。珠儿两眼紧盯着南街口,蓦然间,她的身子一抖:来了,来了!那两个老人,一前一后,提了包、挎了篮,慢慢地向这边移着步。

哦,继卫,你爷爷、奶奶接你来了!

五碗黄酒,摆在那个黑漆斑驳的木桌上,热气袅袅地飘。

珠儿怀抱着小继卫,坐在桌子的一头。胖胖的小继卫一手攥了妈妈的衣角,闭眼、伸腿、微微张嘴,香香地睡。

四位老人分坐在小桌的两边,垂了眼,默望着那酒、那桌、那桌上斑驳的漆。

电灯泡不大,黄黄地亮着。

风又变微,后院里的树叶一下一下地摇。远处的十字街口,隐约传过来瞎老四的梆子敲。

屋里,静极。一只蛾儿在屋角飞。

"喝,老哥!"穿黑褂子的继卫的爷,双手捧起一碗酒,递到了继卫的外爷手里。

"喝,老姐!"穿蓝大襟衣的继卫的奶,双手捧起一碗酒,递到了继卫的外婆手里。

"喝,闺女!"继卫的爷和奶两双手捧了一碗酒,颤颤地递向珠儿的手。

四个老人端碗,无言,仰脖,喝下去。

"让小卫爹替我喝了。"珠儿低低地说罢,倾碗,让酒缓缓地向地上洒。洒毕,放下碗,整理一下小继卫身上的襁褓带,俯首在熟睡的小继卫脸上亲一霎,而后,缓缓地站起。

四个老人默默地起身,离座。

珠儿把小继卫捧在手上,手在抖,身在颤,无言地向继卫奶怀里递过去。

扑通!小继卫的爷和奶,突然间双膝落地,当爷的发出一声苍老低哑的叫:"你们使俺董家一门香火不绝,俺们跪下了!"

珠儿、珠儿爹和珠儿娘,身子几乎同时一抖,便也扑通一下,朝脚下那黑色的地,跪下了膝。

那只蛾儿还在屋角飞……

汉家女

日影在一点一点地移。待检的新兵排了队,准备工作已经做好。于是,接兵的副连长宗立山,便伏在桌前,带一缕困意缓缓地翻着一摞体检表。这时,一个农家姑娘走进来,拍了拍他的肩。他以为又是哪个待检新兵的姐姐来提什么要求,就起了身,随她走。他被领进体检站旁边的一间空屋里,一过门槛,姑娘便把门无声地关了。

"找我什么事?"他的声音颇矜持。

"听着!"姑娘喘着粗气,"俺要当兵!俺晓得你们要接六个女兵。你不要摇头。俺家无权无钱,不能送你们东西,也不能请你们吃饭。可你必须把俺接去,你们既然能把公社张副书记的那个近视眼姑娘接走,就一定也能把俺接走!俺不想在家拾柴、烧锅、挖地了,俺吃够黑馍了!你现在就要答应把俺接走!你只要敢说个不字,俺立时就张口大喊,说你对俺动手动脚。俺晓得,你们当兵的总唱'不准调戏妇女'。你看咋着办?是把俺接走还是不要名声?!"

副连长的那点矜持早被吓跑,眼瞪得极大;白嫩的脸一会儿红,一会儿青,一会儿又白;两脚也不由自主地收拢,竟成了立正姿势。屋里静极,远处的狗叫从玻璃缝里钻进来,一声一声的。不知道过了多久,他才张了口,微弱嘶哑地问:"你,叫……什么,名?"

"小名三女子,大名汉家女!"

这幕情景,发生在豫西南榆林公社的新兵体检站。时间是十六年前。

汉家女就这样当了兵。

刷痰盂、擦地板、揉棉球,给病号送饭,放下拖布抓扫帚,还总一溜烟儿地追着队长问:"有啥活?"老队长慈爱地笑笑:"没了,歇歇。""累不着,送三天病号饭,顶不上在家锄半晌地。吃的又是白馍。"

人勤快了还是惹人喜欢。当兵第三年,她提了护士。领到的工资多了,除了给娘寄,也买件花衬衣,悄悄地在宿舍里穿上,对着镜子照。少了太阳晒,脸也就慢慢地白。早先平平的胸,也一天一天高起来,原先密且黑的发,黑亮得愈加厉害。于是,过去不大理会她的那些年轻军官,目光就常常要往她身上移,个别胆大的,还常常走上前极亲切地问一句:"汉护士,挺忙?""挺忙。"她嘟起丰润的唇,冷冷地答。于是,那军官就只好讪讪地走开去。老队长见状,曾蔼然地对她说:"家女,中意的,可以和人家在一块谈谈。"但她总是执拗地摇头。

却不料突然有一天,家女红了脸,找到老队长:"队长,俺找了。""找了什么?"队长一时摸不着头脑。"是三营的,叫宗立山。"老队长于是明白了,于是就含了笑说:"好!"

蜜月是在三营部度的。新婚之夜,客人们走后,家女推开丈夫伸过来的手,脸红红地说:"讲实话,你当初在体检站把没把俺当坏姑娘?""没,没有!"丈夫慌忙摇头。家女这才把脸藏到丈夫的怀里,低而庄重地声明:"除了你,没有一个男的挨过俺的身子!"

蜜月的日子过得真妙,但谁也料不到,就在蜜月的最后十天,家女会受个处分:行政警告!

处分来得有些太容易!那是一个早饭后,她在屋里打毛裤,听到隔壁七连长的妻子在哭,于是忙赶过去。一问才明白:有两个女儿的七连长的妻,还想再要一个儿子,就偷偷地怀了孕。风声走漏到团里,团里今天要派计划生育干事来"看看"她,怀了已经三个半月,一看自然要露马脚。女的于是就慌,就急,就哭;哭她的命苦,哭她家在农村,没男孩就没劳力。不一会儿就把家女诉得心有些软,哭得心有些酸。于是,家女便把手一挥:"没事!这个干事刚从师里调来,不认识你,也不认识我。你去我家坐着,我来应付他!"

她在蜜月里穿的是便衣,就那么往七连长家一坐。待那干事来时,她便迎上去,开口就说:"你是不是怀疑俺怀了孕来检查?你看俺像不像怀孕的?!"边说边拍着下腹,一只手还装着去解衣服。那干事见状,慌慌地摆手:"没怀就算,没怀就算!"急急地退出屋去。这事儿自然很快就露了馅,第三天,她就得了个行政警告。

家女当时对这个处分倒没怎么在乎,笑着对女伴说:"俺也是好心。"一年之后,她丈夫调师里当参谋,她也提了护士长。料不到,后来调级时上级规定,受过处分的不调。要在平时,家女也许就罢了,可当时,她本打算和丈夫一块转业回河南宛城。这一级不调,一到地方,亏就要永远吃下去。她于是就吵,就闹,但级别到底没调。一怒之下,她下了决心:先让丈夫转业回宛城,自己把级别争到手了再走。

也真是巧,就在她决定不转业的两个月之后,上边突然来了命令:全师去滇南参战!

那晚的月亮真圆。丈夫刚从宛城回来看她,一家三口正围桌吃饭,邻居刘参谋的妻子变脸失色地冲进来:"听说了没?部队要去打仗了!"家女听到这话,惊得好久都没把口中的筷子拔下。丈夫急急地催她:"还不快去问清楚!要是真的,就要求留守,我已经转业到地方,你一个人带个孩子咋去打仗?!"她愣了一霎,就拉了儿子星星的手,慢慢地向医院走。

见了院长,她刚说一句:"院长,俺星他爸转业了,星儿又正学汉语拼音,离不开我……"院长就打断了她的话:"我这会儿可没心听你说儿子学拼音,马上去通知你们科的人来开会。部队要打仗,你得把孩子交给他爸带回宛城去!"她顿时无语,就又拉了孩子回去。

进屋看到丈夫那询问的目光,她就叹了一口气:"罢了,该咱轮上,就去吧。这会儿要求照顾,说不出口,日后脸也没地方搁……"稍顿,又望了丈夫说,"我去了之后,有一条你要记住,你到地方工作,女的多,要少跟人家缠缠扯扯。给你说,俺的身子是你的,你的身子也是俺的,你要是敢跟哪个女的胡来,老子回来非拿刀跟你拼了不可!"

部队上了阵地不久,就爆发了一场挺激烈的战斗。伤员们不断地送进师医院,断腿的、气胸的、没胳膊的,啥样的都有。这情景先是骇得家女瞪大了眼,紧接着,伤员还没哭,她倒先呜呜地哭起来,边哭边护理,边护理边骂:"日他妈,人心就这么狠哟!把好好的人打成这样,天理难容呀!让他们也不得好死！"一开始她在骂敌人，后来，见伤员越来越多，她便骂走了口："不是自己的娃，不知道心疼是不是？人都伤成这了，还不快点抬下来！日他妈！……"这些骂声刚好被来看伤员的一个副政委听到，副政委气了个脸孔煞白，立时就朝她训起来："你在胡骂什么？！你还知不知道这是战场？听着！马上给我写检讨！不然，小心处置你！"她被这顿训斥吓得有些呆。但当天晚上，她一边写着检查，一边挺不满地嘟囔："哼！为几句话，就训这么厉害？"

这场激战结束不久，后方就送来了不少慰问品，其中有一批男式背心和裤头。那天中午，男同志们排队领背心和裤头，家女竟也毫不犹豫地挤进了队。男同志们见状，就笑，就问道："你来干啥？"她理直气壮地答："领背心和裤头！""这是发给男兵的，你能穿吗？"男兵们笑声更高。"凭什么只发给男兵？你没看那背心上印着'献给南疆卫士'吗？咋？就你们是卫士，老子不是？！我不能穿，晚点我儿子长大了给他穿！"领上东西回宿舍，几个女伴埋怨她不该去。她听后就很生气："咋？背心裤头，在商店里买得三四块钱哩。凭啥只让他们男的沾光，不许咱沾？"女伴们直被她驳得哑口无言……

这之后，部队又打了一场恶仗。后方的亲属们便有些慌，接到前边亲人的信，也怀疑是别人模仿笔迹代写的。院领导就让每人都对着录音机向亲人说番话，再把磁带寄回去。

大家都觉得这主意好，于是就轮流在院部的那台录音机前，向亲人说了一磁带的话。轮到家女录音时，她把录音机拎到附近一个防炮洞里，谁也不让听到。助理员觉得好奇，收齐录音带准备去寄之前，悄悄地把家女的磁带放进录音机里听。这一听，使他又好笑又难受了几天。原来，那磁带上录的是：

星儿爸、星儿，你们可好？星儿胖了没？长高了多少？想我不想？平日闹人不闹？汉语拼音学得咋样？会不会拼出爸妈的名字？夜里睡觉前没吃糖吧？牙没有再疼吗？夜里撒尿知道喊爸爸拉开灯吧？这一段时间尿床了没有？早饭你爸都让你吃些啥？给你订牛奶了没？晌午饭能不能吃下一个馍？我去年给你买的那双皮鞋还能穿吧？你的裤头穿上小不小了？勒不勒屁股？你要觉着小了，就让你爸再给买一个！平日上街时要小心汽车！头发记着一个月理一回，理成平头就行！别玩弹弓，小心崩了眼睛！写字时看画书时记着头抬高一点！妈在这里很好，就是想你，（带了哭音）想得很！妈恨不得这会儿就回去看你，可是不行，仗还没打完，待一打完妈就回去看你。你好好在家，听爸爸的话。好了，星儿，你出去玩吧，妈和你爸说几句话。星儿爸，下边的话你一个人听，让星儿出去。（停顿）星儿爸，你说心里话，想我不？你要是不想我你可是坏了良心！我可是想你！除了刚来那几天和打仗紧张时不想你，剩下的日子哪个夜里都想，每个月的下旬想得特别厉害。告诉你，不知道是因为这里气候的关系，还是因为我护理伤员太累了，反正这两三个月的例假总是往后推，已经推到下旬了，而且量少了，有时候颜色也不大对劲。不过你不要挂心，我会吃药的。我守着医院，没事的。你最近的身体咋样？胃病犯了没有？记着少吃辣椒，少吸烟，书也少看点，把身体养好！彩电买了没有？告诉你，我们这里吃饭不要钱，我的工资基本上都攒着，回去时差不多够买个电冰箱。日他妈，咱们以后也洋气洋气，过它几天排场日子。你现在就开始为我在宛城联系工作单位。我想部队一撤回去就转业，咱不要那一级了。我这会儿想开了，人家好多人的命都留在这里了,咱还去要啥级别?日他妈,亏就亏一点,只要咱一家人在一起就行了。最后还有一件事。我原想不说的,想想还是说给你。就是你现在宛城宿舍的隔壁,那家的女人好像不地道,两眼总在往你身上瞅。她男的在外地工作,你记着要少跟她说话,晚上不要去她家串门。我再说一遍,你要是胆敢跟哪个女人胡来,老子回去非拿刀杀了你们不可!你要把我这话记到心里……

仗,接二连三地打,医院也就紧紧张张地忙。家女身为护士长,自然忙得更厉害。看着那些血肉模糊的伤员,她常常流着泪给他们洗脚、擦身、喂饭、端大小便。有些伤员一点不能动,牙都不能刷,嘴老觉着没味。她就用棉球蘸了盐水,一颗牙一颗牙地给他们擦。累极了,她就倚墙坐在地上,垂了头睡。室内的伤员见状,便都涌出了泪,哽咽着喊一声:"护士长,地下湿,快回去睡!"她吃力地睁开眼,笑笑,挣起身,晃晃地又去忙。听说医院要评功,十几个挂拐的伤员,就撞进院长的屋里叫:"不给汉护士长记功,我们反了!"

一个报社记者听说她精心护理伤员的事迹,以为可抓住一个大典型,便兴冲冲地找她采访:"护士长,你先谈谈来前线有些什么感想?"她默思片刻,极郑重地答:"这地方拾柴可真方便!"记者有些发呆:"什么拾柴?""你看,这满山的树和草,都能当柴烧锅。可在俺河南老家,拾一筐柴真不容易。俺小时候常拾不满筐,总挨娘的打。要是这儿离俺老家近,俺真想在这里拾两车柴!"

危重伤员转走后,家女好不容易得个空闲,便到附近镇上买东西。才进大街,忽听邮局门口有人在哭。原来,一个战士的妈妈从后方给他寄来五斤熟花生米,包裹单早收到了,来邮局领几次都回说没有。今日那战士无意中发现,邮局女职工的孩子拎着玩的一个布袋,正是妈妈寄花生米的包裹袋。于是那战士就来论理,就委屈地蹲在那里抽泣。家女一听,这还了得!三下两下拨开众人,冲着那女职工就骂开了,"好你个没脸的东西!人家在前边打仗,老妈妈几千里寄点花生米,你还把它吃下去,你还有没有良心?你不怕吃下去烂了肠子烂了肺?不怕再不会生孩子?!……"

街上人越围越多,丢花生的战士早走了,她却从邮局吵到镇政府,东西也忘了买,回到宿舍还生了半天闷气。直到傍晚,院长通知女兵们收拾一下,准备第二天参加誓师会,给即将出击的突击队员敬酒时,她才算把这事丢开。

那天傍晚,破例地雨止雾消。于是,天就很蓝,西天霞映过来,树叶便很红。一个女伴就讲,天哟,这些日子咱们只顾忙,身子总没擦,内衣也没换,身上都有味儿了。明日给出征的突击队员们敬酒,叫人家心里骂:都是些脏女人!咱们是不是弄点水洗洗?于是,便分工,哪几个抬水,哪几个烧水,哪几个用雨衣遮门窗。水烧好后,天也就黑了。一人一桶,轮流到木板房里洗。

家女是最后一个洗的。进了屋脱了衣服,她就在那里看自己的身子,估量着是胖了还是瘦了。自从那次丈夫附了她耳说:我特别喜欢你的丰满!她便暗暗地希望自己胖上去。刚洗了几把,忽觉一丝风吹来,抬头一看,发现窗户上遮着的雨衣被掀了一条缝,缝里露出了一双眼睛。好个狗东西!家女只觉得气涌上心,呼地拿起旁边的一件雨衣穿上,猛地拉开门冲了出去。窗外那男的刚要扭头跑开,被她赶上,抓住耳朵,啪啪打了两个耳光。男的慌慌地挣脱逃走,但家女已认出:是七连二班长!狗东西!家女怕招人来,不敢高声骂,只好跺了脚在心里恨恨地咒:"狗东西,叫鹰叼了你的眼!"熄灯前,她按惯例到病房巡视一周,回来开宿舍门时,忽见门底下塞着一封信,展开一看,竟是七连那个二班长写来的——

汉护士长:

　　求您原谅我!我本是去医院同老乡告别的,从那个房前过时,听到屋里有撩水声,便鬼迷心窍地把雨衣掀了个缝。我求您宽恕我,千万不要报告我们连长。我参加了出击拔点的突击队,明天喝罢出征酒就出发。您知道,突击队员能活着回来的很少。倘您报告了连长,那我死后,上级肯定不会再给我追记功了。一个无功的阵亡者,又落个坏名声,父母是很难得到政府照顾的,日子咋过呢?求您看在两个老人的分上,宽恕我吧!我当时也知道不该偷看您洗澡,可想想自己长到十九岁,临死还没见过女的身子是啥样,看一下也不枉活了一场,就忍不住了……

家女看着那张信纸,身子一动不动,怔怔地坐在那里。

第二天开誓师会敬出征酒时,她手抖着,捧了一杯酒走到二班长身边,默默地把酒递到他的脸前。二班长惴惴地接过杯,手也在抖,一口喝下之后,就垂下了头。她低低地说了一句:"散会后去我那里一趟!"二班长恐惧地抬起头,眼中露出了哀求。但这时她已转身,去给另外的战士敬酒。

会散了之后,二班长战战兢兢地推开了家女的宿舍门,他不知道怎样的惩罚要落到头上,但又不敢不来。

他进屋后,家女关上门,慢慢地朝他身边走。他慌慌地向后蹭着脚,以为巴掌立刻就要落到自己的脸上。却不料,家女突然伸臂把他揽到自己怀里,用颤抖的声音说:"昨晚,我不该打你。现在,你可以亲我、抱我,来!"他在一瞬间的惊怔之后,忙惶恐地挣脱着自己的身子。这时,家女那带了泪水的脸已贴在了他的脸上。"嗵"的一声,二班长朝她跪了下去……

那场出击作战过后,天气愈见热了,阵地上烂裆的战士也就更多。家女和另外一位男兵坐一辆救护车,去给前沿送治烂裆的药物。那几天战场比较平静,原本没有危险的,可她坐的车竟在一个山道转弯处翻了。车在山坡上滚了三下,家女的头撞在了岩石上。

她死了。死在去前沿的路上,没有什么壮举,没有追记什么功。

女伴们收拾她的遗物时,发现了一封没写完的信。十二个女伴含泪传阅着——

星儿爸:身子可好?

你上封信说,给我联系转业单位时,需要向人家领导送点礼。也巧,昨天我去师机关办事时,见管理科正在分发后方慰问来的"大重九"烟。这烟一般只送给师首长和最前沿的战士吸,很少分到我们医院里。我趁他们没留意,就偷偷拿了两条。反正我也在前线,慰问前线的东西我偷拿一点没啥了不得的。过两天我把烟捎回去,你拿上送给人家领导。听说这是好烟,会吸烟的人都喜欢。

下一步,还要打大仗,我们医院要上前沿开设救护所。我在想,万一我有个意外,对你可有一个要求:不要给星儿找后妈,有后妈的儿子太可怜。我一想到星儿有个后妈,心里就怕得慌。哪怕等到星儿能独立生活时你再找也行。当然,我这只是说说,前线至今还没有死过一个女兵,领导不会让我们去很危险的地方。

另外,有一件事我想告诉你,半月前,我亲吻过另外一个男人,因为……

信没完。女伴们看过之后,一致决定:为了维护家女姐的声誉,为了小星儿和星儿爸,把这封信毁了。当那封信被火柴点着的时候,十二个已经结婚和将要结婚的女伴发誓:"谁要对外人泄露一句,让她的丈夫和孩子不得好死!"

偶　遇

这是一个太阳被浓厚的云层遮住的下午——一九七六年暮春的一个下午。我走出省城火车站售票厅,看看离自己换乘的134次列车开车还有一个多钟头时间,便向车站饭店走去,想慰劳一下肚子。

饭店里顾客不多,我很快地买到两碗肉丝面,然后便在一张靠墙的桌前坐下吃起来。不知是因为饭做得好还是自己肚子饿了,反正第一碗面不知不觉就被送进了肚里。

当我把第一个空碗推开,把第二碗面拉到面前,并趁势用手绢擦脸上的汗时,无意中发现一双黑亮的眼睛在盯着我。那是一个十岁模样的女孩的眼睛,站在离饭桌不远的墙角里。

我估计可能是我这个当兵的刚才狼吞虎咽的吃饭姿势引起了女孩的注意,于是便有意放慢了吃饭的速度,使面条在吞进口腔时发出的"呼,呼"声减弱一些。我这样吃了一会儿后,抬头看看墙角,发现那女孩还站在原处,眼睛仍望着我。我感到有些奇怪,就边用筷子把面条往嘴里送,边仔细地观察这个女孩。我发现这是一个面目端正、身体瘦弱的孩子。她的面庞不像一般女孩那样丰满、红润,而是非常瘦削、憔悴。头上的那两条小辫,看样子是随意扎成的,一点也不好看,辫梢上扎的既不是橡皮筋,也不是塑料绳,更不是绸带,而是蓝布条。身上穿的蓝布褂子和黑裤子,明显地是由大人的衣服改成的,既破旧又不合身。脚上没穿袜子,只穿一双超过脚的长度的帮上带补丁的黑布鞋。她的双手背在后边,身子倚在墙上,看样子要是没有身后墙壁的支撑,她会站不住的。我明白了,她是一个乞丐。

直到这时,我才进一步看清楚,她那双又黑又亮的眼睛里射出来的光,其实不是在看我,而是在看我手上的筷子,在看筷子上的面条。每当我送一筷子面条到嘴里时,我发现她的小嘴也跟着动了动。我的心一颤:啊,她饿了!

我看了看碗里剩下的面条,点头示意让她过来。

不知为什么,她有些犹豫,走了一步后,竟又退到了原来的地方。

我向她招了几次手后,她才背着双手慢慢地走到了我的桌前。我把那半碗面条往她面前一放说:"你饿了吧?快把这点吃下去。"

她望了望我,又看了看碗里的饭,然后轻声问:"叔叔,你没吃饱吧?"

"我——饱了。"我明白了孩子的话意,心里一阵感动。

她听到我这句话后,才把手从背后拿出来。这时我发现,她左手里拿着一个不大的搪瓷碗,右手拿着一小块馒头。

我见她要把那半碗面条往自己碗里倒,便说:"不用倒了,就用这个碗吃吧,一会饭就凉了。"

她轻轻地摇了摇头,坚持把饭倒在了自己的搪瓷碗里。然后朝我说了一声"谢谢叔叔",就转身向门口走去。

见她要走,我忙说:"在这吃吧,吃完我再给你买一碗。"

她转过身来,用微微发颤的低音说:"不用了,叔叔。"然后很快地走出了饭店大门。

她明明很饿,那点饭也远不够她吃,为什么又拒绝我给她买饭呢?我觉得有些奇怪,便拿起手提包跟了上去,想看个明白。

在车站广场一个偏僻的角落里,女孩停了下来。我看到从一个不大的蓝包袱旁边站起了一个七八岁的男孩。这男孩的身体和女孩的一样弱。两人的装束也差不多:褪了色的蓝褂,打着补丁的黑裤。与女孩不同的是,他的脸色稍显红润一些,眼神不像女孩那样忧郁。那男孩见女孩来到,高兴地喊了一声:"姐,你可回来了!"

我知道自己现在不能走到他们跟前去,那会给他们带去拘谨的。于是便闪身站在离他们几步远的几棵塔松后边,透过塔松的叶隙,注视着这姐弟俩。

"妈妈呢,小虎?"姐姐端着饭碗站着问。

"出去讨饭了,妈让我在这看东西。"

"谁让你说'讨饭'哩?"姐姐突然生气地问。

"妈妈是去讨饭嘛!"弟弟委屈地辩解道。

"妈妈不是告诉过咱们很多次,不要说'讨饭',要说'走亲戚'吗?"

"为啥不让说'讨饭'?"弟弟显然有些生气。

"因为咱家是贫农,说'讨饭'让外人听到丢人,懂吗?"

弟弟不吭声了,他大概被姐姐的道理说服了。

"小虎,快吃吧!"姐姐把搪瓷碗递给弟弟。

"谁给的,这么多?"小虎接过碗来惊喜地问,脸上原来挂着的不高兴神情顷刻消失了。

"一个解放军叔叔给的。"

"解放军?妈不是说过不能向解放军叔叔要东西吗?"这回是弟弟责问姐姐了。

"是啊,解放军叔叔站岗放哨很辛苦,我们不能再从他们手里要东西吃。不过,这饭是那个解放军叔叔吃剩下的。"姐姐向弟弟解释着。

听到这里,我的鼻子一酸,顿时明白了女孩刚才不让我再给她买饭的原因。

"你吃饱了吗,姐姐?"小虎把碗放到嘴边时又停下来问。

"我吃饱了,快吃吧!"姐姐说完,就无力地斜倚在了蓝布包袱上。

小虎开始吃饭。唉,这是什么样的吃法呀!不用筷子,碗里的面条全是吸进嘴里的;很少咀嚼,吃饭过程中两腮几乎没动;没有间隙,从碗靠近嘴边开始,直到碗里干净为止,片刻没停。看得出,他真饿了。他把碗里最后一截面条吸进肚里后说:"嘿,真好吃!"

"够不够?"姐姐问。

小虎没有回答,只是用手背使劲地擦了一下嘴巴。显然,他没有吃饱。看到这里,我后悔自己刚才不该吃那么多。

"来,把这个吃了。"姐姐朝弟弟扬了扬手中的那一小块馒头。

小虎有些犹豫地接过那块馒头,拿在手上瞧了一会儿,不知道是在掂量它的重量还是在考察它的质量,但他很快又把它放进了包袱上的一个小布袋里,并没有吃。

"咋不吃啊?"姐姐问。

"把它留给妈妈。"

看到这里,我决定立刻上饭店给他们买点吃的,尽管我手上的钱也少得可怜。但刚刚转身,猛听小虎大声问:"姐姐,你说咱们什么时候才能不走亲戚了?"

听到这句问话,我不由自主地停下脚步。

"要不了很久吧。"姐姐轻声回答着弟弟。

"说不定明年、后年咱们那里就会丰收,咱们就能吃白馍了。"

姐姐这番乐观的回答,大概解除了小虎心头的忧虑,他那沾满灰尘的小脸上现出了一副满怀希望的笑容。

我疾步向饭店走去。当我拿着几个馒头和几块咸菜重新走到那几棵塔松跟前时,一幅意外的情景出现在面前:

五六个戴着"红小兵"胸章的十来岁的学生把那姐弟俩围了起来,其中一个胖胖的男孩子正高声宣布:"我们是铁路小学的红小兵,奉命来车站广场维持秩序,你们两个要老实接受审查。"

"说,你们叫什么名字?"那个胖胖的男孩发出了命令。他大概是个领导。

"我叫林小燕。"那女孩回答道。

"我叫林小虎。"小虎有些胆怯地报出了自己的姓名。

"你们出来干什么?"

"走……亲……戚!"小燕迟疑了一下回答。

"走亲戚?"一个长着一双机灵眼睛的男孩发出了疑问,"走亲戚为什么拿着包袱、拿着碗?为什么这几天我们上学时总看见你们俩在广场上?"

姐弟俩没有回答。他们显然被问住了。

"快说！"其余几个红小兵催促道。

"我们是……讨饭的……"小燕被逼不过,终于说出了自己的真实身份。

"讨饭的,我们早看出来了。想骗我们办不到！"胖胖的小领导说道,"你们家是什么地方？"

"丰县林家村。"

"为什么出来讨饭？"

"家里没有吃的。"

"你们家的粮食呢？"

"队里生产不好,分的粮食很少;国家救济的粮食,因爸爸和奶奶生病,留给他们吃,俺们只好出来了。"

"我不相信。"那个长着一双机灵眼睛的红小兵说,"我记得收音机前几天还说全省粮食连续丰收,贫下中农生活幸福,你们怎么能没吃的？广播电台还会说假话？"

"真的,俺们那里几年没丰收……很多家……粮食……不够吃。"小燕眼眶里含着泪水。

"这是污蔑！"瘦瘦的红小兵激愤地叫喊。

我看见,委屈使小燕、小虎眼里早已噙着的泪珠涌出眼帘,在他们沾满灰尘的脸上滚动着。

"不管怎么说,你们出来讨饭也不对。"胖胖的小领导大概看到他们流泪了,所以口气有些和缓,"你们想想,要是来这里的外国人看见你们,不是丢咱们国家的人吗？"

"你们俩承认不承认丢国家的人？"瘦瘦的红小兵紧跟着追问。

沉默。只有小燕、小虎的啜泣声。

"承认不承认？"几个红小兵继续追问。

"承认……我们……丢……国家……的人。"小燕哽咽着说完了这句话。小虎望着姐姐低声哭了起来。

"你们哭——什么?"望着这低声哭泣的姐弟俩,那几个红小兵手足无措了。胖胖的小领导只好发出一声命令,"限你们明天离开这里。"然后挥手带着伙伴走了。

这支队伍一走,一直在抑制着自己哭声的小虎一下子扑到了姐姐的怀里,嘶声哭喊道:"姐姐……我们不'走亲戚'了……我们不'走亲戚'了!"

小燕用双臂把弟弟紧紧搂在胸前,一边把大颗的泪珠撒到弟弟的头上、背上,一边低声劝慰弟弟:"别……哭……别让人……听见……丢人……"

我的心被他们的哭声撕扯着。我默然走到他们身边,把刚买到的两块咸菜用一个随身带的旧信封包好,和那几个馒头一起放进了他们的袋子里……

"战术演习"

师长林风璋审查完作训科送来的战术演习方案后,前额上原本集合在一起的数道横纹慢慢散开来,变成了一个满意的笑容。他摘下眼镜,缓缓地将上身仰靠在椅背上,一边自言自语地评论着那演习方案:"妙,围师遗阙,虚留生路。"一边微眯着眼,隔窗欣赏着秋阳渐沉时的西天景色。今天是星期日,家里的人外出都还没回来,屋里很静。工作过后的疲劳和这静谧的气氛,慢慢地使师长进入了一个似睡非睡的蒙眬境地……

突然,房门被"嗵"的一声撞开了,随即,小儿子森森的哭声冲进了他的耳朵。他有些不大乐意地微启眼帘向门口望去,但立刻,他的双眼瞪大了:门口,站着满脸鲜血的森森和一脸怒气的妻子蕙茛。

"怎、怎么搞得满脸是血?"林师长慌忙坐起身问。尽管长期的戎马生涯使他已完全不把流血当一回事,但此时他还是慌了,须知森森是他三十八岁时才有的唯一的、最宝贵的儿子。

"瞧瞧你手下的兵有多好,把人打成这样!"妻子怒声挖苦道。

"打的?谁打的?"师长更加吃惊了。

"呜呜,警卫连的陈二柱……"十一岁的森森边哭边说着。

"他为什么打你?"师长一边查看着儿子脸上的伤口一边问。

"呜呜,我没惹他……"

师长检查完儿子脸上的伤口,见出血的几个地方都只是皮肤破了,这才舒了一口气,接着问:"你没惹他,他就打你?"

"嗯,呜呜……"

"他是怎样打你的?还有谁在场?"

"呜呜……用拳头……没人在场……"

一种说不上是气恼还是沉思的神色出现在师长脸上。恰在这时,二女儿璐璐从外边回来了。她是市医院的外科护士,师长急忙叫她把森森拉到隔壁去包扎。

森森刚跟二姐走出门,蕙苈就噔噔几步走到写字台前,拿起上边的电话话筒递向师长:"给!"

"干什么?"师长不解地问。

"告诉军务科,处分那个陈二柱!"妻子的口气是命令式的。

"你?"师长有些吃惊地望着妻子。

"地方上打人要受拘留,当兵的打人不该给处分?"蕙苈那本来就泼辣的脸孔,此时又因添了几分怒气显得有点逼人。

"这事要慢慢……"

"慢什么?"蕙苠眼瞪着丈夫,"你打不打电话?不打我就亲自去军务科找江科长,我不信他敢不处分那个兵!"好在师长房间里的那部拿起话筒就可讲话的供电电话机坏了,今天上午总机班拿去修理时临时给换了一部野战磁石电话机,要不,蕙苠的这些话早传到总机值班员那儿了。

"你究竟打不打电话?"蕙苠脸上的怒气在迅速增加。说完,见师长仍没吭声,就啪的一下扔掉话筒,转身向门外走去,边走边气哼哼地说:"我去军务科!"

"回来!"师长低沉地叫了一声,军事指挥员惯有的那种威严浮现在了他的脸上。

蕙苠闻声猛转过身来恼怒地叫道,"我为我的儿子申冤有什么错?"说完,又转身要向门外走。

师长的眉心陡地一耸,目光掠过写字台上的电话机,双眸随之一闪,变了态度:"哎,哎,我打电话,我打电话。"

蕙苠这才停住脚步回过头来。

师长拿起电话话筒,马上摇起电话来:"请要军务科……军务科吗?是江科长吧?嗯,我是林风璋。有件事请你处理一下。就是警卫连有个叫陈二柱的战士刚才打了森森,打得挺重。为了制止这种动手打人的坏风气,我建议立刻宣布给他处分。什么处分?你看着办吧!行政警告是够上了。严重警告?也行!好,就这样。"师长放下了话筒。

一种怨气得泄的神色出现在蕙苠脸上。

一丝含义不明的笑意爬上了师长的嘴角,不过,当妻子抬头看他时,那笑意立刻消失了……

快吃晚饭的时候,师长把二女儿璐璐叫进书房,并随手反锁上了门。灯光下可见,璐璐秀气的眉眼间没有妈妈脸上的那种泼辣态,有的只是娴静、温顺与善良,使人一望而能感觉到,她的生活很可能是循着淑女—贤妻—良母—好奶奶的道路向下发展。大概也就是因为她的这副诸事容人的貌相和脾性,使得她在家里常处于受气的地位,除了妈妈、姐姐常训斥她外,十一岁的弟弟也从不把她放眼里,常常欺负得她流眼泪。

"爸爸,找我有事?"璐璐见爸爸小心翼翼地反锁上门有些诧异。

"嗯,有件重要事。"师长说着坐到了女儿身边,"我觉得森森刚才关于他被打伤经过的诉说,内中有诈。"

璐璐笑了:"爸爸,你又在家里说军事用语,妈妈听见又该骂你了。"

"噢,噢,瞧我这坏习惯,"师长笑了一下,"让我对他的话生疑的地方有三:其一,我的战士不会轻易打人,更不用说打孩子;其二,即使打他,一般人打孩子也都是打屁股,不会打脸;其三,即便打了他的脸,用拳头打也只会造成青肿伤而不会造成撕裂伤。这内中的实情究竟如何,不得而知。找那个战士了解,他说的话你妈妈未必肯相信。所以,我想让你去找森森了解一下真情。"

"爸爸,他不会告诉我的,他不怕我。"璐璐急忙红着脸说。

"嗳,正是因为他不怕你,他才有可能向你说真话。心理学书上写过,犯了错误而又想掩盖的人,在知心朋友和他所不惧怕的人面前,最有可能丧失警惕,说出真情。"

"那——我去试试?"璐璐有些信心不足。

"来,再给你一件武器。"师长说着递给女儿一塑料袋东西。

"这是什么?"璐璐扬了扬那好看的眉毛。

"芝麻糕,森森最爱吃的。"师长说完又眨了一下眼,"别让你妈看见,这是她上午才给森森买来的,还没有给他,让我刚才给偷了来。"

璐璐又笑了,露出了两排洁白的糯米牙。

"记住,晚饭后行动。最好让他带你到现场,我和你妈妈在后边跟着。"师长叮嘱着。

璐璐认真地点了点头。

饭碗刚一放下,璐璐就照嘱行事了。她小声地向森森说道:"跟我来,姐姐给你看一样好东西。"

脸上贴了两块纱布的森森,斜眼瞄了二姐一眼,很不情愿地起身跟她走出门外。森森估计,二姐不会有什么好东西给他。大姐每次发了工资,总是给他买很多好吃的东西;二姐倒好,每次发了工资总是如数交给爸爸。

"小森,你看这是什么?"在门前的路灯下,璐璐拿出了一片芝麻糕摇晃着。

"芝麻糕?"森森惊喜地叫了一声,随即向姐姐身上扑去,"快给我!"

森森三下两下就把那片芝麻糕吞到了肚里,他抹了抹嘴立刻又问:"还有吗?"

"看!"璐璐又拿出了一片在手里晃。

"快给我,二姐。"森森的嘴顿时甜了,平时他是常向二姐喊"璐璐"的。

软心肠的璐璐一见弟弟那馋得可怜的样子,便又急忙递了过去,但蓦地,她记起了自己的任务,于是忙把手缩回来,提出了条件:"回答我一句话马上就给你。"

"什么话?"

"下午你在什么地方被人打伤的?"

"苹果园里。"森森答完,接过姐姐递来的那片芝麻糕,又迅即填到了嘴里。

"你领姐姐一块去你挨打的地方看看行吗?"璐璐又提出了要求。

"俺不去。"森森见二姐手里没了东西,立刻想转身走进屋里。

"我这里还有。"璐璐立刻亮出了那个塑料袋。

"啊?那么多!"森森先是一惊,继而是一喜,并马上改变主意,"好,我领你去。"

就这样,森森领着姐姐,走出院门,踏着月光,向师里的苹果园走去。

此时,一直坐在屋里观察外边动静的师长立刻对妻子说:"走,咱俩也出去散散步,顺便跟着璐璐、森森他们,听听他姐弟俩说些什么悄悄话。"说完,不待妻子答话,就拉了她的手走出门外。

森森领着二姐走到苹果园东边的篱笆墙外站住了,指着园里的一棵大苹果树说:"就在那树下。"

"那个兵是咋打你的?"璐璐装着很随便地问,并同时把一片芝麻糕递到了森森手里。

森森环顾了一下四周,见没有别人,这才稍稍压低了声音说:"二姐,我告诉你真话,你回去可不要跟爸妈说呀。要是你对他们说了,我明天就给你的自行车轮子放气,叫你骑不成车;把你的梳子偷走,叫你梳不成头;把你的那本护士书撕坏,叫你看不成书!"

"好,好,我不给爸妈说。"璐璐立刻笑着表态。

"那你赌个咒吧!"森森跟着又进一步要求,"谁告诉爸妈了谁是小狗。"

"行,行,是小狗。"璐璐边答应边又递上了一片芝麻糕。

"今儿下午我和张小仓在这里玩",森森开始了叙说,"后来口渴得慌,我俩就想进园偷几个苹果吃吃。嗨,没想到刚上到那棵树上,警卫连的陈二柱从那边来了,他会打篮球,我认识他。他看见我俩后,一边喊着'快抓贼呀!'一边飞快地向这边跑。我俩一慌,赶紧从树上往下跳,谁知没小心,我的脸让树枝给剐破了。回家时,我怕说了真话爸妈揍我,就骗他们说是陈二柱打的……"

"天哪……"站在近处树影下的蕙苠听到这里,禁不住吃惊地叫了一声。

"是妈妈?!"森森闻声惊骇地叫道,随即,只见他一猫腰,顺着一条小路飞快地向家里跑去……

"咋办?那个战士已经被错误地处分了!"一走进书房,师长就神情严肃地向妻子问道。

"那,那,你说呢?赶紧宣布取消给他的处分吧。"蕙苠的声调里露着明显的不安。

"说得倒轻巧!"师长立刻驳斥道,"无缘无故地给人家个处分,现在只说一声'取消'就行了?告诉你,只要他一封信告到军区纪律检查委员会,你我都可能受到……"

"那……"蕙苠此时真有点慌了。

"现在只有一个办法,就是我们两个今晚各写一份检讨书,明天就交给你我所在单位的纪委,这样,将来上级纪委看到我们认错态度好,也许就……"

"那,你替我写行吗?"蕙苠望着丈夫轻声问,当初的那种厉害气彻底消失了。

"不行不行,我要抓紧写我的检讨;再说,你过去当过县委的秘书,又不是不识字。"师长说着,在写字台上铺开稿纸,挥笔写出了"我的检讨"几个字。

"唉,也罢。"蕙苠叹了口气,走到另一张桌前坐下,拿过几张纸,思索了一会儿,便低头写了起来……

一个多小时以后,蕙苠拿着两张写满了字的稿纸递给师长:"你看看行不行?"

师长接过看了一遍,缓缓说道:"别的地方写得都可以,就是关于这次犯错误的危害和原因写得不是那么回事,让人一看就觉得没说真话。"

"那你说咋写?"蕙苠此时的口气已完全是请教了。

"我的看法是,"师长有点像他平时部署工作那样严肃了,"这个错误的危害不仅在于它会损害战士和师长的关系,会促使森森在说假话害人的路上滑得更远;更重要的是,它将会使战士感到我们的干部胡乱用权,不值得信任。从而对我们保持社会公平的能力发生怀疑。同样,你犯错误的原因,也不仅在于你娇惯、疼爱孩子,而在于你只记得你是师长的妻子,觉得自己高人一等,手中有权……"

"那……"蕙苠显然被这席话震动了,两颊腾起了在她这样年纪已很少出现的红晕,"那你把这些话添到上边吧。"

"你觉得我这些话对吗?"

"嗯。"蕙苠轻轻地点了点头。

"那好!"林师长此时一下子高兴地站了起来,"现在我宣布,今天我的战术演习成功了!"

"战术演习?"蕙苠迷惑不解地看着丈夫。

"对,对。哈哈,实话告诉你,下午我给军务科打电话,只不过是用的一个战术手段——'以假充真,巧稳敌人'。实际上,那个电话根本就没有打出去。你瞧,"师长说着拿起了写字台上的电话话筒,"这种磁石电话的话筒中间有个按键,这按键按下时才能向外送出话,我今天打电话时根本就没按按键,不过是利用你对野战磁石电话机构造的不熟悉,假装着讲几句骗骗你而已。"

"哎哟,老东西,中了你的计了。"蕙莨恍然大悟。

"是啊。须知敌人略懂一点战术,跟我打交道应谨防上当。"

"死老头子!"蕙莨笑着在丈夫肩上捶了一拳……

情感曲线的图像

一

一个意外的消息旋风般地在炮团传开：作训股二十八岁的正连职参谋吴浮，连跳三级，一下子被任命为炮兵团团长。

牟达和我午饭时在机关食堂听到这个消息后，先是一怔，继而几乎同时高兴地互相砸了一拳，我们四个朋友中终于出了一个大官。

看来，军界是真要起用新人了。

晚饭后，我和牟达刚走进吴浮的宿舍，一力也骑着自行车赶到了，他一进屋就举着手中的一个纸包颇为自豪地叫道："怪味豆！"

"操！"牟达不屑地瞥了一眼一力手中的纸包，"连长大人就拿这点东西来祝贺?"

"但是,但是,"一力涨红了脸,"这是俺畔畔他妈特意做的。"一力这人平时说话就好用"但是",一急起来用的"但是"就更多。

"少来你那些'但是',喏,看我的!"牟达说着从裤子口袋中掏出了两盒上海酒芯巧克力。牟达这人平时处事大方、讲义气。去年八月,吴浮家里遭了水灾,牟达知道后,当即把自己的存折往吴浮面前一扔:"去,取一百寄回去!"

我也把下午在服务社买的两盒中华烟从口袋中掏了出来。

吴浮一直静静地坐在床沿望着我们,黑黑的脸露出一丝颇近讥诮的笑意。

"你当了大官,今天本该由你请客的!"牟达看着吴浮说,"不过,考虑到你目前尚无暇做请客的准备,我们同意向后推推。今天晚上,我们三个聊备贺礼,前来祝贺!"

吴浮依旧没有说话,只是脸上那丝颇带讥诮的笑意更加明显了。他接过牟达递给他的巧克力、怪味豆和中华烟,默默地吃着、吸着。他这人平时就不爱说话。但说出来一句可就算一句,一句有一句的分量。那次一力家属来队时缺碗和盘子用,吴浮把自己的四个细瓷碗和八个细瓷盘送去说:"你留着用,不用还了。"一力当时留下用了,待家属走后,他觉得应该把这些碗盘再还给吴浮,下次用时再去借就行了,便擦洗干净后端到了吴浮宿舍。吴浮接过这些碗盘后,一句话没说,只是砰的一声摔到了地下,碗盘顷刻全成了碎片。一力当时惊得连问:"怎么回事?"吴浮一边慢慢地用扫帚扫着那些碎片,一边低声地说道:"我讲过不用还了……"

吴浮直到把手中的那根中华烟吸完之后,这才慢腾腾地说了一句:"人生值得祝贺的事情不多!"

"但是!"一力立刻接口,"吴浮,你当了团长,但是,可不能一当官就忘了下边的干部战士!"

"这个'但是'用得还基本上可以!"牟达望着一力笑道。

一力斜瞪了牟达一眼,边把一根中华烟烟丝剥出装进他的小旱烟袋锅里——他喜欢用他那根短杆旱烟袋吸烟,一边又转向吴浮:"说真的,你当了团长,但是,就要扎扎实实地干出点事来,譬如,对团里的那些歪风,就要下狠心刹刹!下狠心!"一力说着脸上现出了激愤之情。我知道,他说这句话是有点缘由的。前不久,团后勤处给营以上干部做了一批小饭桌,营以上干部价拨完之后剩下了十来个,政委指示价拨结了婚的连职干部。一力平时家属来队,都是在方凳上放碗盘吃饭的。但当他带上钱骑着自行车赶到团部时,管理员却苦笑着朝他摇了摇头:"没有了,最后三个饭桌全让金副团长买走了,说是给他住在附近的两个亲戚的儿子买的。"一力当时站在那儿愣了好久……

"这倒是应该注意的!"牟达也收起脸上的笑容,一本正经地开口道,"你要想管好一个团,干出点名堂,不下狠劲刹住不正之风可不行!这东西可是涣散人心最厉害的东西!比如,小车的问题……"

听牟达说到这里,我忍不住笑了。看来,牟达对前天的那件事还耿耿于怀。前天上午,参谋长让牟达坐小车去三营,了解一下对下一季度训练安排的意见,金副团长正好也去要车到火车站接他从外地上学回来的女儿,在家的小车就一辆,管理股长一点也没犹豫地把车派给了金副团长,使得牟达只得骑上自行车来回跑了五十里地……

"你笑什么?"牟达大概看见了我脸上的笑纹,不满意地瞪了我一眼,"你马赴东没吃过歪风邪气的苦头是吧?"

牟达的一句话使我笑不起来了。是的,我何尝没尝过那苦头?去年年底,师炮兵科要从团里调一名参谋,我家就住在师机关所在市,虽然和炮团相距只有一百公里,然而我却同样要和妻子过着分居生活。炮兵科的同志们有心思调我去,结果,最后调走的是金副团长的侄子而不是我。

"正经话,吴浮,"我慢慢开口说,"一力和牟达的话有道理,你上任后要不下决心把歪风邪气刹住,就休想获得人心,扭转我们炮团工作在全师倒数第一的局面!"

"你只管放心干吧!在这方面,起码我们三个人会做你的坚强后盾和辽阔后方!"牟达拍了拍胸脯。

我和一力被逗笑了。

吴浮脸上的那丝颇近讥诮的笑意不知什么时候消失了,只剩下了三道深深的皱纹。他默默地望了我们三个一眼,这才缓缓地站起身,用他固有的低沉的声调说了三个字:"记下了!"

二

今天,我是值班参谋。

吃过早饭,收发室送来了一封电报:"凌丸17日乘103次到"。我笑了,吴浮的这位贤妻冬凌,大概听说丈夫当了团长,特带着儿子小丸前来贺喜的吧?

我拿起电话,把冬凌要来的消息告诉了在三营的吴浮,他说他下午三点以前回机关,去车站接他们。

刚放下话筒,牟达进了值接室,我把冬凌要来的消息一说,他高兴地一拍手,"嚯,巧了,下午我那口子也坐103次从医院来,好,到时候我让管理股给派个小车,把她们一块接来!"

下午我下楼去营门口收发室寄信。刚出楼门,见吴浮火急慌忙地推着个自行车向营门外走,看到我后苦笑着说:"从三营回来,半路上自行车坏了,误了接车。"我见状急忙喊住他:"不用去了,牟达去车站接他家属,他一块把冬凌接来。"我的话刚落,团里的一辆吉普车呼地驶进营门,迎头停在了他的面前。

吴浮慌忙扭过自行车把,这当儿,前门开了,只见牟达跳下车来高兴地朝吴浮喊道:"夫人到!"

我急忙走到车前拉开车门,边同冬凌和方蕴打着招呼,边把两岁的小丸接过来放到了地上。

"慢着!"吴浮此时突然声音挺高地叫了一声。牟达、我和刚下车的冬凌、方蕴都被这叫声吓了一跳。

"我没有请你用车去接冬凌。"吴浮这时望着牟达一字一顿地说道,声音冷得出奇。

牟达脸上掠过一丝惶惑。

"既然我没有请你帮忙,那你在哪里把她娘俩拉来的,就还把她娘俩送到哪里去!"吴浮的声调依旧那样冷峻。

一丝气恼出现在牟达的脸上。

这是干什么?我刚想说吴浮一句,不料冬凌已开了口:"你咋呼什么?人家牟参谋辛辛苦苦地把我们娘俩接来,你怎么这样对人说话?"

"回去!拉回去!!在哪里把他们接的还把他们送回到哪里去!"吴浮转对司机说,声音干脆而不容置疑。

冬凌大概被丈夫的话语激怒了,身子瑟瑟发抖,这时,小丸蹒跚着向吴浮身边走去。

"回来！小丸，咱们走！"冬凌双眼含泪，几步上前一把抱过儿子，转身上了车，"嘭"的一声把车门关了。

小车司机不知所措地望了一眼吴浮和牟达。

"开回火车站！"吴浮朝司机挥了一下手。

我呆在了那儿，在这一瞬间，我不知自己该不该上前劝阻。

课间休息的机关干部这时都纷纷地围过来，默默地看着这个场面。

小车司机缓缓地转动方向盘……

吴浮这时慢慢伸手去口袋里掏出了一张十元的人民币，走到站在不远处观看的管理股长面前低声说道："请将小车两个来回的车公里费全部算清！"说罢，转身骑上自行车向营门外蹬去。

"你多管闲事！"方蕴气恼地数落了牟达一句，把提包向肩上一抢，扭身向宿舍院走去。

牟达的脸由红变紫，由紫而变得十分苍白。

"我他妈的是一个贱种！"牟达这时猛地向自己头上捶了一拳。

我呆呆地站在原地没动，我知道此时上前不论对牟达说什么话，都是毫无意义的。

十五分钟以后，吉普车空车返回了。

一个小时以后，吴浮汗流浃背地用自行车带着他的冬凌和小丸回来了。据在宿舍区站岗的哨兵说，坐在自行车后架上的冬凌，在走进大门口时还在抹眼泪……

三

晚饭后,我先到牟达宿舍坐了一会儿,一来是看望一下方蕴,二来想劝劝牟达,让他不要再生吴浮的气,多年的朋友,不要为这件事伤了和气。最后打算拉上他一块去看望一下冬凌,趁此让他和吴浮言归于好。

最初的寒暄过去之后,我刚要同牟达提下午的事,外边有人敲门,牟达起身去开门,门一拉开,只见吴浮站在门口。

"快进来。"我先开口让道。

吴浮的脚动了一下,但不料牟达此时还堵在门口,只听他冷冷地问道:"吴团长,有公事?"

吴浮的嘴唇动了一下,但没有声音。

"如果没有公事的话,对不起,此刻我正在休息。"牟达说罢,"嗵"的一声关上了门。

"牟达!"我见状急忙上前去拉他,想重新把门打开,不料牟达猛地把我推开,高声叫道:"这是我的宿舍,我想叫谁进谁进!别看我是一个小参谋,不巴结谁!"

"算了,算了,别说了。"我急忙制止他,怕他继续说出刺伤吴浮的话,那样两人就越发不好和解了。

"为什么不说?我怕啥?"牟达眼瞪着我一连声地问,但我知道他是想说给门外的吴浮听的,"兴别人伤我的脸面,就不兴我说说话?有什么不得了的?大不了转业,没有什么了不起!叫我老牟今天走,老牟绝不拖到明天!"

"好了,好了,说这半天总该说完了吧?"我无可奈何地劝道。

"说完了?多着哩!全怨我牟达眼瞎,错认了人,交错了朋友……"

我和方蕴总算把牟达拉离了门口,但开门一看,吴浮却已经离开门口走到了操场那边,暮色中可见,他的步子迈得十分缓慢……

四

吴浮今天要去二营了解战术训练情况。因我是分管战术训练的参谋,参谋长便让我随同前去。在骑自行车往二营走的路上,我委婉地向吴浮说道:"办什么事都要注意方法,那天对牟达那件事的处理就有点过分了,朋友之间……"他一直默默地听着,不置一词。

到了二营四连。一力见我俩来到,高兴得一连声地说道:"但是,但是,没想到是你俩一块来,畔畔他妈还没走,中午一定让她给你们炒两个菜。但是,但是你怎么和牟达闹红了脸?"他望着吴浮问。

"还是先汇报战术训练情况吧。"我岔开话题。

一力开始汇报战术训练情况,但没汇报多长时间,一辆地方的卡车忽地驶进营区,停在了连部门口,车厢内站着一个大个子战士,在他身旁放着一辆缠着草绳的新自行车。

车刚停稳,那战士就大声向连部里喊:"粟连长,快来看,自行车买来了。"

一力闻唤向我们点了下头走出去,我也跟在他身后出了门。

那战士边把自行车往一力手里递边说道:"本来要用火车托运的,刚好俺县有一趟车来这边拉货,就顺便拉来了。"

"好,好。"一力喜眉笑眼地应着,接过那辆自行车放到地上,而后几把扯掉车上绑着的草绳,立时,一辆崭新的凤凰二八车子现在眼前。

"嚆,这车子现在可不好买!"我望着车子颇为羡慕地说。

"是呀,"一力高兴地笑着接口,"要不是小傅的妈妈在他们县商业局工作,但是,咱也别想买到。"他边说边指了一下站在身边的大个子战士。

大个子战士颇为自豪地笑了。

噢,明白了。一力也是走的这种路子:打听到哪个战士有亲属可买到某种紧俏商品,便托战士利用休假时间代买,或干脆批准他们一段时间探亲假,让他们回去代买,而后用嘉奖、转志愿兵、选送入教导队等办法作为回报。

"一力,买这辆自行车多少钱?"吴浮此时出现在门口问,语调冷冷的。

"原价,一百八。"大个子战士抢先回答,"不过,要在别处买,那价钱可就没准了,听说要花二百多块!"

"哦。"吴浮点了点头,向战士温和地说,"你回班里休息吧。"

大个子战士高兴地转身向班里走去。

"战士给你买了自行车,你回报点什么东西?"这当儿,吴浮又转过来低声向一力问道。

"嘿嘿,但是,没什么回报的。"一力笑着说,脸上略现出一点尴尬。

"走!推上车子跟我走!"

"去哪里?"一力有些吃惊。我也一怔。

"街上!"吴浮干脆地说罢,转身向营门口走去。

"去街上干什么?"一力又问。

吴浮没有再回答,只是快步走着。

一力只好不知所以地推着自行车跟在吴浮身后向营门外走去。

"这是要干什么？"我不安地也跟在他们身后问。

"按原价卖掉！"吴浮的回答顿时使我大吃一惊。

"什么？你要卖我的自行车？"一力惊得一下子瞪大了眼睛，"但是，这是我的自行车，我不卖！"

"我是团长，我有权命令你卖掉！"吴浮此刻的声音很低，但语调中却带着一股巨大的压力。

"你？！"一力又气又痛心地瞪着吴浮，猛地把车子支在地上，"我看你敢把车子卖掉！"说罢，扭身向营房里走去。

二营营房门外就是镇上的一条街，吴浮推上车子就走。十分钟后，他回来了，手里拿着一沓子十元一张的钞票。

我呆站在那里，根本没料到吴浮会这样办事。

正在这时，四连那个叫小傅的大个子战士闻讯跑来了。他望望面色冷峻的团长吴浮，嘴唇哆嗦了好久才喃喃地说道，"一百八十块钱卖给他们，太便宜了，我妈当初为了弄到这张自行车票，曾给人家送了一斤干海参……"

吴浮的眉梢轻抖了一下，随即低声地问道："一斤海参多少钱？"

"二十五块。"大个子战士声音微抖地答。

吴浮默默地掏出钱包，数出了二十五块钱塞到了那战士手里。

"不，不，我不能要你的钱。"大个子战士急忙推让。

"拿住！"吴浮强把钱塞到那战士手里，"以后记住，干部战士的关系不能用这种方法来改善！"

大个子战士无言地点了点头……

回到连部的时候，只见一力正嚼着旱烟袋坐在那里翻着一张报纸,但看得出来,他实际上一行字也没看到眼里去。他的双手在微微颤动。

吴浮默默地走到一力面前,把那一百八十块钱轻轻放到了他面前的桌子上。

"但是,但是,你欺人太甚!!"一力此时猛地从口中拔掉旱烟袋站起来吼道。这是我第一次见这个老实人发这么大的火。

"坐下,我们谈谈。"吴浮此时的声调和缓而带点恳求。

"但是,我没时间!"一力狠狠地把烟锅里的烟磕到桌子上,而后,抬脚几步跨出了连部。

吴浮直直地望着一力的背影……

五

吴浮同牟达、一力的关系从此恶化了。虽然我尽力在中间做三人的和解工作,但一直没有奏效。最近这段时间,因为机关干部都忙着复习业务,准备迎接考试——这是吴浮提议进行和亲自组织的一次全面业务考试,我也忙乎着迎考,就没有再找他们三人解劝。

机关业务考试是星期一开始的,整整进行了三天。所考知识的全面深入程度和要求的严格程度,是我开始时所没有料到的。我有两项考得不理想,其中尤以射击指挥这一项考得最糟糕——我到机关后,一直把精力下到如何写经验材料上,射击指挥这一套都忘得差不多了。

考试结束后,我悄悄告诉吴浮,我的射击指挥一项考得很差,目的是让他心里有数,晚上讲评时别提我的名字就行了。我在司令部算老参谋,考试成绩不好,若当众点着名字说一遍,那就太丢人了。

星期六上午,进行考后总结时,吴浮果然没有分项讲评,我心里一阵轻松,这件丢脸的事总算过去了。但万万没有想到,总结即将结束的时候,吴浮突然宣布了这样一条决定:"……鉴于马赴东、王方亮两名参谋射击指挥成绩考得很差,经研究决定,马赴东同志到八连代理连长,王方亮同志到五连代理连长,以提高他们……"

犹如突然被人当头砸了一棒,我蒙了。

一个副营职参谋经过考试后下连代理连长,岂不等于告诉全团干部战士:马赴东原来是一个草包参谋?!更重要的是,这一来把我调到师炮兵科从而同妻子团聚的努力全部破坏了——前不久,师炮兵科有一个参谋调到军炮兵处了,有消息说师炮兵科长准备把我调去补缺。吴浮这样一搞,实际上等于警告炮兵科长:"马赴东在炮团当参谋都不够格,你们师里还要调吗?"吴浮呀吴浮,你好狠的心哪!我们一块相处几年,并且我在考后特地给你打了招呼,你竟这样办,你还有没有良心?!

我只顾在那里乱想,没有注意到总结会已经结束,等我收回思绪的时候,发现其他的人都走了,只有吴浮还站在我的面前。

"老马,"他低低地开口道,"这样做……"

"这样做很好!"我截住他的话头,我不愿听他的任何解释,"谢谢你的关照!"我轻蔑地说罢,起身向会议室门口走去。

六

一吃完中午饭,我就开始收拾宿舍里的东西。明天早晨就去八连,我马赴东决不在团机关多待一天!

门吱呀一声被推开,我扭头一看,是牟达和一力。一力上午也来参加总结会了。

"坐吧。"我指了指椅子低声让道。

"你现在还劝不劝我们了?"牟达没理会我的让座,只是神色冷峻地望着我问。

"真想不通姓吴的心为什么会变得这样狠!"我气恨而又痛心地说。

"唉——"一力在牟达身后长长地叹了一口气。

"应该想得通!"牟达的声调冷得厉害,"这就是权力对人心腐蚀的结果!每个人心里都或多或少地有一种获得某项权力从而出人头地的欲望,这种欲望没有适当的条件很难表现出来。吴浮从正连职一下被提到正团职,这一意外到手的权力,唤起并加剧了他原本藏在内心某个角落的这种欲望,使他觉得他还可以取得更大的权力,于是他要努力,他要做出成绩让上级看看。这种心理动机促使他在办事时不顾别人的利益,当然也包括不顾朋友的利益。记得那个弗朗西斯·培根吗?"

我茫然地望着他,不知他何以忽然提起培根。默站在一边的一力,此时掏出他那根短杆旱烟袋,缓缓地点起了烟。

"当年写过'知识就是力量'这一名句的培根,其父原是英国的掌玺大臣,"牟达又冷冷地开了口,"他十九岁时因父亲亡故而一下子变得一文不名,为了度日,他便煞费苦心地接近并最终赢得了英女王的宠臣埃塞克斯勋爵的信任。埃塞克斯不仅给了培根一大笔财产,而且给了他一所富丽堂皇的房子。但是,当女王准备以不忠的罪名审判埃塞克斯时,培根为了讨得女王的欢心,为自己另寻新的升迁谋财之路,竟出庭无中生有地指控埃塞克斯阴谋篡夺王位,计划杀害女王,结果使得埃塞克斯上了断头台。培根的所作所为,不是也可以帮助我们理解吴浮的行为吗?"

我怔怔地望着牟达,惊异他怎么会知道培根的这一段历史。

一力仍在一下一下地吧嗒他的旱烟袋。

"好了,不说别的,这个表你填了吗?"牟达边说边从衣袋中掏出了两张八开的打印的表格。我认出那是师干部科前些天发下来的"团职干部任职情况调查表",全团连以上干部每人发一张,希望大家自愿把自己对团里领导干部的看法填写上去,最后不写填写人的姓名。这大概是师干部科想出的考核团级领导班子的新方法。

"填这干什么?我没填。咱当不了官,也不打算关心官们的事。"我朝牟达说。那张表发给我后我就把它塞进了抽屉。

"不,应该填!"牟达边说边把他手中的表格摊放到我面前的桌子上。我这才看出这是两张已填好的表,一张上是牟达的笔迹,另一张上是一力的笔迹。调查表上的最后一栏是"你认为团领导哪些人不称职",两张表上的这一栏,都清清楚楚地填写着:"我认为吴浮任团长是不称职的!"

"我们应该表明我们的看法!"牟达望着我一字一顿地说。

几乎没有任何犹豫,我立刻从抽屉中找出了那张表,狠狠地填上了那同一句话。

就在我把钢笔旋好准备装进衣袋时,门被缓缓推开,吴浮出现在了门口。

一丝意外同时出现在我们四个人脸上,我们三个谁也没想到他在此时会来这里,吴浮显然也没料到牟达和一力此刻也在这儿。

那三份表格还摊放在桌上。

"都吃过饭了吧?"吴浮轻轻招呼道。我们三个谁也没有应声,并且几乎同时把目光移向了窗外。窗外的篮球场上,炊事班一个不太会打篮球的战士正孤零零地在那里运球、投篮。

"今天中午吃的菜真咸!"吴浮边低声自语着边去门后桌上拿起一个茶杯倒暖瓶里的开水。他显然想缓和气氛。

我依旧没吭声。过去,他每次来,都是刚刚坐下,我便给他倒水沏茶,从今以后,稍息吧!

他端着杯子喝了两口水,向我身边的桌子走来。我本想闪一下身子挡住桌上的那三张表格,但转而一想:挡它干什么?让他看看,岂不更好!

吴浮终于看见了桌上的那三张表格,我清楚地观察到,他的目光在触到调查表最后一栏的那行字时,眉峰分明动了一下。

我心里感到了一种报复后的痛快。

我望了牟达、一力一眼,他俩注视吴浮的目光中也清楚地流露出一种快意。

吴浮的目光从调查表上移开了。

我做好了听他发火或辩解的思想准备,牟达、一力显然也在等待着他开口。

沉默在延续。窗外篮球场上那个战士拍球的单调声清楚地传进室内。

"这里最好是再添一句!"吴浮突然异常平静地说,手指了一下调查表上的最后一栏。

我们三个同时一怔。只见吴浮掏出钢笔,俯下身很快地在那三张调查表的最后一栏里分别添上了这样一句:"他上任几月,至今还未迈出两步。"

我们三人交换了一个十分意外的眼神。

"添这一句更有说服力!"他的声调十分轻松,像是在评改军用公文中的字句。但我却隐隐听出了:他的声音在抖。

"好,你们坐"。他把钢笔插进衣袋,向门口走去。

我们三个谁也没有说话,谁也没有想起要说什么话。

吴浮在迈出门槛时,又微笑着回头望了一眼——那是一种很难描述的微笑。

吴浮的脚步声终于听不见了。球场上那个战士单调的拍球声又传进了室内。

我们三个仍定定地站在原处,许久许久,一力才低声地说道:"但是,……"

他没继续说下去,静默重新充塞了屋子。

窗外球场上的那个战士还在拍球,拍球声传进室内,一下一下,那样单调、沉重……

今夜星儿多

  天边,已经出现了一颗星儿。

  不过,四周也只是有些朦胧,脚下的红薯还能看得见,半脚伯仍在挥着挖红薯的钉耙。

  村中晚饭时分常有的那些声音已经传了过来:羊叫、狗吠、娃们的嬉闹、女人们叫娃回家吃饭的拖长了声的喊叫。

  半脚伯抹了一把额头上的汗,仍在挥着钉耙。

  时令不敢耽搁。眼下正是豫西南乡间晒红薯干的时候;半脚伯因为孙女果儿住在镇上中学读初二,他一人要干两人的活,加上那年用那头犟牛犁地时,左脚被犁铧切去了三分之一,做活慢,所以他想摸黑多干一会儿。

  "爷爷——"一声脆脆的、甜甜的又有几分急促的喊叫蓦然从身后的地头传来。

  "唉——"半脚伯闻唤立时停下钉耙长长地应了一声,眉梢间也即刻浮出了一个欢喜的笑。

身子细柔的孙女果儿,提着书包从地头跳越着红薯埂向他跑来。

"小心别让红薯秧绊倒。"半脚伯和蔼的嘱咐声还没落地,果儿已经喘着气跑到他面前了。

"爷爷,你咋还不收工?"果儿的声音里透出了心疼。

"再挖一点,把两个筐子装满就回。"半脚伯笑着说道,随即又问,"今儿个老师咋让回来了?"

"今儿个是星期六,爷爷,你咋连日子也记不住了!"果儿边嗔怪地说着,边扔下书包去拿爷爷手中的钉耙,"来,我挖一会儿!"

"去、去,你抡不动这钉耙。"半脚伯赶忙推开了果儿,"你先回家去,今黑里吃你爱吃的绿豆面条,你先去和面吧。"

"不,不!"果儿嘟起了嘴,但随之又说道,"你咋知道我抡不动钉耙?我挖挖你看。"

"憨丫头,要不了几下手就要磨泡了。"半脚伯疼爱地说罢,又挥起了钉耙。

果儿没法,只得蹲下拧净爷爷挖出的那些红薯上沾着的泥土,把它们放进柳条筐里。

"小心别把书包弄脏。"半脚伯边挥钉耙边回头朝果儿嘱咐道。

果儿赌气地没有应声。

待两只柳条筐都装满了红薯之后,半脚伯停下了钉耙,这当儿,果儿已拿起了钩担放在肩上。

"你干啥?"半脚伯笑问。

"我来挑!"果儿坚决地说。那用心显然是想让累了半天的爷爷歇歇。

"憨丫头！嫩骨头嫩肉的,压坏了咋办?"半脚伯笑着伸手去要钩担,"你把书包和钉耙拿上就行。"

果儿没理爷爷的话,兀自弯腰把钩担的两个钩子挂住两个筐系子,然而,当她直腰拿出架势要挑起担子时,却发现担子已被爷爷的肩膀挑起了。

"就你中！就你中！"果儿生气了,"给,都给你拿！都给你拿！"果儿边说边把自己的书包、钉耙都扔到了筐子里。

"憨丫头。"半脚伯慈祥地笑笑,稳住钩担,有些吃力地抬脚向地头走去。

果儿见爷爷真的挑着走了,又无可奈何地上前从筐子里拿出了书包和钉耙,没走几步,又从两个筐里各拿出一块大个儿的红薯抱在怀里。

果儿那轻捷的脚步声合在爷爷那沉重的脚步声中:"扑嗒、扑咚、扑嗒、扑咚……"

天边,又出现了几颗星星……

煤油灯的火苗一蹿一蹿的,偶尔有一点灯花,从灯芯上极快地爆出、落下。

半脚伯坐在锅灶前,嘴里噙着旱烟袋,一手向灶膛里填着柴草,一手拉着风箱。

果儿站在案板前,小臂上衣袖挽起,正使劲地推着擀面杖擀绿豆面条,擀面杖每推一下,果儿那紧抿的嘴角都要动一动。绿豆面条不如白面条好擀,但吃起来筋道,尤其放点糁了香油的芝麻叶,吃着格外香,果儿和爷爷都爱吃。每个星期六和星期日果儿回来,爷孙俩都要做两顿绿豆面条吃。

家里的那只小黑狗大概也为果儿的回来高兴,一直在果儿的脚边转,还不时地用嘴扯扯她的裤脚。

"爷爷,切宽一点还是切窄一点?"果儿把面片擀薄折成一叠后,拿起切面刀问。她知道爷爷胃不大好,有时胃里酸水多,喜欢吃细面条;胃没病时,就喜欢吃宽的。

半脚伯停了手中的风箱,说:"切宽的吧,你不是爱吃宽的吗?"又想起什么似的喊道,"果儿,案板下的瓮里还有几个咸鸡蛋,你切了面条后洗两个放到锅里煮煮。"

"咋?那几个咸鸡蛋你还没吃?"果儿扭过头来,两道弯眉不高兴地耸了起来。上个星期日下午,爷爷给她煮咸鸡蛋让她往学校带时,果儿看到瓮里只剩下了六个,她当时就告诉爷爷,让他每天早饭时煮一个就饭吃,一天一个,到今儿个应该吃完,怎么还有?

"嗨,咸鸡蛋我不爱吃嘛。"半脚伯笑着解释。

"你不爱吃我也不爱吃。"果儿扭过头去切面条。

"憨丫头。"半脚伯只得往灶口续了一大把柴,自己起身去案板下的瓮里摸出两个咸鸡蛋洗了放进锅里。

饭做好端到院里的小石板饭桌上时,果儿手脚麻利地先把一个咸鸡蛋剥了壳放在爷爷的碗里。

"中,中。那你把那一个剥了吃。"半脚伯笑着端起了碗。

放在灶屋门口的煤油灯,静静地照着院中吃夜饭的爷孙俩。不刮风下雨就坐院里吃饭,是这儿夏秋间的习惯。

果儿饿了,学校离村子七里路哩,上了半天课又跑了这么远,回家后又忙了这半天,所以端起碗很快地就把一碗面条和那个鸡蛋吃了,吃得额上都沁出了汗珠。当她盛了第二碗饭放到桌上,转身去拿毛巾擦汗时,爷爷又把自己碗里那个一筷未动的鸡蛋夹到了她的碗里。

"又给我了!又给我了!"果儿转身看见后急得直跺脚。

"憨丫头,我不爱吃这东西嘛。"半脚伯慈祥地笑着,"人家讲,读书人多吃点鸡蛋脑子灵醒,好记住书上的字。爷爷干地里活,又不用脑子,吃那么好干啥?"

"就你懂!就你懂!"果儿虽气又无可奈何地端起了碗。

天上的星星增多了……

果儿在刷碗。

半脚伯在拉那只大山羊进圈。

"咩——"大山羊可能不愿进那个小羊圈,挺响地叫了一声。站在一旁的小黑狗也不甘寂寞,立时接上口"汪汪"地喊了几下。

"爷爷,给大山羊喂点刷锅水喝吧。"果儿在灶间里说。

"行啊。"爷爷应着。

果儿立时端了半盆刷锅水来到羊圈里,大山羊咕咚咕咚地喝了个饱。盆底剩了一点稠的,果儿把它倒给了小黑狗。

当把羊圈、鸡笼关好进了堂屋之后,果儿突然想起什么似的说道:"爷爷,你坐下。"

"咋,有事?"

"坐下嘛!"果儿边说边转身拿过书包,从书包中掏出了一只黑布鞋,那是一只奇特的、只适合半脚伯左脚穿的黑布鞋,鞋底比一般鞋底凹进去三分之一。

"哪来的?"半脚伯有些惊奇。他左脚穿的这种鞋镇上根本没卖的,往常都是他那位老姐姐专门为他做鞋穿。这半年多,老姐姐的眼睛坏了,半脚伯没法,只得把过去的旧鞋拿到镇上让鞋匠补补、钉钉,凑合着穿。

"我做的!"果儿的眼里闪着自豪。

"哦?"半脚伯接过鞋一看,果然,针脚又粗又大,是果儿做的。

"来,穿上试试。"果儿拿过鞋往爷爷脚前一蹲。

半脚伯慌忙脱下左脚的那只旧鞋,把脚在右边裤脚上蹭了一下,穿上了新鞋。

"挤不挤脚指头?"果儿仰脸有几分担心地问爷爷。

"不挤,不挤。"半脚伯满脸都溢着欢喜,但转眼间,他又有些不安地问,"是用买饭票的钱买的鞋面布吧?"

"你别管!"果儿舒心地站起身。

"做鞋耽误读书了没?"半脚伯声调里仍然溢着不安。

"你看我的代数考卷。"果儿转身从书包里掏出一张大纸递到爷爷手里,"九十四分!"

"哦,哦。"半脚伯不识字。但他从果儿那得意的神色上明白,九十四分是个很高的分数。

半脚伯满脸含笑地拿着那张考卷,穿着那只新鞋到院里走了一圈。

小黑狗可能也为主人高兴,昂首向天叫了几声。

天上,星星显得密多了……

"爷爷,你先睡吧,我看会儿书。"果儿把油灯端放到小木桌上,扭头对爷爷说。

"你看吧,爷爷没瞌睡,吸会儿烟。"半脚伯边说边拿针把灯芯挑大了些。

果儿从书包里掏出几本书,打开其中一本看起来,渐渐地,她凝了神,身子一动不动。

半脚伯压低了吧嗒烟嘴的声音,默默地望着果儿那变得严肃了的脸庞。

小黑狗静静地卧在小桌下,发出轻微的呼吸。

蓦地,半脚伯发现自己吸烟吐出的烟雾正在果儿的头部四周飘着,忙按灭烟锅,用手轻轻地赶开那些烟缕。

烟缕飘走了,半脚伯静坐了一会儿,便轻轻地伸手拿过一本果儿放在桌角上的书来。他翻了几页,不识上边的字,也不懂上边的图,但他发现那书的书角皱了,于是便把书本放到膝上,用他那粗糙的手指,一页一页地去抚平皱起的书角。他抹得那样小心。

前墙的哪个墙缝里有只蟋蟀,不时发出一阵低低的叫声。

窗外,那深蓝色的天幕上已全都缀满了星星……

硝烟中的祝愿

一

雨，到底停了，只有芭蕉叶上存下的雨水，还在不时地往地上洒。

天，依旧阴着，云低得似乎走上帐篷前的那道高坎，伸手就可以撕下几缕。

地，被雨浇透，稍一触动，就变成了砖红色的泥。

他定定地坐在自己的地铺床头，一只手慢慢地抓起一把砖红色的土。

帐篷里地上的土虽没淋雨，但也含了不少的水。

他把手中的土攥成了一个球。

他双眼盯着土球，目光直直的。

他猛地一扬手,把土球砸在了地上,又很快地伸出脚,把它踩得粉碎。

他的嘴角浮起了一丝笑,极冷的!

你现在竟也尝到了这味儿!

尝这味儿是不好受,但你要沉得住气!

世上的味儿不是有好多种吗?

她可能会躲。

她绝躲不过!

二

铅色的九月的天仍旧罩在头上。

"结婚,哈哈,娘的,那味儿真妙!"隔壁帐篷里传来了班里秦大牙那尖尖的嗓音。他们还在瞎聊。

"具体的感受?哈哈,不能讲!你们都没结过婚,我要一说,连长知道了还不抓我的'精神污染'?不说!不说!总之,哈哈,娘的,早结婚!"依然是秦大牙那沾沾自喜的声音。他来滇前刚刚回去结了婚,顿时就有了夸耀的资本。

"总之,那味儿……"

他的目光极慢地在帐篷里移动,最后,停在了自己的枕头上。

他的咬肌痉挛地动了几下,随之,伸手拿过枕头,从里边抽出了一件叠成方块的衣服——一件绣着小朵荷花的连衣裙。

他轻轻抖开了它……

"同志,一件多少钱?"

"十八块四!"

"糟糕！差八毛。你把我刚才买的这个裤头退了,添上八毛钱!"

"嗬!给老婆买的?倒真卖劲!"

临离开泉市的那天,连长告诉他,滇南潮湿,记着多带两个裤头。他慌慌地向一家商店跑去,裤头买到手后,他才发现邻近的柜台上,一群姑娘在抢购这种连衣裙。

他本想第二天上午去邮局把连衣裙寄给瑶瑶,不料当晚部队提前行动,他只好把它塞进枕头带到了滇南。

他慢慢地把连衣裙铺到地上,拿过刺刀,开始一条一条地割它。他割得十分耐心、细致,直到那件连衣裙成了一堆碎布条。他把它们一团,隔窗扔到远处的草丛中。

他的瞳孔里出现了一个光点,炽白的!

你身边现在总算没有她的任何东西了!她的信,烧了,她的照片,撕了,她当初送给你的那支钢笔,扔了。她现在和你已无任何联系了。自然,你这会儿总算体验到了,人最恨的,其实并不是他本来的仇人,而是他先前疼过、爱过却又对他变了心的人!你目前剩下的事情,就是等待!耐心等待作战结束回撤的日子,等待回到豫西南那个城市的日子,等吧,你!

三

"轰——"远远的前沿那里,隐隐地传来一声冷炮响。响过之后,又恢复了原来的沉寂。

帐篷外,大概又有一股微风吹过,几片芭蕉叶上的雨水哗的一声倾在了地上。

"杜排长,尝尝。"班里的新兵小任走进来,从裤子口袋里摸出一盒"大重九",很不熟练地撕开盒,抽出一支扔过来。

他拣过烟:"我不是排长!"

老杜过去当过排长!

倘若往前线开的军列不在鄂北那个车站停留,他今天还是排长!

那是一个中等车站。

军列刚刚停下,两个嗑着瓜子、衣服笔挺的小伙子,就悠闲地踱到了车前。

"听说这些兵是去云南的。"

"嗯,有点像。"

"妈的,打仗其实也美,回来靠着个黄铁片,说不定还可以玩个漂亮姑娘。"

"当官的可能还会升一下。"

"那当然!"

"不过也有死的。"

"该他倒霉!"

几乎就在这句话落地的同时,一只玻璃茶杯准确地砸到了说这句话的小伙子嘴上。

茶杯滚到地上摔得粉碎。

小伙子的嘴唇立时涌出了鲜血。

部队开进有极为严格的纪律,杜排长此举当然违犯了军纪。当军列重新向南运行时,团里宣布撤销了他的排长职务。

他到这个班当起了战士。

"再来一支。"小任又向他扔来一支"三七"。

他又划着火柴点上,深深吸了一口。

吸吧,你!吸烟可以镇定神经!你现在其实应该高兴!不当排长更好,这样,你就有时间来想想你自己的事情了!当然,拿的钱少了点。可你要那么多钱干什么?还要去给她买枣花蜜和连衣裙？还要去给她买"柔肤霜"和香水？还要让那个女人养得白白胖胖、打扮得漂漂亮亮地去找那个男人？

四

哗啦啦！秦大牙在帐篷外对着树叶子撒尿，热带的树叶把那声音扩大了几倍。

"大牙，你怎么乱撒？"隔壁帐篷里有人在抗议。

"咋呼啥？娘的！这天一会儿一阵雨，尿得再多还不是冲得干干净净！"他反驳完毕，又转向这边喊道："老杜，他娘的，我这裆里还痒，你那裆里还痒不？"

"痒。"老杜答了一句。

他答完后不由自主地去裆里摸了一下，确实还痒！

所有到前沿猫耳洞里蹲几天的人裆里都痒！酷热、潮湿的气候，加上不能冲洗，给到这里的北方男人带来了可怕的病症：烂裆。

也还亏了烂裆！

昨天，连里发下香粉，每人一盒。最初是秦大牙把鼻子贴上去闻了闻，然后晃着说道："这东西真香，我得省着，晚点拿回去给俺老婆。"大牙的话音刚落，班里的一个战士开口叫道："我说老秦，你不要因小失大，小心把传种的东西烂坏，那时候，老婆就是抹得再香也结不了果！"也就在这时，老杜接了口："大牙老婆结不了果也好，如今讲究优生，那样也省得这世上又多个大牙儿子！"

大牙原本就为自己的两颗门牙太大而苦恼，老杜的话恰恰戳着了他的痛处。不过，谁也没料到，平日里喜欢手舞足蹈的大牙，此刻的反击竟那样冷静，"是呀，俺他娘的是丑八怪，比不上你老杜长得美！不过,日后俺老婆生的儿子再丑也是俺的种,你老婆生的儿子再好却是别人的种!"

老杜不屑地一笑,他把这话当然地当作了玩笑话。如果不是大牙话一出口觉得失了言似的脸一白,并立刻摆手声明:"老杜,我他娘的是胡说,你别生气!"老杜还不至于起疑。大牙是在部队开拔前探家结的婚。大牙的家在城郊,老杜的家在城里,大牙回去时,老杜让他给自己的老婆瑶瑶捎了两瓶枣花蜜。起疑是起疑,但老杜当时还是笑了笑,他不能让其他的人也生疑。

晚饭后,他把大牙叫到营地后边的山坡上,两人刚一站定,老杜突然把拳头抵住了大牙的心窝,压低了声音说:"大牙,我们是朋友!你上次探家时究竟在我家里发现了什么?要老老实实说出来!否则,我先用拳头打断自己的两根肋骨,再打断你的两根肋骨,教教你怎样做朋友!"

"你……你老婆在跟一个姓吴的混……"

大牙这第一句话就把老杜击蒙了。他那轰轰作响的脑子已不容他再往里边填东西,大牙下边的话他只勉强记住了几句:"……我隔门缝一看,刚好看见她和他搂着在床上……我打听了……那姓吴的……是市委办公室的秘书……"

他觉得天在旋转!

他感到地在下陷!

不过,当大牙结结巴巴地全部述说完之后,他还能发出一声笑:"嘿嘿,没啥!同她一离婚也就完了!"

他这会儿又抓了抓裆部,还有些痒!

你现在应该感谢烂裆!若不是因为烂裆引起那个话题,你至今还被蒙在鼓里。你还会一有空就给她写信,你还会天天看她的照片,还会夜夜把她引进你的梦里。现在好了,一切都不必了!你虽然受了欺骗,但你到底变得聪明一些了,知道了痴情男儿不能当,知道了女人掩饰的本领有多大!

你现在应该镇静!

五

天光暗了许多。

黄昏的苍茫,把四周涂上了一层褐色。

"我说弟兄们,今晚开饭时多往肚里塞点,连长刚才把景班长叫去了,夜里可能有行动!"大牙这时拿了碗,站在帐篷外伸着懒腰叫,随之就又转过来喊,"老杜,吃饭!"

吃饭!

他机械地向嘴里扒了一碗饭。

他觉得有一股胆汁的苦味儿总涌在舌尖。

一放下饭碗,他就伸手去衣袋里摸烟。

烟盒已经空了。烟没摸到,却摸到了两颗极硬的东西。

他诧异地掏出了那两颗东西:子弹?!

哪里来的子弹?

他蓦地记起,今天早饭后,文书曾让他帮助搬过几箱子弹。

子弹一定是自己在那时候装上的。

留下两发子弹做什么?

他的身子抖了一下。

他不让自己再想下去。

他只是十分仔细地用手绢把子弹包好,放进了左胸口的衣袋里。

他又去地上抓了一把砖红色的土,把它们攥成了一个圆圆的球。

他从小就爱玩泥团,他能把泥球揉得很圆。

他把土球重新扔到地上,脚踩了上去。

那土球立时被踩得粉碎。

你到底已经明白,世上所有的东西原来都可以弄碎!

你希望建一个温暖的家庭,你以为这希望绝不会破碎。

但碎起来竟是这么容易!

不过,打碎别人的一只杯子尚且要赔,弄碎一个人的希望当然也应该赔!

等着吧,瑶瑶。

人间可是有多种多样的索赔手段!

六

夜色,已经拥到了帐篷口。溢出门的烛光,只在门外占了很小一块地方。

"大家准备一下,八点半出发,去247高地换九连四班!"景班长摸着他留长了的胡子,站在帐篷中间郑重地交代。

大牙从枕头下摸出了一个扁扁的瓶子:"班长,那要不要抿一口?"

"一口!抿后记着嚼点茶叶,去去酒味。"班长说罢先接过瓶子,抿了一口,咂着嘴去擦他那沾了酒的胡子。

老杜也接过传来的瓶子,尽可能大地喝了一口。

他一边往肚里咽那口酒一边摇了摇头。

他每次喝了酒后都要摇头,这是他的习惯,是酒精刺激咽喉后引起的不由自主的动作。

"摇头干什么,还嫌酒不好?"瑶瑶的目光箭一样地射着他。

"不是,"他急忙摆手,"我这是习惯!"他坐在岳母家的酒桌前,慌慌地做着解释。

"你们当兵的都养了些什么坏习惯!"

他很是歉疚地笑笑。

"你没见市委办公室的吴秘书,人家在酒桌上端起酒杯,那风度!哼,哪像你?"

他记得当时是有一股异样的东西在搅着他的血液。

但他还是歉意地笑笑,把一簇火星掐灭在了肚里……

你笑什么?你没听见她提到了姓吴的?你没听出她那话里对姓吴的那股佩服味道?这是征兆!女人变心都是有征兆的,可你竟没去注意那征兆!还有,妈妈前几天来信,在信上写了那段话:"孩子,奶奶和我都想告诉你,当兵的生活中什么事都可能遇上,如果你以后遇上了什么你觉得意外和不能接受的事时,你一定要冷静!"显然,她们一定也听到了那丑事的风声。可你当时竟一读而过,根本没有看懂!你这个蠢虫!……

七

石壁上有一串水珠在凝聚。

洞里的霉味直冲鼻子。

"你们几个先歇会儿,待会儿再上去换堑壕里的弟兄。"班长边说边放稳那个很小的作业灯泡。

"嚓!"小任划火点着了烟。

"我说小任,这两天怎没听见你笑一声?"班长拈着他的胡子笑着问。

"我没有像你那样遇到该笑的事!"小任的话语好冲人。

"那是自然!我家刚买了一辆凤凰牌自行车,我当然要笑。不过,人不管遇到了什么事,都还是要常笑笑,多笑白发少!其实笑也容易,喏,就这么,嘴角一咧,眉梢一挑,脸上就笑。"

"嘿嘿。"一个老兵被逗笑了。

小任只是又深深地吸了一口"大重九"。

老杜静静地坐在那里,一只手去地上抓了一把砖红色的土,很快地攥成了一个球。

"凤凰牌自行车!"他在心里重复着班长说过的这几个字。

"你看那凤凰牌坤车多漂亮!"瑶瑶站在柜台前发着惊叹。

"晚点给你也买一辆!"他说得十分豪爽。

"哟,你凭什么?"

"不就是二百块钱嘛,半年不吸烟罢了!"

"说得倒轻巧!你以为有钱就可以买到手了?告诉你,这是热门货,得靠关系!懂吗?!就凭你们当兵的这个样,十年后能买一辆就算有福气!"

"嘿嘿。"

"人家市委办公室的吴秘书,上个月一人就买了四辆,四辆!知道吗?"

"噢,噢……"

你的笑真不值钱!你当时竟没从她那轻蔑的话里,闻出一种变了味的感情,你的鼻子是干什么用的?!你实在不会当丈夫!好在,你还有机会,下次回去见到她,你一定要让她知道,男人一旦做了丈夫,他就会捍卫属于丈夫的东西!……

八

四周,好静!

竟没有一丝儿虫鸣。

只是偶尔地,从战线的另一端,传来几声零落的枪声。

老杜无声地伏在堑壕沿上,睁大双眼看着要他负责监视的地段。

那是一片荒草,那是一条小路,那是一块巨石,那是一丛灌木。

他晃了晃头。他的眼前总浮现出家里的那张床。

瑶瑶和姓吴的小……

他的牙开始咬得咯吱吱响。

那床是他结婚时特意找人做的,漆的是奶油色,四尺半宽、六尺长。

他当初买的木头不多,原本是想做另外几件家具,床就用公家的床,但他的朋友劝他:人结婚时最重要的家具准备是一张床。

他当时不好意思地笑笑,就下决心做了那张床,并且用砂纸把床帮打磨得光滑、锃亮。

但是现在,是那姓吴的和瑶瑶双双坐在那光滑、锃亮的床帮上。

他痛楚地闭上了眼睛,手伸到堑壕沿抓了一把湿湿的土。他把那土攥成了球。

他觉得他的内脏在翻动!

你必须毁掉那张床!它记着你的全部耻辱。

绝不能让它再留在世上!

当你回家把其他的事情办完之后,一定要把那张床拉到院中,泼上汽油烧毁!

必须要烧毁!

那灰烬也要埋到土里……

九

"砰、砰",尖厉的枪声突然从左边大牙的伏身处响起。

老杜猛地睁开眼睛,这时,枪声已变得十分密集,他感觉到身旁的堑壕里有子弹在跳。他习惯地迅速去打开冲锋枪的保险,但那枪声却已停止。这时他才看清,就在他正前方十来米处,躺着敌人的四具尸体。他心中一惊:敌人怎么会爬到这么近的地方来了?

"怎么搞的,老杜,睡觉了?!"班长这时猫腰跑过来,冷厉地问。

"没!"

"那你睁着眼睛干什么了?好了,我一会儿让人换你进洞吃点东西。"说罢,走了。

四周又恢复了静寂。

老杜回到了洞里。

他看到班长正在给小任包扎伤口。子弹打中了小任的左臂,殷红的血正顺着小任的指尖向地上滴。

小任的脸色开始发白,他颊上的红色似乎在向地上转移。

老杜从地上抓起一把砖红色的土,又把它们攥成了一个球。

大伙无声地望着小任,每个人的脸上都没显出特别的激动。

老杜看到小任指尖上的血,心头倏然一动。

"哎哟,我的妈——"在厨房案板上切菜的瑶瑶猛地尖叫了一声。

"咋了?"他慌忙跑进厨房。

她正捏着一根白皙的手指,那指肚上被菜刀碰了一个小口,沁出了两颗小小的血珠。

"来,来,赶紧包上。"他慌忙去找纱布。

"天哪,疼死我了!"瑶瑶带着哭音叫着,"跟你们当兵的有什么好!平时守活寡,回来又得伺候你!"

"是的,是的,怨我,怨我!本来该我做午饭的……"

你真是一个贱种!她流了两滴血你竟慌成那样!应该叫她流点血!既然大家都有血,为什么别人该流她不该流?等你回去见她的那一天,你一定要平静地先对她说:"流血是有点不舒服,可我已经流过了,你现在也流一点吧!……"

十

"班长,再开一瓶橘子罐头吧,渴得很!"大牙嚼着饼干说。

"算了吧。"班长扯了扯他的胡子,"罐头已经开够数了,每人每天只给四两,我们不能一顿吃光,刚刚换防。"

"去他娘的四两!"大牙身子软软地靠在了石壁上,"我同学的那个工厂,光夏天发的降温费就有八十元,够买两箱子罐头,两箱……"

"好了,上去换他们下来吃东西!"

老杜提了枪向洞口走去。

他依旧伏在原来的位置上。

他睁大眼睛监视着规定的地段。

但渐渐地,他的眼前又晃过了那张漆成奶油色的高低床,晃过了姓吴的和瑶瑶相搂相抱的景象。

那画面一动不动地停在他的眼前。

"慢一点,先吻我的左脸颊。"过去,她总是这样嗲声嗲气地对他说。

现在,她一定也会对姓吴的说:"先吻我的左脸颊。"

"用手捻捻我的右耳轮。"她常常躺在那里对他讲。

现在,她一定也会要求那姓吴的:"用手捻捻我的右耳轮。"

他痛楚地闭上了眼睛。

他感到一阵头晕。他觉得血液在他的体内汹涌奔腾,穿过四肢猛击他的脚、手和头顶。

他狠狠地咬住了下唇。

他猛地伸手抓了一把土。

他把那土攥成了球。

他用手指捏碎了球。

你现在知道女人制造痛苦的能量了吧?这一段,你明明看到她的来信越来越稀,信的页数越来越少,信上的口气越来越淡,可你为什么不做点分析?你为什么总找出种种借口为她辩解?如果你能及早地判断出发生了什么事,不就可以早早地提出离婚,从而避免这越来越多的耻辱?你为什么要那样坚定地去相信女人?你……

十一

"轰——"一颗地雷突然在他的前边不远处爆响。

正坠在痛苦深渊里的老杜猛地睁开了眼睛。

眼前已是硝烟弥漫,枪声响成了一片。

借着火光,他看到六七个敌人已进至他正前方二十来米的地方,此刻正飞快地向堑壕冲来。

"打!"左边大牙在叫。

"快打!"班长旋风般地扑到他身边,向敌人连投了几颗手榴弹。

他急忙向敌人扫了一梭子子弹。

他突然觉得胸口被怒气憋得难受:狗日的,真要欺负到爷们头上了!

他恨敌人竟敢沿着第一次偷袭的路再搞一次偷袭。

他气自己竟然又一次没有发现敌人。

他迅速地换上一个弹夹,猛地跳出战壕,向溃逃的敌人追去。直到敌人的一颗子弹打在他的大腿上,他才"嗵"地扑倒在地。

"你这是莽干!既不负责又不冷静!"班长把他背回洞里,替他包扎好伤口。

"少用这种教训口气!"他咬着牙叫。

你应该狠顶他一下!妈的,说得倒好,冷静?他家一切平安,又刚买了一辆凤凰牌自行车,他当然可以冷静!好了,从现在起,要紧的是你要保护好你的这条伤腿,倘若一条腿坏了,回撤后你要去办你想办的事就有些吃力。还算不错,没伤着骨头。你从现在起,必须保护好你的腿!

十二

敌人的炮弹猛烈地摇撼着山峰。

炮弹爆炸的火光一闪一闪地映进洞里。

"弟兄们,我们人不多,要做好苦战的准备。趁还有点时间,大家还有什么重要的话想留下,赶紧写个纸条,塞到这个罐头盒里,我在报话机里告诉连长……当然,咱们这是防止'万一'。"班长说罢,先掏出了一片纸。

其余的人也都摸出了笔。

老杜一动不动地倚着洞壁。

他不想留什么言,他只想回去!

"班长!"随着炮声的稀疏,洞口传来了负责瞭望的一个老兵的喊叫。

"老杜留下休息,其他人各就各位!"班长说罢,匆匆把手中的纸条向一个罐头盒里一塞,先提了枪向洞口跑去。

其余的人也匆匆将未写完的纸条塞进了罐头盒里。

他从地上抓起一把土,慢慢地把它们攥成了球。

他的目光直直地盯着那个放了纸条的罐头盒。

看看他们都写了些什么。

他缓缓地伸出手,从盒里抽出了一张纸。

是小任妹妹来的信——

哥哥:

身体可好!

妈妈还病在床上。地里的草我总也锄不干净。你快点回来吧。哥,妈说她想你……

小妹初五

小任只在这封信的空白处写了一句话:"俺想当英雄!"

老杜的手一抖。他突然明白了小任这些天为什么那样厉害地抽烟。

外边的枪声挺紧,敌人冲上来了?

他又从中抽出了一张纸条,展开一看,是班长的一封没写完的信——

爹:

　你就别再犟了,赶紧给工商和税务上的送点礼。钱我下月领了津贴就寄回去。营业执照和本子让人家扣了,你做不成生意,我那些弟弟、妹妹凭什么上学、吃饭?送一点吧。

老杜的心猛一下缩紧。这就是班长笑说的"喜事"!他的手有些哆嗦。

这是大牙没有写完的信——

金玉珊同志:

　我完全同意你的意见,彻底中断我们的恋爱关系。我妈妈去向你爸爸求情说合,事先并未得到我的同意,我已去信制止,请你不要生气。你的照片已经遵嘱退回。我过去给你的那些信不必再寄来,只要烧了就行。祝你生活如意,祝你幸福!

大牙原来没有成婚?!

洞外的枪声停了。

十三

他提枪拖着伤腿出了洞口。

曙色已经显露。

但曙色里映现在他眼前的阵地,却使他骇然瞪大了眼睛:到处一片狼藉,堑壕内外横卧着那么多敌我双方的尸体。

战斗在短时间里打得如此残酷,这是他根本没有料到的。

整个阵地只剩下衣不蔽体的班长一人,他显然已没有了子弹,正被三个敌人逼在堑壕的一角。

就在老杜惊呆在那里的一刹那,三个敌人几乎同时把刺刀刺进了班长的身体。

"呀——"老杜发疯似的把子弹打在了那三个敌人身上,飞快地奔进了堑壕。

愤怒控制了他的整个身体。

他猛烈地向正要冲上阵地的敌人倾着子弹,不停地向敌人投着手雷、手榴弹。

他不时迈过班里一个个同志的遗体,在堑壕里移动着位置,轮番使用着机枪、步枪和冲锋枪。

他的眼球凸出眼帘。

他的咬肌在剧烈地痉挛。

姓杜的,当别人在同敌人搏斗时,你竟在洞里坐着!你那么安心地执行班长让你休息的命令,是因为你想保护好你的那条伤腿。你一心想着回去见那个女人和那个姓吴的,你忘了全班的弟兄!班长、大牙、小任、全班弟兄们,老杜对不起你们!老杜给你们报仇!……

十四

冲击的敌人终于被打下去了一批。

他抓紧这段时间,急忙把战友们剩下的子弹、手榴弹和手雷收集在一起。

当他卸下大牙的弹夹时,他发现浑身是血的大牙还在微弱地喘气。"大牙,原谅我不能马上替你包扎,我要先守住阵地。"还没容他把子弹摆好,敌人的又一次冲击开始了。

"来吧,你们!"悔恨和仇恨使他处于一种狂怒状态,他只顾倾着子弹,根本没有发现他的裤子已被弹片、石块削磨得剩下了布条,没有看到鲜血正顺着他的右臂流淌,没有感觉到右耳已被削掉半边。直到手中的冲锋枪突然停止吼叫,他的理智才骤然从狂怒中恢复过来。

这时他才发现,他已把一切可扔的手雷、手榴弹全部扔光,已把所有的子弹全部打完。

怎么办?你应该注意节省子弹!你起码应该给自己留下一颗!一颗!妈的,敌人马上就要冲上来,你要当俘虏了,你这个混蛋!

他望着又开始冲击的敌人,很快地又在堑壕里爬了一趟。但,没有一颗子弹,只有一个地雷。地雷不能扔,能管什么用?

他绝望地在原地转了一圈。

蓦地,他的右手碰到了左胸前的口袋,他的心里猛地一惊:他记起了他装在这口袋里的那两颗子弹。

两颗下意识留下的子弹。

留给谁的?想不起来,也顾不得想了。

他迅速地伸手掏出了包在手绢里的子弹。

他飞快地把子弹压进弹夹。

他急切地拉动枪机推弹上膛。

他把快慢机放在了单发上。

吴秘书,你安心活在世上吧!

他把枪口对准冲在最前面的那个敌人,稳稳地扣了一下扳机。那个敌人应声倒地。

他把枪口转向了自己。

不！你不能这样死！这样死你倒可以保留一个完整的尸体。可只要你一倒下，敌人就可以毫无顾忌地很快冲上阵地。你还有一颗地雷没用，你完全可以踩响它去死。你应该把这颗子弹打出去！

他又把枪口转向了敌人，瞄准冲在最前面的一个，稳稳地扣了一下扳机。

又一个敌人应声倒地。

瑶瑶，你放心寻找你的幸福吧！也许，我不该这样恨你，好像是有人说过，任何一个家庭的破裂，责任都不是一个人的。可能，是因为我给你的爱太少了？可惜我不能回去了，否则，我一定要问问你！

他回望了一眼远处正冲过敌人炮火封锁区的支援分队，把地雷搬放到面前，一只脚踏了上去。

不！你不能立刻就死，一颗地雷只炸死一个人太可惜！你可以待敌人冲上来时再踩它，这样，兴许可以再赚一个。对，待敌人到你身边时再踩响地雷。好，你的脑子归根结底还算可以，还能想出这个主意！

他把地雷放在堑壕坍塌的地方，一只脚轻轻踩了上去，而后扔掉枪猛地站直了身体。

冲得很近的敌人看到了他的举动，但他们还在怀疑，并没有立刻过来，只是停止了射击。

东方的晨空，有一抹淡紫雪青的光辉。

你的右腿又中了一枪，在晃，不过，一定要挺住！等敌人走近些再踩。

"砰！"他突然听到身后很近的地方响了一枪，他的身子一晃,旋即觉得一股极热的东西从小腹通过。他吃惊地回过头去,原来,苏醒了的大牙正侧身把枪口指向他,双眼血红地向他瞪着。

噢,大牙,你醒过来了,为什么向我开枪?你以为我真要去当叛徒?!我不知道你的枪膛里还有一颗子弹,你该节省它!哦,你的子弹幸亏没有打进我的心脏,我还可以再坚持站一会儿。瞧!敌人过来了,过来了,好,现在可以踩了!

奶奶、妈妈,我先走了,去找爷爷和爸爸。

瑶瑶,祝你幸福!

他最后看了一眼脚下那砖红色的地。

他的脚猛踩了下去……

武家祠堂

日头在祠堂的屋脊上极轻巧地一纵,就爬上了天去,于是街面上,便铺了些黄,于是卖豆腐的景宽就高声叫:"日头出来称豆腐,身子发福屋里富,来哟——"

声音长长的,在街筒子里响。

就在景宽的叫声中,尚智拉了装货的平板车子,眯着眼,进了祠堂前的空场,在平日售货的老地方,摆起了自己的货摊。片刻之后,在铺着印花塑料台布的长方形售货板上,尚智的货物就全摆了出来:绣着刀、矛的红兜肚,刺着剑、盾的灯笼裤,织着弓、箭的练功宽腰带,印着坦克、飞机、军舰、导弹的白背心,绣着侦察兵、炮兵、喷火兵字样的运动裤头,绣着卫、护、士、勇各种字样和车、马、枪、炮的各色手绢,全是武人们和尚武的人们用的东西。

"尚智老弟,不来一斤?"景宽在那边叫。

尚智手摇摇,仍又弯腰细心地放置货物,待一切布置停当之后,他才舒一口气,扭头看了一眼祠堂,祠里大堂屋脊上的兽角,直插入晴空,很是巍峨;祠外那七尺高的土黄色院墙在阳光下放了金光,极是气魄,祠堂的大院门还没打开,只有"武家祠堂"那四个烫金的字立在门楣,威武、缄默。

这祠堂尚智很熟,小时候常和伙伴们翻进院墙去玩。它总共有大堂、二堂、三堂和十二间厢房,外加一个高高的哨台。祠堂是南宋末年修的。早先埋在后院土里、如今安放在前院大堂中的那块"修武家祠记"碑上刻着"存武家元气"五个大字,落款是:"岳武穆七十七部属。"

镇子上的老人们说,当年岳飞被害之后,岳家军随之解体,其中有七十七人就流落在此地落户,这也就是我们镇上人的先祖,祠堂就是他们捐资修的。

这里离岳飞的故乡汤阴不是很远,岳家军的好多将士是中原人,他们在中原南部的这个盆地安家似乎可信。

早呀,尚智!卖兵器玩具的梗子推着平板车来了。早!尚智应了一声,眯着眼看对方乒乒乓乓地摆着兵器玩具摊子,兵器倒是什么都有:刀、斧、弓、箭、各样枪支,可惜都是些木头做的,涂了些银粉和白漆、黄漆。

尚智不屑地看他一眼:成不了大气候!

他把目光移向平日和自己卖同样货物的几家摊子:四婶、郭灶叔、伏田哥、苇儿嫂,哦,除了专卖绣花灯笼裤和绣花红兜肚的苇儿嫂来了之外,其余人家的摊位都空着。

他们大约是不能来了!这一点尚智早已料到。自从半月前他改制了一台绣花机,又买两台缝纫机办成专制兵家徽记的服装社之后,他就已经料到了四婶、郭灶叔、伏田哥他们的这种结局。他们手工绣制的服装产品在价钱的低廉上远比不过尚智的。

他满意而且得意地笑了笑,最后把眼睛停在了苇儿嫂身上。她的眼皮还有些肿,面孔还是那样苍白,黑布鞋的前边还缀着孝布,她是不是又在为定坤哥哭?别哭了,嫂子,不要哭坏了身子。今天我要把绣花灯笼裤和绣花红兜肚降价了,我的缝纫社里这东西已经做了很多,我不能再积压下去,你可要有点思想准备,你将来也应买台缝纫机,我可以帮你把它改制成绣花机,这样你的产品成本就可以降下来了,产品的售价就低下来了,售出的数量就会多了……

咯吱吱,一阵钝重的木门与石门墩摩擦的声音传进了尚智的耳朵,他不用回头就已经知道,祠堂的大院门已经打开,第一批游客就要进去了。

对那座大门他是太熟悉了。门漆的是草绿的颜色,据说刚建起来漆的就是这种颜色,这种颜色的大门在豫西南还不是很多,不知当初造祠堂的那些岳家军官兵们,是想以此把它与富人们的祠堂相区别,还是怕朱漆大门会让他们想起战场上流的血,反正门漆的颜色有些怪。两扇门的正中,各镶有一个铜牌,一个铜牌上凸现着一把刀,另一个铜牌上凸现着一根矛。门槛下安着一个暗藏的机关,这机关设计得极其精妙。外来的生人如果不知道这机关,迈过门槛后准要一脚踩上它,而只要踩上它,两扇门后就会忽然从地下冲起六名木雕彩绘的士兵,一边三人,六人手中各持一柄大刀,刀尖直戳向来人的心窝,当然不是真戳,刀在离你一尺左右的地方停下,六个真人大小的士兵怒目瞪着你,这一招能把预先无思想准备的人吓死,这机关叫"门后伏兵"。听说,这机关自装上到一九八五年,已经先后吓死过十七个人。那机关前不久拆了,怕的是它吓了游人。有一次,一个来此游览的英国朋友非要看看不可,管理人员没法,就装上了,那人是在预先有思想准备的情况下去踩那机关的,就这,还把他吓得心脏病复发住了院。

"喂,一条灯笼裤多少钱?"摊子前走过来一个小伙子问。尚智见有顾客,脸上立时浮起了笑,那笑极谦恭、极亲切:"九块。"答完又急忙接着介绍,"这灯笼裤最宜于杂技演员、武术运动员和业余武术爱好者演出、比赛、练功时穿用,美观、大方、轻柔且不妨碍腿部的任何运动,本品采用黑色优质府绸,并用彩线绣有兵家符号,穿上它会使你英姿勃发、豪气顿生。怎么样,来一条?""贵了吧?""贵了?哈哈,明给你说,昨天每条卖十一块,不信,你去问问别的摊子,然后再决定买不买,如何?"

那小伙子果然转身向那边苇儿嫂的摊子走去。

尚智笑了,笑得胸有成竹。灯笼裤压价两块,是他今天预定的计划。他那高中生的脑子当然明白,薄利多销比价高滞销要好。他早已看到,武家祠堂门前这个销售兵家徽记服装、兵家纪念品和各种兵器玩具的小市场,大有可为!这里不仅是四乡六十多个村庄的商贸中心,而且是南下襄州北上宛城的必经之地,宛襄公路就从祠堂门前过,每天往来的旅客极多,再加上武家祠堂是武人们的景仰之地,不仅四乡常有从军尚武的人来参观,连宛城、襄州的青年人甚至外国人也常坐车来游览,祠堂门前,每天都停十几辆游览车。尚智高考结束知道自己不可能考上的第三天就来这里摆摊,正是因为他看到了这点,他要在此处干一番事业!不过半年多时间,他就已经办起了缝纫社,他还要大干,一个宏伟诱人的远景已在他的心里出现:他要在武家镇上建立一个生产和销售兵家徽记服装、兵家纪念品和兵器玩具的中心,并且要让自己的产品打入宛城、襄州的市场,然后到更远的地方去打开地盘。他甚至已想到,不久的将来,他要去东南亚国家签订出口合同,去时当然是坐飞机,别的机种不坐,只坐波音747,那种飞机既豪华又安全。他坚信在不长的日子之后,他的名字定会在《中国青年报》的头版出现,可能是消息也可能是通讯,要是通讯的话题目最好叫"武门之后,商界之王"。他相信他那些坐在大学里读书的高中同学,读了报纸之后也会对他生出一点忌妒,而不光只是由他对他们生出羡慕!

"不错,你的灯笼裤是比较便宜。"那小伙子此时走回来,递上九块钱,拿走一条。"欢迎再来!"尚智满意地目送着顾客走远,当他把目光收回的时候,中途却又让它们拐向了苇儿嫂,她坐在自己的小摊子后面,边绣着东西边等着顾客。他定定地望了望她,她的眼皮儿有些肿,是的,有些肿,不像是因为没休息好而肿的,嫂子,你一定又哭了,你还有孩子,孩子还有奶奶,你该保重自己的身子。我压了灯笼裤和红兜肚的价可能会影响你的生意,不过你不要怕,你以后可以到我的缝纫社里去,我给你工资,而且,假若你同意,我可以帮你照顾孩子。

他猛地摇了一下头,不让自己想下去。

他的脸突然间红了。

"朋友们,同志们,这里保存的是武家镇自宋代以来出的卫国义士们的塑像……"一个听上去颇舒服的银铃般的声音从祠堂大院里飘来。尚智知道,这是解说员在向游客们讲解大堂里的那些塑像。

大堂里的塑像尚智看过多次。正中间塑的是岳飞的像,岳飞身着战袍、手按剑柄站在那里,一脸庄严,一身威仪。塑像两边写着字,一边是:靖康耻,犹未雪;另一边是:臣子恨,何时灭。紧挨岳飞的右边,是明朝的戍边小将靳青河的塑像,青河是武家镇人,明初从军,后率兵西征,战死在西域。青河持戈雄立,一看就知是一员骁将。塑像两边也有对联一副,一边是:拍马挥戈戍西界;另一边是:虏骑闻之胆魄慑。紧挨岳飞的左边,是清朝的戍边壮士陈横的塑像,陈横生在武家镇,后随父南行做生意时从军,在广州虎门关天培部下当一名炮手,当英军进攻虎门炮台时,他手抱肠子开完最后一炮。塑像两边写着:国人之子,武家之后。接下来,是武家镇抗日游击队长冯一海和十一个队员的塑像,还有抗美援朝时武家镇出去的七名志愿军的塑像。最后一名塑像就是苇儿嫂的男人——抱枪而立的定坤哥,定坤哥一九七九年当兵,年初战死在南疆。他的塑像两边写着:祖辈血染战袍,后代捐躯边疆。

"尚智,你这生意是越做越大了。"一个沙哑的声音撞进耳朵,与此同时,腰上被人用棍戳了一下,有些疼。正在卖货的尚智愠怒地扭头一看,是朝顺爷。朝顺爷是这镇上辈分最高的老人,且又诸样武功都懂,是全镇的权威,尚智只得收起脸上的怒意,朝对方不自然地笑笑。在朝顺爷的身后,站着七爷和新富爷。又是这几个老头!尚智在心里闷闷地叫。每天都是这样,这几个老头搭帮结伙,各拄一根拐杖,在这武家祠堂门前来回转悠,也不知道转悠什么,东西又不买,老在人家的摊子前问这说那,嗨!烦!

"听说你卖的东西压过了你四婶、郭灶叔他们,行,小子,好好干!"朝顺爷却没理会尚智的心境,依旧絮絮地说,"可是你要记住,"朝顺爷的拐杖又在他的腰里戳了一下,"对面你苇儿嫂你可要记着照顾!"

这还用你说?!尚智在心里叫了一句。他不满意朝顺爷总用拐杖戳自己的腰,他觉着这种不尊重人的行为让顾客看见,会减轻他在他们心中的分量。卖主在顾客心中的分量颇为紧要,它能对顾客的购买计划起微妙的影响。也就因此,尚智连自己的服饰打扮都极注意：西装，后拢头，且抹了一点"丽都"牌发油。"只要我的生意做大了，谁都可以照顾！"他扭头说完这句，就急忙去招呼顾客，不再搭理对方，他听见老人的拐杖在向远处响。

摊子前的几批顾客打发走之后，尚智的目光得了空闲，就又不自主地投向苇儿嫂那边。苇儿嫂正含笑对着摊子前的一个顾客说着什么。尚智觉得，苇儿嫂笑起来特别好看，就是眉梢那么一扬，嘴角轻轻一牵，腮边的两个窝儿一闪，让人看了心里像刮过一阵极柔的风，真舒坦。有人说，凡吸引人的女子都有一个特点：恬静。苇儿嫂的笑里大约就带了这种成分。尚智还在上中学时就爱看苇儿嫂笑，那时她还没有和定坤哥结婚，尚智叫她苇儿姐，她比尚智高三个年级，是学校的学生会主席，有时开学生大会时，她就上台讲话，讲话前总是那么微微一笑，笑得好多正在说话的男生就闭了嘴。后来她毕业了，还在上学的他见她的机会就少了，忽然有一天，听说她和当兵的定坤哥订了婚。又隔了一段时间，就听说她要和定坤哥结婚了，他们结婚闹新房的那晚，尚智去了，去的路上，他心里不知怎么地竟生出一缕不舒服，他自己也不明白为什么不舒服。但到了新房里，看到她站在魁梧的一身戎装的定坤哥身边甜笑时，他也就笑了，那缕不舒服不知不觉间便也飘走了。怎么也不会想到，定坤哥竟会又离开了她。

苇儿嫂含笑接待的那个顾客向这边走来，尚智看见，那人没买苇儿嫂的东西，苇儿嫂脸上的笑容在慢慢消去。尚智的心里突然有些难受，也许，我不该压价的。可不压价，缝纫社里已做了那么多的产品，价格偏离价值太多就会滞销。是不是今后可以不再做绣花红兜肚和灯笼裤？但这两样货物又明明有销路！苇儿嫂，你别着急，你晚点可以去我的缝纫社里……

"杀——!"蓦地,一阵喊声骤然划过树梢,惊得身边树上的几只雀儿呼一下飞起,在空中撒下一串受了惊吓的啁啾。尚智没有扭头,他知道,这是二堂里的"武士"们又在表演武术。

二堂原先叫习武堂,镇上的儿童和青年,过去常在此堂里由老人们教授武艺。后来武家祠堂变成游览点后,镇上就挑了二十四个会武艺和当过兵的精壮青年,在此堂里轮流向游人们作武术表演。既表演古代的单人拳术,也表演现代的单兵战术;既表演古代的双人徒手斗拳,也表演现代的双人手枪对射,当然打的是橡皮弹;既表演古时的三人一线向敌冲锋,也表演现时的三人交替跃进接敌;既表演古代的四人刀剑对劈与对刺,也表演今天的四人捕俘与拒捕。此外,还有古代的梅花阵阵法展示和"伍"进攻动作表演,这是游人们情绪最高的地方,好多宛城里的年轻人来此游览,其实就专为看这个项目。

"来一条灯笼裤!"又一个顾客在摊子前叫。尚智亲切地应声,热情地介绍,麻利地收钱、送货。

日头终于爬上天顶,懒懒地站那里向下看,看得尚智有些冒汗。卖豆腐的景宽还在那边喊:"日头当顶称豆腐,是男是女都会富,来哟——"

一个上午,仅灯笼裤就卖出三十一条,按每条二元二的盈利,还真可以!尚智高兴地一拍腿,但当他抬头看见苇儿嫂时,刚才的那欢喜又慢慢消去。她的摊子前依旧十分冷清,她一个上午好像还没卖出一件。他知道她不能像他一样降价,她那些货物大部分都是靠手工做,几天做一件,价格再一低,就赚不了钱了。他看见有一层沮丧罩上了她的脸,是的,是沮丧,他的心一动,有一刹那,他几乎就要做出再把价钱提起来的决定,但是一想到他心中的那个远景,那决心就又碎了。

梆!屁股上突然被人用棍子敲了一下,敲得很重,很疼,还有些响声,他恼火地转过身子,他虽然看清是朝顺爷,也还是很不高兴地叫:"干什么?"

"干什么?"朝顺爷的脸色也有些难看,"你还叫不叫别人干了?"说着,用拐杖朝苇儿嫂那边指了一下。

"你少管吧,这是做生意!"尚智话音极干脆。他知道对方话中的意思,倘若对方刚才不用拐杖当着顾客的面敲他一下,他不会用这种口气回答,他可能会做个说明。但是现在,他心里有气,他要维护自己的尊严,何况有几个顾客正在朝他看了。

他感觉到朝顺爷在他的后边站了很长时间,但他故意不再回头,直到听见他的脚步声走远之后,他才扭头看了一眼,他注意到老人的脖子梗得很直。

一缕掺在风中的香味在弥漫,尚智深吸了一口,辨出这是祠堂院里三堂门前那尊香炉里插的棒香的味道。每天清早,祠堂里的管理人员都要在那尊香炉里插上棒香,为的是让进三门的游客们知道兵家读兵书的规矩:焚香而读。三堂里放的全是兵书,是武家镇人数代从各处搜集来的,历朝历代、各种版本的兵书和记载有兵家之事的书籍《孙子兵法》《孙膑兵法》《左传》《广名将传》《三十六计》《三国志》《汉晋春秋》《资治通鉴》《三韬》等,兵书一律置放在条案上,一案一本,进了三堂的人都可以坐下静静读书。过去,武家镇的年轻人,就是常在这间房里听老辈人讲兵说阵的,尚智小时候也进去听过,听不懂,就跑出来到二堂摸一把刀,在门口抡。

日头斜过头顶不久,几缕云就扑上去,缠了它,于是,人们便感到了一股挺舒服的凉意。但尚智却依旧满头大汗,一批又一批的顾客拥到他的摊前,看货、问价、交钱,以致妹妹送来的那一大碗面条,都已经放得无一丝热气。每天的这个时候,游客们都要在祠堂前边吃饭歇息边买些中意的东西。

当尚智终于得了空端起面条碗时,瞥见苇儿嫂的摊子前依旧十分冷清,而且,他分明地看见,苇儿嫂在用手背抹眼,尚智的心一紧,上唇上的那片茸毛开始轻微地抖动:嫂子,你总不是因为货卖不出去在伤心吧?他觉着刚才折磨他的那股饥饿感在慢慢消失,胃里像是一下子塞满了东西。你不该压价!可我的缝纫社里已做了那么多东西?你少赚点钱有什么了不起?!那么那个远景怎么办?兵家徽记服装、兵家纪念品和兵器玩具生产贸易中心还办不办?办不办?办不办?

两三根柔长的面条滑出尚智手中的碗沿,在随风晃动,晃呀,晃呀,终于无声地断掉,坠了下去。

嗵!突然地,尚智觉着腰上又被人敲了一下,一阵疼痛迅速传到了中枢神经,正凝神站那里的尚智手一晃,面条碗险些落地。他猛地扭过脸来,恼怒至极地看着朝顺爷,竭力抑制着怒气问:"又怎么了?"

"提上去!"朝顺爷的口气是命令式的,而且他身后的七爷和新富爷花白的眉毛也都在拧着。

"提什么?"恼怒中的尚智一怔。

"你那些东西还卖昨天的价!"朝顺爷一字一顿地说。

尚智身子一个激灵,明白了。但随之就有一股更大的怒气涌上心头:你们竟这样放肆地来干涉我的生意,我偏不!"请不要干涉我做生意!"他冷冷地扔下一句,就把脖子拧过去。

"你不要仗着你有绣花机!"朝顺爷的声音嘎哑、粗重,且夹了几分怒气。

"有了你能怎么着?"尚智放下碗,把手叉在腰上,咖啡色的西装衣襟被风撩起,一扇一扇。

他看到朝顺爷那瘦骨嶙峋的肋部大幅度地起伏,许久没有发出声音。

他扭过了脸,再不向朝顺爷和那几个老人看,他只听到几支拐杖捣地的声音在向四周飘散。

他舒一口气,极痛快地!

呜——!一声响,音调洪亮、悠长。尚智知道,这是有游客在吹那个牛角号。在三堂的后边,有一个高高的哨台,哨台上就有这把据说是明朝军中用物的牛角号。这号角解放前一直是全镇上集合的信号。过去,哨台上整日有人值班,一旦有战事,号角一响,全镇的人有刀拿刀,有戈持戈,一律到祠堂大院里集合,听从族长的指挥和调遣。据说,民国三十二年年初,一队日军由宛城过来,想在武家镇显一显东洋武威,就是这号角把武家镇所有能上阵的人全都集合起来,由当时的族长指挥,采用七点桑叶阵法进行伏击,使我拎刀挥戈的镇上人突然出现在鬼子面前,让他们的三八大盖失去威力,不得不和我拼刺刀,而他们的刀法还是从我们这儿传去的,因此,拼到最后,一个个便全被镇上人剁了。

日头又偏下去许多,射来的光线已显不出热,景宽的叫法也已经变了:"日头偏西称豆腐,子也富来孙也富,来哟——"

开回宛城的第一批旅游车虽已经启动,但广场上的游客依旧不少,尚智的摊子前仍然围满了人,他慢慢又变得亢奋起来,把刚才的那阵不快完全丢开,一心投进了生意中。

就在他含笑抬头给顾客递货的当儿,他突然瞥见,苇儿嫂已推起她的小货车向家走了。这么早就收摊?是不是生我的气了？有一刹那，他真想停下售货奔过去，向苇儿嫂做番解释，把他心中的那个远景说给她，把自己要干的那番事业告诉她，她也许会原谅，也许会笑笑。但他到底还是抑制住了自己，苇儿嫂是这镇上最漂亮的女人，又正在守寡，自己主动跑上去同她说话，说不定会让人生出什么猜疑，罢。

他望着苇儿嫂慢慢推车走远，他看见朝顺爷和那几个老人拦住她在同她说着话，他很想听听他们说些什么，但离得已经太远了。

直到最后一批游客离开他的摊子登上旅游车之后，尚智才伸了伸腰，舒了一下臂。该收摊子了，日头将要坠地，镇上人家做晚饭的烟缕已经升起，归宿的鸟儿已开始向祠堂院里的树上飞。

他推着售货车缓缓往回走，尽管他年轻，浑身都是力，但站了一天，终也有些累，车推到家他刚接过妹妹递来的水杯，却忽听当当当当从祠堂院里传出一阵急促闷重的钟声。

鸡、鸭、鹅、狗同时被惊得叫了起来，黄昏时分的镇子被这钟声搅动。

尚智一怔。

挂在祠堂院里老榆树上的那口大铁钟，这几年难得一响。早先，那钟是专为召集族人开会议事用的，如今，只在每年的阴历三月十八响一次，召集镇上人去祠里祭祀。三月十八这天，只要钟声一响，镇上人凡在家的，都要到祠中来，男女老少在大堂门口站定，向着满堂的塑像，在镇上最老的老人指挥下，一齐三鞠躬，躬鞠罢，便解散，有带棒香的，就插在临时设在大堂左侧的香炉里，有带纸钱的，就在大堂门外右侧的盆子里焚烧，有带供香馍和酒菜的，就在门前预先备下的长条案上摆开。

眼下三月十八早已过去,敲钟干什么?

尚智正在诧异,就听门外传来镇上武功最好的旺才叔的声音:"尚智,喊上你爹,咱们一起走吧。"

"上哪里?"尚智有些意外。平时他和旺才叔很少打交道。

"祠堂。"对方的话极干脆。

"噢,听到钟声我们也正说去哩。"尚智爹这时就急忙走出来。尚智随在爹的身后,不甚情愿地走,在镇上,钟声是令,不去不成。他以为旺才叔是从他家门外过时顺便喊他们一句。

当尚智父子和旺才叔走进祠堂大院的时候,只见大院里已黑压压站满了人。尚智原想就站在人群后面听听,不料旺才叔喊了一声:闪一下。众人回头一看,立时闪开一道缝,让他们径直走到了大堂门前的石阶旁。尚智正暗自诧异大家何以自动为他们闪路,却已听站在石阶上的朝顺爷威严地咳了一下,低沉地说:"来,我们一起向镇上的义士们鞠躬!"说罢,先转身向大堂里的塑像鞠了一躬,于是众人也都弯腰,尚智顿时感到,一种肃穆庄严的气氛在暮色中漫开。

"今天惊动大家来,是想说一件事。大伙都晓得,照顾镇上为国战死的义士们的家人,是我们祖辈子就传下来的规矩,可是到了今日,这规矩竟然被人坏了!"朝顺爷说到这里,尚智身子一震,突然意识到了什么。

"你们都知道,"朝顺爷的声音又低沉地响了,"苇儿的男人定坤,是为国战死的,她在祠堂前做个小生意维持家用,可镇上的尚智,身为男子汉,竟不听劝阻,执意压价捣乱,使她的生意做不成,大伙说这事该咋办?"

尚智震惊地瞪大了眼。他此刻才完全明白,今天的敲钟是为了什么,才明白了旺才叔何以去喊自己。在一瞬间的震惊过去之后,他觉到了一股强烈的气愤在胸中聚:我做生意,愿怎么做就怎么做,用得着你们管?!他刚要开口抗议,人群中已响起了声音:"按老章法办!"

"对,按老章法办!"更多的人在附和。

尚智看见爹先是吃惊地朝自己看,又慢慢在目光中掺了恨和悔。

"我做生意压自己东西的价有什么错?"尚智怒极地叫一句。

"不,不能怨尚智。"人群中突然传出苇儿嫂的带了呜咽的声音。她边说边往前挤,但朝顺爷手一挥,两个妇女拉住了她。

"跪下!"他听到自己的爹喝了一声,但他没有理睬,他又转身向人群喊了一句:"我没有错!"可他没有从人们的眼里看到一丝同情,却只看到了一种冷极了的轻蔑,这轻蔑立时变成一种威压,使尚智心里感到了一种真正的害怕。扑通!他看到自己的爹爹面朝那一列塑像蓦然跪下,抖抖地说:"各位义士,定坤侄子,我尚某无德,养出不义之子,赔礼了,赔礼了!"老人说罢,啪,啪,抬手连打了自己两个耳光。

"不,不,我不怪尚智,不怪尚智家大伯,定坤也不会怪,不会怪……"苇儿嫂边哭边说。

尚智呆了似的看着他从未料到的一幕,一股巨大的委屈把泪水带出了眼眶。泪眼迷蒙中,他看到爹爹转向自己哑声说:"还不给我跪下!"

声音中带了哀求,浸着泪,尚智猛地闭了眼,让双膝弯下去,弯下去……

每天,当苇儿嫂摆好自己的摊子之后,总要向尚智当初摆摊子的地方望望,然而,那地方一直空着。

听人说,尚智进了宛城,在那儿的建筑队里给人家当临时工。

苇儿嫂常常定定地望着那空了的地方。

后来,已经决定不做生意的四婶和郭灶叔他们,又都把摊子摆了出来。

朝顺爷和镇上的人们,每当看到苇儿嫂在那里安安静静地摆摊子时,就十分满意地笑笑。

祠堂依旧巍峨地立着,而且游客,也日渐多了……

小诊所

　　街对面五爷家的那盆火又已点着。先冒了一阵子烟,跟着便有小小的火苗出来,接下去,就弥漫成了红红的一团,于是,五爷那瘦骨嶙峋的手,就又伸到了那火上烤。

　　诊所里这会儿没了病人,岑子得了空闲,便坐在诊桌前,隔了窗看五爷家,看那盆每日都要点着的火。

　　杏儿进城了,她哥在后边的药库里算账,两间诊所只有一个静坐在那儿的他。冷风爬过街筒的声音听得很清。一头猪哼哼着从斜对门青叶嫂家走出,在空荡的街上闲闲地踱步。从不远处的泉记茶馆里,清楚地飘过来一个说书男人的声音:"……王老七,卖了米,下了狠心买头驴,那驴牵到半道里……"

　　他的眼定定盯着那盆火,目光渐渐就有些直。

　　……看见了吗,那团火?

看见了。

是敌人存燃料的地方,被我们炮兵敲着了。

噢。

金排长的遗体,可能就在那团火左侧的高地上,你们的任务是把他找回来!

明白!

"岑子哥!"一声甜甜的喊叫猛地在门外响起,他身子一颤,扭过脸,看到围了围巾的杏儿背了一纸箱药站在门外,等着他去接。他于是慌慌地站起,慌慌地出门,又慌慌地从杏儿背上接下药箱:"这么沉!下车时咋不回来喊我去背?""俺背得动。"杏儿的脸被风吹得好红,"是些抗生素和葡萄糖水。"

"回来了?"杏儿她哥那亲切的声音,在诊所通药库的门口响起,"给药材公司孙经理的那几瓶酒送去了吧?"

"送去了。"杏儿把看着岑子的眼睛慌慌地移开。

"哦,那就……"

"快呀,岑子,给我包包手,刚才劈柴时弄破了!"西街的秃子高喊着跑进门,把一个带血的大拇指伸到了岑子面前。岑子看一眼,便麻利地拿过盛小手术器械的铝盘。

诊所里又静了下来,在轻微的刀剪响声中,那边茶馆的说书声又飘了进来:"……王老七心里可真急,扬了鞭子去打驴,可那驱,咴哟咴哟叫几声,依旧站着不动蹄……"

天色一点一点地暗下来,风声听去像是又有些加大,对面五爷家的那盆火还在红着。瘫了的五爷,他女婿拉来的那两车木柴,大约够他烤一冬天的火。

"吃饭,岑子哥。"杏儿柔柔地叫。他刚在小饭桌前坐下,杏儿便把一碗浮着香油花儿的芝麻叶面条递到了他的手上。

529

他喝了一口,一股热立时就流进了肚。他看了一眼围桌而坐的杏儿和她哥嫂,一种温暖的家庭气氛便又像往日那样弄得他有些醉,于是,双眼角处,分明地又浮出了一缕感激。

这感激早就存在岑子的心里。那日他背包提箱回到这分别四年的小镇,在两间空荡的老屋前停住脚步,立时就觉到一股凉气在心里旋,凉得他很想立刻就抱住胳膊圪蹴下去。也就在那个时候,杏儿她哥走过来拍了拍他的肩:"岑子,一个人太孤单,去我的诊所吧,你不是在部队上当过卫生员?"

他于是就来了,于是就尝到了这种家庭的温暖,于是就知道了这种甜甜的醉的滋味。尽管他对杏儿她哥在诊所前挂的那个木牌,对木牌上写的那些字,"能使战伤伤员死而复生的战地卫生员岑子,应聘来我所担任医师,欢迎前来就诊"感到有点难受,但他还是在心里贮满了感激。

哐啷一声,诊所的门被撞开,一阵娃儿的哭声伴着一个焦急的声音猛地响进来:"岑子,小三烫着了。日他妈,饭刚刚摆上桌,他就上去抓⋯⋯"岑子放下饭碗,奔过去,查看、找药、涂药、包扎。娃儿的哭声渐渐减弱。"麻烦了,岑子,多少钱?""三块八!"杏儿她哥突然在岑子的身后说。岑子的身体极轻地一抖,把到了喉咙的"七毛"两字又咽了回去。娃儿的哭声远了,室内又恢复了静寂。"记住,这种时候可以多要钱,他们心疼儿子,不心疼钱,他们愿意掏!"杏儿她哥向岑子倾过魁梧的身子,脸上带着亲切。岑子的身体又轻轻一哆嗦。

⋯⋯谁的电报?

金排长的。

电报上说些什么?

大喜妻今晨生一男重八斤。

弟兄们⋯⋯咱们凑点钱,以排长的名义给嫂子寄回去,让她补补身子。

俺这有七块。

十二块……

"岑子哥,快吃吧,面条都快煮烂了。"杏儿把满满一碗面条又递到了他的手上,他的手抖了一下才接住。

他慢慢地嚼着面条,目光渐渐地停在墙角,外边的风似乎在变大,风声中,隐约地传来几声狗叫……

五爷的那盆火又已点着,红红的火苗上头,照例平伸着五爷那双瘦骨嶙峋的手。

岑子把目光收回,移向了面前病人的身体,仔细地摸着病人的肝区:"没大事儿,你别担心,胆囊炎影响到肝的病例并不很多,你注意少吃点油腻的……"

"哎,岑子在忙哪,杏儿她哥在吧?"街北头桑家诊所的桑大夫进了屋,极谦恭地招呼。

"嗬,是老桑,稀客!快坐!"杏儿她哥从药房里出来,脸上带了笑,魁梧的身子弯下,恭敬地把一把木椅递过去。"不坐了,找你有件急事相求。我那里进的抗生素注射药全没了,前几天就让大孩子去城里药材公司买,结果到这会儿还没买回来,今儿一开门,就有几个需要打针的病人进来,我急得没法,只好跑你这儿借了。"已给病人开完处方的岑子闻言转过身,刚要插嘴说出"当然可以"几个字,却不料杏儿她哥已极快地开了口,"嗨呀,巧了,抗生素注射药我也就只剩一点点了,今头晌怕都不够用,也就说让杏儿去外边买哪!"岑子的双眸吃惊地跳了一下:昨天,杏儿不是刚从城里背回来那么多注射药吗?"噢,那就算了。打搅了,打搅了。"桑大夫客气地退出诊所。岑子目送着他的背影,身子久久地不动。"记住,岑子,这种时候正是我们吸引病人的时机。"杏儿她哥声极低地说。岑子无言地摆弄着手中的听诊器,依旧把散漫的目光投向窗外的街,一个卖糖人的老汉挑担从街上颤颤走过,四五个孩子脸带馋色紧紧跟在后边,他的眼缓缓跟着那些小孩,但目光却慢慢失了焦点。

……金排长,我可能回不去了,敌人的炮火太猛,你们别来救了!别来了……

排长,你们怎么来了?你看,你看,敌人的炮多猛!大刘他们两个哪?在后边?

被子母弹炸了。

啊?!我说过不让来,不让来!可你们偏来!你是排长,你用两条命换一条命,你算的什么账?妈的,算的什么账?!……

弟兄们说,你家里只剩两个小妹……

我不回去!不回去!大刘——

"岑子哥,"一声轻柔的招呼响在耳畔,他缓缓转过脸,看到杏儿那亮亮的眼,"四嫂子说她心口窝有些疼,吃下的饭总搁在那里,我给了她点酵母片和颠茄片,行吧?""行,我晚点儿再去看看。"他轻轻地点点头,把目光又移向了窗外。

近处摆货摊的老青叔,又在大声推销他那霉了的烟:"白河桥香烟,减价一半啦——"老青叔的喊声一停,从泉记茶馆里,便又飘过来了说书人的声音:"……赵凤兰怎受这个气,掀翻桌,踢倒椅,抢起剑,杀出去……"

落雪了。雪粒子掉在街面上,轻轻弹一下,便与先来的挤在一处,使路面渐渐地有些白了。斜对门的青叶嫂,在慌慌地向屋里抱柴;摆摊的老青叔,在很响地叫他的儿子:"三更——日你娘,还不快来帮我收摊?"只有对门的五爷,依旧不慌不忙地把手伸到那火盆上烤。

岑子看一眼窗外的天,就又去读手上的那本《医学基础》,但他这会儿却总也看不下去,他觉得心里有些沉,压得他什么也不想干,只想就这么静静地坐这里。

"岑子,穿上试试。"杏儿她哥从门外进来,把一个挺大的塑料袋放到他的面前。岑子闻声扭过脸,才发现是一套咖啡色的中山装。"这……?"他觉到了意外。

"托去南阳城进货的老韩给你捎的。杏儿,你来,帮你岑子哥把衣服穿上试试。"

"唉。"在药库碾药的杏儿闻唤急急地跑出来,欢喜地看一眼那衣服,又慌慌地去厨房里洗手,这才又跑回来去塑料袋里掏衣服,"来,岑子哥,试试。"他还没有来得及站起,杏儿已把衣服抻开,把一只袖子套上了他的胳膊。他于是只好站起,配合着杏儿的动作。"上身长短正好。"杏儿一只手从背后提着新衣领,一只手扯着后衣襟,他的脖子立刻感受到她那小手的绵软,"领口不紧也不松,怪合适。"她又转到了他的前面,一缕淡淡的甘草香气顿时沁入了他的肺里,他禁不住瞥了一眼杏儿那离得很近的红润的唇,却又慌慌地把目光移开。他觉得心里那团沉沉的东西在变轻。

"岑子,好好干,"杏儿她哥方方的脸上溢满了笑,"咱们晚点再买几间房,添点东西,设几张病床,也办他个家庭医院。到时你是主治大夫,靠你支撑这个门面,赚的钱我只要一半,剩下是你和杏儿的……"

岑子默默地站在那里听,恍然间记起几天前的那个下午,西街的秃子拉住他极羡慕地说:"娘的,岑子,当了几年兵回来,福气大呀!叫杏儿她哥看中啦,又是二老板又是妹夫,杏儿那姑娘,摸一下都能把人美死,可是归你了……"

他又一次感到心中那团沉沉的东西在消融。

屋外的雪仍在下,几个行人缩了颈,在街路上踩出几道黑黑的印……

街上的雪被扫成了堆。青叶嫂的二小子捏着鸡鸡跑出来,把尿往街边的雪上浇。

五爷一边把手伸在火盆上烤,一边咧开没牙的嘴向二小子笑。

岑子看一眼五爷的笑,便开始去缝一个男子胳膊上的刀口。几个背箩筐拎兜的老头、妇女,此时走进诊所,响响地问:"收药的在什么地方?"岑子立时明白,这是看了诊所那张收买中药材的告示后来的卖药人。三四天前,雪刚停,杏儿她哥拿一张红纸递给他:"咱所里的半夏、芦根、牵牛豆和鳖甲四种药快没了,写个收药的告示贴出去,乡下人手中有这东西。"他于是就写一张告示贴出去,果然,今天就来了这几个卖药的。

给岑子当助手的杏儿,让那几个卖药人在候诊椅上坐了,便转身喊正在里间给病人号脉的哥。

杏儿她哥笑笑地踱出来,笑笑地与卖药人打招呼,笑笑地查看他们拿来的药,跟着就又笑笑地说:"哎呀,实在对不起,你们来晚了。我们告示贴出的第二天,就已经买够了,小诊所,一次不敢买得太多。你们是不是去北街的桑家诊所里问问,看他们买不买。"

几个正在擦汗的卖药人,胳膊立时就停下来,怔怔地叫:"我的天!"岑子和杏儿也一愣:告示贴出后今天是第一次来人卖药,怎么会已经收够了?几个卖药人一脸沮丧地出门,杏儿她哥却又在身后响响地交代:"他们诊所要是实在不买,你们就回来,我也不忍心让你们白跑一趟!""咋了,咱们不要?"杏儿的那对星眸里全是疑惑。"当然要!"杏儿她哥脸上浮着暖人的笑,"我知道桑家诊所这几味药不缺,肯定不会收那些药,他们马上就又会回来,只要他们拐回来,咱们就可以杀他的价!"

正在收拾手术剪的岑子,此刻手突然地一抖,剪子尖便在他的小拇指上无声地划一个口。

一缕血丝渗出来。他呆呆地盯着那小伤口。

片刻之后,几个卖药人果然就又转了回来,杏儿她哥立时含了笑上前,含了笑问:"怎么回来了?"

……你为什么要命令我回来?为什么?连长!那地方只剩下我和金排长,敌人又打得那么紧,我一回来,金排长不只剩下了一个死?!

金排长怎么给你说的?

说你在报话机里给他下命令:要我一定回来!

我已经有三个小时没同他联络上,金排长的报话机早就坏了!

坏了?!

"岑子,你看,这些药!"杏儿她哥声音温和地在他身旁说,"成色多好!可价钱比平日低三四成。"

他费力地"嗯"了一声,又觉到一团沉沉的东西在心里坠着。

杏儿把药拿进药房了,诊所里又恢复了寂静。那边的茶馆里,说书声又清楚地传过来:"……世上事,难说清,为什么麻面女能嫁个张俊明?为什么漂亮小姐梦落空?为什么想要的偏偏要不成?为什么想扔的偏偏不能扔?……"

五爷的那盆火还在红着。

岑子双手机械地揉着棉球,眼怔怔地看着那火。

"岑子,别忙了,洗洗手,来陪几个大叔、大哥喝几盅酒。"杏儿她哥在厨房里亲切地喊。

"岑子哥,来,帮我把桌摆摆。"杏儿甜甜地叫。

他应了一声,抬手拉灭了诊所里的灯,于是,夜空里的星,便从玻璃窗上显出来,一颗一颗地在那里闪。五爷屋里的那盆火,顿时就也变得愈加地红。

"坐吧,坐吧,随便坐。岑子,来,坐这里。杏儿,倒酒!"杏儿她哥含了笑喊,"来,来,咱喝了三盅酒再说话!宝山叔,喝呀,这是杜康酒,不拿头,盅又不大。叨,叨菜,菜不大好,杏儿和她嫂都不大会做,好在都是自己人,多包涵。吃,吃呀,二康哥,这牛肉还烂吧?"三盅酒下肚,杏儿她哥方方的脸就开始红,"今儿请几位来坐坐,一来是因为天冷,在一块聚聚热火热火;二来哩,是有件小事想请众位帮个忙。你们也看见了,这诊所自打岑子来了后,来看病的人越来越多,可眼下这几间屋确是窄巴,我想把西邻景山家那两间屋买过来,把诊所扩扩,可景山有点不愿,他把价钱一下子提得好高。众位都是咱这半条街场面上的人,想请你们去替我找景山说说。一个是再活活他卖房的心,一个是压下他提的价。这事要是办成了,诊所自然会更红火一点,诊所红火了,也绝不会让众位吃着亏!日后我和岑子、杏儿和她嫂子的心里,会记住你们!来,来,岑子,咱俩一块给众位敬酒!从宝山叔开始!"

岑子缓缓地站起身,木木地端着杯。

……金排长,你喝一杯!

咱们部队要撤回去了,今儿个全排弟兄来你墓前给你敬杯酒!你平日不是总说想喝"怀乡"酒吗?这酒就是!你喝吧!咱排还剩十四个人,一人敬你一杯,喝吧!

喝吧,排长。你就安心在这里,家里的事别操心,有俺这十四个弟兄在,绝不会叫嫂子和侄儿受苦,俺们商量好了,一人管一年,先从一班副开始……

"敬呀,岑子,先给宝山叔敬!"杏儿她哥响响地喊。岑子于是就伸过杯去,"当"地碰一声。酒顺着食道缓缓地爬,他突然觉着心里那团沉沉的东西在向上翻,不好,要吐!他放下杯,踉踉跄跄地向屋外跑,哇——

"嘀嘀,这岑子,几杯酒下肚就不行了。杏儿,快扶你岑子哥去床上躺躺。"

他觉着杏儿那柔软的小手在抚着他的额,就缓缓地把眼睁开。"岑子哥,好些了吗?"杏儿俯下身柔柔地问,一根黑发跟着从她的鬓边垂下来,轻轻地搔着他的脸,他的鼻孔便又闻到她身上那淡淡的甘草香气。"给我点水。"他说。杏儿闻言慌慌地去端一杯水,又小心地扶起他,在杏儿俯身喂他喝水时,他注意到了她胸前凸起的那两个地方在颤颤地动。他顿时又感到了另一种晕。

"杏儿,我……"他的声音十分低微,他想把窝在肚里的那句话说出嘴:我要走了,回那两间老屋去。然而,话出口时却是:"我……想睡……"

"睡吧,岑子哥。"她柔柔地说,慢慢地放倒他的身子,轻轻地给他盖被。

他缓缓地阖上眼睛,觉到了眼角处有一滴水。

远处的街上,是谁学了说书艺人的声音在叫:"……王老七,卖了米,下了狠心买头驴……"

沉,这头好沉。"救火呀——"依稀地,像有一个喊声从耳边滑过,门似乎是哐啷响了一下,但他到底又沉入了那不安静的睡乡里。直到杏儿一声带了哭音的喊叫"岑子哥——"在耳畔响起,才使他那沉沉的头震动了一下,睁开了涩涩的眼睛。

灯光下,满身是水的杏儿站在他的床头,脸煞白:"快,哥受伤了,五爷家失火,他去救,从房脊上掉了下去!"

"啊?!"他一骨碌爬起,鞋也没穿就向外间跑。治疗台上,躺着浑身是血和水的杏儿哥,旁边站着杏儿嫂和两个泥水一身的邻人。对门五爷的房子前坡,已被烧得露了天,火已经扑灭,几个人在从屋里往外抱东西,东西上都沾着水。

"岑子呀,你快救救杏儿她哥,救救他!"瘫五爷被一个人搀着走进来,呜咽着说,"多亏了他呀,要不是他扑到火里抱我,我都已经被烧死了,烧死了!……"

左脸颊烧伤,左臂剖破,左脚脖断裂性骨折。疼痛已使杏儿哥沉入了昏迷。岑子急急地清创、涂药、包扎、固定。他边打着夹板边问:"杏儿,为啥早不喊我?"

"俺听到救火的喊声时,哥已经跑出去,我以为你也随哥出去了。"杏儿的声音在颤、在抖,身子在哆嗦,"哥能好吗?能……"

"多亏了他呀,他呀!"五爷打断了杏儿的话,"要不,我的老命是没了,没了……"说着,浊浊的泪,就顺了那瘦极了的颊滚着、落着……

天,一点一点地亮了。

去柳镇请接骨名手的人已经骑车上路,这会儿就剩耐心地等待了。岑子就那么一动不动站在治疗台边,两眼定定地望着昏睡中的杏儿她哥,目光分明有些迷离。

输液瓶里的液体,在不紧不慢地滴。

一辆牛车吱吱地从街上滚过,鞭梢儿在空中响得挺脆。那边的茶馆里,又挺清地飘过一阵说书声:"……人间事本来就是谜,为什么汉武帝死时要吃梨?为什么南都王平日怕铺席？为什么杨玉娇的嫁妆不涂漆？……"

暂搬到斜对门青叶嫂家住的五爷,大约受不了冷,又点起了他那盆火,火苗儿又是那样不高不低,红红的……

小盆地

"摩根菲勒在此间宣布,他次子创立的 MBL 公司已开始盈利……"

"我说晶晶,你别扭你叔叔那个收音机行吧?"

"你别管孩子,让他玩吧。到了去年夏末,我走路就不得不借助一根拐杖了,而且,身上的存款也已由一千多元变成了一百多元。此刻,无父无母孤身过日子的我,才真正地生了恐慌和绝望。也就在这时,邻居方阿姨探听到一个消息:在咱们南阳城西北一百多公里外,有一个叫温家盆的村子,那村里有一个温泉,常在那泉水里泡泡可以治我这种病。并说已有几个同我症状相似的病人,在那里被治好了。这消息虽未使我心里的绝望消失,但毕竟又让我萌出了一种希望,与其在家里坐等病情的加重,何不去那里试试? 于是,我便带了几件衣服,挂了根拐杖,坐车去了……"

"丽特琳说,她最初发现金泊湾里的水可养那种鱼苗时,未敢声张,否则,邻居们就会一哄而上……"

"我说晶晶,你是想挨打吧? 快把音量拧小点!"

"我在公路旁一个写有'温家盆'三字的站牌旁下的汽车。原认为这就算到了,然而打眼一看,附近除了一座连一座的山包之外,却并无村的影子。我注意到几十步外的一个土坎上竖着一块木板,上边用白粉笔写了两行字:'温家盆的温泉能治腰腿疼病,谁去?'那木板旁停着三辆独轮手推车,先我下车的两个中年男子,已在其中的两辆车上坐好,推车的一个小伙子和一个姑娘已是一副推车要走的架势;有一个穿蓝衬衣的姑娘,手扶着另外一辆空车在向我看。我意识到这就是载人去温家盆的交通工具,便急忙向那辆空车跟前移着拐杖。那姑娘见状碎步跑过来,问清我是看病的后,便拿过我肩上的提包,往绑有一块大石头的独轮车右侧一放,很麻利地把车襻带在肩上搭好,抓起车把向我说道:'坐吧,左边'!

"长这么大,车虽坐了不少,但这种独轮车还是第一次坐,我有些犹豫,'咋?怕翻车?放心!要是把你翻到地上,你就起来用拐杖把我首儿也打倒在地!'她很快地说出这串话,跟着,便兀自发出了一阵脆脆的笑。我略略地有些尴尬,就小心地坐了上去……"

"流湖宾馆今日落成……"

"结婚后第一年不要孩子……"

"李二嫂我眼含热泪关上……"

"晶晶!走开,看我打你的屁股!"

"别管他,小孩子嘛!"

"刚进村,我就听到了一阵淙淙的流水声。循着那水声,就着暮色,我看到村边有一个冒着白色蒸汽的池子,池旁立着一块巨大的石碑,依稀可以辨出,那石碑上刻着两个大字:'均温'。我猜,那大概就是温泉,扭了身问苜儿,苜儿就点了点头。

"在一个竹篱围着的小院门口,苜儿停稳了车子,喘着气说:'到了。'随之,就对着院门提高了声音喊道,'爹,来病人了!'这时我才明白,村里并没有统一接待病人吃住和治疗的地方。

"我吃力地用拐杖支着地,下了车。这时,随着一阵踢踏的脚步声,院门开了,一个噙着旱烟袋的老人出现在门口。我刚要张嘴打声招呼,不想从身子一侧的草垛后突然蹿出一个黑乎乎的东西,没来得及扭脸细看的我以为那是一条狗向我扑咬,就急急地扬起拐杖想去抵挡,不料拐杖那么一扬,我的身子失了重心,一下子就倒在了地上。

"'咯咯咯。'那苜儿大概是觉着了不该笑,笑了一下又猛地顿住,急忙弯腰来搀我,'别怕,那是小淘。'我这才扭头看清,那竟是一头脑门上有片白毛的小牛犊儿。

"进了屋,我向吧嗒着烟锅的苜儿爹说:'大伯,要给你和苜儿添麻烦了。'在来路上我已经知道,这家里就他们父女两人过日子。

"'你的腿咋个疼法?'他没理会我的客套,径直用沙哑的声音问我。我讲了自己的双膝如何在开挖山洞时逐渐开始疼的经过和眼下的症状,他听后就拔了烟锅,起身来我跟前,捋起我的裤腿,用他那粗糙得厉害的手,在我的腿部上上下下地捏摸着。捏摸完,就说:'一天治病钱五毛,住房钱六毛,茶饭钱八毛。'我先是一怔,随即就答道:'行——'"

"昨晚,弥敦大道中段发生火灾,两名妇女遇……"

"晶晶!你去看看那盆里的金鱼,不要再拧收音机了好吗?"

"对,晶晶,你逗逗金鱼玩。那是前天邻居王伯送我的,我没有鱼缸,就放在了那脸盆里。我是第二天早饭后开始泡温泉的。我的饭碗刚放下,苢儿爹就转向苢儿说道:'去,放水。'苢儿于是起身走进右首同厨房对面的一间草屋,片刻之后,那屋里就响起了哗哗的水流声,我明白了,泡泉池就在那草房里。

"片刻之后,苢儿爹做了个让我随他走的手势,我就挂了拐杖跟他进了那草房。进门便看见,房中间是一个砖砌的小水池,水池小得只能容一个人躺下,一根挺粗的竹竿放在水池头上,温泉水就是从那竹竿里流来的。此时,苢儿正用裹了布的一截木头去塞那发黄的竹竿口,池中已放满了水。水面蒸腾着一股热气。见我进来,苢儿就指着墙角的一个竹凳说道:'那上边放着皂荚、手巾,皂荚擦身、洗头都行的。'说罢,就带上门出去了。

"'我吸完三锅烟你再上来。'苢儿爹在池边对我郑重地交代。

"我点点头,脱了衣服,就进了池。啊,热度正好。我把整个身子浸在水里,一股暖暖的东西,便立时向身子里边爬来。我仰躺在那儿,伸直了一双关节酸疼的腿,眼望着那简单的草房屋顶,在心里无声地叫了一句:哦,温家盆的泡泉池,原来是这个样子。"

"晶晶!不要把手伸到金鱼盆里!你看,我这个儿子调皮得太厉害!"

"别管他,小孩子都这样!泡完泉,我想出去走走,刚拄杖出了院门,一股鲜润的空气,便立时钻进了我的肺里,那空气可不像咱南阳城里的,吸进去时没有一点外味,只觉得舒服透了。在院外头,我环视了一下温家盆的全貌。它的四周,都是裹着青草绿树的半高不高的山包;从那些山包到村边,是一些种了庄稼的平地。整个的地形,俨然如一个大大的脸盆,温家盆那十几户人家的瓦房、茅屋,就散在这脸盆底部的中央。看来,这'温家盆'的村名,是的确没有起错。

"接下去,我就移杖向村边走,想去看看温泉。离好远,我就看到了昨晚看过一眼的那块巨大的石碑。那碑上刻的'均温'二字,现在是越发看清了,是隶书,有一点汉隶的味儿。我当时心里就猜:这温泉的名字,大约是叫'均温'了。

"我走近温泉,见泉水正漫过四方形的池壁,向四周溢着,不过那溢出的冒着热气的水,转眼间又汇成了一股,沿一条不宽的小溪,绕过村南,向东流去。泉池壁上,插着十几根竹竿,那些竹竿一根连一根地连接着伸向村里十几户人家房屋的墙壁。

"可能因为秋风太微了的缘故,从泉池中腾起的蒸汽,并不飘散,而是扶摇着直上空中,形成一根很是好看的气柱。我呆呆地看了一阵那气柱,就又转身去细看那'均温'石碑。这碑立的年代显然已经久远,背面刻的那些小字,已被风雨剥蚀得难以辨认,只能模糊地辨出'汉成帝庚寅年'几个字。不过,这石碑的碑身却保护得十分完好,上边并无一点碰、砸、涂、抹的痕迹。我于是就很有些惊奇:这偏远乡间的人们,竟还是很懂文物保护的。正当我在那儿探头细看时,身后猛地响起了首儿的声音:'周同志,你可别拿啥硬东西去碰那石碑!''哦。'我扭头看她一眼,见她扛了一柄铁锄站在不远处,身后跟着小淘,就说:'你们村的人对这文物保护得真好!'

"'啥文物不文物,不准碰坏了这碑,是俺村上的规矩!'她笑了笑说。

"我于是点头,一边又扭头看碑,一边就在心里想,这地方弄好了,做个疗养地是完全……"

"晶晶!晶晶!看袖子湿了!不叫你把手伸进盆里,你偏要伸进去!"

"算了,还叫他去拧那收音机玩吧,小孩子总得有个玩的东西。我一天泡两次泉,早饭后一次,晚饭后一次。晚饭后这次泡罢,苜儿爹还要给我按摩一番。老人让我在床上躺好,先是默默打量一下我的身子,那模样似乎是在揣度着什么,随后便伸出两手抓住了我的一只脚,我那脚便立即感受到了他那手上茧子的硬度。他的手很重地揉搓着我的脚趾关节和脚腕关节,揉到膝关节时,那疼痛就已经非常地厉害,我原是想靠咬牙把那疼痛忍过去的,不料终未能忍住,就嗷嗷地低叫了起来,然而他却并没有减轻手指上的力量,依旧是那么狠劲地揉着。每次当他最后按摩结束时,我就总觉得有一股睡意袭上了身子。

"由于晚上睡得好,白日里就有些精神,于是,我就常常拄了拐杖在村中溜达,一来为了散心,二来为了活动活动膝关节。那日,我走到村南小溪边,忽听下游不远处哞地响起一声牛犊叫,定睛一看,才发现下游百十步外的一块大石头旁,站着苜儿家的那个花顶门的小淘,苜儿也正蹲在那儿抡着棒槌洗衣。我移杖向苜儿身边走去,走近时,刚要张嘴同她搭话,猛地发现她手上裹了皂荚正用棒槌轻槌的衣服,却正是我昨天换下来塞在床底的背心和裤头,立时就着慌地叫道:'哎呀,我的衣服让我自己来洗!'苜儿闻言先是回头看我一眼,随即就开口说:'嗨,我还真不想给你洗哩,你这裤头上沾些什么东西,这样难洗?'我一听脸顿时红透,我有时夜里做梦,稀里糊涂地就把裤头弄脏了。'让我自己洗吧。'我恨不得立时从她手上夺下我的衣服,可不想她眼眉一竖,声音亮亮地叫:'嗨,你这人倒挺逞能的!你拄着拐咋能圪蹴下来洗?来,你要想洗就把俺的衣服也帮着洗了!'说着,就抓起旁边竹篮里她自己的花衣服,往石头上很响地一摔。

"我自然有些尴尬,这当儿,苜儿就又兀自发出一阵脆脆的笑声。

"'哞——',站在一旁的小淘似乎也受了苜儿这笑声的感染,长长地叫了……"

"南京金陵饭店高达三十七层,站在最高一层……"

"晶晶,把声音拧小点!"

"住的时间长了,我慢慢地了解了不少情况,知道了苜儿家在我之前,已经先后接待过两个病人。知道了这村里老辈人虽晓得温泉水能治腰腿病,但过去却不懂让外处的病人来住下治疗赚钱。家家修一个泉池,只是为了自家洗澡方便;有时自己的亲戚中有谁受了风寒,也来住下治治。直到后来有一个叫山才的小伙子从曲家镇中学毕业回来,说这温泉水治病可以收钱,当作一项副业,家家这才知道去外边接个病人来住下治疗。此外,我还发现了,温家盆全村人对泉边的那块'均温'石碑,是怀着极度敬意的,无论大人小孩,都把那石碑当作宝物一样地看待,人人都有一份要保护那石碑的意识。那日我在温泉边闲坐,无意之中,将拐杖碰了那石碑一下,立时就遭了在近处溪边洗脚的一个十来岁男孩的警告,'别碰它!'

"随着泡泉时日的增长,我双膝的疼痛虽未见轻,却也没有再加重,这多少也使我得到了一丝安慰。我打算在这儿继续治下去,只是,当初带来的钱已经花光,到了该交治疗和食宿费的日子,远在甘肃工作的姐姐还没有把钱寄来。那天吃晚饭时,我有些吞吐地对苜儿和她爹说,钱先拖几天再交,没想到我的话刚说完,苜儿爹的双眼就一瞪,声音硬硬地叫:'谁向你要了吗?'似乎我那话带了些侮辱他的性质。他那声音虽夹了怒气,但在我听来,却是十分温暖,没了钱仍能住下治病,大约也只有在这里才行的吧?

"对于这父女的关照,我心上自是感激,而且在感激的同时,也生出了一丝要报答的愿望。经过了一番琢磨,我想出了一个报答的主意:帮苜儿家赚钱!我以一个城里做过几天生意的人的眼睛发现,这温泉水还可以好好利用。苜儿家只需把泡泉池再扩大一倍,在我的睡屋里再加一个床铺,就可以多收一个病人,这样,每月的收入,就可增加一倍。

"主意想好之后,在一天吃早饭的时候,我就很兴奋地向他们父女俩讲了出来。我本以为自己的话一说完,苜儿和她爹就会开口称好的,料不到我说完之后,跟着而来的竟是一个冷场,过了许久,苜儿才开了口:'那每家都跟着学了,都加了池子,泉水每时就流那么多,水不就不够用了?'

"我刚要开口解释,苜儿爹声音硬硬地拦了我:'行了,去泡泉吧!'我看谈得不投机……"

"第四代自动控制播种机,一周前在农场主温里格家诞生,斯森的第三代播种机将被淘汰……"

"晶晶,你喝水吗?"

"别管他。"

"日子一天一天地过去,不知不觉地,双膝的疼痛就有些见轻。夜间,被疼痛折磨醒了的事,是愈见稀少了,对此,我自然是高兴。同时,随着治疗时间的延长,无形之中,我心里就把苜儿家当成了一个家。我不再客气地拒绝苜儿为我洗衣、晒被、刷鞋;苜儿也不再拒绝我帮她择菜、烧锅、拴羊。常常是我在院中闲坐看书,她静静地坐在那儿做针线活。有时,望着她轻咬下唇纫针引线的侧影,我就禁不住在心里暗想:哪个男人将来若娶了这个勤快、贤惠的姑娘为妻,他怕是会享一辈子福的。

"一天半后晌时,我们六七个外地来的病友,在泉边那个'均温'碑旁坐着闲聊。开头,先是住在那个中学生山才家里的病友开口,说他家的房东如何地注意房屋的整洁。接着,大伙又议论起各家房东伙食的好坏来。之后,当话题转到温家盆的妇女为什么肤色这样好时,那个拄着一根拐杖的冯胖子,就龇了一口黄牙,对我很是古怪地眨眨眼笑着说:'老弟,你家房东的那个闺女可真漂亮得可以,水灵得叫人一看就想伸手去掐摸掐摸,我猜,手要摸到她的身上,保险会像摸到缎子那样舒服。你不能找机会试试?'我当时一听,就霍地拄杖站了起来,心里顿时有一种受了侮辱的气恼。可他还在说下去:'哈哈,老弟,有光不沾可是傻瓜!这地方的姑娘没见过世面,保险,你要摸她,她连动都不敢动。'我没听完他的话,就气得不能自抑地抡起拐杖,把他的拐杖打飞到了几步之外,接着转身就往回走。走到院里时,正在择菜的苜儿大概是见我脚步有些踉跄,便急急地跑来扶我进屋。我看了她一眼,可能是那个冯胖子的话在起作用,我第一次注意到苜儿的颈项,竟果真地是和白缎子一样。

"给你说实话,在当时,我的心忽然就莫名地急跳了一阵……"

"先生们,女士们,你的牙经常疼吗?牙龈常出血吗?两面针牙膏具有止疼止血……"

"晶晶,声音拧小点!你妈快下班了,你先回去吧!"

"让他玩嘛!入冬之后,我膝关节上的疼痛减轻得越加明显了。而且,有时我故意地弃了拐杖,竟也可以走一小截子路。看来,这含矿物质种类不明的温泉水,还真的就有疗效!这时,姐姐给我寄来的三百元钱也已收到,于是,继续住下治疗的决心就更坚定了。

"几场冷风过后,天,落起了雪花。气温虽低,但泉水的温度却并没有减下来。落第一场雪的那天早饭后,我又照样地下到那温暖的泉水里泡了三袋烟的时间,而后回到自己屋里躺下,让苢儿给我按摩。平时本来是由苢儿爹给我按摩的,那几天苢儿爹砍柴时伤了手,便让跟他学过按摩的苢儿代替了他。他自己则噙着烟袋站在一旁,间或地指点一下应该加重按的穴位。苢儿也是先从我的脚趾关节揉起,逐渐地向腿上的关节移动,随着她那柔软手指的揉捏,一种莫名的舒服之感就向我的全身涌来。我们是朋友,我就不向你隐瞒了。当时,我先是被那种舒服弄得有些昏昏欲睡,渐渐地,那舒服就刺激我起了一种想攥攥苢儿那双手的渴望。当苢儿爹去院中草堆上抱草喂小淘,屋里只剩下苢儿一人在我身边时,这种渴望竟变得愈加强烈了。当她开始揉我的双膝时,可能因为要加大手指上力量的缘故,她的身子就低低地俯了下来,两条乌黑的辫梢不时地在我身上拖过,她发上的那股淡淡的皂荚香味就钻进了我的鼻孔。这辫梢的拖动和这种香味,使我原有的那种渴望就急剧地膨胀起来,终于,那渴望摆脱了我理智的约束,我猛地抓住了她的双手,一下子拉到了我的胸前。苢儿见状,一双乌眸先是意外地一闪,随之就脆脆地一笑:'俺把你的腿揉疼了吧?'我没理会她的话,又把她的手放到了我的嘴上。可她依然笑笑地望着我说:'俺手上有茧子,一开始就怕揉你的关节时让你觉着难受。'她不懂我吻她手的意思,可她最后到底从我的眼睛中看明白了什么,脸和脖子霎时红透。

我感到双手一疼,还没明白是怎么回事,她已猛地转身快步走出了屋子。失去了的理智此时骤然间又回到了脑子里,我一下子意识到了自己刚才那个举动的卑劣,即刻就在心里恨骂着自己:你这个忘恩负义的家伙,人家父女一心一意地照料你治病,你竟然如此去回报人家!好你一个瘫子……"

"我们询问了斯格夫人,她说,她家除耕种十一公顷土地外,还办了两个奶牛场……"

"哥伦比亚号油轮今天在西太平洋……"

"晶晶,你要听收音机就听一个台的,不要乱扭!"

"他愿听什么就听什么。一种恐惧立时攫住了我。倘苢儿把我的行为向她爹一说,那倔脾气的老人将会对我怎样?骂?打?赶出门去?第二天早上吃饭时,我几乎不敢走进屋去。还好,吃饭时并没有发生什么,苢儿与往常不同的只是不抬头看我,没像往常那样脆脆地笑。一个白天总算平安地过去,吃了晚饭,我泡了泉回到睡屋之后,估计苢儿今晚绝不会再来给我按摩,便准备躺下睡觉,不想就在我刚要动手解衣时,苢儿跟在她爹身后走了进来。我当时十分恐慌,以为一番羞辱就在眼前了,以至于当苢儿做了个让我躺下按摩的手势之后,我竟有些不知所措了。按摩开始后,我明显地感觉到苢儿的呼吸比以往急促,而且手指也在微微发颤,她一定以为我侮辱了她。我愧疚地闭上眼睛不去看她。耳边只是响着苢儿爹指点女儿按摩的声音:用点力!穴位在上边,挪一下!……

"一连两天,苢儿在给我按摩时,我都没敢睁开眼睛去看她。第三天晚饭后,她来按摩,我依旧闭着眼睛,按摩结束后,我听出苢儿爹先转身走出了屋子。突然,我感到苢儿一只温热的手放在了我的眼角上,我吃惊地睁眼一看,见到苢儿那双温润的乌眸正默默望着我。'你的心思俺明白,'她的话低得我几乎听不到,'俺不是嫌你有病,俺是想找个心好的人!只要他心好,有病也没啥,俺就是养活他一辈子也中!'这几句话说完,她就疾步走了。我怔怔躺在那里,万没料到,她经过几日的沉默之后,对我说出的,竟会是这样几句话。最初的那阵惊诧过后,我就开始琢磨,她那话里,分明地是含了这样一个意思:'我还不知道你是不是一个心好的人!'假若她知道了我是一个心好的人,那么她或许能够答应跟我的了?这样一想,心里就很有些激动。我虽然还没正式地谈过恋爱,但已经知道找妻子的首要一条是看心地。此生若有苜儿这样心地的姑娘做妻子,该是大幸事了。何况,倘真的能娶她为妻,常年生活在温家盆,自己的双腿说不定就可以完全恢复。城里那间父母遗下的潮湿小屋,对我的吸引力,的确是微乎其微。"

"黑海舰队新增加一艘导弹驱逐舰……"

"小心,晶晶!别搬收音机,小心把它掉到金鱼盆里!"

"……这艘驱逐舰的总吨位……"

"泡疗日子越长,膝关节疼痛就减轻得越明显。看着奇迹般恢复的双腿,我心里涌出一种终逃大劫的欢喜。在这同时,我那种要报答苜儿和她爹的关照之恩,让苜儿知道我的心以争取长住这儿的愿望,也越发强烈了。就是在这种心理的支配下,我在一天的晚饭后,把扩大泡泉池再收一个病人的想法,向他们父女又说了一遍。我甚至把我心里想的一个极美的远景也说了出来:'眼下先多收一个病人,慢慢地积累一点钱,然后再盖几间草屋,建一个新池,做几个单人床,收更多的病人,一段时间过去后,待钱积得多了,我们就可以建城里那种水磨石的水池让病人用来泡泉,盖漂亮的三层楼房作为疗养病房,用水泵和柴油机来引泉水,那时候,这里就可以变成一个疗养旅馆。'这样说着时,我的双眼,就仿佛看见一个漂亮的疗养旅馆立在面前,一条沥青路通向远处的公路,一批批来疗养的病人正从汽车上走下来,一个个拎包提箱。穿着笔挺招待服的苢儿和我正十分殷勤地接待着病人,而当了旅馆经理的苢儿爹,则很威严地站在旅馆的阳台上。

"料不到的是,当我颇为激动地说完之后,竟一点也未引起苢儿和她爹的兴趣,苢儿仍旧专心做她的针线,苢儿爹则照样用那种硬硬的声调催我:'去泡泉吧!'我在失望中明白了,光嘴说怕是很难让他们相信的,最好能做一个示范,让他们从事实中看明白那样做的好处。

"我于是就想起了那个中学生山才。他当初既然知道可用这泉水做生意,大约对做更大的生意就不会不感兴趣。只要他能做个示范,我就可以说服苢儿和她爹干起来……"

"晶晶!不要用手去捉鱼!听见了吗?"

"那鱼是让你看的,孩子,不要去捉。"

"我真想要一个闺女!要儿子小时他气人得要命,长大后接个老婆又不管我和他妈了!"

"你想得倒还挺远!我的判断果然没错。那日我在温泉边碰到山才,对他说了我的主意,他尽管望着那'均温'碑有些犹豫,而且双眼里还似乎露出一点害怕,但最后他到底点头同意去干干试试。

"我于是就开始等待他示范的成功。

"在这段等待期内,我没想到,我无意中做出的一件极小的事,会使苢儿把我看成了一个心好的人,从而,使我俩的关系又极快地朝前发展了。

"那是一个午后,住在邻居家一个治疗腰疼的老头,拿了一套旧的内衣内裤,来让苢儿帮他补一补。那老头虽也是南阳城里的人,但家境似乎也比我好不到哪里去。以他那套内衣的破烂样子,倘是富裕一点的人,怕早就扔了。也是很巧,就在前一天,我的姐姐从甘肃那里给我寄来了两套内衣内裤,正放在我的床头。此刻一见老头那套内衣的样子,我就说道:'算了,这套内衣就别补了,补好也穿不了两天,来,我给你一套,拿去穿吧。'他先是推让了一番,最后又说要给我钱,我自然不会收他的钱,只是摆摆手,让他走了。

"这件事我不过是无意中做的,不料竟会使在一旁观看的首儿受了大感动,我随后进屋想睡一会儿的时候,她跟了进来,一边替我摆枕头、抻被子,一边说:'听说这大伯在城里有几个儿子,却都不给他买衣服穿,你这样送他衣服,心肠倒比他儿子们好。'我当时因不好意思让她替我抻被子,就去推她,不想无意中竟又碰着了她的手。我尴尬地刚想移开,不料她反一下握住了我的手,我感觉到她软软的手指在我的手背上揉着,这种接触使原先沉在我心底的那股感情又涌了出来,我就猛地伸出另一只手将她的双手攥住。她的手顺从地停在我的手中,没有丝毫要挣出的意思。这一下子鼓起了我的勇气,我猛一用力把她拉到了怀里。你是过来人,想是明白,人到这时候很难控制自己。我急切地亲她的脸颊和嘴唇,她起初有些吃惊,想挣脱,但我抱得很紧,随后,她的身子就慢慢软了下来,当我的手最后伸进她的内衣时,她就完全地软瘫在我的怀里了。我不怕你笑话,在那一刻,我体验到了我从未体验过的感情,触摸到了我一直感到最神秘的东西,我激动得几乎要窒息。我敢说,在那时,我要做什么她都会顺从,但我……"

"斯本蒂亚决心游过英吉利海峡,创造一个奇迹……"

"晶晶,你还去看那盆里的金鱼吧,把收音机关掉!

快讲!"

"山才的示范,很快就成功了。

"他一开始是把家里闲着的三间草房腾了出来,一间修了个可容几人同时泡泉的水池,另两间放上了四张竹床,跟着就接来了四个病人。这样他家的收入,一下子就增加了四倍。如此经营了半月,看看他已尝出甜头,我就又怂恿他请人新搭了三间草屋。在竹、木、草都不缺的温家盆,搭草屋原本就不是很难的事。新草屋搭起不久,他就又砌了新池,添了新床,增收了三个病人,还剩下一个床位,因为一时没病人,就在那里空着。

"这样,他家一共住了八个病人,一天的收入就有十五六块。自然,招待这么多病人不是他和他娘两个人所能忙过来的,我于是就又给他出了个主意,让他从外村请来两个亲戚帮忙。二十多天过去,当山才手中握了些现金时,我就又催他去镇上买了两张新饭桌,买了几把折叠椅子,买了些塑料桌布和床围,还有一些拖鞋、肥皂、镜子、梳子等物,把草屋装饰布置起来。

"至此,一个乡间温泉疗养旅馆的雏形,算是出来了。

"山才这样一干,立刻就在温家盆引起了热烈反响。

"最先做出反应的,是那些来泡疗的外地病人,他们一个个地跑到山才家去参观。来村里泡疗的病人,多是南阳、邓县、镇平、内乡等处的城里人,因此,对干净舒适自然都有一份要求,一见山才把住宿、治疗的屋子收拾得如此利索,就都生了点羡慕之心。有一个住在房东孙岭子家的病人,因嫌孙岭子老母有病,屋里脏,又听说山才家有一个空床位,即刻就搬了过去。

"其次做出反应的是村里的那些妇女。由于山才家离泉最近,而他家住人多,用水量又大,所以只要他家一放水,那温泉的水不仅不再外溢,而且还多少影响到其他户的放水,需要其他户稍稍错后一点时间。这样,就引得其他户的主妇们,跑到泉边尖声地抱怨。不过,那抱怨声中,是多少也含了些羡慕味道的。

"至于村里男人们和老人们的反应,则更是热烈。在村中和'均温'碑旁,经常可以看到有人聚在那里低声议论,只是,他们议论的什么听不清楚。我揣想,大约也不外是些惊奇和羡慕的话吧。

"苜儿和她爹对此事,自然也有反应,父女俩经常站在院门前,或是向山才家默望着,或是向泉边默看着。我据此得出判断:他们也动了羡慕的心了。于是,我便很有把握地认为,到了该把话挑明的时候……"

"放下,晶晶!快把金鱼放下!一会鱼就要死了!"

"嗬嗬,小家伙可能想看看金鱼的长相。"

"这孩子,简直拿他没办法。"

"那是一个中午,饭快要吃完时,我含了笑说:'大伯,苜儿,山才家现在住了九个病人,一天就可以收入近二十元,这样,要不了一年,就变成大富户了。'老人低沉地'嗯'了一声,我又继续说道,'山才那样做,其实是我的主意!'我的话音中满是自豪。

"'哦?'苜儿先停了筷子望定我,神色中含了无限的惊诧。

"在那一刻,我是很有些得意的,我终于让苜儿父女实在地看到了我的本领!我把苜儿的惊诧,当作了对我具有这样聪明本领的意外,于是就眉飞色舞地继续说道:'其实,只要咱们家干起来,保管很快就可以超过山才,我们将来还可以买

柴油机和水泵,安淋浴水管,保险能把病人很快吸引到我们家来,怎么样?'

"苢儿看我的眼睛已经瞪圆,一副刚认识我的样子。随后就冷冷地说:'那别家就不用泉水了?就不接病人了?你没见早饭后和晚饭后,因为山才家用水太多,别的户放水时水就流得很慢吗?你没见已经住到别家的病人,又搬到他家了吗?'声音中仿佛含了怒气。我听后急忙解释:'这没有什么,别的户放水时水少,可以改一改放水时间,再说,不一定每家都接病人,其他人家想挣钱,晚点可以到山才家或我们家来帮忙照顾病人,由山才或我们给他们开工资!'

"这时,一直默坐在那儿的苢儿爹,就很响地放下饭碗,起身走了。而且他那步子,也分明是有意加重的样子。苢儿也随即啪啪啪地收拾起空碗空盘,转身进了厨房。我当时尴尬地呆坐在那儿,没想到谈话会得了这么个结果!我苦笑着摇了摇头:也罢,待以后再说——"

"菲尔森农场主在他宽大的客厅里接待了我们,他说,在两三年内,他要改进耕作方法使亩产……"

"声音拧小点!"

"那天的傍黑时分,村里的八九个老头,相继来到了苢儿家。老头们进了堂屋之后,仿佛是在同苢儿爹商议着什么十分秘密重要的事情,一个个神色庄重、严肃,声音放得很低。我觉到了几分奇怪,但也并没在意。就要吃晚饭的时候,苢儿爹突然从羊圈里把平时他很喜欢的一只小山羊抱出来杀了,杀的时候,还特地拿了一只青花粗瓷碗接那羊血。我问了一句:'现在不年不节的,杀羊干什么?'苢儿和她爹却都不吭声,我估计是因为自己中午那番话惹他们生气了,便也不好再问。

"晚饭后,我刚下到泡泉池里不久,忽然就听到村里破天荒地响起了急骤的锣声,跟着又听见好多人的脚步声向温泉边响去。一种出了什么大事的感觉使我急急地擦干身子,穿了衣服想去看个究竟。当我匆匆赶到村边时,禁不住就吃惊地瞪大了眼,一个未料到的场面出现在面前:在泉边的那个'均温'碑前,亮着四五个巨大的火把,'均温'二字在火光中发出蓝幽幽的光;石碑的两旁,分站着十几个村中的老人,老人们一个个庄严肃立,苜儿爹紧挨着石碑的左边站着;石碑的前边,站着全村的男女老幼,一个个也都屏息敛气;我注意到山才和他娘站在人群的最前边,离石碑最近;苜儿手捧着那个盛了羊血的青花瓷碗,也站在人群的前边。看到这个场面,莫名其妙地,我的身子就一哆嗦。

"石碑右侧站着的一个长须老汉先开口说:'乡亲们,温泉,自汉高祖丁酉年出水,距今共两千一百八十九年;向为村人共有。汉成帝庚寅年间,村人立"均温"碑,示后人有温共享。嗣后,全村家无论大小,人无论贫富,都能从泉水中得一份温暖。未料时至今日,竟有不肖子山才违背祖训,企图将温泉据为一家之有,只要自家池满,不问他家引水是否艰难,仅为一己谋利。村人孙岭子老母生病,正等钱用,可不肖子山才竟将住在孙家的泡泉人引到自己家里,断了孙家的进项,实乃为利忘义!温家盆出此子乃村人不幸,姑念其年幼,且受外人蛊惑,着其改过即可,不予责罚!'

"早被这庄严阵势镇住的我,听到那句'受外人蛊惑'的话,不由得身子一抖,这,当然是指我了!直到此时我方明白,当初自己把'均温'二字视为温泉的名字,实在是一种自作聪明的大误解。

"'山才听清了吗?'苜儿爹这时响亮而庄重地问一声。

'听清了。'山才娘杂着哭音代儿子答道,随即又转向儿子说,'还不快跪下!'做娘的说罢,就和儿子一起双双在石碑前跪下了。'从明早起,你家仍用一个泡泉池,可听明白了?'苢儿爹又肃穆地问。山才和他娘又急忙答:'明白了。'

"这时,苢儿爹就转脸向着整个人群,凛然地喊了两个字:'描碑!'随着这两个字的落地,猛然地就从人群中响起了震耳的唢呐声,我一直还没有看到,在那人群的中间,竟还站着几个拿了唢呐和芦笙的人。在这震耳的唢呐声中,只见石碑两侧的老人行列里,各走出一个手上拿了小刷子的老者,相继去苢儿捧着的羊血碗里,蘸了羊血,一人用刷子描那个'均'字,一人用刷子描那个'温'字。转瞬之后,那两个字便被刷得一新,在火把的映照下,闪着耀眼的红光……"

"美国今年人均收入……"

"幸男一郎说,他打算今年再买五种农用机械——"

"后来怎么样了?"

"我的一番努力引出如此后果,是我做梦也没有想到的。我急切地想找苢儿把我的用心向她做番解释,然而她却并不给我一个同她单独相处的机会。一个午饭后我去帮她刷碗,刚好她爹出去了,我便急忙说道:'苢儿,我当初……''别说了!'她打断了我的话,声音中很带了点仇恨的味儿。因委屈和激动,我一把抓住了她的手,想继续向她解释,不料她猛地把我的手甩开:'往后不许挨俺的身子!''为什么?'我当时心里有些慌,我实在不想失去这个好心肠的姑娘。'你的心不好!!'她几乎是咬着牙说,语调冷得可怕。我犹如被人打了一闷棍似的蒙了:我的心不好?!

"我踉踉跄跄地回到睡屋里,躺在了床上。一直躺到半下午,才又无精打采地下了床。我想到应该去山才家看看,起码应该给他一点安慰。走到离他家十几步远的时候,看到他正在门前拆一根引泉水的竹竿,便喊了他一声,谁知他一看是我,竟慌忙扭头向屋中走去,而且他娘从屋里匆匆走出来,用哀求的声调向我说道:'天啊,你快走吧,你别再来害俺山才了!走吧,走吧,你好好养病吧!'

"我立时呆在了那里。一股刺骨的凉气,突然地从脚底向身上升起,就在那一刻,我分明地觉得,我的双膝,竟又疼得厉害起来⋯⋯"

"晶晶!快把金鱼放下!"

"孩子,别把鱼拿出盆子。"

"后来?"

"后来,我开始觉得,我是不能再在村里住下去了。苜儿和她爹虽仍如往常那样照顾我治病,但一丝对我的戒备是存在他们心里的。苜儿仿佛时时都在避免我和她单独在一起,当初两人的那份亲昵已完全没有了。

"村里人对我也有了成见。每当我从村中走过,总见有人朝我指指点点,分明地是在那里议论着什么。

"虽然我的病并没全好,只是刚刚到了离开拐杖能走的地步,但我决心走了。我是在一个中午说出走的话的,苜儿和她爹听后,都说应该把病治好再走,但我听出,那话里已无热情了,于是,就愈坚定了决心。我定下第二天就走。

"第二天早饭后,我去村边向温泉和那块'均温'碑作最后的告别,站在'均温'碑前,一股敬畏之意,禁不住地就从心里生了出来,我想,我此生是不会忘了它的。

"从村边回到苜儿家门前时,见苜儿已把我的提包在独轮车上放好,一副要送我走的架势,我便急忙推让:'不用送,我自己走!'苜儿手架着车站在那儿没吭,她爹声音硬硬地说：'坐吧，病人走时要送，这是规矩！'我于是只好坐到独轮车上。一切都如来时一样：独轮车吱吱嘎嘎的轻响中伴着苢儿越来越粗的呼吸。所不同的只是，小淘蹄声嘚嘚地跟在我们后面。

"一路上，我和苢儿都无言语，我是实在地不知该说什么，而苢儿，则仿佛根本就没有说话的意思，只有小淘的蹄声，帮我们驱除着路上难耐的寂静。直到我登上在公路边停下的长途公共汽车时，苢儿才突然用挺高的声音说道：'记住不要跳冷水、睡湿地！'我点点头……"

"哎呀！你这孩子，怎么把金鱼放到了盆子外边？快放进去！看我揍你！"

"算了，让他玩吧，那金鱼怕已经死了。"

"天呀！还真是死了！晶晶，你该挨揍不该？"

"别嚷孩子了，也怨那金鱼太娇气，一拿到盆子外边就不行了。再说，我也没打算养金鱼。"

"嗨！我这孩子……"

……

爱河第一坝

苏州市。娄门石板街。六号。

一个身材苗条的姑娘背着一个圆形挎包,脚步轻盈地走出院门。

去哪里,小影?

湘门河。

又去游泳?

嗯。

等等,我和你一块去。

妈,我又不是第一次去游泳,你放心!

我去给你看着衣服。

妈真是小心!……

那时,我还不能理解作为母亲对孩子的爱,甚至觉得妈妈的那种小心有些过分。在那个年纪,我体验到的最强烈的感情只有两种:高兴和伤心。我为自己游泳的好成绩感到高兴;为自己游泳的坏成绩感到伤心。我那时的最大愿望是当一个游泳运动员,穿上紫红色的泳衣,往清澈的水中一跳,同女伴们进行速度的比赛。你不知道,我从小就爱游泳。一九七三年,我是苏州市业余体校游泳队队长,曾在苏州市少年游泳比赛中得过第一名,在江苏省少年游泳比赛中得过第二、第三、第四名。我那时比现在瘦一些,身体素质虽不太好,但教练说我有潜力。一九七四年,我被选进江苏省游泳队。听教练说,省队没有解放军八一游泳队的条件好,你若能穿上军装,最终进入八一游泳队,对你日后出成绩有极大好处。于是我便于一九七六年二月报名参了军。我当时自然不会想到,自己的这一选择,将会使我一个苏州姑娘的生活全部改变⋯⋯

    某师医院。
    身着护士工作服的富影轻步走进病房。
    二床,来,打针。她柔柔地叫。
    三床,这会儿觉得好些了吧?她暖暖地问。
    一床,别担心,你的病不要紧。
    笑意盈盈,话语暖人。
    带走忧郁,送来欢欣。

  我真没想到我这辈子会从医。
  一来到部队,我就被分进了师医院,见到的只是病房、病员和病床,根本没见游泳池的影儿,八一游泳队也从未到这个师来招收过队员。至此,我才明白,自己原先所抱的希望已告落空。那时,我自然也有些苦恼,但苦恼之后,还是挺起身去做领导交给我的工作。我先是到军女子新兵连当了一段时间的班长;后来,又当过师女子手枪射击队的班长;接着,又到师文艺宣传队当过一阵子演员,一九七七年八月,我被送到军区军医学校护训六队学习护理专业。毕业后,又进苏州第二人民医院皮肤科进修一年半。进修结束,我便回到医院正式从医了,既当护士,又当皮肤科医生。到这个时候,我已经懂得,人生的幻想期,在我已成过去,自己早先在职业问题上的种种幻想应该扔掉了。这个幻想期一过,恋爱、婚姻问题就摆到面前了。有时,看到那些怀抱婴儿的妇女,我会隐约地生出一点羡慕,并且模模糊糊地意识到,自己将来是也要做母亲的。不过,每当这种意识清晰的时候,我总是设法把它赶走,我总觉得那事儿离我还很远很远……

  黑龙江鸡西市。
  冬季的北国小城,空气清冽、寒冷。
  富影和新婚的丈夫并肩在街上漫步。
  小影,累吗?丈夫的话音里满是关切。
  不累,你呢,源林?妻子的声调里浸透了甜蜜。
  丈夫含笑摇头。
  妻子偎过身去。
  一阵低低的絮语……

  一般女军人都是在部队找对象,我也未能免俗。一九八一年经人介绍,我同一个叫徐源林的军人由相识到相爱了。一九八三年一月,我们结了婚。从此,带着不尽憧憬和希望的姑娘生活与我分别,我成为一个幸福的少妇,进入了女人生活中的又一个阶段。结婚以后,不知不觉地,一种要当母亲的愿望就从心里升起来了,而且,随着时间的延长,这种愿望越来越强烈。在这个时候,我才明白,为什么那些有病不能生育的女人要千方百计地治病以求生育,原来,做母亲对于已婚妇女来说,是与内心安宁和家庭幸福紧紧相连的东西,一个女人不能做母亲,一种未尽职的内疚和痛苦会永远缠着她。到一九八三年六月,我已经晓得,我就要做妈妈了……

  无锡市妇幼保健院。产房。
  面色苍白、满脸疲惫的富影拥被倚在床头。
  小影,喝点红糖水!
  源林,是男是女?
  男的!我们得了一个儿子!丈夫喜形于色。
  哦,儿子!她低低地重复了一句。
  她脸含笑容又疲乏地睡去……

我的儿子出生了,你知道我是怎样的欢喜,欢喜得有时我会不由自主地哼起歌。每当我的儿子躺在怀里吮吸我的奶头时,我的心都能甜醉。这种欢喜过后,当然就是操劳,但为儿子操劳就是再累我也心甘情愿。白天,我怕他饿着、渴着,总想抱着他;晚上,我担心他冻了、尿了,总要揽着他。他笑,我心里就舒坦;他哭,我心里就难受。产假满了之后我去上班,耳朵里还总响着他的咿呀声;下班到家,我要办的第一件事就是到床前亲亲他的脸蛋。夜里,尽管孩子就睡在我的身边,但我做的梦里,还总是少不了他。我那时才算理解了妈妈的心,才明白了为什么我一哭妈妈会跟着着急,我一病妈妈会急得吃不下饭,我去游泳妈妈要去河边站着。我这才知道母爱原是人类各种各样的爱中纯度和浓度最高的。过去我听人说到"母子连心""孩子是娘的心尖肉",总觉得那话有些夸张,现在才晓得这些话说得恰如其分。白天,干一天工作回来,有时累得身子都不想动,可只要一听到儿子的咿呀声和笑声,身上的疲劳会立时奇怪地消去;晚上,就是睡得再熟,只要孩子的身子动一动,我立时就能知道。时间在一天天地过去,我儿子在一天天地长大,身子重量增加了,胳膊腿长了,头发变黑了,会爬了。我算着日子,他快会说话了,我快听到他叫"妈妈"了……

师医院。办公室。

晓得吗,富助理员,我们部队要打仗了。

真的?! 富影那漆亮的星眸在刹那间瞪大。

那还有假?

去哪儿?

老山!

哦?!

我实在没有想到,这辈子会碰上了打仗。尽管经过这些年的军营生活,我已经知道军人的职业就是打仗,但听到这消息时,我还是感到了震惊和意外。我立刻想到了儿子。我的小欣欣还不到一岁,还没有断奶,我怎能丢下他,他怎能离开我? 更何况,我的丈夫也要出征,把孩子托付谁人? 我是一个普普通通的女人,给你说真心话,在那一刻,我曾经想到了请求领导照顾,让我在后方留守。但我又知道,我在医院里身兼两职,既当皮肤科医生又当医务助理员,医务助理员负责的统计工作在战时很重要,且只有我熟悉,别人很难代替,倘若我提出让领导照顾的要求,领导岂不要作难? 同志们会怎么看? 会不会说我贪生怕死? 会不会说我临阵怯逃? 我是一个普普通通的女人,但又是一个自尊心很强的女人,我从小就不愿被人看轻! 在小学和中学读书时,我是三好学生,在业余体校学游泳,我是第一名,在军体队训练,我是班长。此时此刻,我不能当一名遭人耻笑的兵。何况几年的部队生活,已让我懂得了国土受侵、军人当挺身保卫的道理,已让我记住了花木兰、穆桂英这些女人的名字。我虽是弱女子,也该为国尽一份力。这样思来想去,最终定下了上前线的决心,定下了把小欣欣送回苏州让他姥姥代为照管的决心。临送儿子回苏州的那晚,我在心里默默地对儿子说:欣欣,原谅妈妈的狠心,妈妈也还有一个妈妈,她在受人欺负,妈妈该去保护她……

  苏州市。娄门石板街。六号。
  一桌丰盛的饯行酒菜摆在屋子中间。
  富影抱着儿子欣欣坐在桌前。
  小影,多吃点,把欣欣给我。妈妈的声音在颤。
  哇——姥姥刚伸手去抱,欣欣就哭叫起来。
  妈,就让他坐我怀里吧。富影的声音在抖。
  影儿,吃吧,你还要去赶火车回部队,让你妹妹抱欣欣。爸爸的声音那样苍老。
  来,小欣欣,让姨抱。
  哇——欣欣又蹬腿甩胳膊……

那天黄昏,小欣欣似乎有预感,仿佛已经知道了那天的分离不比往日的分离。平时谁抱他都行,偏偏那天黄昏他一反常态,谁也不让抱,非要坐我怀里不可。我当然也想让他坐在我的怀里,可不行呀。我要坐傍晚七点半的火车回部队,不能误了车。看看手表上的指针,望望死死揪住衣襟的儿子,我的心里没了主张。如果硬扯开他的手,强把他放到他姥姥的怀中,他大声一哭,我那本来就为离别而难受的爸妈会更加伤心,我自己也可能当场落泪,这分别的场面就更揪心。就在我着急的当儿,我瞥见了妈妈为我饯行而摆在饭桌上的米酒,心中一动,想起了一个主意:用米酒把欣欣灌醉。我们苏州人爱喝米酒,米酒度数不高,宜于老人和妇女喝,但让这样小的孩子喝米酒好不好,我不知道。当时为了分别时不再听到他那揪心抓肝的哭叫,为了不误火车,我已顾不得多想,就用羹匙给小欣欣灌了几匙。片刻之后,那酒力起了作用,小欣欣连打几个哈欠,就迷迷糊糊地睡着了。我把他放到床上,草草吃了几口饭,就准备去车站。临行时,因我对前线的情况一点不知道,担心此次分别很可能也是同儿子永别,就想向妈妈交代几句一旦我出事后对小欣欣的安置,可又怕加重老人的精神负担,思来想去,我只轻轻地说了句:妈,我走了,欣欣你照看,你要有困难了,就交给我妹妹。我妈妈是老党员,在那个时刻表现得很坚强,妈妈听了我的话后,无声地点了点头。这时,我俯身在熟睡的儿子额上亲了亲,就出门去车站了。当我坐到车上,望着车窗外渐离渐远的苏州故乡,我才知道了"心如刀割"这个词原来并不是硬造出来的……

  军列。靠窗的位置。一身戎装的富影静倚窗前。
  列车风驰电掣,窗外青山急速后移。
  看,那座山!
  嗬,好高!
  一个个火车站牌在窗外闪过……

军列越走越远,我的思绪却仍然挂在苏州,挂在石板街,挂在我的儿子身上。你不知道,我父亲因中风造成半身瘫痪,平时不能走动;我母亲因患肝硬化,身子十分虚弱;我的小妹远在无锡纺织检验所工作,离家很远,平日根本回不了家。这样,有病的妈妈既要照顾我那瘫痪了的父亲,又要照顾我的儿子。我既替妈妈担心,担心她那有病的身子累垮;又替孩子担心,担心姥姥没有侍奉他的力气,使他身子出毛病。不瞒你说,在那一刻,我心里真有些觉得我当初当兵是走错了门,真不该当这个兵。我回忆起自己当兵后的生活,一个个的不如意都浮在了脑际:先是当游泳运动员理想的不能实现;接着是结婚后夫妻两个不能常在一起,跟着又是生生和孩子分离,连给孩子过头一个生日也不能,连一句"妈妈"的叫声也没听到就要上战场。倘若此次真的不能回来,那该是多么遗憾?在那一刻,我还特别想起了平时回苏州去拜望旧日一些同学的情景,那些同学都已建立起了幸福的家庭,家里电器家具齐全,小两口甜甜蜜蜜地过着日子,下班后或是并肩去河畔散步,或是双双去影院看电影,或是抱着孩子欣赏音乐,他们的日子过得多快活……

  滇南战区。战地医院前的小溪畔。
  山风飒飒,溪水潺潺。
  富影默默地站在那里,双眼直直地望着小溪对岸。对岸的公路上,一个背着孩子的苗族妇女缓缓走过。
  呀呀——孩子从背篓里伸出小手。
  噢噢——苗家母亲轻轻地与孩子应着。
  富影看着、听着,慢慢地,她那大大的双眼,被一层水雾罩严。
  呀呀——
  噢噢——

  一开始,我的眼前总晃过小欣欣的影子,我的耳畔总响着他的呀呀叫声。那些天,我特别怕见带孩子的妇女。我们医院前的公路上,偶尔会有一两个背孩子的少数民族妇女经过,我每次一看到他们,心里就格外想我的小欣欣,当天的饭量马上就会减下来,当夜就根本睡不安稳。心里总在想:欣欣是胖了还是瘦了?会不会摔下床?会不会碰伤?会不会因为见不到我总哭闹?睡觉时会不会凉了肚子?内衣换没换?洗澡没洗澡?有时见到抱孩子的妇女,实在忍不住,就走过去,看看人家的孩子,摸摸人家的孩子。有时在夜里,实在想着急了,反正没人看见,就掉几滴眼泪。经常地,儿子会在夜里出现在我的梦中,在梦中,我抱着他亲,搂着他问,享受片刻的欢欣,梦一醒,眼一睁,看到的又是野战木板房顶,听到的又是房后山坡上的竹木摇曳声,于是,就怅怅地睁眼躺在那里到天明……

　　战地医院。病房。
　　白色的被子,白色的床单,伤员们苍白的脸。
　　富影脚步沉重地走进病房。
　　医生,我的腿能保住吗?我还能上阵地吧?
　　医生,那个高地我们夺回来了没有?
　　她轻轻地点头。
　　她微微地颔首。
　　她不敢说话,担心自己的声音会因激动而带上颤抖……

　　战斗打响了,伤员们开始被送进医院。我当兵这么多年,从医这么多年,还是第一次见到战伤伤员。开始,我感到紧张和震惊,活蹦乱跳的十七八岁的战士,转眼间竟被敌人残害成了这样!渐渐地,这种心情消失了,代之而起的是对敌人的愤恨和对伤员的心疼。每当看到伤员们咬牙忍着伤痛时,我自己也禁不住咬紧了牙,仿佛那伤口也在我的身上,我真想替他们分担一份疼痛呀!每当看到伤员被送进手术室,我的心仿佛吊起来似的没有着落,只是暗暗祝愿手术成功。那些天,医院的同志们都在拼命工作。由于伤员多,且每天要向上级报伤情,统计任务很重,我把全部精力投入了工作。我的笔下登记的是伤员的名字,我的面前晃着的是伤员的面影,我的心里想的是伤员的伤情。在那段紧张的时间过去之后,我才突然意识到,我已有几天不曾想到我的小欣欣了,小欣欣在那几天的夜里,很少走进我的梦中,我在梦中见到最多的是医院里的伤员。噢,我这时才懂得,人类的感情,不管是一种多么强烈的感情,都有被另一种感情代替的可能……

前沿高地。猫耳洞。

天上的云,谷底的雾,合在一起,越来越浓。

身着作战服、头戴防蚊帽的富影,正给战士们诊治皮肤病。

痒吗?

痒。

记着不要抓,我给你擦干净。

谢谢!疼吗?

疼。

忍着点,我给你擦点药。

哒哒,轰轰,敌人的冷枪冷炮在响……

雨季作战,由于天气酷热多雨,加上猫耳洞里面积小、积水多,战士们白日黑夜钻在洞里,站在水中,又被蚊叮虫咬,渐渐地开始得了皮肤病。好多同志的裆部和腰部先是奇痒,抓过之后开始流水、淌脓,一穿上衣服就磨得疼。看到这种情况,身为皮肤科医生的我心里当然着急。在院领导的支持下,我和另外三名同志,组成一个医疗小组,赶赴前沿阵地给战士们诊治皮肤病,我们先后到过三十多个阵地,一个猫耳洞一个猫耳洞地给战士们诊治送药。说真的,战地医院虽在前线,毕竟离前沿还有一段距离,这次到前沿阵地巡诊,危险性是真增大了,敌人的枪炮声不断传进耳中,我心里确实十分紧张。不过,一看到战士们被皮肤病折磨的那种苦状,也就只想到治病,不想那种危险了。有些小战士裆部烂得十分厉害,连裤头都穿不成,可我要诊看时,他们又害羞,红着脸不让看。每当这时,我总是笑着说:"别不好意思,我都二十八岁了,孩子都有了,是你们的老大姐、老大嫂,还有啥羞的!"我有个弟弟,过去虽体验过姐弟之情,但却一直没有用心去分辨这种感情的性质,在那一刻,我觉得我是辨别清了姐弟之情的性质,它与母子之情有点相似,两者应属一个类型。如果那些对人类情感有所研究的心理学专家认为我的这种感觉不对,那恐怕是因为我把对我的小欣欣的感情,分出一部分给那些战士弟弟了。我细心地给他们擦洗,仔细地给他们涂药,唯恐再给他们添痛苦。在猫耳洞里,我就想,将来待我的小欣欣长大之后,我一定要给他讲讲他这些叔叔,讲讲我的这点情感体验,讲讲股癣和湿疹感染,只是不知道他那时愿不愿听……

　　战地医院,女兵宿舍。

　　富影坐在床前,迫不及待地去撕一个信封。

　　她微抖着手从信封里抽出一页信笺和一张彩色照片。

　　她贪婪地去读那信笺上的字。

　　她急切地把目光凝聚在照片上。

　　谁的照片?

　　我儿子的。

　　小欣欣?

嗯。

嘀,胖了。

胖了?!……

　　一到战斗间隙,对儿子的那股思念就又占据了我的心,而且那种强烈程度仿佛又加了倍。我妈妈每次来信,有关欣欣的段落我总是读了又读。可惜妈妈因为体弱有病加上要照顾一老一小,信总写不长,其中关于欣欣的部分,也只是几句。去年十月二十三日,妈妈来了一封信,破天荒地,信写了很长,关于欣欣的情况也写得很细,我至今还记得信上写的关于欣欣的话:"小欣欣长得白胖胖的,不论在无锡你妹妹那里,还是在苏州,男女老少都喜欢他,就是实在太调皮了。他每天吃完早饭,就要去托儿所了,可惜他下午就不愿在托儿所过,给他吃饭不肯吃,就是干哭,又不肯睡。托儿所阿婆没有办法,只好把他送回家来。在无锡的时候,也是这样的,没有办法,托儿所张师母,只好把他送回家来……"就是妈妈写的这些文字,给了我极大的安慰。有时信来得不及时,我想极了,就拿出小欣欣的照片看几眼。你看,这张,在苏州西园照的,有"元统一妙"几个字,我常看。不怕你笑话,我常在照片上亲吻我的儿子。有时,在夜晚,忙完工作的时候,为了排遣心里的那股思念,我也仰望着北方的夜空,低低地哼几句《望星空》:"夜蒙蒙,望星空,我在寻找一颗星,一颗星……"这首歌是给恋人们写的,抒发的是恋人们的思念之情,但我哼起来,倾吐的却是对我的小欣欣的思念之情。"我望见了你呀,你可望见了我?天遥地远,息息相通,息息相通……"

　　战地医院。院部办公处。

　　富影叠起妈妈的来信,收起儿子的照片,麻利地摊开们诊治皮肤病,我们先后到过三十多个阵地,一个猫耳洞一个猫耳洞地给战士们诊治送药。说真的,战地医院虽在前线,毕竟离前沿还有一段距离,这次到前沿阵地巡诊,危险性是真增大了,敌人的枪炮声不断传进耳中,我心里确实十分紧张。不过,一看到战士们被皮肤病折磨的那种苦状,也就只想到治病,不想那种危险了。有些小战士裆部烂得十分厉害,连裤头都穿不成,可我要诊看时,他们又害羞,红着脸不让看。每当这时,我总是笑着说:"别不好意思,我都二十八岁了,孩子都有了,是你们的老大姐、老大嫂,还有啥羞的!"我有个弟弟,过去虽体验过姐弟之情,但却一直没有用心去分辨这种感情的性质,在那一刻,我觉得我是辨别清了姐弟之情的性质,它与母子之情有点相似,两者应属一个类型。如果那些对人类情感有所研究的心理学专家认为我的这种感觉不对,那恐怕是因为我把对我的小欣欣的感情,分出一部分给那些战士弟弟了。我细心地给他们擦洗,仔细地给他们涂药,唯恐再给他们添痛苦。在猫耳洞里,我就想,将来待我的小欣欣长大之后,我一定要给他讲讲他这些叔叔,讲讲我的这点情感体验,讲讲股癣和湿疹感染,只是不知道他那时愿不愿听……

  战地医院,女兵宿舍。

  富影坐在床前,迫不及待地去撕一个信封。

  她微抖着手从信封里抽出一页信笺和一张彩色照片。

  她贪婪地去读那信笺上的字。

  她急切地把目光凝聚在照片上。

  谁的照片?

  我儿子的。

  小欣欣?

嗯。

唷,胖了。

胖了?!……

  一到战斗间隙,对儿子的那股思念就又占据了我的心,而且那种强烈程度仿佛又加了倍。我妈妈每次来信,有关欣欣的段落我总是读了又读。可惜妈妈因为体弱有病加上要照顾一老一小,信总写不长,其中关于欣欣的部分,也只是几句。去年十月二十三日,妈妈来了一封信,破天荒地,信写了很长,关于欣欣的情况也写得很细,我至今还记得信上写的关于欣欣的话:"小欣欣长得白胖胖的,不论在无锡你妹妹那里,还是在苏州,男女老少都喜欢他,就是实在太调皮了。他每天吃完早饭,就要去托儿所了,可惜他下午就不愿在托儿所过,给他吃饭不肯吃,就是干哭,又不肯睡。托儿所阿婆没有办法,只好把他送回家来。在无锡的时候,也是这样的,没有办法,托儿所张师母,只好把他送回家来……"就是妈妈写的这些文字,给了我极大的安慰。有时信来得不及时,我想极了,就拿出小欣欣的照片看几眼。你看,这张,在苏州西园照的,有"元统一妙"几个字,我常看。不怕你笑话,我常在照片上亲吻我的儿子。有时,在夜晚,忙完工作的时候,为了排遣心里的那股思念,我也仰望着北方的夜空,低低地哼几句《望星空》:"夜蒙蒙,望星空,我在寻找一颗星,一颗星……"这首歌是给恋人们写的,抒发的是恋人们的思念之情,但我哼起来,倾吐的却是对我的小欣欣的思念之情。"我望见了你呀,你可望见了我?天遥地远,息息相通,息息相通……"

  战地医院。院部办公处。

  富影叠起妈妈的来信,收起儿子的照片,麻利地摊开长长的伤病员统计表格。

她又开始做分配给她的工作:统计必须统计的数据——伤员姓名、单位、负伤地点、时间、部位……

屋外,雾在绕,树在摇,

远处,炮在响,枪在叫……